홀로코스트
- 나치스와 유대인 -

엘리위젤 저 / 초역 김범경 / 개역편집 편집부

도서출판 한글

머리말

먼저 양해의 말씀을 드립니다. 이 책은 〈나치스와 유대인〉으로 이미 발행한 바 있습니다. 그 책을 가지고 계신 분은 본서 구입에 참고하시기 바랍니다.

이번에 개제(改題)하고 새로 편집하게 된 연유는 나치스와 유대인보다는 홀로코스트라고 해야 젊은 독자가 더 쉽게 이해한다는 점과 1차 번역에서의 어려운 용어를 쉽게 바꾸고 새 맞춤법에 맞추어 수정하고 아우슈비츠 수용소의 참상 사진 자료 몇 장을 삽입함에 있었습니다.

그리고 먼저 발행한 나치스와 유대인은 구형 활자에, 행간이 좁고, 글자가 작아서 독자의 시력에 영향을 준다는 점도 감안하여 새롭게 편집하였고 원작자의 글에는 소제목이 없으나 독자의 이해를 돕기 위해 작은 제목을 달아 편집했음도 말씀드립니다.

독자 제위의 끊임없는 사랑에 감사드립니다.

발행인

목 차

제1부 밤 ‖ / 7
  8 / ‖ ······ 평화가 깨지는 아픔
12 / ‖ ······ 알려주어도 믿지 않는 사람들
17 / ‖ ······ 유대인 추방 선고
26 / ‖ ······ 끌려가는 사람들
30 / ‖ ······ 화물차에 실려 가는 사람들
35 / ‖ ······ 반 미친 여자
40 / ‖ ······ 남자는 좌측, 여자는 우측으로!
44 / ‖ ······ 화장장 불구덩이 앞에서
51 / ‖ ······ 불에 탄 어린이가 똘똘 말린 연기로
55 / ‖ ······ 아버지가 맞는 것을 보는 아들
59 / ‖ ······ 아버지의 거짓말
64 / ‖ ······ 거짓말에 행복해 하던 사람
67 / ‖ ······ 동성연애자들의 친절
70 / ‖ ······ 금이빨을 빼려는 자들
79 / ‖ ······ 음탕한 비밀
85 / ‖ ······ 교수대 소년의 죽음
90 / ‖ ······ 하나님 보고만 계시렵니까?
96 / ‖ ······ 아버지의 유산

살아 있다는 기쁨······ ‖ / 102
또 끌려가는 고생길······ ‖ / 108
시체 더미에서 잠과 투쟁······ ‖ / 114
죽으면서 연주한 바리올린······ ‖ / 121
아직 죽지 않은 10명······ ‖ / 130
아들도 몰라보는 지친 아버지······ ‖ / 137
아버지 죽음으로 얻은 자유 ······ ‖ / 142
거울에 비친 해골 ······ ‖ / 147

제2부 새벽······ ‖ / 151
황혼의 고뇌······ ‖ / 152
사람을 죽여야 하다니······ ‖ / 157
이상한 인물을 만나다······ ‖ / 162
두 죽음의 의미······ ‖ / 169
살인 작전······ ‖ / 174
무기 탈취 작전······ ‖ / 182
죽은 체하고 살아나다······ ‖ / 186
너를 죽이고 말겠다······ ‖ / 191
사랑하는 사람 앞에서만 살아있을 뿐······ ‖ / 198
사형집행자를 만든 사람들······ ‖ / 203
유령들의 밤······ ‖ / 207
따뜻하게 살아 있는 손······ ‖ / 214
죽은 사람은 하나님을 심판할 수 있다······ ‖ / 220
모르는 적을 죽이는 것은 비겁한 짓······ ‖ / 226
마지막 사람과의 대화······ ‖ / 234
사형 10분 전······ ‖ / 241
죽은 입술은 따듯했다······ ‖ / 249

255 / ‖⋯⋯**제3부 낮**
256 / ‖⋯⋯속이고 속 보기
264 / ‖⋯⋯무서운 적은 사람의 내부에 있다
272 / ‖⋯⋯죽은 사람이 산 사람보다 할 말이 많다
278 / ‖⋯⋯하나님이 산 채 무덤에 묻히다니
285 / ‖⋯⋯나에게 키스를 해서는 안 돼요
292 / ‖⋯⋯별들에게 말하는 것처럼
299 / ‖⋯⋯성자는 웃지 않는다
307 / ‖⋯⋯모든 사람이 강물 같아
312 / ‖⋯⋯죽음의 고비를 넘어
319 / ‖⋯⋯진실한 자존심은 거짓말을 용납하지 않는다
324 / ‖⋯⋯생명은 죽음을 반대한다
331 / ‖⋯⋯하나님을 만나서
337 / ‖⋯⋯모험과 우주의 신비 사이
342 / ‖⋯⋯가면 때문에 진짜 얼굴을 잃어버린 여자
345 / ‖⋯⋯가장 이해할 수 없는 미소
350 / ‖⋯⋯하나님의 웃음
363 / ‖⋯⋯진정한 적은 서로를 저주하지만은 않는다
370 / ‖⋯⋯과거는 공동묘지 위에 떠 있는 구름
376 / ‖⋯⋯죽음의 시각을 알고 있는 사람들
383 / ‖⋯⋯산 사람들은 거짓말을 좋아한다

제1부

밤

평화가 깨지는 아픔

 모세는 성(姓)을 한 번도 가져보지 못한 사람이다. 그가 유대교의 하시딤파 회당 관리인으로 잡일을 맡아 하지만 아무도 이름밖에 모른다. 그래서 그를 성도 없이 이름만 부른다.
 이 이야기의 주인공 엘리위젤은 어린 시절을 시게트라는 작은 마을에서 행복하게 자랐다. 그리고 모세를 좋아했다.
 모세는 매우 가난했고 검소하게 살았다. 그 마을 사람들은 가난한 이웃을 잘 도와주는 편이었지만 가나한 사람들을 좋아하지는 않았다. 그러나 회당 관리인 모세만은 예외였다.
 누구도 그를 귀찮게 여기지 않았고 그도 남에게 피해를 입히지 않았다. 그는 자기 자신을 남에게 하찮은 존재로 보이지 않게 하는 처신에 능한 편이었다.
 그는 늘 어리벙벙해 보였지만 사람들은 그를 집 잃은 아이 같이 겁먹은 얼굴로 조심스러워하는 모습을 보고 웃기도 했다.
 엘리위젤은 그의 꿈을 꾸는 듯한 커다란 눈망울과 생각에 잠겨 먼 곳을 바라보는 눈길을 좋아했다.
 모세는 평소 말이 없었다. 그 대신 그는 노래를 부른다기보다는 혼자 찬송가를 흥얼거리는 버릇이 있었다. 이 흥얼거리는 노래를 들어보면, 거룩한 사람들의 고난이나 밀교(密敎)의 가르침에 따라 인간의 고난 속에서 자신의 구원을 기다리는 '깊은 신의 섭리'를 구하는 내용이었다.
 엘리위젤이 그를 알게 된 것은 1941년이 저물 무렵이었다. 그 때 엘리위젤은 열두 살로 꽤 신앙심이 깊었다. 낮이면 「탈무드」(Talmud:유대교의 율법과 그 주석서-역주)를 공부했으며, 밤이면 회당으로 달려가 예루살렘 성전의 멸망을 슬퍼하며 울곤 했다.

엘리위젤은 아버지에게 밀경 공부를 지도해 줄 선생을 구해달라고 졸랐다. 그러자 아버지는 이렇게 말했다.

"네가 그런 걸 공부하기엔 아직 이르다. 신비주의의 위험한 세계를 모험하려면 적어도 서른 살은 되어야 한다. 넌 네가 이해할 수 있는 기초적인 과목이나 공부하도록 하여라."

엘리위젤 아버지는 교양 있는 분으로 다소 냉정한 편이었다. 그래서 집안에서는 감정을 함부로 나타내는 일이 없었다. 오히려 집안 식구들보다는 마을사람들에게 관심이 더 많은 편이어서, 시게트 유대인 사회에서는 가장 존경을 받았다. 마을 사람들은 공적인 일뿐만 아니라 개인적인 일까지 엘리위젤 아버지와 상의하였다.

엘리위젤은 삼남매 중 막내였다. 첫째 누나 이름은 힐다, 둘째 누나는 베아, 셋째가 외아들 엘리위젤이다. 막내아들 엘리위젤은 집안의 귀염둥이로 사랑을 독차지했다.

부모님은 가게를 경영하고 힐다와 베아는 부모님을 위해 가게 일을 거들었고 엘리위젤은 공부만 했다.

아버지는 가끔 이렇게 말했다.

"시게트에는 밀경을 연구하는 학자가 없단 말야……."

아버지는 이런 말을 수시로 했는데 그 뜻은 엘리위젤이 밀경 공부 생각을 버리게 하려는 데 있었다. 그러나 그런 바람은 소용이 없었다. 엘리위젤 스스로가 스승을 찾았기 때문이다.

엘리위젤의 스승이란 회당 관리인 모세였다. 어느 해질 녘, 기도를 드리고 있는 엘리위젤을 그가 알아보고 물었다.

"기도를 드리면서 왜 우니?"

그는 오래 전부터 잘 알고 있었다는 듯이 불쑥 물었다.

"나도 모르겠어요."

엘리위젤은 이렇게 대답했지만 여간 당황스런 것이 아니었다. 지금까지 그런 의문이 머리에 떠오른 경우는 한 번도 없었기 때문이다.

엘리위젤은 생각했다.

'내가 우는 건 나의 마음속에 눈물을 필요로 하는 무엇이 있기 때문이다.'

이것이 그가 알고 있는 모든 것이었다. 그가 잠시 후에 또 물었다.

"너는 무엇 때문에 기도를 한다고 생각하니?"

"……."

엘리위젤은 선뜻 대답하지 못하고 또 생각을 했다.

'왜 나는 기도를 했을까? 정말 이상한 질문이다. 왜 나는 살고 있을까? 왜 나는 숨을 쉬고 있을까?'

그리고 대답했다.

"나도 모르겠어요."

엘리위젤은 더 당혹감을 느끼면서 안절부절못하고 말했다.

"그 이유를 모르겠어요."

그 날 이후, 엘리위젤은 모세를 자주 만났다. 그리고 모세는 모든 질문을 거짓으로 대답하지 못하게 하는 어떤 힘을 가지고 있다고 생각했다.

모세는 강력한 어조로 설명했다.

"인간은 하나님께 던지는 질문에 의해 하나님을 향하여 스스로 성장해 가는 거야."

그는 말을 반복하기를 좋아했다.

"그것이 참다운 대화라는 것이지. 인간은 하나님에게 질문을 던지고, 하나님은 거기에 대답하는 거야. 하지만 우리 인간은 하나님의 대답을 이해할 수 없는 거야. 그 이유는 그 대답이 영혼의 깊은 곳에서 나오며, 죽을 때까지 거기에 머물러 있기 때문이지. 엘리제르야, 너는 그 대답을 오직 네 자신의 마음속에서밖에 찾을 수 없는 거야!"

"그럼 모세는 왜 기도를 하시죠?"

이번에는 엘리위젤이 그에게 물었다.

"나는 내 마음속에 계시는 하나님에게, 그 분에게 올바른 질문을 던질 수 있는 힘을 주십사 하고 기도하고 있어."

그 후에 두 사람은 거의 매일 저녁 만나서 이런 대화를 나누었다. 모든 신자들이 떠난 후, 회당 안에 둘이만 남아 반쯤 탄 촛불들이 깜박이는 어스름 속에 앉아 있기도 했다.

어느 날 저녁, 엘리위젤은 그에게

"유대교 신비주의의 비결이 수록되어 있는 밀교서적인 〈조하르(Zohar)〉를 가르쳐 줄 스승을 시게트에서 구할 수 없는 것이 얼마나 불행한 일인지 모르겠어요."

했다. 모세는 부드러운 미소를 머금은 채 오랜 침묵을 지킨 다음, 이렇게 말했다.

"신비주의라는 진리의 과수원으로 통하는 문은 수없이 많단다. 인간이면 누구나 다 자기의 문을 하나씩 가지고 있는 거야. 하지만 모두는 절대로 우리 자신의 문 이외의 다른 문을 통해서 들어가고 싶다는 욕망을 품어서는 안 되는 거야. 그런 과오는, 거기에 들어가는 사람뿐만 아니라, 이미 거기에 들어가 있는 사람들에게도 위험한 거야."

그러면서 맨발의 가난한 회당관리인 모세는 아주 긴 시간 동안 밀경의 계시와 신비에 대해서 자세한 이야기를 들려주는 것이었다.

엘리위젤의 밀경 입문은 모세와 더불어 이렇게 시작되었다. 그들은 〈조하르〉의 똑같은 페이지를 열 번도 넘게 거듭 읽었다. 그것은 단순히 그 내용을 마음으로 배울 뿐만 아니라, 거기에서 그 신성한 본질을 추출해 내기 위해서였다.

그런 저녁 시간을 통해서 엘리위젤의 내부에서는 회당 관리인 모세가 그를 영원으로, 질문과 대답이 '하나'가 되는 영원한 시간 속으로 데려갈 것이라는 하나의 확신이 점점 굳어져 가고 있었다.
 그러던 어느 날 슬픈 사건이 벌어졌다.
 당국에서 모든 외국 국적 유대인을 시게트에서 추방하는 것이었다. 회당관리인 모세도 외국인이어서 피할 수가 없었다. 갑자기 추방당하게 된 사람들은 헝가리 경찰에 의해 가축운반용 화물열차에 빽빽이 실렸다.
 정들었던 얼굴들이 모두 실려 가는 것을 보고 모두들 울고 또 울었다. 엘리위젤도 플랫폼에 서서 그들을 바라보며 울었다. 열차는 지평선 너머로 아득히 사라지고 그들이 사라진 지평선 위로는 칙칙한 연기만 어지럽게 흘렀다.
 엘리위젤은 뒤에서 들려오는 어느 유대인의 탄식 소리를 들었다.

알려주어도 믿지 않는 사람들

 "모두는 어떻게 될까? 전쟁밖에는……."
 추방당한 이웃 사람들은 뇌리에서 곧 사라졌다. 그들이 떠난 며칠 후에 들려온 소문에 의하면, 이제는 자기들의 운명에 만족해하고 있다는 것이었다.
 그렇게 며칠이 지나고 몇 주일이 지났다. 그리고 또 몇 달이 지난 후, 그 마을의 일상생활은 정상으로 돌아왔다. 집집마다 평온과 안정을 찾았다. 상인들은 장사가 잘 되어갔고, 학생들은 열심히 책 속에 파묻혔으며 아이들은 예전과 같이 거리에서 즐겁게 뛰놀았다.
 그러던 어느 날, 엘리위젤이 회당 안으로 들어섰을 때 문 가까이에 있는 의자에 회당 관리인 모세의 모습이 보였다. 그는 엘리위젤이 나타나자 그 동안에 자기와 자기 동료들이 겪었던 이야기를 자세히 들려주었다.

추방자들을 싣고 떠난 화물열차는 헝가리 국경을 지나 폴란드 영토에 들어가서 나치 독일의 비밀경찰인 게슈타포에 인계되었다고. 그리고 유대인들은 열차 밖으로 나와 이번에는 화물자동차에 옮겨 타야만 했다.

그들을 실은 화물자동차는 열을 지어 어떤 숲속으로 달렸고 유대인들은 숲속에 이르러 모두 차에서 내렸다. 게슈타포는 여기저기 커다란 구덩이를 파라고 했다.

유대인들이 작업을 마치자 게슈타포가 기다렸다는 듯이 자기들의 일을 시작했다. 그들은 전혀 흥분하거나 서두르지도 않고 유대인 포로들을 학살했다. 유대인들은 자기들이 판 구덩이로 들어가 목만을 내놓아야 했다.

젖먹이 아이들은 공중으로 휙휙 던져 띄운 다음 기관총으로 쏘아 죽였다. 이런 일이 벌어진 곳은 클로마예 근교 갈리치아의 숲속이었다.

그런데 회당 관리인 모세는 어떻게 그곳에서 탈출할 수 있었을까? 정말 기적적인 일이었다. 그는 다리에 부상을 입었다. 그 때문에 죽은 것으로 간주되었던 것이다.

그 후 그는 밤과 낮을 가리지 않고 유대인 집을 이곳저곳 찾아다녔다. 그리고 만나는 유대인 모두에게 죽는 데 3일이나 걸린 어린 소녀 말카의 최후에 대해서, 자식들 앞에서 어서 죽여 달라고 간청했던 재봉사 토비아스의 죽음에 대해서……. 비참한 목격담을 들려주었다.

그렇게 말하는 모세는 전혀 다른 사람으로 변해 있었다. 그의 눈동자에서는 어떤 기쁨도 찾아볼 수 없었으며, 더 이상 노래도 부르지 않았다.

그는 엘리위젤을 만나서도 하나님이나 밀교에 대해서도 더 이상 이야기하지 않았다. 다만 그가 목격했던 사건에 대해서만 이야기하는 것이었다.

그러나 사람들은 그의 말을 믿으려고 하지 않았을 뿐만 아니라 귀를 기울이려고도 하지 않았다.

"저 친구, 우리한테서 동정을 사려고 저러는 거야. 정말 상상력이 보통이 아니야!"

"불쌍한 친구, 저건 미친 거야."

사람들은 그를 이렇게 말했다. 그럴 때마다 모세는 슬피 울기만 했다.

"유대인 나의 동족 여러분! 내 말을 들어주십시오. 내가 여러분에게 바라는 것은 이것뿐입니다. 나는 돈이나 동정을 바라지 않아요. 오직, 내 말을 믿어 달라는 것뿐입니다."

그는 저녁 기도 시간에 이렇게 말하곤 했다.

엘리위젤도 그의 말을 믿지 않았다. 그러면서 가끔 예배가 끝난 저녁에 그와 함께 앉아 이야기를 들으며 그의 슬픔을 이해하려고 애를 썼다. 그러나 그에게 겨우 동정심만을 들 뿐이었다. 모세는 정색을 하고 말했다.

"사람들은 나를 미친 사람으로 취급하고 있어!"

이렇게 말하는 그의 눈에서는 촛농 같은 눈물이 주룩주룩 흘러내렸다. 엘리위젤이 그에게 물었다.

"왜 모세는 사람들이 당신 말을 믿어야 한다고 그토록 애를 쓰지요? 내가 당신이라면 나는 그들이 믿거나 말거나 내버려 두겠어요……."

그러자 그는 시간을 잊고 싶다는 듯 지그시 두 눈을 감았다.

"너는 이해하지 못해."

그는 절망적인 얼굴로 말했다.

"너는 이해할 수 없을 거야. 나는 기적적으로 살아난 사람이야. 그리고 여기로 돌아온 거야. 내가 그런 힘을 어디서 얻었겠니? 나는 내 죽음의 이야기를 모두에게 들려주기 위해서 이 시게트로 돌아오기를 원했던 거야. 그래서 아직 시간이 있을 때 사람들이 대비할 수 있도록 하기 위해서 말이야. 내가 살기 위해서 이곳에 돌아왔다고? 천만에! 내게 이제 내 인생은 더 이상 중요하지 않아. 나는 혼자 몸이야. 하지만 돌아오고 싶었어. 그래서 모두에게 사실을 알려주고 싶었던 거야. 하지만 누구 하나 내 말을 믿으려 하지 않으니……!"

1942년이 저물어 갈 무렵 마을의 일상생활은 정상을 되찾고 있었다. 그리고 모두가 매일 저녁 귀를 기울이고 있던 런던의 라디오 방송은 모두를 고무해 주는 뉴스를 전해 주었다.

독일군에 대한 매일 매일의 폭격이며 스탈린그라드, 제2전선의 준비 등등.

그래서 시게트의 유대인들은 멀지 않은 장래에 다가올 보다 좋은 내일을 꿈꾸고 있었다.

할아버지가 식구들과 함께 새해를 맞이하기 위해 오셨으므로, 엘리위젤은 보르셰의 유명한 랍비가 집전하는 예배에 참석할 수 있었다. 그리고 어머니는 큰누나 힐다를 위해 적당한 신랑감을 골라야 할 때가 되었다고 했다.

1943년은 무사히 지나갔다.

1944년 봄. 러시아 전선으로부터 반가운 소식이 전해 왔다.

'이제 독일의 패배에 대해서는 의심할 여지가 없다. 오직 시간문제일 뿐이었다. 몇 달, 아니 몇 주의 시간문제일 뿐이다.'

봄 날씨에 나무들은 꽃망울을 터뜨리고 하늘은 맑고 화창했다. 약혼식과 결혼식, 그리고 새로운 생명의 탄생 등으로 그 봄도 여느 해처럼 평화로웠다.

사람들은 이렇게 말했다.

"러시아 군대가 맹렬하게 전진하고 있다는군……. 히틀러가 아무리 우리를 해치고 싶어도 그렇게 할 수는 없을 거야."

사실 히틀러가 유대인을 멸종시키려 했다는 자체를 믿을 수가 없었다. 한 민족 전체를 어떤 이유로 전멸시킬 수 있단 말인가? 그렇게 많은 나라에 흩어져 사는 민족을 멸종시킨다는 건 불가능한 일이다. 그가 무슨 방법을 쓸 수 있겠는가? 20세기의 중엽인 이 시대에!

그 이외에도, 사람들은 모든 일(전략에, 외교에, 정치에, 그리고 시오니즘)에 관심을 쏟고 있었을 뿐, 그들 자신의 운명에 대해서는 전혀 관심을 두지 않았다. 그렇게 강하게 주장하던 회당 관리인 모세마저도 침묵을 지키고 있었다.

그는 더 이상 말을 하기에 진력이 나 있었다. 그는 눈을 내리깔고 등을 구부린 채 사람들의 눈길을 피하며 회당이나 길거리를 정처 없이 방황하고 있었다.

그 무렵에는 팔레스타나로 떠나는 이주 허가가 아직 가능했다. 그래서 엘리위젤은 아버지에게 모든 재산을 팔고 사업을 정리하여 떠나자고 졸랐다. 그러나 아버지는 이렇게 대답했다.

"얘야, 나는 너무 늙었다. 새로운 인생을 시작하기에는 너무 늙었어. 그렇게 먼 나라에 가서 인생을 시작하기에는 너무 늙었단 말이다."

부다페스트의 방송은 파시스트당이 정권을 잡은 사실을 보도했다. 그리하여 호르티(Horthey)는 나일라스(Nyilas)당의 지도자 중 한 사람에게 새로운 정부의 구성을 강요하지 않을 수 없었다.

그러나 이러한 사실도 아직 근심거리가 되기에는 충분하지 못했다. 모두들 파시스트들에 대하여 대강은 듣고 있었지만, 아직도 그들에 대하여 추상적인 개념만을 갖고 있는 정도에 그치고 있었다. 그래서 그저 행정부가 바뀌는 것으로만 여기고 있었다.

그러나 다음날, 좀 더 불안한 소식이 전해졌다. 정부 당국의 허가를 받은 독일군이 헝가리 영토에 들어왔다는 것이었다. 곳곳에서 불안감이 일기 시작했다. 유대 친구인 베르코비츠가 수도 부다페스트에서 돌아와 이런 말을 들려주었다.

유대인 추방 선고

그의 말은 이렇다.

"부다페스트의 유대인들은 불안과 공포 분위기 속에서 살고 있어. 날마다 길거리와 열차 안에서 반유대인 사건이 발생하고 있다구. 그리고 파시스트들은 유대인의 상점과 회당을 습격하고 사태가 점점 심각해지고 있는 거야."

이 소식은 불길처럼 시게트 전역에 퍼져서 모든 사람의 입에 오르내렸다. 그러나 그것도 잠시일 뿐, 낙관론이 되살아났다.

"독일군이 멀리 여기까지 오지는 않을 거야. 그들은 부다페스트에 머물게 될 거야. 그럴 만한 전략적, 정치적 이유가 없어."

그러나 사흘도 못 되어, 독일군의 차량이 마을에 모습을 나타냈다.

독일군의 첫인상이 나쁜 것만은 아니었다. 그들은 주민들을 안심시켰다. 장교들은 민가에서 숙박했으며 유대인의 집에서도 묵었다. 그들의 주인에 대한 태도는 냉정했지만 정중한 편이었다. 그들은 불쾌한 말도 하지 않았으며 여주인에게는 가끔 미소까지 지어 보였다.

한 독일군 장교가 엘리위젤의 집 맞은편에 머물렀다. 그는 칸 가족과 한방을 사용했다. 그들에 의하면 그 장교는 매력적인 사람으로 조용하고 예의 바르며 인정이 많다고 했다. 3일째 되었을 때 그 장교는 칸 부인에게 초콜릿 한 상자를 선물로 가져왔다. 낙관주의자들은 그것을 보고 기뻐했다.

"자, 여러분도 보셨지요? 그러기에 우리가 뭐라고 합디까? 여러분은 우리의 말을 믿지 않았었지요. 독일군은 여러분의 편이잖습니까! 그들을 어떻게 생각합니까? 그들의 잔인성이 어디에 있습니까?"

독일군은 이미 마을에 들어와 있었고, 파시스트들이 권력을 장악했으며 선고는 이미 내려져 있었다. 그런 가운데서도 시게트의 유대인들은 계속 미소만 짓고 있었다.

유월절(逾越節) 주간, 날씨는 화창하기만 했다. 엘리위젤의 어머니는 부엌에서 바삐 움직였다. 유대인 회당은 이제 다시 열리지 않았다. 주민들은 가정에서 모임을 가졌다. 독일군을 자극하지 않기 위해서였다. 실제로 모든 랍비의 아파트가 기도하는 장소가 되었다.

사람들은 먹고 마시고 노래를 불렀다. 성경은 행복하기 위해서는 축제의 7일 동안을 즐거워해야 한다고 가르쳐 주었던 것이다. 그러나 사람들의 가슴은 다가올 어떤 날을 불안하게 기다리며 점점 빠르게 뛰고 있었다.

축제가 빨리 끝나기고 이러한 광대놀이를 더 이상 하지 않아도 되기를 소원하여 마지않았다.

유월절의 제7일째 되는 날 마침내 막이 올랐다. 독일군은 유대인 사회의 지도자들을 체포하기 시작했다. 그 순간부터 모든 일이 아주 신속하게 진행되었다. 죽음을 향한 질주가 시작되었던 것이다.

그 첫 조치는, 유대인은 3일 동안 그들의 집을 떠날 수 없다는 것과 위반하면 사형에 처한다는 것이었다. 회당 관리인 모세가 헐레벌떡 달려왔다.

"제가 그러기에 경고하지 않았습니까?"

그는 아버지에게 이렇게 울부짖었다. 그리고 이쪽 대답은 기다리지도 않고 도망치듯 달려 나갔다. 같은 날, 헝가리 경찰이 길가에 있는 모든 유대인의 집안에 들이닥쳤다.

유대인들은 이제 집안에 금이나 보석, 기타 값어치가 나가는 물건은 어떤 것도 소유할 권리가 없었다. 그런 물건은 모두 당국에 바쳐야 했다.

그것도 위반하면 사형에 처한다. 아버지는 지하실로 내려가 그 동안 간직해 오던 귀중품을 묻었다.

한편 어머니는 자질구레한 일로 바삐 움직였다. 그러면서도 가끔 일손을 멈추고 말없이 자녀들을 바라다보았다. 3일이 지났을 때, 이런 포고령이 내려졌다.

'모든 유대인은 황색별을 착용해야 한다.'

마을의 유지 몇 사람이 아버지를 찾아왔다. 그들은 헝가리 경찰의 높은 사람과 연결되어 있는 사람들로, 황색별의 착용에 대하여 아버지의 의견을 들으러 왔던 것이다.

아버지는 그렇게 기분 나쁜 표정을 지어 보이지는 않았다. 어쩌면 그들을 낙담시키거나 상처를 건드리고 싶지 않았기 때문일 것이다.

"황색 별 말이오? 원 참, 그게 어떻다는 겁니까? 그것 때문에 여러분이 죽는 것도 아닐 테고……."

그러나 그것으로 그치지 않았다. 새로운 포고령이 계속 내려지고 있었다. 음식점이나 카페에도 갈 수가 없었으며, 기차여행을 하는 것도, 회당에 나가는 것도, 오후 6시 이후에는 거리에 나가는 것도 금지되었다.

그리하여 마침내 유대인의 '게토'가 생겼다.

시게트엔 두 군데의 '게토'가 설치되었다. 마을의 중앙에 위치한 큰 게토는 네 개의 거리를 차지했고, 다른 작은 것은 마을의 외곽으로 통하는 몇 개의 샛길을 경계로 설정되었다.

엘리위젤이 살던 세르펜트 가는 큰 게토 안에 있었다. 그래서 엘리위젤은 원래의 집에서 살 수 있었다. 그러나 그 집은 모퉁이에 자리 잡고 있어서 바깥 거리 쪽으로 향한 창문은 모두 봉해야만 했다. 그리고 방 몇 개는 아파트에서 쫓겨난 친척들에게 내주었다.

그런대로 생활은 조금씩 정상을 되찾고 있기는 했다. 주위에 둘러쳐진 가시철조망도 현실적인 두려움을 주지는 못했다. 이제 모두는 잘 지내고 있다고까지 생각하고 있었다. 거의 완전한 평정 상태를 회복한 것이다.

그것은 하나의 조그만 유대인 공화국이었다. 유대인 평의회, 유대인 경찰, 사회사업기관, 노동위원회, 보건위생국 등을 조직하여 하나의 완전한 정부기구를 갖추고 있었다.

그것을 보고 모두들 다행스럽게 생각했다. 눈앞에는 적의에 찬 얼굴이나 증오를 담은 시선이 보이지 않았다. 공포와 고뇌는 이미 사라지고 없었다. 유대인 속에서 형제끼리 살아가고 있기 때문이었다.

가끔 불쾌한 순간이 조금씩 있기는 했다. 독일군이 매일 군용 열차에 석탄을 땔 사람을 데려가기 위하여 찾아왔기 때문이다. 그런 일에는 선뜻 지원자가 많지 않았다. 그런 일만 제외한다면 분위기는 평화롭고 편했다.

일반적인 의견으로는, 전쟁이 끝나고 소련의 '붉은 군대'가 도착할 때까지 게토에 남아 있게 될 것이라고 했다. 그렇게 되면 모든 일이 전과 다름이 없을 것이라고 했다.

그러나 게토를 지배하고 있는 것은 독일군도 아니었고 유대인도 아니었다. 게토를 지배하고 있는 것은 헛된 환상이었다.

성령강림 축일 전의 토요일에, 사람들은 화사한 봄볕을 받으며 혼잡한 거리를 근심 걱정 없이 한가로이 거닐고 있었다. 어른들은 행복하게 담소를 나누고 있었고, 어린이들은 보도 위에서 즐거운 놀이를 하고 있었다.

엘리위젤은 몇몇 학교 친구들과 에즈라 말리크 공원에 앉아 『탈무드』에 관한 논문을 공부하고 있었다.

밤이 되자, 20여 명의 마을 사람들이 엘리위젤 집 뒤뜰에 모여들었다. 아버지는 그들에게 여러 가지 이야기를 들려주기도 하고, 현재의 상황에 대한 의견을 자세히 설명하기도 했다. 아버지는 훌륭한 이야기꾼이었다.

그때, 황급히 대문이 열리며 슈테른이 들어왔다. 그는 원래 상인이었으나 지금은 경찰관이 되어 있었다. 그가 아버지를 한쪽으로 데리고 갔다. 엘리위젤은 어둑한 가운데서도 아버지의 안색이 창백해지는 것을 볼 수 있었다.

"무슨 일인가요?"

사람들은 일제히 아버지에게 물었다.

"아직 모르겠습니다. 방금 평의회의 특별회의에 참석하라는 통지를 받았습니다. 짐작컨대 무슨 일이 틀림없이 있는 모양입니다."

그래서 들려주던 재미있는 이야기는 중간에서 끝나고 말았다.

"나는 가봐야겠습니다. 되도록 빨리 돌아오겠어요. 그때 모든 것을 말씀해 드리지요. 기다려주십시오."

몇 시간 동안 기다릴 준비를 했다. 아버지가 떠나고 나자 집 뒤뜰은 수술실 밖의 텅 빈 복도처럼 조용했다. 가족들은 대문이 열리기만 기다리고 있었다.

마치 하늘이 열리기를 기다리는 듯이.

소문을 듣고 달려온 다른 이웃 사람들도 아버지를 기다렸다. 사람들은 각자 시계를 들여다보았다. 시간은 지루하기만 했다. 이토록 긴 회의는 무엇을 의미하는 것일까?

"나는 불길한 징조를 보았어요." 하고 어머니가 말했다.

"오늘 오후, 우리 유대인 거리에서 낯선 얼굴을 보았어요. 독일인 관리 두 사람이었는데, 틀림없이 비밀경찰일 거라고 생각해요. 우리가 이곳에 온 이후 독일군 관리는 한 사람도 얼굴을 비친 적이 없었는데……."

시간은 거의 한밤중이 되어 갔다. 그러나 누구 하나 잠자러 가고 싶어 하지 않았다. 몇 사람은 자기 집안에 무슨 일이 있는가 싶어 확인하러 갔다가는 황급히 돌아왔다. 또 몇 사람은 집으로 돌아가면서도, 아버지가 돌아오는 대로 그들에게 즉시 알려달라는 당부를 남겼다.

이윽고 대문이 열리고 아버지가 돌아왔다. 아버지의 얼굴은 창백했다. 모두들 아버지를 에워쌌다.

"무슨 일이었습니까? 말씀해주십시오! 무슨 일이었는지 말씀해 주십시오!"

 그 순간, 조금도 두려워할 것은 아무것도 없다는, 그 날 밤 회의는 사회복지와 위생문제를 토의했을 뿐, 평상시와 다름없는 평범한 회의였다는 대답 한 마디가 아버지의 입에서 나오기를 얼마나 갈망했던가!

 그러나 아버지의 수척한 표정을 한 번 보는 것만으로도 사태를 짐작하기에 충분했다.

 "아주 나쁜 소식입니다."

 마침내 아버지가 입을 열었다.

 "우리를 추방한다고 합니다."

 게토마저 완전히 비워주어야 했다. 온 동네가 다음날부터 한 거리씩 한 거리씩 차례로 떠나야 할 운명이었다. 모두는 사정을 속 시원히 알고 싶어 했다.

 모두가 그 소식에 망연자실했으면서도 쓰디쓴 잔을 마지막 한 방울까지 마셔버리기를 갈망했다.

 "우린 어디로 가게 되는 겁니까?"

 그러나 그것은 비밀이었다. 유대인 평의회 의장만이 알고 있는 비밀이었다. 그러나 그는 말하지 않았다. 아니, 그는 말할 수가 없었던 것이다. 만일 그 비밀을 입 밖에 낸다면 총살하겠다고, 게슈타포가 그를 위협한 때문이었다.

 아버지가 낙담한 어조로 말했다.

 "헝가리의 어떤 곳으로 가서 벽돌공장에서 일하게 될 것이라는 소문이 떠돌고 있어요. 분명히, 전선이 이곳에서 아주 가깝게 때문일 겁니다……"

 잠시 침묵하던 아버지는 덧붙였다.

 "누구든 개인용 사물(私物)만을 가지고 가게 되어 있습니다. 약간의 음식과 간단한 옷가지를 넣은 가방을 등에 지고 갈 수 있을 뿐, 다른 것은 아무것도 소지할 수 없답니다."

다시 무거운 침묵이 흘렀다. 아버지가 침묵을 깼다.

"모두들 돌아가서 이웃사람들을 깨워 떠날 준비를 하도록 하십시오."

옆에 있던 사람의 그림자들이 마치 긴 잠에서 깨어난 듯이 자리에서 일어섰다. 그들은 말없이 사방으로 뿔뿔이 흩어졌다.

모두가 흩어져 가버리자, 순식간에 아버지와 식구들만 남게 되었다. 그때 갑자기 함께 살고 있는 친척 바티아라이흐가 방안으로 들어와 속삭였다.

"누군가 길 쪽의 봉해진 창문을 두드리고 있어요!"

누가 창문을 두드린다는 말을 들어보기는 전쟁이 난 후로 처음이었다. 그 사람은 아버지의 친구인 헝가리 경찰의 검찰관이었다. 그는 게토로 들어가기 전에 이렇게 말했었다.

"염려하지 말아요. 어떤 위험이 있으면 미리 알려드릴 테니까요."

그러니 그 사람이 어떤 정보를 제공해 줄 수 있었다면 가족은 아마 도망칠 수 있었으리라……. 그러나 봉한 창문을 간신히 열었을 때는 이미 늦었다. 창 밖에는 아무도 없었다.

게토가 잠에서 깼다. 한 집, 한 집씩 창문에 불빛이 비치기 시작했다. 엘리위젤은 아버지의 친구 집으로 들어가서 주인어른을 깨웠다. 그는 회색 수염에 몽상가의 눈을 가진 노인이었다. 평생 밤새워 공부만 한 탓으로 등이 굽어 있었다.

"일어나십시오, 선생님. 일어나세요! 여행 떠날 준비를 하셔야 해요! 선생님은 내일 전 가족과 함께 이 마을에서 쫓겨나게 되었다구요. 유대인이 다 쫓겨나게 되었어요. 어디로 가느냐구요? 선생님, 그건 묻지 마세요. 아무 질문도 하지 마세요. 오직 하나님만이 대답하실 수 있는 일이니까요. 제발, 어서 일어나십시오."

그러나 노인은 엘리위젤이 하는 말을 한 마디도 이해하지 못했다. 그는 아마 엘리위젤이 정신이 나간 것으로 생각했던 모양이다.

"무슨 얘길 하고 있는 거냐? 여행 준비를 하라고? 무슨 여행? 무엇 때문에? 뭐가 어떻게 되었다는 게냐? 너 미친 게 아니냐?"

그는 아직도 잠이 덜 깬 채 공포에 사로잡힌 눈길로 노려보며, 필경 내가 웃음을 터트리며

"계속 주무세요. 주무세요. 즐거운 꿈이나 꾸세요. 아무 일도 없었어요. 그냥 농담을 했을 뿐예요."

하고 말해 줄 것을 기대하는 것 같았다.

엘리위젤은 목이 타고 입술이 말라 말문이 막혔다. 더 이상 아무 말도 할 수 없었다. 그제야 그는 이해하는 듯 침대에서 나와 기계적인 동작으로 옷을 입기 시작했다.

그러고는 아내가 잠들어 있는 침대 곁으로 가서 아내의 이마를 한량없이 다정한 손길로 어루만졌다. 아내가 눈을 떴다. 그녀의 입술에서 잔잔한 미소가 스치는 것 같았다. 그는 다시 아이들의 침대로 가서 아이들을 꿈길에서 끌어내듯 흔들어 깨웠다. 엘리위젤은 밖으로 뛰쳐나갔다.

시간은 빠르게 흘러갔다. 벌써 새벽 4시가 되었다. 아버지는 지친 몸을 이끌고 이리저리 뛰어다니며 친구들을 위로하기도 했고, 유대인 평의회로 달려가 혹시 그 사이에라도 포고령이 취소되지 않았는지 알아보기도 했다. 최후의 마지막 순간까지도 아버지 가슴속에는 희망의 싹이 살아남아 있었다. 부인들은 계란을 요리하고 고기를 굽고 빵을 구워 왔으며 배낭을 꾸리고 있었다. 아이들은 풀이 죽어 고개를 숙이고 무엇을 해야 할지, 어디로 가야 할지 모른 채 어른들의 일에 방해가 되지 않도록 한편으로 비켜서서 겉돌고 있었다.

엘리위젤의 뒤뜰은 완전히 시장터가 되어 있었다. 집집의 비품들을 비롯하여 값비싼 양탄자, 은촛대, 기도서, 성경, 그리고 각종 종교예식에 쓰는 물건들이 짙푸른 하늘 아래 먼지투성이가 되어 땅바닥에 나뒹굴었

다. 그렇게 버려진 가재도구들은 지금껏 한 번도 주인을 만나지 못했던 것처럼 보였다.

아침 8시가 되자 피로감이 모든 사람의 혈관과 사지와 뇌수에 녹은 납처럼 무겁게 침전되기 시작했다.

돌연 거리에서 고함소리가 들려왔다. 엘리위젤은 성물(聖物)을 팽개치고 창문으로 달려갔다. 헝가리 경찰이 게토로 몰려와서 이웃 거리에서 고함을 질러대고 있었다.

"모든 유대인은 밖으로 나와라! 빨리, 빨리!"

그 가운데 유대인 경찰 몇 사람은 집집마다 찾아가 기죽은 목소리로 동족들에게 말했다.

"시간이 되었습니다……. 여러분 모두 떠나야 합니다……."

헝가리 경찰은 아무런 이유도 없이 곤봉과 총대를 좌충우돌 휘둘러대면서 노인과 여자, 어린이와 환자들을 가리지 않고 무자비하게 두들겨 팼다. 한 집, 한 집씩 텅텅 비고 거리에는 사람과 짐 보따리로 가득 찼다. 오전 10시가 되었을 때, 추방선고를 받은 모든 유대인이 집 밖으로 나와 있었다. 경찰은 출석을 불러 인원점검을 했다.

한 번, 두 번……. 스무 번, 그러는 동안 찌는 듯한 무더위 때문에 모두들 얼굴과 몸뚱이에서 땀을 비 오듯 흘렸다.

아이들이 물을 달라고 울부짖었다. 물을 달라고? 물은 가까운 곳 어디에나 많았다. 집 안에도 뜰에도 마실 물은 언제든지 있었다. 그러나 그들은 행렬에서 이탈하는 것이 금지되어 있었다.

"물! 엄마, 물! 물!"

게토 출신의 유대인 경찰은 행렬에서 움직일 수 있었으므로 몇 개의 물통을 몰래 채워줄 수 있었다. 엘리위젤의 누나들과 가족은 마지막으로 호송되게 되어 있어서 아직은 자유로이 활동할 수 있었으므로 힘이 닿는 데까지 그들을 도왔다.

끌려가는 사람들

이윽고 오후 한 시가 되자 출발신호가 떨어졌다. 그러자 기쁨이 일었다.

그렇다, 그건 기쁨이었다. 아마 그들은 찌는 듯한 무더위에 땀을 쏟으며 길 한복판에서 짐 꾸러미에 섞여 앉아 있는 것보다 더 괴로운 고통을 하나님이 주시지는 않으리라고 생각했으리라.

어떤 고통도 그보다는 나으리라고 생각했기 때문일 것이다. 그들은 버림받은 거리들, 죽은 듯 텅 빈 집들, 정원들, 묘비들을 한 번도 뒤돌아보지 않고 여행길에 올랐다.

그들은 등에 짐을 하나씩 짊어지고 있었다. 그들의 모든 눈은 넘치는 눈물로 흥건했다. 행렬은 천천히 무겁게 게토의 정문을 향해 움직여 갔다.

엘리위젤은 보도 위에 우뚝 선 채 한 발짝도 움직일 수가 없었다. 그때 수염을 말끔히 깎은 랍비가 허리는 구부정하고 등에 짐을 진 채 그 앞을 지나가고 있었다.

그가 추방자의 행렬에 끼어 있다는 사실만으로도 지금 벌어지고 있는 장면이 비현실적이라는 느낌을 더해 주었다. 그 장면은 어떤 이야기책에서, 바빌론에서 죄수나 스페인의 종교재판을 묘사한 어떤 역사소설에서 찢어낸 한 페이지와 흡사했다.

그들은 한 사람씩 한 사람씩 엘리위젤 앞을 지나갔다. 선생님들, 친구들, 그밖에도 평소 무서워했던 사람들, 한때 비웃었던 사람들, 여러 해 동안 함께 살았던 모든 사람들이 앞을 지나가고 있었다. 그들은 몰락한

몰골로 고향집과 어린 시절의 꿈을 버려둔 채 얻어맞은 개처럼 주눅이 들어 그들의 짐과 생명을 이끌고 지나가고 있었다.

  그들은 엘리위젤이 서 있는 쪽은 한 번도 거들떠보지 않고 지나갔다. 바라보는 엘리위젤을 부러워하고 있었음이 틀림없었다. 행렬은 거리의 저쪽 모퉁이에서 사라졌다. 몇 걸음만 더 가면 게토의 울타리를 완전히 벗어나게 될 것이다.

  추방자들이 모두 떠나버린 거리는 갑자기 파장 거리와 흡사했다. 갖가지 물건들이 널려 있었다. 여행가방, 손가방, 서류가방, 칼, 접시, 지폐, 종이, 빛바랜 초상화 등등.

  이 모든 물건은 추방자들이 가지고 가려고 생각했던 것이었지만 결국 뒤에 버려진 것이었다. 그것들은 이제 아무런 값어치도 없었다. 모든 곳의 모든 방들이 활짝 열려 있었다. 모든 출입문과 모든 창문이 허공을 향해 입을 크게 벌린 채 개방되어 있었다.

  모든 것이 누구에게나 마음대로였고 주인이 없었다. 그것은 아무나 마음대로 할 수 있는 것들이었다. 그것은 활짝 열린 무덤이었다. 따가운 여름 해살만 대지를 내리쬐고 있었다.

  엘리위젤 가족은 그 날 하루를 단식으로 지냈다. 그러나 배고픈 줄을 몰랐다. 모두가 지칠 대로 지쳐 있었다. 아버지는 추방자들을 게토의 출입구에까지 전송했다. 그들은 먼저 큰 회당을 통과해야 했다. 거기에서 그들은 잠시 동안 멈추어 금이나 은, 기타 값나가는 물건을 소지했는지의 여부를 조사받아야 했다. 그때 여기저기에서 날카로운 고함소리와 곤봉으로 구타하는 소리가 들렸다.

  "우리가 떠날 순서는 언젠가요?"

  엘리위젤은 아버지한테 물었다.

  "우린 모레 떠난다. 적어도, 적어도 사태가 변하지 않는 한 말이다. 기적이 일어나지 않는 한……."
 그들은 유대인들을 어디로 데려가는 것일까? 아직 아무도 그것을 모르고 있을까? 아니다, 알고 있으면서도 비밀이 철저히 지켜지고 있었던 것이다.
 밤이 되었다. 그 날 저녁은 일찍 잠자리에 들었다. 아버지가 말했다.
 "애들아, 잘 자거라. 모레 화요일까지는 아무 일도 없을 게다."
 월요일은 여름날의 작은 구름 조각처럼, 새벽녘의 꿈결처럼 지나갔다. 짐을 꾸리고 빵과 과자를 굽기에 바빴으므로 다른 일은 생각할 새도 없었다. 더욱이 포고문도 이미 교부받은 뒤였다.
 그 날 저녁, 어머니는 아주 일찍 잠자리에 들게 하면서 힘을 내라고 타일렀다. 그것이 엘리위젤이 집에서 보낸 마지막 밤이었다. 엘리위젤은 새벽에 일어났다. 추방되기 전에 기도할 시간을 갖고 싶었기 때문이다.
 아버지는 더 일찍 일어나 새로운 소식을 얻으려고 밖으로 나갔다. 아버지는 여덟 시경에 돌아왔다. 좋은 소식이 있었다. 오늘 마을을 떠나지 않아도 된다는 것이었다. 그 대신 작은 게토로 옮겨가서 마지막 호송순서를 기다리게 되어 있다고 했다. 결국 맨 마지막으로 떠나게 되었던 것이다. 오전 아홉 시, 지난 일요일에 일어났던 일이 이 날도 그대로 재현되었다. 경찰이 곤봉을 휘두르며 고함을 질러댔다.
 "유대인은 모두 밖으로 나와!"
 모두는 벌써 준비가 되어 있었다. 내가 제일 먼저 집을 나섰다. 부모님의 얼굴을 보고 싶지 않았기 때문이다. 울음을 터뜨리고 싶지 않았던 것이다. 모두는 이틀 전 먼저 추방되었던 사람들이 그랬던 것처럼 길의 한복판에 앉아서 기다렸다. 그 날과 똑같은 무더위와 똑같은 갈증을 느끼고 견뎌내야만 했다. 그러나 우리에게 물을 가져다 줄 사람은 이제 아무도 없었다.
 나는 우리 집을 바라보았다. 나는 그 집에서 여러 해 동안 하느님을 찾

앉으며, 거기에서 구제주의 도래를 빨리 보기 위해 단식했으며, 거기에서 내 인생이 장차 어떻게 될 것인가를 상상했었다. 그러나 나는 슬픔을 거의 느끼지 않았다. 나는 아무것도 생각하지 않았던 것이다.

"일어서! 번호!"

일어섰다, 번호를 붙였다, 앉았다, 다시 일어섰다, 같은 자리에서 같은 동작이 한 차례 되풀이되었다. 아니, 끝없이 되풀이되었다. 모두는 어서 데려다 주기를 조바심 속에서 기다렸다. 대체 그들은 무엇을 기다리는 것일까? 마침내 명령이 떨어졌다.

"앞으로 갓!"

아버지는 울었다. 아버지가 우는 것을 본 것은 그때가 처음이었다. 나는 아버지가 울 수 있다는 것을 한 번도 상상해 본 적이 없었다. 그러나 아버지는 굳은 표정으로 깊은 생각에 잠긴 채 말 한마디 없이 걸어가고 있었다. 나는 막내 누이 치포라를 바라보았다. 금발머리를 멋지게 빗어 넘기고 팔에 빨간 코트를 걸친든 그 애는 일곱 살 난 어린 소녀였다. 그 애가 등에 지고 있는 짐 꾸러미는 그 애에게는 너무나 무거웠다. 그 애는 이를 깨물었다. 그 애도 이제는 투정을 부려보아야 아무 소용이 없다는 것을 알아차리고 있었다. 경찰이 계속 곤봉을 휘둘러댔다.

"더 빨리!"

나에게는 힘이 남아 있지 않았다. 그러나 여행은 이제 막 시작이었다. 나는 너무나 허약했다……

"더 빨리! 더 빨리! 계속 걸으라구, 이 게으름뱅이 돼지야!"

헝가리 경찰은 계속 으르렁거렸다. 내가 그들을 증오하기 시작한 것은 바로 그 순간부터였다. 나의 이 증오심은 오늘날까지도 나와 그들 사이에 하나의 고리로 남아 있다. 그들은 우리의 첫 번째 압제자였다. 그들은 우리가 처음으로 만난 지옥과 죽음의 얼굴이었다.

모두는 뛰라는 명령을 받았다. 모두는 구보로 전진해 나갔다. 우리가 그처럼 강하리라고 누가 생각이나 했겠는가? 우리의 동포이나 유대인이 아닌 주민들이 창문 뒤에서, 혹은 덧문 뒤에서 우리들이 지나가는 모습을 내다보고 있었다. 마침내 모두는 목적지에 도착했다. 모두는 땅바닥에 가방을 내던지며 그 자리에 쓰러졌다.

"오 하느님, 우주의 주님, 우리를 불쌍히……."

작은 게토. 3일 전만 해도 그곳에는 사람들이 살고 있었다. 그들은 지금 우리가 쓰고 있는 물건의 주인들이었다. 그들은 추방된 것이었다. 모두는 이미 그들을 완전히 망각하고 있었다.

그곳의 무질서는 큰 게토보다 훨씬 더했다. 그 점으로 미루어 보아 그들은 예기치 못하고 있다가 갑자기 추방당한 것이 분명했다. 나는 아저씨 가족이 살았던 방으로 가보았다. 식탁 위에는 반쯤 먹다 남은 수프 그릇이 그대로 있었으며, 오븐에 넣으려고 준비한 파이도 그대로 방치되어 있었다. 마룻바닥에는 책들이 어지럽게 널려 있었다. 아저씨는 그 책들을 가지고 가려고 했던 것일까?

모두는 그곳에 자리를 잡았다.(그런 곳에 자리를 잡다니!) 나는 땔감을 구하러 밖으로 나갔다. 내가 구해 온 땔감으로 누나들이 불을 피웠다. 어머니는 피로를 무릅쓰고 식구들이 먹을 음식을 준비하기 시작했다.

"모두는 계속 가야 한다. 앞으로도 계속 가야 한다구."

어머니는 이렇게 되풀이 말했다.

화물차에 실려 가는 사람들

사람들의 사기는 그렇게 나쁜 편은 아니었다. 그리하여 모두는 새로운 환경에 어렵지 않게 익숙해지기 시작했다. 사람들은 길거리에서 낙관적인 대화를 나눌 정도까지 되었다.

"독일 놈들은 우리까지 추방할 시간적 여유는 없을 거야……. 이미 추방된 사람들에게는 참 유감스러운 일이야. 하지만 이제는 그런 일이 다시는 없을 거야. 아마 놈들은 전쟁이 끝날 때까지 우리를 이 형편없이 누추한 곳에 살도록 내버려 두게 될 거야."

강제수용소로 가는 철길

사람들은 이렇게 말했다. 게토에는 보초도 없었다. 누구나 마음대로 들고 날 수 있었다.

옛날 엘리위젤의 점원이었던 마르타가 나타났다. 그녀는 아주 서럽게 울면서 말했다.

"제가 살고 있는 마을로 가세요. 그곳에 가면 주인님이 안전하게 피할 수 있는 거처를 제공할 수 있어요."

그러나 엘리위젤 아버지는 그녀의 간청을 받아들이려 하지 않았다.

"너희들이나 가고 싶으면 가거라. 나는 여기서 너희 어머니와 아기와 함께 남겠다……."

아버지는 삼남매를 보고 이렇게 말했고 당연히 그들도 부모와 헤어질 수 없었다.

밤이 되었다. 그러나 어느 누구도 기도를 하지 않았다. 그래서 밤은 빨리도 지나갔다. 오직 별들만 세상을 사로잡는 불빛이었다. 앞으로 어느 날 그 불빛이 죽는다면, 하늘에는 죽은 별들, 죽은 눈들 외에는 아무것도 남아 있지 않으리라.

잠자리로 들어가는 것, 추방당한 사람들이 사용했던 잠자리로 들어가 휴식을 취하고 기운을 회복하는 것 외에는 할 일이 아무것도 없었다.

새벽이 되자 우울했던 감정은 말끔히 가셨다. 마치 휴일을 맞은 듯한 기분을 맛보았다. 사람들은 이렇게 말했다.

"누가 알아? 어쩌면 우리 자신의 이익을 위해서 우리가 추방되고 있는지도 모르니까 말이야. 여기에선 전선이 멀지 않아. 아마 모두는 곧 총소리를 듣게 될 거야. 그렇게 되면 일반시민은 모두 소개(疏開)될 것이고……."

"어쩌면 그들은 우리가 게릴라를 도울까봐 두려워서 이런 짓을 하고 있는지도 모르지……."

"내가 보기에 이 추방사업 전체가 하나의 희극일 것 같아. 웃지 말라구. 정말 그렇다니까. 독일 놈들은 단지 우리가 가진 보석을 빼앗으려는 수작일 거야. 놈들은 우리가 모든 걸 땅에 묻었다는 사실을 알고는 우리를 다 쫓아내고 그것을 찾아내려고 눈이 빨갈 거야. 도둑질을 하려면 주인이 휴가중일 때가 쉽지 않겠어……."

휴가중이라니!

아무도 믿지 않는 이러한 낙관적인 이야기는 시간을 보내는 데는 도움이 되었다. 그곳에 살고 있던 며칠간은 평화로운 가운데 이렇게 즐겁게 지나갔다. 사람들은 서로서로 전보다 더 호의적으로 대했다. 이제 부유하고 가난하고, 사회적 지위가 높고 낮은 문제는 중요하지 않았다. 중요한 것은 아직 모두의 운명이 어떻게 될지 아무도 모르고 있다는 것과 모두가 똑같은 운명을 선고받은 처지라는 사실이었다.

여자 수용소의 내부

휴일인 토요일이 축출의 날로 선택되었다. 지난밤에는 전통적인 금요일 저녁의 성찬을 들었다. 빵과 포도주에 관습적인 감사기도를 올린 후 말 한 마디 없이 그것들을 모두 먹어치웠다. 엘리위젤 식구도 마지막으로 식탁에 둘러앉았다는 것을 느낄 수 있었다. 그 날 밤은 모두 마음속에 떠오르는 갖가지 생각과 추억 때문에 잠을 이루지 못했다.

새벽이 되어 떠날 준비를 하고 거리에 모였다. 이번에는 헝가리 경찰이 한 사람도 눈에 띄지 않았다. 유대인 평의회와 맺은 합의에 따라, 평의회 자체에서 호송을 맡기로 했던 것이다. 행렬은 마을에서 제일 큰 회당을 향하여 나아갔다. 마을은 텅 빈 것 같았다.

회당은 수화물과 눈물로 혼잡을 이룬 거대한 역과 흡사했다. 제단은 부서지고 휘장들은 찢겨 떨어지고 벽은 벗겨져 있었다. 회당 안은 너무 많은 사람들로 차서 거의 숨을 쉴 수 없을 정도였다. 모두는 거기서 공포의 24시간을 보냈다.

남자들은 1층에, 여자들은 2층에 수용되었다. 그 날은 토요일이어서 마치 예배에 참석하기 위해 거기에 온 것만 같았다. 아무도 밖으로 나갈 수 없었기 때문에 사람들은 한쪽 구석에서 용변을 보기도 했다.

다음날 아침, 모두는 역으로 행진해 갔다. 거기에는 가축을 싣는 화물열차가 기다리고 있었다.

헝가리 경찰이 화물열차에 태웠다. 한 칸에 80명씩 배정했다. 화차마다 빵 몇 덩어리와 물 몇 통이 배당되었다.

그들은 창문이 흔들거리지 않는지를 일일이 점검한 후에 모든 화차를 봉해 버렸다. 각 화차에는 책임자가 한 사람씩 지명되었다. 한 사람이라도 탈출할 경우 그 사람은 총살을 당하게 되어 있었다.

플랫폼에는 게슈타포 장교 두 사람이 미소를 지으며 한가롭게 거닐고 있었다. 모든 일이 치밀하게 계획되었으며, 모든 일이 계획대로 착착 진행되고 있었다.

이윽고 호각 소리가 한 차례 허공을 갈랐다. 열차 바퀴가 움직이기 시작하여 어디로 가는지 알 수 없는 방향으로 달리기 시작했다.

반 미친 여자

너무 많은 사람이 한 칸에 실려 있어서 편하게 드러눕는다는 것은 생각할 수도 없었다. 앉는 것마저도 서로 교대하기로 결정한 다음에야 가능했다. 화차 칸은 공기도 모자랐다. 운 좋게 창문 가까이에 자리를 잡은 사람들은 회전하듯 스쳐 지나가는 시골 풍경과 꽃구경을 할 수 있었다.

이틀째가 되자 모두가 갈증에 시달리기 시작했다. 날씨가 견딜 수 없을 정도로 푹푹 쪘다.

사회의 모든 속박에서 벗어난 젊은이들은 공공연히 본능적으로 굴었다. 그들은 세상에 자기들밖에는 없다는 듯이 다른 사람은 개의치 않고 컴컴한 속에서 여러 사람이 보거나말거나 성행위를 해댔다.

그래도 사람들은 모르는 척했다. 그런 따위가 중요하지 않았기 때문이다. 아직 음식물이 조금 남기는 했지만 허기를 때울 정도로 많지는 않았다. 내일을 위해 절약하는 것, 그것이 모두의 규칙이었다. 내일은 더 어려워질지도 모르기 때문이었다.

열차는 체코슬로바키아의 국경지대인 작은 마을 카샤우에서 멈추어 섰다. 그제야 모두는 헝가리 국내에 남지 않게 된다는 것을 알아차렸다. 그래서 모두 눈이 휘둥그레졌다. 그러나 때는 이미 늦었다.

화차 문이 미끄러지듯 열렸다. 독일군 장교가 헝가리인 통역관을 데리고 올라와 자기소개를 했다.

"이 순간부터 여러분은 독일군의 관할지역에 들어왔다. 첫째, 여러분 중에 아직도 금이나 은, 시계를 소지하고 있는 사람은 지금 내놓아야 한다. 만일 나중에 그런 것이 발각될 때는 즉석에서 총살하겠다. 둘째, 환자가 있다면 누구나 병원 칸으로 옮겨도 좋다. 이상!"

헝가리인 통역관이 바구니를 하나 들고 사람들 사이를 지나가면서 가혹한 공포에서 벗어나고자 하는 사람들로부터 마지막 소지품을 거두고 있었다.

"현재 이 화차에는 모두 80명이 타고 있다."

독일군 장교가 다시 덧붙였다.

"만일 그 중에서 한 사람이라도 실종된다면 여러분은 모두 개처럼 총살당하게 될 것이다……."

그들이 사라졌다. 다시 문이 닫혔다. 빠져나갈 길은 완전히 차단된 상태였다. 철저히 밀봉된 가축 싣는 화차 칸이 모두의 세계였다.

화물칸에는 쉐크터라는 부인이 타고 있었다. 그녀는 50세쯤 된 부인으로 한쪽 구석에 웅크리고 있는 열 살 난 아들과 동행하고 있었다. 그녀의 남편과 위로 두 아들 형제는 잘못되어 제일 먼저 호송된 사람들과 함께 추방되었다. 그 생이별 때문에 그녀는 정신이 돈 상태였다.

엘리위젤은 그녀를 잘 알고 있었다.

그녀는 격렬하게 타는 듯한 눈동자와 교양 있고 차분한 성품을 지니고 있었으며 엘리위젤 집에 가끔 놀러 왔었다.

경건했던 그녀의 남편은 밤낮 공부에만 열중했으므로 부인이 가족의 부양을 위해 일을 했다. 그런 그녀 마담 쉐크터는 정신이상자가 되어 있었다.

여행 첫날부터 신음소리를 내기 시작했고 그녀가 무엇 때문에 가족과 헤어져야 하느냐고 이 사람 저 사람에게 계속 되물었다. 시간이 흐름에 따라 그녀의 울부짖음은 히스테리성 발작으로 진전되었다.

3일째 되는 날 밤, 우리가 서로 기대앉았거나 선 채로 잠들어 있을 때 갑자기 날카로운 고함소리가 밤의 정적을 깨뜨렸다.

"불이야! 불이 보인다! 불이 보인다!"

사람들은 모두 놀랐다. 고함을 친 사람은 마담 쉐크터였다. 창문을 통해 들어오는 희미한 빛을 받으며 화차의 한 가운데 서 있는 그녀의 모습은 옥수수 밭에서 말라비틀어진 한 그루 줄기와 같았다. 그녀는 팔을 들어 창문 쪽을 가리키며 외쳤다.

"봐요! 저길 봐요! 불! 무서운 불! 오, 저 불불!"

남자 몇 사람이 창문 쪽으로 밀치고 다가가서 바깥을 내다보았다. 그러나 밖에는 칠흑 같은 어둠뿐 보이는 것은 아무것도 없었다.

그녀의 이 소름끼치는 고함소리가 준 충격은 모두에게 한동안 깊이 남아 있어서, 계속 떨어야만 했다. 레일 위를 굴러가는 차바퀴의 신음 같은 소리를 들을 때마다 미지의 깊은 바다가 발아래 펼쳐지는 듯한 느낌을 받곤 했다. 모두 자신의 고뇌를 달랠 힘도 없으면서,

"저 여자는 미친 거야. 불쌍한 여자……."

하고 애써 자위하려고 했다.

누군가 젖은 수건을 그녀의 이마에 얹어주고 진정시키려고 했다. 그래도 그녀는 외마디 비명을 계속 질러댔다.

"불! 불!"

그러나 그녀의 어린 아들이 어머니의 치마에 매달리며 그녀의 두 손을 붙잡아 진정시키려고 기를 쓰면서 울부짖었다.

"그만 됐어, 엄마! 거긴 아무것도 없어. 그만 앉아."

부인의 울부짖음보다도, 어린 아들의 이런 모습이 보는 이의 마음을 훨씬 더 찢어 놓았다.

몇몇 부인들이 그녀를 진정시키려고 애를 썼다.

"진정하세요. 남편과 아이들을 다시 만나게 될 거예요. 며칠만 있으면 말예요."

그래도 그녀는 흐느낌 때문에 한풀 꺾인 채 숨 가빠하며 계속 소리를 질렀다.

"여러분, 내 말을 들어요! 불길이 보여요! 저기에 거대한 불꽃이 있어요! 용광로 같은 불길이!"

그녀는 마치 그녀 자신의 깊은 곳에서 말하는 어떤 악령에게 홀려버린 여자처럼 보였다. 모두는 그녀를 위로하기보다는 자기 자신의 평정을 되찾고 자신의 막혀오는 숨결을 회복하기 위하여, 그녀를 엉뚱하게 해석하기에 더욱 애를 쓰고 있었다.

"저 여자는 갈증으로 목이 타기 때문에 저러는 거야. 불쌍한 여자! 그 때문에 자기를 삼키려는 불길에 대해 계속 지껄이고 있는 거야."

그러나 그렇게 변명을 해도 아무 소용이 없었다. 공포심은 열차의 옆구리를 박차고 뛰쳐나갈 정도였다. 모두의 신경은 파열 직전에 있었으며 몸은 떨고 있었다. 마치 광기가 모두를 사로잡고 있는 것만 같았다. 더 이상 참을 수가 없었다. 젊은이 몇 사람이 강제로 그녀를 앉히고 몸을 묶은 후에 입에 재갈을 물렸다.

다시 조용해졌다. 어린 아들은 어머니의 곁에 앉아 울고 있었다. 다들 다시 정상적으로 숨을 쉬기 시작했다. 밤의 어둠을 뚫으며 달리고 있는 열차의 단조로운 쇠바퀴소리를 들을 수 있었다. 모두는 졸기 시작했고 휴식하기 시작했으며 꿈꾸기 시작했다……

그렇게 한 시간, 아니면 두 시간이 지나간 후였다. 그때 또 다른 고함소리가 고른 숨결을 앗아가 버렸다. 예의 부인이 묶인 줄에서 풀려나와 전보다 더 큰 소리로 울부짖었다.

"저기를 보세요! 불꽃, 불꽃, 곳곳에 불꽃 천지예요……."

다시 한 번 젊은이들이 그녀를 꽁꽁 묶고 재갈을 물렸다. 그들은 그녀를 구타하기까지 했다. 어른들도 젊은이들 편이었다.

"조용히 하게 만들라구! 그 여잔 미쳤어! 입을 막아버려! 그 여자 혼자만 이 차에 타고 있는 게 아니란 말야. 그 여자는 입을 다물어야 해……."

젊은이들은 그녀의 머리를 여러 차례 쥐어박았다. 그녀를 죽일지도 모르는 강한 주먹 세례였다. 그 어린 아들은 어머니에게 달라붙은 채 울지도 못했다. 그리고 이제는 눈물도 흘리지 않았다.

끝없는 밤이 지나고 새벽이 다가왔다. 마담 쉐크터는 조용해졌다. 그녀는 한쪽 구석에 웅크리고 앉아 황당한 눈길로 허공을 바삐 더듬고 있었다. 그녀는 더 이상 사람들을 쳐다보지도 못했다.

그녀는 그날 낮에는 종일토록 벙어리처럼 입을 다문 채 멍한 표정으로 사람들에게서 격리된 상태로 지냈다. 그러나 밤이 되자마자 그녀의 울부짖음이 다시 시작되었다.

"저기, 저 너머에 불길이 있어요!"

그녀는 허공 한 지점, 언제나 똑같은 한 지점을 가리키고 있었다. 사람들은 그녀를 구타하는 데에도 이젠 지쳐 있었다. 무더위, 갈증, 고약한 악취, 숨 막힐 듯한 공기의 부족이 모든 것들을 갈가리 찢어놓을 듯했다. 그것은 그녀의 비명에 비하면 아무것도 아니었다. 그렇게 며칠만 더 계속되었다면 모두가 그녀처럼 고함을 지르고 미칠 것이다.

그러나 기차는 마침내 어느 역에 도착했다. 차창 곁에 있던 사람들이 그곳의 역 이름을 말했다.

"아우슈비츠!"

그런 이름을 들어본 사람은 아무도 없었다. 열차는 다시 떠나지 않았다. 오후가 서서히 지나갔다. 이윽고 화차의 문이 미끄러지듯 열렸다. 물을 가져오기 위해 두 사람이 차에서 내려갔다.

그들이 돌아와서 들려준 바에 의하면, 이곳이 종착역이라는 것이었다. 그들은 금시계 한 개를 주고 그런 정보를 입수했다고 했다. 여기에서 내리게 될 것이며, 여기에는 노동자 캠프도 있고 노동조건도 좋다는 것이었다. 더욱이 이제는 가족들이 뿔뿔이 흩어지지 않아도 좋다고 했다. 다만 젊은이들만은 공장으로 가서 일하게 될 것이며, 노인들과 환자들은 들일에 종사하게 될 것이라는 것이었다. 확신에 찬 자신감이 모든 사람의 마음속에서 치솟았다. 지난 며칠 밤의 공포로부터 갑작스레 해방된 듯한 기분을 느꼈다. 모두는 하나님께 감사를 드렸다.

마담 쉐크터는 자신감에 들뜬 사람들에게는 눈길도 주지 않고 풀이 죽은 채 구석자리에서 꼼짝하지도 않았다. 그녀의 어린 아들이 어머니의 손을 어루만지고 있었다. 황혼녘이 되자 화차 안에 어둠이 깔렸다. 모두는 마지막 남은 음식을 먹기 시작했다. 밤 열 시가 되어, 모든 사람이 잠시 눈을 붙이기 위하여 편안한 자리를 찾았다. 얼마 후에는 모두들 잠에 떨어졌다. 그때 돌연 고함소리가 들렸다.

남자는 좌측, 여자는 우측으로!

"불! 용광로! 보세요, 저 너머를……!"

깜짝 놀라 잠에서 깨어난 사람들은 창문 쪽으로 몰려갔다. 순간적으로나마 다시 한 번 그녀의 말을 믿었던 것이다. 그러나 바깥에는 밤의 어둠뿐 아무것도 없었다. 사람들은 마음속으로 부끄러움을 느끼면서 제자리로 돌아갔다. 그러나 한편으로는, 자신감에도 불구하고 일말의 불안감을 떨쳐 버릴 수가 없었다. 그녀가 계속 고함을 질러대자 젊은이들이 그녀를 다시 두들겨 팼지만 그녀를 조용하게 하기는 참으로 힘든 일이었다.

화차의 책임자가 플랫폼 주위를 거닐고 있는 독일군 장교를 불렀다. 그리고 마담 쉐크터를 병원 칸으로 옮겨갈 수 있는지의 여부를 물었다.

"참고 기다려 보시오. 그 여자는 곧 옮겨지게 될 테니까."

독일군 장교는 간단히 대답했다.

밤 11시, 열차가 움직이기 시작했다. 엘리위젤은 차창 곁으로 바짝 붙었다. 호송열차가 움직이다 말고 15분쯤 후에는 그 속도가 줄었다. 차창을 통해 철조망이 보였다. 그곳이 수용소하는 것을 알 수 있었다.
 사람들은 마담 쉐크터라는 존재를 깜박 잊어버리고 있었는데 갑자기 공포에 찬 고함소리가 들렸다.
 "여러분, 저길 보세요! 차창을 통해서 봐요! 불꽃! 보세요!"
 열차가 멈추었을 때, 이번에는 정말 높은 굴뚝에서 검은 하늘로 뿜어 나오는 불꽃을 볼 수 있었다.
 그러나 마담 쉐크터는 침묵을 지키고 있었다. 그녀는 다시 한 번 벙어리가 되어 무관심하고 멍한 표정으로 구석자리로 되돌아가 쭈그리고 앉았다.
 사람들은 어둠 속에서 타오르는 불꽃을 지켜보고 있었다. 창틈으로 코를 찌르는 역한 냄새가 파고들었다. 이때 갑자기 화차 칸의 문이 열렸다. 그와 함께 줄무늬 셔츠와 검정 바지 차림의 괴상한 모습을 한 사람들이 안으로 뛰어들었다. 그들은 전등과 곤봉을 좌충우돌 휘두르며 고함을 질렀다.
 "모두 내려! 차 밖으로 나갓! 빨리 빨리!"
 모두는 뛰어내렸다. 엘리위젤은 마지막으로 마담 쉐크터를 힐끗 보았다. 어린 그녀의 아들은 여전히 엄마 손을 잡고 있었다.
 그들 앞에서는 불꽃이 치솟고 있었다. 그리고 공중에서는 사람 타는 냄새가 가득했다. 짐작컨대 시간은 한밤중쯤 되었음에 틀림없었다. 아우슈비츠의 임시수용소인 비르케나우에 도착한 것이다.
 모두는 소중하게 간직해 왔던 물건들을 모두 열차 안에 버려둔 채 내려야만 했다. 그리고 그와 함께 모든 환상도 거기에 내버려야만 했다.
 나치 독일의 친위대원들이 약 2야드의 간격으로 한 사람씩 늘어선 채 모두를 향해 경기관총을 겨냥하고 있었다. 모두가 손에 손을 맞잡고 동료들의 뒤를 따라 걸었다.
 친위대의 하사관 한 사람이 곤봉을 들고 앞에 와서 마주섰다. 그리고

수용소 감시초소와 철조망

명령을 내렸다.

"남자는 좌측으로! 여자는 우측으로!"

이 네 마디 명령은 조용하고 무관심한 어조로 감정도 없이 내려졌고, 그 네 마디 말은 지극히 간결하고 짧았다. 그러나 그 말이 떨어지는 찰나가 남편과 아내가, 아들과 어머니가 영원히 헤어지는 바로 그 순간이었다.

엘리위젤은 생각할 틈도 없었다. 이미 아버지의 손이 자기 손을 조이는 것을 느꼈다. 거기엔 부자만 남았다. 지극히 짧은 순간, 어머니와 누이들이 오른쪽으로 멀어져 가는 모습을 힐끔 보았다.

치포라는 어머니의 손을 꼭 잡고 있었다. 엘리위젤은 그들이 저만큼 사라져 가는 것을 바라보았다. 그리고 아버지와 다른 남자들과 걸어가고 있는 동안, 어머니는 치포라를 보호하려는 듯이 그녀의 금발머리를 쓰다듬고 있었다.

엘리위젤은 그 순간 그렇게 어머니와 치포라를 영원히 볼 수 없는 이별을 하고 있다는 사실을 모르고 있었다. 공포 속에 어른들을 따라 계속 걸어야 했다. 아버지가 손을 꼭 잡고 있었다.

뒤에서 노인 한 사람이 땅바닥에 쓰러졌다. 노인 곁에는 권총을 찬 친위대원 한 명이 서 있었다.

엘리위젤은 아버지의 팔을 움켜잡았다. 아버지를 놓치지 말아야 한다는 생각뿐이었다. 혼자 떨어져서는 안 된다는 생각만 했다. 친위대 장교들이 명령을 내렸다.

"5열로 정돈!"

소동이 일었다. 무슨 일이 있어도 아버지와 함께 있어야만 했다.

"이봐, 너 몇 살이야?"

수용소의 재소자 한 사람이 이렇게 물었다. 엘리위젤은 그의 얼굴을 볼 수가 없었다. 그러나 그의 목소리는 긴장되고 지쳐 있었다.

"아직 열다섯 살이 못 되었어요."

"아니야, 열여덟 살이겠지?"

"아닙니다, 열다섯 살이에요."

"바보 같으니라구. 내 말대로 해."

그 사람은, 이번에는 아버지에게 나이를 물었다. 아버지가 대답했다.

"쉰입니다."

그 사람의 목소리가 아까보다 날카로워졌다.

"아니야, 쉰이 아니고 마흔이야. 내 말 알아듣겠어? 열여덟과 마흔이라구!"

그는 밤의 그림자 속으로 사라졌다. 그러자 두 번째 사나이가 다가와 우리에게 악담을 퍼부었다.

"여기엔 뭣 하러 왔어? 이 개새끼들아! 예서 뭘 하려고 왔는가 말야, 엉?"

그러자 무리 중에 누군가가 용감하게 대꾸를 했다.

"당신은 어떻게 생각하시오? 우리가 좋아서 여기에 온 걸로 생각하시오? 우리가 자진해서 온 줄로 아시오?"

그가 조금만 말을 더 했더라면 그 악담자는 그를 죽였을 것이다.

"주둥아리 닥쳐, 이 더러운 돼지야! 그렇지 않음 당장 짓뭉개 줄 테다! 네 놈은 여기에 오기보다 네가 살던 곳에서 스스로 목매달아 죽는 편이 나았다구. 이 아우슈비츠에 너를 위해 무엇을 준비해 두었는지 알기나 하는 거야? 1944년의 소식도 못 들었나?"

그렇다. 모두는 아무 소문도 못 들었었다. 악담자는 자기의 귀가 의심스러운 모양이었다. 그의 말투는 점점 거칠어지고 있었다.

화장장 불구덩이 앞에서

"저 너머 저기 굴뚝이 보이지? 보이겠지! 그리고 불꽃도 보이지? 저 너머, 저기가 너희들을 데리고 갈 곳이야. 저 너머, 거기는 너희들의 무덤이라구. 그걸 아직도 몰랐나? 이 바보 같은 놈들아, 그래 아무것도 몰랐단 말이야? 너희들은 화장되는 거야. 지글지글 튀겨져서, 나중에는 재가 되어 날아간단 말이다!"

모두가 그것을 보았다. 악담자의 분노는 발작적으로 변하고 있었다. 모두는 꼼짝하지 않은 채 돌처럼 굳어졌다.

"이게 악몽이 아닐까? 상상할 수도 없는 악몽 아닌가 말이다."

가스실 화장터

주위에서 나직이 중얼거리는 소리가 들렸다.

"모두는 뭔가 해야 해. 우리 자신을 죽어 가도록 내버려 둘 수는 없어! 짐승처럼 학살을 당할 수야 없지. 반란을 일으켜야 해!"

그들 가운데 건장한 체격의 젊은이가 몇 사람 있었다. 그들은 칼을 지니고 있었다. 그들은 무장한 감시병들에게 운명을 맡기고 행동을 취하자고 선동했다.

한 젊은이가 외쳤다.

"아우슈비츠의 존재를 세상에 알립시다! 아직 도망칠 수 있는 시간이 남은 모든 사람들에게 이 사실을 알려야 합니다."

그러나 나이 든 사람들은 자기 자식들에게 어리석은 행동은 하지 말라고 간곡히 타일렀다.

"너는 목에 칼이 들어오더라도 절대로 신앙을 잃어서는 안 된다. 그것이 우리 현인들의 가르침이기 때문이야……."

반란의 바람은 슬그머니 가라앉았고 광장을 향한 행진은 계속되었다. 광장의 중앙에는 그 악명 높은 멩겔레 박사가 서 있었다(그는 전형적인 친위대 장교로, 잔혹한 얼굴에 비지성적인 인상을 주었으며 외알 안경을 걸치고 있었다). 그는 지휘봉을 들고 다른 장교들의 사이에 서 있었다. 그는 지휘봉을 오른쪽 왼쪽으로 쉴 새 없이 흔들어댔다.

엘리위젤은 이미 그의 앞에 와 있었다.

"넌 몇 살이지?"

그는 마치 아버지 같은 어조로 물었다.

"열여덟 살입니다."

엘리위젤의 목소리는 떨리고 있었다.

"건강한가?"

"예."

"직업은?"

학생이었다고 말해야 할까 하다가 대답했다.

"농부입니다."

엘리위젤은 자기 귀로 자기 대답을 들을 수 있었다. 그 대화는 몇 초도 걸리지 않았다. 그러나 그 순간이 영겁처럼 느껴졌다. 그의 지휘봉이 왼쪽으로 움직였다. 엘리위젤은 반 발자국 앞으로 나섰다. 우선 그들이 아버지를 어느 쪽으로 보내는지, 그것을 보기 위해서였다. 만일 아버지가 오른쪽으로 간다면 아버지를 따라 그쪽으로 갈 작정이었다.

지휘봉은 아버지에게도 역시 왼쪽으로 가라는 지시를 내렸다. 그 순간 엘리위젤의 가슴을 짓누르던 중압감이 씻은 듯이 사라졌다. 왼쪽과 오른쪽 중, 어느 쪽이 더 좋은지도 모르고 있었다. 어느 쪽이 감옥으로 가는 길이고 어느 쪽이 화장장으로 가는 길인지 모르지만 그 순간은 행복감을 느꼈다. 아버지 곁에 있다는 사실 때문이었다. 행렬은 계속해서 천천히 앞으로 나아갔다. 재소자 한 사람이 다가와 말을 걸었다.

"만족해?"

"그렇소."

누군가가 대답했다.

"불쌍한 놈들, 너희들은 지금 화장장으로 가고 있는 거야."

그는 진실을 말하는 것 같았다. 앞의 멀지 않은 배수구 같은 곳에서 거대한 불꽃이 치솟고 있기 때문이었다. 그들은 무엇인가를 태우고 있었다.

화물 트럭 한 대가 그 구덩이 쪽으로 다가가더니 싣고 온 어린이들을 내려놓았다. 갓난아이들이었다. 두 눈에 똑똑히 보였다.

아무것도 모르는 아기들은 눈 깜짝할 새에 불길에 휩싸여 지글지글 타며 불꽃이 되어 연기로 사라졌다. 그 장면을 본 뒤로 모두는 잠을 이룰 수가 없었다. 잠이 눈에서 도망가 버리고 말았다. 엘리위젤이 가고 있는 곳은 바로 그곳이었다. 거기에서 조금 더 간 곳에 성인용 큰 구덩이가 있었다. 엘리위젤은 얼굴을 꼬집어보았다.

'아직 살아 있는 것일까?'

도저히 믿을 수가 없었다. 어떻게 그렇게 어린이를 불태워 죽일 수 있단 말인가? 어떻게 세상이 그런 사실 앞에서 침묵할 수 있단 말인가? 아니다, 이 같은 일은 어느 것도 사실일 수가 없다. 그것은 하나의 악몽이리라······.

'이건 꿈이다. 나는 놀란 가슴을 두근거리며 악몽에서 깨어나, 내가 침대에서 읽던 책 속에 파묻혀 있는 나를 발견하게 될 것이다······.'

이 순간 아버지의 목소리가 그의 꿈을 깨뜨렸다.

"이건 치욕이야! 네가 네 어미와 함께 가지 못한 건 여간한 치욕이 아니구나. 나는 네 또래의 아이들이 여러 명 제 어미들을 따라 함께 가는 걸 보았다."

아버지의 음성은 슬픔에 떨고 있었다. 엘리위젤은 아버지가 저들이 하려는 끔찍한 짓을 차마 보고 싶지 않는다는 것을 알아차렸다. 자기의 외아들이 불에 타 죽는 광경을 보고 싶지 않았던 것이다.

엘리위젤의 이마는 식은땀으로 젖어 있었다. 그러나 저들이 자기 같은 나이의 소년들을 불태워 죽이리라고는 믿지 않으려 애썼다.

"아무리 그래도 인간성이 그런 야만성을 보이지는 않을 거예요."

"인간성? 인간성은 우리와 아무 상관이 없다. 여기서는 무엇이든 허용되니까. 무슨 일이든지 가능하다. 저런 끔찍한 화장까지도……."

아버지는 목이 메어 있었다.

"아버지, 만일 그렇다면 저는 이렇게 기다리고 싶지 않아요. 저기 저 전기철조망으로 뛰어들고 말겠어요. 불길 속에서 천천히 타죽는 것보다 나을 테니까요."

아버지는 대꾸를 하지 않았다. 그는 울고 있었다. 그의 몸은 경련을 일으키듯 떨고 있었다. 주위의 모든 사람들이 울고 있었다. 누군가가 사자(死者)를 위한 기도인 '카디쉬(Kaddish)'를 암송하기 시작했다.

유대민족의 긴 역사를 통해 사람들이 자기 자신을 위해 사자를 위한 기도를 암송했던 일이 전에도 과연 있었는지 없었는지에 대해서 알 길이 없다.

"Yitgadal veyitkadach shmé rada…….

하나님의 이름이 복되고 찬미 받으소서……."

아버지가 이렇게 암송했다. 그 순간, 엘리위젤은 처음으로, 내부에서 반항심이 일어나는 것을 느꼈다.

'왜 내가 하나님의 이름을 찬미해야 한단 말인가? 지금 우주의 영원한 주인이며 전능하고 두려운 하나님은 침묵만을 지키고 있다. 그런데, 내가 무엇 때문에 그에게 감사를 드려야 한단 말인가?'

신입 수용자를 옆, 정면, 빗 등 세 방향에서 사진을 찍어 감시

행진은 계속되었다. 모두는 지옥의 열기를 뿜어내고 있는 구덩이로 한 발 한 발 다가서고 있었다. 마침내 이십 보 정도가 남아 있었다. 엘리위젤은 스스로 죽음을 택한다면 바로 이순간이라는 생각이 들었다. 구덩이

수감자가 도착하면 옆모습 정면과 빗 모습을 찍어 탈옥을 막으려고 했다

로부터 겨우 15보 앞에 와 있었다. 엘리위젤은 아버지가 자기 이빨이 맞부딪치는 소리를 들을까봐 입술을 깨물었다. 앞으로 10보, 8보, 7보, 마치 자신의 장례식에서 영구를 따르듯 천천히 행진해 나아갔다. 4보. 3보! 구덩이와 불길이 바로 눈앞에 있었다. 엘리위젤은 몸에 남아 있는 힘을 모두 모았다. 행렬에서 뛰쳐나가 전기철조망에 스스로 몸을 던지기 위해서였다. 엘리위젤은 마음속으로 아버지와 전 우주의 만물에게 작별을 고했다. 입에서는 자신도 모르는 사이에, 기도문이 스스로 속삭이듯 흘러나왔다.

　Yitadal veyirkadach shmé raba…….
　하나님의 이름이 복되고 찬미 받으소서…….
　그의 가슴은 터질 것만 같았다. 최후의 순간이 왔다. 그는 '죽음의 사자'와 정면으로 마주보고 있었다. 그러나 그가 구덩이로부터 두 걸음 거리에 이르렀을 때,
　"왼쪽으로 돌아가!"
　하는 명령이 떨어졌다. 그리하여 엘리위젤은 아버지와 막사로 들어가게 되었다. 엘리위젤은 아버지 손을 꼭 붙잡았다. 아버지가 말했다.
　"넌 열차 안에서 만났던 마담 쉐크터를 기억하고 있겠지?"
　결코 그 날 밤은, 수용소에서의 첫날밤을 잊을 수 없었다. 인생을 하나의 길고 긴 밤으로 바꾸어, 일곱 번 저주받고 일곱 번 봉인(封印)되게 한 그 날 밤을.
　그 고요하고 푸른 하늘 아래 똘똘 감긴 연기의 소용돌이로 변해 흘러간 어린이들의 작은 얼굴과 몸은 잊을 수 없는 것이다. 신앙을 영원히 소멸시켜 버린 그 불길을 잊을 수 없을 것이다. 결코 살고 싶은 욕망을 영원히 앗아가 버린 그 날 밤의 침묵을 잊을 수 없을 것이다.
　엘리위젤은 영혼을 살해하고 꿈을 먼지로 만들어버린 그 순간들을 잊을 수가 없었다. 설사 하나님만큼 오래오래 살게 된다 하더라도 잊을 수

없는 충격이고 아픔이었다.

불에 탄 어린이가 똘똘 말린 연기로

그들이 수용된 막사는 아주 길었다. 지붕에는 푸른 빛깔의 채광창이 군데군데 나 있었다. 아마 틀림없이 지옥의 대기실이 그렇게 생겼을 것이다. 그 많은 미친 사람들, 그 많은 울부짖음, 그 많은 야만적인 만행!

유대인을 인수한 재소자들은 곤봉을 들고 아무 이유도 없이 때와 장소를 가리지 않고 아무나 마구 두들겨 팼다. 그들은 이렇게 명령했다.

"벗어! 빨리! 홀랑 벗어! 허리띠와 신발만 손에 들고……."

모두 옷을 훌훌 벗어 막사의 한쪽 끝에 던져야만 했다. 순식간에 거기에는 새 옷과 헌옷, 찢어진 코트와 누더기들로 커다란 옷더미가 생겼다.

마침내 모두는 벌거숭이가 되어 진실로 차별 없는 평등한 인간이 된 채 추위에 떨었다.

친위대 장교들이 힘이 센 사람들을 골라내기 위해 막사 안을 돌아다니고 있었다. 그들이 힘센 사람을 찾고 있다면, 애써 힘이 센 체하는 것이 좋을까? 그러나 아버지의 생각은 정반대였다. 그들의 주의를 끌지 않는 것이 좋다고 했다.

결국 운명은 모두 똑같을 것이기 때문이었다(나중에 아버지가 옳았다는 것을 알았다.) 그 날 뽑힌 사람들은 화장장에서 일하는 작업부대인 특무대에 등록되었다. 한 마을 거상(巨商)의 아들인 벨라 카츠는 그들보다 일주일 앞서 떠난 첫 호송열차로 비르케나우에 도착해 있었다. 그는 고향 사람들이 도착했다는 소식을 듣고 용케 찾아와서, 자기가 특무대에 뽑혀가 자기 손으로 아버지 시체를 화장로 속에 넣었다는 이야기를 들려주었다).

곤봉 세례는 계속되었다.

"이발소로 가!"

엘리위젤은 허리띠와 신발을 들고 이발사들에게로 끌려 나갔다. 그들은 이발기로 머리를 깎고 몸에 난 털이란 털은 모두 깎아버렸다. 그러는 가운데서도 엘리위젤은 아버지와 떨어져서는 안 된다는 한 가지 생각만으로 머릿속이 꽉 차 있었다.

이발사들의 손에서 풀려난 모두는 군중 사이를 헤집으면서 친구들과 친지들을 만나기 시작했다. 그런 곳에서 그렇게 만난다는 것은 여간한 기쁨이 아니었다.-그랬다, 그 기쁨!

"야아, 아직 살아 있었구나!"

한편에서는 울부짖는 사람도 있었다. 그들은 남은 힘을 다해 목 놓아 울었다. 왜 그들이 여기까지 오도록 시키는 대로 했단 말인가? 왜 침대에 누워서 죽지 못하고 여기까지 끌려왔단 말인가? 그들은 복받치는 슬픔으로 목이 메었다.

그때 누군가 갑자기 엘리위젤의 목을 팔로 껴안는 사람이 있었다. 시게트 랍비의 동생인 예히엘이었다. 그는 서럽게 울었다. 아직 살아 있다는 기쁨에 그가 우는 것이라고 생각했다.

"울지 마, 예히엘. 눈물을 낭비하지 말라구."

"울지 말라고? 우린 지금 죽음의 문턱에 서 있는 거야. 우린 곧 그 문턱을 넘어가게 된다고. 넌 이해하지 못하겠니? 어떻게 울지 않을 수 있니?"

엘리위젤은 파란 채광창을 통해 어둠이 서서 물러가고 있는 것을 보았다. 그러나 조금도 무섭지 않았다. 다만 견딜 수 없는 것은 피로였다.

부재자(不在者)들은 이제 우리네 기억의 표면에도 나타나지 않았다. 기껏해야 "그들이 어떻게 되었는지, 혹시 누구 아는 사람 없을까?"라고 지나가는 말을 했을 뿐, 사실 그들은 운명에 대해서 거의 관심이 없었다.

폭파된 가스 화장장과 시체더미

누구도 이제 아무것도 생각할 수 없었다. 감각이 마비되어 모든 것이 안개 속에서처럼 몽롱할 뿐이었다. 어떤 것을 파악하는 것 자체가 불가능했다. 자기 보존의 본능, 자기 방어의 본능, 자존심의 본능마저 없어졌기 때문이다.

엘리위젤이 마지막으로 제정신을 차리고 느낀 것은, 모두는 암흑세계를 떠도는 저주받은 영혼이라는 것, 모두는 인간의 세대가 끝날 때까지 얻을 희망도 없이 구원과 대사(大赦)를 갈망하면서 허공을 떠도는 죄 많은 영혼이라는 것이었다.

새벽 5시쯤 모두가 막사 밖으로 쫓겨났다. 그들은 다시 모두를 구타하기 시작했다. 그러나 엘리위젤은 그들의 구타에 조금도 아픔을 느끼지 않았다. 얼음처럼 차가운 바람이 휘몰아쳤다. 발가벗은 채 손에는 허리띠와 신발을 들고 있었다.

"뛰어!"

칼 같은 명령이 떨어졌다. 모두는 뛰었다. 몇 분간의 줄달음 끝에 새 막사에 도착했다. 입구에 살균용 가솔린이 한 통 놓여 있었다. 차례로 그 속에 몸을 담갔다. 그 다음에는 빠른 동작으로 뜨거운 물로 샤워를 했다. 물에서 나온 뒤 다시 막사 밖으로 쫓겨났다. 다시 한 차례 뜀박질을 하여 또 다른 막사에 이르렀다.

그곳은 창고였다. 기다란 탁자 위에 죄수복이 산더미처럼 쌓여 있었다. 모두는 계속 뛰어가면서 그들이 던져주는 바지, 겉옷, 속옷, 양말 등을 받았다.

단 몇 초 사이에 그들은 인간의 모습을 잃고 말았다. 이제 인간이 아니었다. 만일 그 상황이 비극적인 것이 아니었다면 모두는 큰 소리로 웃음을 터뜨렸을 것이다. 그 꼬락서니라니!

거인인 마이어 카츠는 어린이의 바지를 가지고 있었고 체구가 작고 가는 슈테른은 몸을 덮어씌우고도 남을 큰 겉옷을 들고 있었다. 모두는 즉시 각자의 몸에 맞는 것으로 바꿔 입기 시작했다. 엘리위젤은 아버지를 쳐다보았다.

'사람이 저렇게 변할 수 있다니!'

아버지는 완전히 변해 있었다. 눈빛도 이미 흐려져 있었다. 아버지에게 말을 걸고 싶었다. 그러나 기가 막혀 무슨 말을 해야 좋을지 몰랐.

밤이 지나고 하늘에는 샛별이 반짝이고 있었다. 엘리위젤 역시 완전히 다른 사람이 되었다. 〈탈무드〉의 제자이며 옛날의 소년이었던 엘리위젤은 이미 불길 속에서 소멸되고 없었다. 이제는 과거의 그를 닮은 형체만이 남아 있을 뿐이었다. 검붉은 불길이 그 영혼 속으로 들어와 그를 삼켜버렸던 것이다.

불과 몇 시간 사이에 너무나 엄청난 일이 벌어졌으므로 그는 시간에 대한 감각을 잃어버렸다.

'우리가 집을 떠난 건 언제였던가? 게토는? 열차는? 일주일 전이던가? 하룻밤, 단 하룻밤 전인가?'

분명, 그것은 하나의 꿈이었다.

그들이 있는 곳에서 멀지 않은 곳에서 재소자 몇 명이 작업을 하고 있었다. 어떤 사람은 구덩이를 파고, 다른 사람은 모래를 나르고 있었다. 그들은 아무도 거들떠보지 않았다. 모두는 사막 한복판에 허다하게 서 있는 말라빠진 나무들에 불과했던 것이다. 뒤에서 몇 사람이 이야기를 나누고 있었다. 그러나 그들이 누구인지, 그들이 말하고 있는 내용이 무엇인지 조금도 듣고 싶지 않았다. 가까이에서 우리를 감시하는 사람이 없는데도, 누구도 큰소리로 말을 못하고 겨우 귓속말을 주고받았다. 그것은 아마 공기를 지독하게 오염시켜 목을 조이는 짙은 연기 때문이었을 것이다……

모두는 5열로 서서 '집시들의 수용소' 안에 있는 새로운 막사로 들어갔다.

아버지가 맞는 것을 보는 아들

"이제는 여기에서 묵는다!"

거기에는 마루가 없었다. 지붕과 네 벽이 있을 뿐. 발은 진흙탕 속에 묻혔다.

또 한 차례의 기다림이 시작되었다. 엘리위젤은 선 채로 잠이 들어 침대를 꿈꾸었고 어머니가 쓰다듬어 주시는 꿈을 꾸었다. 눈을 떴다. 발은 진흙탕에 묻혀 있었다. 어떤 사람들은 그 자리에 주저앉아 진흙탕 위에 드러누웠다. 그것을 본 사람들이 외쳤다.
 "당신들 미쳤소? 모두는 서 있으라는 명령을 받았소. 당신들 때문에 우리 모두가 고생을 해도 좋단 말이오?"
 그들은 세상의 모든 고난이 이미 그 앞에 닥쳤는데도, 마치 그렇지 않다는 듯이 말하고 있었다. 시간이 지남에 따라 모든 사람이 진흙탕 위에 주저앉고 말았다. 그러나 수용소 간수가 새 신발을 가진 사람이 있는지를 알아보기 위해 올 때마다 어김없이 벌떡 일어서야만 했다. 새 신발을 가진 사람은 간수에게 그것을 바쳐야 했다. 버텨 보아야 아무 소용이 없었다. 곤봉 세례만 당하고 마지막 계산서에서는 신발이 분실된 것으로 기록되기 마련이다.
 엘리위젤은 새 신발을 신고 있었다. 그러나 이미 진흙으로 덮여 있어서 어느 누구도 알아볼 수 없었다. 하나님이 이 무한하고 경이로운 우주 속에 진흙을 창조해 주신 데 대하여 즉흥적으로 감사의 기도를 드렸다.
 갑자기 쥐죽은 듯한 침묵이 막사 안을 짓눌렀다. 친위대 장교 하나가 들어왔던 것이다. 그에게서 죽음의 냄새가 물씬 풍겨 왔다. 그의 살찐 입술을 쏘아보았다. 그는 막사의 중앙에 서서 연설을 했다.
 "여러분은 현재 아우슈비츠의 집단수용에 와 있는 것이다."
 그는 잠시 말을 끊고 그의 연설이 끼친 효과를 관찰했다. 그의 얼굴은 오늘까지 모든 사람의 기억 속에 생생하게 남아 있다. 그는 30세쯤의 키가 큰 사나이로 이마와 두 눈동자에는 범죄상(犯罪相)이 뚜렷이 새겨져 있었다. 그는 마치 아직 생명이 붙어 있는, 문둥병 걸린 개떼를 보듯 모두를 훑어보았다.
 "이 점을 명심하라. 가슴에 새겨 두고 영원히 기억하라. 여러분은 아우슈비츠에 와 있다는 사실을. 아우슈비츠는 요양소가 아니다. 아우슈비츠는 집단수용소이다. 여기에서, 여러분은 일을 하지 않으면 안 된다. 일을 하지 않으면 여러분은 곧바로 용광로로 가게 될 것이다. 화장장으로 말이다. 일을 할 것인가, 화장장으로 갈 것인가 그것은 여러분의 뜻에 달려 있다."

 모두는 이미 그 날 밤 너무나 많은 일을 겪었기 때문에, 더 이상 두려움을 줄 수 있는 것은 아무것도 없으리라고 생각했다. 그러나 가위로 싹둑 자르는 듯한 그의 말에 모두가 몸서리를 쳤다. 그가 쓴 '용광로'란 말은 아무 뜻도 없는 말이 아니기 때문이었다.

 그 말의 뜻은 짙은 연기에 섞여 지금도 공중을 맴돌고 있다. 그 말은 아마 그곳에서 사용되고 있는 말 가운데서 참뜻을 지닌 유일한 말이었을 것이다. 그는 막사를 떠났다. 이에 간수들이 나타나 고함을 질러댔다.

 "모든 기술자들은 들어라. 자물쇠 제조공, 전공(電工), 시계 제조업자들은 일보 앞으로!"

 기술자를 제외한 나머지 사람들은 또 다른 막사로 옮겨졌다. 이번에는 돌로 지은 막사였으며 앉는 것이 허용되었다. 감시는 추방당한 집시 한 명이 맡았다.

 아버지가 갑자기 복통을 일으켰다. 아버지는 일어나 집시에게로 가서 독일말로 공손하게 물었다.

 "실례지만, 화장실이 어디에 있는지 알려주실 수 있습니까?"

 집시는 아버지를 머리끝에서 발끝까지 훑어보았다. 마치, 자기에게 말을 걸고 있는 그 사람이 살과 뼈로 된 정말 인간이며 몸통과 배를 가진 생물인가를 확인해 보고 싶다는 그런 태도였다. 그러더니, 나른한 선잠에서 깨어났다는 듯이 아버지에게 일타(一打)를 가했다. 아버지는 바닥에 넘어져 네 발로 기어 자기 자리로 돌아왔다. 엘리위젤은 꼼짝하지 않았다.

 '대체 어떻게 되었단 말인가? 나의 아버지가 내 눈앞에서 방금 구타를 당하셨다. 그런데도 나는 눈 한번 깜빡이지 않고 빤히 바라보면서 말 한 마디 못하지 않는가. 어제 그랬다면 나는 손톱을 놈의 살 속에 깊숙이 박

았을 것이다. 그런데, 지금은 변했단 말인가? 그렇게 빨리?'
　엘리위젤은 양심의 가책을 느끼기 시작했다. 그러나 기껏 속으로만 '나는 결코 그들의 행동을 용서하지 않을 것이라'고 다짐했을 뿐이다. 아버지도 아들의 그런 생각을 알아차렸음에 틀림없었다. 아버지가 아들의 귀에 속삭였다.
　"조금도 아프지 않아."
　그러나 아버지의 뺨에는 놈의 손찌검으로 아직도 빨간 자국이 남아 있었다.
　"모두 밖으로 나와!"
　열 명의 집시가 더 와서 감시자와 합세했다. 주위에서 채찍과 곤봉이 휙휙 소리를 냈다. 엘리위젤은 발이 어디에 있는지 모르도록 마구 달렸다. 다른 사람들의 뒤에 몸을 숨기고 매질을 피하려고 몸부림쳤다. 봄볕이 따사로웠다.
　"5열로 집합!"
　아침에 보았던 재소자들이 한쪽에서 작업을 하고 있었다. 그들의 가까이에는 굴뚝의 그림자만 드리워져 있을 뿐 감시자는 없었다. 엘리위젤이 공상에 젖어 눈부신 햇살 속에서 멍하니 서 있을 때 누군가 소매를 끌어당기는 사람이 있었다. 아버지였다.
　"얘야, 그만 가자."
　행군을 계속되었다. 앞에서 몇 개의 문이 열리고 다시 닫혔다. 이제 전기철조망의 사이를 걷고 있었다. 한 걸음 옮길 때마다 해골이 그려진 하얀 팻말과 마주쳤다. 팻말에는 〈경고! 죽을 위험이 있음.〉이라고 씌어 있었다. 웃겼다! 죽음의 위험이 있는 곳이 저기 전기철조망뿐이란 말인가?
　집시들은 다른 막사 근처에서 멈추게 했다. 그들은 모두를 둘러싼 친위대원들과 교체되었다. 친위대원들은 권총과 기관총 외에 경찰견을 데리고 있었다.

행군은 30분 동안 계속되었다. 주위를 돌아보니 철조망은 뒤쪽에 있었다. 모두는 수용소 밖으로 나왔던 것이다.

아름다운 4월의 화창한 날이었다. 봄의 향기가 대기 속에 충만했다. 해는 서산으로 지고 있었다. 조금 더 행군해 나갔을 때, 또 다른 수용소의 철조망을 보았다. 수용소 철문 위에는 이런 문구가 새겨져 있었다.

〈노동은 자유다!〉

아우슈비츠였다.

아버지의 거짓말

첫인상으로는 비르케나우보다는 나아 보였다. 목조 막사 대신에 콘크리트 2층 건물이 늘어서 있었다. 그리고 여기저기에 조그만 정원도 가꾸어져 있었다.

모두는 재소자들을 수용하는 구역 중의 한 곳으로 끌려가 입구 옆 땅바닥에 앉았다. 또 다른 기다림이 시작된 것이다. 이따금 그들 중에서 한 사람씩 안으로 들어가게 했다. 그것은 샤워를 시키기 위해서였는데, 이 수용소 안에서는 모든 건물 안으로 들어갈 때마다 샤워를 시키는 것이 하나의 필수적인 절차였다. 한 건물에서 다른 건물로 간단히 지나갈 때도 그때마다 하루에도 몇 번이고 목욕을 하게 되어 있었다.

뜨거운 물로 목욕을 하고 나온 사람은 밤공기 속에서 떨면서 기다려야 했는데 옷을 다른 건물에 벗어놓고 왔기 때문이었다. 그리고 다른 옷을 배급받게 되어 있었다.

한밤중이 되자 뛰라는 명령을 받았다. 간수들이 또 고함을 질러댔다.

"더 빨리! 빨리 뛰면 뛸수록 빨리 잠자리에 들 수 있다."

몇 분 동안의 미친 듯 질주한 끝에 또 다른 구역의 막사 앞에 당도했다. 담당 감시자가 기다리고 있었다. 그는 젊은 폴란드 사람으로 미소를 지어 보였다.

그가 이야기를 시작했다. 모두는 지쳐 있었지만 꾹 참고 그의 말에 귀

나무로 엉성하게 우리처럼 만든 수용소 내부

를 기울였다.

"동지 여러분, 여러분은 아우슈비츠 집단수용소에 와 있습니다. 여러분 앞에는 긴 고난의 길이 남아 있습니다. 그러나 용기를 잃지 마십시오. 여러분은 이미 '선택'이라는 가장 큰 위험을 모면한 것입니다. 그러므로 이제는 낙담하지 말고 힘을 내십시오. 우리 모두 자유의 날을 볼 수 있게 될 것입니다. 삶에 믿음을 가지십시오. 무엇보다도 믿음이 중요합니다. 절망하지 마십시오. 그러면 여러분은 죽음을 면하게 될 것입니다. 지옥은

영원히 계속되지 않습니다. 이제 여러분에게 간청을-아니, 충고를 하겠습니다. 여러분은 동지애를 잊지 마십시오. 모두는 모두가 형제이며 우리 모두가 똑같은 운명의 시련을 겪고 있습니다. 우리의 머리 위에는 똑같은 연기가 감돌고 있습니다. 서로 도웁시다. 그것만이 우리가 살아남는 방법입니다. 이상으로 충분히 말씀드렸다고 생각합니다. 여러분은 지쳐 있겠지만 내 말을 들어주십시오. 여러분은 지금 17동에 수용돼 있습니다. 나는 여기에서 질서유지 책임을 맡고 있습니다. 어느 누구에게나 불만이 있는 분은 누구든지 나를 찾아주십시오. 이상입니다. 이제 잠을 자도 좋습니다. 침대 하나에 두 사람씩 자야 합니다. 편히 주무십시오."

처음으로 인간적인 말을 들었다. 모두는 침대로 올라가자마자 깊은 잠에 곯아 떨어졌다.

다음날 아침, '고참' 재소자들은 지금까지와는 달랐다. 그들은 야만스럽게 대하지 않았다. 모두는 세면장으로 갔고 새 옷도 지급 받았으며 블랙 커피도 대접받았다.

아침 열 시쯤, 청소를 하러 막사 밖으로 나왔다. 바깥에는 햇볕이 따사로웠다. 모두가 사기는 많이 회복되어 있었다. 잠을 잘 잔 덕분이었다. 친구끼리 만나 몇 마디 말도 주고받았다. 이미 사라진 사람들에 대한 것만 말고는, 모든 것에 대해서 이야기를 나누었다. 대체적인 의견으로는 전쟁이 끝나가고 있다는 것이었다.

정오쯤이 되어 수프가 배식되었다. 모두가 걸쭉한 수프를 한 그릇씩 먹었다. 엘리위젤은 배가 고팠지만, 심하게 두통이 일어 수프에 입을 대지 못했다. 그는 아직도 언제나처럼 버릇없는 아이였던 것이다. 아버지가 대신 수프 그릇을 싹 비웠다.

막사의 그늘 속에서 짧으나마 낮잠을 즐겼다. 그 친위대 장교도 저 진 흙탕 막사의 바닥에 틀림없이 누워 있을 터였다. 아우슈비츠는 실제로 휴식의 장소였다……

오후에 모두는 줄을 서서 정렬했다. 재소자 세 명이 책상 하나와 몇 가지 의료 기구를 가지고 왔다. 왼팔의 옷소매를 걷고 한 사람씩 책상 앞을 지나갔다. 세 '고참'들은 손에 바늘을 들고 왼팔에 번호를 새겨 주었다. 엘리위젤은 A-7713번이었다. 그 이후부터 그는 다른 이름을 갖지 못했다.

해질 녘에 점호가 있었다. 각 작업장에 나갔던 재소자들이 돌아왔다. 문 옆에서는 악대가 군대행진곡을 연주하고 있었다. 수만 명의 재소자들은 친위대원들이 그들의 번호를 확인하는 동안 줄을 서 있었다.

점호가 끝난 다음, 그들은 막사에서 흩어져 나와 최근에 호송되어 온 사람들 가운데에 혹시 친구나 친척, 이웃들이 있나 없나 찾아다녔다.

며칠이 지났다. 아침에는 블랙커피가 나오고 정오에는 수프가 나왔다. 셋째 날이 되었을 때부터 엘리위젤은 어떤 종류의 수프건 게걸스럽게 먹어치웠다. 오후 6시에 점호가 있고 빵과 그밖의 것이 배식되었다. 모두는 9시에 취침했다.

아우슈비츠에 온 지 8일째가 되었다. 그 날 점호 때였다. 점호의 종료를 알리는 벨 소리만 기다리고 있었다. 그때 뜻밖에도 어떤 사람이 행렬 사이를 지나면서 묻는 소리를 들었다.

"여러분 가운데 혹시 시게트에서 온 엘리 위젤이란 사람 없습니까?"

엘리위젤을 찾고 있는 상대는 주름살이 많은 얼굴에 안경을 낀 조그만 사람이었다. 아버지가 대답했다.

"내가 시게트에서 온 위젤이오."

그 키 작은 사람은 눈을 가늘게 뜨고 한참 동안 아버지를 바라보았다.

"아저씨는 저를 알아보시지 못하는군요.-저를 못 알아보시는군요. 저는 아저씨의 친척입니다. 슈타인이라고 해요. 저를 벌써 잊으셨습니까? 슈타인이라고요! 앤트워프의 슈타인. 저는 라이젤의 남편이고 아저씨 부인이 라이젤의 아주머니가 되시지요. 아주머니께서는 종종 우리에게 편지를 보내셨어요. 아주 많은 편지였지요!"

그러나 아버지는 그를 알아보지 못했다. 그것도 무리는 아니었다. 아버지는 항상 유대인 사회의 공공업무에 바빴으므로 집안일에 대해서는 모르는 것이 많았기 때문이다. 아버지는 항상 바깥일에 정신을 두었었다. 언젠가 사촌 한 사람이 시게트로 찾아온 적이 있었다. 그녀는 머무는 동안 여러 차례 아버지랑 함께 식사를 했는데도, 아버지는 2주일이 지난 후에야 처음으로 그녀가 와 있다는 것을 알았을 정도였다. 그러니, 슈타인을 알아볼 리가 없었다.

엘리위젤은 즉시 그를 알 수 있었다. 그녀의 아내 라이젤을, 그녀가 벨기에로 이사 가기 전부터 알고 있었다.

그가 말을 이었다.

"저는 1942년에 추방되었어요. 아저씨가 살던 곳의 유대인들이 이곳으로 호송되어 왔다는 소식을 듣고 이렇게 찾아왔지요. 저는 아저씨가 라이젤과 제 어린 자식의 소식을 알고 계시리라고 생각했거든요. 아내와 자식은 제가 추방당할 때 엔트워프에 남아 있었어요."

엘리위젤은 그들에 대해 아무것도 모르고 있었다. 1940년 이후, 어머니는 그들에게서 단 한 장의 편지도 받지 못했었다. 그러나 거짓말을 했다.

"맞아요, 어머니는 그들에게서 소식을 듣고 계셨어요. 라이젤도 잘 있고 아이도 잘 있다더군요."

그는 기뻐서 눈물을 흘렸다. 그는 우리와 함께 더 있으면서 기쁜 소식을 실컷 듣고 싶어 했지만, 그때 친위대원 한 명이 다가왔으므로 떠나야만 했다. 그는 돌아가면서, 내일 다시 오겠다고 큰소리로 말했다.

점호의 종료를 알리는 벨이 울렸다. 모두는 저녁식사로 주는 빵과 마가린을 받으러 갔다. 엘리위젤은 배가 너무 고팠으므로 음식을 배급받자마자 즉석에서 먹어치웠다.

아버지가 말했다.

"음식을 그렇게 한꺼번에 먹어버리면 안 된다. 내일은 사정이 다를지도 모르니까."

그러나 아버지의 충고는 너무 늦었다. 그의 손에는 아무것도 남아있지 않았다. 아버지는 아직 음식을 들기도 전이었다. 아버지가 말했다.

"난 배가 고프지 않구나."

거짓말에 행복해 하던 사람

그들은 3주일간 아우슈비츠에 머물렀고 아무것도 하지 않고 낮이나 밤이나 실컷 잠만 잤다.

한 가지 걱정이 있다면, 다른 곳으로 옮겨가지 말고 거기에 계속 머물러 있었으면 하는 것뿐이었다. 사실 그것은 어려운 일은 아니었다. 숙련공이라는 사실을 밝히지만 않으면 되었다. 단순 노동자들은 끝까지 남아 있었으니까.

3주째가 시작되었을 때, 막사의 내무반장이 해임되었다. 그것은 너무 인간적이라는 이유 때문이었다. 새로 부임한 내무반장은 야만인이었고, 그의 조수들 역시 영락없는 괴물들이었다. 좋은 시절은 지나갔다. 그래서 다음 이동 때 뽑혀 가는 편이 낫지 않을까 하고 생각하게 되었다.

앤트워프에서 온 엘리위젤의 친척 슈타인은 계속 찾아왔다. 가끔 그는 빵을 반몫쯤 가져다주기도 했다.

"받아, 엘리제르야. 이건 너에게 주는 거야."

그는 찾아올 때마다 눈물을 줄줄 흘렸으므로 눈물자국이 얼굴에 엉겨 붙어 있었다. 그는 가끔 아버지에게 말했다.

"아드님을 잘 보살펴 주세요. 그 앤 너무 허약하고 말랐어요. 그 애가 뽑혀가지 않도록 잘 보살피세요. 그리고 무엇보다도 잘 잡수셔야 합니다! 무엇이든, 어느 때든, 잘 잡수셔야 합니다. 가능한 대로 무엇이든 잡수세요. 허약한 사람은 오래 견디지 못하니까요."

이렇게 말하는 그 자신도 너무 마르고 허약해 있었다. 그가 또 말했다.

"제가 이렇게 살아 있는 것은 오직 라이젤과 아이들이 아직 살아 있기 때문입니다. 그들을 위해서가 아니라면, 저는 도저히 살아갈 수가 없을 겁니다."

어느 날 저녁, 그가 아주 즐거운 얼굴로 찾아왔다.

"앤트워프에서 호송된 사람들이 방금 도착했다고 합니다. 내일 그들에게 가보겠습니다. 틀림없이 좋은 소식을 들을 수 있을 겁니다."

그는 돌아갔다. 그 후로 그를 다시 만나지 못했다. 그는 소식을 들었던 것이다. 거짓이 아닌 소식을.

모두는 저녁이면 침대에 누워, 하시딤의 성가 가운데서 몇 곡을 부르곤 했다. 아키바 드루머의 깊고 경건한 음성에 심장이 터질 듯했다.

어떤 사람들은 하나님에 대해서, 하나님의 신비스러운 방법에 대해서, 그리고 유대민족의 죄악과 그들의 장래의 구원에 대해서 이야기를 했다. 그러나 엘리위젤은 기도하기를 그만두기로 했다. 그 역시 '욥'에 대하여 얼마나 감동했던가? 그는 하나님의 존재를 부정하지는 않았다. 그러나 그의 절대적인 정의를 의심하지 않을 수 없었다.

아키바 드루머는 말했다.

"하나님은 우리를 시험하고 있다. 하나님은 우리가 우리의 비천한 본능을 다스려 우리 안에 있는 악귀를 죽일 수 있는지 없는지를 알아보고 싶은 것이다. 우리에게는 절망할 권리가 없다. 그리고 만일 하나님이 우리를 가차 없이 벌한다면, 그것은 하나님이 우리를 그만큼 사랑하는 징표인 것이다."

그리고 밀경에 조예가 깊은 헤르쉬 게누드는 이 세상의 종말과 구세주의 왕림에 대해서 이야기했다.

이러한 이야기가 오가는 사이에도 엘리위젤은 문득문득 생각했다.
'지금 이 순간, 어머니는 어디 계실까? 그리고 치포라는……?'
언젠가 아버지는 이렇게 말했었다.
"너의 어머니는 아직도 젊단다. 아마 틀림없이 어떤 노동자 수용소에 있을 게다. 그리고 치포라도 이젠 큰 처녀가 되었을 게고. 그렇지? 그 애도 역시 어떤 수용소에 있을 게다."

어떻게 그리 믿고 싶지 않았겠는가. 그렇게 믿는 체했다. 다른 사람들도 그렇게 믿지 않을 수 없지 않은가?

숙련공들은 모두 다른 수용소로 옮겨졌다. 이제 거기에는 약 1백여 명의 단순노동자만 남아 있을 뿐이었다.

막사의 사무원이 말했다.
"오늘은 당신들의 차례예요. 이번에는 당신들이 호송될 것이오."

아침 10시에 그 날 하루 분의 빵을 배급받았다. 십여 명의 친위대원이 에워쌌다. 문에는 '노동은 자유다!'라고 쓴 간판이 붙어 있었다. 인원 점검이 있은 다음, 곧바로 햇빛 쏟아지는 시골길로 나왔다. 하늘에는 흰 구름 몇 점이 떠 있었다.

모두는 천천히 걸었다. 간수들도 서두르지 않았다. 그것이 좋았다. 마을을 지날 때 많은 독일 사람들이 조금도 놀랄 것 없다는 표정으로 무리를 바라보았다. 그들은 아마 이런 행렬을 심심찮게 보아왔을 것이다.

도중에 독일 처녀 몇 사람을 만났다. 간수들이 처녀들에게 수작을 부리기 시작했다. 그녀들은 킬킬거리며 좋아했다. 사내들이 입을 맞추고 간질이자 즐겁다는 듯이 웃음을 터뜨리기도 했다. 그녀들은 꽤 멀리까지 그들 곁을 거닐면서 사내들과 하나같이 웃고 농담하고 떠들어대며 알랑거렸다. 그들이 이렇게 수작을 벌이는 동안, 적어도 간수들의 고함소리를 듣거나 총대로 구타당하는 것만은 면할 수 있었다.
　네 시간의 행진 끝에 새로운 수용소 '부나'에 당도했다. 철문이 등 뒤에서 닫혔다.

동성연애자들의 친절

　수용소는 마치 전염병이 휩쓸고 간 곳처럼 텅 비고 죽은 듯 적막했다. 옷을 잘 입은 재소자 몇 사람이 막사 사이를 거닐고 있을 뿐이었다.
　그들은 늘 그랬던 것처럼 먼저 샤워를 해야 했다. 수용소 소장을 샤워장에서 맞았다. 그는 건장하고 단단한 체격의 사나이로 황소처럼 살찐 목과 두툼한 입술에 곱슬머리를 하고 있었다. 그는 친절해 보였고 가끔 감청색의 눈에 웃음을 지었다. 일행 가운데 10세에서 12세 사이의 어린이들이 몇 명 있었다. 소장이 이들에게 관심을 보이며, 그들에게 먹을 것을 갖다 주라고 부하들에게 명령했다.
　모두는 새 옷을 지급 받은 후에 두 개의 천막에 나뉘어 수용되었다. 거기에서 각각 작업반으로 편성된 후에야 막사의 건물로 들어가게 되었다.
　그 날도 저녁이 되어서야 낮 동안에 작업장에 나가 있던 작업반이 돌아왔다. 점호가 끝난 후에 새로운 정보를 얻기 위해 낯익은 얼굴을 찾아보기 시작했다. 고참 재소자들에게 어느 작업반이 제일 좋고, 어느 막사에 들어가야 편한가를 물어 보기도 했다. 재소자들의 일치된 의견은 이러했다.
　"부나는 아주 좋은 수용소이다. 여러분이 견딜 만할 곳이다. 그러나 중요한 것은 건설 작업반에 편성되지 않는 것이다."

그들은 마치 작업반의 선택이 자기 손에 달려 있다는 투로 말했다. 천막의 반장은 독일 사람이었다. 그는 자객을 닮은 얼굴과 살찐 입술에, 손은 늑대의 발톱과 흡사했다. 그는 살이 너무 쪄서 제대로 움직이지도 못했다. 그러나 그 역시 소장과 마찬가지로 어린이들을 좋아했다.

그는 천막에 들어오자마자 어린이들에게 빵이며 수프며 마가린을 갖다주었다(그러나 사실은 순수한 애정에서 그런 것이 아니라 그곳 동성연애자들 사이에서 어린이가 거래되고 있다는 사실을 나중에 알았다).

반장이 큰소리로 알려주었다.

"여러분은 이곳 검역소에서 3일간 머문 다음 일을 하게 될 것이다. 내일은 건강진단을 받는다."

험상궂은 얼굴에 불량배의 눈초리를 가진 소년 조수 하나가 엘리위젤한테 다가왔다.

"너, 좋은 반에 들고 싶지?"

"물론이야. 하지만 난 아버지와 함께 있고 싶어."

"좋아. 그렇게 해줄 수 있어. 그 대신 난 네 신발을 갖고 싶다. 물론 다른 신발을 주겠어."

엘리위젤은 거절했다. 신발은 그가 지닌 재산의 전부이기 때문이었다.

"너에게 남은 빵과 마가린을 주겠어."

그러나 그는 신발에 들인 눈독을 거두지 않았다. 그래도 엘리위젤은 끝내 신발을 양보하지 않았다(나중에 그 신발을 똑같은 수법에 빼앗기고 만다. 교환조건이었지만 아무것도 받지 못한 채).

건강진단은 아침 이른 시각에 바깥에서, 긴 의자에 앉은 세 사람의 의사 앞에서 실시되었다. 첫 번째 의사는 전혀 몸을 진찰하지 않았다. 그는 다만 질문하는 것으로 끝냈다.

"너 건강하지?"

누가 감히 그렇지 않다고 말할 수 있겠는가? 그러나 다음 차례인 치과

의사는 아주 양심적인 사람으로 보였다. 그는 입을 크게 벌리라고 했다. 사실은 그가 찾고 있던 것은 충치가 아니라 금니였다. 금니를 가지고 있는 사람은 누구나 그의 번호가 명단에 기록되었다. 엘리위젤은 금 치관이 한 개 있었다.

첫 사흘은 재빨리 지나갔다. 그러나 4일째 되는 날 새벽에 전원이 천막 앞에 정렬해 있었다. 그때 간수들이 나타났다. 그들은 마음에 드는 사람들을 고르기 시작했다.

"너……. 너……. 너, 그리고 너……."

마치 상품이나 가축을 고르듯이, 그들은 손가락으로 사람을 가리켰다. 그들은 젊은 간수를 따라갔다. 그는 수용소 정문 근처의 첫 막사 입구 앞에 세웠다. 그곳은 관현악대의 막사였다. 그가 명령했다.

"들어가!"

다들 놀랐다. 음악과 무슨 관계가 있단 말인가?

악대는 언제나 똑같은 군대행진곡을 연주했다. 수십 개의 작업반이 행진곡에 발을 맞추어 작업장을 향해 출발했다. 각 작업반의 간수들이 구령을 붙였다.

"왼발, 오른발, 왼발, 오른발……."

친위대 장교들이 펜과 종이를 들고 작업장으로 나가는 사람들의 숫자를 세었다. 악대는 마지막 작업반이 지나갈 때까지 똑같은 행진곡을 반복해서 연주했다. 이윽고 악장의 지휘봉과 함께 연주가 멈추었다. 간수가 고함을 질렀다.

"5열로 정렬!"

모두는 행진곡도 없이 발을 맞추어 수용소를 떠났다. 그러나 귓전에는 아직도 행진곡이 들리고 있었다.

"왼발, 오른발, 왼발, 오른발……."

옆에서 걷고 있는 악사들에게 말을 걸었다. 악사들과 더불어 5열로 정렬해서 행진하고 있기 때문이었다. 그들은 거의가 유대인이었다. 줄리에크는 폴란드 출신으로 안경을 끼고 있었으며 창백한 얼굴에 냉소적인 미소를 짓고 있었고, 네덜란드 출신으로 유명한 바이올리니스트인 루이스는 베토벤을 연주하지 못하게 한다고 해서 불평이 대단했다.

유대인에게는 독일 음악을 연주하는 것이 허용되어 있지 않았기 때문이다. 그밖에 활달한 성격의 한스는 젊은 베를린 시민이었으며 십장인 프라네크는 폴란드 사람으로 바르샤바의 대학생이었다.

줄리에크가 엘리위젤에게 말했다.

"모두는 이곳에서 멀리 않는 전기부품 창고에서 일한다. 우리가 하는 일은 조금도 힘들거나 위험하지는 않아. 하지만 간수인 이데크가 가끔 광기를 발작하기 때문에 골치야. 그럴 때는 그를 피하는 것이 상책이지."

한스가 미소를 지으며 말했다.

"넌 참 운이 좋은 거다. 좋은 반에 떨어진 거야."

십여 분 후에 창고 앞에 당도했다. 독일인 '고참' 군속 한 사람이 맞으러 나왔다. 그는 상인이 누더기 지폐를 받을 때에 짓는 표정으로 쳐다보았다. 악사들의 말은 맞았다. 일은 힘들지 않았다. 땅바닥에 앉아 나사못이나 전구, 그 밖의 자잘한 전기부품들을 헤아려야 했다. 간수는 하는 일의 중요성을 장황하게 늘어놓으면서, 일을 게을리 하는 사람은 그가 알아서 처리하겠다며 으름장을 놓았다. 새로 만난 동료들은 엘리위젤을 안심시켰다.

"겁낼 없어. '고참'의 눈치를 보느라 저렇게 말할 수밖에 없는 거야."

금이빨을 빼려는 자들

거기에는 폴란드 민간인도 상당수 있었으며 프랑스 여자도 몇 사람 끼어 있었다. 그녀들은 악사들에게 우정에 찬 눈길을 던지고 있었다.
 십장인 프라네크가 나를 한쪽 구석에 있게 했다.
 "자살 행위는 하지 말아라. 서두를 필요도 없어. 다만 친위대원들이 들이닥칠 때만 조심하면 되는 거야."
 엘리위젤이 말했다.
 "부탁드리고 싶은데요……. 전 아버지 곁에 있고 싶어요."
 "좋아. 아버지도 네 곁에서 함께 일하게 해주지."
 운 좋게 그들 작업반에는 요시와 티비라는 형제인 두 소년이 소속되어 있었다. 체코 출신인 그들의 부모는 이미 비르케나우에서 죽음을 당했다. 그들 형제는 육체와 영혼을 의지하고 살았다.
 엘리위젤은 그 형제와 곧 친구가 되었다. 그들은 시오니즘 청소년 단체에 가입한 적이 있었으므로 유대인의 노래를 많이 알고 있었다. 그래서 종종 요단강의 고요한 물과 예루살렘의 장엄한 신성(神聖)을 환기시켜 주는 곡조를 콧노래로 흥얼거리곤 했다.
 또 때로는 팔레스타인에 대해서도 이야기를 주고받았다. 그들의 양친도 엘리위젤의 양친과 마찬가지로 용기가 부족한 탓으로 피할 수 있는 충분한 시간이 있었는데도 가산을 정리하고 외국으로 이주할 기회를 놓치고 말았다. 모두는 해방이 될 때까지 살아남아 있을 수 있다면, 단 하루라도 유럽 땅에 머물지 않기로 결심했다. 하이파로 떠나는 첫 배를 타리라고 결심했다.
 여전히 밀교의 몽상에 심취해 있는 아키바 드루머는 말하기를, 성경 속에 있는 한 구절을 수리학(數理學)의 이론에 따라 해석해 보건대 앞으로 몇 주일 안에 그들은 구출되리라는 예언이 가능하다고 했다.
 모두는 천막에서 악사들의 막사로 옮겨졌다. 담요 한 장과 세면기 하나, 그리고 비누도 한 개씩 얻을 수 있었다. 내무반장은 독일계 유대인이었다.

유대인 밑에 있는 것이 좋았다. 그의 이름은 알폰스였다. 그는 젊은 사람이었으나 얼굴이 유별나게 늙어 보였다. 그는 자기의 담당 막사를 위해 거의 헌신적으로 노력했다. 가능할 때에는 자유보다는 여분의 수프 한 그릇 더 얻어먹기를 꿈꾸고 있는 젊은이나 허약자, 그리고 모두를 위해 수프 끓이는 솥을 하나 더 마련해 주기도 했다.

어느 날, 창고에서 막 돌아왔을 때, 막사의 사무원이 엘리위젤을 불렀다.

"A—7713!"

"접니다."

"식사 후에 치과의사한테 가야 한다."

"저는 이에 이상이 없는데요."

"식사 후, 잊지 말도록."

엘리위젤은 병원 막사로 갔다. 병원 문 앞에는 20여 명의 재소자가 줄을 지어 기다리고 있었다. 얼마 안 되어 그곳에 불려온 이유를 알았다. 금니를 빼기 위해서였다.

체코 출신의 유대인인 치과의사는 송장 같은 얼굴을 가지고 있었다. 그가 그의 입을 벌릴 때, 그 안에서는 누렇게 썩은 충치들의 소름끼치는 모습이 보였다. 엘리위젤은 의자에 앉아 공손하게 물었다.

"선생님, 무얼 하시려는 건가요?"

그는 무뚝뚝하게 대꾸했다.

"네 치관을 빼려는 것이야."

엘리위젤은 순간적으로 몸이 불편한 척하기로 꾀를 부렸다.

"선생님, 며칠만 기다려 주시면 안 될까요? 몸이 아주 좋지 않아서요. 몸에 열이 있고……."

그는 눈살을 찌푸리고 잠깐 생각하더니 엘리위젤의 맥박을 짚어 보았다.

"좋아, 좀 낫거든 나한테 와. 하지만 내가 너를 부를 때까지 기다리지 마!"

엘리위젤은 일주일 후에 그를 찾아갔다. 그리고 지난번과 같은 핑계를 댔다. 몸에 조금도 차도가 없다고 했다. 그러나 그는 조금도 놀라는 기색을 보이지 않았다. 그가 믿는지, 안 믿는지 알 수가 없었다. 다만 그는 다시 오기로 한 약속을 지켜준 것이 기쁜 모양이었다. 그는 또 한 번의 기회를 주었다.

엘리위젤의 방문이 있은 후 며칠 만에 치과의원은 폐쇄되고, 담당 의사는 감옥에 수감되었다. 그는 교수형을 받았다. 들리는 소문에 의하면 그는 재소자들의 금니를 사적인 거래에 이용했다는 일방적인 혐의를 받았다는 것이다. 엘리위젤은 그에게 조금도 동정심을 느끼지 않았다.

엘리위젤은 그런 사태가 일어난 것을 기쁘게 생각하기까지 했다. 어쨌든 금 치관을 잃지 않은 것이다. 금 치관으로 어느 날이든 무엇과 유용하게 바꿀 수도 있는 것이다. 빵을 얻거나 생명을 구하는 데 필요한 것이다. 모두는 이제 매일 먹는 수프 접시와 곰팡내 나는 굳은 빵 외에는 그 어떤 것에 대해서도 거의 관심이 없었다. 빵과 수프, 그것이 인생 전부였다. 수감자는 모두 하나의 살덩어리였다. 아니, 그만도 못한 하나의 굶주린 위장(胃腸)에 불과했는지도 모른다. 위장만은 시간의 흐름을 알고 있으니까.

창고에서 일할 때 엘리위젤은 가끔 한 프랑스 처녀를 만났다. 그러나 말이 통하지 않았으므로 의견을 주고받을 수가 없었다.

그녀는 거기서 아리안 사람으로 통하고 있었지만 보기에 유대인 같았다. 그녀는 강제노동자로 추방된 처지였다.

어느 날 이데크가 광기의 발작을 일으켰는데, 그때 엘리위젤이 방해물이 되었었다. 그는 마치 야수처럼 엘리위젤에게 달려들어 가슴을 치고 머리를 쥐어박으며 땅바닥에 내동댕이쳤다가는 위로 던져 올리기도 했다. 그의 주먹세례는 더욱 격렬해져서 엘리위젤은 온몸이 피투성이가 되고 말았다.

　엘리위젤이 고통을 참으며 차마 비명을 지를 수 없어 입술을 깨물고 있노라니까, 이데크는 그것이 오히려 무언의 반항으로 보였는지 더욱 심하게 두들겨 팼다.

　그러다가 갑자기 그의 광기가 가라앉았다. 그는 아무 일도 없었다는 듯이 엘리위젤이 제자리로 가게 내버려 두었다. 그것은 마치, 우리 두 사람이 어떤 연극에 참여하여 제각기 맡은 역할을 해내고 퇴장하는 것 같았다.

　엘리위젤은 다리를 질질 끌며 할당 구역인 구석자리로 갔다. 온몸이 쑤시고 아팠다. 그때 피 묻은 이마를 닦아주는 누군가의 차가운 손길을 느꼈다. 예의 프랑스 처녀였다. 그녀는 슬픈 미소를 지어 보이며 엘리위젤의 손에 빵 한 조각을 슬쩍 쥐어주었다. 그녀는 잠자코 엘리위젤의 눈을 들여다보았다.

　그녀가 뭔가 말하고 싶으면서도 두려움 때문에 말문이 막혀 있다는 것을 느꼈다. 그녀는 한참 동안 그러고 있더니, 이윽고 안색을 활짝 펴며 거의 완벽한 독일말로 이렇게 말하는 것이었다.

　"입술을 꼭 다물고 참아라, 꼬마야. 울지 마. 훗날을 위해 너의 분노와 증오를 고이 간직하는 거야. 그 날은 반드시 올 거야. 하지만 지금은 ……. 기다려야 해. 이를 악물고 기다리는 거야."

　엘리위젤은 놀랐다. 그리고 더는 아무 말도 자지 못한 채 헤어졌다. 어디로 가는지도 모른 채.

　엘리위젤은 지하철 구내에서 신문을 읽고 있었다. 그의 맞은편에 까만 머리에 꿈꾸는 듯한 눈을 가진 아주 아름다운 한 여자가 앉아 있었다. 그는 어디선가 그런 눈동자를 본 기억이 났다. 바로 그 처녀였다. 엘리위젤이 다가갔다.

"나를 아시겠습니까?"

그녀는 고개를 저었다.

"모르겠는데요."

"1944년에, 당신은 독일의 부나에 계시지 않았습니까?"

"네. 그런데요?"

"당신은 그때 전기부품 창고에서 일하고 있었고……."

"예, 맞아요……."

그녀는 약간 당황한 채 잠시 침묵한 다음 더듬거렸다.

"잠깐만요……. 기억이 나요."

"수용소의 간수 이데크, 어린 유대 소년, 당신의 친절한 말……."

두 사람은 지하철을 나와 커피숍 테라스에 자리를 잡고 앉았다. 그리고 그 날 저녁 내내 지난 일을 회상했다. 엘리위젤은 헤어지기 전에 그녀에게 말했다.

"한 가지 질문을 해도 되겠어요?"

"짐작이 가지만, 물어 보세요."

"짐작이 간다고요?"

"내가 유대인이 아니냐는 거겠죠? 맞아요. 나도 유대인이에요. 신앙이 깊은 집안에서 태어났어요. 프랑스가 독일 점령군의 치하에 있는 동안, 나는 가짜 신분증을 구해 가지고 아리안 사람으로 행세했어요. 그 때문에 강제노동자 대열에 끼이게 되었던 거예요. 그리고 독일로 추방될 때 수용소를 탈출했어요. 그 당시 작업장에서는 내가 독일 말을 할 수 있다는 사실을 아무도 몰랐어요. 아마 당신은 그 점이 미심쩍었겠지만요. 사실, 당신에게 몇 마디 한 것도 여간 위험한 일이 아니었어요. 하지만 난 당신이 배반할 사람이 아니라는 걸 알았어요……."

이데크의 발작은 또 한 번 있었다. 그것은 독일군의 감시를 받으며 열차에 디젤 엔진들을 싣고 있을 때였다. 그때 이데크의 신경은 극도로 날카로운 상태였다. 그는 안간힘을 써서 자제하고 있다가 마침내 폭발하고 말았다. 이번에는 엘리위젤의 아버지가 그 희생자였다. 이데크가 고래고래 고함을 질러댔다.

"이 게으름뱅이 늙은 악마야! 네놈이 이 일을 망쳐놓겠다는 거야 뭐야?"

그러면서 그는 쇠막대기로 아버지를 구타하기 시작했다. 아버지는 처음에는 웅크린 자세로 맞고 있다가, 벼락을 맞고 꺾이는 나무토막처럼 허리가 꺾이며 땅바닥에 나뒹굴고 말았다.

엘리위젤은 자기 아버지가 그렇게 되는 광경을 꼼짝하지 않고 지켜보았다. 끝까지 가만히 있었다. 그때 아버지에 대한 걱정보다는 자신이 두들겨 맞지 않기 위해 무사히 도망갈 수 있는 방법을 궁리하고 있었다. 그때 그는 간수에 대해서가 아니라, 아버지에게 어떤 분노를 느끼고 있었다.

이데크가 발작을 일으킬 때, 피신하지 못한 아버지에 대해서 화가 났다. 집단수용소 생활이 그를 그렇게 만들어버린 것이다.

악대의 십장인 프라네크가 어느 날 엘리위젤의 입안에 금 치관이 있다는 것을 알아 차렸다.

"꼬마야, 네 금 치관을 내게 다오."

엘리위젤은 치관이 없으면 음식을 먹을 수 없기 때문에 그것을 줄 수 없다고 했다.

"하지만 그들이 먹을 것을 많이 주는 것도 아니잖아?"

엘리위젤은 다른 핑계를 댔다. 치관은 이미 건강진단 때 명단에 올라 있으므로 그것이 없어진다면 당신이나 나나 곤란을 겪게 될 것이라고 말해 주었다.

"치관을 나에게 주지 않으면, 너는 더 많은 대가를 치르게 될 거다."

이 동정심 많고 이해심이 많던 젊은이는 어느새 전혀 다른 사람으로 돌변해 있었다. 그의 눈빛은 욕망으로 번뜩였다. 엘리위젤은 아버지께 의견을 물어 보아야 한다고 말했다.

"그럼, 아버지한테 물어 봐. 그리고 내일까지는 대답해 주어야해."

그 사실을 아버지에게 이야기하자 아버지는 금세 안색이 창백해졌다. 그러고는 한참 있다가 말했다.

"얘야, 그건 안 돼. 그걸 주면 안 돼."

"안 주면 빼앗아 갈 거예요!"

"감히 그러지는 못할 게다."

그러나 프라네크는 엘리위젤의 약점을 알고 있었다. 그는 그 약점을 이용했다. 엘리위젤의 아버지는 군대 생활을 한 경험이 없었다. 그래서 행군할 때는 발을 제대로 맞추지 못했다.

한 장소에서 다른 장소로 이동할 때면 언제나 구령에 정확하게 발을 맞추어 행군하게 되어 있었다. 이때가 바로 프라네크가 아버지를 괴롭히고 야만적인 구타를 가할 수 있는 절호의 기회였다.

왼발, 오른발, 주먹 한 방! 왼발, 오른발, 방망이 한 대!

엘리위젤은 아버지한테 행군교습을 실시하여 구령에 맞추어 발걸음을 옮기는 방법을 가르치기로 했다. 그래서 시간 날 때마다 막사 앞에서 연습을 했다.

엘리위젤이 "왼발, 오른발!" 하고 구령을 하면 아버지가 거기에 따라 걸음을 옮겼다. 재소자들이 두 사람을 보고 웃어댔다.

"저 꼬마 장교님께서 늙은 친구에게 행군법을 가르치는 꼴 좀 보게. 이봐, 장군! 그 늙은이에게서 교습 대가로 빵을 많이 받나?"

그러나 아버지의 진도는 별 효과가 없었다. 프라네크의 주먹세례가 여전히 계속되었다.

"아직도 발을 맞추지 못한단 말야? 이 게으름뱅이 늙은 놈아!"

이런 장면이 2주일 동안 되풀이되었다. 엘리위젤은 더 이상 견딜 수가 없었다. 결국 포기하고 말았다. 엘리위젤이 그에게 굴복하는 날이 왔을 때, 프라네크는 야만스러운 웃음을 지으며 말했다.

"알고 있었지. 내가 이기리라는 걸 알고 있었다구. 더 늦기 전에 굴복하기를 잘한 거야. 나를 기다리게 한 대가로 넌 빵 배급을 한번 거르게 될 거야. 그 빵은 너의 치관을 뽑아주는 수고조로 나의 친구인 바르샤바 출신의 유명한 치과의사에게 주게 되어 있으니까."

"뭐라고요? 내 빵을 내 치관을 뽑는데 주어요?"

프라네크는 이빨을 하얗게 드러내 보이며 비웃었다.

"그럼, 어떻게 하면 좋겠니? 내 주먹으로 네 이빨을 부셔놓을까?"

그 날 저녁, 바르샤바 출신의 치과의사가 세면장에서 녹슨 숟가락 하나로 엘리위젤의 치관을 뽑아냈다.

그 후로 프라네크는 친절해졌다. 가끔 그는 여분의 수프를 주기도 했다. 그러나 그것도 오래 가지 못했다. 2주일 후에 폴란드 사람들은 모두 다른 수용소로 옮겨졌기 때문이다. 엘리위젤은 그렇게 무참하게 치관을 빼앗기고 말았다.

그들 폴란드 사람들이 떠나기 며칠 전에 또 하나 새로운 경험을 했다. 어느 일요일 아침이었다. 그 날 모든 작업반은 일하러 나갈 필요가 없었다. 그러나 그 이데크가 막사 안에 머물러 있지 못하게 했다. 모두는 창고로 가야만 했다. 이런 갑작스런 작업열(作業熱)에 모두는 어리둥절할 수밖에 없었다. 이데크는 창고에 도착하여 모두를 프라네크에게 인계하면서 주의를 주었다.

"네 마음대로 해. 하지만 무엇이든 시켜야 한다. 그렇지 않을 땐 나한테 문책을 당할 줄 알아."

그는 그 한 마디를 남겨 놓고 사라졌다.

음탕한 비밀

모두는 무엇을 해야 할지 몰랐다. 쭈그리고 앉아 있기에 싫증이 나서, 모두는 창고 어슬렁거리면서, 혹시 군속들이 남기고 갔을지도 모르는 빵 조각을 찾기도 했다.

엘리위젤이 건물의 뒤쪽까지 갔을 때, 문 옆의 작은 방에서 무슨 소리가 들렸다. 가까이 가보니, 이데크가 반쯤 벌거벗은 폴란드 처녀와 매트리스 위에 누워 있는 것이 보였다. 그제야 이데크가 무엇 때문에 모두를 수용소 안에 있지 못하게 했는지 알 수 있었다. 그는 그녀와 단둘이 노닥거리기 위해서 백여 명의 재소자들을 밖으로 내쫓았던 것이다! 너무나 우스꽝스러운 일이었다.

이데크가 벌떡 일어났다. 그는 사방을 두리번거리다가 엘리위젤을 발견했다. 그 사이에 여자는 허겁지겁 젖가슴을 가렸다. 엘리위젤은 도망치고 싶었다. 그러나 두 다리가 땅바닥에 붙어서 한 발자국도 움직일 수 없었다. 이데크가 어느새 곁으로 와 멱살을 움켜잡았다.

그는 음성을 낮추어 말했다.

"이 새끼, 기다려라. 작업장을 이탈하면 어떤 대가를 치르는지 네놈에게 보여줄 테니까. 네놈은 곧 대가를 치르게 될 거다. 허지만 지금은 네 자리로 돌아가."

이데크는 보통 작업이 끝나는 시간보다 반시간 빠르게 재소자들을 집합시키고 점호를 취했다. 무슨 일이 있었는지 아무도 몰랐다. 이 시간에, 그것도 낮에 벌써 점호를 취하다니! 그러나 엘리위젤은 알고 있었다. 그는 짧게 훈시를 했다.

"일반 재소자에게는 다른 사람의 일에 관여할 권리가 없다. 그런데 여러분 가운데 한 사람은 그것을 이해하지 못하는 것 같다. 그러므로 나는 지금 그에게 분명한 사실을 가르쳐 주기로 했다."

엘리위젤은 등줄기에 땀이 났다.

"A-7713!"

엘리위젤은 앞으로 나갔다.

"상자를 가져와!"

그의 명령에 재소자들이 상자를 하나 가져왔다.

"그 위에 누워! 엎드리란 말이야!"

엘리위젤은 엎드렸다. 그리고 채찍으로 때리는 소리 이외에는 아무것도 의식할 수 없었다.

"하나……. 둘……."

그는 숫자를 헤아렸다.

그는 일부러 간격을 두고 천천히 채찍질을 가했다. 처음 몇 대는 정말 아팠다. 그리고 그가 숫자를 헤아리는 소리도 들을 수 있었다.

"열……. 열하나……."

그의 목소리가 착 가라앉은 것 같고, 두꺼운 벽의 저쪽에서 들려오는 것 같았다.

"스물셋……."

두 대 남았군, 하고 엘리위젤은 반쯤 의식을 잃은 채 생각했다. 그는 시간을 길게 잡았다.

"스물넷……. 스물다섯!"

채찍질이 끝났다. 그러나 엘리위젤은 이미 실신해 있었으므로 그 사실을 모르고 있었다. 찬물을 한 양동이 뒤집어쓰고서야 의식이 들었다.

엘리위젤은 아직도 상자 위에 엎어져 있었다. 그리고 희미하게나마 주위가 젖어 있다는 것을 알 수 있었다. 그때 누군가 고함을 지르는 소리가 들렸다. 엘리위젤은 그것이 이데크의 고함이라고 생각했다.
"일어서!!"
엘리위젤은 일어나려고 움직여 보았지만 몸이 상자에 다시 달라붙는 느낌을 받았다.
"일어낫!"
그가 더욱 큰 소리로 외쳤다.
엘리위젤이 그에게 대답할 수 있었다면 얼마나 좋았을까? 그러나 그는 아무리 애를 써도 입을 열 수가 없었다. 이데크의 명령을 받고 두 재소자가 엘리위젤을 일으켜 그 앞으로 데리고 갔다.
"나를 똑바로 봐!"
엘리위젤은 그에게 얼굴을 돌렸으나 보이지 않았다. 다만 아버지를 생각하고 있었다. 아마 아버지는 자기보다도 더 고통스러워하고 있으리라.
이데크가 싸늘한 어조로 말했다.
"내 말 잘 들어, 이 못된 새끼야! 이건 너의 호기심에 대한 대가야. 앞으로 만일 네가 본 것을 발설할 경우엔 뜨거운 맛을 다섯 번 더 보여주겠다. 내 말 알아들었나?"
엘리위젤은 머리를 한 번, 아니 열 번이나 끄덕였다. 아니 끊임없이 끄덕였다. 마치 언제까지나 그치지 않고 "예"라고만 대답하기로 결심이라도 한 것처럼.
어느 일요일. 그 날은 엘리위젤의 아버지를 포함하여 반은 작업장에 나가고, 엘리위젤을 포함한 반은 막사에 남아 있었다. 막사에 남은 모두는 모처럼의 기회를 십분 이용하여 아침 늦게까지 침대에 누워 있었다.
그런데 10시쯤 사이렌이 울렸다. 공습경보였다. 내무반장들이 몰려와 모두 막사 안에 모이게 하고 친위대원들은 방공호 속으로 대피했다. 경보가 울리는 동안에는 보초들이 망대의 초소를 비우고, 철조망 울타리에 흐르는 전류도 끊겼으므로 탈출하기가 비교적 용이했다. 그 때문에 친위대원들은 막사 밖으로 나오는 사람은 누구를 막론하고 사살하라는 명령을 받고 있었다.

몇 분 사이에 수용소는 풍랑 치는 바다에 뜬 조각배처럼 되었다. 길 위에 살아 움직이는 것이라고는 하나도 없었다. 취사장 근처에는 뜨거운 수프가 반쯤 담긴 채 흐르고 있는 커다란 솥이 두 개 버려져 있었으며, 길 한가운데도 그것을 지키는 사람이 없었다.

수백 개의 눈이 무럭무럭 김이 나는 수프가 든 솥을 바라보며 식욕의 불꽃을 튀기고 있었다. 그것은 백 마리 늑대가 두 마리의 양, 주위엔 한 사람의 양치기도 없는 두 마리의 양을 노리고 있는 장면 같았다. 버려진 채 수프가 끓고 있는 두 개의 솥, 그것은 하늘이 내린 선물이 아닐 수 없었다. 그러나 누가 감히 그것을 향해 달려갈 수 있을까!

공포가 굶주림보다 강했던 것이다. 그러나 그때, 37번 막사의 문이 갑자기 소리 없이 열리는 것이 보였다. 그와 함께 한 사람이 밖으로 나와 큰솥이 있는 곳을 향하여 벌레처럼 기어갔다.

수백 개의 눈길이 그의 일거일동을 따라갔다. 수백 명이 그와 함께 무릎을 자갈에 긁혀 가며 기어가고 있었다. 모든 사람의 심장이 떨리고 있었다. 무엇보다도 부러움으로 떨리고 있었다. 그 사람은 감히 도전하고 있었던 것이다.

마침내 그 사람이 첫 번째 솥에 당도하자 모든 사람의 심장이 사뭇 뜀박질을 했다. 그는 성공한 것이다. 질투심이 활활 타오르며 모두를 지푸라기처럼 불태웠다. 모두는 그 사람에 대해서 조금도 탄복할 생각은 없었다. 불쌍한 영웅, 수프 한 그릇 때문에 자살행위를 하다니! 모두는 마음 속으로 그를 죽이고 있었다.

솥 옆에 이르러 한동안 사지를 쭉 펴고 엎드려 있던 그 사람은 솥의 가장자리에 닿기 위해 몸을 일으키려고 안간힘을 썼다. 허약 때문인지, 아니면 공포 때문인지 그는 중도에서 잠깐 멈추었다. 마지막 남은 힘을 모으기 위해서 기를 쓰고 있음이 분명했다. 마침내 그는 솥 언저리 위로 몸을 끌어올리는데 성공했다. 그는 잠깐 동안 수프 속에 비친 자신의 유령 같은 몰골을 들여다보는 모양이었다. 그러더니 뚜렷한 이유도 없이 갑자기 무서운 비명을 질렀다. 그것은 지금껏 들어본 적이 없는 숨넘어가는 소리였다. 이어서 그는 입을 딱 벌리고 아직도 김이 무럭무럭 나고 있는 수프 속에 머리를 들이밀었다. 모두는 더 이상 격렬한 분노를 참지 못하고 일제히 뛰쳐나갔다. 모두는 얼굴이 온통 수프 국물에 덮인 그를 끌어내어 땅바닥에 눕혔다. 그는 솥 옆에서 몇 초 동안 몸을 비틀어댔다. 그러고는 더 이상 움직이지 않았다.

그때 비행기 소리가 들려오기 시작했다. 그와 거의 동시에 막사들이 흔들리기 시작했다. 누군가 소리를 질렀다.

"부나를 폭격하고 있다!"

엘리위젤은 아버지를 생각했다. 그러나 우선 기뻤다. 수용소의 모든 시설물이 불타고 있는 광경을 본다는 것— 그것은 얼마나 통쾌한 복수인가! 모두는 독일군이 여러 곳의 전선에서 패퇴하고 있다는 이야기를 많이 들어왔지만, 그 이야기를 어디까지 믿어야 할지 몰랐었다. 그런데 그 이야기가 현실로 나타난 것이다!

모두는 조금도 무섭지 않았다. 그러나 만일 막사 위에 폭탄이 한 개라도 떨어진다면, 그것만으로도 그 자리에서 수백 명의 희생자가 생길 것이다. 그래도 모두는 죽음을 두려워하지 않았다. 아무튼 그런 종류의 죽음은 두렵지 않았다. 떨어져 폭발하는 폭탄마다 모두에게 기쁨을 안겨 주었고, 삶에 대한 새로운 자신감을 심어주었다.

공습은 한 시간 이상 계속되었다. 공습이 열 시간 동안 열 번만 계속되었더라면……. 별안간 주위는 다시 고요해졌다. 미국 비행기의 마지막 소리가 바람에 실려 멀리 사라졌다. 모두는 다시 무덤 속으로 돌아와 있는 자신들을 발견했다. 거대한 검은 연기 한 줄기가 지평선 위로 치솟고 있었다. 사이렌이 다시 한 번 울리기 시작했다. 공습경보가 해제된 것이다.

모두들 막사 밖으로 나왔다. 모두는 불과 연기로 오염된 공기를 마시고 있었지만, 눈은 희망으로 빛나고 있었다. 수용소의 중앙에 위치한 집합장 부근에 폭탄이 하나 떨어졌지만 폭발하지 않았다. 모두는 그것을 수용소 밖으로 들어내야 했다.

수용소 소장과 보좌관들이 간수장들을 데리고 막사 사이의 통로를 따라 순시했다. 그의 얼굴에는 공포의 기색이 완연하게 나타나 있었다.

유일한 희생자, 수프로 얼굴이 더럽혀진 그 사람의 시체는 수용소의 한복판에 누워 있었다. 수프 솥은 취사장 안으로 운반되었다. 친위대원들도 망대의 초소에 있는 기관총 뒤로 돌아갔다. 막간은 끝난 것이다.

한 시간쯤 후에 작업에 나갔던 재소자들이 평상시와 같이 발을 맞추어

아우슈비츠 제2 수용소의 일부

돌아왔다. 엘리위젤은 아버지의 모습을 보자 기뻤다. 아버지가 말했다.

"건물 여러 채가 납작해져 버렸단다. 하지만 창고는 아무 피해도 입지 않았다."

오후에, 모두는 잔해를 치우기 위해 유쾌한 기분으로 나섰다.

일주일 후, 모두는 작업장에서 돌아오는 길에 수용소 중앙에 있는 집합장에 까만 교수대가 하나 세워져 있는 것을 보았다.

모두는 점호가 끝날 때까지는 수프를 배식하지 않는다는 얘기를 들었다. 보통 때보다 배식시간을 늦춘 것이다. 이 명령은 다른 날보다 더 엄중하게 내려졌다. 그래서 이상한 소문이 퍼져 나갔다.

"탈모!"

수용소 소장이 별안간 고함을 질렀다.

만 개의 모자가 동시에 벗겨졌다.

"착모!"

만 개의 모자가 번개처럼 머리 위로 다시 올라갔다.

교수대 소년의 죽음

수용소 정문이 열렸다. 그리고 반(半) 소대 병력의 친위대가 들어와 모두를 에워쌌다. 그들은 각각 3보의 간격을 유지하고 망대 초소의 기관총들은 일제히 집합장 쪽을 겨냥했다.

"저들은 우리를 두려워하고 있는 거야."

줄리에크가 속삭였다.

친위대원 두 명이 감방으로 가더니 사형수 한 사람을 사이에 끼고 돌아왔다. 그는 바르샤바 태생의 소년으로 수용소 생활을 3년이나 한 사람이었다. 그는 썩 체격이 좋은 편으로 나와 비교하면 거인이었다.

소년은 등을 교수대에 기대고 얼굴을 재판장인 수용소 소장을 향한 채 세워졌다. 그의 얼굴은 창백했다. 그러나 두려워한다기보다는 들떠 있는 것 같았다. 수갑이 채워진 그의 두 손은 떨리지도 않았다. 소년은 그를 둘러싸고 있는 수백 명의 친위대원들과 수천 명의 재소자들을 싸늘한 눈길로 응시하고 있었다.

소장이 그에 대한 판결문을 한 구절씩 또박또박 읽어갔다.

"히믈러의 이름으로······. 수감 번호······. 공습경보 중 절도행위······. 법에 따라······. 항(項)······. 수감번호······. 사형을 선고함. 이 판결이 모든 재소자들에게 하나의 경고와 본보기가 되기를 바란다."

아무도 움직이지 않았다. 엘리위젤은 심장이 뛰는 소리를 들었다. 아우슈비츠와 비르케나우의 화장장에서 매일매일 죽어간 수천수만 명의 죽음에 대해서 엘리위젤은 이 괴로움 따위는 느끼지 않고 있었다. 그러나 교수대에 등을 기대고 있는 이 사람 그는 사뭇 엘리위젤은 압도하고 있었다.

줄리에크가 속삭였다.

"이 사형집행식이 곧 끝나리라고 생각하니? 난 배고파 죽겠다."

소장의 명령에 따라 간수가 사형수에게 다가갔다. 재소자 두 사람이 사형수에게 주어지는 수프 두 그릇을 비우도록 도왔다.

간수가 사형수의 눈을 붕대로 가리려고 했지만 그는 거절했다. 한참 동안 기다린 후에 사형집행관이 사형수의 목에 밧줄을 걸었다. 집행관이 죄수의 발밑에 있는 의자를 끌어내라고 조수들에게 막 신호를 보내려는 찰나였다. 사형수가 돌연 침착하면서도 우렁찬 목소리로 외쳤다.

"자유 만세! 독일에 저주 있으라! 저주 있으라! 저주······."

사형 집행관들의 임무는 끝났다.

한 마디 명령이 칼날처럼 허공을 갈랐다.

"탈모!"

만 명의 재소자들이 마지막 경의를 표했다.

"착모!"

제1수용소 집단 교수대

 모든 재소자들은 막사별로 행군해 돌아가는 길에, 방금 교수형을 당한 소년의 앞을 지나면서 그의 흐릿한 두 눈과 축 늘어진 혀를 바라보지 않으면 안 되었다. 간수들과 내무반장들이 죽은 소년의 얼굴을 똑바로 지켜보도록 모든 재소자에게 강요했기 때문이었다.
 특별히 강요된 그 날의 행군이 끝난 후에야 모두는 막사로 돌아와 식사를 할 수 있었다.

 교수형 장면도 여러 번 목격했지만 그들 가운데 우는 사람은 한 사람도 없었다. 오랜 세월 지치고 말라비틀어진 육신들은 쓰라린 눈물마저 잃어버린 것이다.
 그러나 예외가 한 번 있었다. 제 52전선(電線) 작업반의 간수장은 네덜란드 사람이었는데 거인으로 키가 6피트를 넘었다. 그가 감독하는 재소자는 7백 명에 이르렀다. 그리고 그들 재소자들은 모두 그를 형제처럼 좋아했다. 누구 한 사람 그에게서 구타를 당한 사람이 없었으며 그에게서 모욕적인 말 한 마디 들은 사람이 없기 때문이었다.

그도 수용소에서 흔히 '아기'라고 부르는 어린 소년을 하나 데리고 있었다. 그 소년은 이 수용소에서 지금껏 볼 수 없었던 우아하고 아름다운 얼굴을 가지고 있었다.

부나에서는 재소자들이 '아기'들을 아주 싫어했다. '아기'들은 흔히 어린이들보다 더 잔인했다. 언젠가 열세 살 먹은 '아기'를 침대를 단정하게 정돈하지 않았다고 자기 아버지를 구타하는 것을 본 적이 있었다. 늙은 아버지가 말없이 울고 있는 동안 '아기'는 이렇게 고함을 지르고 있었다.

"당장 울음을 그치지 않으면 이제부턴 빵을 갖다 주지 않겠어요. 알겠어요?"

그러나 그 네덜란드인의 어린 몸종은 모든 사람의 사랑을 받았다. 그의 얼굴은 슬픈 천사의 얼굴 같았다.

어느 날, 부나에 있는 발전소가 폭파되었다. 비밀경찰이 소집되어 조사한 결과, 사보타지의 혐의가 드러나고 단서가 잡혔다. 경찰은 네덜란드인 간수장을 범인으로 지목했다. 그리고 현장을 수색한 끝에 다량의 무기도 적발됐다.

간수장은 즉각 체포되었다. 그리고 일주일 동안 고문을 받았다. 그러나 허사였다. 관련자 이름을 한 사람도 대지 않았다. 그는 아우슈비츠로 이송되었다. 그 후 모두는 그의 소식을 듣지 못했다.

그러나 그의 어린 몸종은 수용소에 남아 감옥에 수감되어 있었다. 소년도 고문을 받았으나 역시 입을 열지 않았다. 친위대는 무기 소지죄로 체포된 다른 두 사람의 재소자와 함께 소년에게 사형을 선고했다.

어느 날, 모두가 작업장에서 돌아왔을 때, 모두는 집합장에 세 마리의 까마귀처럼 세워져 있는 세 개의 교수대를 보았다. 언제나처럼 점호가 있은 다음, 친위대원들이 재소자들을 에워싸고 기관총을 겨누는 가운데판에 박힌 사형집행의 격식이 벌어졌다. 쇠사슬에 묶인 세 사람의 희생자 그 가운데 어린 몸종인 그 소년은 슬픈 눈을 가진 천사였다.

친위대원들은 여느 때에 비해 더 다급하고 불안해 보였다. 수천 명의 목격자 앞에서 어린 소년의 목을 매다는 것은 결코 쉬운 일이 아니었기 때문이다. 소장이 판결문을 읽었다. 모든 사람의 눈길이 소년에 쏠렸다. 소년의 얼굴은 납처럼 창백했으나 입술을 꼭 깨문 채 침착성을 잃지 않고 있었다. 교수대의 그림자가 소년 위에 드리워져 있었다.

이번에는 수용소의 간수장이 사형집행인이 되기를 거부했으므로 세 명의 친위대원이 대신 집행했다.

세 사람은 동시에 의자 위로 올라갔다.

세 사람의 목은 동시에 올가미에 끼워졌다.

어른 두 사람이 외쳤다.

"자유 만세!"

그러나 소년은 침묵했다.

이때 누군가 뒤에서 묻는 것이었다.

"하나님은 어디 있는가? 그분은 어디에 계시지?"

소장의 신호에 따라 세 개의 의자가 쓰러졌다.

수용소 전역이 정적으로 감싸였다. 지평선 너머로 해가 지고 있었다.

"탈모!"

소장이 고함을 쳤다. 목소리가 쉬어 있었다. 모두는 울고 있었다.

"착모!"

그러고는 세 희생자의 앞을 지나는 분열식이 시작되었다. 두 어른은 이미 숨이 끊어져 있었다. 그들의 길게 늘어진 혀는 팅팅 부었고 색깔도 변해 있었다. 그러나 세 번째 밧줄은 아직도 움직이고 있었다. 몸이 가벼웠으므로 소년은 아직 살아 있었던 것이다……

소년은 눈앞에서 반시간 이상이나 그대로 매달린 채 삶과 죽음의 길에서 몸부림치며 단말마의 고통 속에서 서서히 죽어갔다. 모두는 소년의 얼굴을 똑바로 바라보아야만 했다. 엘리위젤이 그 앞을 지날 때도 아이는 살아 있었다. 혀는 빨갛고 눈도 아직 흐리지 않았다.

등 뒤에서 아까 그 사람이 다시 묻는 소리를 들었다.

"하나님은 지금 어디 있는가?"

그 순간 엘리위젤은 내부에서 이렇게 대답하는 목소리를 들었다.

"어디 있느냐고? 그는 여기에 있어. 그는 여기 교수대 위에 목이 매달려 있는 거야……."

그 날 밤의 수프 맛은 송장 맛이었다.

하나님 보고만 계시렵니까?

여름이 끝나가고 있었다.

유대력으로는 한 해가 거의 저물고 있었다. 저주받은 그 해의 마지막 날인 '로쉬 하샤나'(Rosh Hashanah)의 저녁에는, 수용소 전체 재소자들의 심리상태와 마찬가지로 사뭇 긴장되고 있었다. 모든 것을 무시한다 해도 이날만은 다른 날과는 달랐다. 한 해의 마지막 날. 이 '마지막'이라는 낱말은 아주 이상하게 들렸다. 만일 그것이 정말 마지막 날이라면 어떻게 하겠는가?

모두는 저녁 식사로 아주 걸쭉한 수프를 배식 받았다. 그러나 누구 하나 입을 대지 않았다. 모두는 기도가 끝날 때까지 기다리고 싶었다. 전기 철조망으로 둘러쳐진 집합장에는 침묵하는 수천 명의 유대인들이 상처받은 표정으로 모여들었다.

밤이 다가오고 있었다. 모든 막사로부터 재소자들이 무리를 지어 모여들었다. 그 기세는 마치 갑자기 시간과 공간을 정복하여 그것들을 자신들의 의지로 굴복시킬 수 있다는 것을 과시하는 것 같았다. 엘리위젤은 분노했다.

'나의 하나님, 당신은 무엇입니까? 당신에게 저들의 신앙과 저들의 분노와 저들의 반항심을 나타내고 있는 저 고통 받는 무리에 대해 당신은 무엇입니까? 이 모든 와해와 부패 앞에서 우주만물의 주인 당신의 전지전능함은 무슨 의미가 있습니까? 무엇 때문에 아직도 저들의 병든 마음과 육신에 고통을 주십니까?'

만 명의 재소자들과 함께 내무반장들, 간수들, 죽음의 관리들이 그 엄숙한 예배에 참여하기 위하여 모였다.

"하나님을 찬미할지어다……."

사제의 목소리가 간신히 들려 왔다. 처음에는 그것이 바람 소리 같았다.

"하나님의 이름을 찬미할지어다!"

수천 명의 목소리가 감사기도를 되풀이했다. 수천 명의 사람들이 폭풍우 앞의 나무처럼 땅에 엎드렸다.

"하나님의 이름을 찬미할지어다!"

왜 하나님을 찬미해야 한단 말인가? 하나님은 수천 명의 어린이들을 구덩이 속에 던져 넣어 불태워 죽이지 않았는가? 하나님은 주일과 축일에도 밤낮으로 여섯 개의 화장장에서 화장을 계속하게 하지 않았는가? 하나님은 그 전능한 힘으로 아우슈비츠와 비르케나우와 부나, 그리고 그 밖의 수많은 살인공장들을 창설하지 않았는가? 그런데도 어떻게 하나님께 그렇게 말할 수 있단 말인가?

"여러 민족 가운데서 우리를 선택하시어 밤낮으로 고문을 당하게 하시고, 우리의 아버지, 우리의 어머니, 우리의 형제들이 화장장에서 최후를 마치는 광경을 보게 하신, 영원한 우주의 주이신 하나님을 찬미합시다. 우리를 선택하시어 당신의 제단을 위해서 학살당하게 하신 하나님의 거룩한 이름을 찬양합시다."

사제자의 목소리는 점점 높아지고 있었다. 그러나 목소리가 높아지면 높아질수록 전체 회중의 눈물과 흐느낌과 탄식 속에 묻혀버리는 것이었다.

"모든 땅과 우주 만물은 하나님의 것!"

사제가 말은 그렇게 하면서도 그가 한 말의 뜻을 찾아낼 힘이 없다는 듯 간간이 말을 중단했으며, 그 가락이 목안에 잠겨 버리곤 했다.

엘리위젤은 이렇게 생각했다.

'그렇다. 인간이야말로 하나님보다 훨씬 강하고 위대하다. 하나님, 당신은 아담과 이브에게 속임을 당했을 때 그들을 낙원에서 추방했다. 노아의 세대가 당신을 불쾌하게 했을 때, 당신은 그들을 홍수로 다스렸다. 소돔이 당신의 눈에 들지 않게 되자, 당신은 불과 유황비를 내렸다. 그러나 이 사람들, 당신이 배신한 이 사람들, 당신이 고문당하고, 학살당하고, 독가스를 마시고서 불에 타 죽게 내버려둔 이 사람들, 이 사람들은 무엇을 해야 하는가? 그들은 지금 당신에게 기도를 하고 있다! 그들은 지금 당신의 이름을 찬미하고 있다!'

"모든 피조물은 하나님의 전지전능함을 찬미하도다!"

옛날에는 새해 아침이, 새해의 첫날이 인생을 지배했었다. 자기의 범죄가 하나님을 슬프게 한 것을 알고 그의 용서를 간구했었다. 옛날에 행동 하나하나에 세계의 구원이 달려 있다고 굳게 믿었었다. 그러나 지금은 간청하기를 포기해야 했다.

더 이상 슬픔에만 잠겨 있을 수 없었다. 모두는 원고였고 하나님은 피고였다. 거기에는 사랑도 자비도 없었다. 다른 어떤 것보다도 재가 되기만을 기다렸다.

그런 속에서 엘리위젤은 하나님보다도 그 인생이 그토록 오랫동안 매달렸던 하나님보다도 스스로가 훨씬 강력함을 느꼈다. 기도에 열중하는 회중이 마치 낯선 사람들처럼 보였고 그들 사이에 자기가 서 있다고 느꼈다.

예배는 사자(死者)를 위한 기도인 '카디쉬'(Kaddish)를 바침으로써 끝났다. 회중은 모두 그들의 양친들, 그들의 자식들, 그들의 형제들, 그리고 그들 자신을 위한 '카디쉬'를 바쳤다.

모두는 오랫동안 집합장에 모여 있었다. 어느 누구도 감히 그 신기루의 망상 속에서 빠져나가지 못했다. 취침시간이 되어서야 재소자들은 천천히 각자의 막사로 발길을 돌렸다. 엘리위젤은 그들이 서로 "새해 복 많이 받으세요."하고 인사하는 소리를 들었다.

엘리위젤은 아버지를 찾으러 달려갔다. 그렇게 달려가며 더 이상 하나님의 축복을 믿지 않으면서 아버지에게 "새해 복 많이 받으세요."라는 인사를 할 수 있을까 망설여졌다.

아버지는 무거운 짐이라도 지고 있는 듯이 두 어깨를 축 늘어뜨리고 머리를 숙인 채 벽에 기대 있었다. 엘리위젤은 아버지에게 다가가 손을 잡고 거기에 입을 맞추었다. 그 손등에 눈물이 한 방울 떨어졌다. 누구의 눈물일까? 아버지의 눈물? 아니면 아들의 눈물? 부자는 아무 말도 하지 않았다. 그러나 그때처럼 우리 부자가 그토록 명료하게 서로를 이해한 적은 일찍이 한 번도 없었다.

벨 소리가 울리며 모두를 현실로 돌아가도록 다그쳤다. 취침시간이 된 것이다. 모두는 현실로 돌아왔다. 엘리위젤은 자기에게 기울고 있는 아버지의 얼굴을 올려다보았다. 그리고 그 늙고 깡마른 얼굴에서 어떤 미소 같은 것, 적어도 그와 비슷한 어떤 것을 찾아보려고 애썼다. 그러나 아무것도 없었다. 어떤 표정의 그림자 하나 비치지 않았다. 아버지는 다만 지쳐 있었을 뿐이었다.

욤 키푸르(Yom Kippur). '속죄의 날'이 왔다.

모두는 단식을 해야 할 것인가? 하는 문제로 격렬한 토론이 벌어졌다. 지금 단식을 한다는 건 보다 확실하고 보다 빠른 죽음을 의미하는 것이었다. 하기야 모두는 이곳에 끌려온 이래 1년 내내 단식을 하는 것이나 같았다. 1년 365일이 욤 키푸르, 곧 '속죄의 날'이었다.

그러나 반대 의견 측에서는, 단식을 한다는 것이 위험스럽다는 그 이유 때문에라도 단식을 해야 한다고 주장했다. 그들은, 이 철조망이 쳐진 지옥에서도 하나님을 찬미하는 노래를 부를 수 있다는 것을 하나님에게 보여드려야 한다고 주장했다.

엘리위젤은 단식을 하지 않았다. 주된 이유는 단식을 반대하는 아버지를 즐겁게 하기 위해서였지만 한 걸음 더 나아가서는 단식을 해야 할 하등의 이유를 찾을 수 없기 때문이었다. 그는 더 이상 하나님의 침묵을 받아들이지 않고 있었던 것이다.

그는 수프 사발을 들이마시는 자신의 태도 속에서도 하나님에 대한 반항과 항의의 뜻을 숨기지 않았다. 그리고 딱딱한 빵 조각을 조금씩 뜯어 먹었다. 그러나 마음속 깊은 곳에서는 엄청난 공허감이 밀려들었다.

친위대원들은 모두에게 근사한 새해 선물을 주었다.

막 작업장에서 돌아왔을 때 수용소 정문을 들어서자마자, 모두는 뭔가 평소와는 다른 분위기를 느낄 수 있었다. 점호시간도 평상시처럼 오래 걸리지 않았다. 저녁 수프가 아주 빠른 속도로 배식되었고 모두는 눈 깜짝할 사이에 그것을 먹어치웠다.

엘리위젤은 이제 아버지와 같은 막사에 있지 않았다. 다른 작업반으로 옮겨져, 하루에 열두 시간 동안씩 무거운 돌덩이들을 이곳저곳으로 운반해야 했다. 새 막사의 내무반장은 독일계 유대인으로 조그만 키에 날카로운 눈을 갖고 있었다. 그는 그 날 저녁, 모두에게 식사를 마친 다음에는 아무도 밖에 나가서는 안 된다고 했다. 그리고 얼마 안 되어, '추려낸다'는 무서운 말이 막사 안팎에 나돌기 시작했다.

모두는 그 말이 무엇을 뜻하는지를 알고 있었다. 친위대원 한 사람이 모두를 자세히 검사하게 될 것이다. 그리고 그에게 허약한 사람으로 보이면 화장장으로 보낼 후보자의 수첩에 번호가 적히게 되는 것이다. 모두는 그렇게 추려진 사람들을 '회교도'라고 불렀다.

저녁 수프를 먹고 난 다음, 모두는 침대 사이사이에 모였다. 고참 재소자들이 말했다.

"당신들은 이렇게 늦게 이곳으로 오게 되어 운이 좋은 게요. 2년 전에 비하면 오늘의 이 수용소는 천국이나 다름없으니까요. 그 당시 이 부나는 진짜 지옥이었죠. 물도 없고 담요도 없을 뿐만 아니라 빵과 수프도 형편없이 적었지요. 모두는 밤마다 영하의 강추위 속에서 거의 알몸으로 잠을 잤어요. 날마다 시체가 수백 구씩 쌓이고, 일은 일대로 고됐어요. 그때에 비하면 지금은 천국이라구요. 간수들은 매일 재소자를 몇 명씩 죽이라는 명령을 받았기 때문에, 일주일마다 추려내기가 실시되었어요. 무자비하게 추려냈지요……. 정말이지, 당신들은 운이 좋은 편이라구요."

"그만요! 조용히 좀 해요! 그런 이야기는 내일이나 다른 기회에도 얼마든지 할 수 있을 테니 그만 해두세요."

엘리위젤이 이렇게 말하자 그들은 왁자지껄 웃음을 터뜨렸다. 역시 그들은 고참들이었다.

"겁이 나는 모양이지? 우리 역시 처음에는 겁이 났었지. 그 당시에는 겁나는 일이 하도 많았으니까."

노인들은 사냥꾼들에게 쫓긴 듯이 한쪽 구석에 꼼짝하지 않고 말없이 박혀 있었다. 그들 가운데 어떤 한 사람은 기도를 하고 있었다.

한 시간 동안의 유예. 그 한 시간이 지나면 모두는 사형, 또는 집행유

예의 판결을 알게 될 것이었다. 엘리위젤은 갑자기 아버지는 어떻게 될까? 하는 생각이 났다. 아버지는 어떻게 무사할 수 있을까? 나이도 많으시니…….

아버지의 유산

막사 내무반장은 1933년 이래 한 번도 집단수용소 밖으로 나가본 적이 없는 사람이었다. 그는 이미 모든 도살장들을, 모든 살인공장들을 거쳐온 사람이었다. 아홉 시쯤 되었을 때 그가 재소자 한복판에 자리를 잡고 우뚝 섰다.

"차렷!"

즉시 침묵이 흘렀다.

"내가 지금부터 하는 말을 잘 들어라."

모두는 그의 목소리가 떨리는 것을 처음 들었다.

"조금 있으면 추려내기가 시작될 것이다. 여러분은 모두 옷을 홀랑 벗어야 한다. 그리고 한 사람씩 친위대 의사 앞으로 가는 것이다. 나는 여러분이 모두 무사하게 통과되기를 바란다. 그러기 위해서는 여러분 각자가 좋은 운수를 잡도록 스스로 노력해야 한다. 다음 방으로 들어가기 전에 혈색이 좋아 보이도록 어떤 방법으로든 운동을 좀 하는 게 좋을 것이다. 천천히 걷지 말고 뛰어라! 악마에게 쫓기는 사람처럼 뛰어라! 친위대원을 바라보지 말고 뛰어라! 앞만 바라보고 뛰어라!"

그는 잠시 말을 끊었다가, 다시 덧붙였다!

"무엇보다도 중요한 것은 겁을 먹지 않는 것이다!"

그의 이 한 마디는 기꺼이 따르고 싶은 충고였다. 모두는 옷을 벗어 침대 위에 놓았다. 그 날 저녁에는 어느 누가 옷을 훔쳐갈 위험 따위는 조금도 없었다.

작업반을 옮겨 온 티비와 요시가 다가와 말했다.

"우리, 함께 있도록 하자. 그러면 모두는 더 강해질 테니까."

요시는 무엇인가 나직이 잇새로 중얼거리고 있었다. 기도를 하고 있었음에 틀림없었다. 요시가 신자라는 사실을 까맣게 모르고 있었다. 오히려 항상 그와는 정반대로 생각해 왔었다. 티비는 아주 창백한 모습으로 말이 없었다. 모든 재소자들이 발가벗은 채 침대 사이사이에 웅크리고 섰다. 최후의 심판대에 나선 인간의 모습이 바로 이럴 것이리라.

"그들이 오고 있다!"

비르케나우에서 접수했던 저 악명 높은 멩겔레 박사가 친위대 장교 세 사람에게 둘러싸인 채 서 있었다. 내무반장이 미소를 지으려 애쓰는 표정으로 모두에게 물었다.

"준비 됐나?"

모두는 준비가 되어 있었다. 그리고 친위대 의사들도 준비가 되어 있었다. 멩겔레 박사는 번호가 기록되어 있는 명단을 손에 들고 있었다. 그는 내무반장에게 신호를 보냈다.

"시작하지!"

마치 놀이를 시작하기라도 하는 듯이!

맨 먼저 들어간 사람은 막사의 '관리'들이었다. 물론 그들은 내무반장들, 간수들, 십장들로 완전무결한 신체조건을 갖추고 있었다.

그 다음부터가 일반 재소자들의 순서였다. 멩겔레 박사는 재소자들을 머리끝에서 발끝까지 자세히 검사했다. 그는 가끔 번호를 적기도 했다. 엘리위젤의 머릿속은 오로지 한 가지 생각으로 꽉 차 있었다. 번호가 적히도록 해서는 안 된다, 번호가 쓰인 왼팔을 보여주어서는 안 된다.

이윽고 엘리위젤 앞에는 티비와 요시뿐이었다. 그들은 무사히 통과되었다. 엘리위젤은 맹겔레가 그들의 번호를 적지 않는 것을 눈여겨보았다. 누군가 등을 밀었다. 마침내 엘리위젤의 순서가 온 것이다. 그는 뒤돌아보지 않고 달렸다. 머릿속에는 주마등처럼 같은 생각이 스치고 있었다.

'너는 너무 말랐어, 너는 허약해, 너는 너무 말랐어, 너는 화장로에 들어가게 될 거야……'

달음질은 마치 무한히 계속되는 것만 같았다. 그래서 마치 여러 해 동안 달려온 것만 같은 생각이 들었다…….

'너는 너무 말랐어, 너는 너무 허약해……'

마침내 그는 반대편 쪽에 당도했다. 기진맥진한 상태였다. 겨우 숨을 돌린 다음에야 요시와 티비에게 물었다.

"나, 적혔지?"

"아니."

요시가 대답했다. 그는 미소를 지으며 덧붙였다.

"어떻든 그는 너의 번호를 적을 수 없었을 거야. 넌 너무나 빨리 뛰었거든……"

엘리위젤은 활짝 웃었다. 기뻤다. 그에게 입을 맞추고 싶을 정도로 기뻤다. 그 순간, 다른 일에야 무슨 상관이란 말인가! 번호가 적히지 않은 것만으로도 만족했다.

번호가 적힌 사람들은 세상으로부터 버림받은 채 따로 떨어져 서 있었다. 몇 사람은 소리 없이 흐느끼고 있었다.

친위대 장교들은 돌아갔다. 내무반장이 심신이 피로한 얼굴로 나타났다.

"모든 것이 아주 잘 되었다. 어느 누구도 아무 일이 없을 것이다."

그는 다시 미소를 지으려고 애썼다. 그때 초라하고 깡마른 유대인 하나가 떨리는 음성으로 애타게 물었다.

"하지만……. 하지만, 고참님, 그들은 나를 적어 갔습니다!"

내무반장의 화가 폭발했다. 반장의 말을 믿으려 하지 않는 사람이 있다는 것 때문이었다.

"지금 뭐라고 했지? 내가 거짓말을 했다는 거야? 다시 한 번 말해 주겠는데, 너에겐 아무 일도 없어! 다른 어느 누구에게도! 넌 지금 스스로 절망의 구렁텅이에 빠져 허우적거리고 있는 거야, 이 바보야!"

벨이 울렸다. 그것은 수용소 전역에서 추려내기가 완료되었다는 신호였다.

엘리위젤은 있는 힘을 다하여 37번 막사로 달려갔다. 도중에서 아버지를 만났다. 아버지도 아들을 찾아오는 길이었다.

"어때? 통과됐니?"

"예, 아버진요?"

"나도."

그제야 주자는 안도의 숨을 내쉴 수 있었다. 아버지는 빵 한 개를 선물로 가지고 왔다. 그 빵은 작업장에서 주은 고무조각과 바꾼 것으로 그 고무조각은 구두 한 짝에 밑창을 댈 수 있을 정도였다고 했다.

다시 벨이 울렸다. 벌써 취침시간이 된 것이다. 부자는 헤어져야 했다. 모든 것이 벨소리에 의해 통제되었다. 벨소리가 갖가지 명령을 내렸고 재소자는 거기에 기계적으로 복종했다. 그 벨소리가 싫었다. 그래서 그는 보다 나은 세상을 꿈꿀 때마다 벨이 없는 세상을 상상할 수밖에 없었다.

며칠이 지났다. 모두는 벌써 추려낸 일을 잊어버리고 있었다. 모두는 평소와 같이 작업장으로 나가 무거운 돌멩이를 열차에 싣는 일을 계속했다. 한 가지 달라진 것이 있다면, 식사가 훨씬 형편없어졌다는 것이었다.

모두는 여느 날과 같이 먼동이 트기 전에 자리에서 일어났다. 그리고 블랙커피와 빵을 받아먹었다. 평소와 같이 작업장으로 막 출발하려는데 내무반장이 달려왔다.

"잠깐, 조용히들 해! 명단을 가지고 왔으니 여러분에게 읽어주겠다. 내가 부르는 번호를 가진 사람은 오늘 아침에 작업장에 나가지 말고 수용소 안에서 대기해 주기 바란다."

그리고는 부드러운 음성으로 10여 명의 번호를 불렀다. 모두는 알아차렸다. 그 번호들은 추려낼 때 적힌 번호였다. 멩겔레 박사는 잊어버리지 않았던 것이다.

내무반장은 자기 방으로 발길을 돌렸다. 호명 재소자 열 명이 그의 옷을 붙잡고 늘어지며 그를 둘러쌌다.

"우리를 구해 주십시오. 당신이 약속하지 않았습니까……. 우리는 작업장에 나가고 싶습니다. 일하기에 충분할 만큼 건강하다구요. 우리는 훌륭한 일꾼입니다. 할 수 있어요, 하겠어요."

반장은 그들을 진정시키려고 애를 썼다. 수용소 안에서 대기하라는 것은 별다른 뜻이 있는 것이 아니며, 어떤 비극적인 운명을 뜻하는 것도 아니라고 설명하면서 그들을 안심시키려고 했다.

"나 역시 날마다 수용소 안에 남아 있지만, 이렇게 아무 일도 없지 않아?"

그는 이렇게 덧붙였지만 그의 논리는 설득력이 약했다. 그는 이미 모든 걸 알고 있었다. 그는 더 이상 별다른 말을 하지 않고 자기 방으로 들어가 버렸다. 곧 벨이 울렸다.

"정렬!"

이제, 작업이 힘들다는 것 따위는 문제가 되지 않았다. 무엇보다도 중요한 것은 되도록 막사로부터, 죽음의 도가니로부터, 그리고 지옥의 중심으로부터 멀리 떨어져 있는 일이었다.

엘리위젤은 아버지가 달려오는 것을 보았다. 그 모습을 보다가 갑자기 공포에 휩싸였다.

"웬일이세요?"

아버지는 숨이 차서 제대로 말을 잇지 못했다.

"나도……. 나도……. 수용소에 남아 있으라고 하는구나!"

그들은 아버지가 눈치 채지 못하는 사이에 아버지의 번호를 적었던 것이다.

"그럼 어떻게 될까요?"

엘리위젤은 괴로워하며 물었다. 그러나 오히려 아버지 쪽에서 아들을 안심시키려고 했다.

"아직 확정된 것은 아니다. 모면할 기회는 있을 게야. 오늘 또 한 번 추려내는 일이 있단다……. 마지막으로 추려낸다는구나."

엘리위젤은 잠자코 있었다. 아버지는 시간이 없다고 생각하고 빠르게 말했다. 하고 싶은 이야기가 많은 듯했다. 그래서 점점 말의 두서가 없어지고 목까지 메었다. 아버지는 아들이 곧 돌아가야 한다는 것도 알고 있었다. 아버지는 홀로, 오로지 홀로 외롭게 수용소 안에 남아 있어야 했던 것이다.

"자, 이 칼을 받으렴."

그리고 이어 말했다.

"내겐 더 이상 필요 없는 물건이지만 너에겐 필요한 게야. 그리고 이 숟가락도 받으렴. 하지만 팔아먹어선 안 된다. 어서 받아! 내가 너에게 주는 것이니 받으라니까!"

그것은 일종의 유산이었다.

"아버지, 그런 말씀은 마세요."

엘리위젤은 금방이라도 울음을 터뜨릴 것만 같았다.

"그런 말씀은 절대로 듣고 싶지 않아요. 숟가락과 칼은 그냥 가지고 계세요. 제게 필요한 만큼이나 아버지께도 필요한 물건이니까요. 오늘 저녁 일이 끝난 후에 우리는 다시 만나게 될 거예요."

아버지는 절망에 싸인 지친 눈길로 아들을 바라보며 내민 물건을 거두지 않았다.

"이건 너한테 부탁하는 거다. 어서 받아라. 애야, 아비 말을 듣거라. 시간이 없어. 이 아비의 부탁대로 하렴."

이때 막사 간수가 출발해야 한다고 고함을 질렀다. 작업반은 수용소 정문을 향하여 출발했다. 왼발, 오른발! 엘리위젤은 입술을 깨물었다. 아버지는 벽에 등을 기대고 막사 옆에 서 있었다. 그러더니 엘리위젤을 따라잡기 위해 뛰어오기 시작했다. 아마 무엇인가 하고 싶은 말을 잊었던 모양이었다.

그러나 모두는 너무나 빠르게 행군하고 있었다.

왼발, 오른발!

모두는 벌써 정문에 당도해 있었다. 친위대원들이 귀가 멍멍하게 울리고 있는 군악대 소리에 대항이라도 하듯이 큰소리로 인원 파악을 했다. 그리고 모두가 밖으로 나왔다.

아버지 생각에 엘리위젤은 온종일 몽유병자처럼 배회했다.

살아 있다는 기쁨

가끔 티비와 요시가 다정한 말을 던져주곤 했다. 간수 역시 엘리위젤에게 용기를 복돋아 주려고 애를 썼다. 오늘 따라 그에게는 한결 쉬운 일을 맡기는 것이었다.

엘리위젤은 가슴이 미어질 듯했다. 모두들 얼마나 끔찍이 생각해 주는가! 마치 고아라도 된 것처럼! 지금 이 순간까지도 아버지는 여전히 그를 도와주고 있다는 생각이 들었다.

엘리위젤은 그 날 하루가 빨리 지나가기만을 바라야 할지, 아니면 그러지 않기를 바라야 할지 도저히 종잡을 수가 없었다. 그는 그 날 밤 아버지 없이 이 세상에 혼자 남게 될까봐 얼마나 두려워했는지 모른다. 차라리 작업장에서 당장 죽어버린다면 얼마나 좋을까!

마침내 모두는 귀로에 올랐다. 뛰어가라고 명령해 주었으면 하고 얼마나 갈망했는지 모른다!

군대행진곡. 수용서 정문. 수용소.

엘리위젤은 수용소 구내에 당도하자마자 36번 막사로 달려갔다. 이 세상에서 아직도 기적이라는 것이 있었단 말인가? 아버지는 살아 있었다. 아버지는 두 번째 추려내기에 죽음을 면했던 것이다. 아직도 쓸모 있는 존재임을 그들에게 입증해 보였던 것이다. 엘리위젤은 아버지에게 칼과 숟가락을 되돌려드렸다.

아키바 드루머는 희생자로 선택되어 모두의 곁을 떠났다. 요즈음 그는 흐려진 눈빛으로 우리들 사이를 돌아다니면서 "난 이제 더 이상 견딜 수 없어. 모든 게 끝났어."라고 자신의 신체적인 허약함을 이야기하곤 했었다.

그의 사기를 북돋아주는 것은 불가능했다. 그는 누가 그에게 하는 말을 귀담아 듣지도 않았다. 그는 다만, 자기에게는 모든 것이 끝나버렸다는 것, 이제는 더 이상 투쟁할 힘도 없다는 것, 그리고 어떠한 신앙도 남아 있지 않다는 것만을 되풀이할 따름이었다.

마침내 갑작스럽게 휑한 그의 두 눈동자는 한갓 밖으로 드러난 두 개의 상처, 소름끼치는 두 개의 움푹한 구멍일 뿐이었다.

신체가 허약한 사람들을 골라내는 일이 계속되는 동안에 신앙을 잃어버린 사람은 아키바 드루머 한 사람뿐만이 아니었다. 폴란드의 조그만 읍에서 온 랍비 한 사람이 있었다. 그는 허리가 구부정한 노인으로 노상 입술을 떨고 있었다. 그에게는 언제 어디서나 노상 기도하는 습관이 있었다.

 막사에서는 말할 것도 없고, 작업장에서나 어디서나 늘 기도를 했다. 그는 〈탈무드〉의 전문을 암송하며 혼자서 논의하고 자문자답하곤 했다. 그러던 어느 날 엘리위젤에게 말했다.
 "끝이야. 하나님은 이미 우리와 함께 계시지 않아."
 그리고 바로 그런 말을 한 걸 후회하는 듯 차갑고 냉랭하게 잘라 말하는 것이었다.
 "나도 알고 있었다. 인간에겐 그런 말을 할 권리가 없다는 걸 나도 알고 있어. 인간이란 너무나 옹졸하며 너무나 보잘 것 없고 하찮은 존재이기 때문에 하나님의 신비스러운 방법을 이해할 수 없는 거야. 그러니 난들 무얼 할 수 있겠니? 나는 선택받은 현인도 아니고 성인도 아니야. 나 역시 살과 피로 된 평범한 피조물에 불과하지. 나에게도 눈이 있으므로 여기에서 저들이 저지르고 있는 일들을 볼 수가 있지. 하나님의 자비가 어디 있단 말이니? 하나님이 어디 있단 말이니? 내가 어떻게 자비로운 하나님을 믿을 수 있으며, 어느 누구인들 하나님을 믿을 수 있겠니?"
 불쌍한 아키바 드루머, 만일 그가 하나님을 계속 믿을 수 있었던들, 만일 그가 이 골고다 땅에서 하나님의 증거를 직접 볼 수 있었던들, 그는 저들의 선택에서 벗어날 수 있었을 것이다. 그러나 그의 신앙에 틈이 생기고 있다고 처음으로 느끼는 순간, 그는 이내 투쟁할 명분을 잃어버리고 죽어가기 시작했던 것이다.
 저들이 선택하는 때가 다가왔을 때, 그는 저들의 사형집행자에게 스스로 목을 바침으로써 미리 유죄선고를 자청한 것이다. 그가 우리에게 부탁한 것은 다음의 말이 전부였다.
 "3일 후에 나는 벌써 이 세상에 있지 않을 것이오……. 나를 위해 카디쉬를 바쳐주오."
 모두는 그에게 약속했다. 3일이 지난 후에 굴뚝에서 연기가 피어오르면 모두는 그를 생각할 것이며, 십여 명이 모여 특별예배도 드릴 것이고 모든 친구들이 그를 위해 카디쉬를 바칠 것이라고.

그러자 그는 한결 침착한 발걸음으로 뒤를 돌아봄도 없이 병원 막사를 향해 걸어갔다. 거기에는 그를 비르케나우로 싣고 갈 구급차 한 대가 기다리고 있었다.

그로부터 며칠 동안 악몽 같은 날들이 계속 되었다. 모두는 음식을 얻어먹는 것보다 더 많은 매를 얻어맞으며 고된 작업에 부대꼈다. 그리하여 3일이 지난 후에 그에게 바치기로 약속했던 카디쉬도 까맣게 잊어버리고 말았다.

겨울이 왔다. 낮은 짧고 밤은 견딜 수 없을 정도로 춥고 길었다. 새벽녘의 몇 시간 동안은 살얼음같이 매서운 바람이 날카로운 채찍처럼 몸을 휘어 감았다. 모두는 겨울옷을 지급 받았다. 그러나 줄무늬셔츠보다 약간 두껍다는 것뿐이었다. 이 겨울옷이 고참 재소자들에게 새로운 조롱거리를 제공해 주었다.

"이제야 당신들은 수용소의 진짜 맛을 보게 된 거야!"

모두는 얼어붙은 몸으로 평소처럼 작업장에 나갔다. 돌덩이들은 너무나 차가워서 손을 댔다 하면 금방 쩍쩍 달라붙었다. 그러나 인간이란 어떤 곤경에 처할지라도 시간이 지나면 곧잘 익숙해지게 마련이다.

성탄절과 설날에는 작업이 없었다.

모두는 평소에 비해 약간 걸쭉한 수프를 얻어먹었다.

1월 중순쯤 되었을 때, 엘리위젤은 오른쪽 발이 추위 때문에 부어오르기 시작했다. 오른발로는 땅을 디딜 수가 없었다. 진찰을 받으러 갔다. 재소자인 훌륭한 의사 한 사람이 아주 정확한 진단을 내려주었다. 수술을 받아야 한다는 것이었다. 그대로 두면 발가락을, 어쩌면 한쪽 다리를 절단해야 될 것이라고 의사는 결론을 내렸다.

이것은 견딜 수 없는 마지막 부담이었다. 그러나 그에게는 선택의 권리가 없었다. 수술 결정을 내린 것은 의사였으며, 거기에 대하여는 이렇다 저렇다 따질 여지도 없었다. 그런데 엘리위젤은 그런 결정을 내린 사람이 그 의사라는 점에 기쁘기까지 했다.

그들은 하얀 시트가 덮인 침대 속으로 엘리위젤을 들어가게 했다. 그때서야 하얀 시트 속에는 많은 사람들이 누워 있다는 사실을 알게 되었다.

병원은 조금도 나쁘지 않았다. 좋은 빵과 걸쭉한 수프가 배식되었으며 종소리도 점호도 없었다. 더욱이 작업도 없었다. 가끔 아버지한테 약간의 빵을 보낼 수도 있었다.

엘리위젤 곁에는 헝가리계 유대인이 누워 있었다. 그는 오랫동안 이질을 앓은 나머지 가죽과 뼈만 남은 채 흐릿한 눈빛을 하고 있었다. 그의 목소리만은 들을 수 있었는데 그것이 그가 살아있다는 유일한 표시였다. 그의 어디에서 저렇게 말할 수 있는 힘이 솟는 것일까 의심이 나기도 했다.

"얘야, 여기에 편히 있게 되었다고 너무 성급하게 좋아해서는 안 된다. 여기서도 추려내니까. 밖에서보다 더 자주 추려내고 있어. 독일은 병든 유대인이 필요하지 않기 때문이야. 독일은 또 나를 필요로 하지도 않지. 다음번에 환자의 이송이 있고 나면 네 곁에는 새로운 사람이 올 거다. 그러니 내 말을 귀담아 잘 들어라. 다음 추려내기가 있기 전에 병원에서 빠져나가도록 하여라."

마치 땅속에서 울려나오는 듯한, 얼굴도 없는 형체에서 울려나오는 말은 엘리위젤을 공포에 떨게 하고도 남았다. 병원이 아주 비좁아서 며칠 사이에 새로운 환자들이 들어오게 된다면 그들을 위해서 방을 따로 마련해야 할 형편이라는 것은 사실이었다.

그러나 얼굴 없는 이웃은 아마 자기가 첫 번째 희생자로 뽑혀 갈까 봐 두려운 나머지, 엘리위젤을 쫓아내어 그 침대를 비워둠으로써 자신이 살아남을 기회를 마련해 놓으려는 속셈이었는지도 모른다. 그것도 아니었다면 짓궂게 남을 놀래 주려고 그랬는지도 모른다. 그러나 그의 말이 진실이라면 어떻게 할 것인가?

엘리위젤은 무슨 일이 일어나는지 일단 기다려 보기로 작정했다.

의사가 와서 내일 수술을 하게 될 것이라고 일러주었다.

"겁낼 것 없다."하고 의사는 덧붙였다. "모든 게 잘 될 테니까."

아침 10시에 엘리위젤은 수술실로 옮겨졌다. '아는' 의사가 거기에 있었다. 엘리위젤은 적이 안심되었다. 그 의사가 곁에 있는 한 어려울 것은 없으리라고 느꼈다. 그가 말하는 한 마디 한 마디가 진통제였고 그가 던지는 눈길 하나하나가 엘리위젤에게는 희망의 메시지였다.

"조금 아플 게다. 하지만 잠깐 뿐이야. 이를 꼭 물어."

수술은 한 시간이 걸렸다. 의사들은 엘리위젤이 잠들지 못하게 했다. 그래서 그는 의사에게서 눈을 떼지 않았다. 그러다가 의식이 몽롱해지는 것을 느꼈다……

의식이 되돌아와 엘리위젤은 눈을 떴다. 그러나 처음에는 덮고 있는 순백의 시트 외에는 아무것도 보이지 않았다. 한참 후에야 굽어보고 있는 그 의사의 얼굴을 알아볼 수 있었다.

"모든 게 잘 됐다. 넌 참 훌륭하게 참아냈다. 앞으로 2주일 정도 여기에 입원해 있게 될 테니 편히 쉬도록 하여라. 그러면 완쾌될 게다. 음식을 잘 먹고 몸과 마음의 긴장을 풀도록 해."

엘리위젤은 의사의 입술이 움직이는 것만 겨우 알아볼 수 있었다. 그가 무슨 말을 하고 있는지 거의 알아들을 수는 없었지만, 그의 속사임만으로도 마음이 흡족했다. 그러나 다음 순간, 이마에서 식은땀이 흘러내리는 것을 느꼈다. 한쪽 다리를 의식할 수가 없었기 때문이다. 그럼, 다리를 절단했단 말인가?

"선생님, 의사 선생님……."
"애야, 무슨 일이지?"
그러나 사실을 물어 볼 용기가 나지 않았다.
"선생님, 목이 말라요."
의사는 물을 가져다주었다. 그는 미소를 띠고 있었다. 이제 그는 다른 환자를 보러 가려는 참이었다.
"선생님!"
"왜 그러지?"

또 끌려가는 고생길

"다리를 전처럼 쓸 수 있을까요?"
의사는 더 이상 미소를 짓지 않았다. 엘리위젤은 덜컥 겁이 났다. 의사가 말했다.
"애, 넌 날 믿지?"
"저는 무조건 믿어요. 선생님."
"그럼, 내 말을 들어라. 너는 앞으로 2주일이면 완쾌되는 거야. 그리고 다른 사람들과 똑같이 걸을 수가 있어. 너의 발바닥은 고름으로 가득 차 있었다. 그 부어오른 곳을 짼 것뿐이야. 알게 되겠지만 다리를 절단하진 않았다. 2주일만 지나면 다른 사람들과 똑같이 마음대로 걸어다닐 수 있어."
엘리위젤에게는 2주일 동안 기다리는 일만 남아 있었다. 수술이 있고 난 이틀 후에, 수용소 주변에는 전선이 갑자기 더욱 가까워졌다는 소문이 퍼지고 있었다.

러시아 군이 부나로 진격해 오고 있는 중이며 이제 함락은 시간문제일 뿐이라는 것이었다. 모두는 이런 종류의 소문에는 벌써부터 익숙해져 있었다. 어떤 거짓 예언자가 세계 평화를 예언했다든지, 세계 적십자가 재소자를 석방시키기 위해서 협상을 벌이고 있다는 등의 갖가지 소문이 나돈 것이 처음 있는 일이 아니기 때문이다.

그러나 모두는 그런 소문이 나돌 때마다 그것을 믿었다. 그런 소문은 모르핀 주사와도 흡사해서 모두의 몸과 마음을 사로잡기에 충분했다.

그러나 이번 경우만은 그런 예언들이 신빙성 있게 보였다. 지난 며칠 동안 모두는 밤중에 멀리서 울려오는 총소리를 들었기 때문이다. 곁의 얼굴 없는 환자가 말했다.

"환상에 속지 말라. 히틀러는 시계가 열두 시를 치기 전에, 마지막 한 번을 치는 소리를 듣기 전에 모든 유대인을 멸종시키겠다고 분명히 선언한 바 있으니까."

엘리위젤은 급기야 감정이 폭발했다.

"그게 당신과 무슨 상관이 있단 말입니까? 모두가 히틀러를 예언자로 떠받들어야 한단 말인가요?"

그는 흐리고 빛을 잃은 눈길로 엘리위젤을 바라보았다. 그러고는 피곤한 음성으로 대답했다.

"나는 어느 누구보다도 히틀러를 더 믿어 왔어. 그는 유대인들에게 했던 모든 약속을 깨뜨리지 않고 지켜온 유일한 사람이기 때문이야."

같은 날 오후 4시. 평소와 다름없이 내무반장들을 소집하는 종이 울렸다. 내무반장들이 보고하는 시간이었다.

잠시 후에 그들이 흩어져 각 막사로 돌아왔다. 그들은 모두에게 '철수'한다는 사실만을 간단히 알려주었을 뿐이다. 수용소를 비워야 할 형편이었으므로 재소자들은 먼 후방으로 보내야 했던 것이다. 그럼 어디로? 독일 땅 깊숙한 어느 곳에 있는 또 다른 수용소일 것이다. 유대인 수용소는 독일의 곳곳에 산재해 있으니까.

"언제?"

"내일 저녁."

"러시아 군이 먼저 도착할지도 모르지."

"그럴 수도 있지."

그러나 모두는 러시아 군이 모두가 철수하기 전에는 도착하지 않으리라는 사실을 분명하게 알고 있었다.

수용소 전체가 벌집처럼 소란스러워졌다. 사람들이 서로 고함을 질러대며 이리 뛰고 저리 뛰었다. 모든 막사에서 여행을 위한 준비가 진행되고 있었다. 엘리위젤은 발이 아프다는 사실도 잊어버렸다. 의사가 들어와 모두에게 알렸다.

"내일, 해가 지자마자 수용소는 비게 될 것입니다. 막사별로 모든 재소자들은 떠나게 됩니다. 그러나 환자 여러분은 철수하지 않고 그대로 남아 있게 될 것입니다."

이 소식에 접한 모두는 여러 가지로 생각하지 않을 수 없었다. 과연 친위대가 수백 명의 재소자들이 병원 막사 안에서 우쭐거리며 해방자들을 기다리게 내버려둘까? 과연 그들이, 시계가 열두 시를 치는 소리를 유대인들이 듣도록 내버려둘까? 절대로 그러지는 않을 것이다.

"모든 환자들을 즉석에서 죽이고 말 거야."

얼굴 없는 환자가 말했다.

"아니면 화장장으로 보내 마지막 화장로에 처넣고 말 거야."

"이 수용소 안에 폭탄장치를 해놓았음에 틀림없어." 하고 다른 환자가 말했다.

"철수가 끝나자마자 폭발하게 되어 있을 거라구."

그러나 엘리위젤은 죽음에 대해서 아무 생각이 없었다. 다만 아버지와 헤어지지 않아야 한다는 생각뿐이었다. 아버지와 엘리위젤은 이미 너무 많은 고통을 함께 겪어 왔고 또 너무 많이도 함께 참아 왔다. 지금은, 아니 아직은 헤어질 때가 아니었다.

엘리위젤은 아버지를 찾으러 밖으로 뛰어나갔다. 하얀 눈이 두껍게 쌓여 있었다. 막사의 창문들은 모두 서리가 끼어 있었다. 엘리위젤은 오른쪽 발에 신을 신을 수가 없었으므로 한 손에 신을 든 채 곧장 눈 위를 뛰어갔다. 통증도 추위도 느낄 수 없었다.

"어떻게 해야 될까요?"

아버지는 아무 말도 하지 않았다.

"아버지, 어떻게 해야 될까요?"

아버지는 깊은 생각에 잠겼다. 선택은 모두 손에 달려 있었다. 이번만은 모두 스스로 모두의 운명을 결정할 수가 있었다. 모두는 둘이 함께 병원에 남을 수도 있었다. 의사에게 부탁하여 아버지를 환자나 간호원으로 병원에 남게 할 수 있었기 때문이다. 그렇지 않으면 다른 재소자들과 함께 떠날 수밖에 없었다.

"아버지 어떻게 할까요. 네?"

아버지는 계속 침묵을 지켰다.

"다른 사람들과 함께 철수해요."

아버지는 대답을 하지 않고 엘리위젤의 발을 내려다보았다.

"걸을 수 있겠니?"

"네, 걸을 수 있어요."

"엘리젤아, 모두 후회하지 않기를 바라자."

전쟁이 끝난 후, 엘리위젤은 병원에 남아 있던 사람들의 운명을 알 수 있었다. 그들은 모두가 철수한 지 이틀 후에 러시아 군에 의해 간단히 해방되었다는 것이다.

엘리위젤은 병원으로 돌아가지 않고 막사로 돌아왔다. 수술 받은 발의 상처가 벌어져 피가 흘러나왔다. 걸어온 길에 흰 눈이 붉게 물들어 있었다.
　내무반장은 재소자들에게 여행에 대비하여 평소 정량의 두 배가 되는 빵과 마가린을 나누어주었다. 또 각자가 갖고 싶은 만큼의 많은 셔츠와 다른 옷가지들을 창고에서 꺼내어 가질 수도 있었다.
　날씨는 추웠다. 모두는 잠자리에 들었다.
　부나에서의 마지막 밤. 그것은 또 하나의 마지막 밤이었다. 고향에서의 마지막 밤……. 게토에서의 마지막 밤……. 열차에서의 마지막 밤……. 그리고 이제 또 부나에서의 마지막 밤이었다. 모두의 삶은 얼마나 오랫동안 하나의 '마지막 밤'으로부터 또 다른 마지막 밤으로 어렵게 이어지고 했던가?
　엘리위젤은 조금도 잠을 이룰 수가 없었다. 하얗게 서리가 낀 창문을 통해 작열하는 빨간 불빛들을 볼 수 있었다. 대포소리가 한밤의 정적을 깨뜨렸다. 러시아 군은 얼마나 가까이 왔을까! 그들과 모두 사이에는 하룻밤, 모두의 마지막 하룻밤이 있을 뿐이리라. 침대에서 침대로, 운이 좋다면 모두가 철수하기 전에 러시아 군이 이곳으로 들이닥칠지도 모른다는 속삭임이 번지고 있었다. 희망이 되살아나고 있었던 것이다.
　누군가 고함을 질렀다.
　"자도록 합시다. 여행을 위해 힘을 모아둬요."
　이 말을 듣는 순간, 게토에서 어머니가 마지막으로 충고해 주시던 말씀이 뇌리에 떠올랐다.
　그러나 엘리위젤은 잠을 이룰 수가 없었다. 오른쪽 발이 불에 타는 듯이 아팠다.

　아침이 되자 수용소의 모습이 완전히 변해 있었다. 재소자들의 괴상한 옷차림 때문에 마치 가면무도회와 흡사했다. 모두들 추위를 막기 위해 크고 작은 옷을 겹겹이 껴입고 있었다. 살아 있기보다는 죽은 사람처럼 키보다 더 큰 옷을 걸치고 있는 가련한 약장수들! 죄수복 더미 밖으로 유령 같은 얼굴을 내밀고 있는 초라한 어릿광대들! 광대들!

엘리위젤은 더 큰 구두를 찾으려고 애를 썼지만 끝내 찾지 못했다. 담요를 한 장 찢어 상처 난 발에 칭칭 감았다. 그렇게 하고서 수용소 안을 돌아다니며 빵과 감자를 몇 조각이라도 더 찾아보았다. 어떤 사람들은 모두가 체코슬로바키아로 이송될 것이라고 말했다. 또 다른 사람들은 그로스 로젠이라고 말했다. 아니, 글라이비츠라구, 아니야, 아니야······.

오후 2시. 여전히 진눈깨비가 내리고 있었다.

시간은 점점 빨리 지나갔다. 땅거미가 지고 한낮이 단조로운 잿빛 속으로 사라져 갔다.

내무반장이 불현듯 막사의 청소를 잊어버린 사실을 기억하고는, 네 사람에게 마룻바닥을 쓸어낼 것을 명령했다. 수용소를 떠나기 한 시간 전의 청소······. 무엇 때문에? 누구를 위해서?

"해방군을 위해서!"라고 내무반장은 큰 소리로 말했다. "이곳이 돼지가 아니라 사람이 살던 곳이라는 것을 그들이 알도록 하기 위해서야."

그럼, 재소자 모두가 사람이었단 말인가? 막사는 꼭대기부터 맨바닥까지 구석구석 말끔히 청소되었다.

여섯 시에 종이 울렸다. 종소리를 장송곡처럼, 조종처럼 울렸다. 이제 행렬을 출발 직전에 있었다.

"정렬해! 빨리!"

잠깐 사이에 재소자들은 모두 막사별로 줄을 섰다. 밤이 되었다. 모든 일이 계획에 따라 질서 있게 진행되었다. 탐조등이 비쳐졌다. 무장한 수백 명의 친위대원들이 개들을 데리고 어둠 속에서 모습을 드러냈다. 눈발은 조금도 멈추지 않고 있었다.

수용소의 정문이 열렸다. 수용소의 바깥 쪽에서는 지금보다 더욱 어두운 밤이 모두를 기다리고 있는 것 같았다.
　1번 막사의 재소자로부터 행군은 시작되었다. 모두는 기다렸다. 모두는 바로 앞의 56번 막사가 출발할 때까지 기다려야 했다. 날씨는 아주 추웠다. 호주머니에는 빵이 두 쪽 들어 있었다. 그것을 먹을 수 있었으면 얼마나 좋으랴? 그러나 먹을 수 없었다. 아직은 참아야 한다.
　차례가 다가오고 있었다. 53번 막사……. 55번 막사……. 57번 막사, 앞으로 갓!
　눈발은 무진장으로 쏟아지고 있었다.

시체 더미에서 잠과 투쟁

　얼음장처럼 차가운 돌풍이 휘몰아쳤다. 그러나 모두는 조금도 멈추지 않고 행군을 계속했다. 친위대원들이 모두의 행군 속도를 간단없이 재촉했다.
　"더 빨리, 이 돼지새끼들아! 이 더러운 개새끼들아!"
　모두는 왜 빨리 가고 싶지 않겠는가? 행군과 같은 운동은 조금이나마 몸을 따뜻하게 해주니까. 혈관 속의 피도 더 잘 통했다. 모두는 원기가 회복되는 것을 느낄 수 있었다…….
　"더 빨리, 이 더러운 개새끼들아!"
　이제 모두는 행군을 하는 것이 아니라 자동인형처럼 달려가고 있었다. 친위대원들 역시 무기를 손에 든 채 뛰고 있었다. 모두는 마치 그들 앞에서 도망치고 있는 것처럼 보였다.
　칠흑의 밤, 때때로 밤의 어둠을 뚫고 폭음이 들려 왔다. 친위대원들은 행군을 따라오지 못하는 사람은 누구나 사살하라는 명령을 받고 있었다. 그들은 손가락으로 방아쇠를 당기는 즐거움을 버리지 못했다. 모두 가운데서 누구라도 1초만 멈추어도 날카로운 총성이 또 하나의 '더러운 개새끼'의 생명을 끝내주는 것이었다.

엘리위젤은 한쪽 발을 다른 쪽 발 앞에 기계적으로 내밀고 있었다. 무겁디무거운 해골 같은 육신을 끌고 갔다. 그 육신의 무게에서 벗어날 수만 있다면! 그런 생각은 하지 않으려고 애를 썼지만, 자신이 육신과 나라는 두 개의 실체로 느껴지는 것을 어찌할 수가 없었다. 그것이 싫었다.

엘리위젤은 자신에게 거듭거듭 타일렀다.

'생각하지 마라. 멈추지 마라. 뛰어라.'

가까이에서 달리던 사람들이 더러운 눈 속에 주저앉고는 했다. 그때마다 총성이 울렸다. 엘리위젤 곁에서는 잘만이라고 부르는 폴란드 출신의 소년이 행군하고 있었다. 그는 부나에서는 전기부품 창고의 일을 했었다. 사람들은 그가 항상 기도를 하거나 〈탈무드〉의 어떤 문제에 대해서 명상하는 것을 보고는 웃음거리로 삼았다.

그러나 그가 그렇게 하는 것은 매질 따위에 마음을 쓰지 않고 참혹한 현실에서 도피할 수 있는 하나의 방법이었다. 그런 그가 갑자기 위경련을 일으킨 것이다.

"배가 아파."

그가 엘리위젤에게 귀엣말을 했다. 그는 계속 뛸 수가 없었다. 잠시 쉬어야만 했다. 엘리위젤은 그에게 간청했다.

"잘만, 조금만 참아. 모두 모두 곧 멈추게 될 거야. 이런 식으로 세상 끝까지 뛰어갈 수는 없을 테니까."

그러나 그는 계속 뛰면서 더 이상 참을 수 없다는 듯이 단추를 풀기 시작했다. 그러면서 울먹였다.

"더 이상 못 가겠어. 위장이 터지고 있어……."

"참으려고 노력해봐, 잘만……. 노력해 봐……."
"난 할 수가 없어……."

그는 신음했다. 그의 바지가 흘러내렸다. 그와 함께 잘만은 그 자리에 주저앉고 말았다. 그것이 엘리위젤이 그를 본 마지막 모습이었다. 그를 죽인 것이 친위대원이라고는 생각지 않았다. 왜냐하면 어느 누구도 그 사실을 알 수 없기 때문이다. 그는 모두의 뒤를 따라오는 수천 명의 발길에 짓밟혀 죽었음에 틀림없다.

엘리위젤은 금방 그를 잊어버렸다. 그리고 다시 자신에 대해서 생각하기 시작했다. 상처를 입은 오른발의 통증 때문에 한 발자국 옮겨놓을 때마다 온몸이 떨렸다. '몇 야드만 더 가면,'하고 생각했다.

'앞으로 몇 야드만 가면 끝장나고 말 것이다. 나는 풀썩 쓰러지게 될 것이다. 그러면 빨간 불꽃을 내뿜으며 총성이 한 방 울리겠지. 그러고는 끝장나는 것이다.'

죽음이 온몸을 칭칭 휘감으며 질식할 때까지 옥죄여 오고 있었다. 죽음은 엘리위젤에게 달라붙었고 그는 그것을 손으로 감지할 수 있을 것만 같았다. 죽어가고 있다는 생각이, 이제는 더 이상 살아 있지 않다는 생각이 사뭇 매혹하기 시작했다. 더 이상 생존하지 않는다는 것은 소름끼치는 발의 통증을 더 이상 느끼지 않아도 된다는 것을 의미했다.

죽으면 피로며 추위 따위는 그 어느 것도 전혀 느끼지 않게 되는 것이다. 대열에서 이탈하여 길가로 빠져나가는 일만 남아 있을 뿐…….

다만, 아버지의 존재만이 죽으려는 그의 행동에 제동을 걸고 있었다……. 아버지는 바로 그 옆에서 뛰어가고 있었다. 아버지는 숨이 차고 기진맥진하여 어찌할 바를 모르고 있는 모습이었다. 엘리위젤에게는 스스로 목숨을 끊을 권리가 없었다. 엘리위젤이 없다면 아버지는 어떻게 될 것인가? 그는 아버지가 의지할 수 있는 단 하나의 핏줄이 아닌가.

지극히 짧은 순간에 불과했지만, 이런 생각을 하고 있는 동안 발의 통증도 느끼지 못하고 달리고 있었다. 아니, 달리고 있다는 사실, 자신의 육신을 지닌 채 수천 명의 집단 속에 끼어 질주하고 있다는 사실 자체도 의식하지 못한 가운데 계속 달라고 있었다.

다시 제 정신으로 돌아왔을 때, 엘리위젤은 보조를 늦추려고 애를 썼다. 그러나 늦출 방도가 없었다. 까딱 잘못했다가는 엄청난 파도 같은 인간의 물결이 덮쳐와 한 마리의 개미 새끼처럼 짓이겨 버리고 말 터였다.

어느 사이엔지 스르르 졸음이 쏟아져 왔다. 엘리위젤은 눈을 감은 채 졸면서 달려가기로 작정했다. 가끔 뒤쪽에서 누군가 난폭하게 밀어붙일 때면 퍼뜩 눈을 뜨고는 했다. 어떤 사람은 또 이렇게 고함을 지르기도 했다.

"빨리 뛰어! 뛰고 싶지 않거든 다른 사람이나 지나가게 하라구."

그러나 엘리위젤이 할 수 있는 것은 잠시 눈을 붙이는 일이 전부였다. 잠시 두 눈을 붙이고 온 세상이 끝나는 것을 보는 일, 온 생애를 꿈꾸어 보는 일, 그것이 전부일 뿐이었다.

길은 끝이 없었다. 달려도 달려도 끝이 없었다. 모두는 집단에 밀리고 맹목적인 운명에 끌려 무작정 달리고만 있었다. 친위대원들은 지치면 교대했다. 그러나 모두에게는 교대해 줄 사람도 없었다. 계속 달리고 있었지만 모두의 수족은 추위 때문에 마비되어 갔으며 목은 타는 듯했고 배가 고프고 숨이 차서 헐떡였다.

모두는 자연의 지배자임과 동시에 세계의 지배자들이었다. 모두는 모든 것을 깡그리 잊어버렸다. 죽음도, 피로도, 그리고 생리현상인 대소변의 일까지도 깡그리 잊어버렸다. 이 세상에서 혹한이나 굶주림보다 강하고, 총알이나 죽고 싶은 욕망보다 강한 사람들이 있다면, 유죄판결을 받고서 번호만을 지닌 채 들판을 방황하고 있는 모두들이 있을 뿐, 그밖에는 아무도 없었다. 이윽고, 잿빛 하늘에 샛별이 나타났다. 지평선 위로는 희미한 여명이 비쳤다. 모두는 모두 기진맥진해 있었다. 기력도 환상도 없었다. 사령관은 모두에게 발표하기를, 수용소를 출발한 이후 42마일을 행군해 왔다고 했다. 육체의 피로에는 한계가 있게 마련이다. 그러나 모두는 그 한계를 넘어서 있었다. 다리는 모두도 모르게, 모두와는 아무 상관없이 기계적으로 움직이고 있을 뿐이었다.

모두는 어느 황폐한 마을을 지나갔다. 그 마을에는 사람의 그림자 하나 보이지 않았고 개 짖는 소리 하나 들리지 않았다. 집집마다 창문이 활짝 열린 채 텅 비어 있었다. 몇 사람이 대열에서 살짝 벗어나 황폐한 건물 속에 몸을 숨겼다.

그로부터 한 시간을 더 행군한 다음에야 쉬라는 명령이 내려졌다. 모두는 눈 속에 그대로 주저앉았다. 아버지가 엘리위젤을 붙잡고 흔들었다.

"여기서는 안 된다. 일어나거라. 조금만 더 가자. 저쪽에 창고가 하나 있다. 자, 어서 가자."

엘리위젤에게는 일어설 기력도 의지도 없었다. 그렇지만 아버지의 말에 따랐다. 그 건물은 창고가 아니라 벽돌공장이었다. 지붕은 기울고 창문은 부서져 있었으며 벽은 온통 얼룩투성이였다. 그러나 안으로 들어가기가 쉬운 일이 아니었다. 수백 명의 재소자들이 벌써부터 문간에 몰려와 있었기 때문이다.

모두는 겨우겨우 안으로 들어가는 데 성공했다. 그 안에도 눈이 수북이 쌓여 있었다. 엘리위젤은 그 자리에 주저앉았다. 그가 정말 피로감을 느낀 것은 바로 그때였다. 눈은 아주 부드럽고 따뜻한 융단 같았다. 엘리위젤은 이내 잠에 곯아 떨어졌다.

그렇게 얼마나 잤을까. 잠깐 잤는지, 한 시간을 잤는지 알 수 없었다. 눈을 떴을 때 차가운 손이 뺨을 어루만지고 있었다. 눈을 떠보았다. 아버지였다.

아버지는 지난밤 사이에 얼마나 늙어버렸는가! 몸은 완전히 찌그러져 오그라들고 있었다. 두 눈은 초점을 잃었고 입술은 바짝 말라붙어 있었다. 체력의 소모가 극도에 이르렀음을 한눈에 알아볼 수 있었다. 눈물과 눈에 젖은 목소리로 아버지가 입을 열었다.

"엘리제르야, 졸음에 져서는 안 된다. 눈 속에서 잠을 자는 건 위험한 일이다. 영원히 잠들어버릴지도 모른단다. 자, 가자. 어서 일어나거라."

일어나라고? 하지만 내가 어떻게 일어난단 말인가? 이 푹신한 침대에서 일어나라고? 그는 아버지의 말을 알아들을 수는 있었다. 그러나 그 말은 건물을 통째로 팔에 안고 일어서라는 것만큼이나 아무 의미가 없었다.

"애야, 어서 가자……."

엘리위젤은 이를 악물고 일어섰다. 아버지는 아들을 팔로 부축하고 건물 밖으로 나갔다. 들어올 때와 마찬가지로 나가는 일도 쉽지 않았다. 모두의 발부리에는 이리저리 마구 짓밟힌 채 죽어 가는 사람들도 있었다. 그러나 누구 하나 주의하는 사람이 없었다.

밖으로 나왔다. 얼음같이 차가운 바람이 안면에 몰아쳤다. 엘리위젤은 입술이 얼어붙지 않도록 계속 깨물었다. 주위에 있는 모든 것이 죽음의 춤을 추고 있었다. 그런 광경에 머리가 어지러웠다. 나무토막처럼 뻣뻣한 시체들이 널려 있는 어떤 공동묘지를 거닐고 있는 착각에 빠졌다. 거기에는 슬픔의 울음소리도, 신음 소리도 없었다. 다만 단말마의 고통을 침묵 속에서 견디고 있을 뿐이었다. 아무도 어느 누구에게 도움을 청하지 않았다. 그들은 죽어야 하기 때문에 죽어 가는 것뿐이었다. 조금도 소란스럽지 않았다.

뻣뻣하게 얼어붙은 시체 하나하나에서 엘리위젤은 자신을 보았다. 얼마 후에는 그 시체들을 볼 수 없으리라. 그 역시 그들 중의 하나가 될 것이 빤한 노릇이었기 때문에. 그것은 시간문제였다.

"아버지, 가요. 그 창고로 가요……."

아버지는 대답하지 않았다. 아버지 역시 시체들을 외면하고 있었다.

"아버지, 어서 가요. 거기가 더 낫겠어요. 서로 번갈아 가며 누울 수도 있을 테니까요. 제가 아버지를 돌봐드리고, 그 다음엔 아버지가 절 돌봐 주신다면 둘이 다 잠에 떨어지는 일은 없을 거예요. 우린 서로 보살필 수 있어요."

아버지도 그 의견에 따랐다. 모두는 살아 있는 사람들과 죽어있는 시체들을 밟으며 간신히 창고 속으로 다시 들어갔다. 모두는 거기에서 주저앉았다.

"얘야, 조금도 걱정할 것 없다. 어서 자거라, 넌 자도 돼. 내가 너를 지켜줄 테니까."

"아니에요. 아버지가 먼저 주무세요. 어서요."

아버지는 거절했다. 엘리위젤은 드러누워 조금만 자려고 했지만, 도저히 그럴 수는 없었다. 잠깐 잠을 자는 동안에 어떤 대가를 치르게 되리라는 것을 하나님이 알고 있을 것이다. 그러나 그는 마음속으로 잠을 잔다는 것은 곧 죽음을 의미한다는 것을 느끼고 있었다. 그리하여 그의 내부에서는 그 죽음에 저항하는 어떤 것이 있었다. 주위에서 죽음은 난폭하지 않게 조용히 이곳저곳으로 옮겨 다니고 있었다. 죽음은 잠자코 있는 사람들을 엄습하여 그들 속으로 들어가서는 그들의 생명을 조금씩 소멸시키는 것이었다. 가까운 곳에서, 어떤 사람이 자기 곁에서 잠들고 있는 자기의 형, 아니면 친구인지도 모를 사람을 깨우려고 애를 쓰고 있었다. 그러나 끝내 깨우지 못하고 말았다. 그 역시 자기의 누울 순서에 따라 시체 옆에 누워 잠이 들고 마는 것이었다. 이제 그를 깨울 사람은 누구란 말인가? 엘리위젤은 팔을 뻗쳐 손으로 그를 흔들었다.

"일어나세요. 여기서 잠들면 안돼요……."

그 사람은 반쯤 눈을 떴다.

"충고는 필요 없어."

그가 기어드는 목소리로 말했다.

"난 지쳤어. 날 내버려둬. 상관하지 말구."

아버지도 소리 없이 꾸벅꾸벅 졸고 있었다. 아버지는 모자로 얼굴을 덮고 있었으므로 그의 눈을 볼 수가 없었다.

"일어나세요."

엘리위젤은 아버지의 귀에 대고 속삭였다.

아버지는 깜짝 놀라 졸음에서 깨어났다. 아버지는 일어나 앉아서는 종잡을 수 없다는 듯이 어리둥절한 눈길로 주위를 살펴보았다. 그리고는 마치 자기가 처한 환경에 대하여 갑작스레 명세서라도 작성하기로 결심이라도 한 듯이, 그가 정확히 어떤 곳 어느 지점에 있으며, 그 이유가 무엇인지를 확인이라도 하는 듯 눈을 크게 뜨고 사방을 휘둘러보는 것이었다. 그런 다음 싱긋 미소를 지었다.

엘리위젤은 언제까지나 그 미소를 기억할 것이다. 아버지의 어디에서 그런 미소가 우러나온 것일까? 눈은 함박눈이 되어 편히 누워 있는 시체들 위에 소리 없이 쌓이고 있었다.

죽으면서 연주한 바리올린

창고의 문이 열렸다. 거기에 한 노인이 모습을 나타냈다. 콧수염은 하얗게 서리로 덮여 있고 추위로 입술이 새파랬다. 그는 폴란드의 조그만 마을에서 끌려온 랍비 '엘리야후'였다.

그는 아주 좋은 사람으로 수용소의 모든 재소자들로부터 사랑을 받았으며 간수들이며 내무반장들까지도 그를 좋아했다. 온갖 시련과 결핍 속에서도 청결한 마음을 지닌 그의 얼굴은 밝기만 했다.

부나에서도 변함없이 '랍비'로 통했던 사람은 그 한 사람뿐이었다. 그는 옛날의 예언자들처럼 항상 그가 위로하여 마지않는 백성들의 한가운데에 있었다. 그리고 이상하게도 그가 하는 위로의 말은 조금도 저항감을 불러일으키지 않았으며, 진정으로 평화를 가져다주었다.

그는 창고 안으로 들어왔다. 여느 때보다 더 빛나고 있는 그의 눈빛으로 미루어 보아 누군가를 찾고 있는 듯했다.

"혹시, 내 아들을 어디선가 본 사람 없습니까?"

그는 군중 속에서 아들을 잃어버린 것이다. 죽어 가는 사람들 사이에서 아들을 찾아보았으나 허사였다. 시체라도 찾기 위해서 눈을 파헤쳐 보기도 했으나 역시 아무 성과가 없었다.

그들 부자(父子)는 3년 동안 함께 붙어 다녔다. 항상 가까이에 있으면서 고통을 함께 하고 매를 함께 맞고 빵을 함께 얻어먹고 기도를 함께 드렸다. 3년 동안 함께 이 수용소에서 저 수용소로 옮겨 다니면서 선택의 마수를 수없이 겪기도 했었다. 그런데 지금에 와서 고된 시련이 끝날 것 같은 지금 이 시점에 와서, 운명은 그들 두 사람을 떼어놓고 만 것이다.

엘리위젤 곁에 와서 아들을 찾고 있던 랍비는 속삭이듯 말하는 것이었다.

"길에서였지. 행군 도중에 모두는 그만 서로를 놓쳐버린 거야. 나는 그때 도저히 함께 달릴 힘이 없어서 행렬의 뒤쪽으로 처져 있었어. 내 아들은 그걸 알아차리지 못했고. 내가 알고 있는 건 그게 전부야. 그 앤 어디로 갔을까? 그 애를 어디서 찾는다? 넌 아마 어디선가 그 앨 보았겠지?"

"아니에요, 엘리아후 랍비님. 보지 못했어요."

그는 들어올 때와 마찬가지로 바람결에 흔들리는 그림자처럼 창고 밖으로 비실비실 사라졌다.

엘리위젤은 그가 문밖으로 사라진 다음에야 그의 곁에서 달리고 있던 그의 아들을 본 기억이 떠올랐다. 그 일을 까맣게 잊어버리고 엘리아후 랍비에게 이야기해 주지 못하고 말았다.

그러고 보니 기억나는 것이 또 있었다. 그의 아들은 랍비가 몸을 가누지 못하고 비틀거리며 행렬의 뒤쪽으로 처지는 모습을 보고 있었다. 아들은 분명히 그 아버지를 보고 있었다. 그런데도 뒤쪽으로 멀어지는 아버지를 버려둔 채 아들은 계속 앞으로 달려가고 있었다.

아주 끔찍한 생각이 마음속에 어렴풋이 떠올랐다. 아들은 그의 아버지에게서 멀리 떨어지고 싶어 했던 것이다! 그는 아버지가 점점 허약해져 가는 것을 직감했으며, 목적지가 가까워지고 있다고 믿었던 그는, 자기가 살아남을 기회를 감소시킬지도 모르는 방해물로부터 벗어나기 위해서, 무거운 짐을 벗어 던지려는 속셈에서 뒤로 처지는 아버지를 버려두고 앞으로 계속 달려갔던 것이다.

엘리위젤이 그를 잊어버린 것은 잘한 일이었다. 그리고 랍비가 사랑하는 아들을 계속 찾아다닐 일을 생각하니, 오히려 다행이다 싶은 생각이 들었다.

그와 함께 엘리위젤 자신도 모르게 가슴속에서 지워 버리고 이제는 믿지 않는 하나님한테 기도가 우러나오는 것이었다.

'우주 만물의 주이신 하나님, 엘리아후 랍비의 아들이 한 짓을 저는 결코 저지르지 않도록 힘을 주소서.'

갑자기 어둠이 깔린 바깥쪽에서 고함소리가 들려왔다. 친위대원들이 모두 정렬하라고 명령을 내리고 있었다.

다시 행군이 시작되었다. 길옆에 나뒹구는 시체들은 충성스러운 호송병들에 의해 압살당한 것처럼 매장되지도 않은 채 눈 속에 그대로 내버려졌다. 누구 한 사람 죽은 자 앞에서 기도를 바치는 일도 없고 아들들 역시 눈물 한 방울 흘리지 않고 아버지의 시체를 유기한 채 그곳을 떠났다.

가도 가도 눈은 계속 내렸다. 간단없이 평평 쏟아지고 있었다. 행군 속도는 훨씬 느려졌다. 호송병들 자신도 지쳐 있는 듯했다. 엘리위젤은 수술 받은 발에서 더 이상 통증도 느끼지 못했다. 발이 완전히 얼어붙은 것이었다. 오른발은 잃어버린 것이나 다른 없었다. 자동차의 한쪽 바퀴처럼 그의 몸에서 분리되어 있는 셈이었다. 최악의 상태였다.

그러나 엘리위젤은 단념하지 않았다. 다리 하나로도 살 수 는 있을 테니까. 더 중요한 것은 다리에 대하여 생각하지 않는 일이었다. 무엇보다도 이 순간에는 더욱 그랬다. 그래서 그런 생각은 나중에 하기로 했다.

행군은 규율의 흔적을 완전히 잃어버리고 있었다. 모두는 제 마음대로, 제멋대로 걸어갔다. 이제는 총성도 들리지 않았다. 호송병들 역시 지칠 대로 지쳐 있음이 분명했다.

더욱이 죽음은 이제 호송병들의 도움을 조금도 필요로 하지 않았다. 추위가 완전무결할 정도로 그 위력을 발휘하고 있었기 때문이다. 한 발 건너마다 사람이 쓰러져 죽어갔고, 그들은 더 이상 고통을 느끼지 않아도 되었다.

가끔 오토바이를 탄 친위대 장교들이 행렬을 따라 앞으로 오르내리며 무감각해져 가는 모두들을 독려했다.

"계속 해! 거의 다 왔어!"

"용기를 내! 몇 시간만 더 가면 돼!"

"목적지는 글라이비츠야!"

이런 격려의 말들은 그것이 비록 압제자의 입에서 나온 말이긴 해도 모두들에게 커다란 힘이 된 것은 사실이었다. 이제 그렇게 가까운 곳에 종착점을 두고 있는 마당에 자신을 포기하고 싶은 사람은 아무도 없었다.

모두의 눈길은 지평선 너머에 나타난 글라이비츠의 철조망을 찾아 헤매고 있었다. 모두들의 유일한 소망은 한 시라도 빨리 그곳에 당도하는 일이었다.

밤이 되었다. 그제야 눈발이 멎었다. 모두는 몇 시간을 더 걷고 나서야 목적지에 당도했다. 모두가 수용소에 도착하였음을 안 것은 정문에 당도하고 나섰다.
 간수 몇 명이 서둘러서 막사에 배치했다. 모두는 그곳이 최상의 피난처요, 생명에 이르는 길이라도 되는 듯이 서로 밀고 밀리며 안으로 들어갔다. 고통으로 찌든 몸뚱이들이 발에 걸리고 상처 입은 얼굴들이 발에 밟혔다.
 그러나 비명소리 한 마디 없었다. 약간의 신음소리가 있을 뿐이었다. 아버지와 엘리위젤은 밀려오는 힘에 의해 바닥에 나뒹굴고 말았다. 모두의 발밑에서 누군가 숨넘어가는 비명을 질렀다.
 "깔려 죽겠어요······. 살려줘!"
 그 음성은 낯설지 않았다.
 "사람 죽겠네······. 아이쿠! 아이쿠!"
 그런 가냘픈 음성, 그런 가래 끓는 음성을 어디선가 들은 적이 있었다. 그 음성이 어느 날 말을 건 적이 있었다. 어디서? 언제? 몇 년 전에? 아니, 그것은 수용소에서만 들을 수 있는 음성이었다.
 "살려줘!"
 엘리위젤은 자기가 그를 짓누르고 있다는 사실을 알아차렸다. 그의 호흡을 막고 있었던 것이다. 엘리위젤은 일어서고 싶었다. 그가 숨을 쉬도록 몸을 떼어주려고 사뭇 버둥거렸다. 그러나 그 자신이 다른 사람들의 체중에 눌려 사정은 다 같았다. 엘리위젤 역시 숨이 막혀왔다. 견디다 못해 알지도 못하는 사람들의 얼굴을 손톱으로 힘껏 꼬집고 짓누르고 있는 주위의 사람들을 마구 물어뜯기 시작했다. 그래도 비명을 지르는 사람은 아무도 없었다.
 그때 불현듯 생각이 떠올랐다. 줄리에크! 바르샤바 태생으로 부나의 악대에서 바이올린을 연주하던 소년이 문득 떠올랐다.
 "너, 줄리에크지?"
 "엘리제르······. 채찍 스물다섯 대. 그래······. 나도 기억이 나."

그러고는 침묵이 흘렀다. 시간이 꽤 흘렀다.
"줄리에크! 내 말 들리니, 줄리에크?"
"그래……."
그는 희미한 소리로 대답했다.
"왜 그러니?"
그는 죽지 않았다.
"좀 어떠니, 줄리에크?"
엘리위젤은 그의 대답을 듣기 위해서가 아니라 그가 아직 살아 있는지, 말을 할 수 있는지 알고 싶어서 물어보았다.
"괜찮아, 엘리제르. 조금씩 나아지고 있어……. 공기가 거의 없었어. 내 발이 부어올랐어. 쉬니까 좋구나. 하지만 내 바이올린……."
엘리위젤은 그의 정신이 이상해졌다고 생각했다. 이런 때 바이올린이 무슨 소용이란 말인가?
"뭐? 네 바이올린?"
그는 헐떡거렸다.
"걱정이 돼, 난 걱정이 된다구……. 그들이 내 바이올린을 부서 버릴까 봐 걱정이야. 난 바이올린을 갖고 왔거든."
엘리위젤은 대답할 수가 없었다. 누군가 그 위해서 덮친 채 길게 누워서 얼굴을 가리고 있었으므로 코나 입으로도 숨을 쉴 수가 없었다. 이마에 땀방울이 맺히고 등줄기에서 땀이 흥건히 흘러내렸다.
'끝장이구나. 마지막 목적지까지 와서 끝장이 나는구나.'
엘리위젤은 질식한 채 소리도 없이 죽을 것만 같았다. 비명을 지르거나 구원을 청할 방도도 없었다. 보이지 않는 암살자로부터 벗어나려고 필사의 노력을 했다. 살아야겠다는 온 의지를 손톱에 모아 암살자의 몸뚱어리를 할퀴고 또 할퀴었다.
한 모금의 공기를 마시기 위하여 필사의 투쟁을 벌이고 있었다. 아무

반응이 없는 썩어 가는 살을 쥐어뜯기도 했다. 아무리 그래도 가슴을 압박해 오는 거대한 몸뚱어리로부터 도저히 빠져나올 수가 없었다. 엘리위젤이 대항하고 있는 상대는 죽은 사람이었을까? 그걸 누가 알랴?

그것을 알 수 없었다. 엘리위젤이 다만 말할 수 있는 것은 그가 이겼다는 사실, 그것이 전부였다. 그는 죽어 가는 사람들의 벽을 헤치고 조그만 구멍을 하나 내는 데 성공했다. 그 구멍을 통해 공기를 조금씩이나마 들이마실 수 있었다.

"아버지 어떠세요?"

엘리위젤은 말을 할 수 있게 되자마자 먼저 이렇게 물었다. 아버지가 그에게서 멀리 떨어져 있을 리가 없다는 사실을 알고 있었다.

"괜찮다!"

마치 아득히 먼 다른 세상에서 들려오는 듯한 목소리로 아버지가 대답했다. 엘리위젤은 잠을 청했다.

아버지도 잠을 자려고 했다. 잠을 자는 것이 좋을까, 나쁠까? 대체 여기서 사람이 잠을 잘 수 있을까? 잠시 방심하여 잠이 들어버린 사이에 죽음이 갑자기 덮쳐 올 위험은 없을까?

이런 생각을 하고 있을 때, 바이올린 소리가 들려 왔다. 죽은 사람들이 산 사람들을 위에 잔뜩 쌓여 있는 이 칠흑처럼 깜깜한 창고 안에서 바이올린 소리가 들려왔던 것이다. 자기 자신의 무덤 가장자리에서 바이올린을 연주할 미친 사람이 어디 있단 말인가? 아니면 그건 환상일까?

연주자는 줄리에크임이 분명했다. 그는 베토벤 협주곡 중의 한 악장을 연주하고 있었다. 엘리위젤은 그토록 청결한 음률을 일찍이 들어본 적이 없었다. 더욱이 그와 같은 정적 속에서.

줄리에크는 어떻게 자유의 몸이 될 수 있었을까?

칠흑의 캄캄한 밤. 오직 바이올린 소리만이 울리고 있었다. 바이올린을 켜고 있는 활은 바로 줄리에크의 영혼인 것만 같았다. 그는 그의 인생을 연주하고 있었다. 그의 잃어버린 희망, 그의 까맣게 타버린 과거, 그의 소멸된 미래— 그의 전 인생이 바이올린의 현을 타고 연주되고 있는 것만 같았다. 결코 두 번 다시 연주할 수 없을 것이라는 듯이 그의 연주는 계속되었다.

엘리위젤은 줄리에크를 잊을 수 없을 것이다. 죽어가고 있는, 이미 죽어 있는 청중들에게 들려준 그 날 밤의 연주회를 어찌 잊을 수가 있겠는가? 오늘날까지, 베토벤의 작품이 연주되는 것을 들을 때마다 두 눈이 감겨지고, 죽어 가는 청중들에게 바이올린으로 작별을 고한 폴란드 친구의 그 슬프고 창백한 얼굴이 어둠 속에서 떠오르곤 한다.

엘리위젤은 그가 얼마 동안이나 연주를 했는지 모른다. 그는 이내 잠에 떨어졌기 때문이다. 낮이 되어 잠에서 깨어났을 때, 그의 맞은편에 쓰러져 죽어 있는 줄리에크를 볼 수 있었다. 그의 곁에는 박살나고 짓밟혀 무엇인지 모르게 완전히 망가진 조그만 바이올린의 잔해가 놓여 있었다.

모두는 글라이비츠에 3일 동안 머물렀다. 그 3일 동안 모두에게는 음식도 마실 물도 없었다. 모두에게는 막사 밖으로 나가는 것이 허용되지 않았다. 친위대원들이 문을 지키고 있었다.

엘리위젤은 허기가 지고 목이 말랐다. 다른 사람들의 외모로 미루어 판단하건대, 그 역시 더러운 몰골에 기진맥진한 상태임이 분명했다. 부나에서 가지고 온 빵은 벌써 먹어치운 지 오래였다. 그러나 언제 다시 빵을 지급 받게 될지, 그것을 누가 알겠는가?

전선은 모두를 뒤따라오고 있었다. 모두는 다시 새로운 총소리를 아주 가까이에서 들을 수 있었다. 그러나 모두에게는, 나치스가 모두를 철수시킬 시간이 없다는 사실, 그리고 러시아 군이 곧 쳐들어올 것이라는 사실을 믿을 만한 힘도, 용기도 없었다. 모두는 독일의 중심부로 추방되고 있다는 이야기를 들었다.

3일째 되는 날 새벽, 모두는 막사 밖으로 나와야 했다. 모두는 기도할 때의 쇼울처럼 담요를 어깨 위에 두르고 있었다. 모두는 수용소를 둘로 분리하고 있는 문 쪽으로 향해 갔다. 거기에는 일단의 친위대 장교들이 지키고 서 있었다. '추려내기'가 실시된다는 소문이 행렬을 따라 재빨리 퍼졌다.

친위대 장교들이 추려내기 작업을 시작했다. 허약한 사람은 왼쪽, 잘 걸을 수 있는 사람은 오른쪽으로 추려냈다.

아버지는 왼쪽으로 보내졌다. 엘리위젤은 아버지를 따라 달려갔다. 그때 친위대 장교 하나가 엘리위젤 등에 대고 고함을 질렀다.

"이리 돌아와!"

엘리위젤은 못 들은 척하고 다른 사람들 사이로 뚫고 들어갔다. 그러자 친위대원 여러 명이 그를 찾기 위해 사람들 사이로 뛰어들었다. 이 혼란을 틈타 왼쪽에 있던 많은 사람들이 오른쪽으로 자리를 옮길 수 있었다. 아버지와 엘리위젤도 그들 사이에 끼고 오른쪽으로 옮겨갔다. 그러나 그 사이에 총성이 몇 번 울렸고 몇 사람이 죽었다.

모두는 모두 수용소를 떠나게 되었다. 30분 정도의 행군 끝에 철길이 가로지르는 어떤 들판의 한복판에 당도했다. 모두는 거기서 기차가 오기를 기다려야 했다.

함박눈이 펑펑 쏟아지기 시작했다. 모두에게는 앉거나 자리를 뜨는 것이 금지되어 있었다. 어깨 위에 눈이 수북이 쌓이기 시작했다. 빵이 배급되었다. 언제나처럼 정량이었다. 모두들 게걸스럽게 달려들어 빵을 먹었다. 누군가 갈증을 해소하는 방법으로 눈을 먹는 생각을 해냈다. 모두들 눈을 먹음으로써 갈증을 풀었다. 모두에게는 허리를 구부리는 것도 허용되지 않았으므로 각자 스푼을 꺼내어 옆에 있는 사람들의 등에 쌓인 눈을 떠서 먹었다. 빵을 한 입 먹고 눈을 한 스푼 떠먹었다. 감시하고 있던 친위대원들은 이런 광경을 보고 웃었다.

몇 시간이 흘렀다. 모두의 눈길은 해방열차가 지평선에 나타나기를 지켜보느라 점점 피로해졌다. 열차는 밤늦게야 겨우 도착했다. 한없이 긴 열차는 소 싣는 화차들을 연결한 것이었다. 지붕도 없었다. 친위대원들은 한 칸에 백 명씩이나 밀어 넣었다. 모두가 그 정도로 야위어 있었다. 승차가 완료되자 기차는 어딘지 모르는 곳을 향해 출발했다.

아직 죽지 않은 10명

지붕도 없이 느리게 달리는 찻간엔 바람이 맴돌고 추위를 견디기 위해 모두는 서로 몸과 몸을 밀착시켰다. 머리는 텅 비고 무겁기만 했다. 가지가지 희미해져 가는 기억으로 소용돌이치고 무관심은 정신을 무디게 했다. 여기에 있거나 저기에 있거나 무엇이 다른가? 오늘 죽으나 내일 죽으나, 좀 더 늦게 죽으나 무엇이 다르겠는가? 밤은 길기만 했다. 끝없이 길기만 했다.

이윽고 지평선 위에 희미한 잿빛이 어렴풋이 비치자 옹기종기 엉겨 붙은 사람들의 형체들이 드러났다. 어깨에 머리를 파묻고 있는 사람, 웅크리고 있는 사람, 다른 사람들 위에 얹혀 있는 사람.

그들의 모습은 새벽의 여명에 드러나는 묘지의 먼지 덮인 묘비들과 흡사했다. 엘리위젤은 아직 살아있는 사람들과 이미 죽어버린 사람들을 구별해 보려고 했다. 그러나 양쪽 사이에는 아무런 차이가 없었다. 엘리위젤의 눈길은, 눈을 커다랗게 뜬 채 허공을 보고 있는 어떤 사람에게 한동안 머물렀다. 그의 검푸른 얼굴은 서리와 눈으로 덮여 있었다.

아버지는 그의 곁에서 담요를 두른 채 웅크리고 있었다. 두 어깨 위에는 눈이 수북이 쌓여 있었다. 그럼, 아버지 역시 죽었단 말인가? 아버지를 불러보았다. 그러나 아무 대답이 없었다. 고함을 지를 수 있었다면 그렇게 했을 것이다. 아버지는 꼼짝도 하지 않았다. 갑자기 마음속에 이런 깨달음이 엄습해 왔다.

'더 이상 살 이유가 없다. 더 이상 살려고 버둥거릴 이유가 없다.'

열차는 황량한 들판의 한가운데서 멈추었다. 열차가 갑작스레 정차했기 때문에 그 반동에 흔들려 몇 사람이 잠에서 깨어났다. 그들은 몸을 똑바로 세우고 놀란 눈길로 주위를 휘둘러보았다.

밖에는 친위대원들이 지나가며 고함을 지르고 있었다.

"죽은 자들은 모두 내던져! 시체들은 모두 밖으로 던져!"

살아 있는 사람들은 기뻐했다. 비좁은 공간이 한결 넓어지게 될 것이기 때문이었다. 지원자들이 나서서 작업을 시작했다. 그들은 아직도 웅크리고 있는 사람들을 만져 보기도 했다.

"여기도 하나 있어! 던지라구!"

그들은 웅크리고 있는 사람의 옷을 벗겼다. 그러면 생존자들은 그 옷을 탐욕스럽게 나눠 가졌다. 시체를 확인하는 두 사람 중 한 사람은 죽은 사람의 머리털, 한 사람은 발을 양쪽에서 잡고 밀가루 부대를 던지듯 화차 밖으로 던졌다.

곳곳에서 고함소리가 들려 왔다.

"이리 와! 여기도 있어! 내 곁에 있는 사람이 꼼짝도 않아."

지금까지 무관심한 상태에 있던 엘리위젤은 두 사람이 아버지에게로 다가오는 순간 정신이 번쩍 들었다. 그는 아버지를 위에서 감싸 안았다. 얼음처럼 차가웠다. 아버지 얼굴을 찰싹 때렸다. 그리고 얼어붙은 손을 비벼대며 큰소리로 외쳤다.

"아버지! 아버지! 일어나요. 저들이 아버지를 화차 밖으로 내던지려고 해요!"

그러나 아버지는 꼼짝도 않았다. 두 '무덤 파는 인부'가 엘리위젤의 멱

살을 쥐었다.

"그냥 나둬. 죽었다는 걸 너도 분명히 알 수 있잖아."

"아니에요!"

엘리위젤은 고함을 질렀다.

"아버진 죽지 않았어요! 아직 안 죽었어요!"

그러면서 있는 힘을 다해 아버지를 찰싹찰싹 때렸다. 잠시 후에 아버지의 두 눈까풀이 흐려진 눈 위로 약간 움직였다. 약하게나마 숨도 쉬고 있었다.

"봤지요?"

엘리위젤은 소리쳤다. 두 사람은 가버렸다.

모두 화차에서는 20구의 시체가 밖으로 던져졌다. 열차는 폴란드의 어느 벌판 깊은 눈 속에 매장하지도 않은 채 몇 백 구의 발가벗은 시체를 남겨두고 다시 이송을 계속했다.

모두는 음식도 배급받지 못했다. 그래서 빵 대신 눈으로 허기를 견뎠다. 낮도 밤과 다를 것이 없었다. 밤은 어둠의 찌꺼기를 모두의 영혼 속에 남겨 두었던 것이다. 열차는 느린 속도로 달렸다. 가끔 몇 시간씩 정차했다가 다시 출발하곤 했다. 눈발은 사정없이 내렸다.

여행이 계속되는 동안, 모두는 낮이나 밤이나 말 한 마디 하지 않았다. 한 사람 위에 다른 한 사람이 감싸듯 포갠 채 모두는 꼼짝도 하지 않았다. 얼어 붙어버린 시체들이나 다름없었다. 모두는 눈을 내리감은 채 시체들을 내려놓을 다음 정거장만을 기다렸다.

열차는 열흘 낮, 열흘 밤을 그렇게 달렸다. 가끔 독일의 읍내 마을을 지나가기도 했다. 그럴 때는 대개 이른 아침녘으로 모두는 출근길의 노동자들을 볼 수 있었다. 그들은 발걸음을 멈추고 열차를 빤히 쳐다보았다. 사람들은 조금도 놀라는 기색이 없었다.

어느 날 열차가 정차했을 때 어떤 노동자가 빵 한 덩이를 가방에서 꺼내어 화차 안으로 던졌다. 그 순간 화차 안에서는 일대 쟁탈전이 벌어졌다. 십여 명의 굶주린 사람들이 빵 덩어리를 향하여 우르르 몰려든 것이다. 그들은 빵 부스러기 몇 개를 얻기 위해 목숨을 걸고 싸웠다. 그 독일 노동자는 이런 광경을 보고 아주 재미있어 했다.

엘리위젤은 몇 년 후, 그와 똑같은 장면을 남예멘의 수도 아든에서 볼 수 있었다. 모두 배에 타고 있던 승객들이 '원주민'들에게 동전을 던져주면, 그들은 그것을 줍기 위해 물 속으로 다이빙을 하여 수라장을 이루었다. 승객들은 그런 장면을 재미있어 했는데, 그 중에서도 어떤 귀족 출신의 매력적인 파리 여성이 그런 장난을 유난히 즐겼다. 엘리위젤은 그때 뜻밖에 어린이 두 명이 동전을 갖기 위해 필사적으로 싸우면서 서로 목을 졸라 죽이려는 장면을 목격했다. 엘리위젤은 그 귀부인을 향해 돌아섰다.
"제발!" 하고 그녀에게 간청했다.
"더 이상 동전을 던지지 마십시오!"
"왜요? 난 자선을 좋아해요……."

한 덩이의 빵이 떨어진 그 화차 안에서는 실제로 싸움이 벌어졌다. 서로 덮치고 서로 짓밟고 깨물며 아수라장을 이루었다. 길들이지 않은 야수처럼 그들의 눈에서는 동물적인 탐욕과 증오가 이글거리고 있었다. 서로서로 이빨과 손톱을 날카롭게 곤두세워 비상한 힘을 발휘하고 있었다.
노동자들과 호기심 많은 구경꾼들이 화차 주위에 우우 몰려들었다. 아마 그들은 이렇게 진기한 화물을 실은 화차를 일찍이 구경하지 못했으리라. 잠시 후에는 사방에서 빵 조각이 이 화차, 저 화차 안으로 쏟아지기 시작했다. 구경꾼들은 해골만 남은 인간의 부류가 한 조각의 빵을 먹기 위해 처참한 생존경쟁을 벌이고 있는 광경을 구경하고 있었다.

빵 한 조각이 이쪽 화차에도 떨어졌다. 엘리위젤은 움직이지 않기로 했다. 어차피, 그에게는 십여 명의 야만인들과 맞붙어 싸울 힘이 없다는 것을 스스로 알고 있기 때문이었다.

그와 멀지 않은 곳에 한 노인이 네 발로 기어가는 모습이 보였다. 노인은 한쪽 손을 계속 가슴에 대고 있었다. 처음에 누군가에게 가슴팍을 쥐어 박혀 그러는 줄로 알았다. 그러나 나중에야 노인이 셔츠 속에 빵을 한 조각 갖고 있다는 것을 알아차렸다.

노인은 재빠른 동작으로 빵을 꺼내 한 입에 먹었다. 순간 노인의 두 눈이 번쩍 빛남과 동시에 죽은 얼굴에 찌푸림 같은 미소가 번졌다. 그러나 눈 깜짝할 사이에 미소가 사라졌다. 노인 가까이에 사람의 그림자가 하나 나타난 것이다.

그림자는 이내 노인을 위에서 덮쳤다. 노인은 바닥에 나뒹군 채 그림자로부터 주먹세례를 받으며 비명을 질렀다.

"마이어, 마이어, 내 아들아! 나를 몰라보겠지? 난 네 애비다. 아이쿠, 넌 애비를 죽이고 있어! 난 빵을 좀 갖고 있다. 네게도 주려고, 네게도 줄……."

노인은 이내 무너졌다. 그러면서도 주먹 안에는 조그만 빵 조각이 쥐어져 있었으며 그것을 입으로 가져가려고 안간힘을 썼다. 그러나 그것을 본 아들이 아버지 위에 덮쳐 낚아챘다. 노인은 가래 끓는 낮은 소리로 무엇인가 중얼거리다가 모든 사람의 무관심 속에서 숨을 거두었다.

아들은 아버지의 몸을 뒤져 빵을 찾아내서는 집어삼키기 시작했다. 그러나 아들 역시 멀리 가지 못했다. 그를 본 두 사람이 달려들었고, 다른 사람들도 거기에 가세했기 때문이다. 사람들이 모두 물러갔을 때, 엘리위젤의 옆에는 2구의 시체, 아버지와 아들이 나란히 누워 있었다.

그때, 엘리위젤은 열다섯 살이었다.

그 화차 칸에는 마이어 카츠라는 아버지의 친구가 있었다. 그는 부나에서 정원사로 일하며 가끔 모두에게 약간의 싱그러운 채소를 갖다 주고는 했었다. 그는 평소의 영양 상태가 좋은 편이어서 어느 누구보다도 수용소 생활을 잘 견뎌냈다. 또, 모두들 가운데서는 비교적 기운도 있었기 때문에 모두 화차의 책임자로 있었다.

호송이 시작된 지 3일째가 되는 날 밤, 불현듯 잠에서 깨어나 보니 누군가가 두 개의 손이 엘리위젤의 목을 조르며 죽이려고 했다. 엘리위젤은 겨우 한 마디 고함을 지를 수 있었다.

"아버지!"

그밖에는 아무 말도 할 수 없었다. 숨이 막혀왔다. 그때 아버지가 잠에서 깨어나 공격자를 붙잡았다. 그러나 너무 허약한 아버지로서는 공격자를 상대할 수 없었으므로 마이어 카츠를 불렀다.

"이리 와! 빨리! 누군가 내 아들을 목졸라 죽이려고 해!"

잠시 후에 엘리위젤은 풀려났다. 그 공격자가 무엇 때문에 그를 목 졸라 죽이려고 했는지 이유를 아무도 모르고 있다.

며칠 후에 마이어 카츠는 아버지에게 속사정을 털어놓았다.

"클로모, 나도 이젠 점점 쇠약해지고 있어. 날이 갈수록 힘이 빠지고 있다구. 전처럼 버틸 수가 없어……."

"져서는 안 되네."

아버지는 그를 격려했다.

"자넨 이겨내야 돼. 자신을 잃어서는 안 되네."

그러나 마이어 카츠는 무겁게 신음소리를 냈다.

"난 더 이상 버틸 수가 없어, 클로모! 내가 무엇을 할 수 있겠나? 도저히 견뎌 나갈 수가 없어……."

아버지는 그의 팔을 붙잡았다. 그러자 모두 가운데서 가장 건장하고 힘센 사람인 마이어 카츠가 훌쩍거리기 시작했다. 그의 아들은 첫 번째 추려내기에서 뽑혀 가고 말았다. 그때도 울지 않던 그가 지금 울고 있는 것이었다. 정말 그도 이제는 약해진 것이다. 그토록 끈질기던 그의 기운도 이제 바닥이 나고 만 것이다.

여행이 끝나는 마지막 날에는 무서운 바람이 휘몰아치고, 눈도 쉬지 않고 쏟아져 내렸다. 모두는 종말이, 진짜 종말이 다가왔다고 느꼈다. 얼음장처럼 매섭게 휘몰아치는 질풍을 도저히 견뎌낼 수가 없었다.

누군가 벌떡 일어나 소리쳤다.

"이런 때에는 가만히 앉아만 있으면 안 돼. 우린 얼어 죽고 만다구! 자, 모두들 일어나 운동을 하자구……."

모두는 일어섰다. 눈에 젖은 담요를 더욱 단단히 몸에 감고 억지로 몇 발자국씩 움직이며 주위를 맴돌았다.

그때 갑자기 열차 안에서 비명소리, 상처 입은 짐승의 비명 같은 소리가 들려왔다. 방금 또 누군가가 죽어간 것이다.

자기들 역시 그렇게 죽어 가리라고 느끼고 있던 다른 사람들도 그 비명소리를 흉내 내고 있었다. 이들의 비명소리는 무덤의 저편에서 들려오는 듯했다. 이내 모든 사람들이 일제히 울부짖기 시작했다. 그러나 통곡하는 소리, 신음하는 소리, 괴로워 우는 소리는 바람에 실려 눈보라 속으로 재빨리 사라졌다.

이 울부짖음 소리는 전염병처럼 화차에서 화차로 번져갔다. 갑자기 수백 명의 울부짖음 소리가 여기저기에서 울려 나오기 시작했다. 모두는 누구 때문에, 그리고 왜 우는지도 몰랐다. 그것은 다만, 임종 때의 저 마지막 숨소리, 깔딱거리며 마지막 숨이 넘어가는 소리였다. 모두는 죽어가고 있었다. 모두 한계를 넘어선 것이었다. 누구에게도 남아 있는 힘이라고는 어디에도 없었다. 그리고 밤은 여전히 길기만 했다.

마이어 카츠가 신음소리를 냈다.

"왜 저들은 당장 우리를 총살하지 않지?"

그 날 저녁, 차는 목적지에 당도했다. 밤이 깊었을 때 호송병들이 와서 모두를 화차에서 내리게 했다. 죽은 사람들은 열차 안에 버려둔 채, 아직 일어설 수 있는 사람들만 밖으로 나올 수 있었다.

마이어 카츠는 열차 안에 남아 있었다. 그 마지막 밤에 가장 많은 사망자가 생겼다. 처음 모두 화차에는 백 명이 탔었다. 그러나 모두가 화차에서 내렸을 때는 아버지와 엘리위젤을 포함하여 모두 10명뿐이었다.

모두는 부켄발트에 도착했던 것이다.

아들도 몰라보는 지친 아버지

수용소 정문에는 친위대 장교들이 기다리고 있었다. 그들은 수용자 인원을 파악했다. 재소자가 집합장에 모였다. 명령이 확성기를 통해 들려왔다.

"5열로 정렬하라!" "백 명씩 서라" "5보 앞으로!"

엘리위젤은 아버지의 손을 꼭 붙잡고 있었다. 지금껏 그랬던 것처럼 아버지를 잃을까봐 두려웠기 때문이다.

바로 가까운 곳에 화장장의 굴뚝이 높이 치솟아 있었다. 그러나 그것은 이미 아무런 인상도 주지 못했으며 관심을 조금도 끌지 못했다.

부켄발트의 붙박이 재소자 한 사람이 와서, 먼저 샤워를 한 후에야 막사로 들어갈 수 있다고 모두에게 알려주었다. 엘리위젤은 더운 물로 목욕을 한다는 생각만으로도 황홀했다. 아버지는 말없이 조용했다. 다만 곁에서 힘겹게 숨을 쉬고 있었다.

"아버지, 조금만 더 참으시면 돼요. 우리는 곧 편히 침대 위에 눕게 돼요. 편히 쉬실 수 있어요······."

아버지는 대꾸하지 않았다. 엘리위젤 자신도 기진한 상태였으므로 아버지의 침묵에 대해서 무관심했다. 엘리위젤의 유일한 소망은 빨리 더운 물로 목욕을 한 다음에 침대에 눕는 것이었다.

그러나 샤워장 안으로 들어가기가 여간 어렵지 않았다. 벌써 수백 명의 인파가 몰려와 북적거렸기 때문이다. 간수들이 질서를 잡느라 좌충우돌 방망이를 휘둘렀지만 별 성과가 없었다. 안으로 밀고 들어갈 힘조차 없는 다른 사람들은 눈 속에 주저앉아버렸다. 아버지도 주저앉고 싶어 신음소리를 냈다.

"더 견딜 수가 없다. 이제 마지막이야. 난 여기서 죽을 거야."

아버지는 눈 더미 쪽으로 아들을 끌고 갔다. 눈 더미 속에는 사람의 형체들과 누더기가 된 담요자락이 널려 있었다.

"날 내버려 둬."

아버지가 이렇게 말고 숨을 고른 다음

"더 이상 견딜 수가 없구나. 제발 이 애비를 봐다오. 모두가 목욕을 하러 갈 수 있을 때까지 난 여기서 기다리겠다. 넌 여기 와서 나를 찾도록 해라."

엘리위젤은 너무 분해서 왈칵 울음이 터질 것만 같았다. 그토록 많은 고통, 그토록 많은 역경을 이겨내고 여기까지 와서 아버지를 죽게 둘 수는 없었다. 더운 물로 목욕을 하고 침대에 편히 드러누울 수 있게 된 지금 아버지를 죽게 버려 둘 수 있겠는가?

"아버지!"

엘리위젤은 크게 외쳤다.

"아버지! 일어나세요! 아버지는 지금 자살하려고 하시는 거예요."

엘리위젤은 아버지의 팔을 붙잡았다. 아버지는 계속 신음소리를 냈다.

"얘야, 그렇게 소리 지르지 말아라. 이 늙은 애비를 불쌍하게 여겨다오. 여기서 쉬게 내버려 둬. 잠시만, 난 너무 피곤해. 힘이 하나도 없다……."
 아버지는 허약하고 겁 많고 상처 입기 쉬운 어린아이가 되어 있었다.
 "아버지, 여기 계시면 안 돼요."
 엘리위젤은 사방에 흩어져 있는 시체들을 가리켰다. 그들 역시 여기서 쉬고 싶어 이러다가 시체가 되고 만 것이다.
 "얘야, 나도 보고 있다. 똑똑히 보고 있어. 그들을 자게 놔두렴. 저들은 눈을 붙인 지가 너무 오래 됐어. 그들은 너무 지친거야. 지쳤어……."
 아버지의 음성은 부드러웠다. 엘리위젤은 바람을 맞받으며 고함을 질렀다.
 "저들은 다시는 깨어나지 못해요! 절대로요! 그래도 모르시겠어요?"
 입씨름은 오랫동안 계속되었다. 그러는 동안 입씨름을 벌이고 있는 상대는 아버지가 아니라, 아버지가 이미 선택한 죽음과 더불어 입씨름을 벌이고 있다는 생각이 들었다.
 갑자기 사이렌이 울렸다. 공습경보였다. 수용소 안의 모든 불이 꺼졌다. 간수들이 모두를 막사 안으로 몰아넣었다. 순식간에 집합장에는 한 사람도 남아 있지 않았다. 모두는 얼음장 같은 바람을 맞으며 밖에 오래 있지 않게 된 것이 기쁠 따름이었다. 모두는 막사로 들자마자 두꺼운 널빤지 위에 주저앉았다. 침대는 여러 층으로 되어 있었다. 입구 쪽에 수프를 끓이고 있는 커다란 솥이 있었지만 누구도 거기에 관심이 없었다. 잠, 그것만이 모두 모두의 간절한 소망이었다.
 엘리위젤이 잠에서 깨어났을 때는 한낮이었다. 우선 아버지의 행방이 궁금했다. 공습경보가 울렸을 때는 아버지 걱정을 까맣게 잊고 군중을 따라 갔었다. 아버지가 죽음의 문턱에서 기진맥진해 있다는 사실을 알고 있으면서도 순간적으로 아버지를 내버려두고 말았던 것이다.
 아버지를 찾으러 나서는 순간 마음속에는 이런 생각이 문득 떠올랐다.
 '아버지를 찾지 말자! 아버지라는 무거운 부담만 지지 않는다면 나는 자신의 생존을 위해서 모든 힘을 기울일 수 있을 것이다. 그리고 나 자신에 대해서만 걱정을 해도 될 테니까'

그러나 다음 순간, 이런 생각을 떠올린 자신이 부끄럽기 짝이 없었다. 영원히 부끄러운 일이 아닐 수 없었다.

몇 시간 동안을 헤맸지만 아버지의 행방은 묘연했다. 엘리위젤이 다시 막사로 돌아왔을 때, 블랙커피가 제공되고 있었다. 사람들이 줄을 서 있었고 더러는 다투기도 했다.

그때 애처롭게 간청하는 듯한 가냘픈 음성이 등 뒤에서 들렸다.

"내 아들……. 엘리제르야. 커피 한 방울만 내게로 가져오너라……."

엘리위젤은 아버지한테 달려갔다.

"아버지! 한참 찾았어요, 어디 계셨어요? 주무셨나요?……. 좀 어떠세요?"

아버지의 몸은 열이 나서 불덩이 같았다. 엘리위젤은 야수처럼 사람들을 헤치고 커피 솥까지 달려갔다. 요행히도 커피 한 잔을 가지고 돌아올 수 있었다. 그는 한 모금만 홀짝 마시고는 아버지에게 건넸다. 그때, 아버지가 커피를 마시면서 두 눈에 나타냈던 감사의 빛을 영영 잊을 수 없다. 그것은 동물이 사람에게 보내는 감사의 눈빛이었다.

뜨거운 물 한 모금을 마시게 한 것이 아버지에게는 아들의 모든 어린 시절을 통해 그때까지 아버지를 만족하게 한 것보다 더 큰 만족을 주었으리라.

아버지는 납빛이 된 채 덜덜 떨면서 널빤지 위에 누웠다. 입술은 창백하고 메말라 있었다. 그러나 아버지 곁에 오래 머물 수가 없었다. 청소를 하기 위해 환자를 제외한 나머지 재소자들은 모두 밖으로 나가라는 명령이 떨어졌기 때문이다.

모두는 바깥에서 다섯 시간 동안을 기다렸다. 그 사이에 수프가 배식되었다. 다시 막사로 돌아가는 것이 허용되자마자 엘리위젤은 아버지에게로 달려갔다.

"무엇을 좀 잡수셨어요?"

"아니."

"왜요?"

"아무것도 주지 않았어……. 모두 병이 들었으니 어차피 죽게 될 것이기 때문에 음식을 낭비하는 건 아깝다고 말하더구나. 난 이제 더 이상 견딜 수가 없다."

엘리위젤은 남겨 두었던 수프를 아버지에게 드렸다. 그러나 마음은 무거웠다. 아버지에게 드리고 싶지 않은 수프를 드리고 있다고 느꼈기 때문이었다. 그 역시 엘리아후 랍비의 아들보다 조금도 나을 것이 없기는 했지만, 그래도 그 시험을 이겨냈다.

아버지는 하루하루 쇠약해 갔다. 눈빛은 점점 흐려지고 얼굴은 시든 나뭇잎처럼 파리해졌다. 부켄발트에 도착한 지 3일째 되는 날, 모든 재소자들은 샤워장에 가야 했다. 환자들까지도 맨 마지막으로 목욕을 해야 했다.

목욕을 마치고 돌아오는 길에 모두는 바깥에서 오랫동안 기다려야 했다. 막사의 청소가 그때까지 끝나지 않았던 것이다.

그때, 아버지가 저만치에 있는 것을 보고 달려갔다. 그러나 아버지는 유령처럼 아들 곁을 그냥 지나가는 것이었다. 발걸음을 멈추거나 아들을 쳐다보지도 않고 지나쳤다. 엘리위젤은 아버지를 불렀다. 그러나 돌아보지도 않았다. 아버지를 뒤쫓았다.

"아버지, 지금 어디로 달려가세요?"

아버지는 잠깐 아들을 바라보았다. 그 눈길은 멍하게 환상에 젖어 있었다. 얼굴도 다른 사람이었다. 그것도 잠시일 뿐, 아버지는 다시 달려가기 시작했다.

아버지 죽음으로 얻은 자유

아버지는 이질에 걸렸다. 그래서 다른 환자 다섯 명과 함께 침대에 누워 있게 되었다. 엘리위젤은 아버지 곁에 앉아서 지켜보았다. 그가 보기에도 아버지가 다시 죽음을 면하게 되리라고는 믿을 수 없을 것 같았다. 그렇지만 아버지에게 희망을 줄 수 있는 일이라면 무엇이나 했다.

아버지가 갑자기 침대에서 몸을 일으키더니 불덩이 같은 입술을 귀에 대고 속삭이는 것이었다.

"엘리제르야, 내가 금덩이와 돈을 묻어둔 장소를 일러 주어야겠다. 지하실에……. 너도 알다시피……."

두 번 다시 아들에게 이야기해 줄 시간이 없을까봐 걱정이라도 된다는 듯이, 아버지는 점점 빠른 속도로 말했다. 그러나 엘리위젤은 지금이 마지막이 아니며 모두는 함께 집으로 돌아갈 수 있다고 아버지를 설득하려고 애썼다.

아버지는 아들 말을 듣지 않았다. 듣고 싶었다 해도 거의 탈진상태에 빠져 있었으므로 더 이상 들을 수도 없었다. 아버지의 입술 사이로 피가 섞인 침방울이 흘러내리고 있었다. 아버지는 두 눈을 감은 채 숨을 헐떡거렸다.

엘리위젤은 아버지와 침대를 함께 쓰고 있는 한 재소자에게 한 끼 분량의 빵을 주고 잠자리를 바꾸었다. 오후에 의사가 왔다. 엘리위젤은 그에게로 가서 아버지가 병을 앓고 있다고 말했다.

"이리로 데려와!"

아버지가 일어설 수 없다고 설명해 주었다. 그러나 의사는 그 이상 더 들으려고 하지 않았다. 어렵사리 아버지를 의사에게 데리고 갔다. 의사는 아버지를 빤히 쳐다본 다음 퉁명스럽게 물었다.

"무슨 일이야?"

"아버지는 병을 앓고 계십니다. 이질을요."

"이질? 그건 내 분야가 아니야. 나는 외과의사라구. 잔말 말고 다른 사람에게 자리나 비켜 줘!"

이의를 달아보았지만 소용없었다.

"얘야, 난 이제 틀렸다. 침대로 데려가 다오……."

엘리위젤은 아버지를 침대로 데리고 가서 눕혔다. 아버지는 후들후들 떨고 있었다.

"좀 주무세요, 아버지. 주무셔야 해요."

아버지는 숨 쉬는 것조차 힘들어했다. 숨소리가 사뭇 거칠었다. 두 눈을 꼭 감은 채 헐떡거렸다. 이제야 아버지는 모든 것을 알게 되었으리라고, 그 무엇보다도 진실을 알게 되었으리라고 엘리위젤은 확신했다.

다른 의사가 막사에 들어왔다. 그러나 아버지는 일어나지 않았다. 일어나도 아무 소용이 없다는 것을 알고 있기 때문이었다.

더욱이, 그 의사는 환자를 해치우기 위해서 왔을 뿐이었다. 엘리위젤은 그 의사가 환자들을 향하여, 게을러 빠져서 침대에 누워 뒹굴기만 한다고 고함을 질러대는 소리를 들었다. 당장 그에게 달려들어 목을 졸라 죽이고 싶은 충동을 느꼈다. 그러나 그럴 용기도 그럴 힘도 없었다. 엘리위젤은 아버지의 임종을 지키고 있었다. 주먹을 너무 세게 쥐고 있었으므로 손이 아팠다.

'아, 저 의사 놈들, 목을 졸라 죽여 버렸으면! 이 세상을 온통 불 질러 버렸으면! 내 아버지의 살인자들!'

그러나 그의 울부짖음은 목구멍에 걸려 있었다.

엘리위젤이 빵 배급을 타 가지고 돌아왔을 때, 아버지는 어린 아이처럼 울고 있었다.

"얘야, 저들이 나를 마구 때렸다!"

"누가요?"

엘리위젤은 아버지가 헛소리를 한다고 생각했다.

"저 프랑스 사람……. 그리고 저 폴란드 사람……. 저들이 나를 때렸어."

아버지의 어린애 같은 한 마디 한 마디는 아들 가슴에 또 하나의 상처를 입혔고 또 하나의 증오심을 일으켜 주었으며, 삶의 의욕을 잃어버리게 하는 또 하나의 증오심을 일으켜 주었다. 뿐만 아니라 삶의 의욕마저 잃어버리게 하는 또 하나의 명분을 주었다.

"엘리제르야……. 엘리제르야……. 저들에게 나를 때리지 말라고 말해주렴. 나는 아무 짓도 하지 않았다. 무엇 때문에 저들이 나를 때리는 걸까?"

엘리위젤은 아버지와 함께 있는 사람들에게 욕설을 퍼붓기 시작했다. 그런 그를 그들은 비웃었다. 엘리위젤은 그들에게 빵과 수프를 갖다 줄 테니 아버지를 잘 봐달라고 달랬다. 그들은 또 웃었다. 그러다가 그들은 화를 냈다. 그들은 아버지가 혼자서는 대소변을 보러 밖으로 나갈 수도 없기 때문에 더 이상 함께 있을 수 없다고 불만을 털어놓았다.

다음날, 아버지는 빵을 빼앗겼노라고 우는 소리를 했다.

"주무시는 동안에요?"

"아니야, 난 자지 않았어. 저들이 내 위에 덤벼들어 빵을 빼앗아 갔어. 그리고 또 때렸어. 얘야, 난 더 못 참겠다. 물 한 모금만……."

아버지는 물을 마셔서는 안 되었다. 그러나 아버지는 엘리위젤이 양보하지 않을 수 없을 정도로 애타게 간청했다. 물은 아버지에게 가장 나쁜 독약이었다. 그러나 그것밖에는 아들이 아버지에게 할 수 있는 일이 무엇이었겠는가? 물을 마시거나 마시지 않거나, 어차피 모든 것은 곧 끝나고 말 터인데…….

"애야, 너만이라도 이 애비에게 인정을 베풀어 다오……."

인정을 베풀라니! 엘리위젤은 그의 외아들이 아닌가!

이런 식으로 일주일이 지났다.

"이 사람이 너의 아버지지, 그렇지?"

내무반장이 물었다.

"그렇습니다."

"중병이로군."

"의사가 아무도 진료도 해주려고 하지 않아요."

"의사는 이제 너의 아버지를 위해 아무 일도 해주지 못해. 너도 마찬가지야."

그는 털이 수북한 손을 엘리위젤의 어깨에 얹으며 덧붙였다.

"애야, 내 말을 잘 들어. 여기가 집단수용소라는 사실을 잊어서는 안 돼. 여기서는 모든 사람이 자기 자신만을 위해서 싸워야 하는 거야. 절대로 다른 사람을 생각해서는 안 돼. 아버지도 생각해서는 안 돼. 여기서는 아버지는 물론, 형제도 없고 친구도 없는 거야. 모두가 자기만을 위해 살고 죽는 거야. 내 너에게 확실한 충고를 한 마디 하겠어. 네 몫의 빵과 수프를 너의 늙은 아버지에게 주지 마. 네가 아버지를 위해 할 수 있는 것은 아무것도 없어. 그러지 않으면 너는 자신을 죽이는 거야. 오히려, 아버지에게 배급되는 음식을 네가 먹어야 돼."

엘리위젤은 거부하지 않고 그의 말을 들었다. 그 마음의 깊은 곳에서는 그 말이 옳다고 생각했지만 그의 말을 받아들일 용기는 없었다. 엘리위젤은 혼자 생각했다.

'너의 아버지를 구하기에는 너무 늦었어. 너는 두 사람 분의 빵과 수프를 당연히 먹어야 해…….'

그러나 단 일 초도 못 되어 엘리위젤은 죄책감을 느꼈다. 아버지에게 주려고 조금이나마 수프를 구하러 달려 나갔다. 그러나 아버지는 수프를 원치 않았다. 다만 물을 찾을 뿐이었다.

"물은 마시면 안 돼요. 수프를 좀 드세요."

"속이 타서 그래. 얘야, 왜 그리 인정머리가 없니? 물 좀 다오."

마침내 아버지에게 물을 조금 갖다 드렸다. 그리고는 출석점호를 받기 위해 막사를 나갔다. 바깥을 한 바퀴 돌아보고 나서 막사로 돌아왔다. 환자 행세를 하기 위해 맨 꼭대기 침대 위로 올라가 드러누웠다. 환자들은 계속 막사에 남아 있어도 되기 때문이었다. 임종에 직면한 아버지를 도저히 혼자 남겨두고 싶지 않았다.

가끔 신음소리만 들릴 뿐 사방은 정적에 싸였다. 친위대원들이 막사 앞에서 여러 가지 명령을 내리고 있었다. 장교 한 명이 모두가 누워 있는 침대 곁을 지나갔다. 그때 아버지가 나에게 간청했다.

"얘야, 물 좀……. 속이 타는구나. 내 배가……."

"거기, 조용히 햇!"

장교가 빽 고함을 질렀다. 그래도 아버지는 간청을 계속했다.

"엘리제르야……. 물 좀……."

장교가 아버지에게 다가와 조용히 하라고 고함을 질렀다. 그러나 아버지는 그 말을 듣지 않고 계속 내 이름을 부르고 있었다. 그러자 참다못한 장교가 손에 들고 있던 곤봉으로 아버지의 머리를 세차게 한 번 내리쳤다. 엘리위젤은 꼼짝하지 않았다. 무서웠다. 아버지처럼 한 대 맞을까봐 무서웠던 것이다.

아버지가 숨이 깔딱거리는 소리를 내고 있었다. 그것은 아들 이름을 부르는 소리였다.

"엘리제르……."

엘리위젤은 아버지의 숨이 끊어졌다 이어졌다 하면서도, 여전히 숨을 쉬고 있다는 것을 알 수 있었다. 그래도 꼼짝도 하지 않았다.

출석점호가 끝난 후에 침대에서 내려왔을 때, 아버지의 입술이 무엇인가 어렴풋이 말소리를 내면서 떨고 있는 것을 볼 수 있었다. 엘리위젤은 아버지 위에 허리를 굽힌 채 한 시간 이상이나 지켜보면서, 피로 물든 얼굴이며 부서진 머리의 모습을 마음속에 깊이깊이 새겨두었다.

취침 시간이 되었으므로 아버지의 위에 있는 침대로 올라갔다. 그때까지도 아버지는 살아 있었다. 그 날은 1945년 1월 28일이었다.

엘리위젤은 이튿날인 1월 29일 새벽잠에서 깨었다. 아버지가 누워 있던 자리에는 다른 환자가 누워 있었다. 그들이 새벽이 되기 전에 아버지를 들어내어 화장장으로 운반해 갔음에 틀림없었다. 아버지는 그때까지도 숨을 쉬고 있었을지도 모른다.

아버지의 무덤에는 기도 소리도 없었고 그를 추모하는 촛불 한 자루 켜 있지 못했다. 아버지가 마지막으로 말한 한 마디는 아들의 이름이었다. 그러나 엘리위젤은 그 부름에 응답하지 못하고 말았다.

그러나 울지 않았다. 울 수가 없다는 사실이 마음을 더 아프게 했다. 그에게는 이미 흘릴 눈물이 없었다. 그리하여 마침내 엘리위젤은 자기 존재의 깊은 곳, 흔들리는 양심의 깊은 곳에서 찾고 있던 그 무엇, 유를 얻을 수 있었다!

거울에 비친 해골

엘리위젤은 4월 11일까지 부켄발트에서 머물렀다. 그 기간 동안에 일어났던 생활에 대해서는 이야기할 것이 아무것도 없다. 그건 중요할 것이 없기 때문이다. 아버지의 죽음 이후에는 그에게 영향을 줄 수 있는 것이 더 이상 아무것도 없었다.

엘리위젤은 어린이들만 수용되어 있는 막사로 옮겨졌다. 거기에는 6백 명의 아이들이 있었다. 전선은 더욱 가까워지고 있었다.

엘리위젤은 철저하게 빈둥거리면서 하루하루를 보냈다. 그런 가운데서도 한 가지 소망이 있었다면 그것은 먹는 것뿐 아버지나 어머니에 대해서도 더 이상 생각하지 않았다.

이따금 한 방울의 남아도는 수프를 먹는 꿈을 꾸었다.

4월 5일. 역사의 수레바퀴가 그 방향을 바꾸었다.

오후 늦게였다. 모두는 언제나처럼 친우대원이 모두의 인원을 파악하러 오기를 기다리며 막사에 정렬한 채로 서 있었다. 그러나 점호시간에 친위대원이 지각해 본 일은 부켄발트의 역사에 일찍이 없었는데 지각을 하고 있었다. 무슨 일이 있는 것 같았다.

두 시간이 지난 후에야, 수용소 소장의 명령이 확성기를 통해 방송되었다. 모든 유대인은 집합장에 모이라는 것이었다.

이것이 마지막이다! 히틀러는 자신의 약속은 틀림없이 지키려 하고 있었다. 막사의 어린이들은 집합장을 향해 행진했다. 모두가 그럴 수밖에 없었다. 내무반장인 구스타프가 곤봉을 휘두르며 몰아냈던 것이다. 그러나 도중에서 만난 재소자들이 귀엣말로 속삭여 주는 것이었다.

"막사로 돌아가라. 독일군이 너희를 쏘아 죽이려고 해. 빨리 막사로 돌아가 꼼짝 말고 가만히 있으라구."

아이들은 막사로 돌아갔다. 또 돌아오는 길에 수용소 안의 레지스탕스가 유대인들을 저버리지 않기로 결정했으며 유대인들의 학살을 저지할 것이라는 소식을 들었다.

수용소 소장은 출석점호를 하루 연기하기로 결정했다. 그것은 시간이 늦었을 뿐만 아니라 수많은 유대인들이 마치 유대인이 아닌 것처럼 행세하는 일대 변란이 일어났기 때문이다. 소장은 다음날의 점호에는 모든 재소자들이 한 사람도 빠짐없이 출석해야 한다고 엄명을 내렸다.

출석점호가 실시되었다. 수용소 소장은 부켄발트 수용소가 곧 폐쇄된다는 발표를 했다. 앞으로 매일 10개 막사씩 재소자들이 철수될 것이며, 빵과 수프의 급식도 일체 중지될 것이라고 했다. 마침내 철수가 시작되었다. 매일 수천 명의 재소자들이 수용소의 정문을 빠져나갔다. 그리고 그들은 다시 돌아오지 않았다.

4월 10일. 아직도 수용소 안에는 어린이 수백 명을 포함하여 2천여 명의 재소자가 남아 있었다. 수용소 당국은 모두들 잔여 재소자들을 그 날 저녁까지 모두 철수시키기로 결정했다. 그런 후에 다음날 수용소를 폭파시키기로 했다.

그래서 모두는 드넓은 집합장에 모여 5열로 선 채 수용소 정문이 열리기를 기다리고 있었다. 그때 갑자기 사이렌이 울리기 시작했다. 공습경보였다. 모두는 허겁지겁 막사로 돌아갔다. 결국 그 날 저녁의 철수 계획은 시간이 너무 늦어버리게 되었다. 그래서 철수는 그 다음날로 연기되었다.

모두는 굶주린 탓으로 고통이 심했다. 6일 동안이나 풀 몇 포기와 취사장 근처에서 찾아낸 약간의 감자 껍질을 먹은 것 외에는 꼬박 굶었기 때문이다. 아침 10시가 되자, 친위대원들이 수용소 곳곳에 흩어져서 마지막 희생자들을 집합장에 모으기 시작했다.

바로 그때 레지스탕스가 행동을 개시하기로 결정을 내렸다. 무장한 사람들이 사방에서 들고 일어났다. 총격전이 벌어지고 수류탄이 터졌다. 어린이들은 막사의 맨바닥에 납작 엎드려 숨을 죽이고 있었다.

전투는 오래 걸리지 않았다. 정오 무렵이 되었을 때는 모든 것이 조용해졌다. 친위대원들은 모두 도주해 버렸으므로 수용소의 운영은 레지스탕스가 맡아서 했다.

저녁 6시쯤 첫 미국 탱크가 부켄발트 수용소의 정문에 들어서고 있었다.

자유인으로서 모두가 취한 첫 행동은 너나없이 음식물에 달려드는 일이었다. 모두는 오직 먹는 것만을 생각했다. 보복을 하는 일도, 가족을 찾는 일도 먹고 난 다음의 일이었다. 오직 빵 이외에는 안중에 아무것도 없었다.

그러나 허기를 채운 후에도 독일군에게 보복할 일을 생각하는 사람이 없었다. 다음날에는 청년 몇 사람이 감자와 의복을 얻고, 여자와 함께 자기 위해서 바이마르로 떠났다. 그러나 그들에게서도 역시 보복할 기미는 찾아볼 수 없었다.

부켄발트가 해방된 지 3일 후에 엘리위젤은 극심한 식중독에 걸렸다. 그래서 병원으로 옮겨져 생사의 분수령을 오르내리며 2주일을 보냈다.

어느 날, 엘리위젤은 원기를 완전히 회복하고 일어날 수 있었다. 그는 맞은편 벽에 걸려 있는 거울에 자신의 모습을 비춰보고 싶었다. 게토를 떠난 이래 자기 모습을 한 번도 본 적이 없기 때문이었다.

거울의 저쪽에서 해골 하나가 이쪽을 응시하고 있었다. 해골이 노려보던 그 눈빛을 영영 잊을 수가 없다.

제2부

새벽

프랑소와 모리악에게

황혼의 고뇌

 어디선가 어린 아이 하나가 울기 시작했다. 길 건너 집에서 한 노파가 덧문을 닫았다. 팔레스타인의 가을 저녁은 열기와 함께 무덥다.
 엘리위젤은 창가에 서서 황혼을 내다보고 있었다. 황혼이 짙은 도시는 정적에 싸인 채 정지해 있는 듯했다. 현실이 아닌, 멀리 떨어진 어떤 비현실을 바라보는 듯했다.
 '내일 나는 한 사나이를 죽이게 된다.'
 엘리위젤은 그 생각을 백 번도 더 했다. 그와 저 우는 어린 아이와 길 건너 노파가 그 사실을 알고 있을까?
 엘리위젤은 그 사나이가 누군지 모른다. 그의 얼굴을 본 적도 없다. 그에 대하여 아무것도 모르는 한, 그는 세상에 존재하지 않는 것이나 같은 것이었다.
 그가 음식을 먹을 때 콧등을 긁는지, 여자와 사랑을 나눌 때 소리를 내지 않는지, 그가 자기의 증오심을 자랑으로 여기는지, 그가 자기 아내와 하나님을 배신했는지 안 했는지에 대해서도 아는 것이 없다. 그 사나이에 대해 알고 있는 것은 그가 영국인이라는 것과 적이라는 것이 전부였다.
 '영국인'과 '적'이라는 두 낱말은 동의어였다.
 "고민할 거 없어. 이건 전쟁이니까."
 가드가 나직이 말했다. 그의 음성은 거의 들리지 않았다. 그래서 좀 더 큰소리로 말하라고 쏘아주고 싶은 충동을 느꼈다. 아무도 그의 음성을 알아듣지 못했다. 어린 아이의 울음소리가 다른 소리를 모두 막았기 때문이다. 그러나 엘리위젤은 죽을 운명에 놓인 그 사나이를 생각하느라 얼른 입을 열 수가 없었다.

'내일……. 그와 나는 희생자와 사형집행인으로 영원히 묶여질 것이다.'
"어두워지는군. 불을 켤까?"

가드가 다시 입을 열었다. 엘리위젤은 고개를 저었다. 아직 완전히 어두워진 것은 아니었다. 낮이 밤으로 변할 때의 정확한 순간을 보여주는 어떤 얼굴도 아직 창문에 비치고 있지 않았다.

오랜 옛날 그는 어떤 거지로부터 낮과 밤을 구별하는 방법을 배워서 알고 있었다. 어린 시절의 어느 저녁 무렵, 고향 마을의 찌는 듯한 무더위 회당 안에서 혼자 기도를 드리고 있다가 그 거지를 만났다. 거지는 닳아빠진 검은 옷에 비쩍 마른 몰골로 유령처럼 그 곁에 불쑥 나타났다.

그의 눈길은 이 세상 사람의 것이 아니었다. 그때는 전쟁이 막 시작될 무렵으로 엘리위젤은 열두 살이었다. 아버지와 어머니도 다 살아 계셨고 하나님도 아직 그 마을에 살고 있었다.

"이곳엔 처음이신가요?"

그 거지에게 물었다.

"나는 이 고장 사람이 아니다."

그는 이렇게 대답했는데 그 음성은 스스로 말한다기보다는 듣는 사람으로 하여금 귀를 기울이게 하는 어떤 힘을 지니고 있었다.

그때 거지들은 그에게 사랑과 두려움이 섞인 묘한 감정을 불러일으켰었다. 그는 또 거지들에게 친절하게 대해야 한다는 것도 알고 있었다. 거지들이란 겉으로 보이는 것과는 아주 다른 신분일 수도 있기 때문이다.

유대교의 하시딤 파의 문학이 전하는 바에 의하면, 예언자 엘리야가 거지로 변장을 하고 이 세상에 나타나 사람들의 마음속을 떠본다는 것이다. 그리고 거지를 따뜻하게 맞아주는 사람에게는 영생을 준다고 한다. 또 이렇게 거지로 변장하는 것은 예언자 엘리야뿐만 아니라, '죽음의 사자도 똑같은 모습으로 자기를 무서워하는 사람들 앞에 곧잘 나타난다고 한다.

따라서 그를 함부로 대하는 것은 여간 위험한 일이 아니라고 한다. 그도 그럴 것이 이 죽음의 사자는 대접을 잘못 받은 대가로 그 사람의 생명과 영혼을 앗아가기 때문이다.

이런 이야기를 잘 알고 있었으므로 엘리위젤은 혼자서 회당 안에서, 그것도 어둑어둑해지는 황혼녘에 만나게 된 그 낯선 거지는 그에게 엄청난 두려움을 안겨준 것이 사실이었다.

엘리위젤은 그 두려움을 조금이라도 덜어내기 위하여 그에게 이런저런 말을 걸기 시작했다. 배가 고프지 않느냐고 물었다. 그러나 그는 그렇지 않다고 했다. 계속해서 무엇이건 그가 원하는 것을 알아내려고 했지만 끝내 알아낼 수가 없었다.

엘리위젤은 사뭇 다급함을 느끼며 그를 위해 무엇인가 해주고 싶은 마음이 간절했다. 그러나 대체 무엇을 해주어야 좋을지 알 길이 없었다.

회당 안은 여전히 텅 비어 있었으며, 촛불들은 벌써 닳아 기운 없이 가물거리고 있었다. 그곳에는 모두 두 사람뿐이었으므로 시간이 자꾸 흐름에 따라 그의 두려움은 점점 커질 수밖에 없었다. 그도 그럴 것이 한밤중까지 그와 함께 있어야 할지도 모른다는 예감이 여간 고통스럽지 않았기 때문이다.

그 거지가 죽음의 사자인지도 모르고, 또 한밤중이라면 사자들이 무덤에서 일어나 기도를 드리기 위하여 회당으로 찾아온다는 시간이 아닌가! 더욱이 사자들은 회당 안에서 만나는 사람이면 누구건 자기들의 비밀이 탄로날까봐 잡아간다고 했다.

"모두 집으로 가시지요."

엘리위젤은 간청하듯이 거지에게 말했다.

"집에 가면 먹을 음식도 있고 당신이 편히 주무실 수 있는 침대도 있잖아요."

"나는 잠을 자지 않아."

그가 그렇게 대답했다. 그 대답을 듣는 순간, 그가 거지가 아니라는 사실을 알아차렸다. 엘리위젤은 그에게 자기가 집에 돌아가야 하는 사정을 말했다. 그러나 뜻밖에도 그는 기꺼이 엘리위젤을 친구처럼 대해주는 것이었다. 모두가 회당 밖으로 나와 눈 덮인 거리를 걷기 시작했을 때, 어둠을 무서워하느냐고 그가 물었다.

"네, 무서워요."

사실대로 대답한 다음, 당신 역시 무섭다고 덧붙여 말하려고 했으나 그가 먼저 그런 마음을 꿰뚫어 보고 있었다.

"어둠을 무서워해서는 안 되는 게야."

그가 부드럽게 입을 열면서 팔을 붙잡았다. 순간 엘리위젤은 소름이 끼쳐 온몸을 떨었다.

"밤은 낮보다 더 순수한 거야. 밤은 생각하고, 사랑하고, 꿈을 꾸기에 아주 좋은 때지. 밤이면 모든 것이 더욱 확실해지고 더욱 성실해지기 때문이야. 낮 동안에 말해졌던 말들의 울림이 한결 새롭게 깊은 뜻을 지니게 되는 거야. 인간의 비극은 그 낮과 밤을 구별할 줄 모르는 데 있는 것이지. 사람들은 낮에만 말해야 할 걸 밤에도 말하고 있지."

그는 모두 집 앞에 이르렀을 때 발걸음을 멈추었다. 엘리위젤은 그에게 집안으로 들어가지 않겠느냐고 물었다. 그는 갈 길이 바쁘므로 그럴 수 없다고 했다. 엘리위젤은 속으로 생각했다.

'그럴 거야. 무덤에서 나오는 사자들을 맞기 위해 회당으로 돌아가야 할 테니까.'

"내 말 들으렴."

그가 손가락으로 팔을 쿡 찌르며 말했다.

"낮과 밤을 구별하는 방법을 너에게 가르쳐 줄 테니까. 항상 창문을 바라보도록 하여라. 만일 거기에서 어떤 사람의 얼굴이 보이거든, 그땐 낮이 지나고 밤이 왔다고 믿어도 되는 거야. 밤은 얼굴을 가지고 있기 때문이야. 내 말을 명심하거라."

그는 말을 마친 후 대답할 틈도 주지 않고, 잘 있으라는 말만 남기고 눈 속으로 자취를 감추었다.

그런 일이 있은 후, 엘리위젤은 매일 저녁 밤의 도래를 직접 확인하기 위하여 창문 곁에 서 있곤 하는 습관이 생겼다. 엘리위젤은 그때마다 창문 바깥쪽에 나타난 한 얼굴을 보곤 했다. 그 얼굴은, 마치 어젯밤과 오늘밤이 다르듯이 언제나 같은 얼굴이 아니었다. 처음 얼마 동안에는 그 거지의 얼굴을 보았다. 그러다가 아버지의 죽음 이후에는, 죽음과 추억으로 한결 눈망울이 커다래진 아버지의 얼굴을 보았다. 또, 온통 낯선 사람들이 눈물을 글썽이는 얼굴로, 혹은 망각의 미소를 띤 얼굴로 창문에 나타나 밤을 보여주는 때도 있었다.

"자신을 괴롭히지 마. 이건 전쟁이니까."

가드가 또 말했다. 엘리위젤은 새벽에 죽게 될 그 사나이를 생각했다. 그리고 그 거지도 생각했다. 순간 불현듯이 엉뚱한 생각이 떠올랐다.

'내가 새벽에 죽이게 되어 있는 그 사나이가 다름 아닌, 그 거지라면 어떻게 한다?'

중동 지방은 창밖에서 갑자기 황혼 빛이 사라진다. 그 어린 아이는 여전히 울고 있었다. 그 울음소리는 처음보다 한결 슬프게 들렸다. 도시는 밤의 어둠 속에서 소리 없이 흔들리고 있는 한 척의 유령선과 흡사했다.

엘리위젤은 창문 쪽을 바라보았다. 거기에는 밤의 심연을 형상 지어가고 있는 어두운 얼굴이 하나 나타나 있었다. 그 얼굴을 보는 순간 목구멍이 찔린 듯한 아픔을 맛보았다. 엘리위젤은 그 얼굴에서 차마 눈길을 돌릴 수가 없었다. 그것은 바로 그 자신의 얼굴이었다.

사람을 죽여야 하다니

한 시간 전에 가드는 엘리위젤에게 '노인'의 결정을 말해 주었었다. 모든 사형집행이 그러하듯 이번에도 사형집행은 새벽에 있을 예정이었다.

'노인'의 메시지는 놀라운 것이 아니었다. 다른 모든 사람들과 마찬가지로 엘리위젤도 그것을 기다리고 있었다. '민족운동'은 그 약속을 지킨다는 사실을 팔레스타인의 모든 사람들은 알고 있었으며 영국인들 역시 그 점을 알고 있었다.

한 달 전에 모두의 지도자이며 전사(戰士)인 사람이 테러 활동 중에 부상을 입고 경찰에 끌려갔었다. 군사 법정은 계엄령의 강제규정을 적용하여 그에게 교수형을 선고했다. 이것은 팔레스타인의 위임 통치국인 영국이 모두에게 강요한 열 번째 사형선고였다. '노인'은 사태가 더 이상 악화되는 것을 방관할 수 없음을 직감했다.

그는 성지 팔레스타인을 하나의 교수대로 바꾸어 놓으려는 영국인의 기도를 더 이상 허락할 수 없었던 것이다. 그리하여 그는 새로운 행동노선을 발표하였다. 곧, 보복이 그것이었다.

포스터와 지하 라디오 방송을 통하여 그는 엄숙한 경고를 발표했.

다비드 벤 모세를 처형하지 말 것, 그의 죽음은 그대들 영국인에게 값비싼 대가를 치르게 할 것임,

이 시각부터 모든 유대 전사의 교수형에 대한 대가로 영국의 어머니들은 그 아들들의 죽음을 슬퍼하게 될 것임,

'노인'은 이상의 경고와 함께 당장 영국군 장교를 한 사람 볼모로 잡아 올 것을 모두에게 명령했다. 그리하여 운명은 존 도슨 대위를 모두의 희

생물로 명령했던 것이다. 그는 어느 날 밤 혼자서 밖을 거닐다가 유대인 전사에 의해 납치되었던 것이다.

존 도슨의 납치사건은 전국을 극도의 긴장상태로 몰아넣었다. 영국군 당국은 48시간 통행금지령을 내린 가운데 가가호호 수색을 단행하여 수백 명의 용의자를 체포해 갔다. 탱크 부대가 교차로에 진을 치고 기관총이 지붕 꼭대기 여기저기에 장치되고 철조망 발리케이트가 골목골목에 쳐졌다.

팔레스타인의 전 시가지는 하나의 거대한 감옥으로 변했다. 그리고 그 안에는 인질을 은밀히 감추어 두고 있는 또 하나의 보다 작은 감옥이 있었다.

영국의 팔레스타인 주재 고등판무관이 무시무시한 포고문을 발표하였다. 포고문에 의하면, 만일 그들 대영제국의 존 도슨 대위가 팔레스타인의 테러리스트들에 의하여 살해될 경우, 팔레스타인의 전 인구는 멸종을 면하지 못할 것이라는 것이었다. 전국이 공포에 휩싸였다. 그리고 '유대인 학살'이란 추악한 말이 모든 사람의 입에 오르내리게 되었다.

"그들이 정말 그렇게 할까?"
"왜 못해?"
"영국인이? 그들까지도 '유대인 학살'을 계획할 수 있을까?"
"왜 못해?"
"그들은 감히 그러지 못할 거야."
"왜 못해?"
"세계여론이 그걸 도저히 용납하지 않을 테니까!"
"왜 못해? 히틀러를 생각해 보게나. 세계여론도 한동안은 히틀러를 어쩌지 못했지 않아."

상황은 급박해졌다. 유대의 민족지도자들은 신중을 기했다. 그들은 '노인'과 긴밀히 연락을 취하여 국가의 장래를 위하여 사태를 너무 깊은 곳으로 끌고 가지 말도록 '노인'에게 간청했다. 신중론자들과 '노인'은 이쪽의 '복수'에 대하여, 그리고 저쪽의 '학살'에 대하여 토론을 거듭했다. 신중론자들은 이쪽의 복수가 저들로 하여금 이쪽의 어린 아이들과 부녀자들에게 앙갚음을 하게 하는 최악의 사태를 몰고 올 것이라고 했다.

이에 대하여 '노인'은 이렇게 대답했다.

"만일 그들이 다비드 벤 모세를 교수형에 처한다면, 저들의 존 도슨도 죽어 마땅하고 만일 우리가 운동을 포기한다면 영국인들은 하나의 승리를 기록하게 되는 것입니다. 그들은 모두가 허약하고 무기력하기 때문에 포기한 것으로 간주할 것입니다. 아마 그들은 우리가 마침내 항복하고, 좋소, 당신들 마음대로 하시오, 당신들에게 반대한 우리 유대 청년들을 마음대로 교수형에 처해도 좋소, 하고 두 손을 들어버린 것으로 생각할 것입니다. 그래도 된단 말입니까? 안됩니다. 절대로 안 됩니다. 우리는 절대로 현재의 민족운동을 포기할 수는 없어요. 우리가 지금 포기한다는 것은 저들에게 항복한다는 것을 의미할 뿐이니까요. 폭력이야말로 저들 영국인들이 우리를 이해할 수 있는 유일한 언어입니다. 피에는 피, 죽음에는 죽음으로 대항하는 수밖에 달리 도리가 없는 것입니다."

얼마 후, 전 세계가 그 태도를 바꾸었다. 런던과 파리, 그리고 뉴욕의 주요 신문들이 다비드 벤 모세의 이야기를 머리기사로 장식하기 시작한 것이다. 수십 명의 특파원들이 리다로 몰려들었다. 그리하여 다시 한 번 예루살렘은 세계의 중심이 되었다.

한편 런던에서는 존 도슨의 어머니가 식민성(殖民省)을 방문하여 자기 아들의 생명과 연관을 맺고 있는 다비드 벤 모세의 사면을 청원하고 나섰다. 이에 식민성의 장관은 의미심장한 미소를 지으며 그녀에게 말했다.

"두려워할 것 없어요. 유대인들은 결코 당신의 아들을 죽이지는 못할 것이오. 부인도 잘 알다시피 그들은 고함을 지르고 울부짖고 소란을 피워대고 있지만 그들이 익히 알고 있는 '학살'이란 말 때문에 무서워 떨고 있어요. 조금도 염려할 것 없습니다. 부인의 아들은 죽지 않을 테니까요."

그러나 팔레스타인 주재 고등판무관은 그보다는 덜 낙관적이었다. 그는 본국의 식민성에 관대한 조치를 요망하는 전문을 보냈다. 관대한 조치를 취함으로써 영국에 대한 세계의 나쁜 여론을 무마할 수 있을 것이라고 했다.

식민성 장관은 개인적인 답신을 보내어 고등판무관의 요망사항이 내각 회의에서 토의되었음을 알렸다. 그러나 내각의 두 사람만이 관대한 조치에 찬성했을 뿐 다른 사람은 모두 반대했다는 내용이었다. 그들 반대파들은 정치적인 이유에서뿐만 아니라 대영제국의 위신 때문에 반대했던 것이다. 적군에 대한 사면이 자국(自國)의 허약성을 노출하여 젊은 이상주의자들에게 자칫 나쁜 영향을 미칠 것을 두려워했기 때문이었다.

그리하여 국민들이 '팔레스타인에서 일단의 테러리스트들이 대영제국을 향하여 이래라저래라 한다더라'라고 쑥덕거릴 것이었다. 식민성 장관은 이상의 내용을 알린 다음, 다음과 같은 자기 개인의 의견을 첨부했다.

"이제 우리는 세계의 웃음거리가 될 수밖에 없게 되었소. 더욱이 하원(下院)의 반발을 한번 생각해 보시오. 반대파들이 모두를 몰아내기 위하여 이런 절호의 기회를 기다리고 있었던 참이오."

"결국 '반대'라는 겁니까? 고등판무관은 물었다.

"그렇소."

"각하, 그러면 존 도슨은 어떻게 되는 겁니까?"

"그들은 그를 문제 삼지도 않을 거요."

"각하, 저로서는 찬성할 수 없습니다."

"당신에겐 당신의 의견에 대한 정당한 권리가 있소."

그로부터 몇 시간 후, 예루살렘 공영방송은 다비드 벤 모세의 사형집행이 다음날 새벽에 아크레의 감옥에서 거행될 것임을 알렸다. 사형수의 가족들에게는 마지막 면회가 허락되었으며 시민들에게는 평온을 유지하라는 명령이 내려졌다.

이 방송이 있은 후에 다른 뉴스들이 낮 동안에 알려졌다. 유엔총회가 팔레스타인 문제를 첫 토의 안건으로 상정했다는 것이다. 그리고 지중해에는 불법난민을 실은 두 척의 선반이 억류 중에 있으며, 이미 빠져나간 난민들은 키프러스에 수용되어 있다고 했다. 이어서 나타나에서 교통사고가 있었는데 한 사람이 죽고 두 사람이 부상당했다는 소식과 함께 일기예보가 있었다. 내일은 따뜻하고 맑겠으며 시계(視界)는 무한……. 모두는 첫 뉴스에 관심을 집중시키고 있었다. 테러행위로 사형선고를 받고 교수형에 처해질 다비드 벤 모세…….

아나운서는 존 도슨에 대해서는 한 마디 언급이 없었다. 그러나 뉴스를 듣고 있던 사람이면 모두 다비드 벤 모세와 마찬가지로 그도 역시 죽게 되리라는 것을 알고 있었다. '민족운동'은 약속을 꼭 지켜왔으니까.

"누가 그를 죽이죠?"

하고 엘리위젤이 가드에게 물었다.

"자네야."

"내가요?"

엘리위젤은 귀를 의심했다.

"자네야. 이건 모두 '노인'의 명령이야."

순간, 엘리위젤은 마치 주먹으로 얼굴을 한 대 얻어맞은 기분이었다. 발을 딛고 서 있는 땅이 갑자기 무너지는 것만 같고 악몽이 득실거리는 끝없는 어떤 심연으로 아스라이 떨어지고 있는 것만 같았다.

"이건 전쟁이라구."

가드가 말했다. 그의 목소리는 아주 멀리서 들려오는 듯해서 그 말을 거의 알아들을 수 없을 정도였다.

"이건 전쟁이라구. 자넨 자신을 괴롭히지 말게나."

내일, 엘리위젤은 한 사람을 죽이게 될 것이다 라고 심연으로 떨어지는 듯한 현기증을 느끼며 혼잣말로 중얼거렸다.

"나는 한 남자를 죽이게 될 것이다. 내일!"

이상한 인물을 만나다

엘리위젤의 본명은 엘리샤이다. 혼자 살아남아 자기 이야기를 쓰게 된 그는 열여덟 살이었다. 그를 유대인의 민족운동에 가담시킨 것은 가드였으며, 그를 팔레스타인으로 보낸 것도 가드였다. 말하자면 가드가 그를 한 사람의 테러리스트로 만든 것이었다.

엘리위젤은 파리에서 가드를 만났다. 전쟁이 끝난 후, 부켄발트에서 곧장 파리로 갔었다. 미군들이 부켄발트를 해방시켰을 때, 그들은 엘리위젤에게 고향으로 돌아가라고 했다. 그러나 그는 그 제의를 거절했다.

어린 시절을 다시 체험하고 싶지도 않았고, 다른 나라 사람의 손아귀에 들어간 자기 집을 보고 싶지도 않았기 때문이다. 그는 양친이 돌아가셨다는 것, 그리고 고향 마을은 러시아 군들이 점령하고 있다는 것을 알고 있었다. 그런 고향으로 돌아간들 무슨 소용이 있겠는가?

"나는 고향에 가고 싶지 않아요."

"그럼 당신은 어디로 가고 싶단 말이오?"

"어디로 갈지 모르겠어요."

그것은 별로 중요한 일도 아니었다.

그는 5주 동안 부켄발트에 머무른 다음에, 파리행 열차에 실렸다. 프랑스가 그에게 임시수용소를 제공해 준 것이다. 파리에 도착하자마자 어떤 구호단체에서 몇 달 머물 수 있도록 노르망디의 청소년 캠프장으로 보내주었다.

그리고 노르망디에서 돌아오게 되었을 때는 예의 구호단체에서 드 마로아 가에 가구가 딸린 방을 하나 제공해 주는 외에, 생활비와 프랑스어 수업료에 충당할 수 있는 금액까지 지급해 주었다. 그는 콧수염을 기른 어떤 신사에게서 토요일과 일요일만 빼고 매일 프랑스어 수업을 받았다.

지금 그 선생 이름은 잊었지만 소르본대학의 철학과정에 입학하기에 충분할 정도로 프랑스어를 배우고 싶었다. 그는 자기가 희생물이 되어 온 여러 사건들의 의미를 알고 싶었으므로 철학공부는 그에게 매력이 있었다. 나치 수용소에서 슬픔에 못 이겨 자주 울었으며, 하나님에 대하여, 그리고 인간에 대하여 분노를 참을 길이 없었다. 인간의 경우, 그의 창조자인 하나님의 잔인성만을 물려받은 것처럼 보였기 때문이다.

엘리위젤은 수용소라는 격리된 환경 속에서 자기의 반항을 재평가해 본다는 것, 그리고 현재의 입장에서 반항을 관찰해 본다는 것이 사뭇 두려웠다. 너무나 많은 의문들이 그를 사로잡았다.

신은 어디서 찾을 수 있을까? 고통 속에서? 아니면 반항 속에서? 인간이 가장 참된 인간이 되는 때는 언제일까? 그가 운명을 감수할 때? 아니면 거절할 때? 고통은 인간을 대체 어디로 인도할까? 정화(淨化)로, 아니면 수성(獸性)으로? 철학이 그 해답을 주리라고 기대했었다. 철학은 그의 기억에서, 그의 의문에서, 그리고 죄의식에서 자유로이 풀어 주리라고 기대했었다. 철학이 그것들을 멀리 몰아내거나, 적어도 밝은 대낮의 광명 속으로 끌어내리라 기대했었다. 그의 목적은 소르본대학에 입학하여 그 자신을 그런 노력에 바치는 데 있었다.

그러나 결국 그는 어느 것 하나도 이루지 못하고 말았다. 그리고 가드야말로 그로 하여금 스스로 최초의 목적을 내동댕이치게 한 장본인이었다. 만일 오늘날 여전히 그가 의심하고 있다면 그것은 그 책임이 모두 가드에게 있는 것이다.

어느 저녁 무렵, 누군가 방문을 노크하는 사람이 있었다. 엘리위젤은 누가 찾아왔을까 궁금해 하며 문을 열어 나갔다. 그에게는 파리에 친구도 없었으며 달리 친지도 없었다. 그래서 대부분의 시간을 방안에 박혀 책을 읽거나, 눈을 손으로 감싼 채 앉아 있거나, 아니면 과거를 생각하거나 하면서 보냈었다.

"자네와 좀 얘기를 나누고 싶네."

문 앞에 서 있는 사람은 젊은 편으로 키가 후리후리했다. 그는 비옷을 걸치고 있었는데 외모로 미루어 탐정이거나 모험가처럼 보였다.

"들어오시죠."

그가 말하기도 전에 그는 벌써 방안에 들어와 있었다.

그는 비옷은 벗지도 않았다. 그는 말도 없이 테이블 쪽으로 가더니 거기에 놓여 있는 책 가운데 한두 권을 두서없이 손에 들고 책장을 펼쳐보았다. 그는 책을 다시 내려놓은 다음에야 엘리위젤을 돌아보았다.

"나는 자네를 알고 있네."

그가 불쑥 입을 열었다.

"나는 자네에 대해서 모든 걸 알고 있지."

그의 얼굴은 햇볕에 그을렸고 표정은 심각한 편이었다. 머리카락은 제 멋대로여서 한 가닥이 자꾸 이마 위로 흘러내렸다. 두 입술은 잔인하리만큼 굳게 다물려 있었는데 오히려 그 점이 그의 친절함과 강인함을 드러내 보여주는 듯했고 눈길은 온화한 지성으로 넘쳤다.

"당신은 나보다도 더 운이 좋군요. 나는 나 자신에 대해서는 아는 것이 거의 없으니까 말이오."

"자네의 과거를 말하기 위해서 여기에 온 건 아니야."

미소가 그의 입술에 번졌다.

"미래라는 것도, 나에게는 제한된 흥미를 줄 뿐이죠."

그는 계속 미소를 지었다.

"미래에 관심이 있는가?"

엘리위젤은 불쾌했다. 그를 이해할 수 없었기 때문이다. 그 질문의 뜻이 얼른 다가오지 않았다. 그가 지니고 있는 어떤 것이 초조하게 만들 뿐이었다. 아마 그것은, 상대는 내가 누구인가를 알고 있지만, 나는 그의 이름조차도 모르고 있다는, 그의 우세한 지식의 이점 때문일 것이다. 그런데도 그가 친밀함과 기대감이 섞인 눈길로 나를 주시했으므로, 엘리위젤은 순간적으로 그가 다른 사람을 잘못 알았거나, 그가 찾아온 사람은 자기가 아닐 것이라고 생각했다.

"당신은 누구시죠? 네게 당신이 바라는 건?"

"나는 가드라고 하네."

그는 되울리는 음성으로 이렇게 대답했는데, 마치 모든 의문에 대하여 해답을 주는 헤브루 신비교의 한 구절을 발음하는 듯했다. 여호와가 '나는 나이니라'라고 말하듯 그는 '나는 가드라 하네'라고 말했던 것이다.

"그렇군요. 당신 이름은 가드로군요. 당신을 알게 되어 반가워요. 이제 당신 자신을 소개했으니, 당신의 방문 목적을 물어 봐도 될까요? 나에게서 무엇을 원하죠?"

그는 날카로운 눈길로 엘리위젤의 마음속을 꿰뚫어 보았다. 그는 한참 사이를 두었다가 아무렇지도 않게 이렇게 말하는 것이었다.

"자네의 미래를 나에게 주기 바라네."

엘리위젤은 유대교 하시딤 파의 전통 속에서 교육을 받아온 터였으므로 불가능이 없다는 신비한 메시지인 메슐라에 관한 이야기를 많이 알고 있었다. 바로 그런 이야기를 듣고 있는 것처럼, 가드의 음성은 그를 떨게 했다. 그의 음성이 전해주는 메시지는 그 어떤 메시지보다 훨씬 강력하게 느껴졌던 것이다. 그의 말을 어떤 절대자로부터, 어떤 무한자로부터 흘러나오는 듯했으며, 그 말이 전하는 의미 또한 사뭇 두렵고 매혹적인 것이었다. 가드야말로 메슐라처럼 느껴졌다.

그에게 그런 인상을 준 것은 그의 신체적인 외모가 아니라, 그가 말하고 있는 내용, 그것을 말하는 그의 몸가짐이었다.

"당신은 누구죠?"

엘리위젤은 공포에 떨며 다시 한 번 물었다. 이때 무엇인가가 그에게 이렇게 말하는 것이었다. 모두가 함께 여행할 길의 마지막에 이르러 너무나 다른 한 사람을 발견하게 될 것이며, 그 사람을 마침내 저주하게 될 것이라고.

"나는 메신저야."

그는 이렇게 대답했다. 순간 엘리위젤은 자신의 안색이 창백해지는 것을 느꼈다. 예감은 적중했던 것이다. 그는 운명이 그에게 보낸 한 사람의 메신저였으며, 그 사람에 대하여 어느 것도 거절할 수 없었다. 그를 위하여 모든 것을 기꺼이 희생해야 했으며 그의 요구라면 희망마저도 버려야 했다.

"내 미래를 원한다구요? 내 미래를 가지고 당신은 무엇을 할 작정이죠?"

그는 다시 미소를 지었다. 그러나 그 미소는 권력을 쥔 자가 사람들에게 보이는 차갑고 쌀쌀한 것이었다.

"자네의 미래가 큰 소리를 부르짖도록 만들겠네."

이렇게 대꾸하는 그의 검은 눈동자에서 야릇한 빛이 났다.

"처음에는 절망으로 부르짖게, 다음에는 희망으로 부르짖게 할 것이네. 그리고 마지막에는 승리의 함성이 되게 하겠네."

엘리위젤은 그에게 하나밖에 없는 의자를 권한 다음 침대에 앉았다. 그러나 그는 선 채로 있었다. 하시딤 파 전설에 따르면, 메신저는 언제나 그의 육체가 천국과 지상을 연결하는 하나의 고리로서 봉사하는 것처럼, 선 자세로 묘사되어 있다. 그는 그렇게 서서, 여태껏 벗어본 적이 없는 듯한, 아니 그의 몸의 일부분인 듯한 레인코트를 걸친 채, 고개를 왼쪽으로 기울이고 날카로운 눈길을 던지며 유대인 민족 운동에 대하여 설명을 시작했다.
 그는 쉴 새 없이 담배를 피워댔다. 더욱이 그는 다른 담배 개비에 불을 붙이는 순간에도 상대를 비뚜름히 노려보는 일을 멈추지 않았으며 결코 말을 끊지도 않았다. 그는 새벽까지 말을 계속했다. 엘리위젤은 새벽까지 눈 한번 붙이지 않았으며 마음을 열었다. 마치 어떤 유령의 일생에 대한 이야기라든지, 영원의 불꽃에 대한 이야기 등으로, 온갖 이상으로 가득 차 있는 밀교의 신비로운 세계를 보여주고 있는 백발이 성성한 스승 앞에 앉아 있는 어린 제자처럼, 그의 말에 귀를 기울이고 있었다.
 그 날 밤 가드는 팔레스타인에 대해서, 그리고 모든 국민의 행동이 자유롭게 될 독립 조국의 회복에 대한 오랜 유대민족의 꿈에 대해서 얘기해 주었다. 그는 또 모두의 민족운동이 영국인과의 싸움에서 절망적인 상태에 직면해 있다는 점에 대해서도 얘기해 주었다.
 "영국 정부에서는 그들이 말하는 소위 질서를 유지하기 위하여 수십만의 군대를 파견하고 있는데 비해 이족 민족운동 진영은 백여 명도 못 되는 형편이야. 하지만 모두는 그들의 마음속에 공포감을 심어주고 있어. 자넨 내가 말하고 있는 뜻을 알겠나? 우리 때문에 영국인들은, 그렇지, 영국인이 전율하고 있는 거야!"
 가드의 검은 눈동자에서 빛나고 있는 불꽃이 공포에 떨고 있는 수십만 영국군 병사들의 모습을 비춰주고 있는 듯했다.
 엘리위젤은 그의 설명을 듣고서야 이 세상에서 떨고 있는 사람은 유대인만이 아니라는 것을 알았다. 그 순간까지도 모두 유대인은 역사를 떨게 하는 바람이 아니라 역사의 전율을 상징하는 존재일 뿐이라고 믿었다.
 "낙하산병, 경찰견, 탱크, 비행기, 기관총, 사형령 집행인—이 모든 것들이 우리를 무서워하고 있어. 성지 팔레스타인은 지금 그들에게는 공포의 땅이 되어 있는 거야. 그들은 밤에 함부로 나오지도 못해. 뱃가죽에 구멍이 뚫릴까봐 젊은 아가씨들을 쳐다보지도 못하고, 얼굴에 수류탄 세례라도 받을까봐. 아이들의 머리를 쓰다듬어 주지도 못하고 있어. 마음대로 말소리도 내지 못할 뿐만 아니라, 쥐 죽은 듯이 가만히 있지도 못하지. 그들은 오직 두려워 떨고 있을 뿐이야."

가드는 한참 사이를 두었다가, 팔레스타인의 푸른 하늘에 대해서, 그 고요하고 청명한 아름다움에 대해서도 이야기했다.

"자네는 저녁 무렵이면 아름다운 어떤 여인과 산책을 할 수도 있으며, 그녀를 사랑한다고 고백할 수도 있어. 팔레스타인 이 천년의 역사는 자네의 말에 귀를 기울이겠지. 하지만 그런 밤들도 영국인들에게는 조금도 아름답지 않아. 모든 밤이 그들에게는 무덤처럼 열렸다가 닫히거든. 밤마다 그들 병사들은 혹은 두 명씩, 혹은 세 명씩, 혹은 수십 명씩 암흑에 삼켜져서 볼 수 없게 되지."

가드는 엘리위젤이 수행해야 할 분야에 대해서 이야기했다. 그는 모든 것을 포기하고 그와 함께 기꺼이 투쟁에 참여하기로 결심했다. 유대의 민족운동은 참신한 신병(新兵)의 보충을 요구하고 있었다. 미래를 나라에 바치기로 결심한 젊은이들이 필요했던 것이다. 이들 젊은이들의 앞날이 모여 이스라엘의 자유와 팔레스타인의 미래가 될 터였다.

이러한 사실에 대하여 엘리위젤이 들은 것은 이때가 처음이었다. 그의 양친은 시온주의자가 아니었다. 그에게 있어서 시온주의는 하나의 감동이었으되 지도상의 어떤 지점, 어떤 정치적 슬로건, 혹은 인간이 살육되고 사망되는 어떤 주의, 주장은 아니었다.

가드의 이야기는 정말 매혹적이었다. 그에게서 유대 역사의 한 왕자를 보았다. 그는 엘리위젤의 상상력을 일깨워 주기 위하여, 유대 민족의 과거가 이제는 그들의 종교라는 사실을 알려주기 위하여 운명이 그에게 보내준 메신저처럼 보였다.

그는 말하고 있었다. 오라, 어서 오라. 미래는 팔을 활짝 펼치고 그대를 기다리고 있다. 이제부터 그대는 더 이상 굴욕감을 느낄 필요가 없으며 박해를 받거나 동정을 받을 필요도 없다. 그대는 이제 남의 나라에서 야영하는 이방인이 아니다. 오라, 형제여, 오라!

가드는 이야기를 멈추고 새벽이 다가오고 있는 창문을 밖을 내다보았다. 그림자들은 사라지고 정체된 물 빛깔의 어스레하고 때 이른 미진한 빛이 침실에 스며들고 있었다.

"당신의 제의를 수락하겠어요."

엘리위젤이 그 말을 너무나 조용히 했으므로 가드는 듣지 못한 것 같았다. 그는 창문 곁에 선 채 그대로 있었다. 한순간의 침묵이 흐른 다음, 그는 돌아서며 말했다.

"새벽이 되었군. 하지만 우리나라의 새벽은 이곳과는 다르지. 이곳의 새벽은 회색이지만 팔레스타인의 새벽은 불처럼 붉지."

"나는 당신의 제의를 수락하겠어요."

"듣고 있었어. 자네는 3주일 안에 떠나게 될 거야."

엘리위젤은 창문을 통해 불어오는 가을의 미풍에 몸을 떨었다. 미지의 세계로 뛰어들기 전까지의 3주일, 하고 생각했다. 아마 그 떨림은 미풍 때문이 아니라 이런 생각 때문이었을 것이다. 무의식중에 가드와 함께 여행하는 길의 끝에는 한 사람이 기다리고 있다는 사실, 또 다른 한 사람인 그에 의해 살해된 한 사람이 기다리고 있다는 사실을 확인하게 되었다.

두 죽음의 의미

라디오 예루살렘……. 마지막 속보를 전해드립니다. 다비드 벤 모세의 사형집행이 내일 새벽에 있을 예정이라고 합니다. 팔레스타인 주재 고등판무관은 시민들이 침착히 행동할 것을 호소했으며 9시 이후에는 통행을 금한다고 발표했습니다. 누구도 거리에 나오는 것이 금지될 것입니다. 거듭 말하거니와 누구도 거리에 나와서는 안 됩니다. 군 당국은 누구든 발견되는 즉시 발포하라는 명령을 받았습니다……

그러나 아나운서의 목소리는 무심결에 자신의 감정을 드러내고 있었다. 다비드 벤 모세의 이름을 입에 올렸을 때 그는 눈물을 글썽거렸음에 틀림없었다.

전 세계에 걸쳐 이 유대의 젊은 전사는 시대의 영웅이 되었다. 유럽의 모든 저항운동 단체는 영국대사관 앞에서 시위를 벌였으며 각국 수도의 랍비 대표들은 영국 국왕에게 공동 탄원서를 보냈다. 그들의 전보(약 30명의 서명이 들어 있었다) 내용은 이러했다.

〈자신의 이상에 충실한 것이 죄일 뿐인 젊은이를 교수형에 처하지 마시오.〉

그리고 한 유대 사절단은 백악관을 방문하여 대통령으로부터 중재에 나서겠다는 약속을 받기도 했다. 그 날 전 인류의 다음은 다비드 벤 모세와 하나가 되어 있었다.

저녁 여덟 시가 되었다. 밖은 완전히 어두워졌다. 가드는 불을 켰다. 밖에서는 그 어린 아이가 아직도 울고 있었다.

"망나니 같은 놈들. 놈들은 그를 처형하려 해."

그의 얼굴은 붉게 상기되고 손은 땀에 젖었다. 그는 방안을 왔다 갔다 하면서 끊임없이 담배를 피워 물었다. 한 개비를 다 태우고 나면 멀리 던져버리고 다시 피워 물었다.

"놈들은 그를 처형하려고 해! 악당 놈들!"

라디오 방송은 뉴스를 끝내고 합창 프로그램을 계속했다. 엘리위젤이 라디오를 끄려 하자 가드가 제지했다.

"지금 여덟 시 반이야. 끄지 말고 방송 쪽으로 돌려 보라구."

그러나 엘리위젤은 신경이 날카로워져서 얼른 다이얼을 맞출 수가 없었다.

"내가 돌려보지."

가드가 말했다. 이윽고 유대측 방송이 시작되었다. 아나운서는 모두에게 친숙한, 낭랑하고 침착한 목소리의 소녀였다. 매일 밤 이 시각이면 모든 남자, 여자, 어린이들이 일손과 놀이를 멈추고, 언제나 똑같은 '여러분은 지금 자유의 소리 방송을 듣고 계십니다……'로 시작되는 떨리는 듯하면서도 신비한 목소리에 귀를 기울였다.

팔레스타인의 유대인들은 그녀가 누구인지도 모르면서 이 소녀, 아니면 이 젊은 여성을 사랑했다. 때문에 모든 사람들이 그녀가 '노인'만큼이나 위험한 처지에 있다는 사실을 눈으로 보듯 환히 알고 있었다. 그들에게는 그녀 역시 전설적인 인물이었다. 다만, 그녀의 정체를 알고 있는 다섯도 채 안 되는 몇 사람만을 제외하고는. 엘리위젤과 가드는 그 몇 사람 속의 두 사람이었다. 그녀의 이름은 일라나였다. 그녀는 가드와 사랑하는 사이였고 엘리위젤은 그들 두 사람과는 친구였다. 그들 두 사람의 사랑은 엘리위젤의 인생에서 중요한 부분을 차지하고 있었다. 이 세상에는 그런 사랑도 있다는 것, 그런 사랑은 그 흔적을 따라 웃음을 가져오고 기쁨을 가져온다는 것을 알 필요가 있었다.

"여러분은 지금 자유의 소리 방송을 듣고 계십니다……."

그녀는 되풀이했다. 가드의 어두운 얼굴이 파르르 떨렸다. 그는 마치 일라나의 또렷하고도 감동적인 목소리를 손에 쥐고 눈으로 보고 있는 듯 라디오 위로 몸을 꺾고 있었다. 오늘 밤, 그녀의 목소리는 곧 가드의 목소리였으며 전 세계의 목소리였다.

"두 사람이 내일 새벽에 죽을 준비를 하고 있습니다."

그렇게 말하는 일라나는 마치 성경의 한 구절을 읽고 있는 듯했다.

"한 사람은 모두의 칭송을 받을 만하고 다른 한 사람은 동정을 받을 만합니다. 모두의 형제이며 길잡이인 다비드 벤 모세는 그가 왜 죽어야 하는지를 알고 있으나 존 도슨은 모르고 있습니다. 두 사람 모두 인생에 있어 행복의 문턱에 선 혈기왕성하고 지적인 젊은이입니다. 그들은 친구가 될 수도 있었습니다. 그러나 이제는 불가능합니다. 이들 두 사람은 내일 새벽이면 똑같은 시간, 똑같은 순간에 죽게 될 것입니다. 그러나 함께 죽는 것은 아닙니다. 왜냐하면 두 사람 사이에는 하나의 깊고 깊은 심연이 가로놓여 있기 때문입니다. 다비드 벤 모세의 죽음은 의미심장하나 존 도슨의 죽음은 그렇지 않습니다. 다비드는 영웅이고 존은 제물입니다……."

이십여 분 동안 일라나는 말을 계속했다. 그녀가 한 방송의 마지막 부분은 오직 존 도슨에게 바치는 내용이었다. 그것은 그에게 더 많은 위로와 격려가 필요했기 때문이리라.

엘리위젤은 다비드도 모르고 존도 몰랐다. 그러나 자신도 그들의 운명과 함께 묶여 있음을 느꼈다. 바로 그때, 일라나가 존 도슨의 임박한 죽음을 말하면서 엘리위젤을 염두에 두고 있었음을 순간적으로 알아차렸다. 엘리위젤은 존 도슨의 사형집행자였으니까.

그럼 다비드 벤 모세는 누가 죽이는 것일까? 순간 엘리위젤이 바로 그들 두 사람은 물론, 이 지구상의 다른 모든 '다비드 벤 모세'와 '존 도슨'들을 죽이도록 결정된 장본인이라는 느낌을 받았다.

엘리위젤은 사형집행자로 겨우 열여덟 살이었다. 가책과 고통의 18년, 노력과 반항의 18년. 18년은 그런 것들의 합계였다. 엘리위젤은 인간성의 순수하고 무구한 본질을 알고 싶었으며 인간을 이해할 수 있는 방법을 알고 싶었다.

그는 지금껏 진리라는 것을 탐구해 왔다. 그런데 이제 하나의 살인자가 되어, 죽음과 신의 작업에 하나의 공범자가 되려하고 있는 것이다. 그는 벽에 걸린 거울 앞으로 다가가 자기의 얼굴을 들여보았다. 그 순간 외마디 비명을 지르지 않을 수 없었다. 도처에서 자기의 눈동자를 볼 수 있기 때문이었다.

어린 시절에 그는 죽음을 무서워했었다. 죽는 것을 무서워하지는 않았지만 항상 죽음의 상념에 사로잡혀 떨었었다.

"죽음이란?" 하고 반백의 스승 칼만은 그에게 말했다.

"팔 없이 있는 것, 다리 없이 있는 것, 입 없이 있는 것, 머리 없이 있는 것이야. 그것은 온통 눈동자뿐이지. 혹시 앞으로 네가 도처에서 눈동자를 가진 인간을 만나게 되거든, 그것이 곧 죽음이라고 확신해도 좋다."

가드는 아직도 라디오에 몸에 기울이고 있었다.

"나를 봐요."

그러나 그는 엘리위젤의 말을 듣지 않았다.

"존 도슨, 당신에게는 어머니가 있습니다."

하고 일라나는 말하고 있었다.

"지금 이 시간에 당신의 어머니는 틀림없이 흐느껴 울고 있거나, 깊은 절망 속에서 남몰래 애를 태우고 있을 겁니다. 어머니는 오늘 밤 잠을 이루지 못할 겁니다. 당신의 심장이 영원히 멎을 때 당신 어머니의 심장은 크게 뛸 겁니다. 그 분은 이렇게 말하겠지요. 그들이 내 아들을 죽였다고. 그러나 도슨 부인, 모두는 살인자가 아닙니다……."

"가드, 나를 좀 봐요."

엘리위젤은 다시 말했다.

가드는 고개를 들어 흘끗 그를 한번 쳐다보고 어깨를 움츠렸다. 그러고는 다시 일라나의 목소리로 돌아갔다. 가드는 '내가 곧 죽음'이라는 것을 모르고 있구나, 하고 엘리위젤은 생각했다. 그러나 지금 런던의 자기 아파트 창문 곁에 앉아 있는 존 도슨의 어머니는 그 사실을 확실히 알고 있을 것이다. 그녀는 밤을 응시하고 있을 것이며, 그 밤은 수천 개의 눈동자를 가지고 있으리라.

"아닙니다, 도슨 부인, 모두가 살인자가 아닙니다. 당신 나라 내각의 장관들이 살인자입니다. 그들은 당신 아들의 죽음에 대한 책임을 져야 합니다. 우리는 오히려 그에게 빵과 우유를 제공해 주기 위해, 우리나라의 아름다움을 보여주기 위해 그를 형제로서 받아들였던 것입니다. 그러나 당신의 정부는 그를 우리의 적으로 만들었습니다. 그 증거로 그들은 당신 아들의 죽음을 보증하는 서명까지 한 것입니다. 아닙니다, 모두는 살인자가 아닙니다……."

엘리위젤은 두 손으로 머리를 감쌌다. 저쪽의 어린 아이는 이미 울음을 그쳐 조용했다.

살인 작전

엘리위젤은 이전에도 몇 차례 살인을 했었다. 그러나 그때마다 상황이 지금과는 달랐다. 그 규모도 달랐으며 그 목격자 역시 달랐다. 몇 달 전에 팔레스타인에 도착한 이후, 그는 경찰과 여러 번 다투었고, 각종 파업 활동과 갈릴리의 푸른 초원이나 사막 지대를 건너오는 영국군 호위대를 공격하는 일에도 참여했다. 그리하여 쌍방 간에 다수의 사상자가 생겼다.

그러나 승산은 늘 그들 편에 있었다. 왜냐하면 밤은 모두의 동맹자였기 때문이다. 밤의 엄호를 받아 그들은 적을 불시에 공격하곤 했다. 그들의 진지에 불을 지르고, 수십 명을 살해한 다음, 흔적 하나 남기지 않고 어둠 속으로 사라졌다.

유대 민족운동의 목표는 가능한 한 가장 많은 수의 적군을 죽이는 데 있었다. 그것은 아주 간단했다.

엘리위젤은 팔레스타인에 도착한 날부터, 그 땅에 그가 발을 디디던 그 날부터 이러한 사상은 그의 뇌리에 깊이 박혔다. 하이파에 당도하여 엘리위젤이 배에서 내렸을 때, 두 사람의 동지가 그를 차에 태워 라마트

간과 텔아비브의 중간쯤에 위치한 어느 이층집으로 데리고 갔다.

그 집은 표면상으로는 어떤 어학교수의 소유로 되어 있었으나, 실질적으로는 그와 같은 젊은이들에게 테러 기술을 가르치는 곳으로, 수많은 젊은이들이 어학을 배운다는 핑계로 드나드는 곳이었다. 지하실은 적의 포로나 인질들을 수용하는 토굴로 사용되었으며, 경찰이 찾고 있는 동지들의 은신처로도 쓰였다. 바로 여기에 존 도슨이 갇혀 사형집행을 기다리고 있었다. 이 은신처는 절대로 안전했다. 여러 차례 영국군이 이 집을 밑바닥에서 지붕 꼭대기까지 수색했고, 그들의 경찰견이 존 도슨이 숨겨 있는 곳에서 몇 인치 안 되는 데까지 냄새를 맡았지만 끝내 찾아내지 못했다. 그들 앞에는 두꺼운 벽이 가로놓여 있었기 때문이다.

가드는 테러리스트들의 교육을 감독했다. 다른 복면의 교관들은 연발권총이나 기관총, 수류탄 등의 사용법을 가르쳐 주었다. 테러리스트들은 적군을 등 뒤에서 소리 없이 처치하거나, 감옥에 갇힌 동지들을 실수 없이 구출할 수 있도록 단검 사용하는 방법도 배웠다. 교육과정은 6주일로 되어 있었다. 가드는 매일 두 시간 동안 모두에게 민족운동의 이념을 주입시켰다. 최후의 목표는 오직 영국인을 팔레스타인에서 몰아내는 일이었다. 그는 그 방법으로서 협박・테러・기습 살해 등을 가르쳤다.

"어느 날이든, 그들의 점령이 피를 흘리는 대가 이외에는 아무것도 아니라는 사실을 알게 될 때, 영국인들은 이 땅에 더 이상 머물러 있고 싶어 하지 않을 겁니다."

가드는 이렇게 모두에게 말했다.

"설령 여러분이 좋아한다 해도, 모두들의 선택한 방법이 잔인하고 비인간적이라는 것을 모두는 알고 싶습니다. 그러나 우리에게는 달리 선택할 수 있는 방법이 없는 것입니다. 우리는 지금까지 수세대에 걸쳐, 박해한 자들보다 훨씬 순수하고자 염원해 왔습니다. 그러나 여러분도 아시다시피 그 결과가 어떠했습니까? 히틀러의 유대인을 멸종시키기 위한 수용소

시설은 무엇을 의미합니까? 우리는 정의의 이름으로 말하는 사람들보다 몇 배나 더 떳떳하기에 충분할 만큼 노력해 왔습니다. 그러나 나치가 우리 민족의 삼분의 일을 학살했을 때 인류는 아무 말도 하지 않았습니다. 유대인을 이 지상에서 멸종시키려는 문제가 제기되었는데도 세상은 침묵을 지켰습니다. 2천 년의 역사가 그 사실을 증명하고 있습니다. 이제 우리는 오직 자신에게 의지할 수밖에 없습니다. 이제 우리를 불공평하고 비인간적으로 대하는 자들보다 더욱 불공평하고 비인간적으로 되지 않는 한 우리는 이 세상에서 멸종될 수밖에 없습니다. 우리는 죽음의 심부름꾼이 되기를 원치 않습니다. 지금까지 우리는 사형집행자보다는 그 희생자로 선택되어 왔습니다. '살인하지 말라'는 계명은 다른 곳도 아닌 여기 팔레스타인의 어느 산상(山上)에서 내려졌습니다. 그리고 우리는 그 계명에 복종한 유일한 민족이었습니다. 그러나 이제 그것은 모두 지나간 일입니다. 우리는 다른 민족들과 똑같이 되지 않으면 안 됩니다. 살인은 우리의 직업이 아니라 우리의 의무가 될 것입니다. 매일, 매주, 그리고 매달, 여러분은 오직 한 가지 목적, 곧 모두로 하여금 살인자가 되게 한 자들을 살해해야 한다는 목적에만 충실해야 합니다. 우리는 모두가 다시 한 번 인간이 되기 위하여 살인을 하지 않으면 안 되는 것입니다……."

교육의 마지막 날에는, 복면을 한 낯선 사람이 모두에게 연설을 했다. 그는 지도자들이 열한 번째 계명이라고 부른 '원수를 증오하라'에 대하여 말했다. 그의 음성은 부드럽고 어딘가 수줍었으며 몽상적이었다. 엘리위젤은 그가 바로 '노인'이 아닐까 하고 생각했다. 물론 그렇게 확신할 수는 없었다. 그러나 그의 말 한 마디 한 마디는 모두들의 열정을 불타오르게 했으며, 사뭇 감동에 떨게 했다. 그가 떠난 후에도 그의 연설은 오랫동안 엘리위젤의 내부에서 깊은 감동으로 남아 있었다.

엘리위젤은 그에게 감사하며 운명이 저 변장한 거지의 모습을 하고 있는 구세주의 세계와 한편이 되었다.

엘리위젤은 일찍이 백발의 노스승이 그에게 여섯 번째 계명을 설명해 주던 때를 기억하고 있었다. 왜 인간에게는 살인할 권리가 없는가? 그것은 살인을 함으로써 인간이 스스로 하나님의 직능을 행하는 것이 되기 때문이었다. 그러므로 살인이란 거리낌 없이 이루어져서는 안 되는 것이었다.

'그러나, 그렇다면' 하고 그는 자신에게 말했다.

'우리는 역사의 진로를 바꾸기 위해 하나님이 있어야 한다. 우리는 하나님이 될 수 있다. 모두가 하나님이 될 수 있다는 것은 얼마나 손쉬운 일인가.'

그러나 그렇지 않았다. 인간 스스로가 하나님이 된다는 것은 쉬운 일이 아니었다.

마침내 테러리스트 활동에 참여하게 되었을 때 처음 엘리위젤은 한동안 메스꺼운 기분을 억제하기 위하여 초인적인 노력을 해야만 했다. 그 자신이 오로지 증오로 가득 차 있음을 보았다. 지난날을 회상해 보노라면 그 자신이 나치스 친위대 장교의 암회색 제복을 입고 있던 모습을 상상할 수 있었다. 난생 처음으로 입었던……

영국군들은 토끼 같았다. 나무 밑 안전한 곳을 찾아 허둥대는 술 취한 토끼들. 그들에게는 머리도, 손도 없고 오직 다리만 있는 것처럼 보였다. 그들은 그 다리로 술 취한 토끼들처럼 이리 뛰고 저리 뛰었다. 그러나 그들의 주위에는 엘리위젤의 눈들이 있었다.

불길처럼 모두가 사방을 에워싸고 있었으므로 도망칠 틈은 어디에도 없었다. 모두는 그들에게 기관총 세례를 퍼부었다. 총알이 불벽처럼 그들을 휩쌌다. 그들은 단말마의 비명을 지르며 산산이 부서졌다. 어쩌면 그 비명을 목숨이 다하는 날까지 듣지 않을 수 없을 것이다.

이쪽은 모두 여섯 사람이었다. 엘리위젤은 다른 다섯 사람의 이름을 기억하지 못한다. 가드는 그들 속에 포함되어 있지 않았다. 그 날 그는 학교에 그냥 남았다. 마치 그는 모두에게 이렇게 말하고 있는 듯했다.
'가 보라구. 자네들은 나 없이도 훌륭하게 치러낼 것이야.'
다섯 동지들과 엘리위젤은 죽이거나 죽기 위하여 길을 떠나야 했다.
"행운을 비네!"
가드는 모두가 떠나기 전에 한 사람 한 사람과 악수를 하며 말했다.
"난 자네들이 돌아올 때까지 기다리겠네."
엘리위젤이 테러 활동의 정식요원으로 선임된 것은 이때가 처음이었다. 그는 그때 돌아올 때는(만일 돌아올 수 있다면) 지금과는 딴판인 다른 사람이 되어 있을 것이라는 사실을 알고 있었다. 포화의 세례와 피의 세례를 받아야 한다는 사실을 알고 있었다. 더욱이 그런 것들을 아무렇지도 않게 감수해야 한다는 것도 알고 있었다. 그러나 그가 구역질을 하게 되리라는 생각은 추호도 하지 못했다.

모두의 사명은 하이파와 텔 아비브 사이의 도로에서 영국군 호위대를 공격하는 것이었다. 정확한 공격 지점은 헤데라 마을과 인접한 커브 길이었다. 시간은 늦은 오후, 모두는 작업장에서 돌아오는 노동자로 가장하고 공격개시 시각 삼십 분 전에 공격 지점에 도착했다.

만일 그들이 조금이라도 일찍 도착했더라면 모두의 위치가 발각되었을지도 모른다. 모두는 커브 길 양편에 지뢰를 묻은 다음 예정된 장소로 피했다. 50야드 밖에서는 그들을 페타그 티크바로 데려다 주기 위해 자동차 한 대가 대기하고 있었다. 모두는 그곳에서 헤어져 다른 세 대의 자동차를 타고 기지인 학교로 돌아가게 되어 있었다.

영국군 호위대는 정확하게 예정 지점에 도착했다. 세 대의 무게 트럭에는 20여 명의 병사들이 타고 있었다. 그들의 머리가 바람에 나풀거렸고 얼굴이 햇볕에 빤짝이고 있었다. 이윽고 커브에 이르러 첫 트럭이 매설한 지뢰 하나에 폭파를 당하자 뒤를 따르던 트럭들이 날카로운 소리를 내며 급정차를 했다. 병사들은 황급히 땅으로 뛰어내렸지만 그들 역시 기총 사격을 받아야 했다. 그들은 허겁지겁 머리를 숙인 채 사방으로 도망쳤다. 그러나 그들의 다리는 커다란 낫에 베어지듯 총알에 맞아 잘려 나갔다. 그들은 비명을 지르며 모두 쓰러지고 말았다.

겨우 몇 분 사이에 일어난 일이었다. 엘리위젤 일당은 질서 있게 후퇴했으며 모든 일은 계획대로 실행됐다. 임무는 성공한 것이다. 학교에서 기다리는 가드에게 성공을 보고했다.

"썩 잘했네. 어쩌면 '노인'께서도 믿으려 하지 않을 거야."

메스꺼움이 엘리위젤을 엄습한 것은 바로 그때였다. 그는 공포에 떠는 토끼들처럼 이리 뛰고 저리 뛰는 다리들을 보았고, 온통 증오에 가득 찬 그 자신을 보았다. 폴란드의 게토에서 보았던 나치스 친위대원들의 무서운 얼굴을 기억해 냈다.

날마다 밤이면 밤마다 그들은 항상 똑같은 수법으로 유대인들을 살육했다. 기관총이 사방에서 콩 볶듯이 발사되었다. 미친 듯이 "발사!" 하고 명령한 친위대 장교는 껄껄 웃거나 게걸스럽게 음식을 처먹기도 했다. 그렇게 하여 커다란 낫으로 곡식을 베듯 유대인 학살이 자행되었던 것이다. 몇몇 유대인들은 총알의 불벽을 부수려고 발버둥쳤지만 그들의 머리는 이겨낼 수 없는 벽에 부딪칠 뿐이었다. 그들 역시 토끼들처럼, 포도주에 취하고 슬픔에 취한 토끼들처럼 이리 뛰고 저리 뛰었다. 그렇게 죽음이 그들을 베어 버렸다.

그렇다. 하나님의 역할을 수행한다는 것은 쉬운 일이 아니었다. 특히 독일군 친위대원의 제복을 입고 그런 일을 수행한다는 것은 더욱 그랬다. 그러나 어떤 인질을 살해하는 것보다는 쉬웠다.

엘리위젤의 첫 테러 활동 때, 그리고 그 뒤로도 계속된 테러 활동 때 그는 언제나 혼자가 아니었다. 그가 적을 죽인 것은 사실이다. 그러나 그

때는 한 단체의 일원이었다. 그러나 존 도슨의 경우는 달랐다. 그 역시 이쪽 얼굴을 바라볼 것이다. 그리고 그는 이쪽 눈동자를 보게 될 것이다.

"엘리샤, 자신을 괴롭히지 말게."

가드가 말하면서 라디오를 끄고 의미심장하게 바라보았다.

"이건 전쟁이라구."

엘리위젤은 그에게 묻고 싶었다. 하나님이 있는지 없는지. 전쟁을 일삼는 하나님이 있는지 없는지. 제복을 입고 있는 하나님이 있는지 없는지. 그러나 입을 다물기로 했다.

'하나님은 제복을 입지 않아. 하나님은 저항운동의 일원이며 테러리스트의 일원일 뿐이야.'

하고 혼잣말을 했다.

일라나는 야간 통행 금지령이 내리기 몇 분 전에 그녀의 경호원인 기데온, 요압과 함께 도착했다. 그녀는 불안하고 침울한 표정이었으나 전보다도 훨씬 아름다웠다. 그녀의 섬세한 외모는 마치 갈색 대리석으로 조각한 것 같았으며 그녀의 얼굴에는 가슴을 찢는 우수의 그림자가 드리워져 있었다. 그녀는 회색빛 스커트에 하얀 블라우스를 입고 있었고 입술은 아주 파리했다.

"언제까지나 기억에 남을 거야……. 당신의 방송……."

하고 가드가 중얼거렸다.

"원고는 '노인'께서 써주신 걸요."

"하지만 당신의 목소리는……."

"목소리 역시 '노인'께서 창안하신 거예요."

일라나는 피로에 지친 듯 의자에 깊숙이 몸을 파묻으며 대답했다. 무거운 한순간의 침묵이 흐른 다음, 그녀가 덧붙였다.

"오늘 나는 그분이 우는 걸 보았어요. 그제야 나는, 그분이 자주, 모두가 알고 있는 것보다 훨씬 자주 울고 있구나 하는 생각이 들더군요."
행복한 사람이로군, 하고 엘리위젤은 생각했다.
'사나이가 우는 것은 어느 날 그가 울음을 멈추게 되리라는 걸 알기 때문에 우는 거야.'
요압은 두려움과 신중한 기대감에 싸여 있는 최근의 텔 아비브 소식을 모두에게 전해 주었다. 시민들은 대량 보복을 두려워하고 있으며 모든 신문기자들이 존 도슨의 처형을 중지하도록 '노인'에게 호소하고 있다는 것이었다. 그래서 존 도슨의 이름이 다비드 벤 모세의 이름보다도 더 많이 모든 사람의 입에 오르내리고 있다는 것이었다.
"그것이 바로 '노인'께서 울고 있는 이유일 거야."
가드가 흘러내리는 머리칼을 뒤로 쓸어 넘기며 말했다.
"모두가 유대인은 아직 박해의 그림자에서 벗어나지 못하고 있어. 그것을 물리칠 용기가 없기 때문이지."
"런던에서는 내각회의가 진행 중에 있어요."
요압이 입을 열었다.
"그리고 뉴욕에서는 매디슨 스퀘어 가든에서 시온주의자들이 대규모 시위를 하고 있고 유엔에서도 이에 깊은 관심을 보이고 있어요."
"다비드가 그런 사실을 알았으면 좋겠어요."
하고 일라나가 말했다. 그녀의 얼굴은 납빛으로 흐려졌다.
"틀림없이 사형집행자가 얘기해 줄 거야."
가드가 대답했다. 엘리위젤은 그의 목소리가 비통한 것을 이해할 수 있었다. 다비드는 어린 시절부터 가드의 친구였으며 그와 함께 민족운동에 참여했던 것이다. 가드는 이 사실을 다비드가 체포된 후에야 엘리위젤에게 얘기했었다. 그런 사실이 알려지는 것은 서로의 안전을 위해 좋지 않았다.
가드는 다비드가 부상을 입었을 때, 그 현장에 있었다. 그 날 작전의 지휘자였던 것이다. 그 작전은 모두가 암호명을 '식은 죽 먹기'라 불렀던 것으로, 한 용감한 영국군 보초의 어처구니없는 행동 때문에 수포로 돌아가고 말았다. 그러므로 만일 내일 새벽에 다비드가 교수형에 처해진다면 그것은 가드의 책임이었다. 설령 그가 부상을 입고 몸부림을 치며 복부에 총알이 박힌 채 땅바닥을 기며 총을 쏘아댔다 하더라도. 그 따위 어리석은 짓은 용감하고 완강한 바보나 할 수 있는 것이었다.

무기 탈취 작전

그때는 밤이었다. 군용 트럭 한 대가 나부의 게데라 근처에 있는 영국군 공정대 진지의 위병 초소 앞에서 멎었다. 트럭에는 소령 한 사람과 세 병사가 타고 있었다. 소령이 신분증을 보이며 말했다.

"우리는 약간의 무기를 지원 받으러 왔다. 오늘 밤 유대인 테러단의 공격이 예상되기 때문이다."

"빌어먹을 테러분자들!"

보초는 콧수염 밑으로 이렇게 중얼거리며 소령의 신분증명서를 돌려주었다.

"좋습니다, 소령님. 들어가셔도 좋습니다."

보초는 문을 열었다.

"고맙네,"

소령은 대답하고 말했다.

"무기고는 어느 쪽에 있지?"

"곧장 앞으로 가시다가 왼쪽으로 두 번 도십시오."

트럭은 보초의 말대로 달려서 어떤 석조 건물 앞에서 멈추었다.

"여기인 모양이로군."

소령이 말하고 그들은 차에서 내렸다. 상사 한 사람이 나와 소령에게 경례를 붙이고 문을 열었다. 소령은 깍듯이 경례를 받고 본부의 연대장 서명이 들어 있는 명령서를 내보였다. 거기에는 그들 명령서의 지참인에게 기관총 다섯 자루, 소총 스무 자루, 권총 스무 자루와 거기에 필요한 탄약을 지급하라는 내용이 적혀 있었다.

"테러단의 공격이 예상되기 때문일세."

소령이 겸손한 태도로 설명했다.

"빌어먹을 테러 분자들!"

하고 상사가 중얼댔다.

"우린 시간을 낭비할 수 없네. 빨리 서둘러 주지 않겠나?"

"물론입니다, 소령님. 서둘러야 하고말고요."

상사가 대답하고 소령과 동행한 세 병사에게 무기와 탄약을 가리켜 주었다. 세 병사는 말없이 신속한 동작으로 그것들을 트럭에 실었다. 몇 분 만에 작업은 끝났다.

"소령님, 이 명령서는 제가 보관하겠습니다."

방문자들이 떠나려하자 상사가 말했다.

"그렇게 하게, 상사."

소령은 트럭에 오르면서 대답했다. 트럭이 정문 쪽으로 다시 나와 보초가 막 문을 열려고 했을 때 위병소 전화벨이 요란하게 울려왔다. 보초는 소령에게 사과를 하며 황급히 위병소 안으로 달려갔다. 그 사이에 소령과 그의 일행은 초조하게 기다렸다.

"죄송합니다, 소령님."

보초가 위병소에서 급히 나오며 말했다.

"상사님께서 소령님을 좀 뵙자고 하시는군요. 소령님께서 주신 명령서가 썩 마음에 들지 않는다고 하십니다."

이 말에 소령이 트럭에서 내려왔다.

"내가 전화로 상사에게 의문점을 풀어주어야 되겠군."

그러나 보초가 위병소 안으로 다시 들어가려고 막 돌아서는 순간 소령이 보초의 뒷덜미를 주먹으로 내리쳤다. 보초는 소리도 없이 땅위에 굴러 넘어졌다. 가드(소령)는 트럭으로 돌아와 문을 열고는 운전병에게 출발하라는 신호를 했다. 바로 그 순간 예의 보초가 어느새 일어나 총격을 가하기 시작했다. 단이 복부에 총탄을 맞은 것은 이때였다. 가드는 트럭 위로 뛰어오르며 외쳤다.

"가자! 빨리!"

부상 입은 보초가 계속 총을 쏘아댔다. 그 가운데 한 발이 정확하게 타이어를 맞췄다. 가드는 냉정을 잃지 않고 타이어를 바꾸기로 결심했다.

"다비드와 단, 자네들은 모두를 엄호해 주게."

가드는 침착하고 자신 있는 목소리로 말했다. 다비드와 단은 방금 얻은 기관총을 한 자루씩 움켜잡고 가드의 옆에 섰다.

그때 이미 전기지에는 비상령이 내려져 있었다. 비상을 알리는 고함소리와 함께 총격이 뒤따라 왔다. 촌각이 아쉽게 되었다. 다비드와 단의 엄호 아래 가드는 타이어를 바꾸어 끼었다. 그러나 이미 공정대원들이 가까이 다가오고 있었다. 가드는 가장 중요한 일은 입수한 무기를 가지고 빨리 달아나는 것이라고 생각했다.

"다비드와 단, 자네들은 그 자리에서 막아주게. 모두는 떠나겠어. 모두가 무사히 빠져나갈 수 있도록 삼 분 동안만 저들을 막아주게. 그런 다음, 게데라로 신속히 피하도록 하게. 거기 가면 동지들이 피신처를 제공해 줄 거야. 자네들은 동지들이 어디 있는지 알고 있겠지?"

"알고 있네."

엄호를 계속하면서 다비드가 대답했다.

"떠나라구, 어서!"

무기와 탄약을 무사히 구할 수 있었다. 그러나 다비드와 단은 그 대가를 치러야만 했다. 단은 살해되었으며 다비드는 부상을 입었다. 그 모두가 복부에 총탄을 맞고도 완고하게 용감했던 한 보초 때문에 일어난 불행이었다.

"다비드는 정말 훌륭한 친구였어요."

일라나는 다비드가 마치 과거의 사람인 것처럼 말했다.

"사형 집행인이 그런 사실을 알고 있으면 좋겠군."

하고 가드가 대꾸했다.

엘리위젤은 가드의 고통을 이해했다. 아니, 그 점이 부러울 정도였다. 그는 한 친구를 잃고 그것을 괴로워하고 있었다. 그러나 만일 누군가 날마다 친구 한 사람씩을 잃어 본 경험이 있다면, 그렇게 괴로워할 것도 없게 된다는 사실을 알 것이다. 그 역시 친구들을 잃었다.

가끔 그는 자신을 살아있는 무덤이라고 생각했다. 그것이 바로, 그가 가드를 따라 팔레스타인으로 와서 한 사람의 테러리스트가 된 이유였다. 그에게는 잃어야 할 친구가 더 이상 없었기 때문이다.

"들리는 말로는 사형집행인은 항상 복면을 한다더군요."

말없이 부엌문 앞에 서 있던 요압이 말했다.

"그게 사실인지 궁금해요."

"그건 사실이오."

엘리위젤이 대답했다.

"사형집행인은 복면을 해요. 누구나 그의 두 눈 외에는 아무것도 볼 수 없어요."

일라나가 가드에게로 가서 그의 머리카락을 쓰다듬으며 슬픈 목소리로 말했다.

"자신을 괴롭히지 말아요, 가드. 이건 전쟁이니까요."

죽은 체하고 살아나다

그 후 한 시간 동안, 누구도 입을 여는 사람이 없었다. 그들은 모두 다비드 벤 모세를 생각하고 있었다. 따라서 다비드는 죽음과 독방에 갇혀 있었지만 결코 혼자가 아니었다. 그의 친구들이 모두 그와 함께 있는 터였다.

엘리위젤을 제외한 모든 친구들이. 엘리위젤은 그들이 다비드의 이름을 입 밖에 낼 때 외에는 그를 생각하지 않았다. 그들이 침묵하고 있을 때면, 그의 생각은 어떤 사람에게도, 아직 그가 모르는, 그가 다비드를 아는 것보다도 더 모르는 어떤 사람에게로 달려가곤 했다.

그러나 엘리위젤은 그 사람을 알게 되도록 운명 지어져 있었다. 그의 다비드 벤 모세는 '대위 존 도슨'이라는 이름과 영국인의 얼굴을 갖고 있었다.

모두는 탁자 주위에 앉아 있었고 일라나가 모두를 위해 김이 피어오르는 차를 따라 주었다. 모두는 마치 그들의 침묵이 끝난 다음 단계를 탐색하는 듯이, 그리고 그 다음 단계가 가져올 사건의 의미를 탐색하는 듯이 각자의 찻잔에 담긴 황금빛 액체를 들여다보고 있었다.

이윽고 모두는 시간을 보내기 위하여 그들의 추억에 대하여, 대개 죽음이 주제를 이루는 그런 추억들에 대하여 이야기하기 시작했다.

"죽음이 내 생명을 구해 주었어요."

하고 요압이 먼저 말했다. 그는 젊고 순진하나 고통스러운 얼굴을 하고 있었으며 검고 겁먹은 듯한 눈에 노인처럼 하얀 머리칼이 나 있었다. 또 그는 줄곧 잠에 취한 듯한 표정이었으며 하루고 이틀이고 계속 하품만 해댔다.

"자신의 평화주의적인 신념 때문에 우리를 적대시하던 한 윗사람이 나를 경찰에 고발했어요."하고 말을 계속했다. "그래서 나는 옛날 학교 친구가 관리인으로 있는 어떤 정신병원에 몸을 피했지요. 경찰이 나의 행적을 찾을 때까지 2주일 동안 그곳에 숨어 있었어요. 경찰이 찾아와 관리인에게 물었어요. '그 친구 여기 숨어 있지요?' 그러자 관리인은 '그렇소' 하고 대답했어요. '그는 여기 있소. 하지만 그는 심한 병을 앓고 있어요.', '상태가 어떻소?' 하고 경찰이 다시 물었어요. 이에 관리인은 '그는 아마 자신이 죽은 걸로 생각하는 것 같습니다' 했어요. 그러나 경찰은 나를 직접 확인하겠다고 주장했어요. 그래서 나는 관리인의 사무실로 옮겨졌지요. 거기에는 테러분자 색출을 위해 파견된 경찰과 두 사람이 나를 기다리고 있더군요. 그들은 나에게 질문을 던졌지만 나는 대꾸하지 않았어요. 그들은 계속 의심하는 점을 물었어요. 그래도 나는 못 들은 척했어요. 한데 아무리 내가 그렇게 나와도 그들은 내가 미쳤다는 것을 믿지 않더군요. 그들은 관리인의 주장도 무시한 채 나를 끌고 가서는 48시간 동안 심문을 했어요. 나는 죽은 체했지요, 뭐. 성공적으로 연기를 했어요. 나는 먹는 것도, 마시는 것도 거절했고, 그들이 손과 얼굴을 찰싹찰싹 때려도 아무 반응을 보이지 않았어요. 죽은 사람이란 고통도 느끼지 않고 울지도 않는 법이니까요. 그렇게 해서 나는 48시간 후에야 다시 정신병원으로 돌아올 수 있었어요."

엘리위젤은 요압의 이야기를 들으면서 갖가지 생각이 마음의 표면에 떠오르는 것을 느꼈다. 그는 그때 몇몇 친구가 요압을 미치광이라고 부르던 것을 기억해 냈다.

"우습지요, 그렇지요?" 하고 요압이 말했다. "정말 죽음이 내 목숨을 구해 주었으니까요."

모두는 한참 동안 침묵을 지켰다. 마치 그의 목숨을 구해 주었으며, 순진하고 고통스러운 얼굴을 가진 모두의 친구에게 미치광이라는 이름을 붙여준 그 '죽음'에게 경의라도 표하는 듯이.

"며칠 후에 병원을 떠나와서 보니 내 머리칼이 하얗게 세었더군요." 요압이 그렇게 얘기를 끝맺었다.

"그건 죽음의 가벼운 희롱일 뿐이오."하고 엘리위젤이 말을 받았다.

"죽음은 사람의 머리카락 색깔이 바뀌는 걸 좋아하지요. 죽음은 머리카락이 없거든요. 그에게는 눈동자만 있을 뿐이죠. 반면에 하나님은 전혀 눈이 없어요."

"나는 하나님이 죽음에서 구해 주셨어요." 하고 기데온이 말했다. 모두는 기데온을 성자라고 불렀다. 첫째 이유는 실제로 그는 성자였기 때문이다. 둘째 이유는 그가 성자처럼 보였기 때문이다. 그의 나이는 스무 살쯤으로 쉰 목소리에 발음이 또렷하지 못했으며, 남의 눈에 띄지 않으려고 애를 쓰며 항상 기도문을 중얼거렸다. 그는 턱수염을 길렀고 머리는 고수머리로 어디를 가든 늘 성경을 호주머니에 넣고 다녔다. 그의 아버지는 랍비였으며 자기 아들이 테러리스트가 된 것을 알고는 아들의 축복을 빌었다. 말과 기도만으로는 부족한 때가 있는 법이다, 하고 그의 아버지는 말했다. 은혜의 신은 또한 전쟁의 신이기도 하지. 전쟁이란 단순한 말장난이 아니란다.

"하나님이 나를 죽음에서 구해주신 거예요." 하고 그는 되풀이했다. "그의 눈길이 나를 구해주었어요. 나 역시 체포되어 고문을 받았지요. 그들은 내 턱수염을 잡아당기고, 손톱에 성냥불을 그어대고, 얼굴을 주먹으로 때렸어요. 고등판무관의 암살 음모에 가담한 사실을 자백하라면서 말예요. 하지만 난 고통을 참고 입을 열지 않았어요. 몇 번이나 비명을 지르고 싶었지만 나는 아무 소리도 내지 않았지요. 그건 하나님의 눈길이 나를 보고 있는 것을 느꼈기 때문이었지요. 하나님이 나를 보고 계시다, 하고 나는 혼잣말을 했어요. 저 분을 실망시켜서는 안 된다고. 나의 고문자들은 계속 고함을 질러댔지만 나는 입을 다문 채 하나님과 그의 눈길만을 생각했어요. 결국 그들은 증거 불충분으로 나를 석방하게 된 거지요. 만일 내가 죄를 인정했다면 나는 죽었을 겁니다."

"그렇데 되었다면,"

하고 엘리위젤이 말했다.

"하나님도 눈을 감았을 겁니다."

일라나가 다시 모두의 찻잔을 채워 주었다.

"일라나, 당신의 경우는 어때요?"

엘리위젤이 물었다.

"당신 목숨은 누가 구해 주었지요?"

"코감기가 구해 주었어요."

하고 그녀가 대답했다. 엘리위젤은 웃음을 터뜨렸다. 그러나 다른 사람은 아무도 웃지 않았다. 그의 웃음소리는 귀에 거슬렸고 인위적으로 들렸기 때문이다.

"코감기라구요?"

엘리위젤이 반문했다.

"그래요. 국인들은 내가 어떻게 생겼는지 몰라요. 그들은 단지 내 목소리밖엔 모르거든요. 어느 날 그들은 모두 여자들을 몽땅 끌고 갔어요. 물론 그 속에는 나도 포함되어 있었구요. 경찰서에 당도하자 한 음향 기사가 한 사람씩 '자유의 소리' 방송 아나운서의 신비한 목소리와 대조하는 것이었어요. 그때 다행히도 나는 심한 감기에 걸려 무사했지만 다른 네 사람이 오랫동안 시달려야 했어요."

일라나는 진지한 어조로 말했다. 엘리위젤은 다시 웃음을 터뜨리고 싶은 충동을 느꼈다. 그러나 다른 사람들은 무뚝뚝하게 가만히 있었다. 그런 경우, 감기가 어떤 신념이나 용기보다도 실용성이 있구나 하고 생각했다. 모두는 일제히 가드에게 눈길을 돌렸다. 그는 눌러 부숴 버릴 듯이 찻잔을 손가락 사이에 끼고 있었다.

"내 목숨은 세 사람이 영국인에게 빚을 지고 있는 셈이지."

하고 가드가 입을 열었다. 그의 머리는 오른쪽 어깨로 기울어 있었고 두 눈은 찻잔을 쏘아보고 있었다. 그래서 마치 차갑게 식어가고 있는 차에 대고 말하는 것처럼 보였다.

"모두들의 계획이 막 시작되던 때였어."하고 그는 말을 이었다. "무슨 일이 있든 인질 세 사람을 처치하라는 '노인'의 명령이 떨어진 거야. 상대는 모두 영국군 상사였어. 나는 그들 중의 아무나 한 사람을 죽이는 임무를 맡았었지. 누구를 죽이든 그 선택권은 나에게 있었어. 당시 나는 엘리사의 나이 또래로 어렸었지. 때문에 마음이 내키지 않는 역할을 맡게 되니 심적으로 여간 고통스럽지가 않더군. 허지만 명령은 명령이야. 그래 기꺼이 사형집행인의 임무를 수행하기로 마음을 먹었지, 그렇지만 죽을 사람을 내가 선택해야 하는 재판관의 입장이 되기는 싫었어. 공교롭게도 그 날 밤에는 '노인'과 연락할 수도 없게 되었지 뭐야. 그래 내 어려운 입장을 설명할 수도 없었지. 처형은 이튿날 새벽에 있어야 했으니까. 희생자를 어떻게 내가 선택할 수 있었겠나? 헌데 묘안이 하나 떠오르더군. 그래 나는 지하실로 내려가 세 사람에게 말했어. 죽을 사람을 당신들이 스스로 선택하라고. 그리고 만일 한 사람을 선택하지 못하겠다면 세 사람을 모두 다 사살하겠다고. 그러자 그들은 제비를 뽑아 한 사람을 결정하더군. 나는 새벽이 되어 그 불행한 친구의 목에 총을 쏘았어."

엘리위젤은 자신도 모르게 가드의 손과 얼굴과 친구의 친숙한 손과 얼굴을 바라보았다. 그는 한 인간의 목에 총알을 박았다는 사실을 냉정하게 거의 무관심한 태도로 말하고 있었다. 죽은 상사의 얼굴이 가드의 손에 쥐고 있는 찻잔 속에서 그를 쏘아보고 있지 않았을까?

"만일 그들이 한 사람을 선택하기를 거절했다면,"

하고 엘리위젤은 또 물었다.

"어떻게 하려고 했죠?"
"나 자신을 쏘려고 했어."
하고 가드는 아무렇지도 않은 듯이 대답했다. 한동안의 무거운 침묵이 흐른 다음에 그는 이렇게 덧붙였다.
"그때 나는 젊기는 했지만 마음은 약했어."
모든 사람의 눈길이 엘리위젤의 이야기를 기다리는 듯이 이번에는 그에게 쏠렸다. 엘리위젤은 쓰디쓴 차를 한 모금 꿀꺽 마시고 이마에 밴 땀을 손으로 훔치며 입을 열었다.

너를 죽이고 말겠다

"내 목숨은 웃음이 구해 주었어요. 부켄발트에 있을 때였는데 어느 겨울이었지요. 모두는 추운 날씨에 모두 누더기를 걸친 채 날마다 수백 명씩 죽어갔어요. 매일 아침 우리는 막사 밖으로 나와 그들이 청소를 끝마칠 때까지 눈을 맞으며 두 시간 동안 기다려야 했어요. 그러던 어느 날 나는 몹시 아팠고 혹시 탄로가 나면 죽일지도 모른다고 생각돼서 막사 안에 숨었어요. 그러나 그것도 잠시뿐이었어요. 청소부들이 와서 나를 찾아냈으니까요. 그들은 나를 막사의 부반장 앞으로 끌고 갔어요. 부반장은 계속 질문을 퍼부어대고 나서 손으로 내 목을 조르며 냉혹하게 말하는 것이었어요. '너를 목졸라 죽이고 말겠다' 나는 그의 억센 팔에 목이 졸린 채 옴짝달싹할 수가 없었어요. 그 순간 이제 나는 끝장이로구나 하는 생각이 들더군요. 온몸의 피가 머리 쪽으로 쏠리고 아이들의 장난감 풍선처럼 커다랗게 부풀리는 것처럼 느껴졌어요. 아마 그런 꼬락서니는 만화 속에 나오는 꼬마 광대와 흡사했을 겁니다. 그러자 갑자기 목을 조르고 있던 그 부반장이 내 꼬락서니가 우스워 죽겠다는 듯이 유쾌한 눈길로 나를 쳐다보더니 손아귀를 풀고는 껄껄 웃어대지 않겠어요? 그는 나를 죽이겠다는 생각도 잊어버리고 한참 동안 웃어댔어요. 그렇게 돼서 결국 나는 살아났어요. 그런 상황에서 그의 유머 감각 때문에 결국 나는 살아났다는 게 우습지 않아요?"

엘리위젤은 당시에 그가 느꼈던 극적인 상황이 모든 사람에게 전달되기를 기대하면서 주위를 살펴보았다. 그러나 모두들 차가운 찻잔에 시선을 떨어뜨리고 있을 뿐이었다. 그의 이야기가 끝나고 침묵이 한참 계속되었다. 모두는 벌써 과거를 회상하며 괴로웠던 체험담을 이야기하는 일에 흥미를 잃고 있었다. 우리가 과연 무엇이 자기의 목숨을 지금까지 부지시켜 주었는가에 대하여 자문자답하고 있음이 분명했다. 기데온이 먼저 입을 열었다.

"영국인에게 먹을 걸 갖다 주어야 할 거요."

그렇구나 하고 엘리위젤은 생각했다. 기데온 역시 지금껏 영국인을 생각하고 있었던 거다. 틀림없이.

"난 그가 배고프리라고는 생각지 않아요."

엘리위젤이 큰 소리로 말했다.

"사형선고를 받은 사람에게 식욕이 날 리가 없잖아요."

그리고 덧붙여서 자신에게 혼잣말을 했다.

"그를 죽여야 하는 나 역시 식욕이 날 리 없고……."

이렇게 말하는 엘리위젤의 음성이 조금 이상하게 들린 모양이었다. 모두들 고개를 퍼뜩 들고 그를 꿰뚫어 보았다. 그는 그런 눈길을 오히려 의아해하며 완강한 어조로 되풀이했다.

"그렇고 말구요. 사형선고를 받은 사람이 배고픔을 느낄 리가 없어요."

엘리위젤이 거듭 이렇게 말하자 좌중은 돌처럼 굳은 채 누구 한 사람도 꼼짝하지 않았다.

"사형선고를 받은 사람에게 관례적으로 마지막 식사를 제공한다는 건 웃기는 얘기라구요."

그리고 다시 큰 소리로 말을 이었다.

"농담 치곤 가장 나쁜 악취미지요. 시체가 되어 나갈 사람에 대한 모욕이지 뭡니까. 그가 위장이 텅 빈 채 죽는다고 해서 어떻다는 거지요?"

가드의 눈에 놀라는 기색이 나타났다. 그러나 일라나는 연민의 눈길로, 기데온은 우정의 눈길로 그를 바라보았다. 요압은 전혀 쳐다보지 않았다. 그는 눈길을 아래로 떨어뜨리고 있었다. 아마 그것은 그가 상대방을 경계할 때 나타나는 태도일 것이다.

"그는 모르고 있어."

하고 기데온이 한참 만에 말했다.

"그가 무얼 모른단 말이죠?"

엘리위젤은 자신의 음성이 커지고 있는 것도 모른 채 반문했다. 어쩌면 엘리위젤은 자신의 고함소리라도 듣고 싶었는지도 모른다. 분노로 일그러진 자신의 표정이 거울 속의 동작 없는 그림자 속에 비치는 것을 보고 싶었는지도 모른다. 그렇지 않으면, 숨이 막힐 듯한 방안에 어떤 변화를 주고 싶은 마음은 간절하나, 좌중은커녕 자기 자신마저도 어쩌지 못하는 무력한 우유부단함에 스스로 짜증이 났는지도 모른다.

엘리위젤은 또 성자 같은 기데온을 광인으로 만들고 싶었는지도 모른다. 또 성자 같은 기데온을 광인으로 만들고 싶었는지도 모르고, 존 도슨의 이름을 가드에게 붙여주고 가드의 운명을 다비드에게 주고 싶었는지도 모른다.

그러나 엘리위젤은 그 가운데서 자기가 할 수 있는 일은 아무것도 없다는 것을 알았다. 그러한 힘을 갖기 위해서는 죽음을 대신해야만 했다. 이제는 그보다 더 이상 식욕도 느끼지 않고 있을 영국군 대위 존 도슨의 개인적인 죽음이 아닌 죽음을.

"그가 무얼 모른단 말이죠?"
하고 엘리위젤은 귀에 거슬릴 정도로 되물었다.
"그 사람은 자기가 죽게 된다는 것도 모르고 있어."
기데온의 음성은 슬픔에 젖어 착 가라앉아 있었다.
"하지만 그의 위장은 알고 있을 겁니다."
엘리위젤은 반박 조로 말을 받았다.
"죽게 된 사람은 자기 위장이 하는 말을 듣거든요. 그는 자기의 심장이나 과거 따위에는 아무 관심도 두지 않아요. 그의 귀에는 폭풍소리도 들리지 않는다구요. 그는 오직 그의 위장에 귀를 기울일 뿐이지요. 그러면 위장이 그에게, 그는 죽어가고 있다는 것, 그는 배가 고프지 않다는 것을 얘기해 주는 거지요."
엘리위젤은 너무 빨리, 너무 크게 말했으므로 사뭇 숨이 가빠왔다. 그는 멀리 달아나고만 싶었다. 그러나 그 동료들의 눈길이 그를 꿰뚫어보고 있었다. 죽음이 모든 출구를 막고 있었다. 그리고 사방은 캄캄한 밤이었다.
"지하실에 내려가 보겠어요."
기데온이 말했다.
"혹시 뭐라도 좀 먹고 싶은 게 있는지 물어 보겠어."
"아무것도 묻지 말라구요. 그저 이렇게만 말해요. 내일, 태양이 피처럼 붉은 지평선에 떠오르면 그 존 도슨은 그의 인생에, 그의 위장에 작별 인사를 해야 할 거라고 말예요. 그가 죽게 되어 있다는 걸 얘기해 주라구요."
기데온은 엘리위젤에게 눈길을 고정한 채 일어섰다. 그는 지하실로 통하는 출입구가 있는 부엌 쪽으로 걸어가다가 출입구 앞에서 잠깐 멈추었다.
"그렇게 말하지."

그는 보일락말락하게 한번 웃었을 뿐 곧 발걸음을 돌렸다. 엘리위젤은 그가 계단을 내려가는 소리를 들었다. 엘리위젤은 그가 그의 말에 동의해 준 것이 기뻤다. 그가 아닌 기데온으로서는 존 도슨에게 그럴 수가 없었다. 어떤 사람에게 죽음을 알려주기보다는 오히려 그 사람을 살해하는 편이 쉬우니까.

"자정이군요."

하고 요압이 말했다. 자정은? 하고 엘리위젤은 생각에 잠겼다. 자정은 사자(死者)들이 무덤에서 일어나 교회에 가서 기도를 드리는 시간이지. 그리고 하나님이 여호와의 신전이 파괴되었음을 슬퍼하며 흐느끼는 시간이구. 또 인간이 자기 존재의 깊이를 재야 하고 폐허에서 여호와의 신전을 찾아야 하는 시간이기도 하지. 흐느껴 우는 하나님과 기도하는 사자들.

"가엾어라!"

일라나가 중얼거렸다. 그녀의 눈이 엘리위젤을 쳐다보는 것이 아니라 그녀의 눈물이 그를 음미하듯 바라보고 있었다. 그 눈물은 엘리위젤을 애무하고 있었다.

"그렇게 말하지 말아요, 일라나, 가엾다는 말은 하지 마세요."

그녀의 눈에는 눈물이 괴어 있었다. 아니, 눈 대신에 눈물만 있었는지도 모른다. 눈물은 자꾸자꾸 불어나 불투명해지며 가득히 넘치고 있었다. 엘리위젤은 갑자기 어떤 최악의 사태가 생길 것만 같아서 겁이 났다. 어스름에 묻힌 듯 일라나가 금방 보이지 않을 것 같았다. 그녀 자신에 눈물 속에 빠져 죽을 것만 같았다. 엘리위젤은 그녀의 팔을 잡고 울지 말라고 달래고 싶었다. 하고 싶은 말이 있거든 해요. 하지만 울지는 말아요.

그러나 그녀는 소리를 내지는 않았다. 소리 내어 울려면 눈이 있어야 했다. 그러나 그녀는 눈이 없었다. 있는 것이라고는 눈이 있어야 할 곳에 눈물만이 가득히 넘치고 있었다.

"가엾어라!"

그녀는 이렇게 되뇌었다. 마침내 엘리위젤이 예견했던 것이 현실로 나타났다. 일라나가 사라지고 대신 카라리네가 나타난 것이다. 엘리위젤은 그녀가 왜 나타났는지 알 수 없었다. 그러나 그녀의 환영을 보고도 그는 특별히 놀라지는 않았다. 그녀는 남성을 좋아했다. 그것도 유별나게 죽음을 생각하는 어린 소년들을 좋아했다. 그녀는 어린 소년들에게 사랑에 대해서 말하기를 좋아했다. 그러므로 그녀에게 있어서, 죽으려고 하는 남성이란 그녀가 사랑을 속삭이기를 좋아하는 어린 소년들이었다. 이런 이유 때문에 그녀가 그 신비로운 방안에 나타났대서 놀라울 것은 없었다. 모두가 앉아 있던 방을 신비롭다고 한 것은, 그 방안에는 희생자와 사형집행자, 그리고 현재와 과거 사이에 엄연히 경계선이 있어야 함에도 불구하고, 그것이 전혀 없었기 때문이다. 말하자면 희생자와 사형집행자가, 그리고 현재와 과거가 공존할 뿐이었다.

엘리위젤이 카타리네를 만난 것은 1945년 파리에서였다. 그때 그는 부켄발트에서 파리에 막 도착했었다. 이미 말했다시피 부켄발트는 산 사람들이 죽은 사람으로 변하고, 산 사람들의 미래가 어둠으로 변해 가는 마술적인 곳이었다. 때문에 파리에 왔을 때 엘리위젤은 허약할 대로 허약해 있었으며 절반은 굶주린 상태였다. 여러 구호 단체 중의 한 곳에서 그를 어떤 캠프장으로 보내주었던 것인데, 그곳에서는 백여 명의 소년 소녀들이 여름방학을 보내고 있었다.

캠프장은 노르망디에 있었으며, 이른 아침이면 팔레스타인에서와 마찬가지로 미풍이 산들산들 불어오는 상쾌한 곳이었다.

엘리위젤은 프랑스어를 전혀 알지 못했으므로 다른 소년 소녀들과 즐겁게 어울릴 수가 없었다. 그들과 함께 먹고 함께 일광욕을 하기는 했지만 전혀 이야기를 나눌 길이 없었다. 그때 카타리네를 알게 되었다. 그녀만이 유일하게 독일어를 잘 알고 있는 듯해서 우연한 기회에 몇 마디 나

대 위에 놓았다. 그 날 저녁에는 어느 누가 옷을 훔쳐갈 위험 따위는 조금도 없었다.
 작업반을 옮겨 온 티비와 요시가 다가와 말했다.
 "우리, 함께 있도록 하자. 그러면 모두는 더 강해질 테니까."
 요시는 무엇인가 나직이 잇새로 중얼거리고 있었다. 기도를 하고 있었음에 틀림없었다. 요시가 신자라는 사실을 까맣게 모르고 있었다. 오히려 항상 그와는 정반대로 생각해 왔었다. 티비는 아주 창백한 모습으로 말이 없었다. 모든 재소자들이 발가벗은 채 침대 사이사이에 웅크리고 섰다. 최후의 심판대에 나선 인간의 모습이 바로 이럴 것이리라.
 "그들이 오고 있다!"
 비르케나우에서 접수했던 저 악명 높은 맹겔레 박사가 친위대 장교 세 사람에게 둘러싸인 채 서 있었다. 내무반장이 미소를 지으려 애쓰는 표정으로 모두에게 물었다.
 "준비 됐나?"
 모두는 준비가 되어 있었다. 그리고 친위대 의사들도 준비가 되어 있었다. 맹겔레 박사는 번호가 기록되어 있는 명단을 손에 들고 있었다. 그는 내무반장에게 신호를 보냈다.
 "시작하지!"
 마치 놀이를 시작하기라도 하는 듯이!
 맨 먼저 들어간 사람은 막사의 '관리'들이었다. 물론 그들은 내무반장들, 간수들, 십장들로 완전무결한 신체조건을 갖추고 있었다.
 그 다음부터가 일반 재소자들의 순서였다. 맹겔레 박사는 재소자들을 머리끝에서 발끝까지 자세히 검사했다. 그는 가끔 번호를 적기도 했다. 엘리위젤의 머릿속은 오로지 한 가지 생각으로 꽉 차 있었다. 번호가 적히도록 해서는 안 된다, 번호가 쓰인 왼팔을 보여주어서는 안 된다.
 이윽고 엘리위젤 앞에는 티비와 요시뿐이었다. 그들은 무사히 통과되었다. 엘리위젤은 맹겔레가 그들의 번호를 적지 않는 것을 눈여겨보았다. 누군가 등을 밀었다. 마침내 엘리위젤의 순서가 온 것이다. 그는 뒤돌아보지 않고 달렸다. 머릿속에는 주마등처럼 같은 생각이 스치고 있었다.

'너는 너무 말랐어, 너는 허약해, 너는 너무 말랐어, 너는 화장로에 들어가게 될 거야……'

달음질은 마치 무한히 계속되는 것만 같았다. 그래서 마치 여러 해 동안 달려온 것만 같은 생각이 들었다…….

'너는 너무 말랐어, 너는 너무 허약해……'

마침내 그는 반대편 쪽에 당도했다. 기진맥진한 상태였다. 겨우 숨을 돌린 다음에야 요시와 티비에게 물었다.

"나, 적혔지?"

"아니."

요시가 대답했다. 그는 미소를 지으며 덧붙였다.

"어떻든 그는 너의 번호를 적을 수 없었을 거야. 넌 너무나 빨리 뛰었거든……"

엘리위젤은 활짝 웃었다. 기뻤다. 그에게 입을 맞추고 싶을 정도로 기뻤다. 그 순간, 다른 일에야 무슨 상관이란 말인가! 번호가 적히지 않은 것만으로도 만족했다.

번호가 적힌 사람들은 세상으로부터 버림받은 채 따로 떨어져 서 있었다. 몇 사람은 소리 없이 흐느끼고 있었다.

친위대 장교들은 돌아갔다. 내무반장이 심신이 피로한 얼굴로 나타났다.

"모든 것이 아주 잘 되었다. 어느 누구도 아무 일이 없을 것이다."

그는 다시 미소를 지으려고 애썼다. 그때 초라하고 깡마른 유대인 하나가 떨리는 음성으로 애타게 물었다.

"하지만……. 하지만, 고참님, 그들은 나를 적어 갔습니다!"
내무반장의 화가 폭발했다. 반장의 말을 믿으려 하지 않는 사람이 있다는 것 때문이었다.
"지금 뭐라고 했지? 내가 거짓말을 했다는 거야? 다시 한 번 말해 주겠는데, 너에겐 아무 일도 없어! 다른 어느 누구에게도! 넌 지금 스스로 절망의 구렁텅이에 빠져 허우적거리고 있는 거야, 이 바보야!"
벨이 울렸다. 그것은 수용소 전역에서 추려내기가 완료되었다는 신호였다.
엘리위젤은 있는 힘을 다하여 37번 막사로 달려갔다. 도중에서 아버지를 만났다. 아버지도 아들을 찾아오는 길이었다.
"어때? 통과됐니?"
"예, 아버진요?"
"나도."
그제야 주자는 안도의 숨을 내쉴 수 있었다. 아버지는 빵 한 개를 선물로 가지고 왔다. 그 빵은 작업장에서 주은 고무조각과 바꾼 것으로 그 고무조각은 구두 한 짝에 밑창을 댈 수 있을 정도였다고 했다.
다시 벨이 울렸다. 벌써 취침시간이 된 것이다. 부자는 헤어져야 했다. 모든 것이 벨소리에 의해 통제되었다. 벨소리가 갖가지 명령을 내렸고 재소자는 거기에 기계적으로 복종했다. 그 벨소리가 싫었다. 그래서 그는 보다 나은 세상을 꿈꿀 때마다 벨이 없는 세상을 상상할 수밖에 없었다.

며칠이 지났다. 모두는 벌써 추려낸 일을 잊어버리고 있었다. 모두는 평소와 같이 작업장으로 나가 무거운 돌멩이를 열차에 싣는 일을 계속했다. 한 가지 달라진 것이 있다면, 식사가 훨씬 형편없어졌다는 것이었다.
모두는 여느 날과 같이 먼동이 트기 전에 자리에서 일어났다. 그리고 블랙커피와 빵을 받아먹었다. 평소와 같이 작업장으로 막 출발하려는데 내무반장이 달려왔다.

"잠깐, 조용히들 해! 명단을 가지고 왔으니 여러분에게 읽어주겠다. 내가 부르는 번호를 가진 사람은 오늘 아침에 작업장에 나가지 말고 수용소 안에서 대기해 주기 바란다."

그러고는 부드러운 음성으로 10여 명의 번호를 불렀다. 모두는 알아차렸다. 그 번호들은 추려낼 때 적힌 번호였다. 멩겔레 박사는 잊어버리지 않았던 것이다.

내무반장은 자기 방으로 발길을 돌렸다. 호명 재소자 열 명이 그의 옷을 붙잡고 늘어지며 그를 둘러쌌다.

"우리를 구해 주십시오. 당신이 약속하지 않았습니까……. 우리는 작업장에 나가고 싶습니다. 일하기에 충분할 만큼 건강하다구요. 우리는 훌륭한 일꾼입니다. 할 수 있어요, 하겠어요."

반장은 그들을 진정시키려고 애를 썼다. 수용소 안에서 대기하라는 것은 별다른 뜻이 있는 것이 아니며, 어떤 비극적인 운명을 뜻하는 것도 아니라고 설명하면서 그들을 안심시키려고 했다.

"나 역시 날마다 수용소 안에 남아 있지만, 이렇게 아무 일도 없지 않아?"

그는 이렇게 덧붙였지만 그의 논리는 설득력이 약했다. 그는 이미 모든 걸 알고 있었다. 그는 더 이상 별다른 말을 하지 않고 자기 방으로 들어가 버렸다. 곧 벨이 울렸다.

"정렬!"

이제, 작업이 힘들다는 것 따위는 문제가 되지 않았다. 무엇보다도 중요한 것은 되도록 막사로부터, 죽음의 도가니로부터, 그리고 지옥의 중심으로부터 멀리 떨어져 있는 일이었다.

엘리위젤은 아버지가 달려오는 것을 보았다. 그 모습을 보다가 갑자기 공포에 휩싸였다.

"웬일이세요?"

아버지는 숨이 차서 제대로 말을 잇지 못했다.

"나도……. 나도……. 수용소에 남아 있으라고 하는구나!"

그들은 아버지가 눈치 채지 못하는 사이에 아버지의 번호를 적었던 것이다.

"그럼 어떻게 될까요?"

엘리위젤은 괴로워하며 물었다. 그러나 오히려 아버지 쪽에서 아들을 안심시키려고 했다.

"아직 확정된 것은 아니다. 모면한 기회는 있을 게야. 오늘 또 한 번 추려내는 일이 있단다……. 마지막으로 추려낸다는구나."

엘리위젤은 잠자코 있었다. 아버지는 시간이 없다고 생각하고 빠르게 말했다. 하고 싶은 이야기가 많은 듯했다. 그래서 점점 말의 두서가 없어지고 목까지 메었다. 아버지는 아들이 곧 돌아가야 한다는 것도 알고 있었다. 아버지는 홀로, 오로지 홀로 외롭게 수용소 안에 남아 있어야 했던 것이다.

"자, 이 칼을 받으렴."

그리고 이어 말했다.

"내겐 더 이상 필요 없는 물건이지만 너에겐 필요한 게야. 그리고 이 숟가락도 받으렴. 하지만 팔아먹어선 안 된다. 어서 받아! 내가 너에게 주는 것이니 받으라니까!"

그것은 일종의 유산이었다.

"아버지, 그런 말씀은 마세요."

엘리위젤은 금방이라도 울음을 터뜨릴 것만 같았다.

"그런 말씀은 절대로 듣고 싶지 않아요. 숟가락과 칼은 그냥 가지고 계세요. 제게 필요한 만큼이나 아버지께도 필요한 물건이니까요. 오늘 저녁 일이 끝난 후에 우리는 다시 만나게 될 거예요."

아버지는 절망에 싸인 지친 눈길로 아들을 바라보며 내민 물건을 거두지 않았다.

"이건 너한테 부탁하는 거다. 어서 받아라. 애야, 아비 말을 듣거라. 시간이 없어. 이 아비의 부탁대로 하렴."

이때 막사 간수가 출발해야 한다고 고함을 질렀다. 작업반은 수용소 정문을 향하여 출발했다. 왼발, 오른발! 엘리위젤은 입술을 깨물었다. 아버지는 벽에 등을 기대고 막사 옆에 서 있었다. 그러더니 엘리위젤을 따라잡기 위해 뛰어오기 시작했다. 아마 무엇인가 하고 싶은 말을 잊었던 모양이었다.

그러나 모두는 너무나 빠르게 행군하고 있었다.

왼발, 오른발!

모두는 벌써 정문에 당도해 있었다. 친위대원들이 귀가 멍멍하게 울리고 있는 군악대 소리에 대항이라도 하듯이 큰소리로 인원 파악을 했다. 그리고 모두가 밖으로 나왔다.

아버지 생각에 엘리위젤은 온종일 몽유병자처럼 배회했다.

살아 있다는 기쁨

가끔 티비와 요시가 다정한 말을 던져주곤 했다. 간수 역시 엘리위젤에게 용기를 복돋아 주려고 애를 썼다. 오늘 따라 그에게는 한결 쉬운 일을 맡기는 것이었다.

엘리위젤은 가슴이 미어질 듯했다. 모두들 얼마나 끔찍이 생각해 주는가! 마치 고아라도 된 것처럼! 지금 이 순간까지도 아버지는 여전히 그를 도와주고 있다는 생각이 들었다.

엘리위젤은 그 날 하루가 빨리 지나가기만을 바라야 할지, 아니면 그러지 않기를 바라야 할지 도저히 종잡을 수가 없었다. 그는 그 날 밤 아버지 없이 이 세상에 혼자 남게 될까봐 얼마나 두려워했는지 모른다. 차라리 작업장에서 당장 죽어버린다면 얼마나 좋을까!

마침내 모두는 귀로에 올랐다. 뛰어가라고 명령해 주었으면 하고 얼마나 갈망했는지 모른다!

군대행진곡. 수용서 정문. 수용소.

엘리위젤은 수용소 구내에 당도하자마자 36번 막사로 달려갔다. 이 세상에서 아직도 기적이라는 것이 있었단 말인가? 아버지는 살아 있었다. 아버지는 두 번째 추려내기에 죽음을 면했던 것이다. 아직도 쓸모 있는 존재임을 그들에게 입증해 보였던 것이다. 엘리위젤은 아버지에게 칼과 숟가락을 되돌려드렸다.

아키바 드루머는 희생자로 선택되어 모두의 곁을 떠났다. 요즈음 그는 흐려진 눈빛으로 우리들 사이를 돌아다니면서 "난 이제 더 이상 견딜 수 없어. 모든 게 끝났어."라고 자신의 신체적인 허약함을 이야기하곤 했었다.

그의 사기를 북돋아주는 것은 불가능했다. 그는 누가 그에게 하는 말을 귀담아 듣지도 않았다. 그는 다만, 자기에게는 모든 것이 끝나버렸다는 것, 이제는 더 이상 투쟁할 힘도 없다는 것, 그리고 어떠한 신앙도 남아 있지 않다는 것만을 되풀이할 따름이었다.

마침내 갑작스럽게 휑한 그의 두 눈동자는 한갓 밖으로 드러난 두 개의 상처, 소름끼치는 두 개의 움푹한 구멍일 뿐이었다.

신체가 허약한 사람들을 골라내는 일이 계속되는 동안에 신앙을 잃어버린 사람은 아키바 드루머 한 사람뿐만이 아니었다. 폴란드의 조그만 읍에서 온 랍비 한 사람이 있었다. 그는 허리가 구부정한 노인으로 노상 입술을 떨고 있었다. 그에게는 언제 어디서나 노상 기도하는 습관이 있었다.

 막사에서는 말할 것도 없고, 작업장에서나 어디서나 늘 기도를 했다. 그는 〈탈무드〉의 전문을 암송하며 혼자서 논의하고 자문자답하곤 했다. 그러던 어느 날 엘리위젤에게 말했다.

 "끝이야, 하나님은 이미 우리와 함께 계시지 않아."

 그리고 바로 그런 말을 한 걸 후회하는 듯 차갑고 냉랭하게 잘라 말하는 것이었다.

 "나도 알고 있었다. 인간에겐 그런 말을 할 권리가 없다는 걸 나도 알고 있어. 인간이란 너무나 옹졸하며 너무나 보잘 것 없고 하찮은 존재이기 때문에 하나님의 신비스러운 방법을 이해할 수 없는 거야. 그러니 난들 무얼 할 수 있겠니? 나는 선택받은 현인도 아니고 성인도 아니야. 나 역시 살과 피로 된 평범한 피조물에 불과하지. 나에게도 눈이 있으므로 여기에서 저들이 저지르고 있는 일들을 볼 수가 있지. 하나님의 자비가 어디 있단 말이니? 하나님이 어디 있단 말이니? 내가 어떻게 자비로운 하나님을 믿을 수 있으며, 어느 누구인들 하나님을 믿을 수 있겠니?"

 불쌍한 아키바 드루머, 만일 그가 하나님을 계속 믿을 수 있었던들, 만일 그가 이 골고다 땅에서 하나님의 증거를 직접 볼 수 있었던들, 그는 저들의 선택에서 벗어날 수 있었을 것이다. 그러나 그의 신앙에 틈이 생기고 있다고 처음으로 느끼는 순간, 그는 이내 투쟁할 명분을 잃어버리고 죽어가기 시작했던 것이다.

 저들이 선택하는 때가 다가왔을 때, 그는 저들의 사형집행자에게 스스로 목을 바침으로써 미리 유죄선고를 자청한 것이다. 그가 우리에게 부탁한 것은 다음의 말이 전부였다.

 "3일 후에 나는 벌써 이 세상에 있지 않을 것이오……. 나를 위해 카디쉬를 바쳐주오."

 모두는 그에게 약속했다. 3일이 지난 후에 굴뚝에서 연기가 피어오르면 모두는 그를 생각할 것이며, 십여 명이 모여 특별예배도 드릴 것이고 모든 친구들이 그를 위해 카디쉬를 바칠 것이라고.

그러자 그는 한결 침착한 발걸음으로 뒤를 돌아봄도 없이 병원 막사를 향해 걸어갔다. 거기에는 그를 비르케나우로 싣고 갈 구급차 한 대가 기다리고 있었다.

그로부터 며칠 동안 악몽 같은 날들이 계속 되었다. 모두는 음식을 얻어먹는 것보다 더 많은 매를 얻어맞으며 고된 작업에 부대꼈다. 그리하여 3일이 지난 후에 그에게 바치기로 약속했던 카디쉬도 까맣게 잊어버리고 말았다.

겨울이 왔다. 낮은 짧고 밤은 견딜 수 없을 정도로 춥고 길었다. 새벽녘의 몇 시간 동안은 살얼음같이 매서운 바람이 날카로운 채찍처럼 몸을 휘어 감았다. 모두는 겨울옷을 지급 받았다. 그러나 줄무늬셔츠보다 약간 두껍다는 것뿐이었다. 이 겨울옷이 고참 재소자들에게 새로운 조롱거리를 제공해 주었다.

"이제야 당신들은 수용소의 진짜 맛을 보게 된 거야!"

모두는 얼어붙은 몸으로 평소처럼 작업장에 나갔다. 돌덩이들은 너무나 차가워서 손을 댔다 하면 금방 찍찍 달라붙었다. 그러나 인간이란 어떤 곤경에 처할지라도 시간이 지나면 곧잘 익숙해지게 마련이다.

성탄절과 설날에는 작업이 없었다.

모두는 평소에 비해 약간 걸쭉한 수프를 얻어먹었다.

1월 중순쯤 되었을 때, 엘리위젤은 오른쪽 발이 추위 때문에 부어오르기 시작했다. 오른발로는 땅을 디딜 수가 없었다. 진찰을 받으러 갔다. 재소자인 훌륭한 의사 한 사람이 아주 정확한 진단을 내려주었다. 수술을 받아야 한다는 것이었다. 그대로 두면 발가락을, 어쩌면 한쪽 다리를 절단해야 될 것이라고 의사는 결론을 내렸다.

이것은 견딜 수 없는 마지막 부담이었다. 그러나 그에게는 선택의 권리가 없었다. 수술 결정을 내린 것은 의사였으며, 거기에 대하여는 이렇다 저렇다 따질 여지도 없었다. 그런데 엘리위젤은 그런 결정을 내린 사람이 그 의사라는 점에 기쁘기까지 했다.

그들은 하얀 시트가 덮인 침대 속으로 엘리위젤을 들어가게 했다. 그때서야 하얀 시트 속에는 많은 사람들이 누워 있다는 사실을 알게 되었다.

병원은 조금도 나쁘지 않았다. 좋은 빵과 걸쭉한 수프가 배식되었으며 종소리도 점호도 없었다. 더욱이 작업도 없었다. 가끔 아버지한테 약간의 빵을 보낼 수도 있었다.

엘리위젤 곁에는 헝가리계 유대인이 누워 있었다. 그는 오랫동안 이질을 앓은 나머지 가죽과 뼈만 남은 채 흐릿한 눈빛을 하고 있었다. 그의 목소리만은 들을 수 있었는데 그것이 그가 살아있다는 유일한 표시였다. 그의 어디에서 저렇게 말할 수 있는 힘이 솟는 것일까 의심이 나기도 했다.

"얘야, 여기에 편히 있게 되었다고 너무 성급하게 좋아해서는 안 된다. 여기서도 추려내니까. 밖에서보다 더 자주 추려내고 있어. 독일은 병든 유대인이 필요하지 않기 때문이야. 독일은 또 나를 필요로 하지도 않지. 다음번에 환자의 이송이 있고 나면 네 곁에는 새로운 사람이 올 거다. 그러니 내 말을 귀담아 잘 들어라. 다음 추려내기가 있기 전에 병원에서 빠져나가도록 하여라."

마치 땅속에서 울려나오는 듯한, 얼굴도 없는 형체에서 울려나오는 말은 엘리위젤을 공포에 떨게 하고도 남았다. 병원이 아주 비좁아서 며칠 사이에 새로운 환자들이 들어오게 된다면 그들을 위해서 방을 따로 마련해야 할 형편이라는 것은 사실이었다.

그러나 얼굴 없는 이웃은 아마 자기가 첫 번째 희생자로 뽑혀 갈까 봐 두려운 나머지, 엘리위젤을 쫓아내어 그 침대를 비워둠으로써 자신이 살아남을 기회를 마련해 놓으려는 속셈이었는지도 모른다. 그것도 아니었다면 짓궂게 남을 놀래 주려고 그랬는지도 모른다. 그러나 그의 말이 진실이라면 어떻게 할 것인가?

엘리위젤은 무슨 일이 일어나는지 일단 기다려 보기로 작정했다.

의사가 와서 내일 수술을 하게 될 것이라고 일러주었다.

"겁낼 것 없다."하고 의사는 덧붙였다. "모든 게 잘 될 테니까."

아침 10시에 엘리위젤은 수술실로 옮겨졌다. '아는' 의사가 거기에 있었다. 엘리위젤은 적이 안심되었다. 그 의사가 곁에 있는 한 어려울 것은 없으리라고 느꼈다. 그가 말하는 한 마디 한 마디가 진통제였고 그가 던지는 눈길 하나하나가 엘리위젤에게는 희망의 메시지였다.

"조금 아플 게다. 하지만 잠깐 뿐이야. 이를 꼭 물어."

수술은 한 시간이 걸렸다. 의사들은 엘리위젤이 잠들지 못하게 했다. 그래서 그는 의사에게서 눈을 떼지 않았다. 그러다가 의식이 몽롱해지는 것을 느꼈······.

의식이 되돌아와 엘리위젤은 눈을 떴다. 그러나 처음에는 덮고 있는 순백의 시트 외에는 아무것도 보이지 않았다. 한참 후에야 굽어보고 있는 그 의사의 얼굴을 알아볼 수 있었다.

"모든 게 잘 됐다. 넌 참 훌륭하게 참아냈다. 앞으로 2주일 정도 여기에 입원해 있게 될 테니 편히 쉬도록 하여라. 그러면 완쾌될 게다. 음식을 잘 먹고 몸과 마음의 긴장을 풀도록 해."

엘리위젤은 의사의 입술이 움직이는 것만 겨우 알아볼 수 있었다. 그가 무슨 말을 하고 있는지 거의 알아들을 수는 없었지만, 그의 속삭임만으로도 마음이 흡족했다. 그러나 다음 순간, 이마에서 식은땀이 흘러내리는 것을 느꼈다. 한쪽 다리를 의식할 수가 없었기 때문이다. 그럼, 다리를 절단했단 말인가?

"선생님, 의사 선생님……."
"얘야, 무슨 일이지?"
그러나 사실을 물어 볼 용기가 나지 않았다.
"선생님, 목이 말라요."
의사는 물을 가져다주었다. 그는 미소를 띠고 있었다. 이제 그는 다른 환자를 보러 가려는 참이었다.
"선생님!"
"왜 그러지?"

또 끌려가는 고생길

"다리를 전처럼 쓸 수 있을까요?"
의사는 더 이상 미소를 짓지 않았다. 엘리위젤은 덜컥 겁이 났다. 의사가 말했다.
"얘, 넌 날 믿지?"
"저는 무조건 믿어요. 선생님."
"그럼, 내 말을 들어라. 너는 앞으로 2주일이면 완쾌되는 거야. 그리고 다른 사람들과 똑같이 걸을 수가 있어. 너의 발바닥은 고름으로 가득 차 있었다. 그 부어오른 곳을 쨴 것뿐이야. 알게 되겠지만 다리를 절단하진 않았다. 2주일만 지나면 다른 사람들과 똑같이 마음대로 걸어다닐 수 있어."
엘리위젤에게는 2주일 동안 기다리는 일만 남아 있었다. 수술이 있고 난 이틀 후에, 수용소 주변에는 전선이 갑자기 더욱 가까워졌다는 소문이 퍼지고 있었다.

러시아 군이 부나로 진격해 오고 있는 중이며 이제 함락은 시간문제일 뿐이라는 것이었다. 모두는 이런 종류의 소문에는 벌써부터 익숙해져 있었다. 어떤 거짓 예언자가 세계 평화를 예언했다든지, 세계 적십자가 재소자를 석방시키기 위해서 협상을 벌이고 있다는 등의 갖가지 소문이 나돈 것이 처음 있는 일이 아니기 때문이다.

그러나 모두는 그런 소문이 나돌 때마다 그것을 믿었다. 그런 소문은 모르핀 주사와도 흡사해서 모두의 몸과 마음을 사로잡기에 충분했다.

그러나 이번 경우만은 그런 예언들이 신빙성 있게 보였다. 지난 며칠 동안 모두는 밤중에 멀리서 울려오는 총소리를 들었기 때문이다. 곁의 얼굴 없는 환자가 말했다.

"환상에 속지 말라. 히틀러는 시계가 열두 시를 치기 전에, 마지막 한 번을 치는 소리를 듣기 전에 모든 유대인을 멸종시키겠다고 분명히 선언한 바 있으니까."

엘리위젤은 급기야 감정이 폭발했다.

"그게 당신과 무슨 상관이 있단 말입니까? 모두가 히틀러를 예언자로 떠받들어야 한단 말인가요?"

그는 흐리고 빛을 잃은 눈길로 엘리위젤을 바라보았다. 그러고는 피곤한 음성으로 대답했다.

"나는 어느 누구보다도 히틀러를 더 믿어 왔어. 그는 유대인들에게 했던 모든 약속을 깨뜨리지 않고 지켜온 유일한 사람이기 때문이야."

같은 날 오후 4시. 평소와 다름없이 내무반장들을 소집하는 종이 울렸다. 내무반장들이 보고하는 시간이었다.

잠시 후에 그들이 흩어져 각 막사로 돌아왔다. 그들은 모두에게 '철수'한다는 사실만을 간단히 알려주었을 뿐이다. 수용소를 비워야 할 형편이었으므로 재소자들은 먼 후방으로 보내야 했던 것이다. 그럼 어디로? 독일 땅 깊숙한 어느 곳에 있는 또 다른 수용소일 것이다. 유대인 수용소는 독일의 곳곳에 산재해 있으니까.

"언제?"

"내일 저녁."

"러시아 군이 먼저 도착할지도 모르지."

"그럴 수도 있지."

그러나 모두는 러시아 군이 모두가 철수하기 전에는 도착하지 않으리라는 사실을 분명하게 알고 있었다.

수용소 전체가 벌집처럼 소란스러워졌다. 사람들이 서로 고함을 질러 대며 이리 뛰고 저리 뛰었다. 모든 막사에서 여행을 위한 준비가 진행되고 있었다. 엘리위젤은 발이 아프다는 사실도 잊어버렸다. 의사가 들어와 모두에게 알렸다.

"내일, 해가 지자마자 수용소는 비게 될 것입니다. 막사별로 모든 재소자들은 떠나게 됩니다. 그러나 환자 여러분은 철수하지 않고 그대로 남아 있게 될 것입니다."

이 소식에 접한 모두는 여러 가지로 생각하지 않을 수 없었다. 과연 친위대가 수백 명의 재소자들이 병원 막사 안에서 우쭐거리며 해방자들을 기다리게 내버려둘까? 과연 그들이, 시계가 열두 시를 치는 소리를 유대인들이 듣도록 내버려둘까? 절대로 그러지는 않을 것이다.

"모든 환자들을 즉석에서 죽이고 말 거야."

얼굴 없는 환자가 말했다.

"아니면 화장장으로 보내 마지막 화로에 처넣고 말 거야."

"이 수용소 안에 폭탄장치를 해놓았음에 틀림없어."하고 다른 환자가 말했다.

"철수가 끝나자마자 폭발하게 되어 있을 거라구."

그러나 엘리위젤은 죽음에 대해서 아무 생각이 없었다. 다만 아버지와 헤어지지 않아야 한다는 생각뿐이었다. 아버지와 엘리위젤은 이미 너무 많은 고통을 함께 겪어 왔고 또 너무 많이도 함께 참아 왔다. 지금은, 아니 아직은 헤어질 때가 아니었다.

엘리위젤은 아버지를 찾으러 밖으로 뛰어나갔다. 하얀 눈이 두껍게 쌓여 있었다. 막사의 창문들은 모두 서리가 끼어 있었다. 엘리위젤은 오른쪽 발에 신을 신을 수가 없었으므로 한 손에 신을 든 채 곧장 눈 위를 뛰어갔다. 통증도 추위도 느낄 수 없었다.

"어떻게 해야 될까요?"

아버지는 아무 말도 하지 않았다.

"아버지, 어떻게 해야 될까요?"

아버지는 깊은 생각에 잠겼다. 선택은 모두 손에 달려 있었다. 이번만은 모두 스스로 모두의 운명을 결정할 수가 있었다. 모두는 둘이 함께 병원에 남을 수도 있었다. 의사에게 부탁하여 아버지를 환자나 간호원으로 병원에 남게 할 수 있었기 때문이다. 그렇지 않으면 다른 재소자들과 함께 떠날 수밖에 없었다.

"아버지 어떻게 할까요. 네?"

아버지는 계속 침묵을 지켰다.

"다른 사람들과 함께 철수해요."

아버지는 대답을 하지 않고 엘리위젤의 발을 내려다보았다.

"걸을 수 있겠니?"

"네, 걸을 수 있어요."

"엘리젤아, 모두 후회하지 않기를 바라자."

전쟁이 끝난 후, 엘리위젤은 병원에 남아 있던 사람들의 운명을 알 수 있었다. 그들은 모두가 철수한 지 이틀 후에 러시아 군에 의해 간단히 해방되었다는 것이다.

엘리위젤은 병원으로 돌아가지 않고 막사로 돌아왔다. 수술 받은 발의 상처가 벌어져 피가 흘러나왔다. 걸어온 길에 흰 눈이 붉게 물들어 있었다.

내무반장은 재소자들에게 여행에 대비하여 평소 정량의 두 배가 되는 빵과 마가린을 나누어주었다. 또 각자가 갖고 싶은 만큼의 많은 셔츠와 다른 옷가지들을 창고에서 꺼내어 가질 수도 있었다.

날씨는 추웠다. 모두는 잠자리에 들었다.

부나에서의 마지막 밤. 그것은 또 하나의 마지막 밤이었다. 고향에서의 마지막 밤······. 게토에서의 마지막 밤······. 열차에서의 마지막 밤······. 그리고 이제 또 부나에서의 마지막 밤이었다. 모두의 삶은 얼마나 오랫동안 하나의 '마지막 밤'으로부터 또 다른 마지막 밤으로 어렵게 이어지고 했던가?

엘리위젤은 조금도 잠을 이룰 수가 없었다. 하얗게 서리가 낀 창문을 통해 작열하는 빨간 불빛들을 볼 수 있었다. 대포소리가 한밤의 정적을 깨뜨렸다. 러시아 군은 얼마나 가까이 왔을까! 그들과 모두 사이에는 하룻밤, 모두의 마지막 하룻밤이 있을 뿐이리라. 침대에서 침대로, 운이 좋다면 모두가 철수하기 전에 러시아 군이 이곳으로 들이닥칠지도 모른다는 속삭임이 번지고 있었다. 희망이 되살아나고 있었던 것이다.

누군가 고함을 질렀다.

"자도록 합시다. 여행을 위해 힘을 모아둬요."

이 말을 듣는 순간, 게토에서 어머니가 마지막으로 충고해 주시던 말씀이 뇌리에 떠올랐다.

그러나 엘리위젤은 잠을 이룰 수가 없었다. 오른쪽 발이 불에 타는 듯이 아팠다.

아침이 되자 수용소의 모습이 완전히 변해 있었다. 재소자들의 괴상한 옷차림 때문에 마치 가면무도회와 흡사했다. 모두들 추위를 막기 위해 크고 작은 옷을 겹겹이 껴입고 있었다. 살아 있기보다는 죽은 사람처럼 키보다 더 큰 옷을 걸치고 있는 가련한 약장수들! 죄수복 더미 밖으로 유령 같은 얼굴을 내밀고 있는 초라한 어릿광대들! 광대들!

엘리위젤은 더 큰 구두를 찾으려고 애를 썼지만 끝내 찾지 못했다. 담요를 한 장 찢어 상처 난 발에 칭칭 감았다. 그렇게 하고서 수용소 안을 돌아다니며 빵과 감자를 몇 조각이라도 더 찾아보았다. 어떤 사람들은 모두가 체코슬로바키아로 이송될 것이라고 말했다. 또 다른 사람들은 그로스 로젠이라고 말했다. 아니, 글라이비츠라구, 아니야, 아니야······.

오후 2시. 여전히 진눈깨비가 내리고 있었다.

시간은 점점 빨리 지나갔다. 땅거미가 지고 한낮이 단조로운 잿빛 속으로 사라져 갔다.

내무반장이 불현듯 막사의 청소를 잊어버린 사실을 기억하고는, 네 사람에게 마룻바닥을 쓸어낼 것을 명령했다. 수용소를 떠나기 한 시간 전의 청소······. 무엇 때문에? 누구를 위해서?

"해방군을 위해서!"라고 내무반장은 큰 소리로 말했다. "이곳이 돼지가 아니라 사람이 살던 곳이라는 것을 그들이 알도록 하기 위해서야."

그럼, 재소자 모두가 사람이었단 말인가? 막사는 꼭대기부터 맨바닥까지 구석구석 말끔히 청소되었다.

여섯 시에 종이 울렸다. 종소리를 장송곡처럼, 조종처럼 울렸다. 이제 행렬을 출발 직전에 있었다.

"정렬해! 빨리!"

잠깐 사이에 재소자들은 모두 막사별로 줄을 섰다. 밤이 되었다. 모든 일이 계획에 따라 질서 있게 진행되었다. 탐조등이 비쳐졌다. 무장한 수백 명의 친위대원들이 개들을 데리고 어둠 속에서 모습을 드러냈다. 눈발은 조금도 멈추지 않고 있었다.

수용소의 정문이 열렸다. 수용소의 바깥 저쪽에서는 지금보다 더욱 어두운 밤이 모두를 기다리고 있는 것 같았다.

1번 막사의 재소자로부터 행군은 시작되었다. 모두는 기다렸다. 모두는 바로 앞의 56번 막사가 출발할 때까지 기다려야 했다. 날씨는 아주 추웠다. 호주머니에는 빵이 두 쪽 들어 있었다. 그것을 먹을 수 있었으면 얼마나 좋으랴? 그러나 먹을 수 없었다. 아직은 참아야 한다.

차례가 다가오고 있었다. 53번 막사……. 55번 막사……. 57번 막사, 앞으로 갓!

눈발은 무진장으로 쏟아지고 있었다.

시체 더미에서 잠과 투쟁

얼음장처럼 차가운 돌풍이 휘몰아쳤다. 그러나 모두는 조금도 멈추지 않고 행군을 계속했다. 친위대원들이 모두의 행군 속도를 간단없이 재촉했다.

"더 빨리, 이 돼지새끼들아! 이 더러운 개새끼들아!"

모두는 왜 빨리 가고 싶지 않겠는가? 행군과 같은 운동은 조금이나마 몸을 따뜻하게 해주니까. 혈관 속의 피도 더 잘 통했다. 모두는 원기가 회복되는 것을 느낄 수 있었다…….

"더 빨리, 이 더러운 개새끼들아!"

이제 모두는 행군을 하는 것이 아니라 자동인형처럼 달려가고 있었다. 친위대원들 역시 무기를 손에 든 채 뛰고 있었다. 모두는 마치 그들 앞에서 도망치고 있는 것처럼 보였다.

칠흑의 밤, 때때로 밤의 어둠을 뚫고 폭음이 들려 왔다. 친위대원들은 행군을 따라오지 못하는 사람은 누구나 사살하라는 명령을 받고 있었다. 그들은 손가락으로 방아쇠를 당기는 즐거움을 버리지 못했다. 모두 가운데서 누구라도 1초만 멈추어도 날카로운 총성이 또 하나의 '더러운 개새끼'의 생명을 끝내주는 것이었다.

엘리위젤은 한쪽 발을 다른 쪽 발 앞에 기계적으로 내밀고 있었다. 무겁디무거운 해골 같은 육신을 끌고 갔다. 그 육신의 무게에서 벗어날 수만 있다면! 그런 생각은 하지 않으려고 애를 썼지만, 자신이 육신과 나라는 두 개의 실체로 느껴지는 것을 어찌할 수가 없었다. 그것이 싫었다.

엘리위젤은 자신에게 거듭거듭 타일렀다.

'생각하지 마라. 멈추지 마라. 뛰어라.'

가까이에서 달리던 사람들이 더러운 눈 속에 주저앉고는 했다. 그때마다 총성이 울렸다. 엘리위젤 곁에서는 잘만이라고 부르는 폴란드 출신의 소년이 행군하고 있었다. 그는 부나에서는 전기부품 창고의 일을 했었다. 사람들은 그가 항상 기도를 하거나 〈탈무드〉의 어떤 문제에 대해서 명상하는 것을 보고는 웃음거리로 삼았다.

그러나 그가 그렇게 하는 것은 매질 따위에 마음을 쓰지 않고 참혹한 현실에서 도피할 수 있는 하나의 방법이었다. 그런 그가 갑자기 위경련을 일으킨 것이다.

"배가 아파."

그가 엘리위젤에게 귀엣말을 했다. 그는 계속 뛸 수가 없었다. 잠시 쉬어야만 했다. 엘리위젤은 그에게 간청했다.

"잘만, 조금만 참아. 모두 모두 곧 멈추게 될 거야. 이런 식으로 세상 끝까지 뛰어갈 수는 없을 테니까."

그러나 그는 계속 뛰면서 더 이상 참을 수 없다는 듯이 단추를 풀기 시작했다. 그러면서 울먹였다.

"더 이상 못 가겠어. 위장이 터지고 있어……."

"참으려고 노력해봐, 잘만……. 노력해 봐……."
"난 할 수가 없어……."

그는 신음했다. 그의 바지가 흘러내렸다. 그와 함께 잘만은 그 자리에 주저앉고 말았다. 그것이 엘리위젤이 그를 본 마지막 모습이었다. 그를 죽인 것이 친위대원이라고는 생각지 않았다. 왜냐하면 어느 누구도 그 사실을 알 수 없기 때문이다. 그는 모두의 뒤를 따라오는 수천 명의 발길에 짓밟혀 죽었음에 틀림없다.

엘리위젤은 금방 그를 잊어버렸다. 그리고 다시 자신에 대해서 생각하기 시작했다. 상처를 입은 오른발의 통증 때문에 한 발자국 옮겨놓을 때마다 온몸이 떨렸다. '몇 야드만 더 가면,' 하고 생각했다.

'앞으로 몇 야드만 가면 끝장나고 말 것이다. 나는 풀썩 쓰러지게 될 것이다. 그러면 빨간 불꽃을 내뿜으며 총성이 한 방 울리겠지. 그러고는 끝장나는 것이다.'

죽음이 온몸을 칭칭 휘감으며 질식할 때까지 옥죄여 오고 있었다. 죽음은 엘리위젤에게 달라붙었고 그는 그것을 손으로 감지할 수 있을 것만 같았다. 죽어가고 있다는 생각이, 이제는 더 이상 살아 있지 않다는 생각이 사뭇 매혹하기 시작했다. 더 이상 생존하지 않는다는 것은 소름끼치는 발의 통증을 더 이상 느끼지 않아도 된다는 것을 의미했다.

죽으면 피로며 추위 따위는 그 어느 것도 전혀 느끼지 않게 되는 것이다. 대열에서 이탈하여 길가로 빠져나가는 일만 남아 있을 뿐…….

다만, 아버지의 존재만이 죽으려는 그의 행동에 제동을 걸고 있었다……. 아버지는 바로 그 옆에서 뛰어가고 있었다. 아버지는 숨이 차고 기진맥진하여 어찌할 바를 모르고 있는 모습이었다. 엘리위젤에게는 스스로 목숨을 끊을 권리가 없었다. 엘리위젤이 없다면 아버지는 어떻게 될 것인가? 그는 아버지가 의지할 수 있는 단 하나의 핏줄이 아닌가.

지극히 짧은 순간에 불과했지만, 이런 생각을 하고 있는 동안 발의 통증도 느끼지 못하고 달리고 있었다. 아니, 달리고 있다는 사실, 자신의 육신을 지닌 채 수천 명의 집단 속에 끼어 질주하고 있다는 사실 자체도 의식하지 못한 가운데 계속 달라고 있었다.

다시 제 정신으로 돌아왔을 때, 엘리위젤은 보조를 늦추려고 애를 썼다. 그러나 늦출 방도가 없었다. 까딱 잘못했다가는 엄청난 파도 같은 인간의 물결이 덮쳐와 한 마리의 개미 새끼처럼 짓이겨 버리고 말 터였다.

어느 사이엔지 스르르 졸음이 쏟아져 왔다. 엘리위젤은 눈을 감은 채 졸면서 달려가기로 작정했다. 가끔 뒤쪽에서 누군가가 난폭하게 밀어붙일 때면 퍼뜩 눈을 뜨고는 했다. 어떤 사람은 또 이렇게 고함을 지르기도 했다.

"빨리 뛰어! 뛰고 싶지 않거든 다른 사람이나 지나가게 하라구."

그러나 엘리위젤이 할 수 있는 것은 잠시 눈을 붙이는 일이 전부였다. 잠시 두 눈을 붙이고 온 세상이 끝나는 것을 보는 일, 온 생애를 꿈꾸어 보는 일, 그것이 전부일 뿐이었다.

길은 끝이 없었다. 달려도 달려도 끝이 없었다. 모두는 집단에 밀리고 맹목적인 운명에 끌려 무작정 달리고만 있었다. 친위대원들은 지치면 교대했다. 그러나 모두에게는 교대해 줄 사람도 없었다. 계속 달리고 있었지만 모두의 수족은 추위 때문에 마비되어 갔으며 목은 타는 듯했고 배가 고프고 숨이 차서 헐떡였다.

모두는 자연의 지배자임과 동시에 세계의 지배자들이었다. 모두는 모든 것을 깡그리 잊어버렸다. 죽음도, 피로도, 그리고 생리현상인 대소변의 일까지도 깡그리 잊어버렸다. 이 세상에서 혹한이나 굶주림보다 강하고, 총알이나 죽고 싶은 욕망보다 강한 사람들이 있다면, 유죄판결을 받고서 번호만을 지닌 채 들판을 방황하고 있는 모두들이 있을 뿐, 그밖에는 아무도 없었다. 이윽고, 잿빛 하늘에 샛별이 나타났다. 지평선 위로는 희미한 여명이 비쳤다. 모두는 모두 기진맥진해 있었다. 기력도 환상도 없었다. 사령관은 모두에게 발표하기를, 수용소를 출발한 이후 42마일을 행군해 왔다고 했다. 육체의 피로에는 한계가 있게 마련이다. 그러나 모두는 그 한계를 넘어서 있었다. 다리는 모두도 모르게, 모두와는 아무 상관없이 기계적으로 움직이고 있을 뿐이었다.

모두는 어느 황폐한 마을을 지나갔다. 그 마을에는 사람의 그림자 하나 보이지 않았고 개 짖는 소리 하나 들리지 않았다. 집집마다 창문이 활짝 열린 채 텅 비어 있었다. 몇 사람이 대열에서 살짝 벗어나 황폐한 건물 속에 몸을 숨겼다.

그로부터 한 시간을 더 행군한 다음에야 쉬라는 명령이 내려졌다. 모두는 눈 속에 그대로 주저앉았다. 아버지가 엘리위젤을 붙잡고 흔들었다.

"여기서는 안 된다. 일어나거라. 조금만 더 가자. 저쪽에 창고가 하나 있다. 자, 어서 가자."

엘리위젤에게는 일어설 기력도 의지도 없었다. 그렇지만 아버지의 말에 따랐다. 그 건물은 창고가 아니라 벽돌공장이었다. 지붕은 기울고 창문은 부서져 있었으며 벽은 온통 얼룩투성이였다. 그러나 안으로 들어가기가 쉬운 일이 아니었다. 수백 명의 재소자들이 벌써부터 문간에 몰려와 있었기 때문이다.

모두는 겨우겨우 안으로 들어가는 데 성공했다. 그 안에도 눈이 수북이 쌓여 있었다. 엘리위젤은 그 자리에 주저앉았다. 그가 정말 피로감을 느낀 것은 바로 그때였다. 눈은 아주 부드럽고 따뜻한 융단 같았다. 엘리위젤은 이내 잠에 곯아 떨어졌다.

그렇게 얼마나 잤을까. 잠깐 잤는지, 한 시간을 잤는지 알 수 없었다. 눈을 떴을 때 차가운 손이 뺨을 어루만지고 있었다. 눈을 떠보았다. 아버지였다.

아버지는 지난밤 사이에 얼마나 늙어버렸는가! 몸은 완전히 찌그러져 오그라들고 있었다. 두 눈은 초점을 잃었고 입술은 바짝 말라붙어 있었다. 체력의 소모가 극도에 이르렀음을 한눈에 알아볼 수 있었다. 눈물과 눈에 젖은 목소리로 아버지가 입을 열었다.

"엘리제르야, 졸음에 져서는 안 된다. 눈 속에서 잠을 자는 건 위험한 일이다. 영원히 잠들어버릴지도 모른단다. 자, 가자. 어서 일어나거라."

일어나라고? 하지만 내가 어떻게 일어난단 말인가? 이 푹신한 침대에서 일어나라고? 그는 아버지의 말을 알아들을 수는 있었다. 그러나 그 말은 건물을 통째로 팔에 안고 일어서라는 것만큼이나 아무 의미가 없었다.

"얘야, 어서 가자……"

엘리위젤은 이를 악물고 일어섰다. 아버지는 아들을 팔로 부축하고 건물 밖으로 나갔다. 들어올 때와 마찬가지로 나가는 일도 쉽지 않았다. 모두의 발부리에는 이리저리 마구 짓밟힌 채 죽어 가는 사람들도 있었다. 그러나 누구 하나 주의하는 사람이 없었다.

밖으로 나왔다. 얼음같이 차가운 바람이 안면에 몰아쳤다. 엘리위젤은 입술이 얼어붙지 않도록 계속 깨물었다. 주위에 있는 모든 것이 죽음의 춤을 추고 있었다. 그런 광경에 머리가 어지러웠다. 나무토막처럼 뻣뻣한 시체들이 널려 있는 어떤 공동묘지를 거닐고 있는 착각에 빠졌다. 거기에는 슬픔의 울음소리도, 신음 소리도 없었다. 다만 단말마의 고통을 침묵 속에서 견디고 있을 뿐이었다. 아무도 어느 누구에게 도움을 청하지 않았다. 그들은 죽어야 하기 때문에 죽어 가는 것뿐이었다. 조금도 소란스럽지 않았다.

뻣뻣하게 얼어붙은 시체 하나하나에서 엘리위젤은 자신을 보았다. 얼마 후에는 그 시체들을 볼 수 없으리라. 그 역시 그들 중의 하나가 될 것이 빤한 노릇이었기 때문에. 그것은 시간문제였다.

"아버지, 가요. 그 창고로 가요……"

아버지는 대답하지 않았다. 아버지 역시 시체들을 외면하고 있었다.

"아버지, 어서 가요. 거기가 더 낫겠어요. 서로 번갈아 가며 누울 수도 있을 테니까요. 제가 아버지를 돌봐드리고, 그 다음엔 아버지가 절 돌봐주신다면 둘이 다 잠에 떨어지는 일은 없을 거예요. 우린 서로 보살필 수 있어요."

아버지도 그 의견에 따랐다. 모두는 살아 있는 사람들과 죽어있는 시체들을 밟으며 간신히 창고 속으로 다시 들어갔다. 모두는 거기에서 주저앉았다.

"얘야, 조금도 걱정할 것 없다. 어서 자거라, 넌 자도 돼. 내가 너를 지켜줄 테니까."

"아니에요. 아버지가 먼저 주무세요. 어서요."

아버지는 거절했다. 엘리위젤은 드러누워 조금만 자려고 했지만, 도저히 그럴 수는 없었다. 잠깐 잠을 자는 동안에 어떤 대가를 치르게 되리라는 것은 하나님이 알고 있을 것이다. 그러나 그는 마음속으로 잠을 잔다는 것은 곧 죽음을 의미한다는 것을 느끼고 있었다. 그리하여 그의 내부에서는 그 죽음에 저항하는 어떤 것이 있었다. 주위에서 죽음은 난폭하지 않게 조용히 이곳저곳으로 옮겨 다니고 있었다. 죽음은 잠자코 있는 사람들을 엄습하여 그들 속으로 들어가서는 그들의 생명을 조금씩 소멸시키는 것이었다. 가까운 곳에서, 어떤 사람이 자기 곁에서 잠들고 있는 자기의 형, 아니면 친구인지도 모를 사람을 깨우려고 애를 쓰고 있었다. 그러나 끝내 깨우지 못하고 말았다. 그 역시 자기의 누울 순서에 따라 시체 옆에 누워 잠이 들고 마는 것이었다. 이제 그를 깨울 사람은 누구란 말인가? 엘리위젤은 팔을 뻗쳐 손으로 그를 흔들었다.

"일어나세요. 여기서 잠들면 안돼요……."

그 사람은 반쯤 눈을 떴다.

"충고는 필요 없어."

그가 기어드는 목소리로 말했다.

"난 지쳤어. 날 내버려둬. 상관하지 말구."

아버지도 소리 없이 꾸벅꾸벅 졸고 있었다. 아버지는 모자로 얼굴을 덮고 있었으므로 그의 눈을 볼 수가 없었다.

"일어나세요."

엘리위젤은 아버지의 귀에 대고 속삭였다.

아버지는 깜짝 놀라 졸음에서 깨어났다. 아버지는 일어나 앉아서는 종잡을 수 없다는 듯이 어리둥절한 눈길로 주위를 살펴보았다. 그리고는 마치 자기가 처한 환경에 대하여 갑작스레 명세서라도 작성하기로 결심이라도 한 듯이, 그가 정확히 어떤 곳 어느 지점에 있으며, 그 이유가 무엇인지를 확인이라도 하는 듯 눈을 크게 뜨고 사방을 휘둘러보는 것이었다. 그런 다음 싱긋 미소를 지었다.

엘리위젤은 언제까지나 그 미소를 기억할 것이다. 아버지의 어디에서 그런 미소가 우러나온 것일까? 눈은 함박눈이 되어 편히 누워 있는 시체들 위에 소리 없이 쌓이고 있었다.

죽으면서 연주한 바리올린

창고의 문이 열렸다. 거기에 한 노인이 모습을 나타냈다. 콧수염은 하얗게 서리로 덮여 있고 추위로 입술이 새파랬다. 그는 폴란드의 조그만 마을에서 끌려온 랍비 '엘리야후'였다.

그는 아주 좋은 사람으로 수용소의 모든 재소자들로부터 사랑을 받았으며 간수들이며 내무반장들까지도 그를 좋아했다. 온갖 시련과 결핍 속에서도 청결한 마음을 지닌 그의 얼굴은 밝기만 했다.

부나에서도 변함없이 '랍비'로 통했던 사람은 그 한 사람뿐이었다. 그는 옛날의 예언자들처럼 항상 그가 위로하여 마지않는 백성들의 한가운데에 있었다. 그리고 이상하게도 그가 하는 위로의 말은 조금도 저항감을 불러일으키지 않았으며, 진정으로 평화를 가져다주었다.

그는 창고 안으로 들어왔다. 여느 때보다 더 빛나고 있는 그의 눈빛으로 미루어 보아 누군가를 찾고 있는 듯했다.

"혹시, 내 아들을 어디선가 본 사람 없습니까?"

그는 군중 속에서 아들을 잃어버린 것이다. 죽어 가는 사람들 사이에서 아들을 찾아보았으나 허사였다. 시체라도 찾기 위해서 눈을 파헤쳐 보기도 했으나 역시 아무 성과가 없었다.

그들 부자(父子)는 3년 동안 함께 붙어 다녔다. 항상 가까이에 있으면서 고통을 함께 하고 매를 함께 맞고 빵을 함께 얻어먹고 기도를 함께 드렸다. 3년 동안 함께 이 수용소에서 저 수용소로 옮겨 다니면서 선택의 마수를 수없이 겪기도 했었다. 그런데 지금에 와서 고된 시련이 끝날 것 같은 지금 이 시점에 와서, 운명은 그들 두 사람을 떼어놓고 만 것이다.

엘리위젤 곁에 와서 아들을 찾고 있던 랍비는 속삭이듯 말하는 것이었다.

"길에서였지. 행군 도중에 모두는 그만 서로를 놓쳐버린 거야. 나는 그 때 도저히 함께 달릴 힘이 없어서 행렬의 뒤쪽으로 처져 있었어. 내 아들은 그걸 알아차리지 못했고. 내가 알고 있는 건 그게 전부야. 그 앤 어디로 갔을까? 그 애를 어디서 찾는다? 넌 아마 어디선가 그 앨 보았겠지?"

"아니에요, 엘리아후 랍비님. 보지 못했어요."

그는 들어올 때와 마찬가지로 바람결에 흔들리는 그림자처럼 창고 밖으로 비실비실 사라졌다.

엘리위젤은 그가 문밖으로 사라진 다음에야 그의 곁에서 달리고 있던 그의 아들을 본 기억이 떠올랐다. 그 일을 까맣게 잊어버리고 엘리아후 랍비에게 이야기해 주지 못하고 말았다.

그러고 보니 기억나는 것이 또 있었다. 그의 아들은 랍비가 몸을 가누지 못하고 비틀거리며 행렬의 뒤쪽으로 처지는 모습을 보고 있었다. 아들은 분명히 그 아버지를 보고 있었다. 그런데도 뒤쪽으로 멀어지는 아버지를 버려둔 채 아들은 계속 앞으로 달려가고 있었다.

아주 끔찍한 생각이 마음속에 어렴풋이 떠올랐다. 아들은 그의 아버지에게서 멀리 떨어지고 싶어 했던 것이다! 그는 아버지가 점점 허약해져 가는 것을 직감했으며, 목적지가 가까워지고 있다고 믿었던 그는, 자기가 살아남을 기회를 감소시킬지도 모르는 방해물로부터 벗어나기 위해서, 무거운 짐을 벗어 던지려는 속셈에서 뒤로 처지는 아버지를 버려두고 앞으로 계속 달려갔던 것이다.

엘리위젤이 그를 잊어버린 것은 잘한 일이었다. 그리고 랍비가 사랑하는 아들을 계속 찾아다닐 일을 생각하니, 오히려 다행이다 싶은 생각이 들었다.

그와 함께 엘리위젤 자신도 모르게 가슴속에서 지워 버리고 이제는 믿지 않는 하나님한테 기도가 우러나오는 것이었다.

'우주 만물의 주이신 하나님, 엘리아후 랍비의 아들이 한 짓을 저는 결코 저지르지 않도록 힘을 주소서.'

갑자기 어둠이 깔린 바깥쪽에서 고함소리가 들려왔다. 친위대원들이 모두 정렬하라고 명령을 내리고 있었다.

다시 행군이 시작되었다. 길옆에 나뒹구는 시체들은 충성스러운 호송병들에 의해 압살당한 것처럼 매장되지도 않은 채 눈 속에 그대로 내버려졌다. 누구 한 사람 죽은 자 앞에서 기도를 바치는 일도 없고 아들들 역시 눈물 한 방울 흘리지 않고 아버지의 시체를 유기한 채 그곳을 떠났다.

가도 가도 눈은 계속 내렸다. 간단없이 펑펑 쏟아지고 있었다. 행군 속도는 훨씬 느려졌다. 호송병들 자신도 지쳐 있는 듯했다. 엘리위젤은 수술 받은 발에서 더 이상 통증도 느끼지 못했다. 발이 완전히 얼어붙은 것이었다. 오른발은 잃어버린 것이나 다른 없었다. 자동차의 한쪽 바퀴처럼 그의 몸에서 분리되어 있는 셈이었다. 최악의 상태였다.

그러나 엘리위젤은 단념하지 않았다. 다리 하나로도 살 수 는 있을 테니까. 더 중요한 것은 다리에 대하여 생각하지 않는 일이었다. 무엇보다도 이 순간에는 더욱 그랬다. 그래서 그런 생각은 나중에 하기로 했다.

행군은 규율의 흔적을 완전히 잃어버리고 있었다. 모두는 제 마음대로, 제멋대로 걸어갔다. 이제는 총성도 들리지 않았다. 호송병들 역시 지칠 대로 지쳐 있음이 분명했다.

더욱이 죽음은 이제 호송병들의 도움을 조금도 필요로 하지 않았다. 추위가 완전무결할 정도로 그 위력을 발휘하고 있었기 때문이다. 한 발 건너마다 사람이 쓰러져 죽어갔고, 그들은 더 이상 고통을 느끼지 않아도 되었다.

가끔 오토바이를 탄 친위대 장교들이 행렬을 따라 앞으로 오르내리며 무감각해져 가는 모두들을 독려했다.

"계속 해! 거의 다 왔어!"

"용기를 내! 몇 시간만 더 가면 돼!"

"목적지는 글라이비츠야!"

이런 격려의 말들은 그것이 비록 압제자의 입에서 나온 말이긴 해도 모두들에게 커다란 힘이 된 것은 사실이었다. 이제 그렇게 가까운 곳에 종착점을 두고 있는 마당에 자신을 포기하고 싶은 사람은 아무도 없었다.

모두의 눈길은 지평선 너머에 나타난 글라이비츠의 철조망을 찾아 헤매고 있었다. 모두들의 유일한 소망은 한 시라도 빨리 그곳에 당도하는 일이었다.

밤이 되었다. 그제야 눈발이 멎었다. 모두는 몇 시간을 더 걷고 나서야 목적지에 당도했다. 모두가 수용소에 도착하였음을 안 것은 정문에 당도

누게 된 것이다. 그 후부터 그녀는 엘리위젤을 종종 식당으로 찾아와서는 잘 잤느냐는 둥, 식사는 즐겁냐는 둥, 혹은 낮에는 재미있게 보냈느냐는 둥 이것저것을 물어주었다.

그녀는 스물 예닐곱 정도의 나이로, 작은 키에 몸매는 여린 편이었다. 투명할 정도로 살갗은 희고 고왔으며 반짝이는 머릿결에 한 번도 운 적이 없는 푸르고 꿈꾸는 듯한 눈을 가지고 있었다. 그리고 얼굴은 전체적으로 섬세한 뼈대만을 제외하고는 마른 편이었다. 엘리위젤이 그때까지 여자를 가까이서 본 것은 그녀가 처음이었다. 그는 그 전에, 그러니까 전쟁 전에는 여자를 자세히 쳐다본 적이 없었다.

학교에 가거나 교회당에 갈 때에도 항상 눈길을 땅에 던진 채 돌담에 바싹 붙어서 걷곤 했었다. 물론 이 세상에 여자가 존재한다는 것은 알고 있었다. 그러나 무엇 때문인지, 여자들에도 몸뚱이가 있고 가슴이 있고 다리가 있고 손이 있으며, 또 입맞춤으로 남자의 심장을 뛰게 하는 입술이 있다는 사실을 알지 못했다. 카타리네가 그로 하여금 눈을 뜨게 했다.

캠프장은 숲의 가장자리에 있었다. 그래서 엘리위젤은 저녁 식사 후에 혼자서 그곳을 거닐며 살랑거리는 산들바람에 이야기를 걸거나, 더욱 푸르러 가는 하늘을 바라보거나 했다. 그렇게 혼자 있는 것이 좋았다.

어느 날 저녁 카타리네가 엘리위젤에게 자기가 함께 가도 좋겠느냐고 물었다. 그는 너무 수줍어서 우물쭈물 망설이다가 엉겁결에 좋다고 대답했다. 둘이는 반시간 동안, 그리고 한 시간 동안이나 말 한마디 없이 계속 걷기만 했다. 처음에는 그 침묵이 당혹스럽기만 했다. 그러나 차츰 놀랍게도 그렇게 말없이 걷는 것을 즐기고 있었다. 두 사람의 침묵은 한 사람의 침묵보다 더 깊었다. 무심결에 엘리위젤이 먼저 입을 열었다.

"하늘이 어떻게 열리는지, 저기를 한번 보세요."

그녀는 고개를 뒤로 젖히고 머리 위를 바라보았다. 엘리위젤이 말한 대로 하늘이 열리고 있었다. 처음에는 천천히, 보이지 않는 바람에라도 휩쓸리듯 별들이 하늘 꼭대기에서부터, 어떤 것은 오른쪽으로, 어떤 것은 왼쪽으로 움직이면서 떼어져 나왔다. 그리하여 얼마 후에는 눈부시게 파랗고 점점 깊이와 윤곽을 뚜렷이 보이며 하늘의 중심부가 텅 빈 공간으로 나타났다.

"찬찬히 보세요."

그는 말했다.

"거기에는 아무것도 없잖아요."

카타리네는 그의 등 뒤에서 하늘을 바라보고 있었으나 아직 아무 말도 하지 않았다.

사랑하는 사람 앞에서만 살아있을 뿐

"이제 됐어요." 하고 내가 다시 말했다. "그만 걷기로 하죠."

나는 다시 걸으면서 하늘이 열리는 전설을 그녀에게 이야기해 주었다. 내가 어렸을 적에, 나이 많은 선생님이 말하기를 불행한 어린이들이 기도할 때 길을 내주기 위해 가끔 밤에 하늘이 열리는 경우가 있다고 했었다.

오늘처럼 하늘이 열리던 어느 날 밤에, 아버지가 죽어가고 있는 한 소년이 하나님에게 이렇게 말했다.

"하나님 아버지, 저는 너무 어려서 어떻게 기도하는지를 몰라요. 하지만 저의 병든 아버지를 낫게 해주세요."

하나님은 소년의 소원을 들어주었다. 그러나 소년은 정말 기도자로 변하여 하늘나라로 올라갔다. 그 스승의 말에 의하면, 그 날부터 하나님은 가끔 그 소년의 얼굴을 모두에게 보여주기 위해 하늘을 연다는 것이었다.

"그래서 나는 이렇게 특별한 순간에 하늘을 쳐다보기를 좋아해요."

나는 카타리네에게 말했다.

"정말 그 소년의 얼굴을 볼 수 있었다면 얼마나 좋았겠어요. 하지만 당신도 보았듯이 하늘에는 아무것도 없었어요. 그 소년은 다만 만들어진 이야기일 뿐이지요."

그때서야 카타리네는 그 날 밤 만난 이후 처음으로 입을 열었다.

"가엾어라! 가엾어라!"

그녀는 이야기 속의 소년을 생각하고 이렇게 안쓰러워했던 것이다. 나는 그녀의 그 연민을 사랑했다.

그 날 밤 이후, 카타리네는 자주 나와 함께 산책을 하게 되었다. 그녀는 나의 어린 시절과 최근에 있었던 일에 대해서 이것저것 물어 보았다. 그러나 나는 아무것도 대답하지 않았다. 어느 날 저녁 그녀는 내가 왜 캠프장의 소년 소녀들과 어울리지 않고 혼자 떨어져 있느냐고 물었다.

"그건 그들이 내가 이해할 수 없는 언어를 쓰기 때문이지요."

하고 나는 대답했다.

"소녀들 가운데는 독일어를 아는 아이도 몇 사람 있어."

"하지만 난 그들에게 아무것도 할 말이 없어요."

"할 말이 아무것도 없지는 않을 거야."

그녀는 웃으면서 천천히 말했다.

"네가 해야 할 일은 그들을 사랑하는 것뿐이야."

나는 그녀가 무슨 목적으로 그런 말을 하는지 이해할 수가 없었다. 그녀는 계속 웃으면서 사랑에 대해서 이야기하기 시작했다. 그녀는 아주 쉽게, 그리고 멋지게 사랑이란 이런 것이며 저런 것이라고 설명해 주었다. 인간이란 사랑하기 위해서 태어났다고 했다. 그리고 남자란 그가 사랑하고, 사랑해야 하는 여자의 앞에서만 진정으로 살아있을 뿐이라고 했다. 나는 사랑에 대해서 아무것도 모른다는 것, 그리고 사랑이라는 것이 존재하는지, 혹은 존재할 권리가 있는 것인지도 모른다는 것을 그녀에게 말했다.
"사랑이 어떤 것인지 너에게 보여주어야겠구나."
그녀는 말했다.
다음날 저녁, 모두는 나뭇잎이 무성하게 우거진 좁은 길을 걷고 있었다. 그녀는 나의 왼편에 있었는데 그녀가 나의 팔을 잡았다. 처음에 나는 그녀가 곁부축을 바라는 것으로 생각했다. 그러나 사실은 그녀의 따뜻한 체온을 나에게 전하기 위해서였다. 얼마를 걷다가 그녀가 피곤하다며 저쪽 나무 아래 풀밭에 앉자고 했다. 모두는 풀밭에 앉았다. 그녀는 앉자마자 나의 얼굴과 머리를 어루만지기 시작했다. 이어서 연거푸 키스를 퍼부었다. 처음에는 입술에 입술을 댈 뿐이었으나 다음에는 그녀의 혀를 나의 입안에 깊숙이 넣고 뜨겁게 태우는 것이었다.
그 후로도 모두는 저녁이면 여러 차례 같은 장소로 함께 갔다. 그때마다 그녀는 사랑과 갈망에 대해서, 그리고 마음의 신비로움에 대해서 이야기해주었다. 그녀는 나의 손을 잡아 자기의 젖가슴이나 허벅지 위로 가져가기도 했다. 그래서 나는 여자들이 젖가슴과 허벅지와 손을 가지고 있다는 사실을 실감할 수 있었으며 그것들이 남자의 심장을 뛰게 하고 피를 불타게 한다는 것도 알게 되었다.
그런 가운데 마침내 모두에게 마지막 저녁이 왔다. 방학이 끝나므로 나는 다음날 파리로 돌아가게 되어 있었다. 모두는 저녁 식사를 끝내자마자 마지막으로 그 나무 아래로 갔다. 나는 왠지 슬프고 외로운 감정을 느꼈다. 카타리네도 나의 손을 꼭 쥔 채 말이 없었다. 밤은 상쾌하고 고요했다. 산들바람이 이따금 따뜻한 숨결처럼 모두의 얼굴 위로 스쳤다. 카타리네가 오랜 침묵을 깬 것은 새벽 한 시나 두 시 경이었으리라. 그녀가 우수에 찬 얼굴을 나에게 돌리며 입을 열었다.
"모두, 사랑 한번 하기로 해."
이 말을 듣는 순간 나는 온 몸이 떨려왔다. 난생 처음으로 사랑을 하려는 순간이었기 때문이다. 그녀를 만나기 전까지 나는 이 세상에서 여자라는 것을 가져본 적이 없었다. 나는 그녀의 말에 어떻게 대답해야 할지, 어떻게 응대해야 할지 몰랐다. 나는 나쁜 것에 대해서 말한다거나 온당치 못한 짓을 한다는 것에 대해서 두려움을 느끼고 있었다.

꼴사납게 나는 그녀가 자발적으로 선수를 쓰기를 기다리고 있을 뿐이었다. 갑자기 그녀가 진지한 표정으로 옷을 벗기 시작했다. 블라우스를 풀어내자 별빛 속에서도 그녀의 상아처럼 하얀 두 개의 젖가슴을 볼 수 있었다. 이윽고 그녀는 마지막 옷가지를 벗어버리고 완전한 알몸이 되었다.

"너도 옷을 벗어." 하고 그녀가 명령했다.

나는 온몸이 마비된 듯했다. 목구멍에는 쇳조각이 걸려 있는 것만 같고 혈관 속에는 납덩이가 들어 있는 것만 같았다. 팔과 손도 마음대로 움직여주지 않았다. 나는 다만 그녀를 머리끝에서 발끝까지, 그리고 가쁘게 오르내리고 있는 두 젖가슴을 숨을 죽이고 주시하고 있었다. 쭉 펼친 그녀의 알몸에 다만 홀려 있을 뿐이었다.

"옷을 벗으라니까." 하고 그녀가 재촉했다.

그런데도 나는 움직일 수가 없었다. 그녀가 직접 나의 옷을 벗기기 시작했다. 신중하게 셔츠와 내의를 모두 벗긴 다음, 스스로 풀밭 위에 가만히 누우면서 말했다.

"날 가져."

나는 그녀 위에 무릎을 꿇었다. 그리고 한참 동안 그녀를 노려보고 나서 그녀의 알몸을 키스로 감쌌다. 그녀는 넋을 읽은 채 말 한 마디 없이 나의 머리를 애무하고 있었다.

"카타리네. 먼저 당신에게 말해야 할 것이 있어요."

그러자 그녀는 격정에 사로잡힌 채 얼빠진 표정을 지었다. 나무 사이로 불고 있는 미풍이 속삭임도 격정에 사로잡혀 있는 듯했다.

"안 돼, 안 돼." 하고 그녀가 울부짖었다. "아무 말도 하지 마. 나를 가지면 돼. 그 밖엔 아무 말도 하지 마."

나는 그녀의 반대를 무시하며 계속했다.

"카타리네, 우선 말해야 할……."

"그만, 그만, 말하지 마."

그녀가 사뭇 애원했다.

"아무 말도 말고 조용히 해줘. 어서 나를 가져. 제발 말을 말아 줘."

"당신에게 말해야 할 것은 이거예요. 당신이 이겼다는 거예요. 당신을 사랑해요. 카타리네……. 난 당신을 사랑해요."

그러나 갑자기 그녀가 오열을 터뜨리며 몇 번이고 몇 번이고 이렇게 되뇌는 것이었다.

"가엾어라! 가엾어라!"

나는 후닥닥 옷가지를 주워들고 그녀에게서 멀리 달려갔다.

이제야 나는 이해할 수 있었다. 그녀가 가엾다고 안쓰러워한 것은 하늘로 올라갔다는 그 소년이 아니라 바로 나였던 것이다. 그녀가 나에게 사랑에 대해서 말해 준 것은, 기도자로 변하여 천국으로 올라간 소년이, 다름 아닌 바로 나라는 사실을 알고 있었기 때문이었다.

그녀는 내가 죽었다가 다시 이 세상에 돌아온 것으로 알았기 때문에 나에게 사랑을 이야기해 주었고, 나와 사랑을 하고자 했던 것이다. 나는 그것을 분명히 알 수 있었다. 그녀는 죽을 운명에 놓인 어린 소년들과 사랑하기를 좋아했고, 죽음에 사로잡힌 어린이들과 친구가 되는 것을 즐거워했으니까. 그러므로 이날 밤 그녀의 환영이 팔레스타인에 갑자기 나타났다 해서 조금도 놀랄 것은 없었다.

"가엾어라!"

하고 일라나가 조용하게 다시 한 번 되뇌었다. 그리고는 깊은 한숨을 내쉬었다. 깊은 한숨과 함께 그녀는 이 세상이 끝날 때까지 그럴 것처럼 끊임없이 눈물을 흘리고 있었다.

사형집행자를 만든 사람들

  나는 갑자기 방안이 숨 막힐 듯이 답답해 오는 것을 느꼈다. 너무 답답해서 정말 숨을 쉴 수가 없었다.
  그러나 이상할 것도 없었다. 그렇게 비좁은 방에 그렇게 많은 방문객이 한꺼번에 몰려왔으니 당연한 일이었다. 자정 이후로부터 방문객들이 쇄도하기 시작했던 것이다. 그들 가운데는 내가 아는 사람도 있었고 미워하는 사람도 있었다. 존경하는 사람도 있었고 잊었던 사람도 있었다.
  나는 방안을 둘러보면서 그들 한 사람 한 사람이 모두 나의 형성에, 영구한 내 자아의 형성에 기여한 사람들이라는 것을 실감했다. 그들 가운데 몇몇은 나와 친밀한 사람들도 있었다. 그러나 그들에게 어떤 표지를 붙여 낱낱이 분류할 수는 없었다. 이름은 알고 있으나 얼굴을 모르는 사람도 있었고, 얼굴은 아나 이름을 모르는 사람도 있었다. 어떤 점에서 나의 인생과 그들의 인생은 서로 교차하고 있었다.
  물론 거기에는 아버지도 있었다. 어머니도 있었고 그 거지도 있었으며 백발이 성성한 스승도 있었다. 또한 모두가 게데라에서 매복하며 기다리던 영국군 호위대의 병사들도 있었다. 그밖에도 여러 친구들, 형제들, 동지들이 있었다. 그들 가운데는 내가 어린 시절부터 아는 사람들도 있었고, 부켄발트와 아우슈비츠 시절의 삶과 고통, 희망과 저주 속에서 알게 되었던 사람들도 있었다. 아버지의 곁에는 이상스럽게도 나를 닮은— 수용소 시절 이전의, 전쟁이 일어나기 이전의, 아니 모든 사건이 일어나기 이전의 나를 닮은 소년 하나가 늘 붙어 있었다.

아버지가 소년에게 미소를 던지면 그는 그 웃음을 받아 모두 사이를 갈라놓고 있는 수많은 사람들의 머리 위로 그것을 나에게 보내주는 것이었다.
　이제 나는 그 방안이 왜 그토록 숨이 막혀 왔던가를 이해할 수 있었다. 그 방은 한꺼번에 그토록 많은 사람들을 수용하기에는 너무 비좁았던 것이다. 나는 군중 사이를 뚫고서 그 소년에게 다가가서 그가 보내준 미소에 대하여 고맙다고 말했다. 나는 소년에게 많은 사람들이 방안에서 무엇을 하고 있는 것인지에 묻고 싶었다.
　그러나 다음 순간 소년에게 묻는다는 것은 아버지에게 결례가 된다는 것을 알아차렸다. 아버지가 거기에 계시는 이상, 아버지에게 묻는 것이 당연한 일이었기 때문이다. 그래서 나는 아버지에게 물었다.
　"아버지, 이 많은 사람들이 무엇 때문에 여기에 왔지요?"
　그때 어머니는 아버지 곁에 창백한 얼굴로 서 있었는데 나를 보고는 쉬지 않고 중얼거렸다.
　"불쌍한 것, 불쌍한 것……."
　"아버지." 하고 나는 다시 아버지에게 물었다.
　"여러분들은 지금 여기에서 무얼 하고 계시는 거지요?"
　아버지의 커다란 눈— 나는 그 눈 속에서 얼마나 자주 하늘이 열리는 것을 보았던가— 은 나를 바라보고 있었으나 아버지는 아무 대꾸도 하지 않았다. 나는 아버지에게서 고개를 돌려 주위를 두리번거리다가 스승의 얼굴과 마주쳤다. 스승의 수염은 이전보다 훨씬 더 하얘졌다.
　"선생님!" 하고 이번에는 스승에게 물었다.
　"왜 이분들이 오늘 밤 여기에 오셨는가요?"
　그때 나는 다시 어머니가 나의 뒤에서 속삭이는 소리를 들었다.
　"불쌍한 것, 불쌍한 내 아들."
　"선생님, 제발!" 하고 나는 채근했다.

"저에게 말씀해 주십시오. 이렇게 애원합니다."

그러나 스승은 여전히 아무런 대꾸도 하지 않았다. 그러고 보니 스승은 나의 질문을 듣고 있지 않는 것도 같았다. 나는 스승의 그런 침묵이 무서웠다. 이전에 내가 알고 있는 스승은 언제나 나의 의문을 시원스럽게 풀어주는 분이었다. 나에게 의문이 있을 때는 언제나 스승의 해답이 거기에 있었다. 그리고 그런 때의 스승의 침묵은 항상 나를 안심시켜 주지 않았던가. 나는 그분의 눈동자에서 무엇인가를 찾아보려고 애를 썼다. 그러나 거기에는 두 개의 불덩이, 나의 얼굴을 확확 타오르게 하는 두 개의 태양이 있을 뿐이었다.

나는 다시 다른 사람들에게 고개를 돌렸다. 그러나 나의 질문에 대답해 주는 사람은 하나도 없었다. 그들은 모두 벙어리처럼 묵묵부답이었다. 마지막으로 나는 그 거지에게 다가갔다. 그는 여러 사람들 위로 머리와 어깨를 비죽이 내밀고 있었다. 뜻밖에도 그가 나에게 자발적으로 말을 걸어오는 것이었다.

"오늘은 여러 사람의 얼굴이 나타나는 밤이야."

하고 그가 말했다. 나는 슬펐다. 그리고 피곤했다.

"그렇군요."하고 지친 어조로 대답했다.

"오늘은 많은 사람의 얼굴이 나타나는 밤이로군요. 하지만 나는 그 이유를 알고 싶습니다. 내가 늘 생각하던 당신이라면 그 이유를 밝혀 나를 위로해 주십시오. 이분들의 눈길과 침묵의 뜻을 가르쳐 주십시오. 그리고 이분들이 왜 오늘 밤 여기에 왔는지 그 이유를 가르쳐 주십시오. 제발, 간청합니다. 그러지 않고서는 더 이상 견딜 수가 없기 때문입니다."

거지는 나의 팔을 잡고는 부드럽게 누르면서 대답했다.

"저 쪽에 있는 어린 소년이 보이겠지?"

거지는 조금 전의 나를 닮은 소년이 있는 곳을 가리켰다.

"예, 보입니다."

"그 친구가 자네의 질문에 모든 걸 대답해 줄 거야. 그에게로 가보게."
"이번에도 나는 그가 사실은 겉으로 보이는 것과 같은 거지가 아니라는 것을 확신할 수 있었다. 나는 다시 한 번 유령의 군중 속을 팔꿈치로 헤집으며 기력을 다하여 간신히 소년의 곁으로 갔다.
"말해 주렴."
나는 간청하는 어조로 소년에게 말했다.
"여기서 넌 무얼 하고 있는 거니? 다른 사람들은 또?"
그는 놀랍다는 듯이 눈을 크게 떴다.
"넌 모르고 있었니?"
나는 모르고 있었다고 고백했다.
"내일 한 사람이 죽게 되어 있어. 그렇지?"
"그래. 내일 새벽이야."
"네가 그 사람을 죽이기로 돼 있지, 그렇지?"
"그래, 그건 사실이야. 내가 그의 사형집행을 책임지고 있어."
"그러면서도 모두가 왜 여기에 왔는지 모르겠단 말이냐?"
"모르겠어."
"어렵게 생각할 거 하나도 없어. 모두가 여기에 온 건 사형집행자의 현장을 지켜보기 위해서야. 모두는 네가 그 임무를 수행하는 걸 지켜보고 싶은 거야. 그건 당연하잖아, 그렇지 않니?"
"어째서 그게 당연하다는 거야? 존 도슨을 죽이는 일이 너희들에게 무슨 상관이 있다는 거야?"
"너는 생전의 모두 모두를 대표하기 때문이야."
예전의 나를 닮은 소년은 말했다.
"어느 의미에서는 모두 한 사람 한 사람 모두가 존 도슨의 사형집행인이 되기 위해서 여기에 온 거지. 모두들 없이는 네가 그 임무를 수행할 수 없기 때문이야. 이제, 이해할 수 있니?"

그제야 나는 이해하기 시작했다. 살인과 같은 절대적인 행위에는 그 살인자 개인만이 연루될 뿐만 아니라 그를 만들어낸 사람들 모두가 연루되는 것이었다. 말하자면 나 역시 한 사람을 죽이려는 과정에서 나와 연관된 사람들을 살인자로 만들고 있었던 것이다.

"이제 알겠지?"

"그래, 알겠어."

"불쌍한 것, 불쌍한 것!"

어머니가 다시 중얼거렸다. 이렇게 되뇌는 어머니의 입술은 늙은 스승의 머리카락만큼이나 하얗게 질려 있었다.

유령들의 밤

"그는 배고파하고 있어."

뜻밖에도 기데온의 목소리가 들려왔다. 나는 그가 계단을 올라오는 소리를 듣지 못했다. 성자들은 일반 사람들이 당혹감을 느낄 정도로 소리 내지 않는 방법을 알고 있었다. 그들은 전혀 소리를 내지 않고 걷고 웃고 먹고 기도했다.

"그럴 리가 없어요."

하고 나는 단언했다. '그는 배고플 리가 없어'라고 나는 생각하고 있었다. 그는 죽게 되어 있는 것이다. 그리고 죽게 되어 있는 사람은 배고프지가 않다고.

"그 자신이 그렇게 말했는 걸."

가운데 사뭇 감동한 듯한 어조로 말했다. 모든 사람의 눈길이 나에게 쏠렸다. 일라나는 울음을 그쳤으며 요압도 이제는 손톱을 보고 있지 않고, 가드는 지친 모습이었다. 모든 유령들도 나에게서 어떤 반응이 나타나기를, 어떤 기미 같은 것이 나타나기를 기대하는 눈치였다. 유령들은 내가 울컥 울음이라도 터뜨릴 것을 기대하는 듯했다.

"그 사람, 자기가 죽으리라는 걸 알고 있었나요?"

하고 나는 기데온에게 물었다.

"그럼, 알고 있지."

이렇게 대답하고 나서 기데온은 사이를 두었다가 덧붙였다.

"내가 얘기해 주었으니까."

"그의 반응은 어땠어요?"

나에게는 그의 반응이 궁금하기 짝이 없었다. 내일 새벽에 죽게 된다는 소식에 쇼크를 일으키지 않았을까? 가만히 있었을까, 아니면 무죄를 주장했을까?

"그는 웃더군."

하고 기데온이 말했다.

"자기도 이미 알고 있었다는 거야. 그의 위장이 그렇게 말해주더라는 거야."

"그러면서 배가 고프다고 했단 말이죠?"

기데온은 경련을 일으키고 있는 손을 등 뒤로 숨기며 대답했다.

"그렇다니까. 그 친구 입으로 그렇게 말했어. 그리고 자기에게는 마지막 성찬을 받을 권리가 있다는 거야."

가드가 피식 웃었다. 그러나 그 웃음은 속이 텅 비어 있었다.

"전형적인 영국인이로군."

하고 그가 말했다.

"꽤 용감한 친구야."

모두는 그의 말을 이해하지 못하여 누구도 입을 열지 않았다. 이때 아버지가 심각한 눈길을 나에게 던졌다. 그 눈길은 마치 '죽으려고 하는 사람은 배가 고픈 법이란다'라고 말하는 듯했다.
"그가 그렇게 말했다면 그의 위장은 아마 쇠로 만들어진 모양이군."
이 말에도 누구 하나 관심을 보이지 않았다. 나는 위장이 찔리는 듯한 고통을 느꼈다. 나는 온종일 아무것도 먹지 않고 있었던 것이다. 일라나가 일어나 부엌으로 들어갔다.
"내가 먹을 것을 조금 준비하겠어요."
그녀가 선언하듯 말했다. 나는 그녀가 빵 덩어리를 써는 소리며 냉장고를 여는 소리며 커피를 끓이는 소리를 들었다. 잠시 후에 그녀가 한 손에 커피 한 잔과 다른 손엔 쟁반 하나 들고 돌아왔다.
"내가 찾을 수 있는 음식은 이게 전부예요. 치즈 샌드위치와 블랙커피뿐이에요. 설탕도 없더군요……. 한 끼 식사로는 부족하겠지만 내가 할 수 있는 전부예요."
잠시 침묵이 흐른 다음 그녀가 다시 물었다.
"누가 이걸 가져다주죠?"
이때 아버지 곁에 서 있던 소년이 나에게 준엄한 눈길을 던졌다. 그의 눈길은 이렇게 말하고 있었다.
'네가 가거라. 네가 그에게 먹을 걸 갖다 주어라. 너도 알겠지만 그는 지금 배가 고픈 거야.'
"안 돼. 나는 안 돼. 나는 그를 만나고 싶지 않으니까. 무엇보다도 그가 음식을 먹는 모습을 보고 싶지 않아. 나중에 나는 그가 결코 입에 음식을 대지 않았다고 생각하고 싶으니까."
나는 덧붙여서 내 위장이 경련을 일으켰다고 말하려 했으나, 그건 별로 중요한 것도 아니었으므로 대신 이렇게 말했다.
"그와 단둘이 있고 싶지 않아. 아직은 말이야. 모두도 너와 함께 갈 거야."
소년이 말했다.

"굶주린 사람에게 음식을 거절한다는 건 나쁜 짓이야. 그건 너도 잘 알고 있잖아."

"그래, 알고 있어. 나는 항상 굶주린 사람에게 음식을 주어왔으니까. 거지 양반, 아마 당신도 그걸 기억할 겁니다. 내가 당신에게 빵을 거절하던가요? 하지만 오늘밤은 달라. 오늘밤에는 그런 일을 하고 싶지 않아. 이건 적선과는 다르니까."

"네 말도 사실이야."

소년은 나의 생각을 중단시키며 다시 말했다.

"오늘밤의 경우는 다르겠지. 너 역시 그전과는 다를 거고, 저어도 너는 그전과는 달라지려고 하고 있으니까. 하지만 굶주린 사람에게 아무것도 해주지 않는다는 걸 한번 생각해 봐. 그 사람에겐 먹을 것이 필요한 거야."

"하지만 그는 내일이면 죽게 돼. 위장이 텅 빈 채 죽으나 가득 찬 채 죽으나 그게 무슨 뜻이 있느냐 말이야?"

"하지만 그는 아직 살아 있잖아."

소년이 점잖게 한 마디 했다. 그 말에 아버지가 고개를 끄덕였다. 그리고 거기 모인 모든 유령들도 아버지처럼 고개를 끄덕였다.

"그는 아직 살아 있고 지금 배가 고픈 거야. 그런데도 그에게 먹을 걸 갖다 주지 않겠다고 거절하고 있는 거야?"

다시 모든 유령들이 시커먼 나무의 둥지가 흔들리듯 고개를 끄덕거렸다. 그 모습에 나는 소름이 끼쳤다. 나는 눈을 딱 감아버리고 싶었으나, 그건 부끄러운 일이었다. 더욱이 아버지의 면전에서 눈을 감을 수는 없었다.

"좋아. 네 마을 받아들이겠어. 그 사람에게 음식을 갖다 주겠어."

그러자 보이지 않는 지휘자의 지휘봉에 따르기라도 하듯이 유령들이 일제히 고개를 또 끄덕거렸다.

"그 사람에게 음식을 갖다 주겠어. 하지만 꼬마야, 너에게 먼저 묻고 싶은 말이 있다. 죽은 사람들도 배가 고픈 거냐?"

소년은 놀라는 표정을 지었다.

"아니, 그것도 몰랐니? 그들도 배가 고픈 거야."

"그럼 죽은 사람들에게도 음식을 갖다 주어야겠구나?"

"그걸 질문이라고 하니? 그들에게도 음식을 주는 게 당연한 거야. 하지만 그건 쉬운 일이 아니야……."

"어렵지……. 어려워……. 어렵고 말고……."

유령들이 일제히 이렇게 부르짖었다. 소년들은 나를 바라보며 미소를 지었다.

"너에게 비밀을 하나 얘기해 줄께."

그가 속삭였다.

"한밤중이면 죽은 사람들이 그들의 무덤에서 나온다는 건 너도 알고 있겠지?"

나는 알고 있다고 대답했다. 나도 그런 이야길 들었기 때문이다.

"그들이 공동묘지에서 나와 교회당으로 간다는 얘기도 들어봤겠지?"

"그래, 나도 들어서 알고 있어."

"그건 사실이야."

하고 소년이 말했다. 그는 다음에 이어질 말이 아주 중요하다는 듯이 잠깐 동안 뜸을 들이고 나서 말을 이었다. 이번에는 그의 목소리가 어찌나 작은지 거의 들리지 않을 정도였다.

"네가 얘기 들은 대로 그건 사실이야. 죽은 사람들은 밤마다 교회당에 모인다구. 하지만 네가 상상하는 목적을 위해서가 아니라 먹기 위해서……."

그러자 소년의 말이 끝나기도 전에 방안의 모든 것들이—벽이며 의자며 사람들의 머리가—공기를 움직이거나 발을 바닥에 대거나 하지도 않고 예정된 리듬에 맞추어 춤을 추면서 나의 주위를 빙빙 돌기 시작했다. 나는 원형을 이루며 소용돌이치는 군중의 중심에 놓여 있었다. 나는 눈을 딱 감아버리고 싶었고 귀도 막아버리고 싶었다. 그러자 그들 속에는 아버지가 있었다. 어머니도 있었고, 스승도 있었고 그 거지와 그 소년도 거기 함께 있었다. 나를 형성해준 모든 사람들이 거기에 모여 있는 이상, 나에게는 눈을 감거나 귀를 막을 권리가 없었다.

"그걸 나에게 주시죠."

하고 나는 일라나에게 말했다.

"내가 그에게 갖다 주도록 하지요."

그때 춤추던 사람들이 모든 동작을 멈추었다. 마치 내가 그들의 지휘자이고 나의 말이 지휘봉이라도 된다는 듯이. 나는 아직도 부엌문 앞에 서 있는 일라나에게로 다가갔다. 그러나 갑자기 가드가 달려 나오며 나보다 먼저 그녀의 옆에 섰다.

"내가 가져가겠어."

하고 그가 말했다. 그러고는 난폭하게 그녀의 손에서 컵과 쟁반을 빼앗아서는 곤두박질로 계단을 내려가기 시작했다. 요압이 자기 시계를 들여다보았다.

"이제 두 시를 지났군."

"그거밖에 안 됐어요? 꽤 긴 밤이군요. 이렇게 밤이 길게 느껴지기는 난생 처음이에요."

"그래요. 정말 길군요."

요압이 동감을 표시했다. 일라나가 입술을 깨물었다.

"가끔, 도무지 끝이 없고 무한정으로만 계속되는 것처럼 느껴질 때가 있어요. 비 올 때도 그래요. 비가 올 때면, 다른 경우도 마찬가지겠지만 뭔가 영속적이고 영원한 느낌을 받게 되거든요. 그럴 때면 나는 이렇게 혼자서 말하곤 해요. 오늘도 비가 내리는구나. 아마 이 비는 내일까지 올 거야. 모레까지, 다음 주일까지, 아니 다음 세기까지 계속해서 올 거야, 라고요. 하지만 오늘은 이렇게 말해야 할 것 같아요. 오늘밤은 아마 내일까지 계속될 거야. 아니 매일, 매주, 매 세기 계속될 거야, 라고요."

그녀는 갑자기 말을 끊고는 블라우스 끝동에서 손수건을 꺼내어 이마에 밴 땀을 닦았다.

"왜 이 방안이 이렇게 숨이 막히는지 모르겠군요."

일라나가 다시 말했다.

"유난히 이렇게 밤늦은 시각에 말예요."

"아마 새벽이면 시원해지겠지요."

요압이 대꾸했다.

"그랬으면 좋겠어요. 해는 몇 시에 뜨지요?"

"다섯 시쯤."

"지금 몇 시죠?"

"두 시 이십 분이군요."

요압이 자기의 시계를 보며 대답했다.

"엘리샤, 당신도 더워요?"

일라나가 나에게 물었다.

"네, 덥군요."

일라나는 테이블 곁의 자기 자리로 돌아갔다. 나는 창문 쪽으로 다가가서 바깥을 내다보았다. 도시는 멀리 떨어진 가공의 세계처럼 느껴졌다. 도시는 깊은 잠에 떨어진 채 불안한 꿈을, 희망 없는 꿈을 낳고 있었다. 그 꿈은 다음날에는 더 많은 갖가지 꿈을 낳게 될 것이다. 이 꿈들은 번갈아 가며 새로운 영웅들을 탄생시킬 것이며, 그 영웅들은 각각 뜬눈으로 밤을 지새면서 이른 새벽이면 죽이거나 죽거나 할 운명을 준비하게 될 것이었다.

"일라나, 정말 덥군요."

하고 나는 일라나에게 말했다.
"숨이 막혀서 견딜 수가 없어요."

따뜻하게 살아 있는 손

내가 얼마 동안이나 활짝 열어놓은 창문 곁에 서 있었는지 모른다. 나는 땀을 뻘뻘 흘리면서 그렇게 서 있었다. 나는 따뜻하나 떨리는, 그러나 나를 안심시켜 주는 손길이 어깨에 와 닿는 것을 느꼈다. 일라나였다.
"무엇을 그렇게 생각하고 있어요?" 그녀가 물었다.
"밤을 생각하고 있었어요. 항상 나는 똑같은……."
"존 도슨에 대해선가요?"
"그래요. 존 도슨을 생각하고 있었어요."
도시의 어딘가에 창문을 통해 불빛이 비쳐왔다가 이내 사라졌다. 틀림없이 누군가가 자기의 시계를 들여다보았거나, 어떤 어머니가 자기 아이가 좋은 꿈을 꾸고 있는지 살펴보기 위해서 불을 켰다가 껐을 것이다.
"여전히 당신은 그 사람을 만나고 싶지 않은 거군요."
일라나가 말했다.
"만나고 싶지 않아요."
어느 날, 하고 나는 생각하고 있었다. 어느 날 나의 아들이 이렇게 물으리라.
"아버지, 오늘은 왠지 아버지가 슬퍼 보이는군요. 나쁜 일이라도 있으셨어요?"
그러면 나는 이렇게 대답할 것이다.
"존 도슨이라는 영국군 대위의 얼굴이 눈앞에 떠오르기 때문이란다. 그 사람은 죽는 순간에 내 앞에 나타났었지……."
 아마 나는 그에게 가면을, 아무렇지도 않게 죽일 수 있고, 잊어버릴 수 있도록 하나의 가면을 씌워야 하리라.
 "두렵나요?"
 일라나가 물었다.
 "그래요."
 그러나 두려움 따위는 아무것도 아니라고, 나는 그녀에게 말했어야 했다. 두려움이란 하나의 색깔, 하나의 배경, 하나의 풍경에 지나지 않는 것이다. 따라서 두려움이란 문제될 것도 없었다. 희생자가 느껴야 하는 두려움이나 사형집행자가 느껴야 하는 두려움 따위는 그렇게 중요한 것이 아니었다. 문제가 되는 것은 양쪽이 똑같이 각자에게 부여된 임무를 수행하고 있다는 사실이다. 그 두 가지 역할은 인간이 취할 수 있는 극단책이었던 것이다. 비극적인 것은 그들에게 부과된 임무였다.
 "당신, 엘리샤— 당신은 정말 두려운 거예요?"
 나는 그녀가 똑같은 질문을 반복하는 이유를 알고 있었다. 아우슈비츠와 부켄발트 같은 아비규환의 참혹상을 겪고 지낸 나 같은 사람이 두려움을 느끼다니 이해할 수 없다는 뜻이었다.
 "일라나, 나는 정말 두려워요."
 그녀 역시 두려움이란 사실상 현실적인 문제가 아니라는 것을 잘 알고 있었다. 두려움이란 죽음처럼 하나의 배경, 하나의 향토색일 뿐인 것이다.
 "무엇이 당신을 두렵게 하지요?"
 그녀의 따뜻하게 살아 있는 손은 아직도 나의 어깨에 얹혀 있었다. 그녀의 앞가슴이 나를 스쳤고, 나는 그녀의 숨결을 목에 느낄 수 있었다. 그녀의 블라우스는 땀으로 젖어 있었고 얼굴은 심란했다. 그녀는 나를 이해하지 못하고 있다고, 나는 혼자서 생각했다.

"나는 그가 나를 웃길까 봐 두려운 거예요."

하고 나는 말했다.

"일라나, 당신도 알다시피 그는 나를 웃기기 위해서라면 자기 머리를 한껏 부풀리게 만들어 그것을 수천 조각으로 폭발시킬 수 있는 능력을 가진 사람일 거예요. 나는 그 점이 두려운 거예요."

그러나 일라나는 아직도 나를 이해하지 못하고 있었다. 그녀는 손수건을 꺼내어 나의 목과 관자놀이를 닦아주었다. 그러고는 가볍게 나의 이마에 키스를 하고 말했다.

"당신은 자신을 너무 괴롭히고 있어요. 엘리샤. 인질들은 어릿광대가 아니에요. 그들에게 우스운 점이라곤 아무것도 없어요."

가엾은 일라나! 그녀의 음성은 진실처럼 깨끗하고 순정처럼 슬펐다. 그러나 그녀는 이해하지 못하고 있었다. 그녀는 외관만 보고 마음이 괴로웠을 뿐 그 뒤에 있는 것은 보지 못했다.

"아마 당신이 옳을지도 모르지요."

하고 나는 체념하며 말했다.

"모두가 그들을 웃기는 것이겠지요. 그들은 죽을 때 웃으니까요."

일라나는 나의 얼굴과 목과 머리를 어루만졌다. 나는 여전히 밀착되어 오는 그녀의 젖가슴을 느낄 수 있었다. 그녀는 마치 병든 아이에게 타이르듯, 슬프기는 하나 뚜렷한 음성으로 말하기 시작했다.

"당신은 지금 자신을 너무 괴롭히고 있어요."

그녀는 같은 말을 되풀이하고 있었다. 그러나 이제는 '가엾다'는 말은 더 이상 하지 않았으므로 기뻤다.

"당신은 그래서는 안 돼요. 당신은 아직 젊고 아는 것도 많으니까요. 그리고 당신은 지금까지 고통을 받을 만큼 충분히 받아 왔어요. 아마 얼마 안 있으면 그 고통도 다 지나가고 말 거예요. 영국인들도 이 땅에서 물러나게 될 것이고 모두도 떳떳하게 세상에 돌아가 정상적인 생활을 누릴 수 있을 거예요. 당신은 결혼을 하여 아이들도 갖게 되겠지요. 그리고 당신은 아이들에게 여러 가지 이야기를 해주면서 그들을 즐겁게 해줄 거예요. 아이들이 행복하면 당신도 행복할 거구요. 아이들은 틀림없이 행복할 거예요. 나는 그 점을 약속해요. 당신과 같은 아버지가 아니고서야 어떻게 그들이 행복할 수 있겠어요? 아마 당신은 오늘밤을, 이 밤을, 그리고 나와 그 밖의 모든 것을 거의 다 잊어버리게 되겠지만……"

그녀는 '모든 것'이란 말을 할 때 손을 반원을 그려 보였다. 나는 그것을 보고 어머니를 생각했다. 어머니도 일라나와 똑같은 음성으로 이야기했으며, 똑같은 장소에서 거의 똑같은 말을 하곤 했었다. 나는 어머니를 아주 좋아했다. 내가 아홉 살, 혹은 열 살이 될 때까지 어머니는 매일 밤 자장가와 이야기로써 나를 잠재우곤 했다. 네 침대 곁에는 염소가 한 마리 있단다, 황금으로 만들어진 염소가 말이야, 하고 어머니는 나에게 말했다. 앞으로 네가 어디를 가든 그 염소가 너를 안내하고 보호해 줄 거다. 네가 어른이 되어 부자가 되었을 때에도, 또 네가 사람이 알 수 있는 모든 지식을 얻거나, 사람이 가질 수 있는 모든 것을 갖게 되었을 때에도 그 염소는 항상 너의 곁에 있을 것이다.

"일라나, 당신은 마치 나의 어머니처럼 말하는군요."

하고 나는 말했다. 나의 어머니 역시 일라나의 음성보다 더 조화된 음성을 가지고 있었다. 하나님의 음성처럼, 어머니의 음성은 혼란을 가라앉히고, 나의 것일지도 모르는 미래의 상상력을 주는 힘을 지니고 있었다. 어머니의 음성은 항상 나를 안내하는 염소와 함께 있었다. 그러나 나는 그 염소를 부켄발트로 가는 길에서 잃어버리고 말았다.

"당신은 지금 괴로울 거예요."

일라나가 말했다.

"사람은 괴로움을 느낄 때 어머니에 대해서 말하게 되는 법이니까요."

"그렇지 않아요. 이 순간에 괴로움을 느끼는 사람은 어머니예요."

나를 위로하던 일라나의 손길이 점점 가벼워지고 멀어져 갔다. 그녀는 그제야 나를 이해하기 시작했던 것이다. 그녀의 얼굴에 그림자가 하나 드리워졌다. 그녀는 잠시 침묵을 지키며 나와 함께 창문을 통해 모두에게 내밀고 있는 밤의 손길을 바라보았다.

"전쟁이란 밤과 같은 거예요."

하고 그녀가 다시 말했다.

"밤처럼 모든 것을 감싸고 말아요."

그렇다. 그녀가 나를 이해하기 시작했던 것이다. 나의 목덜미를 어루만지던 그녀의 손길도 이제는 느껴지지 않았다.

"사람들은 모두의 투쟁이 성전(聖戰)이라고 말하고 있어요."

그녀가 말을 계속했다.

"모두는 어떤 것을 위해서 어떤 것에 대항하여 싸우고 있다고, 팔레스타인의 독립을 위해서 영국에 대항해 싸우고 있다고 그들은 말하고 있어요. 그것은 사실이에요. 하지만 그들이 그렇게 말하는 것은 모두의 행동에 어떤 의미를 부여하기 위해서일 뿐이에요. 그들의 소박하고 정직한 눈에는 모두의 행동이 피 냄새가 나고 핏빛으로 물든 것으로 비치는 거예요. 그들은 말하지요. 전쟁이란 그런 것이라고. 그리고 전쟁이란 사람을 죽이는 것이라고. 그렇기 때문에 당신처럼 자기 손으로 상대방을 죽여야 하는 경우도 있는 것이며, 나처럼 자기의 목소리로 상대방을 죽여야 하는 경우도 있는 거예요. 각자가 각자의 임무에 따라 전쟁을 수행해야 하는 거예요. 그밖에 달리 모두가 무엇을 할 수 있겠어요? 전쟁에는 하나의 암호가 있는 거예요. 만일 당신이 그것을 거부한다면 그건 전쟁의 모든 목적을 거부하는 것이 되는 것이며, 적에게 은쟁반에 승리를 담아 받쳐주는 결과가 되는 거예요. 모두는 그렇게 할 수는 없어요. 모두는 전쟁에서 승리를 해야만 해요. 모두가 이 세상에 살아남기 위해서는, 시간의 표면에 남아 있기 위해서는 승리를 해야만 하는 거예요."

그녀는 음성을 높이지도 않았다. 그녀는 마치 자장가를 노래하듯, 잠 잘 때의 동화를 얘기하듯 말했다. 그녀의 어조에는 열정이나 절망 따위는 조금도 들어 있지 않았다.

모든 점을 고려해 볼 때, 그녀가 전적으로 옳았다. 모두는 전쟁에 임하고 있었던 것이다. 모두는 하나의 이상, 하나의 목적을 가지고 있었다. 그리고 모두는 모두와 모두의 목적 달성 사이에 하나의 적을 가지고 있었다. 따라서 그 적은 제거되어야만 하는 것이었다. 그러나 어떻게 제거할 것인가? 어떻게 하든지, 그리고 어떤 수단을 쓰든지 그것은 모두의 마음에 달려 있었다. 물론 여러 가지 방법이 있었다. 그러나 그것들은 중요하지도 않을뿐더러 머잖아 잊어질 것들이었다. 모두의 목표, 모두의 목적만이 끝까지 계속될 모든 것이었다. 일라나가 어느 날인가는 나도 오늘 밤을 잊게 될 것이라고 한 말은 아마 옳을 것이다. 그러나 죽은 사람들은 결코 잊지 않고 기억할 것이다. 그들의 눈에는 내가 영원히 살인자로서 낙인찍히게 되는 것이다. 어떤 사람이 살인자이든 아니든, 이 세상에는 살인자가 되는 길은 그렇게 많지 않은 법이다. 살인자인 나는 꼭 열 사람만 죽이겠다. 아니면 스물여섯 명만 죽이겠다든지, 혹은 나는 다만 오 분 동안만 죽이겠다, 하루 동안만 죽이겠다는 식으로 말할 수는 없다. 자기 혼자서 한 사람을 죽인 살인자는 평생 동안 살인자인 것이다. 그는 다른 기회를 선택할 수도 있으며 자기의 신분을 숨길 수도 있다. 그러나 사형 집행자나, 최소한 사형집행자의 가면을 쓴 자는 언제나 그 자신과 함께 있는 것이다. 거기에 문제가 있는 것이다. 연극의 배경에 따라 배우의 연기가 달라지는 것처럼. 전쟁이 나를 사형집행자로 만든 것이다. 나는 배경이 바뀐 후에도 사형집행자로 남는 것이며, 다른 무대에서 다른 연극을 하게 되는 것이다.

죽은 사람은 하나님을 심판할 수 있다

"나는 살인자가 되고 싶지는 않아요."

나는 살인자라는 말을 입에 담기도 싫었지만 불쑥 이렇게 말했다.

"그럼 누가 하죠?"

일라나가 말했다. 그녀는 아직도 나의 목덜미를 어루만지고 있었다. 그러나 나는 그녀의 손가락이 애무하고 있는 나의 목덜미, 나의 머리가 나의 것이 아닌 것처럼 느껴졌다. 이 세상에서 가장 고귀한 여자라면 살인자의 살갗에, 평생 동안 살인자의 표지를 달고 다녀야 할 사람의 살갗에 손을 대기를 망설일 것이다. 나는 다른 사람들이 아직도 방안에 있는지 재빠른 눈길로 등 뒤를 한 번 돌아다보았다. 기데온과 요압이 탁자 위에 팔을 베개 삼아 머리를 수그린 채 졸고 있었다. 기데온은 잠 속에서도 기도를 하고 있는 것 같았다. 가드는 아직도 지하실에 있는 모양이었다. 나는 그가 왜 그렇게 오랫동안 거기에 머물러 있는지 이해할 수 없었다. 유령들의 경우에는, 놀랍게도 모두들의 대화에 귀를 기울이고 있기는 했지만 아무도 입을 열지 않았다. 일라나도 침묵하고 있었다.

"당신은 무엇을 생각하고 있지요?"

내가 중얼거리듯 물었다. 그녀는 대답하지 않았다. 그래서 나는 잠깐 사이를 두었다가 같은 질문을 되풀이했다. 그래도 여전히 그녀는 대답을 하지 않았다. 모두는 둘 다 입을 다물었다. 모두 뒤쪽의 유령들도 돌처럼 굳은 채 불빛을 받아 으스스하고 적대적인 그림자를 던지며 침묵을 지키고 있었다. 나는 그들의 침묵이 무서웠다. 그들의 침묵은 나와는 달라서, 딱딱하고 차가웠으며 미동도 하지 않았기 때문이다. 생명력도 없었으며 한 치의 변화의 조짐도 보이지 않았기 때문이다.

　어린 시절 나는 죽은 사람들이, 그들의 음산한 왕국인 공동묘지가 무서웠었다. 그들을 둘러싸고 있던 정적이 공포심을 불러일으켰던 것이다. 그런데 지금, 그들이 등 뒤에 몰려와 있는 것이었다. 그들은 추위를 막기 위해서인 것처럼 빽빽하게 줄을 지어 서 있었다.

　나는 한참 후에야 그들이 나를 심판하기 위해서 그렇게 모여 있다는 것을 알았다. 얼음처럼 차가운 세계에서 사는 그들로서는 심판하는 일 이외에는 아무것도 할 수가 없으리라. 그들은 또한 과거나 미래에 대한 감각이 없기 때문에 그들의 심판에는 동정의 여지가 없을 터였다. 그들은 말이나 몸짓으로 판결을 내리지 않고 그들이 직접 나타남으로써 판결을 내리는 것이었다.

　유령들은 지금 나를 심판하기 위하여 나의 등 뒤에 모여 있었다. 나는 그들의 침묵이 곧 나를 심판하고 있다는 것을 느꼈다. 나는 몸을 돌려 그들을 바라보고 싶었으나 그 생각만으로도 나는 공포에 휩싸였다. 가드가 곧 돌아오겠지, 하고 나는 혼잣말을 했다. 그리고 얼마 후에는 지하실로 내려갈 나의 차례가 오겠지. 그리고 새벽이 오면 저 유령들도 낮의 햇볕 속으로 사라지고 말 거야. 그래서 나는 그들에게 등을 돌린 채 창문가에 일라나와 나란히 서서 기다리기로 마음을 먹었다.

　그러나 몇 분 후에 나는 생각을 바꾸었다. 아버지와 어머니, 스승과 거지가 아직도 나의 등 뒤에 있다는 생각을 하니, 무한정 그들을 모욕하는 것만 같아서 견딜 수가 없었다. 인간의 도리상 나는 그들과 얼굴을 마주 대하지 않으면 안 된다고 생각했다. 나는 조심스럽게 몸을 돌렸다. 돌아서서 보니 방안에는 두 종류의 빛이 있었다. 하나는 하얀빛으로, 잠자고 있는 기데온과 요압을 감싸고 있었으며, 다른 하나는 검은 빛으로, 유령들을 감싸고 있었다.

　나는 일라나가 곁에 있다는 사실도 잊어버리고 후회하는 마음에서 창문가를 떠나 방안을 거닐기 시작했다. 이따금 낯익은 얼굴, 낯익은 슬픔 앞에서는 발걸음을 멈추었다. 나는 낯익은 얼굴, 낯익은 슬픔들이 나를 심판하고 있었다는 사실을 알 수 있었다. 그들은 죽은 사람들이었으며 그들은 배고파하고 있었다. 죽은 사람들은 배가 고플 때 산 사람들을 가차없이 심판하는 것이다. 그들은 어떤 행위가 이루어질 때까지, 죄악이 저질러질 때까지 기다리지 않는다. 그들은 미리 심판해 버리는 것이다.

나는 예의 그 소년의 침묵을, 그의 눈에 나타난 감동적인 침묵을 알아차리고는 나의 입장을 말하기로 결심했다. 소년은 걱정스러운 눈길을 하고 있었는데, 그런 눈길은 그를 더 나이 들고 성숙해 보이게 했다. 그래, 변명을 해야겠어, 하고 나는 혼잣말을 했다. 그들에게는 나와 같은 어린 소년을 심판할 권리는 없으니까.

나는 아버지에게 가까이 갔을 때 아버지의 얼굴에서 슬픔을 보았다. 아버지는 죽음의 천사가 찾아오기 몇 분 전에 그가 살아 있는 동안에 견디어 왔던 인간의 슬픔을 천사 몰래 슬쩍 훔쳐 가지고 갔던 것이다.

"아버지. 저를 심판하지 마시고 하나님을 심판해 주세요. 이 우주를 창조하고 불의로부터 정의의 줄기를 만들어낸 것은 하나님이니까요. 인간으로 하여금 눈물을 통해 행복을 얻게 한 것도 하나님이며, 국가의 자유로 하여금 개인의 자유와 마찬가지로 죽은 사람들의 시체를 토대로 그 위에 기념비를 세우게 한 것도 하나님이니까요……."

나는 나의 머리와 눈과 손을 어떻게 해야 할지 모른 채 아버지 앞에 서 있었다. 나는 내 몸에 흐르고 있는 생명의 피가 나의 목소리에도 옮겨지기를 바랐다. 전에도 나는 말할 때 가끔 그렇게 되기를 상상했다. 나는 오랫동안 말을 계속했다. 일찍이 아버지가 나에게 가르쳐주었던, 아버지도 이미 알고 있는 것을 나는 모두 말했다. 내가 그런 말을 되풀이한 것은 지금까지 배운 것을 잊어먹지 않았음을 아버지에게 증명해 보이기 위해서였다.

"아버지, 저를 심판하지 말아 주세요."

나는 절망감에 떨면서 아버지에게 애원했다.

"심판하시려거든 하나님을 심판하셔야합니다. 하나님이 첫째 원인이고 근원적인 동기니까요. 이 세상에 인류를 만들어 놓고 만물을 만들어 놓은 것은 하나님이 아닌가요. 아버지, 아버지는 죽은 사람입니다. 그리고 죽은 사람만이 하나님을 심판할 수 있습니다."

그러나 아버지는 아무 반응을 보이지 않았다. 오히려 아버지의 텁수룩하고 쇠약한 얼굴에 씌어 있는 슬픔이 그 전보다 더 인간적인 것으로 되는 것이었다. 나는 아버지를 떠나 아버지의 오른편에 서 있는 어머니에게로 갔다. 그러나 고통이 커서 차마 입을 열 수가 없었다. 그때 어머니가

"불쌍한 것, 불쌍한 내 아들."

하고 중얼거리는 소리가 들리는 듯했다. 나의 눈에 눈물이 핑 돌았다. 나는 견딜 수가 없었다. 그래서 나는 살인자가 아니라고 말했다. 어머니는 살인자를 낳은 것이 아니라, 자유를 쟁취하기 위하여 싸우는 병사들, 투사를 낳은 것이며, 민족을 위해서, 광명의 날을 찾아야 하는 민족의 권리를 위해서, 그리고 앞으로 태어날 후손들의 즐거운 웃음을 위해서, 삶보다 더 값진 마음의 평화를 희생하고 있는 훌륭한 이상주의자를 낳은 것이라고, 열병에 걸린 듯이 더듬거리며 흐느끼는 음성으로 말했다. 그것이 내가 말할 수 있는 전부였다.

그러나 어머니 역시 아무 반응을 보이지 않았다. 이번에는 노스승의 앞으로 걸어갔다. 스승은 죽은 사람들 가운데서도 가장 적게 변해 있었다. 그 분은 살아 있을 때에도 지금의 모습과 거의 다르지 않았다. 그래서 모두는 그분이 이 세상 사람이 아니라고 늘 말하곤 했었다. 이제 보니 그것은 말 그대로 사실이었다.

"저는 선생님을 배신하지 않았습니다."

나는 마치 사형집행인의 임무를 이미 끝마쳤다는 듯이 말했다.

"만일 제가 명령에 복종하기를 거절했다면, 저는 살아 있는 저의 친구들을 배신하는 것이 되었을 것입니다. 그리고 저희를 지배할 권리는 죽은 사람보다는 산 사람이 더 가지고 있습니다. 그 점은 선생님이 이미 가르쳐주셨습니다. 더욱이 유대교의 경전에는 '그러므로 삶을 택하라'고 씌어 있지 않습니까. 저는 산 사람들의 주장을 지지합니다. 그러니 저는 배신하지 않았습니다."

스승의 곁에는 나의 친구이며 동지이자 형제인 예라크밀이 서 있었다. 그는 마부의 아들로 노동자의 손을 하고 있었으나 성자의 영혼을 지니고 있었다. 그와 나는 스승의 귀여움을 받던 둘도 없는 제자였다. 스승은 매일 밤 모두에게 '밀교'의 신비를 가르쳐 주었었다. 나는 그 예라크밀이 죽은 줄은 까맣게 모르고 있었다. 나는 스승의 앞을 조심스럽게 물러서다가 그 옆 군중 속에서 나의 친구의 모습을 단번에 찾을 수 있었던 것이다.

"자네, 예라크밀이 아닌가?"

하고 나는 말했다.

"…기억하겠나…?"

둘이는 불가능한 꿈을 실현시킬 수 있는 것인 양 밤을 새워가며 긴 이야기를 나누곤 했었다. '밀교'의 경전에 따르면, 만일 인간의 영혼이 완전하리만큼 순수하고, 그의 사랑이 충분하리만큼 깊다면 그 사람은 이 땅에 메시아를 불러올 수 있다고 했다. 그래서 모두는 그것을 실현하기로 결심했었다. 물론 모두는 앞으로 닥칠 위험에 대해서도 각오를 단단히 하고 있었다. 하나님의 손에 들어 있는 패를 말썽 없이 내어놓게 할 사람은 아무도 없었다. 모두보다 더 나이 먹고 더 현명하며 더 성숙한 사람들도 미래의 굴레로부터 메시아를 데려오려고 무던히 애를 썼지만 성공한 경우는 한 번도 없었다. 그들은 목적에 실패한 나머지 신앙심을 잃거나 이성을 잃은 사람, 심지어는 목숨을 잃은 사람도 많았다. 예라크밀과 나는 그 점에 대해서도 잘 알고 있었다. 그러나 모두는 장차 닥쳐올 장애물 따위에는 개의치 말고 모두의 계획을 계속 수행하기로 결심했었다. 무슨 일이 있더라도 모두는 서로 떨어지지 말기로 약속했었다. 만일 모두들 가운데 한 사람이 죽게 된다면 다른 사람이 혼자서라도 계속 수행하기로 했었다. 그리하여 모두는 긴 고행을 위한 준비를 했다. 낮에는 단식을 하고 밤에는 기도를 하면서 우리는 몸과 영혼을 닦았다. 또 입을 정결히 하고 말씨를 순화시키기 위해 되도록 말을 적게 했으며 안식일에는 절대로 말을 하지 않았다.

어쩌면 모두의 시도는 성공을 거두었을지도 모른다. 그러나 전쟁이 발발함으로써 모두는 고향을 떠나야만 했다. 내가 예라크밀을 마지막으로 본 것은, 그가 독일로 강제 수용되고 있는 긴 행렬에 끼어 있을 때였다. 나 역시 일주일 후에 독일로 강제 수송되었다. 그러나 그와 나는 각각 다른 수용소에 수용되었다. 나는 수용소에 있으면서 그가 혼자서도 모두들의 계획을 계속 실천하고 있는지, 그만두었는지 궁금하게 생각한다. 그러나 이제야 알게 된 것이었다. 그는 그 계획을 계속 수행했던 것이다. 그러다가 그는 죽은 것이다.

"예라크밀, 나의 형제여. 기억하고 있나……?"

그에게는 뭔가 변한 것이 있었다. 그의 손이었다. 그의 손은 이제 성자의 손이 되어 있었다.

"우린 역시. 민족운동에 참여하고 있는 동지들과 나는 하나님이 손에 쥐고 있는 패를 내어놓게 하려고 계속 노력하고 있는 중이야. 그러니 죽은 자네들이 우리를 도와줘야 하네. 방해할 것이 아니라……."

그러나 예라크밀도 그의 손도 침묵만 고수했다. 그리고 메시아 역시 시간의 우주 어딘가에서 침묵을 지키고 있을 뿐이었다. 나는 친구를 떠나, 낯익은 소년에게로 갔다.

"너 역시 나를 심판하고 있니?"

하고 나는 물었다.

"너희들 죽은 사람에게는 모두 산 사람을 심판할 권리가 약간만 있을 뿐이야. 너는 어려서 죽었으니 행운아야. 만일 내가 아직 살아 있다면 넌 나의 입장이 되어 있을 테니까 말이야."

그러나 소년이 입을 열었다. 그의 음성은 불안과 동경의 반향으로 가득 차 있었다.

"난 너를 심판하고 있었던 게 아니야. 모두는 너를 심판하기 위해서 여기에 몰려온 게 아니라구. 우리는 네가 가는 곳이면 어디든지 함께 있는 거야. 네가 무엇을 하든 우리도 너와 함께 그 일을 한다구. 네가 눈을 들어 천국을 바라보면 우리도 그렇게 하는 거야. 네가 배고픈 아이의 머리를 만져준다면, 수천 개의 손이 그 아이의 머리를 어루만져 줄 거야. 또 네가 어떤 거지에게 빵을 준다면 우리도 그 거지에게 가난한 사람만이 그 맛을 알 수 있는 천국의 음식을 줄 거구. 왜 모두가 침묵만 하고 있느냐고? 그건 침묵만이 우리가 사는 현주소일 뿐만 아니라, 그것 말고는 달리 살 수가 없기 때문이야. 우리는 침묵이야. 너의 침묵도 모두의 것이지. 네가 우리를 데려온 거야. 너는 어쩌다가 모두를 보게 될 뿐, 거의 모두를 볼 수 없는 거야. 넌 우리를 보는 순간, 우리가 너를 심판하고 있다고 생각했겠지만, 그건 잘못 생각이야. 너의 침묵이 너를 심판하고 있는 거라고."

모르는 적을 죽이는 것은 비겁한 짓

그때 갑자기 거지가 팔로 나를 스쳤다. 돌아보니 그는 나의 뒤에 있었다. 나는 그가 죽음의 천사가 아니라 예언자 엘리야라는 것을 알아차렸다.

"가드의 발소리를 들었네."

하고 그가 말했다.

"그가 지금 계단을 올라오고 있단 말이야."

"가드의 발소리가 들렸어요."

하고 일라나가 나의 팔을 건드리며 말했다.

"그가 지금 계단을 올라오고 있어요."

가드가 천천히, 그리고 멍한 표정으로 방안으로 들어왔다. 일라나가 그에게로 달려가 그의 입술에 키스를 했다. 그러나 가드는 부드럽게 그녀를 떼어놓았다.

"당신은 아주 오랫동안 지하실에 있었어요."

하고 일라나가 말했다.

"거기서 무얼 했죠?"

가드의 얼굴에 잔인하고 슬픈 미소가 떠올랐다.

"아무것도."

하고 가드가 대꾸했다.

"나는 그가 음식을 먹는 걸 구경하고 있었어."

"그가 음식을 먹어요?"

나는 놀라서 다시 물었다.

"그가 음식을 먹더라고 말하는 겁니까?"

"그래. 그는 음식을 먹었어. 그것도 아주 맛있게 즐기면서 말이야."

나는 도저히 이해할 수가 없었다.

"뭐라고요? 그럼, 그가 배고파했단 말인가요?"

"나는 그가 배고파했다고는 말하지 않았어."

하고 가드가 대꾸했다.

"나는 그가 음식을 맛있게 먹었다고 했을 뿐이야."

"그건 그가 배고팠기 때문이겠죠."

가드의 얼굴이 어두워졌다.
"아니야, 그는 배고파하지 않았어."
"그럼 왜 먹었죠?"
"그건 나도 모르겠어."
가드가 신경질적으로 대꾸했다.
"어쩌면 그는 배고프지 않아도 자기가 음식을 먹을 수 있다는 걸 나에게 보여주려고 했는지도 모르지."
일라나는 가드의 얼굴을 자세히 들여다보았다. 그녀는 그의 눈길을 붙잡으려고 애썼다. 그러나 가드는 허공에 눈길을 던진 채였다.
"그런 다음에는 무얼 했나요?"
그녀가 불안한 어조로 물었다.
"그런 다음이라니?"
"그가 음식을 먹고 난 다음에 말예요."
가드는 어깨를 움츠렸다.
"아무것도."
"아무것도라니, 그건 무슨 뜻이죠?"
"그냥 아무것도 안 했다는 말이야. 그가 나에게 이야기를 해주더군."
"이야기를요? 어떤 이야기였죠?"
일라나가 그의 팔을 붙잡으며 채근했다. 가드는 체념한 듯이 한숨을 내쉬었다.
"그냥 이야기일 뿐이었어."
그는 그녀의 질문이 귀찮은 듯했다. 나는 가드가 웃었는지, 그 포로가 가드를 웃겼는지 알고 싶었다. 그러나 나는 질문을 그만두었다. 들으나마나 그의 대답은 바보 같은 것일 테니까.
가드가 다시 방안에 들어옴으로서 기데온과 요압도 잠에서 깨어났다. 그들은 방금 꿈을 꾸고 있지 않았다는 것을 스스로 확인이라도 하려는 듯이 수척한 얼굴로 방안을 두리번거렸다. 하품을 억제하며 요압이 가드에게 시간을 물었다.

"네 시야."

"벌써 그렇게 됐어요? 나는 까맣게 모르고 있었군요."

가드가 나를 가까이 오도록 불렀다.

"곧 날이 샐 거야."

"알고 있어요."

"무얼 해야 한다는 걸 알고 있겠지?"

"알고 있어요."

그는 호주머니에서 연발권총을 꺼내어 나에게 건네주려 했다. 나는 주저했다.

"이걸 가져."

가드가 말했다. 연발권총은 검정빛으로 거의 새것이었다. 나는 권총에 손을 대기가 두려웠다. 그 안에는 지금까지의 나와 앞으로의 나를 갈라놓을 엄청난 사실이 들어 있었기 때문이다.

"무얼 기다리고 있는 거지?"

하고 가드가 채근했다.

"어서 받으라구."

나는 손을 내밀어 권총을 받아들고 그것을 어떤 목적에 사용해야 할지 아직도 모르는 것처럼 한참 동안이나 들여다보았다. 이윽고 나는 권총을 바지 주머니에 쑤셔 넣었다.

"한 가지 묻고 싶은 것이 있는데요."

"물어 보게."

"그가 당신을 웃기지는 않던가요?"

가드는 차가운 눈길로 나를 쏘아보았다. 그는 나의 질문을 이해할 수 없다는 듯이, 아니, 그런 질문을 예상하고 있었다는 듯이 어떤 편견에 사로잡혀 눈살을 찌푸렸다.
"존 도슨이 말예요."
하고 나는 말했다.
"존 도슨이 당신을 웃기던가 말예요?"
가드의 눈길이 나를 꿰뚫어 보았다. 나는 그의 눈길이 나의 머릿속을 지나 다른 쪽으로 빠져나가는 것을 느꼈다. 그는 내 마음속에서 무슨 일이 전개되고 있는지, 왜 내가 그 따위 시시한 질문을 던지는지, 의아한 표정을 지었다.
"아니."
하고 가드가 대꾸했다.
"그는 나를 웃기지 않았어."
그러나 가드의 본래의 표정이 약간 일그러졌다. 아무리 사실을 숨기려 했어도 자기의 눈만은 어쩔 수가 없었던 것이다. 그런데도 입으로는 사실을 부인하고 있었다.
"웃기지 않았다고요?"
나는 조롱조로 물었다.
"그의 이야기가 우습지 않았다고요?"
가드는 이상한 소리를 냈다. 그러나 그것은 웃음이 아니었다. 잠깐 침묵을 지킨 다음, 그가 대답했다.
"아, 그의 이야기가 아주 우습기는 했지. 하지만 날 웃기지는 못했어."
그는 셔츠 주머니에서 담배 한 개비를 꺼내어 불을 붙였다. 그러고는 몇 모금 계속해서 빨아대더니 나의 질문을 막으려는 듯이 말을 이었다.
"난 다비드를 생각하고 있었거든. 그게 전부야."
나도 역시 다비드를 생각할 것이라고, 속으로 생각했다. 다비드가 나를 보호해 줄 것이다. 존 도슨은 나를 웃기려고 애를 쓰겠지만 나는 웃지 않으리라. 다비드가 나를 구원하러 올 테니까.

아직도 밤이 모두를 지켜보고 있었다. 그러나 눈에 띄게 밤은 물러갈 준비를 하고 있었다. 나는 서둘러서 결정을 내렸다.

"그만 난 내려가겠어요."

하고 나는 말했다.

"아니, 벌써?"

하고 감격과 놀람이 뒤섞인 어조로 가드가 말했다.

"아직 시간은 충분하잖아. 한 시간 이상이나……."

나는 시간이 다 되기 전에 존 도슨을 만나보고 싶다고 말했다. 그와 이야기를 나눔으로써 그가 어떤 사람인가를 알고 싶다고 말했다. 나는 또 말했다. 전혀 알지도 못하는 낯선 사람을 죽인다는 것은 비겁한 짓이라고. 그것은 마치 전쟁 중에 적군을 쏘는 것이 아니라 어두운 밤을 향해서 총질을 하는 것과 같다고. 밤이 부상을 입고 비명을 지르는 것은 곧 사람이 비명을 지르는 것이지만, 기왕 총을 쏠 바에야 왜 떳떳하게 적군을 쏘지 않고 밤을 향해 쏜단 말인가.

그건 비열한 짓이다. 당신들은 밤을 향해 총을 쏘아대지만, 과연 어떤 적이 맞아 죽었는지 모른다. 적을 모르고 적을 죽인다는 것은 비겁한 짓이다. 지금 나의 경우도 그렇지 않은가. 낯선 사람을 죽인다는 것은, 적이 아니라 밤을 향해 총을 쏘는 것과 마찬가지로 비열한 짓인 것이다.

만일 내가 그가 죽는 것만을 보게 된다면, 이미 죽어 있는 사람에게 총을 쏜 것과 무엇이 다르겠는가. 나는 상대를 죽이기는 죽이되 상대가 어떤 사람인가를 알고 죽이고 싶은 것이다.

내가 마음의 결정을 서두른 것은 바로 이런 이유 때문이었다. 그러나 나는 그 결심이 정확한 것이었는지 확신할 수는 없다. 지난날을 돌이켜 볼 때 나는 자못 호기심에 들떠 있었던 듯도 싶다. 나는 이전에 인질을 본 적이 없었다. 그러기에 사형선고를 받은 인질을 만나보고 싶었고, 우스운 이야기를 듣고 싶어 했으리라. 그건 호기심이었을까, 아니면 허세였을까? 아마 양쪽 다였으리라……
"나와 함께 가기를 바라나?"
하고 가드가 물었다. 머리 한 가닥이 이마에 흘러내렸으나 그는 그것을 쓸어 올리지도 않았다.
"아뇨, 나 혼자서 그와 함께 있고 싶어요."
가드는 미소를 지었다. 그는 지휘자였다. 자랑스러운 부하를 두었다는 자긍심에서 그는 미소를 지었던 것이다. 그는 자랑스럽게 나의 어깨에 손을 얹었다.
"다른 사람들과 함께 가고 싶은 생각은 없나?"
하고 거기서 물었다.
"없어요. 나는 혼자가 좋겠어요."
그의 눈길은 헤아릴 수 없을 정도로 친절했다.
"자네는 저들 없이는 해낼 수 없을 거야."
거지는 내 뒤쪽의 유령들을 향해 고개를 끄덕이며 말했다.
"저 사람들은 나중에 오도록 하지요."
하고 나는 양보했다. 거지는 손으로 나의 머리를 감싸 쥐고 눈을 들여다보았다. 그의 눈빛이 너무나 강력했으므로 나는 순간적으로 나의 정체가 의심스러웠다. 저 눈빛이 바로 나다, 라고 나는 혼잣말을 했다. 그밖에 내가 누구일 수 있단 말인가? 저 사람은 수많은 눈빛을 가지고 있다. 나는 그 눈빛 중 하나인 것이다. 그러나 그의 표정은 친절을 발산하고 있었지만, 그 자신의 눈빛에 대해서는 별로 주의하지 않는다는 것을 알 수 있었다. 그래서 나는 나 자신으로 돌아올 수 있었다.
"좋아."
하고 거지가 말했다.
"그들은 나중에 가도 될 거야."
그러자 이번에는 저쪽에 서 있던 소년이 나에게 동행할 것을 제의해 왔다.

"나중에."

하고 나는 말했다. 나의 대답을 듣고 소년은 슬픈 표정을 지었다. 그래서 다시 한 번 타이르지 않을 수 없었다.

"넌 나중에 와. 나는 지금 그와 단둘이 있고 싶으니까."

"좋아."

하고 소년도 동의했다.

"우린 나중에 가도록 하지."

내가 떠나 있는 동안 모든 것이 그대로 남아 있기를 바라면서, 나는 방 안을 한번 둘러보았다.

일라나는 무엇인가 가드에게 이야기하고 있었다. 그러나 가드는 그녀의 말을 듣고 있지 않았다. 요압은 하품을 하고 있었다. 기데온은 두통이라도 앓는 듯이 이마를 문지르고 있었다.

앞으로 한 시간 후면 모든 것이 달라질 것이다, 라고 나는 생각했다. 탁자도, 의자도, 벽도, 창문도, 모두가 변하게 될 것이다. 다만 죽은 사람들 — 나의 아버지와 어머니, 스승과 예라크밀만이 그대로일 것이다. 왜냐하면 그들만은 우리와 함께 같은 일을 하며 같은 길을 걸으며 우리와 함께 변할 것이기 때문이다.

나는 권총이 무사히 들어 있는지 바지주머니를 한번 만져보았다. 권총은 거기에 있었다. 그것은 정말이지 이상한 기분을 느끼게 했다. 권총이 거기에 그렇게 살아 있다는 것, 권총이 내 인생의 일부분이 되어 있다는 것 — 그것은 정말 이상한 기분을 느끼게 했다. 나는 권총의 운명이고 권총은 나의 운명이었다. 앞으로 한 시간 후면 모든 것이 변하게 될 것이다, 라고 나는 생각했다.

"밤이 꽤 늦었군."

요압이 기지개를 켜며 말했다. 나는 우선 방안을 둘러보며 눈인사를 보냈다. 일라나에게, 기데온과 그의 기도에, 요압과 그의 어리둥절한 표정에게, 탁자에게, 창문에게, 벽에게, 그리고 밤에게 눈으로 작별인사를 했다. 그런 다음, 나는 마치 내 자신의 사형집행을 맞으러 가는 것처럼 서둘러 부엌으로 들어갔다. 그러나 발을 계단에 내려놓자마자 나의 발걸음은 점점 느슨해지고 무거워지는 것이었다.

마지막 사람과의 대화

존 도슨은 잘 생긴 남자였다. 면도하지 못한 얼굴이며 헝클어진 머리, 그리고 구겨진 셔츠에도 불구하고 그는 어딘가 비범한 인품을 지니고 있었다.

그는 사십대쯤에 접어든 사람으로- 의심할 바 없는 직업군인이었다 날카로운 눈과 단단한 턱, 얇은 입술과 훤히 트인 이마, 그리고 가느다란 손을 가지고 있었다.

내가 지하실문을 밀고 들어갔을 때, 그는 천장을 주시하며 야전 침대에 누워 있었다. 그 침대는 비좁은 하얀 독방에 설치된 유일한 비품이었다. 우리들이 설치했던 그 교묘한 통풍장치에 감사해야 할 것은, 그 창문 없는 독방이 이층의 환한 방보다 훨씬 덜 답답했다는 점이었다.

존 도슨은 내가 온 것을 알아차리고도 놀라거나 두려워하는 기색은 조금도 보이지 않았다. 그는 침대에서 일어나지도 않고 상체를 일으켜 앉은 자세를 취할 뿐이었다. 그는 한참 동안 말 한 마디 없이 나의 침묵의 농도를 가늠해 보기라도 하듯 나를 자세히 관찰했다. 그의 눈길은 나의 온 몸을 감싸듯 강렬했으므로, 혹시 내가 수많은 눈동자를 가졌다는 사실을 그가 알아채지 않았을까 하는 생각이 들었다.

"지금 몇 시요?"

그가 퉁명스럽게 물었다.

나는 네 시가 지났다고 대답했다. 그는 나의 말속에 숨겨진 뜻을 알아내려고 애쓰는 것처럼 눈살을 찌푸렸다.

"해는 언제 뜨오?"

"한 시간쯤 있으면요."

나는 이렇게 대답하고 나서 이유도 없이 덧붙였다.

"아마도 그럴 겁니다."

우리는 오랫동안 상대방을 주시했다. 그러면서 나는 갑자기 시간이 정상적으로, 규칙적으로 가고 있지 않다는 사실을 실감했다. 그런데도 나는 실제로는 그 사실을 믿지 않고 있었다. 나는 살인으로부터 떼어놓을 그 한 시간이 평생보다 길게 느껴졌다. 그 시간은 언제나 먼 미래에 속하게 되리라. 그 시간은 결코 과거와 함께 있지는 않으리라.

그런데, 어쩐 일인지 우리 두 사람의 관계가 꽤 오래 된 것처럼 느껴지기 시작했다. 우리는 그 감방에 외롭게 떨어져 있을 뿐만 아니라 이 세상으로부터도 멀리 떨어져 있었다. 그는 희생자로 앉아 있고 나는 사형집행자로서 서 있었다. 우리는 천지창조의 첫 인간, 혹은 마지막 인간이었다. 확실히 우리는 외로웠다. 그럼 하나님은 어디에 있을까? 그 역시 어디엔가 현존해 있었다. 그는 존 도슨이 나에게 불어넣어 준 기호(嗜好) 속에 구현되어 있었다. 사형집행자와 희생자 사이의 증오의 부재(不在) - 아마 이것이 곧 하나님일 것이다.

우리는 비좁은 하얀 감방 안에서 외로웠다. 그는 침대에 앉아 있고 나는 그 앞에 서서 서로를 주시하고 있었다. 나는 그의 눈을 통해서 나 자신을 볼 수 있기를 바랐다. 아마 그 역시 나를 통해서 그 자신을 볼 수 있기를 바랐다. 나는 그에게 증오도, 분노도, 그리고 동정도 느끼지 않았다. 나는 그가 좋았다. 그것이 전부였다. 나는 그가 생각할 때 얼굴을 찌푸리는 모습이 좋았고, 그가 자기의 사상을 공식화하려고 노력할 때 손톱을 들여다보는 모습이 좋았다. 만일 다른 상황이었다면 그는 나의 친구가 되었을 것이다.

"그럼, 당신이었소?" 하고 그가 퉁명스럽게 물었다.

그가 어떻게 그것을 알아챘을까? 아마 그는 후각으로 알아냈는지도 모른다. 죽음이란 냄새를 지니고 있는 것이며, 그것을 가지고 내가 들어왔으니까. 그렇지 않다면, 내가 들어오자마자 나에게는 팔도 다리도 어깨도 없는 대신, 온통 눈동자만 있다는 사실을 보고 알아냈는지도 모른다.

"그래요."

나는 대답하면서 마음이 아주 평안했다. 마지막 발걸음이 어려운 법이다. 사람이란 마지막에 이르면 오히려 명석해지고 침착해지기 마련이다.

"당신 이름이 무엇이오?"

그가 물었다. 이 질문은 나를 난처하게 만들었다. 모든 사형수들은 꼭 이런 질문을 하게 되는 것일까? 왜 그는 사형집행인의 이름을 알고 싶어 할까? 그 이름을 저 제상으로 함께 가지고 가기 위해서일까? 어떤 목적 때문일까? 아마 나는 이름을 말하지 말았어야 했는지도 모른다. 그러나 죽어 가는 사형수에게 아무것도 거절할 수가 없었다.

"엘리샤라고 합니다."

"아주 음악적인 이름이군요."

"어떤 예언자의 이름이지요."

하고 나는 설명했다.

"엘리샤는 엘리야의 제자였어요. 그는 죽은 아이의 위에 엎드려 자기 입으로 아이의 입에 숨을 불어넣어 줌으로써 그 아이를 소생시킨 사람이지요."

"그렇다면 당신은 그와 반대되는 일을 하고 있구려."

그는 웃으면서 말했다. 그의 음성에는 분노나 증오의 기색은 조금도 없었다. 아마 그 역시 명석해지고 침착해진 탓일 것이다.
"지금 몇 살이오?"
그는 나에 대한 관심을 높이며 다시 물었다.
"열여덟입니다."
이렇게 대답하고 나는 덧붙였다.
"곧 열아홉이 되지요."
그는 고개를 들었다. 그의 야위고 민감해 보이는 얼굴에 갑자기 연민의 표정이 떠올랐다. 그는 잠깐 동안 나를 물끄러미 쳐다보고 나서 언짢다는 듯 고개를 끄덕였다.
"정말 안됐구려."
하고 그가 말했다. 나는 그의 연민이 나의 전신에 와 닿는 것을 느꼈다.
"이야기를 하나 해주시오, 우스운 이야기를요. 만일 할 수 있다면 말입니다."
나는 몸이 점점 무거워지는 것을 느꼈다. 그러나 내일이면 더욱 무거워지리라고 생각했다. 내일이면 나의 몸은 더욱 무거워져서 나의 인생을, 그리고 그의 죽음을 내리누르리라.
"나는 당신이 죽기 전에 보게 될 마지막 사람이에요."
하고 나는 말을 이었다.
"나를 한번 실컷 웃겨 보시죠."
다시 한 번 그의 연민의 눈길에 내 전신이 휩싸였다. 나는 모든 사형수가 그와 똑같이 마지막 사람을 바라보는 것인지, 모든 희생자가 그의 사형집행자를 그와 똑같이 동정하는 것인지 알고 싶었다.
"정말 안됐구려."
존 도슨이 이렇게 되뇌었다. 나는 엄청난 노력을 기울여 겨우 미소를 지었다.

"그건 조금도 우스운 얘기가 아니군요."

그가 이번에는 답례로 나에게 미소를 지어 보였다. 우리 두 사람의 미소 가운데서 어느 쪽이 더 슬펐을까?

"정말 조금도 우습지 않단 말이오?"

아니, 그렇지는 않았다. 뭔가 우스운 점이 있기는 있었다. 서로 웃으면서 앉아 있는 사형수와 서 있는 사형집행자— 아마 그들이 어릴 적부터의 친구였다면 서로를 더 많이 이해할 수 있었으리라. 그렇게 시간은 흘러가고 있었다. 두 사람 사이에는 인습에 젖은 겉치레 따위는 이미 존재하지 않았다. 두 사람이 주고받는 말과 눈길과 몸짓은 어느 것 하나 적나라한 진실 아닌 것이 없었다. 우리 사이에는 조화가 이루어져 있었다. 나의 미소는 그의 미소였고 그의 연민은 나의 연민이었다. 이 시간에 그가 나를 이해해 준 것만큼 일찍이 나를 이해해 준 사람은 아무도 없었다. 단지 우리 두 사람에게 주어진 역할 때문에 우리는 그따위 우스꽝스러운 놀이를 하고 있는 것뿐이었다.

"앉구려."

존 도슨이 말했다. 그는 침대 왼쪽에 앉을 자리를 비워주었다. 나는 앉았다. 그때서야 나는 그가 나보다는 머리 하나가 더 크다는 것을 알았다. 다리도 바닥에 닿아 있지 않은 나보다 길었다.

"나에게는 당신 또래의 아들이 있어요."

그는 이야기를 시작했다.

"하지만 그 애는 당신과는 전혀 달라요. 그앤 금발에 힘이 세고 건강하지요. 그 앤 먹고, 마시고, 영화 구경 가고, 웃고, 노래하고, 계집애들과 놀러 다니기를 좋아해요. 그 애에겐 당신의 걱정이나 불행 같은 건 조금도 없지요."

그는 '케임브리지 대학에서 공부하는' 아들에 대해서 더 많은 것을 이야기해 주었다. 구구절절이 나의 몸 구석구석에 불을 활활 지르는 내용뿐이었다. 나는 몇 번이나 오른손으로 호주머니에 들어 있는 연발권총을 어루만졌는지 모른다. 권총 역시 뜨겁게 달아올라 나의 손끝에서 타는 듯했다.
 '이 사람의 이야기에 귀를 기울여서는 안 된다.' 라고 나는 혼잣말을 했다. 그는 나의 적이다. 적과 대화란 있을 수 없다. 나는 다른 것을 생각해야 한다. 그가 이야기하는 동안에 다른 것을 생각하기 위해서, 그를 만나보고 싶어 했으니까. 다른 어떤 것을…….
 하지만 무얼 생각한다? 일라나에 대해서? 가드에 대해서? 그렇다. 가드를 생각해야 한다. 그는 다비드를 생각하고 있었지. 나 역시 우리들의 영웅 다비드 벤 모세를 생각해야 한다. 그는…….
 나는 다비드를 보기 위해 눈을 감았다. 그러나 아무 소용이 없었다. 그럴 것이 그를 만난 적이 한 번도 없었기 때문이다. 이름만으로는 목소리가 있어야 하고 몸은 있어야 한다. 그런 연후에 그것들 위에 다비드 벤 모세라는 이름을 꽂아야 실감이 나지 않겠는가?
 '내가 실제로 알고 있는 얼굴과 목소리와 몸을 생각하는 것이 낫겠군. 가드를 생각해 볼까? 아니야, 가드를 사형수로 상상해 본다는 것은 어려운 일이야. 사형수지……. 그렇군! 왜 일찍 그걸 생각하지 못했지? 존 도슨은 사형수가 아닌가! 그렇다면 왜 그를 다비드 벤 모세로 바꾸어 생각하지 못했단 말인가? 앞으로 5분 동안, 존 도슨, 당신은 나의 다비드 벤 모세가 되는 거요. 아크레의 차갑고 습하고 창백한 햇볕이 드는 죽음의 감방에 갇혀 있는 다비드 벤 모세…….'
 누군가 감방문을 두드린다. 문이 열리고 다비드, 당신에게 〈시편〉을 읽어주기 위하여, 그리고 당신의 참회를 듣기 위하여 랍비가 들어온다. 당신은 말이나 행동이나 생각으로 지은 죄뿐만 아니라 다른 사람들로 하여금 죄를 짓게 한 데 대해서도 책임을 지고 무서운 참회를 해야 한다. 랍비는 당신에게 전통적인 축복을 준다.

'여호와는 네게 복을 주시고 너를 지키시니……'

그리고 무서워하지 말라고 당신에게 간곡히 타이른다. 그러면 당신은 절대로 무섭지 않다고, 또 기회가 주어진다면 같은 임무를 몇 번이고 수행하겠노라고 대답한다. 랍비는 미소를 지으며 바깥사람 모두가 당신을 자랑스럽게 여기고 있다고 말한다. 랍비는 감동하여 당신의 보는 앞에서 흐르는 눈물을 닦으려고 애를 쓴다. 그러나 애씀이 지나쳐 마침내 랍비는 소리 내어 흐느끼기 시작한다. 그러나 다비드, 당신은 울지 않는다. 당신은 랍비를 친절하게 대한다. 왜냐하면 랍비는 당신이 죽기 전에 마지막으로 만나는 사람(사형집행인과 그의 조수들은 빼고 말이다)이니까. 그래도 랍비가 계속 슬퍼하므로 당신은 이렇게 그를 위로한다. '울지 마십시오. 나는 두렵지 않습니다. 랍비께서 저 때문에 언짢아하실 필요는 없습니다'라고.

"정말 안됐구려."

하고 존 도슨이 말했다.

"당신은 내 아들이 아니라 나를 걱정해 주는구려."

그는 방바닥에 발을 딛고 섰다. 그가 일어서자 키가 너무 컸으므로 천장에 머리를 부딪치지 않기 위해 허리를 굽혀야만 했다. 그는 구겨진 카키색 바지 주머니에 손을 찔러 넣고 감방 안을 왔다 갔다 하기 시작했다. 다섯 발자국 한쪽으로 걸었다가 다섯 발자국 다른 쪽으로 걸었다.

"당신이 그렇게 걷고 있으니까 정말 우습군요."

하고 내가 말했다. 그는 나의 말을 듣지 못한 모양이었다. 계속 벽과 벽 사이를 왔다 갔다 했다. 나는 시계를 보았다. 네 시 이십 분이었다. 갑자기 그가 나의 앞에서 발걸음을 멈추며 담배를 찾았다. 나는 호주머니 속에 '플레이어즈' 한 갑을 가지고 있었으므로 그걸 몽땅 주겠노라고 말했다. 그러나 그는 한 갑을 다 피울 시간이 없을 것이라며 갑째 갖는 것을 조용한 어조로 사양했다.

그러고는 갑자기 조바심을 치며 말했다.

사형 10분 전

"종이와 연필을 가지고 있소?"

나는 수첩 몇 장을 찢어 연필과 함께 건네주었다.

"아들에게 보낼 짤막한 편지를 쓰려고 그러오. 주소와 성명도 써야 되겠지요."

나는 받침으로 사용하도록 수첩도 건네주었다. 그는 수첩을 침대 위에 놓고 선 자세에서 허리를 구부리고 편지를 쓰기 시작했다. 잠시 동안 감방 안에는 종이 위를 스치는 연필 소리만 들렸다.

나는 길고 날씬한 귀족적인 손가락을 가진 그의 매끈한 손을 정신없이 내려다보고 있었다. 저런 손을 갖고 있으면 살아가기에 아주 편리할 거야, 하고 생각했다. 허리를 구부려 아첨을 하거나 웃을 필요도 없을 것이고, 구질구질한 말을 하거나 인사를 하거나 꽃으로 장식할 필요도 없을 거야. 저런 손을 가지면 못할 일이 없을 거야. 로댕은 저런 손을 조각하기를 좋아했지……

로댕을 생각하니 슈테판이 머리에 떠올랐다. 그는 독일인으로 내가 부켄발트에서 알게 된 사람이었다. 그는 전쟁 전에는 조각가였으나 내가 그를 만났을 때 그의 오른손은 나치에 의해 절단되어 있었다.

히틀러가 집권한 첫해에 슈테판은 몇몇 친구들과 함께 베를린에서 초기의 저항단체를 조직했었다. 그러나 즉각 게슈타포에 의해 발각되고 말았다. 슈테판은 체포되어 고문을 받았다. 이름을 대라, 그러면 너를 석방해 주겠다. 게슈타포는 그렇게 말했다. 그들은 슈테판을 구타하고 굶겼다. 그러나 그는 이름을 대지 않았다. 그들은 밤마다, 날마다 잠을 못 자게 하고 고문했다. 그래도 그는 입을 열지 않았다. 결국 슈테판은 베를린의 게슈타포 본부로 이송되었다. 본부의 두목은 약간 소심하고 온후한 사람이었다. 두목은 부드러운 어조로, 마치 아버지 같은 태도로, 바보 같은 고집을 버리라고 그를 타일렀다. 그래도 슈테판은 돌 같은 침묵으로 일관했다.

"이봐, 우리에게 협조하는 표시로 이름만 대면되는 거야."

그러나 끝내 슈테판은 입을 다물었다. 그러자 두목이 말했다.

"안됐군. 봐주려고 했더니 화를 자초하다니."

두목의 지시를 받은 두 명의 친위대원에 의해 슈테판은 수술실로 보이는 곳으로 옮겨졌다. 창가에는 치과의사의 의자가 놓여 있었다. 의자 옆에는 하얀 유포(油布)가 덮인 탁자가 하나 있고, 그 위에는 각종 수술기구들이 가지런히 놓여 있었다. 친위대원들은 창문을 내리고 슈테판을 의자에 앉혀 묶은 다음, 그에게 담배를 한 대 물렸다. 조금 후에 예의 온후한 인상의 두목이 들어왔다. 그는 의사의 하얀 가운을 입고 있었다.

"두려워할 것 없어. 나는 의사였으니까."

하고 두목이 말했다. 그는 수술기구들을 짐짓 점검하는 체하고 나서 슈테판의 의자 앞에 앉았다.

"오른팔을 이리 내주게."

슈테판이 팔을 내밀어주자 그는 눈을 가까이 대고 관찰한 다음 말을 이었다.

"자네가 조각가란 걸 나도 알고 있어. 그런데도 할 말이 없단 말이야? 좋아. 무슨 뜻인지 알겠네. 그렇담 자네의 손이 말하게 해주지. 사람의 손이란 그 사람에 관해서 많은 것을 얘기해 주거든. 내 손을 한번 보게. 아마 자넨 내 손을 의사의 손이라고는 생각할 수 없겠지, 그렇지? 그건 사실이야. 나는 한 번도 의사가 되겠다고 생각한 적은 없으니까. 나는 화가나 음악가가 되고 싶었지. 결국 못 됐지만 말이야. 하지만 아직도 예술가의 손을 가지고 있는 것만은 다를 것이 없지. 내 손을 한번 보라구."

"나는 그의 손을 바라보았지. 정말 매혹적인 손이었어."

하고 슈테판은 나에게 말했었다.

"일찍이 나는 그토록 아름답고 그토록 천사 같은 손을 본 적이 없었어. 자네가 그 손을 보았더라면 천상(天上)의 인간만이 지닐 수 있는 손이라고 생각했을 거야."

"조각가에게는 손에 절대적으로 필요하겠지."

하고 게슈타포의 두목은 말을 계속했다.

"하지만 불행하게도 우리에게는 그게 필요 없다네."

그는 그렇게 말하면서 슈테판의 손가락을 하나 잘랐다.

다음날에는 두 번째 손가락을 잘랐다. 그 다음날에는 세 번째, 그리고 닷새째에는 다섯 번째 손가락을 잘랐다. 그리하여 슈테판의 오른손에서는 다섯 손가락이 몽땅 잘려나가고 말았다.

"염려하지 말게. 의학적인 관점에서 볼 때 수술은 아주 잘 되었으니까. 감염될 위험은 조금도 없네."

"그 후에도 나는 그 작자를 다섯 번이나 더 보았지."

하고 슈테판이 나에게 말했었다(슈테판은 무슨 이유에선 즉각 처형되지 않고 정치범 수용소로 옮겨졌다고 했다).

"5일 동안 날마다 나는 그 작자를 가까이에서 볼 수 있었어. 그럴 때마다 나는 일찍이 본 적이 없는 그의 그토록 아름다운 손에서 눈길을 뗄 수가 없었어……."

존 도슨이 편지를 다 써서 나에게 건네주었다. 그러나 나는 그것을 보고 있지 않았다. 나의 눈길은 온통 그의 자랑스럽고 매끄러우며 연약한 손에 쏠려 있었다.

"당신은 예술가인가요?"

하고 나는 물었다. 그는 머리를 저었다.

"한번쯤 그림을 그렸다든지, 악기를 다루었다든지, 혹은 최소한 그런 것을 해보고 싶은 적이 한 번도 없었나요?"

그는 영문을 모르겠다는 듯이 한참 동안 나를 쳐다보고 나서 냉정하게 대꾸했다.

"없었소."

"그렇다면 의학공부는 했겠군요."

"의학을 공부한 적도 없었소."

그는 사뭇 화가 난 어조로 대꾸했다.

"안됐군요."

"안되다니? 왜요?"

"당신 손을 한 번 보세요. 그건 외과의사의 손이라구요. 손가락을 잘라내는 그런 손이지요."

그는 조심스럽게 편지를 쓴 종이를 침대에 놓았다.

"그게 당신이 말한 우스운 이야기요?"

"그래요. 아주 우습잖아요. 그 얘길 나에게 해준 친구도 그렇게 생각했었죠. 그는 어떻게나 웃었던지 나중에는 눈물까지 흘렸답니다."

존 도슨은 머리를 내저으며 슬픈 어조로 말했다.

"당신은 나를 증오하고 있구려. 그렇죠?"

나는 그를 조금도 증오하지 않았다. 다만 그를 증오하고 싶었을 뿐이다. 그를 증오할 수 있다면 모든 일을 수월하게 해치울 수 있을 것 같았기 때문이다. 증오는- 신념이나 사랑이나 전쟁과 마찬가지로- 모든 것을 정당화시키는 것이다.

"엘리샤, 너는 무엇 때문에 존 도슨을 죽였지?"

"그는 나의 적이니까."

"존 도슨이? 너의 적이라구? 자세한 설명을 듣고 싶군."

"좋아, 설명해 주지. 존 도슨은 영국인이야. 영국인은 우리 팔레스타인 유대인들의 적이야. 따라서 그는 나의 적이지."

"하지만 엘리샤, 그것만으로는 네가 왜 그를 죽였는지 이해할 수가 없는데. 그가 단지 적이기 때문에 죽인 거야?"

"아니야. 난 명령을 받고 있었어. 무슨 말인지 이해가 갈 거야."

"그 명령이 그 사람을 너의 적으로 만들었을까? 사실을 말해봐. 엘리샤, 무엇 때문에 존 도슨을 죽였지?"

만일 내가 증오 때문에 그를 죽였노라고 대답한다면, 저런 질문들은 모두 나를 용서해 줄 수 있을 것이다. 나는 무엇 때문에 존 도슨을 죽였을까? 그를 증오했기 때문이다. 그것이 전부이다. 증오의 절대적인 특성은, 설령 그 행위에 비인간적인 점이 있다 해도 인간의 어떤 행위를 설명해 주기에 충분한 것이다.

나는 정말이지 그를 증오하고 싶었다. 그것이 내가 그를 죽이기 전에, 그와 대화를 나누고자 했던 이유 중의 하나였다. 그와 대화를 나누는 동안에 내가 그에게서, 혹은 나 자신에게서 증오심을 일으킬 만한 어떤 것을 찾고자 했다는 사실은 나의 입장에서 볼 때 다소 불합리한 것이기는 했다.

어떤 사람이 적을 증오하는 것은 그 자신의 증오심을 증오하기 때문이다. 그는 자신에게 이렇게 말하는 것이다. 나의 적인 이 친구가 나에게 증오심을 불러일으킨 거야. 내가 이 친구를 증오하는 것은 그가 나의 적이기 때문이라거나, 그가 나를 증오하기 때문이 아니라, 그가 나에게 증오심을 일으키게 했기 때문이야.

존 도슨이 나를 살인자로 만든 것이다, 라고 나는 혼잣말을 했다. 그가 나를 존 도슨의 살인자로 만든 거라구. 그는 나의 증오를 받아 마땅한 거야. 그가 아니었다 해도 나는 살인자가 되었을지도 모르지. 그러나 존 도슨의 살인자는 되지 않았을 거라구.

그렇다. 내가 일찍이 지하실로 내려온 것은 나의 증오심을 키우기 위해서였다. 그것은 아주 쉬운 일로 생각되었다. 이 지구상의 모든 군대와 정부는 각기 증오심을 고취시키는 일정한 수법을 가지고 있는 것이다. 그들은 강연이나 영화, 기타 여러 가지 선전을 통해서 각자에게 편리하게 적에 대한 이미지를 창조한다. 악의 화신으로서, 혹은 고통의 상징으로서, 혹은 모든 시대의 잔학과 불의의 근원으로서. 이 수법은 가히 절대적이다. 나 역시 이 수법을 나의 희생자에게 적용하고자 안간힘을 다 하고 있었던 것이다.

모든 적은 다 똑같은 거야, 하고 나는 혼잣말을 했다. 그들 한 사람 한 사람에게 그들의 동료들이 저지른 범죄에 대하여 책임이 있는 거야. 그들은 각자 얼굴이 다르지만 모두 똑같은 손을 가지고 있는 거야. 내 친구의 혀를 자르고 손가락을 절단한 손과 똑같은 손을 가지고 있는 거야.

나는 지하실로 내려오면서, 우리의 동지 다비드 벤 모세를 사형에 처한 자, 나의 양친을 살해 한 자, 나와 내가 되고자 했던 인간 사이에 끼어든 자, 그리고 지금 내가 마음속으로 살해하고자 하는 '적'을 만나러 간다는 사실을 확신했었다. 그 적을 증오하리라고 확신했었다.

그런데, 그의 군복을 보자마자 나의 증오심은 불길에 기름을 부은 듯 활활 타올랐던 것이다. 나의 증오심을 일으키기에 군복만으로도 충분했다. 나는 그의 매끈한 손을 보는 순간, 슈테판을 머리에 떠올렸다. 그리고 그가 잘린 손가락 대신 나의 증오심을 조각하게 될 것이라고 생각했다. 또한 그가 '케임브리지 대학에서 공부하는' 아들에게, '웃으며 계집애들과 놀러 다니기를 좋아한다는' 아들에게 작별의 편지를 쓰기 위하여 허리를 구부렸을 때, 나는 다비드를 생각했다. 존 도슨이 아니라, 다비드가 편지를 쓰고 있는 것이라고. 사형집행인의 올가미에 목을 내밀기에 앞서 어쩌면 '노인'에게 편지를 쓰고 있는지도 모른다. 그리고 존 도슨이 이야기하고 있는 동안, 나의 마음은 다비드에게로 달려가고 있었다. 다비드에게는 랍비 외에는 말할 상대가 없었다. 다비드, 당신은 랍비에게도 이야기를 걸 수가 없다. 랍비는 당신의 마지막 유언을 하나님에게 중계하느라 달리 시간이 없기 때문이다. 당신은 랍비에게 죄를 고백할 수는 있다. 〈시편〉이나 죽은 사람을 위한 기도문을 욀 수는 있다. 그리고 랍비의 위로를 받을 수도 있고 랍비를 위로할 수도 있다. 그러나 당신은 여기 존 도슨처럼 이야기를 할 수는 없다.

나는 한 번도 만난 적이 없고 앞으로도 모를 다비드를 생각했다. 그가 교수형을 당하는 우리의 첫 희생자는 아니었으므로, 우리는 그가 처형되는 시간과 방법을 정확히 알고 있었다. 아침 다섯 시경이면 감옥의 문이 열리고 간수장이 이렇게 말할 것이다. 다비드 벤 모세, 준비하시오. 시간이 다 되었소, '시간이 다 되었소.' 이것이 언제나 사형식의 집행사였다. 다비드는 자기가 갇혀 있던 감방을 한번 돌아볼 것이다. 그러면 랍비가 이렇게 말할 것이다. "오라, 나의 아들이여." 그들은 감방 문을 뒤에 열어 둔 채 밖으로 나올 것이다─어떤 이유에서인지 감방 문이 닫히는 것을 기억하는 사람은 아직 한 사람도 없었다─그러고는 사형실로 통하는 긴 통로를 걷기 시작할 것이다. 그리고 다비드는 중요한 인물이므로 일행 가운데서 중앙을 차지하고 걸어갈 것이다. 또 그는, 우리의 모든 영웅들이 그렇게 했듯이, 머리를 높이 쳐들고 입술에 야릇한 미소를 떠올리며 의젓한 자세로 걸을 것이다. 통로의 양쪽에는 수백 개의 눈, 수백 개의 귀가 그가 지나가기를 기다리고 있을 것이며 그가 가까이 다가온 것을 맨 처음 알아차린 죄수들은 희망의 노래인 하티크바(Hatikva)를 영창하기 시작할 것이다. 그리하여 일행이 앞으로 나아감에 따라 노랫소리는 점점 커지면서 보다 인간적이고 보다 강력한 소리가 되어 일행의 발자국 소리와 맞먹게 될 것이다…….

존 도슨이 자기의 아들에 대하여 이야기하고 있을 때, 나는 다비드의 발자국 소리와 점점 높아지고 있는 그 노랫소리를 듣고 있었다. 존 도슨은 그 발자국 소리를 막으려는 듯이, 다비드가 통로를 걸어가는 모습과 그의 입술에 떠오르는 야릇한 미소를 지우려는 듯이, 그리고 희망의 노래인 하티크바의 절망적인 소리를 안 들리게 하려는 듯이 이야기를 계속하고 있었다.

나는 그를 증오하고 싶었다. 증오는 모든 것을 단순하게 만들어 버리니까……. 무엇 때문에 존 도슨을 살해했느냐고? 나는 그를 증오하기 때문에 살해했다. 나는 다비드 벤 모세가 그를 증오했기 때문에 그를 증오했으며, 다비드 벤 모세가 그를 증오한 것은 다비드 자신이 죽음과 만나야 하는 먼 끝으로 통하는 어두컴컴한 통로를 걷고 있는 동안에 그가 자기의 아들에 대한 이야기를 늘어놓았기 때문이었다.

"엘리샤, 당신은 나를 증오하는구료. 그렇죠?"

존 도슨이 물었다. 그의 눈에는 자비심이 넘치고 있었다.

"당신을 증오하려고 노력하고 있는 중이지요."

하고 나는 대답했다.

"무엇 때문에 나를 증오하려고 애를 쓰는 거요?"

그의 목소리는 부드럽고 약간 슬픔에 젖어 있었다. 그러나 호기심의 기미는 전혀 찾아볼 수 없었다. 무엇 때문이냐고? 나는 잠시 망연해졌다. 그런 질문이 어디 있단 말인가! 증오심이 없다면 나의 동료와 내가 수행하고 있는 모든 일이 수포로 돌아갈 터였다. 증오심이 없다면 우리가 승리를 얻을 수 있다는 희망도 버려야 할 터였다. 존 도슨, 무엇 때문에 당신을 증오하려고 애쓰느냐고? 그건 우리 민족이 지금껏 증오하는 방법을 몰랐기 때문이오. 우리 민족이 수세기 동안 비극을 겪어야만 했던 것은 우리 민족에게 굴욕감을 안겨주고 우리 민족을 멸종시키려 했던 자들을 우리가 증오할 줄 몰랐기 때문이오. 이제 우리의 유일한 기회는 당신을 증오하는 데서, 증오의 필요성과 기술을 배우는 데서 찾을 수 있을 뿐이오. 존 도슨, 그렇지 않고서는, 우리의 미래는 단지 과거의 연장에 불과

할 것이며, 메시아도 무작정 그의 구조를 기다릴 뿐일 것이오.
 "무엇 때문에 당신은 나를 증오해야만 하는 거요?"
 존 도슨이 다시 물었다.
 "나의 행동에 어떤 초월적인 의미를 부여하기 위해서지요."
 존 도슨은 다시 한 번 이해할 수 없다는 듯이 천천히 머리를 저었다.
 "안됐군요."
 하고 그는 되뇌었다. 나는 시계를 보았다. 다섯 시 십 분 전. 아직 십 분이 남아 있었다. 나는 그 십 분 속에 나의 생애에서 가장 중요하고 결정적인 행위를 남기고 있다. 나는 침대에서 일어섰다.
 "준비하시오, 존 도슨."
 "시간이 되었소?"
 그가 물었다.
 "거의 다 되었어요."

죽은 입술은 따듯했다

 그는 침대에서 일어나 벽에 머리를 기댔다. 아마 머릿속의 여러 생각을 정리하거나 기도하기 위해서일 것이다. 아니면 다른 어떤 것을 위해서이거나.
 다섯 시 팔 분 전. 팔 분이 남았다. 나는 호주머니에서 권총을 꺼냈다. 만일 그가 나에게서 권총을 피하려고 발버둥을 치면 어떻게 한다? 그곳에서 그가 빠져나갈 방법은 없었다. 그 건물은 철저히 감시되고 있었으며, 그 감방을 빠져나가려면 부엌을 통하는 길밖에는 달리 없었다. 더욱이 이층에서는 가드, 기데온, 요압, 그리고 일라나가 우리를 감시하고 있었다. 그 점은 존 도슨도 알고 있었다.

　다섯 시 육 분 전. 육분이 남았다. 갑자기 나는 머릿속이 맑아지는 것을 느꼈다. 감방 안에 예기치 못했던 밝은 빛이 비쳤던 것이다. 이제 경계선은 그어지고 임무는 결정되어 있었다. 의문과 질문과 불확실의 시간은 이미 지나갔다. 나는 권총을 든 하나의 손이었고, 나는 권총 자체였다.

　다섯 시 오 분 전. 오 분이 남았다.

　"두려워 말라, 나의 아들아"

　랍비가 다비드 벤 모세에게 말했다.

　"하나님이 함께 계시니라."

　"염려하지 말게. 난 의사니까."

　온후한 인상의 게슈타포 두목이 슈테판에게 말했다.

　"그 편지."

　존 도슨이 고개를 돌리며 말했다.

　"내 아들에게 보내주겠지요?"

　그는 벽을 향해 섰고, 그는 곧 벽이었다. 다섯 시 삼 분 전. 삼 분이 남았다.

　"하나님이 함께 계시니라."

　랍비가 말했다. 그는 울고 있었다. 그러나 이제 다비드는 그를 보지 않았다.

　"그 편지, 잊지 않겠지요?"

　존 도슨이 거듭 말했다.

　"보내지요."

　나는 약속했다. 그리고 덧붙였다.

　"오늘 우편으로 보내지요."

　"고맙소."

존 도슨이 말했다. 다비드가 살아서 다시 나올 수 없는 사형실로 들어가고 있었다. 사형집행인이 그를 기다리고 있다. 그는 온통 눈동자뿐이다. 다비드가 교수대로 올라간다. 집행인이 눈을 가리기를 바라는지 아닌지를 다비드에게 묻는다. 다비드는 단호하게 거절한다. 한 유대 전사가 눈을 뜬 채 죽어간다. 그는 죽음의 얼굴을 보고 싶은 것이다.

다섯 시 이 분 전. 나는 호주머니에서 손수건을 하나 꺼냈다. 그러나 존 도슨은 손수건을 다시 호주머니에 넣어달라고 했다. 한 영국인이 눈을 뜬 채 죽어간다. 그는 죽음의 얼굴을 보고 싶은 것이다.

다섯 시 일 분 전. 육십 초 남았다. 감방문이 열리며 죽음의 유령들이 떼를 지어 몰려왔다. 그들의 침묵이 우리를 감쌌다. 순식간에 비좁은 감방 안은 숨이 막혀 왔다. 거지가 나의 어깨에 손을 얹으며 말했다.

"낮이 왔네."

나를 닮은 소년이 얼굴에 불안한 표정을 지으며 말했다.

"오늘이 처음……."

소년은 말을 하다 말고 흐렸다. 그러고는 잠깐 사이를 두었다가 하다 만 말이 다시 생각났다는 듯이 말을 이었다.

"사형집행을 보기는 오늘이 처음이야."

나의 아버지와 어머니도 함께 있었으며 백발의 스승과 친구 예라크밀도 거기 있었다. 그들의 침묵이 나를 주시하고 있었다. 다비드가 딱딱한 표정으로 하티크바를 불렀다.

존 도슨이 벽에 머리를 기댄 채 미소를 지었다. 그는 마치 어떤 장군에게 경례라도 붙이는 듯이 꼿꼿하게 서 있었다.

"왜 웃지요?"

나는 물었다.

"자네를 바라보는 사람에게 웃는 이유를 묻는 법이 아니야."

거지가 말했다.

"내가 웃고 있는 것은."

하고 존 도슨이 말했다.

"왜 내가 죽어야 하는지 그 이유도 모른 채 죽어야 하는가 하는 생각이 갑자기 떠올랐기 때문이오."

그는 한참 사이를 두었다가 반문했다.

"당신을 알고 있소?"

"봤지?"하고 거지가 말했다.

"그러기에 내가 죽을 예정인 사람에게는 아무 질문도 하지 말라고 했었잖아."

이십 초. 이 순간은 육십 초보다도 더 길었다.

"웃지 마세요."

나는 존 도슨에게 말했다. 내가 그렇게 말한 것은 이런 뜻이었다. '나는 웃고 있는 사람에게 총을 쏠 수가 없어요.'

십 초!

"당신에게 이야기를 하나 하고 싶소."

하고 존 도슨이 말했다.

"우스운 이야기를."

나는 오른팔을 올렸다.

오 초!

"엘리야……."

이 초. 그는 여전히 웃고 있었다.

"안됐군."

하고 소년이 말했다.

"나는 그 이야기를 듣고 싶었는데."

일 초!

"엘리샤……."

인질이 말했다. 나는 권총을 발사했다. 그가 나의 이름을 발음했을 때 그는 이미 죽어 있었다. 총알은 그의 심장을 관통했다. 죽은 사람- 그의 입술은 아직 따뜻했다- 나의 이름을 발음했다.

"엘리샤…"

그는 아주 천천히 벽의 꼭대기에서 미끄러지듯 방바닥에 가라앉았다. 그의 몸은 무릎 사이에 머리를 숙이고서 앉은 자세를 취했다. 마치 아직도 처형을 기다리고 있는 듯한 자세였다. 나는 그의 곁에서 잠깐 동안 머물렀다. 두통이 일며 점점 몸이 무거워 왔다. 나는 총소리에 귀가 막히고 입이 막혀 있었다. 일은 끝났다, 하고 혼잣말을 했다. 나는 살해했다.

유령들이 존 도슨을 데리고 감방을 떠나기 시작했다. 소년은 존 도슨의 곁에 서서, 마치 그를 인도하듯 걸어갔다. 어머니가 말하는 소리가 들리는 듯했다.

"불쌍한 것! 불쌍한 것!"

나는 무거운 발걸음으로 부엌으로 통하는 계단을 올라갔다. 나는 방안으로 들어갔다. 그러나 방안은 전과 달라 있었다. 유령들은 떠나고 없었다. 요압은 이제 하품을 하지 않는다. 기데온은 자기의 손톱을 내려다보면서 사자의 영면(永眠)을 위해서 기도하고 있었다. 일라나가 서러운 표정으로 나를 바라보았다. 가드는 담배에 불을 붙였다. 그들은 침묵을 지켰다. 그러나 그들의 침묵은 그 날 밤 내내 나를 짓누르던 침묵과는 달랐다. 지평선 위로 태양이 떠오르고 있었다.

나는 창문 곁으로 갔다. 도시는 아직 잠들어 있었다. 어디선가 어린 아이가 일어나 울기 시작했다. 개라도 짖어 주었으면 좋겠다고 생각했다. 그러나 근처에는 어디에도 개가 없었다.

밤은 정체된 물빛인 회색의 빛을 뒤에 남긴 채 희끗거렸다. 잠시 후 창문의 저쪽 허공에는 찢겨진 어둠의 조각이 하나 걸려 있을 뿐이었다. 공포가 나의 목구멍을 졸랐다. 찢겨진 어둠의 조각에 얼굴이 하나 들어 있었다. 그 얼굴을 바라보고서야 공포의 원인을 이해할 수 있었다. 그 얼굴은 곧 나의 얼굴이었다.

제3부

낯

폴 프라운슈타인에게

유대인 수용소 희생자 사진들

속이고 속 보기

칠월 어느 저녁 무렵, 뉴욕의 한복판에서 사고가 일어났다. 그 날 캐들린과 나는 영화 〈카라마조프네 형제들〉을 보러 가기 위해 차도를 막 건너려는 참이었다.

한여름의 열기로 숨이 헉헉 막혀오고 있었다. 뼛속까지, 혈관까지, 허파까지 스며들고 있었다. 말 한 마디, 숨 한 번 내뱉기가 어려울 지경이었다. 모든 것이 축축이 젖은 거대한 공기의 막으로 감싸여 있었다. 열기는 급기야 하나의 저주처럼 살갗을 꿰뚫고 있었다.

행인들은 수척한 모습으로 인생의 황혼녘을 바라보는, 그리고 인생에 열중하기보다는 마음 편히 이 세상을 하직하고 싶어 하는 노인처럼 입술이 메마른 채 뒤뚱거리며 걷고 있었다. 모두가 한결같이 자신들의 육체에 넌더리를 내고 있었다.

나는 피곤했다. 5백 단어짜리 전송 뉴스를 막 끝낸 참이었다. 아무런 반응도 울려오지 않는, 또 하나의 공허한 하루를 메우기 위한 5백 단어. 그 날은 시간 위에 아무 표지도 남기지 않는 조용하고 단조로운 일요일이었다. 워싱턴에서도 아무 반응이 없었다. UN에서도 아무 말이 없었다. 할리우드까지도 묵묵부답이었다. 영화배우들은 뉴스 따위에는 관심이 없었던 것이다.

도대체 아무런 반응도 없는 말을 하기 위해 5백 단어를 쓴다는 것은 여간 어려운 일이 아니었다. 두 시간 동안의 작업을 마친 나는 거의 녹초가 되어 있었다.

"이제 우리 무얼 하죠?"

캐들린이 물었다.
"당신 좋을 대로."
우리는 쉐라톤- 아스토어 호텔의 정면인 45번 가의 모퉁이에 와 있었다. 나는 망연자실한 상태였다. 머릿속에는 무겁고 칙칙한 안개가 끼어 있는 것만 같았다. 발걸음 하나 옮겨놓기가 싫었다. 팔과 다리가 납덩이처럼 무겁기만 했다.

오른쪽으로 타임즈 광장에는 인파가 소용돌이치고 있었다. 사람들은 바다로 나가듯 광장으로 나아가고 있었다. 그들은 말라빠진 꿈으로 가득한 실경(室景)과 흡사한 광장에 조금도 지루해하거나 고통스러워하지도 않고, 오직 혼자가 되지 않기 위해서, 아니 오직 혼자가 되기 위해서 광장으로 광장으로 몰려가고 있었다.

세계는 무거운 한여름의 열기 밑에서 느린 속도로 돌아가고 있었다. 그 모습이 사뭇 비현실적으로 보였다. 다채로운 네온 빛 사육제 속에 묻혀 사람들은 서로 웃고 노래하며, 서로 고함치고 모욕하며 이리저리 거닐고 있었다. 그 모든 동작이 화가 치밀 정도로 완만하게 이루어지고 있었다.

선원 세 사람이 호텔에서 나왔다. 그들은 캐들린을 발견하고는 우뚝 멈춰 서서 길게 휘파람을 불었다.

"그만 가요."

캐들린이 나의 팔을 끌었다. 그녀는 불쾌한 표정을 감추지 못하는 눈치였다.

"왜, 불쾌해서? 하지만 저들은 당신이 아름답기 때문에 저러는 거요."

"저렇게 휘파람을 부는 건 싫어요."

"휘파람을 부는 건 저들의 습관이오. 저들은 여자를 눈으로 보는 것이 아니라, 입으로 보거든. 선원들의 눈은 항상 바다에 가 있기 때문이지. 저들은 뭍에 올라올 때에도 눈을 사랑의 징표로서 바다에 남겨두고 오는 거요."
　선원들은 벌써 어디론가 사라지고 그 자리에 없었다.
　"당신은요? 당신은 저를 어떻게 바라보시죠?"
　그녀는 모든 것을 나와 연관시키기를 좋아했다. 그녀에게는 우리 두 사람이 항상 우주의 중심이었다. 우리 두 사람을 제외한 다른 인간들은 다만 하나의 비교 대상으로 존재할 뿐이었다.
　"나 말이오? 난 당신을 바라보지 않소."
　나는 약간 퉁명스럽게 대답했다. 잠깐 침묵이 흘렀다. 나는 꾹 참고 한마디 덧붙였다.
　"하지만 난 당신을 사랑하오. 그건 당신도 알고 있잖아."
　"저를 사랑한다고요. 그러면서도 절 바라보지는 않고요?"
　그녀의 음성이 침울해졌다.
　"당신께 경의를 표해야겠군요."
　"당신, 내 말을 이해하지 못하는군. 인간이란 필연적으로 혼자서만 살아갈 수는 없는 거요. 당신은 하나님을 사랑할 수 있어. 하지만 그 분을 볼 수는 없지 않소?"
　이 비교에 그녀는 만족해하는 것 같았다. 아마 나는 거짓말을 하고 있었으리라. 그녀가 잠시 사이를 두었다가 물었다.
　"그럼 당신은 하나님을 사랑할 때 누구를 바라보죠?"
　"당신이지. 하나님을 똑바로 쳐다볼 수 있는 사람이 있다면 그 사람은 하나님에 대한 사랑을 그만둬야 할 거요. 하나님에게는 사랑이 필요하지 이해가 필요하지는 않으니까 말이오."
　"당신한테는요?"
　캐들린의 경우, 하나님까지도 우리 두 사람에게 귀착되는 내용이 아닌 이상에는 토론의 주제로서 만족스럽지 못했다.
　"나 역시 당신의 사랑이 필요하오."

나는 거짓말을 했다. 우리는 여전히 같은 장소에 서 있었다. 왜 우리는 발걸음을 옮기지 않았을까? 나로서도 알 수가 없다. 아마 우리는 그 사고를 기다리고 있었을 것이다.

그때 나는 마음속으로, 거짓말을 하는 것을— 얼굴을 붉히지도 않고 거짓말을 잘 하는 방법을 배우리라고 생각하고 있었다. 사실 나는 거짓말에 서투르기 짝이 없었다. 무엇인가 거짓말을 할 때면 어색하기만 했고 마음과는 달리 얼굴이 이내 붉어졌었기 때문이다.

"여기서 뭘 기다리고 있는 거죠?"

캐들린이 조바심을 냈다.

"아무것도."

나는 정작 우리가 사고를 기다리고 있었다는 사실도 모른 채 거짓말을 하고 있었다.

"아직도 배고프지 않으세요?"

"아니."

"하지만 온종일 아무것도 들지 않았잖아요?"

캐들린이 안타까운 듯이 말했다.

"전혀."

캐들린은 한숨을 내쉬었다.

"얼마 동안이나 참을 수 있을 것 같아요? 당신은 지금 천천히 자살해 가고 있어요."

근처에 조그마한 식당이 하나 눈에 띄었다. 우리는 그리로 들어갔다. 좋아, 먹는 방법도 배워둬야 되겠군, 하고 나는 생각했다. 그리고 사랑하는 방법도. 난 아무것이나 다 배울 수 있다고.

카운터 앞의 빨간 의자에는 열두어 명의 손님이 앉아 말없이 음식을 먹고 있었다. 우리가 안으로 들어서자 그들은 일제히 뜨거운 눈길을 캐들린에게 쏟았다. 그녀는 아름다웠다. 그러나 그녀의 얼굴, 특히 그녀의 입술 언저리에는 머지않아 생생한 고뇌로 일그러질 어떤 기회를 기다리고 있는 공포의 첫 징후가 나타나 있었다. 나는 다시 한 번 그녀를 사랑한다는 말을 하고 싶었다.

우리는 햄버거 두 개와 포도 주스 두 잔을 주문했다.

"드세요."

그녀는 이렇게 말하며 항변하듯이 나를 쳐다보았다.

나는 햄버거를 한 조각 잘라 입으로 가져갔다. 그러나 피 냄새를 맡는 순간 이내 위장이 뒤틀려 왔다. 금방 토할 것만 같았다. 언젠가, 한 남자가 빵도 없이 고기조각을 아주 맛있게 먹는 모습을 본 적이 있었다. 그때 나는 허기진 채로 그 사람을 오랫동안 바라보았다. 마치 최면술에 걸린 것처럼 그 사람의 손놀림과 턱 놀림에 정신을 잃고 눈길을 쏟고 있었다. 그러면서 속으로는 그 사람이 자기 앞에 있는 나를 발견하고는 고기 한 조각쯤 던져줄지도 모른다고 은근히 기대했었다. 그러나 그 사람은 끝내 나를 바라보지 않았다. 다음날, 그 사람은 같은 막사의 동료들에 의해 교수형에 처해졌다. 그 사람은 인육(人肉)을 먹었던 것이다. 그는 교수형에 처해지기 직전 이렇게 변명하며 발버둥을 쳤었다.

"왜들 이래! 난 아무도 해치지 않았어. 그 사람은 이미 죽어 있었다구……"

나는 그가 변소에 목매달려 있는 모습을 보았을 때 자문하지 않을 수 없었다.

'만일 그때 그가 나를 보았다면 어떻게 되었을까?'

"어서 드세요."

캐들린이 다시 말했다. 나는 얼른 슈즈를 몇 모금 마셨다. 그리고 간신히 대답했다.

"난 배고프지 않소."

그로부터 몇 시간 후, 의사들은 캐들린에게 말했던 것이다.

"그는 운이 좋았어요. 위장이 비어 있었기 때문에 고통이 덜했을 테니까요. 그의 위장에는 토할 것도 없었어요."

"갑시다."

나는 식당에서 나갈 채비를 하며 캐들린에게 말했다. 조금만 더 있다가는 기절할 것만 같았다. 내가 음식 값을 치르고 식당을 나왔다. 타임즈 광장은 여전했다. 가짜 불빛들, 가짜 그림자들, 서로 똑같은 익명의 군중이 비비꼬였다가는 풀리고 풀렸다가는 꼬이고.

곳곳의 술집과 가게에서는 똑같은 록큰롤 음악이 보이지 않는 작은 망치처럼 간단없이 행인들의 관자놀이를 두들기고 있었다. 네온사인들은 여전히— 여러분의 건강을 위해서, 행복을 위해서, 세계의 평화를 위해서, 영혼의 평화를 위해서, 그리고 그밖에도 내가 알 수 없는 것들의 평화를 위해서 이걸 드십시오, 저걸 드십시오 하고 큰소리로 선전하고 있었다.

"어디로 가고 싶으세요."

캐들린이 물었다. 그녀는 내 얼굴이 창백한 것을 못 본 체했다. 누가 알랴, 하고 나는 생각했다. 그녀 역시 거짓말을 하는 방법을 배우게 될지도.

"멀리. 아주 멀리."

"저도 당신과 함께 가겠어요."

그녀가 선언하듯 말했다. 슬픔과 비통에 찬 그녀의 음성은 나에게 더 없는 동정심을 불러일으켰다. 캐들린도 많이 변했구나 하고 생각했다. 도전과 투쟁과 증오를 신념처럼 믿어오던 그녀가 아니던가? 그런 그녀가 지금은 복종을 감수하고 있었다. 자기 자신의 내부에서 스스로 우러나오지 않는 어떤 부름에도 따르기를 거부해 오던 그녀가 지금은 패배를 인정하고 있었다. 인간은 고뇌를 통해서 스스로 변모해 간다는 것을 나도 알고 있었다. 그러나 한 사람의 고뇌가 다른 사람까지 변모시킨다고는 생각해 본 적은 없었다.

"그야 물론이오. 나도 당신 없이는 가고 싶지 않으니까."
나는 아주 멀리 가고 싶었다. 소박함이 어떤 선택된 그룹뿐만 아니라 모든 사람에게 알려져 있는 곳, 사랑과 웃음, 노래와 기도가 있을 뿐 분노나 수치가 없는 곳, 캐들린이라는 깨끗한 포도주가 있을 뿐 시체의 불순물 따위가 섞여 있지 않은 곳, 죽은 사람들이 묘지에 묻혀 있을 뿐 살아 있는 사람의 기억이나 마음속에는 있지 않은 곳, 그런 곳으로 멀리멀리 가고 싶었다.
"좋아요. 그럼 어디로 가죠? 밤새 여기에 서 있을 수만은 없잖아요?"
캐들린이 물으며 궁리에 잠겼다.
"영화관으로 갑시다."
역시 영화관이 제일 좋은 장소라고 생각했다. 거기에서라면 우리는 외롭지 않을 수도 있었고, 거기에서라면 다른 묘안이나 장소가 떠오를 수도 있을 것 같았다.
캐들린도 동의했다. 그녀는 오히려 나의 집이나 그녀의 집으로 가기를 바랐을지도 모른다. 그러나 그녀는 내가 반대하리라는 것을 벌써부터 알고 있었다. 내가 반대할 것도 무리가 아닌 것이, 영화관에는 냉방시설이 되어 있을 테지만, 무더운 한여름에 방안에 들어박힌다는 것은 더없이 따분한 일이었기 때문이다. 난 캐들린의 동의를 얻어냄으로써 거짓말을 한다는 것이 그렇게 썩 어려운 일인 것만은 아니라는 결론을 얻었다.
"무얼 보죠?"
캐들린이 주위를 둘러보다가 타임즈 광장을 에워싸고 있는 극장들 쪽으로 눈길을 던졌다. 그러더니 흥분을 감추지 못하며 외치는 것이었다.
"카라마조프네 형제들! 우리 카라마조프네 형제들 보러가요!"
그 영화는 광장의 건너편에서 상영되고 있었다. 거기까지 가려면 큰 거리를 둘이나 건너야만 했다. 자동차와 소음의 대해(大海)가 우리와 영화관 사이를 가로막고 있었다.

"나도 도스토예프스키를 무척 좋아하오. 하지만 다른 걸 보았으면 좋겠소."

그러나 캐들린은 자기의 주장을 굽히지 않았다. 그 영화는 아주 근사하고 훌륭할 뿐만 아니라 특별한 영화라고 했다. 드리트미 역을 율 브리너가 맡고 있으며 누구나 관람해야 하는 영화라고 했다. 그러나 나로서는 무엇보다도 큰 거리를 둘이나 건너야 한다는 사실이 귀찮기만 했다.

"흔하긴 해도 미스터리 영화나 한편 보는 게 어떻겠소? 철학이니 형이상학 따위가 들어있지 않은 것 말이오. 지적인 훈련을 하기에는 날씨가 너무 덥지 않소? 보라구, 이 쪽에서 『리오의 살인』을 상영하고 있구만. 어때, 저걸 보러 갑시다. 브라질에서는 살인이 어떻게 저질러지는지 한번 보았으면 좋겠소."

그러나 캐들린의 고집은 완강했다. 그녀는 다시 한 번 우리들의 사랑을 시험해 보고 싶어 했다. 도스토예프스키가 이기면 내가 그녀를 사랑하는 것이 되고, 그렇지 않으면 내가 그녀를 사랑하지 않는 것이 되는 것이었다. 나는 그녀의 표정을 훔쳐보았다. 그녀의 입술 언저리에 예의 그 공포가 아직도 서려 있었다. 그 공포가 지금 막 고뇌로 일그러지려는 찰나였다. 캐들린이 고뇌에 싸였을 때, 그녀는 아름다웠다. 그럴 때면 눈동자는 더욱 깊어지고 음성은 더욱 아늑하고 충만해졌다. 그녀의 비밀스러운 아름다움은 더욱 순수해지고 더욱 인간다워졌다. 그녀의 고뇌는 일종의 성스러움을 지니고 있었다. 그것이 곧 그녀의 헌신의 표상이었다. 그녀가 고뇌에 싸여 있는 모습을 볼라치면, 마치 사랑이 악의 부정(否定)이라도 되는 듯이, 그녀를 사랑한다는 말을 하지 않고는 못 배길 것만 같았다. 나는 그녀의 고뇌를 멈추게 하지 않으면 안 되었다.

"그렇게 보고 싶은 거요? 카라마조프네 형제들의 학대받는 모습이 그렇게 보고 싶단 말이오?"

무서운 적은 사람의 내부에 있다

그녀의 태도는 분명했다. 율 브리너냐, 아니면 우리들의 사랑이냐, 둘 중의 하나였다.

"정 그렇다면 그걸 보러 가지."

순간 캐들린의 얼굴에 승리의 미소가 보일 듯 말 듯 스치고 있었다. 그녀는 나의 사랑을 절대적으로 믿어 의심치 않는다는 듯이 손가락을 펴 나의 팔을 꼭 움켜잡았다.

우리는 보도의 가장자리로 걸음을 옮겨갔다. 거기에서 멈추어야 했다. 빨간 불이 파란 불로 바뀔 때까지. 자동차의 홍수가 멈출 때까지, 교통경찰관의 손이 올라가고 택시들이 지정된 장소에서 멈추게 될 때까지 우리는 기다려야 했다.

나는 고개를 돌려 TWA 항공사의 창문을 통해 시계를 바라보았다. 10시 25분을 가리키고 있었다.

"가요. 파란 불이에요."

캐들린이 팔을 끌며 발걸음을 옮겼다. 우리는 차도를 건너기 시작했다. 캐들린은 나보다 빨리 걸었다. 나의 오른쪽에서 몇 인치 나를 앞서고 있었다. 이제 '카라마조프네 형제들'은 우리에게서 그리 멀리 떨어져 있지 않았다. 그러나 그 날 밤 나는 그들 형제들을 만나보지 못했다.

나는 처음에 무엇을 들었던가? 브레이크의 기괴하고도 날카로운 금속성이었던가? 어느 부인의 찢어지는 듯한 비명소리였던가? 나로서는 아무것도 기억할 수 없다.

내가 의식을 되찾았을 때, 나는 차도의 한복판에 등을 대고 누워 있었다. 흐릿한 거울 속에서 수많은 머리들이 나를 굽어보고 있었다. 사람의 머리는 사방에 있었다. 오른쪽, 왼쪽, 위쪽 그리고 아래쪽에도 있었다. 모두가 비슷비슷했다. 모두가 눈을 크게 뜨고 공포와 호기심에 차 있었다. 똑같은 입술들이 내가 이해할 수 없는 똑같은 말들을 속삭이고 있었다.

나이 든 한 사람이 무엇인가 나에게 말하고 있는 듯했다. 그는 짧게 깎은 머리에 콧수염을 달고 있었다. 캐들린도 이제는 그토록 자랑스러워했던 아름답고 까만 머리의 여인이 아니었다. 그토록 발랄하고 젊던 얼굴도 꼴사납게 일그러져 있었다. 죽음의 면전에 서 있기라도 한 듯이 두 눈을 커다랗게 뜨고 있었고, 어처구니없게도 그녀 역시 콧수염을 기르고 있었다.

나는 그것이 꿈이라고 생각했다. 잠에서 깨어나면 이내 잊어버리게 될 꿈이거니 싶었다. 꿈이 아니고서야 내가 무엇 때문에 차도 위에 누워 있어야 한단 말인가? 무엇 때문에 내가 죽기라도 한 듯이 사람들은 나를 에워싸고 있단 말인가? 더욱이, 캐들린이 갑자기 콧수염을 단 건 또 뭐란 말인가?

사방에서 몰려오는 소음들이 통과할 수도 없는 두꺼운 안개의 장막에 부딪쳐서는 간단없이 튀어 오르고 있었다. 나는 말이라고 할 만한 것은 한 마디도 내뱉을 수가 없었다. 사람들에게 말하지 말아 달라고 애원하고 싶었다. 그들의 음성을 들을 수 없었기 때문이다. 나는 꿈을 꾸고 있었지만 그들은 그렇지 않았다. 나는 여전히 작은 소리 한마디 입 밖에 낼 수가 없었다. 그 꿈은 나를 귀머거리와 벙어리로 만들었던 것이다.

그러자, 밤의 어둠 속으로 조용히 침잠해 들어가지 말고, '밝은 빛의 소멸에 대항하여 격노하고 격노하라'는 딜런 토마스의 시구가 간단없이 떠오르곤 했다.

격노하라고? 그러나 농아자(聾啞者)는 고함을 지르지 않는다. 그들은 조용히, 그리고 온순하고 소심하게 밤의 어둠 속으로 침잠해 간다. 그들은 빛의 소멸에 대항하여 고함을 지르지 않는다. 입안에 피가 가득하므로 고함을 지를 수가 없기 때문이다.

입에 피를 가득 머금은 채 고함을 지른다는 것은 쓸데없는 짓이다. 사람들은 그 피를 볼 뿐, 고함소리를 들을 수 없기 때문이다. 내가 침묵으로 일관한 것은 바로 그런 이유에서였다. 또한 한 여름 밤에 나의 몸이 얼어붙는 꿈을 꾸고 있었기 때문이다. 여름밤의 열기는 병이 날 지경이었으며 사람들의 얼굴 역시 저마다 땀에 흠뻑 젖어 있었다. 그들의 얼굴에서 땀방울이 일정한 간격을 두고 떨어지고 있었다. 그 열기 속에서 나는 추위에 떨며 죽어가는 꿈을 꾸고 있었다. 그런 꿈속에서 어떻게 고함을 지를 수 있겠는가? 밝은 빛의 소멸에 대항하여, 차갑게 식어가는 생명에 대항하여, 넘쳐흐르는 피에 대항하여 어떻게 고함을 지를 수 있겠는가?

내가 위험에서 생명을 건지고 났을 때, 캐들린이 사고가 일어났던 전후 사정을 들려준 것은 그로부터 훨씬 후의 일이었다.

나의 왼쪽에서 달려오던 택시가 나를 덮쳐 몇 야드나 밀려갔다는 것이다. 그때 캐들린은 갑작스런 브레이크의 파열음과 한 부인의 날카로운 비명소리를 들었다고 했다.

그녀는 군중이 나의 주위를 에워싸기 전까지만 해도 주위를 거의 돌아보지 않았다고 했다. 그래서 처음에는 구경꾼들의 발밑에 누워 있는 사람이 나인 줄도 몰랐다는 것이다.

다음 순간에야 그것이 바로 나라는 느낌이 들어 허겁지겁 발길을 돌려 군중 사이를 뚫고 나를 확인했던 것이다. 나는 그때 고통으로 일그러진 모습으로 무릎 사이에 고개를 처박은 채 차도 위에 고꾸라져 있더라고 했다.

구경꾼들은 저마다 한 마디씩 내뱉고 있었다.

"저 사람, 죽었구만."

"아니야, 죽진 않았어. 보라구, 움직이고 있잖아."

이십여 분이 지난 후에 구급차가 사이렌을 울리며 당도했다. 그 동안에 나는 어떤 생명의 징후도 보이지 않았고 울지도 않았고 신음하지도 않았으며 말 한마디 하지 않았다.

나는 구급차에 실린 후에 몇 번인가 잠깐씩 의식을 되찾았다. 그리고 놀랍게도 그 짧은 순간을 이용하여 종이쪽지에 정확한 내용을 기재하여 캐들린에게 앞으로의 일을 부탁했다는 것이다. 즉, 내 친구 한 사람을 찾아가 우선 나를 대신하여 집세며 전화요금이며 세탁비 따위를 지불해 줄 것을 부탁해 달라고 했던 것이다. 그런 다급한 문제들을 캐들린에게 쪽지로서 부탁한 이후에는 눈을 딱 감은 채 닷새 동안이나 눈을 뜨지 않았다고 했다.

캐들린의 말에 의하면, 구급차에 실려 간 나를 첫 병원에서는 입원실이 부족하다는 이유로 거절했다고 한다. 병실이 꽉 차 있다고 했다. 그러나 캐들린이 보기에 그것은 한낱 구실에 불과했다. 의사들은 나를 보자마자 살아날 가망이 없다는 기색을 역력히 드러냈던 것이다. 그들로서는 죽어나갈 사람이라면 일찌감치 손을 대지 않는 것이 마음 편하고 현명한 일이었을 테니까.

구급차는 나를 실은 채 '뉴욕 병원'으로 갔다. 다행이 그 병원에서는 죽어가는 사람들 겁내는 눈치가 없었다. 나를 담당한 의사는 침착하고 인정 있어 보이는 레지던트였는데, 환자를 맞자마자 서둘러 진찰을 하기 시작했다.

"의사 선생님, 어떤가요?"

캐들린이 황급히 물었다. 뜻밖에도 그녀는 닥터 폴 러셀이 나를 진찰하는 동안 응급실 밖으로 내보내지지 않았던 것이다.

"한 눈에 보아도 상태가 나쁘군요."

젊은 의사가 대답했다. 그는 직업적인 말투로 환자의 상태를 설명해 주었다.

"왼쪽 뼈들이 모두 부서졌습니다. 내출혈에 뇌진탕이 겹쳤어요. 그리고 눈은 손상을 입었는지 어떤지 아직은 모르겠군요. 뇌도 정밀 검사를 해보아야 확실히 알겠지만, 손상을 입지 않았기를 바랄 뿐입니다."

캐들린은 터져 나오는 울음을 억제했다

"선생님, 어떻게 하면 돼죠?"

"기도하십시오."

"아주 위독한가요?"

"위독합니다."

젊은 의사는 나이답지 않게 음성이 침착했다. 그는 캐들린을 슬쩍 쳐다보며 물었다.

"누구시죠? 부인이신가요?"

히스테리 직전에 있던 캐들린은 재빨리 아니라고 고개를 내저었다.

"그럼 약혼자이신가요?"

"아니에요."

"여자 친구분?"

"네."

의사는 잠깐 사이를 두었다가 부드럽게 물었다.

"이 분을 사랑하십니까?"

"네."

"그러시면 희망을 버리시지 않아도 좋습니다. 사랑이란 기도만큼이나 값진 것이니까요. 때로는 그보다 훨씬 낫지요."

이 말에 캐들린은 왈칵 울음을 터뜨렸다.

삼 일 동안의 정밀진찰과 대기 후에 의사들은 결국 수술을 하기로 결정을 내렸다. 어느 경우이든 나로서는 놓칠 수 없는 기회였다. 누가 알겠는가, 다행히 운이 좋아 수술에 성공을 한다면…

수술에는 아주 긴 시간이 걸렸다. 다섯 시간 이상이나 걸렸다. 의사 두 사람이 교대로 수술을 진행해야만 했다. 맥박이 형편없이 떨어져 죽음 일보 직전의 최악의 상태였으므로 수혈과 주사, 그리고 산소호흡으로 나를 소생시켜 놓아야만 했다.

의사들은 수술부위를 엉덩이로 국한시켰다. 발목과 늑골, 그리고 그밖의 골절상은 그런대로 견딜 말한 상태였기 때문이다. 환자를 살리기 위해서는 우선 출혈을 막아야 했으며, 그러기 위해서는 파열된 동맥을 꿰매고 절개된 부위를 봉합해야만 했다.

나는 병실로 옮겨져 이틀 동안 삶과 죽음의 갈림길을 오락가락했다. 나를 헌신적으로 돌보고 있던 닥터 러셀마저도 수술 결과에 대하여 아직도 비관적이었다. 열이 너무 높을 뿐만 아니라 출혈도 심한 상태였기 때문이다.

그러나 닷새째 되는 날, 나는 마침내 의식을 되찾을 수 있었다. 나는 언제고 그날을 생생하게 기억할 것이다. 그날 나는 눈을 떴었다. 그러나 이내 감지 않으면 안되었다. 방안의 흰빛이 너무나 눈부셨기 때문이다. 몇 분이 지난 다음에야 천천히 다시 뜰 수 있었으며, 그제야 시간과 공간을 막연히나마 의식할 수 있었다.

내 병상의 양편에는 혈장이 든 병이 벽에서 드리워져 있었다. 그리고 두 팔에는 각각 반창고가 부착된 채 커다란 주사바늘이 꽂혀있었으므로 팔을 움직일 수 없었다. 모든 것이 긴급 수혈을 위한 조치였다.

나는 다리를 움직여 보려고 했다. 그러나 움직이지 않았다. 순간 다리가 절단된 것이 아닌가 하는 엄청난 공포에 휩싸였다. 당장 사실여부를 알고 싶었다. 그래서 간호원이나 의사, 아니면 어느 누구라도 부르려고 초인적인 노력을 해보았다. 그러나 나는 너무나 허약했다. 고함을 지른다고는 했으나 소리가 목구멍에 걸린 채 입 밖으로 나가지 못했다. 나는 목소리마저 잃어버렸구나 하고 생각했다.

　순간 외롭게 버려진 듯한 비감이 들었다. 새삼스레 한 가닥 후회가 마음속 깊숙이 스며들었다. 이렇게 될 바에는 차라리 죽는 편이 나을 것을……

　한 시간쯤 후에 닥터 러셀이 들어와 내가 살아났음을 알려주었다. 사실인즉 나의 다리는 절단된 것이 아니었다. 몸 전체를 감싸고 있는 깁스 붕대 때문에 다리를 움직일 수 없었던 것이다. 겨우 밖으로 나와 있는 것은 머리와 팔, 그리고 발끝뿐이었다.

　"당신은 아주 먼 곳에서 돌아온 겁니다."

　닥터 러셀이 말했다. 나는 아무 말도 하지 않았다. 그의 말처럼 아주 먼 곳에서 돌아온 것을 나는 여전히 후회하고 있었기 때문이다.

　"하나님에게 감사하시오."

　의사의 말이었다. 나는 그를 주의깊게 바라보았다. 그는 두 손을 맞잡고 병상의 모서리에 앉아 호기심이 가득한 눈길로 나를 내려다보고 있었다.

　"인간이 어떻게 하나님에게 감사해야 하죠?"

　나의 음성은 겨우 속삭임에 불과했다. 그러나 나는 그제야 말을 할 수가 있었던 것이다. 잃어버린 줄 알았던 말을 할 수가 있었던 것이다. 순간 형언할 수 없는 기쁨으로 왈칵 두 눈에 눈물이 고였다.

　아직도 살아 있다는 사실에는 거의 무관심했으면서도, 말을 할 수 있다는 사실 하나로 나는 넘쳐오는 감동을 억제하지 못했다.

　의사는 어린애 같은 얼굴을 했다. 그의 머리는 금발이었고 빛나는 파란 눈동자에는 무궁무진한 선의(善意)가 가득 담겨 있었다. 그는 친절한 눈길로 나를 바라보았다. 그러나 그런 그의 눈길도 나를 어쩌지는 못했다. 나는 너무나 허약해 있었다.

　"인간이 어떻게 하나님에게 감사해야 하죠?"

나는 되물었다. 그리고 나는 이렇게 덧붙이고 싶었다. 무엇 때문에 하나님에게 감사한단 말이오? 도대체 하나님이 인간에게 값어치 있는 일을 한번이라도 한 적이 있었는데, 나로서는 도저히 이해할 수 없기 때문이오라고.

의사는 말없이 주도면밀한 눈길로 나를 내려다볼 뿐이었다. 자세히 보니 그의 눈동자에는 어떤 이상한 섬광-어쩌면 그것은 어떤 이상한 그림자였는지도 모른다-이 어려 있었다.

그 섬광에 부딪치는 순간, 갑자기 나는 심장이 뛰기 시작했다. 그와 아울러 무서운 생각이 엄습해 왔다. 나는 덜컥 겁이 났다. 혹시 그가 나에 대해서 무엇인가를 알고 있을지도 모른다는 생각 때문이었다.

"춥습니까?"

의사는 나에게서 눈길을 거두지 않은 채 물었다.

"네, 춥군요."

나는 몸을 덜덜 떨고 있었다.

"그건 당신의 열 때문입니다."

이럴 경우, 의사들이란 대개 환자의 맥박을 재거나 손 등으로 이마를 짚어보게 마련이다. 그러면서도 아무 처방도 않는다. 그것은 환자의 증상을 이미 알고 있기 때문이다.

"열에 대해서는 처방에 신경을 쓰고 있어요. 주사를 맞아야 해요. 아주 많은 양을. 매시간, 밤과 낮 매시간 페니실린 주사를 맞아야 해요. 이제 당신의 적은 열이니까요."

의사는 말을 끊었다. 그리고 밖으로 나가기 전까지 오랫동안 나의 얼굴을 주시했다. 마치 나의 얼굴에서 어떤 숨겨진 비밀이나 징후 같은 것을, 나로서는 알 수 없는 어떤 특별한, 문제를 풀 해결책을 찾고 있는 듯했다.

"우린 감염을 염려하고 있어요. 만일 열이 계속 오른다면 당신은 위험

해요."

"적이 승리하겠죠?"

나는 의사의 말을 비꼬듯이 대꾸했다.

"닥터께서도 알고 계시겠지만, 인간의 가장 흉악한 적은 그 사람의 내부에 있는 겁니다. 지옥이 별다른 게 아니에요. 우리 자신이 곧 지옥이지요. 열병이야말로 우리를 추위에 떨게 하는 지옥이거든요."

우리 두 사람 사이에는 무엇이라고 규정짓기 어려운 유대감이 형성되고 있었다. 우리는 죽음과 직접적인 관련을 맺고 있는 사람들이 쓰는 성숙한 언어를 주고받고 있었다. 나는 애써 미소를 지으려 했으나, 너무 추운 탓으로 겨우 싱긋 웃는 정도에 그쳤다. 그것이 바로 내가 겨울을 싫어하는 이유 중의 하나였다. 겨울에는 웃음마저도 추상적인 것이 되기 때문이다.

닥터 러셀이 일어섰다.

"간호원을 보내지요. 주사 맞을 시간이 되었으니까요."

그는 더 좋은 생각을 떠올리려는 듯이 손가락을 입술에 대고 있다가 덧붙였다.

"당신이 좋아지면 그때 충분한 얘기를 나누도록 합시다."

나는 다시 한 번, 그가 나에 대해서 무엇인가를 알고 있다는, 적어도 무엇인가를 눈치 채고 있다는 불안한 인상을 받지 않을 수 없었다.

죽은 사람이 산 사람보다 할 말이 많다

나는 눈을 감았다. 그러자 별안간 온몸을 고문하는 듯한 통증이 몰려왔다. 지금껏 한 번도 느끼지 못한 통증이었다. 그러나 그 통증은 계속 있어 왔던 것이다. 내가 마시고 있던 공기처럼, 나의 두뇌에서 형성되고 있던 말처럼, 타는 듯이 뜨거운 살갗인 양 나의 몸을 감싸고 있던 깁스붕대처럼 엄연히 있어 왔던 것이다. 그런데도 어째서 나는 그 통증을 전혀 느끼지 못했단 말인가? 어쩌면 의사와의 대화에 너무 열중한 탓이었는지도 모른다.

그럼, 의사는 나의 고통을, 무서울 정도의 고통을 알고 있었을까? 내가 한기를 느끼고 있다는 것도 알고 있었을까? 살이 탈 듯한가 하면 견딜 수 없는 추위에 덜덜 떨어야 하는 나의 고통을 알고 있었을까? 처음에는 몸뚱어리가 활활 타오르는 아궁이 속에 던져졌는가 싶다가도 다음 순간에는 차가운 얼음 통속에 던져진 것 같은 나의 고통을 알고 있었을까?

분명히 알고 있었다. 그는 알고 있었다. 닥터 러셀은 예민한 의사였으므로 내가 고통을 못 이겨 입술을 깨무는 것도 볼 수 있었던 것이다.

"고통이 심할 겁니다."

그가 말했다. 그는 꼼짝하지 않고 나의 발치에 서 있었다. 나는 그가 뻔히 내려다보는 앞에서 이가 덜덜 떨려오는 것이 여간 수치스럽게 느껴지지 않았다.

"하지만 그게 정상입니다."

그는 나의 대답을 기다리지도 않고 말을 이었다.

"당신은 상처가 너무 심했어요. 그래서 당신의 몸이 거기에 대항해서 싸우고 있는 겁니다. 고통은 그 때문에 일어나는 거지요. 하지만 명심할 것은, 당신의 적은 그 고통이 아니라 발열이라는 사실입니다. 열이 계속 오르면 당신은 죽게 됩니다."

죽는다고? 나는 생각에 잠겼다. 그는 나의 적이 죽음이라고 생각하고 있군. 그러나 그는 잘못 알고 있는 거야. 죽음은 나의 적이 아니야. 그가 이 사실을 모르고 있다면 그는 나에 대해서 아무것도 모르고 있는 거야.

적어도 모든 것을 알진 못하고 있어. 그는 내가 다시 살아난 것만 보았을 뿐, 내가 삶과 죽음에 대해서 무엇을 생각하고 있는지 모르고 있는 거야. 아니면 혹시 알고 있으면서도 내색을 하지 않는 것일까? 이런저런 의구심이 벌의 붕붕거림처럼 끊임없이 신경 깊숙이 날카롭게 파고들었다.

열은 점점 심해졌다. 그에 따라 머리카락까지 확확 달아올랐다. 몸 전체가 뜨거운 횃불에 휩싸이는 듯했다. 발열은 나의 몸뚱어리를 마음대로 가지고 놀고 있었다. 이 세상에서 저 세상으로, 위로 던지는가 하면 아래로 던졌다가는 다시 아주 높은 곳으로 던지기도 하고 아주 낮은 곳으로 던지기도 했다. 마치 나에게 가장 높은 곳의 한기와 가장 낮은 곳의 열기가 어떤 것인가를 똑똑히 가르쳐 주기로 작정한 것만 같았다.

"진정제를 놓아 드릴까요?"

의사가 물었다. 나는 머리를 저었다. 나는 아무것도 싫었다. 아무것도 필요 없었다. 그리고 무섭지도 않았다.

나는 의사가 문께로 걸어가는 발자국 소리를 들었다. 문은 나의 뒤쪽에 있는 모양이었다. 가도록 내버려 두자, 하고 나는 생각했다. 나는 혼자 있어도 무섭지 않아. 삶과 죽음 사이를 거닐고 있어도 나는 조금도 두렵지 않다고. 갈 테면 가라지!

의사가 문을 여는 소리가 들려왔다. 그는 문을 닫기 전에 발걸음을 멈추었다. 다시 돌아오는 것일까?

"깜빡 잊을 뻔했군요."

그가 가만히 말했다. 음성이 너무 적어서 거의 들리지 않을 정도였다.

"깜빡 잊을 뻔했어요. 캐들린……. 그 여잔 정말 매력적인 여자입니다. 정말 매력적인……."

그렇게 말하고 의사는 조용히 방을 나갔다. 이제 나는 혼자였다. 오직 하나의 무력하고 고통 받는 남자로서 홀로 남아 있었다. 얼마 있으면 간호원이 적과 싸우라고 페니실린 주사를 놓으러 오리라. 도대체 적과 싸우기 위해 간호원의 도움을 받아 주사를 맞는다는 것은 어리석은 짓이었다. 우스운 짓이었다. 그러나 나는 웃지 않았다. 얼굴 근육이 얼어붙은 채 움직이지 않는 탓이었다.

이제 곧 간호원이 올 것이다. 의사가 그렇게 말했으니까. 의사의 목소리는, 인간의 선의는 언젠가 그 보답을 받게 마련이라는 인생철학을 터득하고 있는 노인들의 목소리처럼 차분했다. 의사가 또 무슨 말을 했더라? 캐들린에 대해서 말했었지. 그래, 분명히 그녀의 이름을 말했었지, 매력적인 여자라고. 아니야, 그렇게 말하지 않았어. 정말 매력적인 여자라고 했었지. 맞아, 그렇게 말했어. 그 여잔 정말 매력적인 여자입니다. 나는 의사의 말을 똑똑히 기억하고 있다구. 매력적인 여자.

캐들린……. 그녀는 지금 어디에 있을까? 어떤 세상에 있을까? 천상에 있을까? 지하에 있을까? 나는 그녀가 오지 않기를 바란다. 나는 그녀가 이 방에 나타나지 않기를 바란다. 그녀가 이런 나의 모습을 보기 원치 않는다. 나는 그녀가 간호원과 함께 오는 것을, 그녀가 간호원이 되는 것을 바라지 않는다. 내가 나의 적과 싸우는데 그녀의 도움을 받고 싶지 않다. 그녀는 매력적인, 정말 매력적인 여자다. 그러나 그녀는 이해하지 못한다. 그녀는 죽음이 나의 적이 아니라는 것을 이해하지 못한다. 그녀는 권능에 대하여, 사랑의 전능한 힘에 대하여 과다한 신념을 지니고 있기 때문에 나를 이해하지 못한다. 나를 사랑하라, 그러면 너희들은 보호받을 것이다. 서로 사랑하라, 그러면 모두가 복될 것이며 모든 고통이 지상에서 영원히 사라지리라. 누가 이런 말을 했더라? 아마 그리스도였을 것이다. 그리스도 역시 사랑에 대하여 과다한 신념을 지니고 있었으니까. 그러나 나의 경우, 사랑이건 죽음이건 관심 밖이었다. 나는 죽음을 생각하건 사랑을 생각하건, 웃을 수가 있었다. 지금 역시 유쾌한 웃음을 터뜨릴 수 있다. 그러나 얼굴 근육이 나의 마음을 따라 주지 않는다. 너무나 춥기 때문이다.

내가 캐들린을 만난 것은 어느 추운 날 낮이 아니라 어느 추운 저녁 무렵이었다.

어느 겨울 저녁, 바깥에는 사나운 바람이 벽을 무너뜨리고 나무들을 베어 넘길 듯이 휘몰아치고 있었다.

"이리 오게. 할리나에게 자네를 소개해 주고 싶네."

쉬몬 야나이가 나에게 말했다.

"나는 저 바람소리를 듣고 싶어."

내가 대답했다(그때 나는 누구와 말을 주고받을 기분이 아니었다).

"바람은 당신의 할리나보다 더 많은 것을 말해 줍니다. 바람소리는 죽은 사람들의 회환과 기도를 전해 주니까요. 죽은 사람들에게는 산 사람들보다 할 말이 더 많거든요."

그러나 쉬몬 야나이― 중도지방 전역은 못되나 팔레스타인에서는 가장 멋진 콧수염을 지녔을 쉬몬 야나이는 나의 말에 귀 기울이지 않았다.

그는 호주머니에 손을 꽂은 채 다시 재촉했다.

"어서 가자구. 할리나가 우릴 기다리고 있어."

나는 양보했다. 그러면서 나는 할리나라는 여자 역시 죽은 사람들 중의 하나일 것이라고 생각했다.

우리는 그날 파리의 한 극장에서 발레 공연을 관람하던 중 막간의 휴식시간을 이용하여 로비에 나와 있던 참이었다. 그날 발레단의 이름이 〈몰랑 쁘띠〉였는지 〈마르끼 드 꾸바〉였는지는 기억에 없다.

"할리나라는 여자, 꽤 미녀인 모양이군요."

나는 로비를 가로질러 바로 가면서 쉬몬에게 말했다.

"어째서 그렇게 생각하지?"

쉬몬이 듣던 중 반가운 소리라는 듯이 즐거운 표정을 지으며 반문했다.

"오늘 저녁 당신의 옷차림을 보고 짐작했죠. 꼭 부랑자 같아요."

나는 그를 놀려대기 좋아했다. 쉬몬은 사십대로 키가 크고 텁수룩한 머리에 눈망울은 푸르고 꿈꾸는 듯했다. 그는 어느 누구에게나 한 번도 점잖다거나 진지한 사람으로 보이기를 바란 적이 없었다.

"당신 또 머릴 헝클어뜨리고 넥타이를 비뚜름히 매고 바지주름을 구기느라 거울 앞에서 시간깨나 보냈겠군요."

나는 곧잘 이렇게, 그에게 애정 섞인 빈정거림을 던지곤 했었다. 그의 보헤미안적 취향에는 무엇인가 감상적인 데가 있었다.

그가 파리에 자주 왔으므로 우리는 잘 알고 지내는 사이였다. 그는 뉴스거리를 곧잘 귀띔해 주었다. 그는 신문기자들을 좋아했는데, 그것은 기자들이 필요했기 때문이다. 그는 이스라엘이 국가로 탄생하기 이전, 이스라엘 저항운동의 파리 대표였는데 신문이 자기에게 도움이 된다는 점을 스스럼없이 인정하는 사람이었다.

할리나는 바아에서 손에 잔을 든 채 우리를 기다리고 있었다. 그녀는 삼십대로 좁은 얼굴에 안색이 창백했다. 험난한 과거를 살아온 여자처럼 왠지 모르게 섬뜩한 인상을 주는 여자였다.

우리는 악수를 했다.

"나이가 꽤 드신 분으로 생각했어요."

그녀가 어색하게 웃으며 말했다.

"꽤 먹었지요. 이따금 바람만큼이나 나이를 먹을 때가 있으니까요."

할리나가 웃었다. 그러나 그녀는 웃는 법을 전혀 모르고 있었다. 그녀의 웃음은 보는 사람에게 어떤 슬픔 같은 것을 안겨주었다. 마치 죽은 사람의 웃음처럼 잊히지 않는 무엇인가를 심어주는 듯했다.

"정말이에요. 전 당신의 기사를 읽었어요. 모두가 인생의 황혼 길에 접어든 사람, 희망이 다한 사람이 쓴 기사처럼 느껴졌다구요."

"그게 바로 젊음의 징표지요. 오늘날의 젊은이들은 언젠가 그들도 늙으리라는 사실을 믿지 않거든요. 그들은 자기들이 젊은 채로 죽으리라 확신하고 있으니까요. 오늘의 우리 시대에는 노인들이야말로 사실은 가장 젊은 사람들이지요. 그들은 적어도 우리가 가져본 적이 없는 젊음이라고 불리는 인생의 한 단면을 자랑이라도 할 수 있거든요."
　이 말에 할리나의 얼굴이 한결 창백해졌다.

하나님이 산 채 무덤에 묻히다니

"당신은 아주 두려운 말씀을 하는군요."
　나는 크게 웃음을 터뜨렸다. 그러나 그 웃음소리는 억지에 가까운 것이었다. 나 자신이 느끼기에도 웃음소리 같지도 않았으며 말소리와 별로 다를 것이 없었다.
　"내 말에 너무 신경 쓰지 마십시오. 쉬몬이 알려드리겠지만 나는 한 번도 진지하게 말해 본 적이 없거든요. 그냥 연극을 하고 있는 것뿐이죠. 하지만 조금도 개의치 마십시오. 내 말은 바람과 같은 것이니까요."
　할리나의 눈에 이번에는 괴로운 빛이 떠올랐다. 그래서 나는 어색한 자리도 자리려니와 직업상 따라다니는 긴급전화를 핑계 삼아 그 자리를 떠나려고 했다. 그러나 그때 할리나가 목소리도 높이지 않고 외치는 것이었다.
　"쉬몬, 저기 봐요! 캐들린이에요.!"
　쉬몬은 그녀가 가리키는 곳을 바라보았다. 순간 그의 얼굴에 어두운 그림자가 드리워지며 어떤 괴로운 추억이라도 되살아나는 듯이 두 뺨이 새까매졌다. 할리나가 채근했다.
　"가서 우리와 함께 하자고 하세요."
　"하지만 혼자가 아니로구먼……."
　"잠깐요! 그녀가 올 모양이에요."

과연 캐들린이 이쪽으로 왔다. 그리고 그와 함께 모든 일이 일어났던 것이다.
  사실, 나는 쉬몬이 그녀와 로비의 저쪽에서 얘기를 나누고 있는 동안에 쉽사리 그 자리를 떠날 수도 있었다. 또 전에도 늘 그랬던 것처럼 전화통화가 급했으므로 그 자리에 더 머물 이유도 없었다. 더욱이 그들 세 사람의 사이로 보아 함께 할 자리도 아닌 성싶었다. 얼른 보기에 그들은 남녀 간에 흔히 있는 삼각관계의 한 전형을 보여주고 있었다. 할리나는 자기를 사랑하지 않는 쉬몬을 사랑하고, 쉬몬은 자기를 사랑하지 않는 캐들린을 사랑하고, 캐들리은…… 나로서는 그녀가 누구를 사랑하고 누구를 덜 사랑하는지 알 길이 없었다. 어떻든 그들 세 사람은 하나의 밀착된 원형의 고리를 이룬 채 서로서로 괴로워하는 모습이었다. 그런 경우, 누구든 그들 사이에 끼어들지 말 일이다. 행여 어떤 증인으로라도 나서지 않는 것이 좋다. 나는 지금껏 그따위 무용한 고뇌에 흥미를 가져본 적이 없었다. 다른 사람의 고뇌가 나의 관심을 끄는 경우란 상호 모반하는 분위기에서 그 사람의 능력과 허약함을 알게 되는 때문이다. 그러나 쉬몬이나 할리나의 사랑은 그런 종류의 것도 못되었다.
  "난 그만 가야겠습니다."
  나는 할리나에게 말했다. 그녀는 나를 쳐다보았지만 나의 말을 듣고 있지는 않았다. 그녀의 눈길은 로비 저쪽의 쉬몬과 캐들린에게 못 박혀 있었다.
  "난 그만 가야겠습니다."
  나는 다시 말했다. 그제야 그녀는 꿈에서 깨어난 듯 자기의 곁에 서 있는 나를 보고 놀라운 표정을 지었다.
  "조금만 더 있어 주세요."
  이렇게 간청하는 그녀의 음성은 비굴하다 못해 사뭇 창피를 무릅쓰고 있었다. 그녀는 그렇게 말해 놓고는 나를 설득할 겸 자기의 무관심을 강조할 겸 얼른 덧붙이는 것이었다.
 "당신도 곧 캐들린을 만나게 돼요. 그녀는 비범한 아가씨랍니다."
 내가 더 이상 반대할 이유도 없었다. 쉬몬과 캐들린이 우리 쪽으로 왔기 때문이다.
 "안녕하세요, 할리나."
 캐들린이 영어 발음이 심한 프랑스 어로 말했다.
 "안녕하세요, 캐들린."
 할리나는 금세 침착성을 잃으며 이렇게 대답하고는 덧붙였다.
 "여기 친구를 한 분 소개하죠……."
 캐들린과 나는 손짓이나 몸짓 한번 하지 않고, 또 말도 한 마디 하지 않은 채 오랫동안 서로를 바라보았다. 마치 누구의 소개도 필요 없이 둘이서 직접 교제를 맺겠다는 듯이. 그녀의 얼굴은 긴 편으로 균형이 잘 잡혀 있었으며 보기 드물게 아름답고 애처로워 보였다. 코는 약간 올라간 편이고 특히 감각적인 입술이 눈길을 끌었다. 타원형의 두 눈동자는 어둡고 은밀한 불꽃으로 가득 차 있었다. 한 마디로 그녀는 하나의 휴화산(休火山)이었다. 그녀와 함께라면 상호간의 진정한 의사전달이 저절로 이루어질 듯싶었다. 나는 그제야 할리나의 웃음이 그토록 자연스럽지 못했던 이유를 짐작할 수 있었다.
 "두 분, 벌써 아는 사이였던가요?"
 할리나가 어색한 미소를 흘리며 입을 열었다.
 "마치 서로 아는 분들처럼 바라보는군요."
 쉬몬은 입을 꼭 다문 채 캐들린을 바라보고 있었다. 내가 얼른 대답했다.
 "그렇습니다."
 "네? 두 분이 벌써 만난 사이라구요?"
 할리나가 믿을 수 없다는 듯이 외쳤다.

순간 쉬몬의 콧수염이 눈에 띄지 않을 정도로 미세하게 떨렸다. 바야흐로 상황이 썩 유쾌하지 못한 국면으로 접어들 즈음, 돌연 막간이 끝났음을 알리는 벨이 울렸다. 로비가 비어가기 시작했다.
"공연이 끝난 다음에 만날 수 있을까요?"
할리나가 캐들린에게 물었다.
"어려울 거예요. 누가 나를 기다리고 있거든요."
캐들린이 대답했다.
"당신은요?"
할리나가 나에게 물었다. 그녀의 커다란 두 눈은 일종의 냉담한 비애로 가득했다.
"나도 어려워요. 전화를 해야 하니까요. 급한 전화거든요."
할리나와 쉬몬이 로비를 떠났다. 캐들린과 나, 둘이만 남았다.
"영어를 하세요?"
캐들린이 서두르며 영어로 물었다.
"합니다."
"잠깐만 기다려 주세요."
그녀는 황급히 로비의 저쪽에서 그녀를 기다리고 있는 남자에게로 가서는 몇 마디 말을 건넸다. 그때까지만 해도 나에게는 그 자리를 떠날 기회가 있었다. 그러나 내가 왜 도망친단 말인가? 또 어디로 간단 말인가? 어디로 가든 다 적막한 황무지인 것은 마찬가지다. 인간은 그 황무지 안에서 죽는 것이다. 그리고 인간은 때로는 아직 죽지 않은 인간들을 살육하며 승리를 겨루는 것이다.
잠시 후에 캐들린이 돌아왔을 때, 나는 그녀의 얼굴에 어떤 도전과 결심의 빛이 순간적으로 스치는 것을 볼 수 있었다. 그것은 마치 그녀가 일생 중에서 가장 중요한 행위를 마무리 지은 듯한 표정이었다. 그녀가 떠나온 예의 남자는 운명의 저주라도 받은 양 석상처럼 우뚝 선 채 움직이지 못하고 있었다.
  극장 안에서는 막이 오르고 있었다.
  "우리, 여길 나가요."
  캐들린이 영어로 말했다. 나는 그녀에게 묻고 싶은 말이 한량없었다. 그러나 질문은 나중으로 미루었다.
  "좋소, 떠납시다."
  우리는 서둘러 로비를 떠났다. 예의 남자는 여전히 그 자리에 우뚝 선 채로였다. 그 후, 나는 오랫동안 그 극장에 다시 가는 것을 두려워했었다. 그 남자가 언제고 그 자리에 서 있을 것만 같았기 때문이다.
  우리는 아래층으로 내려와 각각 코트를 찾아 입고 밖으로 나왔다. 거리에는 매서운 바람이 채찍처럼 휘몰아치고 있었다. 눈 덮인 산정에라도 오른 듯 공기가 맑고 깨끗했다.
  두 사람은 걷기 시작했다. 날씨는 추웠다. 우리는, 우리가 강하다는 것, 그러나 강추위 따위는 우리에게 아무것도 아니라는 것을 증명해 보이기라도 하듯이 천천히 앞으로 나아갔다.
  캐들린은 나의 팔을 붙잡지도 않았으며, 나 역시 마찬가지였다. 그녀는 또 나를 바라보지도 않았으며 나도 그녀를 바라보지 않았다.
  우리는 두어 시간 동안 말없이 센느 강변을 걷다가 샤틀레 다리를 건넜다. 그리고 상 미셸 다리의 중간쯤에 이르러 강물을 굽어보기 위해 내가 발걸음을 멈추었다. 캐들린도 두어 걸음 더 걷다가 멈추어 섰다.
  센느강은 하늘과 가로등의 기둥들을 반사하면서 그 신비한 겨울 얼굴과 잔잔한 암영을 보여주고 있었다. 거기에서는 어떤 생명도 절멸하고 어떤 불빛도 소멸하고 있었다. 나는 강물을 굽어보며 언젠가는 나 역시 죽게 되리라고 생각했다.
  캐들린이 나에게 다가오며 뭔가 말을 하려고 했다. 나는 고갯짓으로 그녀의 입을 막았다. 그리고 잠깐 사이를 두었다가 말했다.

"아무 말도 하지 말아요."

나는 여전히 죽음을 생각하고 있었다. 그래서 그녀가 나에게 말을 걸지 않기를 바랐다. 우리가 진정으로 죽음에 대해서 생각할 수 있는 것은 오직 침묵 속에서만, 겨울날 어떤 강물을 말없이 굽어보는 침묵 속에서만 가능한 일인 것이다.

언젠가 나는 나의 할머니에게 물었었다.

"겨울에 무덤 속에서 춥지 않으려면 어떻게 해야 돼요?"

할머니는 꾸밈없고 독실한 분으로 어디에서나 하나님과 만났다. 죄악이나 형벌, 그리고 부정 속에서도 하나님과 만났다. 어떤 사건도 할머니의 기도시간을 단축시키지 못했다. 할머니의 살갖은 사막의 하얀 모래와 흡사했다. 할머니는 늘 머리에 커다랗고 까만 쇼올을 썼는데 그것을 한 번도 벗은 적이 없는 것 같았다.

"하나님을 잊지 않는 사람은 무덤 속에서도 춥지 않단다."

할머니의 대답이었다.

"무엇이 그 사람을 따뜻하게 해주지요?"

"그야 하나님이 그렇게 해주시는 거란다."

할머니는 어떤 비밀이라도 털어놓듯이 속삭이는 목소리로 대답했다. 쇼올에 이마가 반쯤 가려진 얼굴 가득히 상냥한 미소가 흘렀다. 할머니는 내가 어떤 질문을 던질 때마다 명확한 대답과 함께 항상 그렇게 미소를 짓고는 했었다.

"그럼 하나님도 죽은 남자나 여자들과 함께 무덤 속에 계시는 거예요?"

"그렇단다. 그래서 죽은 사람들을 따뜻하게 해주시는 거야."

그 당시 나는 묘한 슬픔 같은 것을 느꼈었다. 하나님이 불쌍하게 느껴졌다. 그리고 하나님은 우리 인간보다 오직 한 번 죽을 뿐이며 오직 한 무덤에 묻힐 뿐인 우리 인간보다 훨씬 더 불행하다고 생각했다.

"할머니, 하나님도 역시 죽는가요?"

"아니란다. 하나님은 불멸이시란다."

순간 나는 크게 한 대 얻어맞은 기분이었다. 왈칵 울어버릴 것만 같았다. 하나님이 산 채 무덤에 묻히다니! 나는 그 역할이 오히려 반대였으면 싶었다. 하나님이 죽는 대신 인간이 불멸이었으면 싶었다.

캐들린의 손이 팔에 와 닿았다. 나는 소스라치게 놀랐다.

"손대지 말아요."

내가 그녀에게 말했다. 나는 한창 할머니를 생각하고 있는 중이었다. 그리고 나 혼자가 아니라면, 또 할머니가 썼던 쇼올처럼 검은 머리를 가진 아가씨가 팔에 손을 댄다면 나는 돌아가신 할머니를 올바르게 기억할 수가 없었던 것이다.

그런데 돌연, 할머니가 짓던 미소의 의미가 번개처럼 뇌리에 떠올랐다. 그 미소는 나에게 미래를 계시한 것이었다. 할머니는 내가 던진 질문이 당신에게는 아무 상관도 없다는 것을, 그리고 당신 자신은 무덤 속의 추위 같은 것에 대해서는 알지 못하게 되리라는 것을 알고 있었던 것이다. 할머니의 시신은 땅에 묻힌 것이 아니라 사방으로 흩날리도록 바람에 부쳐졌기 때문이다. 그리고 내가 당신을 잊어버린 벌로 나의 얼굴에 채찍질을 가한 것은 바로 할머니의 그 시신이었다. 아닙니다. 할머니, 아니에요! 저는 잊지 않았어요. 오직 당신만을 생각했습니다.

"어서 가요. 추워서 힘들어요."

캐들린이 말했다. 우리는 다시 걷기 시작했다. 찬바람이 얼굴을 깎아내는 듯했으나 우리는 발걸음을 멈추지 않았다. 그렇다고 걸음을 더 빨리 하지도 않았다. 마침내 우리는 맞은편인 상제르망 가에서 발걸음을 멈추었다.

"다 왔어요."

캐들린이 말했다.

"여기에서 사십니까?"

"네. 올라가시겠어요?"

나는 그 말에 반대하지 않으려고 무진 애를 썼다. 나는 더 오래 그녀와 함께 있고 싶었고, 그녀와 이야기하고 싶었다. 그녀의 머리를 만져보고 싶었고 그녀의 잠자는 모습을 보고 싶었다. 나는 그 기대가 허물어질까봐 걱정할 정도였다.

"들어오세요."

캐들린이 무거운 출입구 문을 열었다. 우리는 그녀의 아파트로 통하는 계단을 올라갔다. 나는 추웠다. 그러자 또 할머니가 생각났다. 사막의 투명한 모래알처럼 하얀 그 얼굴과 공동묘지의 칙칙한 밤처럼 검은 그 쇼올이 뇌리에 떠오르는 것이었다.

나에게 키스를 해서는 안 돼요

"누구시죠?"

내 귀에는 자신의 목소리가 들리지 않았다. 수천 개의 주사바늘이 나의 혈관을 불을 주입시키고 있었다. 목이 말랐다. 몸이 후끈후끈 달아올랐다. 마구 갈증이 났다. 온 혈맥이 금방이라도 터질 것만 같았다. 몸 전체가 경련에 휩싸여 마치 폭풍우 속의 나무처럼, 바람 속의 낙엽처럼, 아니 바다 위의 바람처럼, 어떤 미치광이나 주정꾼, 혹은 죽어가는 사람의 머릿속에서 출렁이는 바다처럼 간단없이 떨리고 있었다.

"거기, 누구죠?"

나는 다시 물었다. 이빨이 딱딱 부딪쳐 왔다. 방안에 누군가 들어온 것을 알 수 있었다.

"간호원이에요."

귀에 선 목소리가 대답했다.
"물 좀 주시오. 목이 마르오. 목이 타고 있어요. 제발 물 좀 주시오."
"물을 마시면 안돼요. 몸에 나빠요. 마신다 해도 금방 토하고 말 거예요."
나는 본의 아니게 소리 없이 울기 시작했다.
"자, 그럼, 제가 얼굴을 적셔드릴게요."
간호원이 달래듯이 말했다. 그녀는 젖은 수건으로 이마를 닦은 다음 입술도 닦아 주었다. 젖은 수건이 살갗에 닿는 순간, 확 불이 이는 것만 같았다.
"지금 몇 시죠?"
"여섯 시에요."
"밤인가요?"
"네."
나는 닥터 러셀이 나를 보러 왔을 때만 해도 지금보다 훨씬 좋았었다는 생각이 났다. 그때 나는 몰랐지만, 페니실린 주사를 여섯 대나 맞았던 것이다.
"계속 고통스러우세요?"
간호원이 물었다.
"목이 마르오."
"목이 마른 건 열 때문이에요."
"아직도 열이 높은가요?"
"네."
"얼마나?"
"높아요."
"얼마나 높은지 알고 싶소."
"말해드릴 수 없어요. 규칙이니까요."

문이 열리며 누군가 들어오는 소리가 들렸다. 무엇인가 속삭임이 들렸다.
　"자, 어떻소? 우리에게 할 말이라도 있소?"
　닥터 러셀은 애써 나를 안심시키려 하고 있었다.
　"닥터, 목이 말라 견딜 수가 없군요."
　"당신의 적이 퇴각할 것을 거부하고 있기 때문이죠. 마지막까지 참아내야 합니다."
　"아마 적이 승리할 겁니다. 그에게는 갈증 따위는 아무렇지도 않을 테니까요."
　나는 생각에 잠겼다. 아마 할머니는 이해하시리라. 할머니의 방은 공기도 없고 물도 없이 무덥기만 했다. 열기가 확확 타오르는 방 안에서 할머니의 검푸른 육체는 역시 검푸른 다른 사람들의 육체에 짓눌리고 있었다. 지금의 나처럼 할머니는 공기를 마시고 물을 마시고 싶어서 입을 벌리고 있었다. 그러나 거기에는 물도 없고 공기도 없었다. 우리들이 공기를 마시듯, 할머니는 다만 입을 벌리고 눈을 감은 채 주먹을 꽉 쥔 채 죽음만을 마시고 있었다.
　나는 갑자기 큰소리로 외치고 싶은 야릇한 긴박감을 느꼈다. 할머니의 인생과 죽음에 대해서, 나를 그토록 공포에 떨게 했던 할머니의 검은 쇼올에 대해서 큰소리로 이야기하고 싶은 충동을 느꼈다. 나중에야 알게 되었지만, 할머니가 걸치고 있던 검은 쇼올은 할머니의 친절하고 꾸밈없는 표현이었던 것이다. 할머니는 나의 피난처였다. 아버지가 나를 꾸짖을 때마다 할머니는 나를 감싸주었다. 세상의 아버지들은 자식들을 꾸짖기를 좋아하지만 할머니들은 웃으면서 타이르게 마련이다. 할머니들은 어느 무엇에도 화를 내지 않는다.
　어느 날, 아버지가 나를 때렸다. 학급 친구에게 갖다 주기 위해서, 내가 가게 금고에서 돈을 훔쳤기 때문이다. 그 친구는 병들고 가난했다. 모두들 그 친구를 '고아 하임'이라고 불렀다. 나는 그와 함께 있을 때면 항상 마음이 편치 못했다. 나는 그보다 행복하다는 것을 알고 있었고, 그것이 나에게 죄책감을 느끼게 했던 것이다. 나의 양친이 살아 있다는 것만으로도 죄가 되는 듯했다. 그래서 돈을 훔쳤던 것이다. 그러나 아버지가 돈의 행방을 추궁했을 때 나는 달리 적당한 이유를 대려고 궁리를 거듭했다. 나는 돈의 행방에 대해서는 입을 열지 않았다. 결국 나는, 아버지가 살아 있기 때문에 죄책감을 느낀다고 불쑥 대답하고 말았다. 아버지는 내 얼굴을 때렸다. 나는 할머니에게로 달려갔다. 할머니에게 모든 사실을 털어놓았다. 할머니는 나를 꾸짖지 않았다. 할머니는 방 한가운데에 앉아 나를 당신 무릎 위에 앉히고는 서럽게 흐느끼기 시작했다. 할머니의 눈물이 당신의 품에 꼬옥 껴안긴 나의 머리 위로 뚝뚝 떨어졌다. 나는 놀랍게도 그때서야 할머니의 눈물이란 뜨겁고 뜨거워서 그 눈물에 닿는 것은 모두 타버리고 만다는 사실을 알게 되었다.

"그 여자가 와 있어요. 지금 복도에서 기다리고 있어요. 들어오도록 할까요?"

의사가 말했다. 순간, 나는 두려움에 사로잡힌 나머지 큰소리로 외쳤다.

"안돼요! 절대로 안돼요!"

나는 의사가, 할머니에 대해서 이야기하고 있는 것으로 착각했던 것이다. 나는 할머니를 만나보고 싶지 않았다. 나는 할머니가 죽은 것을 알고 있었다. 아마 갈증을 견디다 못해 죽었으리라. 그러므로 내가 기억하고 있는 생전에 인자한 할머니, 친절하게 검은 쇼올을 머리에 쓰고 있는 할머니의 모습이 아닐 것이라는 생각에 두려움이 앞섰던 것이다.

이제는 뜨겁게 타는 듯한 눈물도, 어린 시절에 나를 아늑하게 감싸주던 그 맑고 평온한 표정도 읽을 수 없으리라는 생각에 두려움이 앞섰던 것이다.

"만나보아야만 합니다."
의사가 부드럽게 말했다.
"안돼요! 절대 안돼요!"
나도 모르는 사이에 눈물이 나의 뺨 위로, 입술 위로, 그리고 턱으로 흘러내리고 있었다. 왜 울었을까? 나도 알 수 없었다. 지금 생각해 보니, 아마 할머니 때문이었을 것이라는 생각이 든다. 할머니는 자주 우는 버릇이 있었다. 할머니는 행복할 때도 울었으며 불행할 때도 울었다. 심지어 행복하거나 불행하지도 않을 때에도, 행복이나 불행을 가져오는 일을 더 이상 느낄 수 없다는 이유만으로도 울곤 했다. 나도 그 할머니에게, 내가 당신의 눈물을 상속 받았노라는 것을 보여주고 싶어서, 사람들이 보는 앞에서 그렇게 울었었다.
"만나지 않을 수 없을 겁니다. 캐들린은 오늘 아니라면 내일도 울 테니까요."
캐들린이라고! 대체 어떻게 된 일인가? 어떻게 그녀가 할머니를 만날 수 있단 말인가? 그럼 그녀 역시 죽었단 말인가?
"캐들린이라구요? 그녀는 어디 있습니까?"
나는 다급하게 물었다.
"밖에."
의사가 다소 놀라는 말투로 대답했다.
"복도에 있어요."
"들어오라고 해주십시오."
문이 열리는 소리가 들리고 가벼운 발걸음이 나의 침대로 다가왔다. 나는 다시 한 번 눈을 뜨려고 절망적인 노력을 했다. 그러나 두 눈꺼풀은 꿰맨 듯이 열리지 않았다.
"어떻소, 캐들린?"
나는 거의 들릴 듯 말 듯한 목소리로 물었다.

"잘 있어요."
"보다시피 나는 드리트미 카라마조프의 가장 최근의 희생자요."
캐들린은 억지로 웃었다.
"당신이 맞았어요. 그건 나쁜 영화에요."
"그 영화를 보느니 죽는 게 낫소."
캐들린의 웃음소리가 거짓으로 들렸다.
"그건 과장이 심한 표현이에요……."
이어서 몇 마디 속삭임이 들렸다. 의사가 아주 부드럽게 그녀를 타이르고 있었다.
"저는 그만 가봐야 되겠어요."
캐들린이 미안하다는 듯이 말했다.
"길을 건널 때 조심해요."
그녀는 몸을 굽혀 나에게 키스를 하려고 했다. 순간 몸에 익은 어떤 두려움이 나를 사로잡았다.
"캐들린! 나에게 키스를 해서는 안 돼!"
그녀는 황급히 머리를 들었다. 일부 방안에 침묵이 흘렀다. 잠시 후에 그녀의 손이 나의 이마에 닿았다. 그때 나는 당장 손을 치워 달라고, 내 몸에 불을 지르지 말라고 말하려고 했다. 그러나 그녀는 벌써 나의 이마에서 손을 거두고 있었다.
캐들린은 살그머니 밖으로 나갔다. 그 뒤를 의사가 따라 나갔다. 간호원은 내 곁에 머물러 있었다. 나는 그녀가 어떻게 생겼는지 궁금하기 짝이 없었다. 늙은 여자일까, 젊은 여자일까. 아름다운 얼굴일까, 샐쭉한 얼굴일까. 금발일까, 까만 머리칼일까……. 그러나 여전히 눈까풀을 움직일 수가 없었다. 필사의 노력으로 눈을 뜨려고 했지만 허사였다. 힘이 부족해서 그럴 것이라고 나는 혼잣말을 한 다음, 두 손을 사용하기로 마음을 먹었다. 그러나 두 손은 침대의 양편에 묶여 있었고, 아직도 커다란 주사바늘이 꽂힌 채였다.
 "주사를 두 대 더 맞아야 해요."
 간호원이 말했다. 나는 그 이유를 알 수 없었다.
 "두 대나? 왜 두 대죠?"
 "한 대는 페니실린이고, 다른 한 대는 선생님을 편히 잠들게 하기 위해서예요."
 "기왕이면, 내 갈증을 멎게 하는 주사를 한 대 더 놓아줄 수는 없겠소?"
 나는 사뭇 숨이 막히고 있었다. 가슴이 터져 나갈 것만 같았다. 불 위에 놔둔 채 물이 다 졸아버린 주전자처럼.
 "곧 잠드시게 될 거예요. 갈증도 가라앉구요."
 "꿈속에서라도 갈증을 느끼지 않을까요?"
 간호원은 침대 커버를 올리며 말했다.
 "꿈을 꾸지 않는 주사를 한 대 놓겠어요."
 나는 간호원이 참 훌륭한 여자라고 생각했다. 그녀의 심장은 황금으로 만들어져 있었다. 그녀는 내가 괴로워할 때 같이 괴로워했으며, 내가 갈증을 느낄 때 그녀는 침착했다. 내가 잠잘 때도, 내가 꿈을 꿀 때도 침착했다. 그녀는 아마 젊고 아름다우며 밝고 매력적이리라. 그녀는 진지한 얼굴에 미소 짓는 눈을 가지고 있으리라. 그녀는 또 말하기 위해서가 아니라 키스를 하기 위해서 멋지고 육감적인 입을 가지고 있으리라. 할머니의 눈처럼, 그녀는 무엇을 바라보거나 놀라기 위해서가 아니라 오직 울기 위해서 눈을 가지고 있으리라.
 첫 번째 주사를 놓았다. 아무렇지도 않았다. 나는 그것을 느끼지도 못했다. 두 번째 주사를 이번에는 팔에 놓았다. 여전히 아무렇지도 않았다. 그러나 사실은 통증이 너무 심해서 주사액의 주입을 느끼지 못했을 뿐이었다.

간호원은 커버를 내리고 주사바늘들을 상자에 넣은 다음, 의자를 물리고 전등불을 껐다.

"빛을 차단하겠어요. 선생님은 곧 잠들게 될 거예요."

다음 순간, 나는 그녀 역시 방을 나가기 전에 나에게 키스를 할 것이라는 점을 즉각 알아차렸다. 아무런 뜻도 없이 가볍게 이마나 뺨, 아니면 눈꺼풀에 키스를 할 터였다. 병원에서는 대개 그렇게 하게 마련이다. 훌륭한 간호원들은 환자들에게 저녁인사로 그렇게 한다. 그러나 입에 하는 것이 아니라 뺨이나 이마에 그렇게 함으로써 환자들을 안심시킬 수 있기 때문이다. 환자들이란 어떤 여자가 자기에게 키스하고 싶어 하는 것은 자기의 병이 심하지 않기 때문이라고 생각하는 것이다. 그리하여 환자들은 간호원들의 입이 말하기 위해서, 혹은 울기 위해서 있는 것이 아니라, 조용하고 침착하게 있거나 환자들에게 키스하기 위해서 있다는 사실을 모른 채, 어둠에 대한 어떤 두려움을 싹 잊어버리고서 깊이 잠들 수가 있는 것이다.

또 한 차례, 발한(發汗)이 전신을 엄습해 왔다.

"나에게 키스를 해서는 안 돼요."

나는 속삭이듯 말했다. 간호원은 오랜 친구처럼 웃어주었다.

"물론이에요. 제가 키스해 드리면 또 갈증이 날 테니까요."

이윽고 그녀는 방에서 나갔다. 나는 깊이 잠들기만을 기다렸다.

별들에게 말하는 것처럼

"당신 얘기를 좀 해주세요."

캐들린이 말했다. 우리는 기분 좋을 정도로 따뜻한 그녀의 방에 앉아 있었다. 방안에는 그레고리 성가가 흐르고 있었다. 그 선율이 마음 깊은 곳까지 흘러들었다. 그녀의 음성과 음악의 선율 속에는 아늑한 평화가 깃들어 있어서 어떤 폭풍으로도 그것을 흩뜨릴 수가 없었다.

작은 탁자 위세는 반쯤 남은 커피 잔 둘이 놓여 있었다. 커피는 식어 있었다. 나는 알맞은 어둠에 눈을 감고 있었으며, 초저녁 무렵에 짓누르던 피로감은 어느새 말끔히 가셔져 있었다. 오히려 신경이 팽팽하게 긴장된 상태로 시간이 흐름에 따라 육체가 점점 초조해지는 것을 의식할 수 있었다.

"말씀해 주세요. 당신을 알고 싶어요."

캐들린이 다시 말했다. 그녀는 다리를 포개고 나의 오른편에 있는 모직 소파에 앉아 있었다. 하나의 꿈이 정착할 장소를 찾느라 방안의 공기 속을 감돌고 있는 듯했다.

"나 자신에 대해서 말하고 싶은 기분이 아니군요."

나 자신에 대해서 얘기하자면, 아니 그것을 진정으로 얘기하자면 먼저 나의 할머니의 얘기를 해야만 했다. 그러나 나로서는 그것을 말로써 잘 표현할 수가 없을 것 같았다. 할머니는 다만 기도로써 당신의 말을 표현했던 것이다.

전쟁이 끝난 후 파리에 도착했을 때 나는 자주, 너무 자주 얘기를 하라는 강요를 받았었다. 그러나 나는 그때마저 거절했다. 죽은 사람들에 대하여 산 사람들이 이러쿵저러쿵 말할 필요가 없다고 생각했기 때문이었다. 죽은 사람들은 나보다는 덜 부끄러운 편이다. 그들에게는 도대체 수치라는 것이 해당되지 않는다. 그러나 나는 부끄럽고 수치스러웠다. 수치 때문에 번민하는 것은 사형집행인들이 아니라 그 희생자들인 것이다. 가장 큰 수치는 숙명에 의하여 선택되었다는 데 있다. 사람들은 흔히 하나님이 가장 악명 높은 불의를 자행한다는 결론을 내리기보다는, 오히려 모든 가능한 죄악과 범죄를 자기들의 탓으로 돌리기를 좋아한다. 그러나 나는 아직도 하나님이 인간을 당신의 노리개로 만드는 경우를 생각할 때마다 얼굴이 확확 붉어짐을 느끼지 않을 수 없다.

언젠가 나는 나의 스승이며 유대의 신비철학자인 칼만에게 들은 적이 있었다. '하나님은 무슨 목적에서 인간을 창조했을까요? 저는 인간에게 하나님이 필요하다는 것을 이해합니다. 그러나 하나님에게 인간이 무슨 필요가 있을까요'라고.

스승은 대답에 앞서 잠시 눈을 감았다. 순간 무수한 고뇌의 상흔이 그의 이마에 헝클어진 미로처럼 그려지는 것을 볼 수 있었다. 한동안 묵상에 잠겨 있던 스승이 입가에 가냘프고도 희미한 미소를 지으며 입을 열었다.

"성경은 우리에게, 만일 인간이 자신의 힘을 의식하게 된다면 인간은 믿음을 잃거나 이성을 잃게 된다는 사실을 가르쳐 주고 있다. 그것은 인간이 자신을 초월하는 어떤 역할을 내부에 지니고 있기 때문이지. 하나님은 '하나'가 되기 위해서 인간을 필요로 하는 거야. 인간을 구원하기 위해서 오직 구세주만이 인간에 의해서 자유로울 수가 있어. 우리는 인간과 우주뿐만 아니라 자기들의 율법과 이해관계를 제정한 사람들도 구원을 받을 수 있다는 것을 알고 있지. 그것은 곧, 인간은 한 줌의 흙에 불과하지만 그에게는 시간과 그 근원을 재결합시킬 수 있고, 자신의 모습을 하나님께 되돌려 드릴 수 있는 능력이 있다는 것을 뜻하는 것이지."

그 당시 나는 너무 어린 탓으로 스승의 말뜻을 이해하지 못했었다. 그래서 하나님의 존재는 나와 밀접하게 연관될 수 있다는 생각이 동정심처럼 나의 뇌리에 하나의 불행한 자부심으로 차 있었다.

그로부터 몇 해 후에 나는 경건한 신자들이 죽음을 맞으면서도 노래하는 모습을 실제로 볼 수 있었다. 그들은 이렇게 노래하며 죽어갔다. '우리는 유배된 구세주의 사슬을 우리의 불로써 끊으러 가네.' 그 광경을 보고서야 나는 스승이 말했던 그 상징적인 말의 뜻을 금방 이해할 수 있었다. 그렇다, 하나님에게는 인간이 필요한 것이다. 하나님은 영원한 고독 속에 유형된 운명이므로 당신 자신의 쓸쓸함을 철학자와 시인들은 그런 하나님을 인정하지 않았던 것이다. 태초에는 '말씀'도 '사랑'도 없었다. 오직 웃음소리와 포효가 있을 뿐이었다. 사막이 신기루보다 더 허위에 찬 하나님의 영원한 웃음소리가 울리고 있었을 뿐이다.

"당신에 대해서 알고 싶어요."

캐들린이 말했다. 그녀의 얼굴이 어두워져 있었다. 정착할 장소를 찾지 못하던 꿈이 사라진 것이었다. 꿈은 그녀의 커다랗게 열린 눈을 통해 그녀의 안으로 들어갈 수 있다고 나는 생각했다. 그러나 꿈은 절대 밖에서 안으로 들어가는 것은 아니다.

"아마 당신은 나를 미워하게 될 거요."

나는 이렇게 대답했다. 그녀는 다리를 더욱 움츠렸다. 그녀의 체구가 더욱 작아졌다. 그 모습은 마치 꿈을 좇고 싶은 동시에 꿈이 사라지기를 바라는 듯했다.

"그래도 알고 싶어요."

나는 그녀가 나를 미워하게 될 것이라고 생각했다. 그것은 피할 수 없는 일이었다. 이미 일어났던 일이 다시 일어날 터였다. 똑같은 원인은 똑같은 결과, 똑같은 증오를 낳는다. 우리들이 처한 비극적인 상황에서는 반복이란 하나의 결정적인 요인일 수밖에 없었다.

내게 처음으로 공공연히 증오심을 나타냈던 사람이 있었다. 나는 그의 이름도, 그가 누군지도 몰랐다. 그는 죽은 사람들의 세계에 살고 있는, 이름 없고 얼굴 없는 모든 사람들을 대표하고 있었다.

나는 남아메리카로 항해중인 어떤 프랑스 선박에 타고 있었다. 내가 바다와 마주한 것은 그때가 처음이었다. 나는 거의 대부분의 시간을 갑판 위에서 보내며 오직 다시 메우기 위하여 지침도 없이 무덤을 파고 또 파고 있는 파도들을 유심히 바라보았다. 나는 어렸을 때 하나님이 위대하고 강력하며, 광대하고 무한하다고 상상했기 때문에 그를 찾았었다. 그런데 바다가 그와 똑같은 영상을 주고 있었다. 그때서야 나는 나르시스를 이해할 수 있었다. 그는 물속에 떨어진 것이 아니었다. 그는 거기에 뛰어들었던 것이다. 급기야 나는 바다와 하나가 되고 싶은 욕망에 사로잡히고 말았다. 그리하여 하마터면 바다로 뛰어들 뻔했다.

　나에게는 잃을 것도, 후회할 것도 없었다. 나는 이 세상의 사람들과 아무런 연관도 없었다. 내가 관심을 가졌던 모든 것들은 이미 연기 속으로 사라지고 없었다. 벽들이 여기저기 갈라진 그 작은 집, 어린이들과 노인들이 기도를 하거나 우수에 찬 촛불을 바라보던 그 작은 집은 이제는 폐허가 되고 없었다. 나에게 처음으로 인생의 신비를 가르쳐 주었던 스승, 언어의 저쪽에는 침묵이 있다는 사실을 가르쳐 주었던 스승, 감히 하늘을 마주볼 수 없다며 항상 머리를 숙이고 다니던 스승- 그 나의 스승도 이미 한 줌의 재가 되어 이 세상에 없었다. 그리고 사랑하는 나의 누이동생, 내가 저와는 한 번도 놀아주지 않는다고, 내가 너무나 심각한 표정만 짓는다고 곧잘 나를 놀려대던 나의 사랑하는 누이동생도 이제는 장난을 치지 않았다.

　그날 밤, 바다에 뛰어들려는 나를 지켜준 것은 알지도 보지도 못한 어떤 낯선 사람이었다. 내가 갑판의 난간에 서 있을 때 그가 뒤에서 다가왔다. 그가 어디에서 나타났는지 나는 알 수 없었다. 오자마자 그는 말을 걸어왔다. 그는 영국인이었다.

　"참 아름다운 밤이군요."

　그는 내 오른편의 난간에 나와 닿을 듯이 바짝 붙어서며 입을 열었다.

　"참 아름답군요."

　나는 냉랭한 어조로 대답했다. 그러면서 나는 마음속으로 생각하고 있었다. 그렇군, 사기꾼들에게, 불확실성이 되고 마는 온갖 확실성에, 배신을 내포하고 있는 온갖 이상에, 더 이상 인간에게 따뜻한 방을 제공해 주지 않는 이 세상에, 그 힘을 넓히는 대신 인류를 파괴로 이끄는 역사에 작별을 고하기에 아주 좋은 밤이로군.

그러나 그 낯선 사람은 나의 언짢은 기분에는 전혀 아랑곳없이 말을 계속했다.

"하늘이 바다에 너무 가까이 닿아 있기 때문에 반사되는 것이 하늘인지 바다인지, 하늘에 바다가 필요한지, 바다에 하늘이 필요한지, 또 하늘과 바다 어느 쪽이 더 우위에 있는지 말하기가 어렵군요."

"그건 사실입니다."

나는 여전히 냉담하게 대답했다. 그는 잠시 입을 다물었다. 나는 그의 옆모습을 바라보았다. 야위고 예리한 얼굴에 귀태가 흘렀다. 그가 다시 말을 이었다.

"만일 하늘과 바다가 전쟁을 했다면 나는 바다 쪽을 편들었을 겁니다. 하늘은 화가들에게만 영감을 줄 뿐이니까요. 음악가들에게는 주지 않아요. 하지만 바다는…… 바다는 자기의 음악을 통해서 인간에게 좀 더 가까이 다가온다고 생각되지 않습니까?"

"그럴지도 모르겠군요."

나는 상대에게 적대감을 느끼며 대답했다. 다시 그가 입을 다물었다. 아마 나를 그냥 두고 가야 할지 말아야 할지 궁리를 하는 모습이었다. 마침내 그는 나와 함께 있기로 결정을 내렸다.

"담배 피우겠어요?"

그가 담뱃갑을 내밀며 물었다.

"아닙니다. 피우고 싶지 않군요."

그는 담배에 불을 붙이고는 성냥개비를 바다 위로 던졌다. 별 하나가 총알처럼 날다가 어둠 속에 삼켜지듯 숨었다.

"지금 선실에서는 춤들을 추고 있어요. 왜 그들과 어울리지 않으십니까?"

"춤을 추고 싶지 않아서요."

"바다와 함께 혼자 있고 싶으신 거죠, 그렇죠?"

그의 말소리가 갑자기 바뀌고 있었다. 조금 전과는 달리 훨씬 친절해지고 귀에도 익었다. 그러나 나는 그가 가면을 쓰고 있는지도 모른다고 생각했으므로 그의 음성이 바뀐 데에는 별로 관심을 두지 않았다.

"그래요. 나는 이렇게 혼자서 바다와 함께 있는 게 나아요."

나는 심술궂게 '혼자서'라는 말에 힘을 주며 대꾸했다. 그는 뻐끔뻐끔 담배를 몇 모금 빨았다.

"바다라. 바다를 보면 무엇이 생각납니까?"

나는 잠시 망설였다. 그의 정체가 어둠에 싸여 있었을 뿐만 아니라 난생 처음 만나는 사람이었기 때문이다. 설혹 내일, 그의 호위로 식당에서 다시 만난다 해도 아마 나는 그를 알아보지 못하리라. 그러나 낯선 사람에게 얘기한다는 것은 별들에게 얘기하는 것처럼 이쪽에 어떤 손해를 끼치는 일은 아니라고 생각했다.

"바다는 나에게 죽음을 생각하게 하지요."

순간 그가 웃는 모습을 엿볼 수 있었다.

"나도 그걸 알고 있었소."

"당신이 그걸 어떻게 알았단 말입니까?"

나는 당황하지 않을 수 없었다.

"바다에는 사람의 마음을 끌어당기는 힘이 있거든요. 내 나이 50입니다만, 나는 30년 동안 줄곧 여행을 다녔지요. 때문에 이 세상의 바다는 모두 알고 있어요. 알고말고요. 누구도 파도를 너무 오랫동안 바라보아서는 안 됩니다. 특히 밤에는 말입니다. 더욱이 혼자서 바라보아서는 안 돼요."

성자는 웃지 않는다

그는 이어 자기의 첫 여행에 대해서 얘기해 주었다. 그때 그는 갓 결혼한 아내와 동행이었다고 했다. 어느 날 밤 그는 아내가 잠든 사이에 맑은 공기를 쐬려고 갑판으로 혼자 나왔다. 그때 그는 처음으로 바다의 엄청난 힘을 알게 되었던 것이다. 그는 변화무쌍한 파도의 옆모습에 눈길을 빼앗기고 말았다. 그 당시 그는 행복했으며 청춘이었다. 그런데도 그는 거의 억제할 수 없을 정도로 바다에 뛰어들고 싶은 긴박감을 느꼈다. 바다에 뛰어들어 다른 어떤 것보다도 강력하게 포효하며 영원과 평화와 무한을 일깨워 주는 듯 생동하는 파도에 몸을 맡겨 멀리멀리 살려가고 싶었다고 했다.

"다시 말하지만, 바다를 너무 오래 바라보면 안 돼요. 특히 혼자서는. 그리고 밤에는 더욱더."

그가 부드러운 어조로 덧붙였다.

그제야 나도 마음이 놓여 나 자신에 관한 얘기를 털어놓기 시작했다. 그 사람 역시 죽음을 생각했었으며 그 비밀에 끌린 적이 있다는 사실을 알았기 때문이었다. 나는 그가 한결 친숙하게 느껴졌다. 나는 그에게 지금껏 아무에게도 하지 않았던 얘기까지 했다. 나의 어린 시절이며, 신비했던 갖가지 꿈이며, 나의 종교적인 열정이며, 독일의 집단수용소에 대한 기억, 그리고 이제는 산 사람들 속에서 죽은 사람들의 사자(使者)가 되어야 했던 나의 신념에 대해서까지⋯⋯.

나의 얘기는 여러 시간 계속되었다. 낯선 그 사람은 난간에 몸을 편히 기대고서 나의 말을 가로막거나 움직이지도 않고 배의 그림자에 눈길을 던진 채 이따금 담배에 불을 붙이는 정도였다. 내가 잠시 생각에 잠기거나 얘기를 멈추는 사이에도 그는 말 한마디 없이 듣고만 있었다.

나는 가끔 어떤 구절을 끝맺지도 않은 채 다른 얘기로 뛰어넘기도 했으며, 얘기 중에 나오는 어떤 사람에 대해서는 그가 연루된 사건에 대한 한마디의 설명도 없이 지나치기도 했다. 그래도 그 낯선 사람은 설명을 요구하지도 않았다. 어떤 때는 나의 목소리가 너무 작아 그에게 들리지 않았을 텐데도 그저 묵묵히 귀를 기울이고만 있었다. 마치 침묵을 지키는 것이 자기의 본분이라도 된다는 듯한 태도였다.

이윽고 나의 얘기가 끝나고 날이 샐 무렵에야 그가 겨우 입을 열었다. 그러나 그의 음성은 한 줄기 어둠처럼 쉬어 있었다. 그 음성은 밤에 홀로 앉아 바다를 지켜보고 있는, 자신의 죽음을 지켜보고 있는 사람의 음성, 그것이었다.

"당신은 이 점을 명심하시오. 나는 당신을 증오하게 될 것이라는 사실을 말이오."

순간 나는 감동한 나머지 숨이 막힐 듯했다. 나는 그에게 고마움을 표시하기 위하여 그의 손을 움켜잡고 싶었다. 어느 누구도 서슴없이 나와 함께 마지막까지 동행할 용기를 지닌 사람은 없었기 때문이다.

그는 아직도 별들이 떠 있는지 확인하려는 듯이 고개를 뒤로 접히고 하늘을 쳐다보았다. 그러고는 갑자기 주먹을 움켜쥐고 난간을 두드리기 시작했다. 그리고 억제하는 듯한 깊은 음성으로 같은 말을 몇 번이고 되풀이하는 것이었다.

"나는 당신을 저주하게 될 것이오……. 나는 당신을 저주하게 될 것이오……."

그는 이내 나에게 등을 돌리고는 저쪽으로 걸어가 버렸다.

한 가닥 하얀 빛이 수평선을 환히 비치고 있었다. 바다는 잠잠했으며 배는 졸고 있었다. 별들은 이제 막 사라지기 시작했다. 날이 밝은 것이다.
　나는 그날 온종일 갑판에 나와 있었다. 지난밤과 같은 장소에 돌아왔던 것이다. 그러나 나는 그 낯선 사람을 두 번 다시 만날 수 없었다.

　"정말 당신을 미워하게 될지 모르지만, 그래도 당신을 알고 싶어요."
　캐들린이 다시 말했다. 나는 자리에서 일어나 다리를 움직이기 위해 몇 걸음 방안을 거닐었다. 나는 창가로 가서 밖을 내다보았다. 길 건너 보도에는 눈이 덮여 있었다. 순간 뭔지 알 수 없는 고뇌가 엄습해 왔다. 식은땀이 이마에 배었다. 다시 한 번 밤이 그 무거운 짐을 들어 올릴 터이고, 그러고 나면 또 낮이 될 터였다. 나는 낮이 무서웠다. 밤에는 모든 얼굴들이 허물없이 느껴졌으며 시끄러운 모든 소음도 언젠가 들은 것처럼 귀에 익숙했다. 그러나 낮에는 이방인들 사이에 있는 것처럼 낯설기만 했다.
　"쉬몬 야나이가 당신에 대해서 무어라고 말한 줄 아세요?"
　캐들린이 물었다.
　"모르겠군요."
　그가 무슨 말을 했단 말인가? 아니 그가 나에 대해서 무엇을 알고 있단 말인가? 그는 아무것도 모른다. 황혼녘이면 내가 넋을 잃은 채 어린 시절의 고향마을 시게트에 대한 향수에 젖는다는 것도, 그 향수가 너무나 강렬하게 깊어서 일주일 내내 숨도 제대로 쉬지 못한다는 것도 그는 알지 못했다. 그는 또, 우리 유대인으로 하여금 그들의 뿌리로 돌아가게 하는 하시딤 파의 선율에 내가 얼마나 감동하는지에 대해서도 알지 못했다. 그 선율은 바하나 베토벤, 그리고 모차르트의 선율보다도 나에게는 더욱 값지고 감동적인 것인데도 말이다. 그는 또한 내가 어떤 여인을 바라볼 때면 항상 할머니의 영상을 떠올린다는 사실도 알지 못했다.
　"쉬몬은 당신을 성자로 생각하고 있어요."

나는 대답 대신 큰소리를 내어 웃었다.

"쉬몬은 당신이 자신의 운명을 감수하고 있다고 말했어요. 오직 성자들만이 운명을 감수하는 법이거든요."

나는 터져 나오는 웃음을 멈출 수가 없었다. 나는 캐들린을 돌아다보았다. 그리고 그녀의 눈동자를 바라보았다. 그녀를 보기 위해서가 아니었다. 울기 위해서도 아니었다. 그녀의 눈동자를 바라본 것은 말을 하기 위해서, 상대로 하여금 웃게 하기 위해서였다. 그녀는 스웨터 속에 턱을 감추고 있었다. 떨리는 입술도 숨기고 있었다.

"나를 성자라고? 어떻게 그런 농담을……."

"왜 웃으시죠?"

"내가 웃는 것은, 내가 성자가 아니기 때문이오. 나는 성자가 아니오. 성자들은 웃지 않아요. 더욱이 성자들은 다 죽었어요. 나의 할머니는 성자였소. 그러나 그분은 죽었어요. 나의 스승도 성자였지만 그분도 죽었어요. 하지만 나를 한번 쳐다보시오. 나는 이렇게 살아 있어요. 이렇게 웃고 있어요. 이렇게 살아 있고 이렇게 웃고 있으니 나는 성자가 아니란 말이오……."

처음에 나는 내가 살아 있다는 것을 실감하기까지 무척 힘이 들었다. 나는 자신이 죽었다고 생각하고 있었기 때문이다. 나는 음식을 먹을 수도, 책을 읽을 수도, 울음을 울 수도 없었다. 나는 자신이 죽은 것을 보았다. 그래서 나는 자신이 죽은 것으로 생각하고, 살아있는 것은 꿈속에서 그렇게 상상한 때문이라고 생각했다. 나는 더 이상 이 세상에 존재하지 않으므로 나의 참된 자아는 '거기'에 있다는 것을, 나의 현재의 자아는 살아 있는 다른 사람들과 똑같을 수 없다는 것을 나는 알고 있었다. 나는 말하자면 뱀이 벗어놓은 하나의 허물과 흡사했다.

그러던 어느 날 거리에서 한 노파가 그녀의 방으로 내가 올라갈 것을 간청했다. 그녀는 너무 늙고 너무 말라 있었다. 나는 웃음을 참지 못했다. 그러자 노파의 안색이 창백해졌다. 순간 나는 그녀가 금방이라도 나의 발밑에 넘어질지도 모른다고 생각했다.

"당신에게는 동정심도 없어요?"

노파가 숨을 헐떡이며 말했다. 그 뜻밖의 순간에 나는 현실로 돌아왔던 것이다. 나는 살아 있었다. 나는 웃고 있었으며 불행한 노파를 놀려대고 있었다. 나는 성자들처럼, 자신의 육체를 욕되게 하는 노파들에게 창피를 주고 해를 끼칠 수도 있었다.

"당신의 고난이 당신을 인도하는 곳은 어딘가요? 거룩한 곳이 아닌가요?"

캐들린이 긴장한 어조로 물었다.

"아니오!"

나는 빽 고함을 질렀다. 그 고함과 함께 나는 웃음을 그쳤다. 나는 점점 화를 내고 있었다. 나는 창문에서 떨어져 캐들린의 앞에 와서 섰다. 그녀는 팔로 무릎을 껴안고 머리를 팔위에 얹은 채 마룻바닥에 앉아 있었다.

"그렇게 말하는 사람들은 거짓 예언자들이오."

나는 고함을 지르지 않으려고, 집 안이 울리지 않게 하려고, 무엇보다도 집 밖의 바람과 눈보라 속에서 기다리고 있을 죽은 사람들을 깨우지 않으려고 무진 애를 썼다. 나는 말을 계속했다.

"고난이란 인간에게 가장 저열하고 가장 비열한 것을 가져오는 것이오. 당신을 짐승 이하로 만드는 고난도 있어요. 그런 단계에서는 한 조각의 빵을 얻기 위해서, 다소의 온정을 얻기 위해서, 한 순간의 망각을 위해서, 그리고 한숨의 잠을 자기 위해서 당신은 당신의 영혼을- 최악의 경우 당신 친구들의 영혼까지도- 팔게 돼요. 성자들은 그런 역사가 끝나기 전에 죽은 사람들이지요. 그와는 달리 주어진 숙명을 살아가기에 급급한 다른 사람들은 거의 속에 비치는 자기 모습을 감히 들여다보지 못해요. 그건 자기들의 내적인 영상을 보기가 두렵기 때문이오. 그들의 내면에는 불행한 여인들을 비웃고 이미 죽은 성자들을 비웃는 괴물이 들어 있으니까……"

캐들린은 넋 나간 표정으로 눈을 커다랗게 뜬 채 귀를 기울이고 있었다. 나의 말이 계속됨에 따라 그녀는 허리를 점점 더 굽혀갔다. 그러면서 창백한 입술로 똑같은 말을 연거푸 속삭이는 것이었다.

"계속해요! 더 듣고 싶어요. 어서 계속해요!"

캐들린은 여자들이 흔히 즐거움을 계속하고 싶을 때, 사랑하는 남자에게 사랑을 멈추지 말고, 자기를 떠나지 말고, 자기를 실망시키지 말고, 자기를 황홀경과 허무의 중도에 버리지 말아달라고 간구할 때 그러듯이 갈망에 찬 음성으로 이 '더'라는 말을 되뇌었다.

"더요…….더요……."

나는 여전히 그녀를 붙잡은 채 그녀를 바라보고 있었다. 나는 나의 내부에 있는 온갖 오물들을 제거하여 그녀의 그토록 순수하고 그토록 결백하며 그토록 아름다운 눈동자와 입술 위에 이식시키고 싶었다.

나는 나의 영혼을 발가벗겼다. 나의 가장 비열한 사고와 욕망, 나의 가장 괴로운 배신, 나의 가장 얼빠진 거짓 따위를 나의 내부에서 깡그리 벗겨내어 불결한 제물처럼 그녀 앞에 늘어놓아 그녀로 하여금 그것들을 보게 하고 그것들의 악취를 맡게 하고 싶었다.

그러나 캐들린은 일찍이 고난을 당해 보지 않았던 그녀 자신을 벌하고 싶다는 듯이 내가 하는 말 한 마디 한 마디를 고스란히 들이마시고 있었다. 그러면서 그녀는 이따금 늙은 창녀의 그것과 영락없는 예의 그 갈망에 찬 음성으로 되뇌이곤 했다.

"더요…….더요……."

마침내 나는 지친 나머지 입을 다물고 말았다. 그리고는 양탄자 위에 사지를 쭉 편 채 두 눈을 감아 버렸다.

우리는 오랫동안 아무 말도 하지 않았다. 한 시간, 아니 아마 두 시간은 그렇게 있었으리라. 나는 숨을 헐떡였다. 나는 흥건히 땀에 젖어 있었다. 셔츠가 몸에 달라붙었다. 캐들린은 꼼짝도 않았다. 밖에서는 소리 없이 밤이 깊어가고 있었다.

그때 갑자기 거리를 달려오는 우유배달부의 트럭소리가 들려왔다. 트럭은 문 앞에서 멎었다.

캐들린이 숨을 깊이 몰아쉬며 말했다.

"내려가서 우유배달부에게 키스하고 싶어요."

나는 대꾸하지 않았다. 도대체 그럴 힘도 없었다.

"우유배달부에게 고맙다고 키스해 주고 싶어요. 그가 이렇게 살아있게 해주었으니까요."

나는 계속 입을 열지 않았다.

"당신은 아무 말씀도 하지 않는군요. 우습지도 않아요?"

내가 여전히 아무 말도 하지 않자 그녀가 내 머리카락을 만지기 시작했다. 그녀의 손가락이 내 얼굴의 윤곽을 더듬었다. 나는 그녀가 그렇게 애무해 주는 것이 좋았다.

"당신이 나를 만지는 게 좋소."

나는 여전히 눈을 감은 채 말했다. 그리고 잠시 머뭇거리다가 덧붙였다.

"보다시피, 이게 내가 성자가 아니라는 가장 좋은 증거요. 존경받는 성자란 죽은 사람들이나 다름없는 거요. 그들은 욕망이란 걸 모르거든."

캐들린의 음성이 한결 가벼워지고 더욱 도발적이었다.

"당신은 나를 원하세요?"

"그렇소."

나는 다시 웃음이 터질 것만 같았다. 내가 성자라고? 얼마나 근사한 농담인가! 나보고 성자라니! 성자도 여자의 육체에 나와 같은 욕망을 느낄까? 성자도 여자를 팔에 안고 싶고, 여자와 키스하고 싶고, 여자의 살을 깨물고 싶고, 여자의 호흡과 생명과 젖가슴을 갖고 싶을까? 천만에! 내가 성자라면 죽은 할머니가 세계의 밤과 낮을 지배하듯이 검은 쇼올을 걸치고서 지켜보고 있는 가운데 여자와 사랑을 나누고 싶어 하지는 않을 것이다.

나는 일어나 앉았다. 그리고 성난 소리로 말했다.
"난 성자가 아니란 말이오!"
"아니라구요?"
캐들린이 웃지도 않고 반문했다.
"아니오."
나는 눈을 떴다. 그리고 캐들린이 실제로 고뇌에 쌓여 있는 모습을 보았다. 그녀는 입술을 깨물고 있었다. 그녀의 얼굴에 절망의 빛이 역력했다.
"내가 성자가 아니라는 걸 보여주겠소."
나는 성난 소리로 중얼거렸다. 그리고 말없이 그녀의 옷을 벗기기 시작했다. 그녀는 반항하지 않았다. 그녀는 발가벗겨진 채로 조금 전과 같은 자세로 앉았다. 그녀는 무릎 위에 머리를 올려놓고서 내가 옷 벗는 모습을 놀란 눈길로 바라보고 있었다. 그녀의 입가에 두 개의 선이 그어졌다. 그녀의 눈에 공포가 서렸다. 그녀가 나를 무서워한다는 것- 그 점이 나는 즐거웠다. 그것만으로도 좋았다. 자기의 영혼을 지옥에 맡겨놓은 나와 같은 인간은 다른 사람의 거울이 되어 줌으로써 그들에게 공포를 안겨주기에 충분한 것이다.
"나는 당신을 갖겠소. 하지만 당신을 사랑하지는 않아요."
나는 거칠고 사뭇 적대적인 말투로 내뱉었다. 나는 속으로, 내가 성자가 아니라는 것을 그녀가 알아야 한다고 생각했다. 성자는 모든 행동에 그의 전 생명을 걸기로 약속한다지만, 나는 그녀에게 아무 약속도 하지 않으리라. 그녀가 머리를 풀었다. 머리타래가 어깨 위로 흘러내렸다. 그녀의 젖가슴이 불규칙하게 오르내리고 있었다.

"제가 당신을 사랑한다면요?"

그녀가 천진난만한 체하며 반문했다.

"그건 어려울 거요. 당신은 나를 미워하게 될 테니까."

그녀의 얼굴에 조금은 슬프고 조금은 괴로운 빛이 떠올랐다.

"당신 말이 무서워요."

도시의 어디에선가 안개를 뚫고 새벽의 어스름한 빛이 피어오르고 있었다.

"나를 봐요."

"보고 있어요."

"뭐가 보이지."

"성자."

나는 또 한 번 웃었다. 발가벗고 있는 두 남녀 가운데 한 사람은 성자라고? 괴상망측한 일도 다 있군! 나는 그녀에게 상처를 입힐 심산으로 거칠게 다루었다. 그녀가 입술을 깨물었다. 그러나 울지는 않았다. 그렇게 우리는 그날 오후 늦게까지 함께 있었다.

우리는 말 한마디 나누지 않았다.

우리는 키스 한번 나누지 않았다.

모든 사람이 강물 같아

놀랍게도 열이 사라졌다. 임상 카드에서 나의 이름이 지워졌다. 아직도 통증은 남아 있었다. 그러나 죽음의 위험에서는 완전히 벗어나 있었다. 여전히 항생제 주사를 맞았으나 점점 적게 맞았다. 하루에 네 차례씩 맞던 것이 세 차례로 줄었다. 그리고 두 차례. 그 후에는 마침내 맞지 않아도 되었다. 방문객이 허락될 때까지 나는 병원에 거의 일주일 동안 누워 있었으며 그 가운데 사흘 동안은 사경을 헤맸던 것이다.

"오늘부터는 친구 분들이 면회를 와도 좋아요."

간호원이 나를 씻기며 말했다.

"잘됐군."

"겨우 잘됐군이에요? 친구 분들이 찾아오는 게 즐겁지 않으세요?"

"물론이지."

"선생님은 아주 먼 여행을 했어요."

"아주 먼 여행이었지."

"선생님은 말이 없으세요."

"그래."

나는 입원 중에 한 가지 이점을 발견한 것이 있었다. 병원에서는 수다스레 변명을 늘어놓지 않고도 조용히 머물러 있을 수 있다는 점이었다.

"아침을 드신 후에 면도를 해드리러 오겠어요."

"그럴 필요 없소."

"필요 없다구요?"

간호원은 나의 말을 믿지 못하는 듯했다. 그녀가 알기로는 병원에서 하는 일은 모두가 필요한 일뿐이었기 때문이다.

"그래, 필요 없어요. 난 수염을 기르고 싶으니까."

간호원은 나를 한참 바라본 후에 스스로 판단을 내렸다.

"안돼요. 면도를 해야 돼요. 너무 병색이 짙거든요."

"아직 병중인데 뭐."

"그래요. 하지만 면도를 하고 나면 한결 좋아질 거예요."

그녀는 나에게 대꾸할 여유도 주지 않고 덧붙였다.

"새로 태어난 기분을 느끼게 될 거예요."

그녀는 젊고 피부가 검었다. 그리고 고집이 센 편이었다. 그녀는 하얀 제복의 단추를 목까지 채우고 의기양양한 자세로 저만큼 높은 곳에서 나를 굽어보고 있었는데, 내가 누워 있는 탓으로 키가 훨씬 더 커 보였다.

"좋아. 정 그렇다면 면도를 하지."

나는 귀찮은 토론을 끝내기 위해서 그녀의 말에 따르기로 했다.

"그래야죠! 잘 생각했어요."

그녀는 대단한 승리라도 얻은 듯이 기뻐했다. 활짝 웃는 입 사이로 하얀 이가 드러났다. 그녀는 연신 웃으면서 환자가 지켜야 할 교훈 같은 것을 늘어놓기 시작했다. 가령, 예쁘게 보이려고 아침마다 얼굴을 다듬는 사람에게 죽음이 공격할 엄두를 내지 못한다든지, 영원불멸의 비밀은 면도 크림을 사용할 줄 아는 데 있다는 것 따위가 그녀의 주장이었다.

간호원은 나를 씻긴 다음, 아침식사를 가지고 왔다.

"자 어린애처럼 음식을 먹여드릴게요. 선생님 나이에 어린애 취급 받는 게 부끄럽지도 않으세요?"

식사가 끝나자 그녀는 서둘러 전기면도기를 가져왔다.

"예쁘게 보여야 돼요. 난 내 아이가 예쁘게 보이기를 원하거든요."

면도기가 무시무시한 굉음을 내기 시작했다. 그와 함께 간호원도 쉬지 않고 참새처럼 재재거렸다. 그러나 나는 그녀의 말을 듣고 있지 않았다. 나는 그날 저녁에 일어났던 사고를 생각하고 있었다. 택시가 과속으로 달려왔던 것이다. 그 택시가 나를 병원으로 보낼 줄이야 꿈에도 생각지 못한 일이었다.

"자, 됐어요. 이제는 아주 예뻐요."

간호원이 환하게 웃었다.

"그럼 이제 난 갓 태어난 아이가 됐구만!"

"기다리세요. 거울을 가져올게요."

그녀의 눈은 유난히 컸다. 그리고 새카만 동공 탓인지 주위의 흰자위도 유난히 하얗게 보였다.

"거울은 보고 싶지 않아."

"가져오겠어요."

"이봐요, 아가씨. 내 말 들어요. 거울을 가져오면 당장 부숴버릴 테야. 깨진 거울은 7년 동안 불행을 가져온다는 걸 모르고 있나? 그렇게 되길 바라겠다는 거야?"

그녀는 내가 농담을 하는지 어떤지 몰라 어리둥절한 표정을 지었다.

"내 말은 사실이야. 거울을 깨면 안 된다는 걸 차차 알게 될 거야."

그녀는 아직도 웃고 있었지만, 내가 진지한 표정을 짓자 다소 초조한 빛을 감추지 못했다. 그리고 가운데 손을 훔치며 볼멘소리로 말했다.

"이제 보니 나쁜 아이로군요. 난 당신을 좋아하지 않아요."

"난 아주 나쁜 아이야! 하지만 난 당신이 좋은걸!"

그녀는 뭐라고 혼자서 중얼대며 방을 나갔다. 나는 유리창에 얼굴을 댔다. 내가 앉은 병상에서 이스트 강이 바라다보였다. 작은 보트가 하나 지나가고 있었다. 마치 파란 배경에 찍힌 한 개의 회색빛 점처럼 보였다. 그것은 하나의 신기루였다.

누군가 문을 두드렸다.

"들어오세요!"

닥터 폴 러셀이 호주머니에 손을 찌른 채 들어왔다. 우리는 오랫동안 대화가 뜸했었다.

"오늘 아침에는 기분이 좀 낫지요?"

"네, 아주 좋아요."

"이제 열은 사라졌어요. 적이 패배한 겁니다."

"패배한 적이 위험하지요. 아마 그는 복수만을 생각하고 있을 테니까요."

의사는 진지한 표정을 지었다. 그는 담배를 한 개비 꺼내어 나에게 내밀었다. 내가 거절하자 자기가 피워 물었다.
"아직도 통증을 느낍니까?"
"네."
"그건 일주일 안으로 멎을 겁니다. 헌데, 두렵지는 않아요?"
"뭐가요?"
"교통사고 말입니다."
"아니오. 아무렇지도 않아요."
의사는 나의 눈을 똑바로 바라보았다.
"그럼, 무엇을 두려워하십니까?"
그 말을 듣는 순간 나는 다시, 그가 나에게서 어떤 낌새를 느끼고 있다는 인상을 받았다. 그는 정말 알고 있는 것일까? 잠결에 내가 무슨 말을 한 것일까? 아니면 수술 중에라도?
"나는 아무것도 두렵지 않아요."
나는 의사를 맞바라보며 대답했다.
잠시 침묵이 흘렀다. 의사는 창가로 가서 잠시 그 자리에 멈추어 섰다. 그의 등에 가려 이스트 강에 보이지 않았다. 그가 창문을 가로막자 일시에 나의 낙원이 사라지는 것만 같았다.
"아주 아름다운 풍경이군요."
그가 강을 굽어보며 말했다.
"정말 아름다워요. 강물은 나와 흡사해요. 거의 움직이지 않으니까요."
"참 순진하시군요. 수면만 보면 그렇게 생각하겠지요. 하지만 수면 밑으로 한번 가보세요. 얼마나 끊임없이 움직이고 있는지 알게 될 테니까요……."
그가 홱 돌아섰다.
"……. 그래요, 사실은 당신도 저 강물처럼 끊임없이 움직이고 있는 겁니다."

대체 저 의사가 나에 관해서 정확히 알고 있는 것은 무엇일까? 나는 그의 진지한 표정을 느끼며 궁금하기 짝이 없었다. 그는 지금 무엇인가를 알고 있는 듯이 말하고 있는 것이다. 그렇다면 나 자신이 무얼 숨기고 있단 말인가?

"모든 사람이 강물과 같지요."

나는 대화를 추상적으로 이끌어 나아갔다.

"강물은 모두 바다로 흘러가지요. 하지만 바다를 한 번도 가득 채운 적이 없어요. 마찬가지로, 인간은 도대체 만족이란 걸 모르는 죽음에게 계속 먹히기만 하는 거지요."

의사는 나에게 실망한 빛을 감추지 못했다. 좋소, 당신은 나에게 사실을 말하고 싶지 않은 모양이군요. 계속 딴청만 부리고, 별수 없지요. 내가 기다리는 수밖에- 의사는 속으로 그렇게 생각하는 눈치였다. 그는 천천히 문께로 가더니 발걸음을 멈추었다.

"당신에게 전할 말이 있어요. 캐들린의 전갈인데 오후 늦게 찾아오겠다고 하더군요."

"그녀를 만났나요?"

죽음의 고비를 넘어

"네. 날마다 병원을 찾았으니까요. 정말 매력적인 여자더군요."

"그건 정말입니다."

의사는 문을 연 채 서 있었다. 그의 음성이 너무 가깝게 들려서 바로 나의 병상 앞에 문이 있는 듯싶었다.

"그녀는 당신을 사랑하고 있어요. 당신은 어떠세요? 그녀를 사랑합니까?"

그의 음성이 딱딱하게 굳어 있었다. 그는 '당신'이라는 말에 힘을 주었다. 나는 숨소리가 빨라졌다. 그녀 때문에 내가 고통스러워한다는 것을 의사는 벌써부터 알고 있었을까?

"물론이오. 그녀를 사랑하고말고요."

순간 우리 사이에 침묵이, 완전한 침묵이 흘렀다. 그때 복도 쪽에서 스피커를 통해 침침한 음성이 들려왔다.

'브라운 박사, 전화 받으십시오······. 브라운 박사, 전화 받으십시오······.'

확성기 속의 음성은 다른 세상에서 들려오는 듯했다. 나의 병실은 여전히 완전한 침묵 속에 싸여 있었다.

"좋아요. 그만 가봐야겠군요. 오늘 밤이나 새벽에 다시 오겠어요."

의사는 이렇게 말하고 밖으로 나갔다.

다른 보트 한 척이 창문 곁을 미끄러져 갔다. 바깥 공기는 선명하고 싱그러웠다. 지금쯤 사람들은 넥타이를 매지 않은 편안한 차림으로 거리를 활보하고 있으리라. 더러는 신문을 읽거나 토론을 벌이고 있을 것이며, 더러는 음식을 먹거나 술을 마시고 있으리라. 또 더러는 자동차를 피하기 위하여, 지나가는 여인에게 찬탄을 보내기 위하여 가게의 창문을 들여다보기 위하여 발걸음을 멈추기도 하리라. 아무튼 지금쯤, 바깥은 사람들의 물결로 붐비고 있을 터였다.

오후로 접어들면서 몇몇 동료들의 모습을 나타내기 시작했다. 그들은 즐거운 표정으로 찾아와 하나같이 나를 위로하려고 애를 썼다.

그들은 이런저런 잡담을 늘어놓았다. 누구는 무슨 일을 했고 누구는 무슨 말을 했으며 누구는 누구에게 부정을 했다는 따위의 최근의 소식, 최근의 비밀, 최근의 얘기를 전해 주었다.

이윽고 화제는 나의 교통사고에 이르렀다.
"자네는 정말 행운을 타고 난 거야. 이렇게 멀쩡하게 살아날 수 있다니 말이야."
한 친구의 말을 다른 친구가 받았다.
"물론이지. 그렇지 않았다면 자넨 다리 한쪽을 잃고 말았을 거야."
"아니야, 미치광이가 되었을지도 모른다구."
"아무튼 이제 자네는 부자가 된 거야."
헝가리 사람인 샌더가 입을 열었다.
"나도 한전 자가용에 치인 적이 있지. 나는 그때 보험회사로부터 1천 달러를 받았어. 하지만 자넨 택시에 치인 게 다행이라구. 택시에는 훨씬 많은 보험금이 따르거든. 자넨 이제 부자가 될 거야. 두고 보라구, 이 친구야!"
온몸이 결려왔다. 옴짝달싹할 수도 없었다. 나는 실제로 온몸이 마비되어 있었다. 그러나 나는 아주 운이 좋았다. 나는 곧 부자가 될 터였다. 나는 이 세상 어디고 여행할 수 있었으며 밤에는 나이트클럽에도 나가 여인들을 껴안을 수도 있었다. 이제는 부러울 것이 없었다. 이 얼마나 멋진 행운인가! 친구들은 한결같이 나를 부러워했다. 내가 즐거운 기분으로 말했다.
"그러기에 내가 늘 말하지 않았나. 미국이라는 나라에는 길거리에도 달러가 깔려 있다고 말이야. 보라구, 그게 사실이잖아. 그러니 자네들도 달러를 줍기 위해 허리만 굽히면 되는 거야."
친구들은 더욱 큰 소리로 웃어댔다. 나도 함께 웃었으며, 그 사이에 두어 번 나에게 마실 것을 가져왔던 간호원도 따라 웃었다.
"그런데도 이 분께서는 오늘 아침에 면도를 않겠다고 고집을 부리지 뭐예요!"
간호원이 친구들에게 말했다.

"그는 이제 부자거든, 부자들이란 텁수룩한 걸 좋아하기 때문이지."
"어머, 농담도 잘 하시네요."
간호원은 손뼉을 치며 좋아했다.
"이 분이 거울에 대한 말씀을 하시던가요?"
"아무 말도 않던데? 그 거울 얘기 좀 들어봅시다."
친구들은 일제히 함성을 지르며 간호원을 바라보았다. 그녀는 그날 아침에 내가 거울 쳐다보기를 거절했던 일을 얘기해 주었다. 그래서 나는 그녀의 말끝에 이렇게 덧붙였다.
"부자들은 거울 쳐다보기를 두려워하거든. 거울 속에서는 번쩍거리는 황금을 전혀 볼 수가 없기 때문이지. 부자들은 거울이 어떤 것이라는 걸 보지 않고도 훤히 알고 있다구."
방안은 나를 감싸고 있는 깁스붕대 속보다는 훨씬 따뜻했다. 친구들은 모두 땀을 흘리고 있었다. 간호원도 손등으로 이마의 땀을 훔쳤다. 그녀가 밖으로 나가자 샌더가 나에게 눈짓을 했다.
"저 여자 괜찮은데, 그렇지?"
그러자 다른 두 친구가 덩달아 입방아를 찧었다.
"자네, 저 간호원과 무슨 꿍꿍이속이 있지?"
"맞아. 자넨 조금도 지루하지 않을 거야. 틀림없이 재밀 보고 있다구!"
"자네들의 말이 맞아. 조금도 지루하지 않아."
나는 그렇게 친구들의 입을 막아버렸다. 우리는 잠시 시들해져서 주고받던 말을 끊었다. 잠시 후에 샌더가 4시에 기자회견이 있다는 것을 기억해 냈다.
"참 그렇군. 우린 깜박 잊고 있었어."
친구들은 모두 서두르면서 웃음을 함빡 머금은 채 복도를 향하여, 거리를 향하여, 그리고 마침내 역사에 길이 남을 하나의 업적이라도 수행하겠다는 듯이 UN 본부를 향하여 달려 나갔다.

캐들린이 온 것은 7시가 가까울 무렵이었다. 그녀는 평소보다는 약간 창백해 보였지만, 그러면서도 더 즐겁게 원기가 좋은 인상이었다. 마치 그녀의 일생 가운데 가장 행복한 순간을 살고 있는 것처럼 보였다. 그렇다, 얼마나 아름다운 풍경인가! 보라, 저 강물을! 말이 병실이지 얼마나 멋진 방인가! 또 얼마나 넓고 깨끗한가! 거기에다 당신도 원기왕성해 보이구!

나는 일순 불가사의한 생각에 싸였다. 병원이란 이 세상에서 가장 즐거운 곳으로 보인 탓이었다. 거기에서는 모든 사람이 배우가 되었다. 입원해 있는 환자들까지도 누구나 새로운 태도를 보였고, 새로운 화장을 했으며, 새로운 기쁨을 내보였던 것이다.

캐들린은 계속 말을 해댔다. 평소 그녀는 말 많은 것을 싫어했었다. 그런데 지금은 그녀 자신이 그런 수다쟁이가 되어 있었다. 그녀는 왜 침묵을 두려워하는 것일까? 나는 점점 신경이 날카로워지면서 그녀의 태도가 궁금하기만 했다. 그녀 역시 의사처럼 내가 모르고 있는 어떤 것을 알고 있단 말인가? 사실 그녀는 내가 알지 못하는 것을 알 만한 위치에 있었다. 그녀는 사고가 있던 때 그곳에 있었으니까. 그녀는 나보다 조금 앞서 가고 있었다. 그러므로 사고 현장으로 곧장 달려올 수 있었을 것이다.

나는 화제의 방향을 그쪽으로 돌리고 싶었다. 그러나 그녀의 유창한 변설을 멈추게 할 수가 없었다. 그녀의 얘기는 끊임없이 계속되었다. 이삭이 정식으로 당신의 후임에 임명되었어요. 사무실에는 당신의 안부를 묻는 사람들의 전화소리가 빗발치듯 울려오고 있어요. 그리고 참, 있잖아요, 그 사람—그 사람 이름이 뭐더라?—그 사람까지도, 그 왜 임신부처럼 뚱뚱한 사람, 당신에게 화를 냈던 그 사람, 글쎄, 그 사람까지도 당신의 안부를 물어왔대요. 이삭이 그 얘기를 하더군요. 그리고…….

누군가 문을 두드렸다. 간호원(아침에 왔던 간호원이 아니었다)이 저녁식사를 가지고 온 것이었다. 그녀는 나이 먹은 여자로 안경을 끼고 있어서인지 조금은 거만하고 냉담한 인상을 주었다. 그녀가 식사를 도와주겠다고 하자 캐들린이 나섰다.
"염려하지 마세요. 내가 할 테니까요."
"알겠어요. 좋으실 대로 하세요."
나는 배가 고프지 않았다. 그러나 캐들린은 막무가내였다. 수프 좀 들겠어요? 그래요, 드셔야 해요. 당신은 너무나 쇠약해졌어요. 자, 어서요. 한 스푼만 드세요, 한 스푼만, 그래요. 또 한 스푼만 더요. 저를 위해서 힘을 내세요. 자요, 한 스푼 더. 됐어요. 그럼 이제 좀 쉬세요. 어머, 이 고기 좀 보세요. 얼마나 먹음직스러워요! 딱 한 점만 드세요!
나는 눈을 꼭 감았다. 그리고 그녀의 말에 귀를 막으려고 했다. 그밖에는 달리 방법이 없었다. 나는 그만 고함이라도 뻑 지르고 싶었다. 그러나 그래서는 안 된다는 걸 나는 알고 있었다. 그렇게 해본들 나에게 무슨 소용이 되겠는가?
캐들린의 얘기는 다시 계속되고 있었다.
"…변호사도 한 사람 고용했어요. 아주 유능한 사람이에요. 그 사람이 보험회사를 상대로 고소를 제기하기로 했어요. 아마 내일쯤 여기에 올 거예요. 아주 막강한 변호사예요. 그가 말하기를 당신은 많은 돈을 받게 될 거라고 했어요……."
내가 식사를 끝내자 그녀는 쟁반을 가져와 탁자 위에 놓았다. 나는 그녀의 서둘러대는 폼을 보고서야 그녀가 얼마나 지쳐 있는지를 알았다. 그때서야 그녀가 왜 그토록 말이 많았는지 이해할 수 있었다. 그녀는 힘이 다한 것이었다. 이제는 그 억지 상냥함도 찾아볼 수 없었다. 7일 동안에 그녀는 거의 탈진 상태에 빠지고 만 것이었다. 사고가 난 지 일주일이나 되었으니까.
"캐들린!"
"네?"

"이리 와서 앉아요."

그녀는 고분고분 침대에 와서 앉았다.

"왜요?"

"물어 볼 게 있소."

"뭔데요?"

그녀는 눈살을 찌푸렸다.

"난 당신을 알 수가 없소. 많이 변했어요. 그렇게 말을 많이 한 건 무엇 때문이오?"

순간 그녀의 눈꺼풀이, 그리고 그녀의 어깨가 한 차례 부르르 떨렸다. 그녀는 얼굴을 약간 붉혔다.

"일주일 사이에 너무나 많은 일이 일어났어요. 그걸 모두 당신에게 말씀드리고 싶었어요. 모두 다요. 일주일 내내 당신과 말 한마디 나누지 못했잖아요……."

그녀는 한 대 얻어맞기라도 한 듯이 나를 빤히 바라보다가 이내 고개를 숙여 버렸다. 그러고는 천천히 기계적으로 낮고 지치고 단조로운 음성으로 몇 번이나 되뇌는 것이었다.

"울고 싶지 않아요. 울고 싶지 않아요, 울고 싶지……."

가련한 캐들린, 가련한 캐들린, 내가 그녀를 허약하고 무력한 여자로 변모시켰던 것이다. 그토록 자부심이 강하던 캐들린, 다른 사람보다 훨씬 강한 의지를 지니고 있던 캐들린, 순수하고 강인한 힘을 갖고 있던 캐들린, 인격 있는 남자거나 강심장의 남자거나 서슴지 않고 당당하게 대항했던 캐들린, 그 캐들린이 이제는 자신의 눈물, 자신의 말을 거둬들일 힘마저 잃어버리고 있었다.

내가 그녀를 변모시킨 것이다. 전에는 그녀가 나를 변모시키고자 했었다! 그녀를 만나던 초기에 나는 천 번도 넘게 그녀에게 말했었다.

진실한 자존심은 거짓말을 용납하지 않는다

"당신을 인간을 변모시키지 못해요. 누군가의 사교, 누군가의 태도, 누군가의 넥타이를 바꿔놓을 수는 있겠지요. 어쩌면 누군가의 욕망을 바꿔놓을 수도 있을 거구. 그러나 당신이 할 수 있는 것은 그것이 전부일 거요."

"그것만으로도 나는 충분해요."

그녀는 이렇게 대답했었다. 그리하여 우리 두 사람 사이에는 싸움이 시작되었다. 그녀는 무슨 일이 있더라도 나를 행복하게 해주고 싶어 했다. 나로 하여금 인생의 즐거움을 맛보게 하고, 나로 하여금 과거를 잊게 하고 싶어 했다.

"당신의 과거는 죽었어요. 죽어서 땅에 묻혔어요."

그녀가 이렇게 말할라치면 나는 또 대꾸하고는 했다.

"나는 나의 과거요. 그 과거가 만일 땅에 묻혔다면 나 또한 과거와 함께 땅에 묻힐 것이오."

그녀는 완강하게 나와 맞서서 싸워 왔다. 그녀는 입버릇처럼 말했다.

"나는 강해요. 나는 이길 거예요."

그러면 나는 이렇게 대꾸했다.

"당신은 강하오. 당신은 아름답소. 당신은 살아 있는 사람을 정복할 수 있는 모든 자질을 지니고 있소. 하지만 지금 당신이 싸우고 있는 상대는 죽은 사람이오. 당신이라도 죽은 사람을 정복할 수는 없어요."

"두고 보면 알아요."

그녀는 끝까지 맞섰다.

"울고 싶지 않아요."

캐들린이 고개를 떨군 채 그 모습은 마치 천지창조 이래 죽은 모든 사람들의 중량에 짓눌려 있는 듯했다. 인간은 변모되지 않는다고 내가 말했던가? 그건 나의 잘못이었다. 인간은 변모하는 것이다. 죽은 사람들은 전능하다. 그러기에 캐들린은 죽은 사람들을 이겨내기가 어렵다는 사실을 인정하지 않았던 것이다. 나를 통해서 죽은 사람들과 싸웠던 것이다. 상대가 강하면 강할수록 그녀는 싸우고 싶어 했으니까.

부유한 집안의 외동딸로 태어난 그녀는 단호하고 완강했다. 그녀의 오만은 천진난만에 가까웠다. 그녀는 싸움에 지는 일에는 익숙하지 못했다. 그래서 그녀는 나의 운명을 자기가 대신할 수 있으리라고 생각한 것이다.

언젠가 그녀에게 나를 사랑하느냐고 물은 적이 있었다. 그녀는 성난 듯이 대꾸했다.

"아뇨."

그건 사실이었다. 그녀는 거짓말을 하지 않았다. 진실한 자존심은 거짓말을 용납하지 않기 때문이다. 우리들의 결합은 사랑과는 아무 관계가 없었다. 적어도 처음에는 그랬다. 나중에는 그렇지 않았지만 우리 두 사람을 결합시킨 것은 정확히 서로 떨어지는 것이었다. 그녀는 인생과 사랑을 좋아했으나, 나는 다만 깊은 수치감을 가지고 인생과 사랑을 생각했었다. 그녀에게는 싸움이 필요했지만 나는 그녀를 지켜보기만 했다. 나는 그녀가 처음에는 나의 말 속에서, 다음에는 나의 침묵 속에서, 발견한, 차갑고 불변하는 현실에 부딪치는 모습을 지켜보았다.

우리는 여행을 많이 했다. 날짜는 넉넉하게 잡았고 시간은 빡빡하게 짰다. 캐들린은 어쩌다가 아름다운 새벽을 볼라치면 그녀의 감격을 나와 함께 나눠 갖는 방법을 알아내고는 했다. 거리에서는 아름다운 여자로 점이 찍혔고, 집에서는 육체 또한 환희의 원천이라는 사실을 나에게 가르쳐 주고는 했다.

처음 막 시작했을 때 나는 그녀의 키스를 피했다. 우리는 함께 살았지만 한 번도 키스를 한 적이 없었다. 나의 내부에 잠재한 어떤 것이 그녀의 입술과의 접촉에 거부반응을 일으켰던 것이다. 어쩌면 내가 그녀에게 키스함으로써 그녀가 달라져버릴 수도 있다는 두려움 때문이었는지도 모른다. 그녀는 자존심을 내세우지 않을 경우에는 여러 차례 그 이유를 묻고는 했다. 결국 나는 점차 자제력을 잃고 말았다. 그러나 키스가 거듭될 때마다 옛 상처가 도지는 것은 어쩔 수 없었다. 나는 나 자신이 여전히 고난을 견디고 있다는 사실, 그리고 여전히 과거의 부름에 응답하고 있다는 사실을 실감할 수 있었다.

우리들의 연애사건은 꼬박 1년간 계속되었다. 우리는 결함—우리는 이것을 연애사건이라고 부르고 싶어 했다.—1주년을 맞던 날 서로 헤어지기로 합의를 보았던 것이다. 실험이 실패로 끝난 이상 더 이상의 관계를 계속할 이유가 없었기 때문이다.

그날 밤 두 사람 다 잠을 이루지 못했다. 우리는 나란히 누워 침묵을 지킨 채 공포에 떨며 날이 새기를 기다렸다. 먼동이 트기 직전, 그녀가 나를 끌어당겼다. 둘이는 어둠 속에서 마지막 성회를 나누었다. 나는 한 시간 후, 주위가 조용해졌을 때 자리에서 일어나 옷을 주워 입었다. 그리고 작별의 인사도 없이, 그녀를 뒤돌아보지도 않고 방을 나왔다.

밖에는 살을 에는 듯한 아침 바람이 휘몰아치고 있었다. 거리는 한결 황폐한 모습이었다. 어디선가 문짝 하나가 삐걱거리는 소리를 냈다. 어디선가 창문에서 외롭고 창백하게 불빛이 한 줄기 새어나왔다. 추운 날씨였다. 추위를 피하기 위해서는 달려가는 것이 상책이었지만 나는 일부러 천천히, 아주 천천히 걸어갔다. 나약해지려는 마음을 이겨내고 싶었기 때문이다. 나는 울고 있었다. 아마 추위 때문이었으리라.

"울고 싶지 않아요."

캐들린이 말했다. 그녀는 숙이고 있는 머리를 흔들어댔다. 가련한 캐들린. 그녀 역시 죽은 사람들에 의해 변모되어 있었다.

 다음날 변호사가 찾아왔다. 그는 안경을 낀 중키의 남자로 이쪽에서 질문을 하기도 전에 벌써 대답을 알고 있다는 듯한, 자신감이 넘치는 인상이었다.
 그는 자기소개를 했다. 마크 브라운이라고 했다.
 "마크라고 불러주십시오."
 그는 자기 집에라도 온 듯이 편안히 앉으며 가죽가방에서 노란 서류철을 꺼냈다.
 "담당의사를 만나 보았어요. 상태가 아주 나빴다고 하더군요. 하지만 그 점이 오히려 다행입니다."
 "당신 말이 옳아요. 이렇게 되기가 다행이지요."
 그는 아이러니를 이해하고 있었다.
 "오해하진 마십쇼. 나는 단지 법률적인 소송의 관점에서 말하는 거니까요."
 "나도 알고 있어요. 듣기에 당신께서 나를 부자로 만들어 주신다면서요?"
 "아주 희망적이오."
 "하지만 신중을 기하세요. 나의 적들은 절대로 나를 용서하지 않을 테니까요. 내가 돈 많은 기자가 되는데 대해서 말입니다."
 그는 웃었다.
 "법이 문필가의 편에 서는 것은 아마 이번에 처음일 겝니다."
 그는 이어서 상세한 질문을 시작했다. 사고가 나던 그날 밤, 정확히 무슨 일이 있었지요? 당신 혼자였나요? 아니오. 누구와 함께 있었죠? 캐들린? 그렇소. 그녀가 당신을 고용했지요. 두 분은 다투었나요? 아니오. 길을 건너기 전에 파란 신호를 기다리고 있었나요? 그렇소. 그때 택시가 한 대 왼쪽에서 달려왔지요? 그 택시가 당신에게 다가오는 것을 보았나요?"

나는 이 마지막 질문에 대답하기 위하여 잠시 시간을 끌었다. 변호사는 안경을 벗어 닦으며 같은 질문을 되풀이했다.

"그 택시가 당신에게 다가오는 것을 보았나요?"

"아니오."

변호사는 날카롭게 나를 쏘아보았다.

"뭔가 망설이고 계시군요."

"사고가 나던 때를 자세히 기억해 내고 싶어서요."

마크는 이해력이 있고 지각이 빠른 변호사였다. 그는 하나의 모범적인 사례를 준비하기 위하여 표면상으로는 사건과 직접적인 관련이 없어 보이는 세부사항까지도 낱낱이 조사했다. 전략을 활용하기에 앞서 모든 사실을 알고 싶어 했다. 그의 질문은 여러 시간 계속되었다. 마침내 그는 만족한 표정을 지으며 결론을 내렸다.

"의심의 여지가 없어요. 운전사의 과실이 분명해요."

"그렇지만 나는 그 때문에 운전사가 고생하는 것을 바라지 않아요. 그가 처벌을 받는 것도 원치 않고요. 그 사람이 나를 일부러 친 것은 아니니까요……."

"염려하실 것 없어요. 운전사는 보상하지 않아도 되니까. 모든 책임은 보험회사에서 지게 돼 있어요. 우리는 운전사에게 아무 해도 끼치지 않아요."

"확실합니까? 운전사에게는 정말 아무 일도 없다고 확신합니까?"

나는 그 불쌍한 운전사를 생각했다. 사고는 그의 잘못 때문이 아니었다. 그저께 그의 아내가 나를 찾아와 남편을 용서해 줄 것을 간청했었다. 남편을 대신해서 찾아온 것이었다. 그녀의 남편은 겁을 먹고 있었다. 나에게 용서를 비는 일마저도 두려워하고 있었다.

"절대로 확신합니다."

변호사는 약간 싱겁게 웃었다.

"당신은 부자가 될 것이고 운전사는 지금보다 조금도 가난해지지 않을 거예요. 자, 운전사 걱정은 잊어버려도 돼요."

그제야 나는 안도의 한숨을 내쉬었다.

생명은 죽음을 반대한다

닥터 러셀은 아침마다 잡담을 하러 나를 찾아왔다. 그는 일과의 종료를 나와 함께 하는 것을 습관으로 삼고 있었다. 어떤 때는 한 시간 이상을 머무는 때도 있었다. 그는 노크도 없이 살짝 들어와서는 창문턱에 앉아 하얀 가운에 두 손을 찌른 채 다리를 꼬고 이스트 강의 변화무쌍한 불빛을 바라보기 일쑤였다.

그는 자신의 얘기를 많이 했다. 군대생활— 그는 한국전쟁에 참전했었다—이며, 자기의 직업이며, 즐거움이며, 또 그에 따른 갖가지 실망스러웠던 일들에 대해서 많은 얘기를 했다. 그는 전장에서 간신히 죽음을 모면한 것만으로도 하나의 보편적인 승리를 얻은 양 행복해 했다.

그의 두 눈자위 밑에는 패배의 어두운 그림자가 드리워져 있었다. 나는 다만 그가 전쟁에서 승리를 하던 패배를 하던 전쟁 전날 밤은 과연 어떠했을까 하고, 주의 깊게 그를 바라보지 않을 수 없었다. 그는 죽음이라는 것을 자기의 개인적인 적으로 여기고 있었다.

그는 가끔 비통한 어조로 말하곤 했다.

"나를 절망케 하는 것은 우리의 무기가 똑같지 않다는 점이오. 나의 승리는 일시적일 뿐이었어요. 결국에는 항상 패배가 뒤따랐으니까요."

어느 날 아침, 그가 여느 때보다 행복해 보였다. 그는 즐겨 앉던 창가의 자리를 그만두고 마치 술주정꾼처럼 방안을 이리저리 거닐며 혼잣말을 지껄이는 것이었다. 그래서 한번 짓궂게 건드려 보았다.

"놀랍군요. 의사 선생님이 술을 다 마시고."

"술이라구요? 천만에, 난 술을 마시지 않았어요. 난 술을 못해요. 오늘은 단지 행복해서 이러는 겁니다. 정말 행복해요. 난 이겼어요! 그래요, 이번에는 이겼다구요!"

승리는 그에게 포도주와 같았다. 가만히 앉아 있을 수가 없었다. 그 행복을 다른 사람과 함께 나누어 갖고 싶었다. 자기는 영웅으로서, 다른 사람은 증인으로서. 그는 노래를 부르고 싶었고, 자기의 노랫소리를 자기 귀로 듣고 싶었다. 그리고 가장 높은 산정에 올라 있는 힘을 다해 외치고 싶었다.

"나는 이겼다! 나는 '죽음'을 정복했다!"고

수술은 어렵고 위태로웠다. 환자는 열두 살 먹은 소년으로 소생할 가망이 거의 없었다. 의사 세 사람은 희망을 포기했다. 그러나 그는―폴 러셀은 불가능에 도전해 보기로 결단을 내렸다.

"그 꼬마가 해낼 거요!"

그는 우레와 같이 고함을 질렀다. 그의 내부에서 태양이 작열하는 듯 얼굴을 새빨개졌다.

"내 말을 이해하시겠어요? 그 아이는 살아날 겁니다. 사실, 모든 것이 절망적이었어요. 세균이 한쪽 다리에까지 전염되고 독성도 혈관에까지 침투된 상태였으니까요. 나는 다리를 절단했지요. 다른 사람들은 그래도 소용없다고 말하더군요. 너무 늦었다는 것이지요. 결과는 빤하다는 거였어요. 하지만 나는 포기하지 않았습니다. 수술을 시작했어요. 환자가 숨을 한 번 쉴 때마다 나는 가능한 모든 무기를 가지고 싸워야만 했어요. 결국, 나는 이겼어요! 나는 이번에야말로 정말 승리한 겁니다!"

그는 한 인간의 생명을 구한 기쁨에 취해 있었다. 마치 술꾼이 술에 취하듯이. 나는 지금껏 그런 기쁨을 경험한 적이 없었다. 그런 기쁨이 존재한다는 것도 알지 못했다. 한 소년의 생명을 손에 쥔다는 것, 그것은 하나님을 대신하는 일이었다. 나는 한 번도 인간의 한계를 넘어서는 꿈을 꾼 적이 없었다. 인간은 자기를 부정하는 것에 의해서가 아니라 자기를 긍정하는 것에 의해서 그 한계가 결정되는 것이다. 이것은 자기 내부에서 발견되는 것이지 자기의 맞은편이나 이웃에서 발견되지 않는다.

닥터 러셀이 열변을 토하던 음성을 가라앉히며 말을 이었다.

"자, 이것 보세요. 당신과 나의 차이점은 바로 이겁니다. 당신과 당신의 주위와의 관계, 당신과 당신의 한정된 사고와의 관계는 간접적인 방향으로 나아가고 있어요. 당신은 단지 이 세상의 언어와 피부와 외모와 관념 따위만을 알고 있을 뿐이오. 때문에 당신과 당신 이웃 사람들의 생활 사이에는 항상 하나의 장막이 쳐져 있어요. 당신은 인간이 살아 있다는 것을 아는 것만으로는 만족하지 않아요. 당신은 인간이 무엇을 하면서 사는가를 알고 싶어 해요. 하지만 나의 경우는 달라요. 나는 나의 이웃 사람들에게 당신처럼 그렇게 엄격하지 않아요. 우리는 모두 똑같은 적을 가지고 있어요. 그 적은 단지 한 가지 이름을 가지고 있을 뿐이지요. 죽음의 눈앞에서는 누구의 인생이 더 중요하고 누구의 인생이 덜 중요하다는 따위의 구별이 있을 수 없어요. 이런 관점에서 본다면 나야말로 '죽음'과 흡사한 셈이지요. 내가 인간에 대하여 매력을 느끼는 것은 삶에 대한 인간의 역량 때문이지요. 인간의 행위는 반복됩니다. 만일 당신이 어떤 사람의 생명을 당신의 손바닥 위에 놓고 있다면, 당신 역시 먼 미래보다는 당신의 이웃을, 이상보다는 현실을, 어려운 문제보다는 인생 그 자체를 더 좋아하게 될 겁니다."

그는 창가로 가서 잠시 멈춰 선 다음, 말을 끊고 한참 미소를 지었다. 그러고는 한 옥타브 낮은 음성으로 말했다.

"친구 양반, 나는 당신의 인생을 바로 여기에 가지고 있어요. 나의 손바닥 위에 말이오."

그는 호주머니에서 손을 빼며 천천히 돌아섰다. 그의 안색은 평소대로 돌아왔고 몸짓 역시 한결 부드러워졌다.

"닥터는 하나님을 믿습니까?"

나의 이 질문에 의사는 흠칫 놀랐다. 그는 우뚝 멈춰 서며 이마에 주름을 지었다.

"믿지요. 하지만 수술실에서는 믿지 않아요. 거기에서는 오직 자 나신만을 생각하니까요."

그의 눈길이 한결 깊어 보였다. 그는 말을 이었다.

"나 자신과 환자만을 생각하지요. 당신이 좋으시다면 질병에 걸린 인간의 육체만을 생각한다고 말하지요. 생명은 살기를 원해요. 생명은 계속되기를 원해요. 생명은 죽음을 반대하지요. 죽음과 싸워요. 환자는 나의 우군입니다. 그는 나의 편에서 죽음과 싸워요. 우리는 적보다는 훨씬 강하지요. 어젯밤, 소년은 죽음을 받아들이지 않았어요. 그 애는 싸움에서 이기도록 나를 도와주었어요. 그 앤 살려고 끈덕지게 매달렸어요. 마취된 채 잠들어 있으면서도 말입니다. 생명의 편에 서서 죽음과의 전쟁에 참가했던 것입니다……."

의사는 여전히 우뚝 선 채 심각한 표정으로 다시 나를 주시했다. 방안에 잠시 어색한 침묵이 흘렀다. 나는 또 한 번, 그가 나에 대해서 무엇인가를 눈치 채고 있다는, 그가 소년의 끈질긴 투병 얘기를 늘어놓는 것은 나의 비밀을 꿰뚫어 보려는 의도일 뿐이라는 인상을 받았다. 마침내 나는 마음을 결정했다. 지금이 아니면 영영 의문으로 남고 말리라. 나는 불확실하더라도 종지부를 찍어야만 했다.

"닥터, 한 가지 묻고 싶은 게 있습니다."

의사는 고개를 끄덕였다.

"수술 도중에 내가 무슨 말을 하던가요.?"

의사는 잠깐 사이를 두었다가 대답했다.

"아니오. 당신은 아무 말도 하지 않았소."

"확실한가요? 한마디도 안 했나요?"

"한 마디도."

나는 안도의 미소를 지었다. 그러자 의사가 진지하게 물어왔다.

"그럼 이번에는 내가 묻지요."

나는 웃음을 거두었다.

"물어 보세요."

나는 눈을 꼭 감아버리고 싶은 충동을 억지로 참았다. 갑자기 방안이 너무 환하게 느껴졌다. 그리고 나의 호흡과 음성과 눈은 어떤 알 수 없는 두려움에 사로잡혀 있었다.

의사가 약간 머리를 숙이며 부드러운 어조로 물었다.

"당신은 무엇 때문에 생존에 대해서 관심을 갖지 않습니까?"

순간 강진이라도 일어난 듯이 모든 것이 마구 흔들리며 뒤죽박죽이 되었다. 광선까지도 깜빡이며 그 빛깔이 변했다. 처음에는 하얗다가 빨강으로 변하고 빨갛다가 꺼멓게 변했다. 혈관의 피가 관자놀이를 때렸다. 나의 머리는 이미 나의 것이 아니었다.

"그걸 부인하지 마시오. 그걸 부인하지는 못해요. 나는 알고 있으니까요."

의사는 더욱 부드러운 어조로 같은 말을 되뇌었다. 그는 알고 있었다. 이미 알고 있었던 것이다. 나의 심리상태를 벌써부터 꿰뚫어보고 있었다. 나는 목구멍이 꽉 막혀 왔다. 금방이라도 질식할 것만 같았다.

나는 기어드는 음성으로 누가 그 말을 해주었느냐고 물었다.

"캐들린이 그렇게 말하던가요?"

"아니오. 캐들린이 아니오. 아무도 그런 얘기를 해주지 않았어요. 나

혼자서 안 거지요. 난 벌써 알고 있었어요. 수술이 진행되는 동안 당신은 한 번도 나를 도와주지 않았어요. 단 한번도, 당신은 자신을 나에게 내맡겼을 뿐이오. 때문에 나는 혼자서, 오직 혼자서 싸워야만 했소. 더욱 나쁜 것은 당신이 나에 반대하여 적의 편에 서 있었다는 점이오."

그는 괴로운 나머지 음성이 사뭇 격렬해지고 있었다.

"대답하시오! 무엇 때문에 당신은 살고 싶지 않은 거요? 그 이유가 뭐요?"

나는 다시 입을 다물었다. 내가 생각하기에 그는 모르고 있었다. 그는 추측하고 있을 뿐이었다. 그것은 아무것도 아니었다. 하나의 인상일 뿐, 그가 알고 있는 것은 그것이 전부였다. 그는 아무것도 명확한 것을 모르고 있었다. 그런데도 그는 같은 말만을 되풀이했다.

"대답히시오, 왜? 대체 무엇 때문이오?"

그는 더욱더 자기의 주장을 고집했다. 그의 아랫입술이 초조하게 떨리고 있었다. 대체 그는 나에 대해서 무엇을 알고 있단 말인가? 나는 그가 화를 내는 이유를 한번 생각해 보았다. 그는 내가 수술 받는 동안 그를 혼자 있게 했기 때문에, 그리고 지금도 그를 피한 채 그에게 감사를 표시하거나 칭찬을 보내지 않기 때문에 화를 내고 있는 것이다. 그는 나에게 생존에 대한 관심이 없으며, 나의 깊은 내부에는 삶에 대한 욕망이 없다고 추측하고 있었다. 바로 그 점이 그의 인생철학과 가치체계의 기초를 흔들어 놓았던 것이다. 그의 견해에 의하면, 인간은 살아야 하며, 살기 위해서는 싸워야 하는 것이었다. 환자는 의사를 도와야 하며, 의사한테 싸움을 걸어서는 안 되는 것이다. 헌데, 나는 그와 싸웠던 것이다. 그런 가운데서도 그는 나의 의지와는 반대로 나를 다시 살려놓은 것이다. 나는 할머니와 거의 결합되어 있었다. 실제로 나는 삶과 죽음의 문턱에 서 있었다. 그런데, 폴 러셀이라는 의사가 내 등 뒤에 서 있다가 죽음 쪽으로 건너가려는 나를 막았던 것이다. 그는 나를 자기 쪽으로 끌어 당겼다. 나의 할머니를 비롯한 다른 죽은 사람에게서 떼어놓은 것이다. 그는 이렇게 이겼던 것이다. 그에게 또 하나의 승리가 안긴 것이다. 한 인간의 희생이란 얼마나 값진 것인가! 나는 마땅히 행복에 겨워 즐거운 고함이라도 질러 우주의 벽이 흔들리게 했어야 했다. 그러나 나는 그 대신, 그를 방해한 것이다. 바로 이 점이 그를 괴롭히고 있는 것이었다.

닥터 러셀은 폭발하려는 감정을 자제하느라 무진 애를 쓰고 있었다. 그는 여전히 화난 눈길로 나를 쏘아보았다. 두 뺨이 새빨갛게 물들고 입술이 달달 떨리고 있었다.

"나는 의사로서 당신이 대답할 것을 명령하는 것이오!"

마치 냉엄한 심판관처럼 그는 언성을 높였다. 참을 수 없는 분노로 두 주먹을 불끈 쥔 채.

나는 그가 고래고래 악을 쓰며 나를 때릴지도 모른다고 생각했다. 누가 알랴? 그는 나를 목졸라 죽일 수도 있었으며 삶과 죽음이 맞붙어 싸우는 처절한 전장으로 돌려보낼 수도 있었다. 닥터 러셀은 역시 인간인지라 증오의 감정을 품을 수도 있고 자제력을 잃을 수도 있을 터였다. 거리낌 없이 손으로 나의 목을 조를 수도 있을 것이다. 그에게는 내가 하나의 위험물로서 비쳤을 테니까. 그에게는 생명을 거부하는 사람이면 누구나 협박으로 느껴졌다. 그에게는 생명을 거부하는 사람이면 누구나 협박으로 느껴졌다. 그는 생명이 이미 하등의 값어치가 없어진 이 세상에서 생명의 편에서 모든 것과 싸워 왔던 것이다. 따라서 그의 눈에는 내가 제거해야 할 암적인 존재로 비쳤다. 만일 모든 사람이 죽음을 원하기 시작한다면 인류는 어떻게 될 것이며 자연의 균형 법칙은 어떻게 되겠는가?

그러나 나는 그가 나를 어떻게 생각하거나 말거나 아주 침착했으며 완전히 자제되어 있었다. 만일 그가 나를 좀더 조사했다면 그는 나의 침착 속에는 자신의 힘과 자신의 고독에 대한 인식에서 우러나오는 만족감과 별난 기쁨―이것은 혹시 유머에 불과한 것일까?―이 숨겨져 있다는 사실을 알아냈을지도 모른다. 그가 나에게 화를 내고 있는 동안, 나는 마음속으로 생각했다. 그는 나의 겉만을 보았지 속은 모르고 있다고. 그래서 나는 자신의 얘기를 들려줌으로써 그의 미래를 바꾸어 놓기로 마음을 먹었다. 그 순간이야말로 그의 운명인 셈이었다.

"내가 난생 처음 병원에서 수술을 받을 때 꾸었던 꿈에 대해서 당신에게 얘기한 적이 있던가요?"

나는 웃으면서 기분 좋은 말투로 물었다.

하나님을 만나서

"안 했다구요? 한번 들어보시겠소? 좋아요. 내가 열두 살 때였지요. 어머니가 나의 편도선 수술을 시키기 위해서 외과의사인 내 사촌 오스카 스레터가 운영하는 한 진료소에 나를 데리고 갔어요. 오스카는 나를 에테르로 마취시켜 잠들게 했어요. 내가 깨어났을 때 오스카가 묻더군요. '왜 울었니?' '아파서?' '아니오.'라고 나는 대답했어요. 나는 하늘나라에 가 있었어요. 하나님이 왕좌에 앉아서 천사들의 회합을 주재하고 계시더군요. 하나님과 나와의 거리는 무한히 멀었지만 나는 마치 하나님이 바로 내 옆에 계신 것처럼 똑똑히 볼 수 있었어요. 하나님이 몸짓으로 나를 부르기에 나를 앞으로 걸어가기 시작했어요. 그러나 몇 백 년 동안이나 걸어갔는데도 거리는 조금도 좁혀지지 않더군요. 그러자 두 천사가 훌쩍 나를 집어 올렸어요. 눈 깜짝할 사이에 나는 하나님과 마주 앉게 되었지요. 하나님과 마주 앉았다구요! 그래서 나는 이제야말로 이스라엘의 모든 현자들을 골머리 앓게 하는 질문을 하나님께 여쭈어보아야겠다고 생각했어요. 고난의 의미는 무엇입니까? 그런데 세상에 이럴 수가! 한마디도 말소리가 입 밖으로 나오지 않는 거였어요. 그 동안에도 머릿속에서는 여러 가지 질문들이 오락가락하고 있었지요. 구원의 날은 언제입니까? 이토록 방자한 혼돈을 영원히 쫓아버리기 위해서 언제 선이 악을 정복하게 될까요? 그러나 입술만 떨릴 뿐 말이 목구멍에 걸린 채 입 밖으로 나가지 못했어요. 그러자 하나님이 나에게 말씀했어요. 그러나 하나님이 말하는 동안의 침묵이 어찌나 절대적이고 순수했던지 나는 자신의 뛰는 소리가 얼마나 부끄럽게 생각되었는지 몰라요. 침묵이 최고의 절대적인 순간에 이르렀을 때 나는 하나님의 말씀을 들었어요. 하나님에게는 언어와 침묵이 모순되지 않더군요. 하나님은 모든 질문과 그 밖의 것들에 대해서도 답변해 주셨어요. 그런 후에 두 천사가 다시 나의 팔을 붙잡더니 돌려보내 주었어요. 그때 한 천사가 다른 천사에게 말하더군요. '이 사람이 아까보다 무거워졌군' 그러자 다른 천사가 대답했어요. '이 사람은 지금 아주 중요한 대답을 가지고 가기 때문이지요.' 나는 거기까지 꿈을 꾸다가 잠을 깼어요. 사촌인 의사가 미소를 머금은 채 나를 굽어보고 있더군요. 나는 그에게 방금 하나님의 말씀을 들었다고 얘기하고 싶었어요. 그러나 내가 수술을 받고 있다는 끔찍한 사실에 놀란 나머지 그만 하나님의 말씀을 잊어버리고 말았어요. 아무리 생각해도 하나님이 하시던 말씀이 머리에 떠오르지 않더군요. 나는 펑펑 눈물을 쏟았어요. 마음씨 좋은 사촌의사가 묻더군요. '아파서 울고 있는 거니?' 그래서 대답했어요. '방금 하나님을 만났기 때문에 우는 거예요. 그분이 나에게 말씀하신 내용을 하나도 기억할 수가 없어요.' 사촌 의사는 갑자기 웃음을 터뜨렸어요. '네가 원한다면 다시 잠자게 해줄 수 있지. 그러면 하나님께 다시 말씀해 달라고 부탁할 수 있을 테니까……' 나는 계속 울었지만 나의 사촌 의사는 계속 웃고만 있더군요. 자, 이것 보세요, 닥터. 이번에 나는 당신의 수술대에 누워 깊이 잠들어 있었소이다. 하지만 나는 꿈속에서 하나님을 만나지 못했어요. 그 분은 이미 꿈속에 없었어요."

폴 러셀은 주의 깊게 나의 얘기를 듣고 있었다. 그는 허리를 구부린 채 나의 말 한 마디 한 마디 속에 함축된 숨은 뜻을 찾아내려고 고심하는 듯했다. 그의 얼굴 표정이 변해 있었다. 그러나 아직도 긴장을 풀지 못한 채.

"하지만 당신은 나의 질문에 답변을 하지 않았어요."

그는 나의 얘기를 이해하지 못하고 있었다. 질문에 답변하라고? 그러나 나의 얘기가 곧 답변이었다! 내가 받은 두 번째 수술이 첫 번째 수술과 어떻게 다르다는 것을 이해하지 못한단 말인가? 그러나 그의 잘못은 아니었다. 그로서는 이해할 수 없었기 때문이다. 그와 나는 그만큼 서로 다르고 거리가 멀었다. 그의 손가락은 생명을 만지고 있었지만 나의 손가락은 죽음을 만지고 있었다. 우리 사이에는 중재자도, 그렇다고 칸막이도 없었다. 생명과 죽음은 사실 그대로 적나라하게 따로따로 존재할 뿐이었다. 문제는 우리의 능력이 닿지 않는 곳에 있었다. 문제는 우리는 사절로써 파견한 두 권능 사이의 어느 보이지 않는 공간 속에 있거나 어떤 멀고 먼 스크린 위에나 있었다.

그는 나의 침대 앞에 선 채 숨막히게 방안을 가득 채우고 있었다. 그는 기다리고 있는 것이었다. 자기를 그토록 분노케 한 어떤 비밀을 의심쩍게 생각하고 있는 중이었다. 우리 두 사람은 젊었다. 그리고 무엇보다도 우리는 살아 있었다. 그는 자기를 회피한 나의 정체를 포착하기 위해서 끈질기게 완강한 눈길로 나를 주시했다. 그는 원시인처럼 서산 뒤로 사라져 버린 태양을 망보고 있는 셈이었다.

나는 이렇게 말하고 싶었다. 가시오, 폴 러셀. 당신은 정말이지 솔직하고 용기있는 사람이외다. 당신의 임무는 나를 떠나는 일이오. 나에게 말을 강요하지도 말고 나를 알려고도 하지 마시오. 내가 누구이고 당신이 누구인지, 서로 상관하지 맙시다. 나는 이야기꾼일 뿐이오. 나의 얘기들은 해질녘에만 말해질 따름이니까요. 얘기 속의 주인공들이 던지는 질문을 누가 듣든지 말든지 상관없어요. 가시오, 폴 러셀. 어서 가시오. 내 얘기 속의 주인공들은 잔인하고 인정머리가 없다오. 그들은 당신을 목졸라 죽일 수도 있어요. 내가 누구인지 정말로 알고 싶다구요? 나도 내가 누군지 모르오. 어떤 때는 쉬무엘도 되고 어떤 때는 도살자로 되니까요. 나를 자세히 보시오. 아니, 나의 얼굴 말고 나의 손을 바라보시오.

벙커에는 열 사람이 숨어 있었다. 그들은 밤마다 지하 은신처에 숨어 있는 유대인들을 찾아내기 위해 폐허 곳곳을 냄새맡고 다니는 독일 경찰견의 숨소리를 들을 수 있었다. 쉬무엘을 비로한 그들 일단은 실제로 물도 없고 빵도 없이, 거의 아무것도 먹지 못한 채 숨어 지내고 있었다. 그렇게 최후까지 참고 있었다. 그들의 비좁은 은신처 밑에는 자유가 있었고, 그들의 머리 위에는 그들을 기다리는 죽음이 있었다. 그러던 어느 날 밤 큰 재앙이 닥칠 뻔했다. 골다의 실수였다. 그녀가 어린 아이를 데리고 왔던 것이다. 몇 달 되지 않은 유아였다. 아이는 울기 시작했다. 그러니 모두의 생명의 위태로울 수밖에. 골다는 아이를 달래어 잠재우려고 애간장을 태웠다. 그러나 소용이 없었다. 결국 골다 자신도 포함하여 모든 사람의 시선이 쉬무엘에게 집중되었다. 그리고 이렇게 말했다. "이 애의 입을 막아 주게. 이 애를 좀 어떻게 하라구. 자네 직업은 닭 잡는 일이었으니 이 애를 고통 없이 처리할 수 있는 방법을 알지 않겠나."

아이의 생명과 다른 여러 사람의 생명을 맞바꾸자는 뜻이었다. 쉬무엘은 반대하지 않았다. 그는 아이를 받았다. 어둠 속에서 손을 더듬어 아이의 목을 찾았다. 그리고 아무 일도 없었다는 듯이 하늘과 땅에는 정적만이 감돌았다. 다만 멀리서 개들이 짖는 소리가 들려 왔을 뿐이다.

나는 입가에 가느다란 미소를 띠었다. 쉬무엘 역시 의사였던 것이다.

그래도 폴 러셀은 꼼짝하지 않은 채 여전히 기다리고 있었다.

모이쉐는 밀수업자였다. 그 역시 시게트가 고향이었다. 그와 나는 친구였다. 여덟 살이 된 이후부터, 우리는 매일 아침 여섯 시에 거리에서 만났다. 그러곤 손에 등불을 들고 체더로 갔다. 거기에는 우리보다 더 큰 책들이 가득했다. 모이쉐는 랍비가 되는 것이 꿈이었다. 그러나 지금 그는 밀수업자가 되어 유럽의 모든 경찰이 그를 수배하고 있다. 그는 독일의 집단수용소에서 어떤 경건한 신자가 기도서 한 권을 일주일 분의 빵과 바꾸는 것을 목격했었다. 그 신자는 한 달도 못되어 죽었다. 그 사람은 죽기 전에 자기의 기도서에 입을 맞추고 중얼댔다. "기도서여, 너는 얼마나 많은 사람들을 멸망케 했더뇨?" 그날 모이쉐는 자기의 인생 목표를 바꾸어 버렸다. 그가 랍비가 되기를 포기하고 밀수업자가 된 사연은 그러했다. 그리고 그 때문에 잘못된 것은 아무것도 없었다.

닥터, 내가 누군지 알고 싶다구요? 나 또한 밀수업자인 모이쉐이기도 하다오. 그러나 무엇보다도, 자기의 할머니가 죽는 모습을 본 사람 중의 하나이지요. 할머니는 하나의 불꽃처럼 태양을 쫓아내고 그 자리를 차지했어요. 빛을 주는 대신 빛을 가려버린 이 새로운 태양은 나에게 머리를 숙이고 걷기를 강요하고 있어요. 이 태양은 인류의 앞날에 무거운 짐을 지우고 있으며 뒤따라 올 세대들의 마음과 시야에 어둠을 던지고 있어요.

만일 내가 의사에게 큰 소리로 말했다면 그는 찌꺼기처럼 살아 남아 죽음과 다름없는 생활을 하는 사람들의 비극적인 운명을 이해하였으리라. 그들을 주의 깊게 살펴보아야 한다. 그들의 외모는 믿을 수 없다. 그들은 밀수업자인 것이다. 물론 그들도 다른 사람들과 똑같다. 그들도 먹고 웃으며 사랑한다. 그들도 돈을 밝히고 명예를 구하고 사랑을 구한다. 다른 사람들처럼. 그러나 그것은 사실이 아니다. 그들은 연극을 하고 있는 것이다. 때로는 그들 자신도 연극을 하고 있다는 사실을 모르면서 그렇게 한다. 자신이 무엇을 보았는지를 아는 사람은 누구나 다른 사람과 같을 수가 없다. 웃을 수도 없고 사랑할 수도 없고 기도할 수도 없고 괴로워 할 수도 없고 흥겨워할 수도 없고 잊을 수도 없다. 그들이 아무런 해도 끼치지 않아 보이는 굴뚝 옆을 지나갈 때, 혹은 그들이 빵 한 조각을 입으로 가져가는 것을 주의 깊게 살펴보아야 한다. 아마 그 모습에 몸이 떨려오는 것을 느끼며 눈길을 돌려버리고야 말 것이다. 그들은 그들 사지가 절단되어 있는 것이다. 다리나 눈이 불구가 된 것이 아니라 삶의 의지와 삶에 대한 취미를 잃어버린 것이다. 그들이 본 것들은 조만간 다시 표면으로 나타날 것이다. 그리하여 이 세상은 무서워 벌벌 떨게 될 것이며 그 정신적인 불구자들을 감히 눈으로 바라볼 엄두를 내지 못하게 될 것이다.

만일 내가 큰 소리로 말했다면, 폴 러셀은 너무나 많은 의문을 가지고 돌아온 그들에게 질문을 해서는 안 된다는 이유를 알게 될 것이다. 그들은 정상적인 인간 군상이 아니다. 그들의 내부에는 충격으로 입은 어떤 반발력이 잠재해 있다. 조만간 그 결과는 나타나게 된다. 그러나 나는 의사가 이해하기를 바라지 않았다. 그가 마음의 평정을 잃는 것을 바라지 않았다. 언젠가는 그 위협적인 모습을 드러낼 진리를 그가 보기를 원치 않았다.

나는 그가 잘못 판단했다는 것, 그래서 그는 멀리 가버리게 될 것이라는 것, 나를 혼자 놔두고 멀리 떠나게 될 것이라는 점을 설득하기 시작했다. 물론 나는 살고 싶었다. 분명히 나는 살고 싶었으며 인간이 앞으로 나아가는 일을 도와 인류의 진보와 그 행복과 그 성취에 기여할 수 있도록 영구적인 일을 하고 싶었다. 나는 의도적으로 복잡하고 과장된 말과 추상적인 표현을 빌어 오랜 시간 정열적으로 이야기했다. 그래도 의사는 여전히 나를 완전히 납득하지 못했다. 그래서 나는 그의 귀가 번쩍 뜨일, 그로서도 귀를 막고만 있을 수 없는 사랑 얘기를 꺼냈다. 나는 말했다. 나는 캐들린을 사랑한다. 온 마음을 다하여 그녀를 사랑한다. 나에게 인생에 대한 관심이 없다면, 그리고 인생에 대한 믿음과 사랑에 대한 믿음이 없다면 어찌 내가 사랑을 할 수 있겠는가?

그제야 젊은 의사의 얼굴에 평소의 표정이 나타나기 시작했다. 그가 듣고 싶었던 말을 들었기 때문이다. 그의 철학도 위협을 받지 않았다. 모든 것이 다시 정상으로 돌아왔다. 환자와 의사 사이의 우정에 비길 것은 아무것도 없다. 생명보다 더 신성한 것, 더 건전하고 더 위대하고 더 고귀한 것은 없다. 생명을 거부한다는 것은 죄악이다. 그것은 어리석고 미친 짓이다. 우리는 생명에 순응해야 하며 그것을 소중히 여기고 사랑해야 하며 마치 보물이나 여자, 혹은 은밀한 행복처럼 그것을 위해 싸워야 한다.

모험과 우주의 신비 사이

마침내 의사는 친절한 태도를 되찾았다. 그는 나에게 담배를 내밀며 피우기를 원했다. 이제는 완전히 긴장도 풀린 표정이었다. 입술도 평상의 빛을 띠었고 눈에도 더 이상 화난 빛이 없었다. 이윽고 그가 입을 열었다.

"정말 기쁘군요. 처음에 나는 두려웠었소……. 내 실수를 인정합니다. 정말 기쁩니다, 정말."

나 역시 마찬가지였다. 그를 납득시킨 것이 여간 기쁘지 않았다. 그는 다만 자기가 나를 잘못 본 것이기를 바랐고, 나는 자신도 모르게 그에게 이익이 되는 일을 한 셈이었다. 나는 그가 암기하고 있는 원문을 암송해 준 것뿐이다. 사랑이란 하나의 의문부호이지 느낌표는 아닌 것이다. 사랑은 누가 강하고 누가 약한가를 논리적인 이론으로 전개하지 않고도 모든 것을 설명할 수 있다. 어떤 학자보다도 사랑에 빠진 소년이 우주의 삼라만상에 대하여 더 많은 것을 알고 있는 것이다. 왜 우리는 죽지 않으면 안 되는가? 그것은 내가 나의 연인을 사랑하기 때문이다. 왜 평행선은 무한대에서 만나는가? 오직 내가 나의 연인을 사랑하기 때문인 것이다.

사랑은 또한 일을 한다. 서로 사랑하는 소년과 소녀, 이들 마술의 동그라미 속에 붙잡힌 포로들에게는 저런 대답이 아주 정당한 것처럼 보인다. 그들이 볼 때, 자기들의 모험과 우주의 신비 사이에는 하나의 직접적인 관련이 있는 것이다.

그렇다. 그건 아주 쉬운 일이다. 나는 캐들린을 사랑한다. 그러기에 생명은 하나의 의미를, 인간은 외롭지 않다는 하나의 의미를 갖는다. 사랑은 하나님의 존재에 대한 제1의 증거인 것이다.

캐들린. 마침내 나는 그녀 역시 설득하려고 했었다. 사실 그것은 무척 어려운 일이었다. 그녀는 나를 잘 알고 있었으며 나를 지켜보고 있었기 때문이다. 불확실성에서 멀리 달아났던 이 젊은 의사와는 달리, 그녀는 하나의 특이한 뉘앙스를 지니고 있었다. 그녀가 보기에 햄릿은 너무 낭만적이었고 그가 자문한 문제는 너무 단순했다. 문제는 '사느냐, 아니면 죽느냐'가 아니었다. 문제는 '사는 것이다. 그리고 죽는 것이다'였다. 인간은 죽어가면서 살고 있는 것이며, 자신의 죽음을 산 사람들에게 보여준다는 사실만으로도 햄릿의 자문은 너무 단순한 것이 아닐 수 없었다. 죽어가면서 산다는 것—비극은 여기에서 시작된다.

캐들린은 무엇 때문에 돌아왔던가? 그녀가 돌아와서는 안 되었다. 그 점을 나는 말했었다. 아니다, 그렇게 말하지는 않았었다. 아무튼 그녀는 불행했다. 나는 그 사실에 너무나 놀랐다. 그리하여 괄호 속에 묶어두었던 우리들의 관계를 다시 풀지 말아달라고 그녀에게 말할 수가 없었다.

그녀는 고통을 받고 있었다. 전화 통화 속에서도 그녀의 음성은 기진맥진해 있었다. 내가 말없이 그녀의 곁을 떠난 지도 5년이 되었다. 그날은 찬바람이 휘몰아치는 아침이었으나 지금은 가을이었다.
 5년! 나는 쉬몬 야나이로부터 그녀가 보스턴으로 돌아갔으며 어떤 나이 많은 갑부와 결혼했다는 소식을 들은 바 있었다.
 사무실에 있던 어느 오후였다. 나는 눈코 뜰 새 없이 바쁜 참이었다. UN 총회가 열린 탓으로 각종 연설, 성명과 반박성명, 결의문과 반대결의문 따위가 연일 쌓이고 있었다. 연단에서 행해진 갖가지 '말'들을 판단하느라 우리 부서는 사뭇 병이 날 지경이었다.
 그때 전화벨이 울렸다.
 전화의 저쪽 끝에서 속삭이는 듯한 음성이 들려왔다.
 "캐들린이에요."
 그녀는 이 한 마디를 하고는 한참 동안 침묵을 지켰다. 나는 손에 들고 있던 수화기를 바라보았다. 전화는 아직 끊어진 것이 아니었다. 나는 그녀와 헤어지던 날의 겨울 아침을 생각했다. 지금은 가을이었다.
 "당신을 만나고 싶어요."
 캐들린이 한참 만에 말했다.
 그녀의 음성은 절망에 젖어 있었다. 거의 실신상태인 것처럼 느껴졌다.
 "거기, 어디요?"
 그녀는 어떤 호텔 이름을 댔다.
 "기다려요."
 나는 이 말과 함께 달려갔다. 그녀는 가장 비싸고 호화로운 곳에 묵고 있었다. 그녀의 방은 15층에 있었다. 나는 반쯤 열린 문을 조용히 밀고 들어갔다. 캐들린은 창문 곁에 붙은 듯이 서 있었다. 그녀의 아름다운 검은 머리는 어깨까지 늘어뜨려져 있었으며 등을 낮게 판 암갈색 드레스를 입고 있었다. 나는 그녀 쪽으로 걸어갔다.
 "잘 있었소, 캐들린?"
 "안녕하셨어요?"

그녀는 몸을 돌리지도 않고 대꾸했다. 나는 그녀가 서 있는 열린 창문 쪽으로 다가갔다. 거기에서는 센트럴 파크가 내려다보였다. 밤에는 이 거대한 도시의 범죄자들에게나 연인들에게나 공평하고 친절한 은신처 구실을 해주는 장소였다. 나무들은 오렌지 빛으로 물들어있었다. 겨울을 앞둔 마지막 열기가 습기에 젖어 무덥게 불어왔다. 저 아래로는 수많은 자동차들이 꼬리를 물고 나뭇잎들 사이로 모습을 감추고 있었다. 태양은 그 황금빛 줄기를 마천루의 창문에 접목시키고 있었다.

"도와주세요."

이렇게 말하면서도 그녀의 눈길은 공원에 쌓인 낙엽에 못이 박힌 듯했다. 나는 슬쩍 그녀의 왼쪽 옆얼굴을 바라보았다. 그녀의 목 굽이는 여전히 민감해 보였다.

"절 도와 주시겠죠?"

"물론이오."

그때서야 그녀가 얼굴을 돌려 감사의 눈길로 나를 바라보았다. 그녀는 여전히 아름다웠다. 그러나 그 아름다움은 옛날의 원기를 잃고 있었다.

"저 고생이 많았어요."

"아무 말도 말아요. 당신을 바라보는 것만으로도 족하니까."

내가 의자에 앉자 그녀는 방안을 걷기 시작했다. 그녀가 말할 때면 윗입술 언저리에 슬픈 주름이 지고는 했다. 그녀는 전보다 더 담배를 많이 피워댔다. 그토록 자만심이 강하던 캐들린, 그토록 고집 세던 캐들린, 여왕처럼 군림하던 캐들린이 아니던가. 그녀가 지금 만신창이 신세로 익사 직전에 놓여 있었다.

그녀가 맞은편 의자에 앉았다. 숨결이 무거웠다.

"얘기 좀 하고 싶어요."

"어서 하시오."

"전 당신에게 얘기하고 싶다는 게 하나도 부끄럽지 않아요."

"어서 얘기해요."
"당신에게 제가 겪은 수많은 고생을 얘기해도 전혀 부끄럽지 않아요."
"어서 얘기를 해요."
"당신에게 제가 겪은 수많은 고생을 얘기해도 전혀 부끄럽지 않아요."
"그래, 어서 해봐요."

그녀는 아직도 과거의 그녀 자신에게 어울렸던 영상을 떠올리려고 애를 썼다. 그녀는 거센 말투로 단호하게 말하곤 했었다. 한 번도 그녀 자신의 고통을 입 밖에 낸 적이 없었다. 그런 그녀가 이제는 고통을 말하고 있었다. 그녀의 얘기를 듣는 것만으로 그녀의 아름다움이 그 힘과 그 신비로움을 잃어버렸다는 사실을 실감할 수 있었다.

그녀는 긴 시간 동안 얘기를 계속했다. 가끔 그녀의 눈망울에 어두운 빛이 감돌기도 했으나 끝내 울지는 않았다. 그 점이 나는 기뻤다.

그녀는 결혼했었다. 남편은 그녀를 사랑했다. 그러나 그녀는 그를 사랑하지 않았다. 자기가 남편에게 자신감을 심어주고 있다는 느낌마저도 그녀는 사랑하지 않았다. 정확히 말해서 그에게 관심을 두지 않았기 때문에 그녀는 그와 결혼했던 것이다. 그녀가 원했던 것은 스스로 고통을 받고 벌을 받는 일이었다. 그녀의 남편도 나중에야 그것을 이해하게 되었던 것이다. 그녀는 남편에게서 한 사람의 친구를 본 것이 아니라 한 사람의 심판관을 보았던 것이다. 그녀가 남편에게 기대한 것은 행복이 아니라 벌이었다. 그 때문에 남편도 괴로워하기 시작했다. 그들의 결혼생활은 고문이나 다름없었다. 서로가 고문자였고 각자가 희생자였다. 그렇게 3년이 계속되었다. 마침내 어느 날 남편이 이혼을 요구했다. 그녀는 뉴욕으로 왔다. 휴식을 취하며 자기 자신을 찾기 위해서, 그리고 나를 만나기 위해서.

"절 도와 주시겠어요?"
"물론이오."

그녀가 나에게 부탁한 것은 나의 곁에 있고 싶다는 것이 전부였다. 그녀의 인생은 텅 비어 있었다. 그녀는 그 인생을 다시 오르고 싶어했다. 전처럼 다시 열렬하게 살아보는 것이 그녀의 희망이었다. 투명한 황혼에 감동되어 왈칵 눈물을 흘리고 싶었으며 추악함과 맞서보고 싶었다. 그녀의 소원은 다시 한 번 지난날의 그녀 자신이 되고 싶은 것, 그것이 전부였다. 나는 거절했어야 했다. 나는 알고 있었다. 내가 알았던 캐들린은 나의 승낙이나 동의에 앞서 오늘의 고통을 받아 마땅한 여자였다. 그녀를 돕는다는 것은 그녀를 모욕하고 그녀에게 창피를 주는 일이었다. 그러나 나는 그녀의 부탁을 받아들였다. 그녀는 불행했다. 절망에 빠진 나머지 머리를 벽에라도 부딪쳐 짓이기려는 여자에게 '안 된다'고 말하기에는 나는 너무나 연약하고 겁이 많았다. 더욱이 다른 여자도 아닌 캐들린이 아닌가!

"물론이오. 내 당신을 도울 거요."

나는 다짐 주듯 같은 말을 되풀이했다. 그녀가 나의 품에 몸을 던지기라도 할 듯이 앞으로 움직이다 말고 우뚝 멈추었다. 두 사람은 오랫동안 입을 다문 채 서로의 얼굴을 바라보았다.

가면 때문에 진짜 얼굴을 잃어버린 여자

"사라가 누구죠?"

나는 대답하지 않았다. 캐들린은 침대 가장자리에 앉은 채 미소를 지으며 나를 바라보았다. 그녀의 눈길은 나를 비난하는 것이 아니라 호기심에 차 있었다.

"혼수상태에 빠지던 첫날, 당신은 그 이름을 말했어요. 사라, 그 이름밖에는 아무 말도 하지 않았어요."

"왜 진작 묻지 않고 오늘까지 그 질문을 미루어 왔소?"

"사실 너무나 궁금했어요. 하지만 제가 기다릴 수 있다는 사실을 스스로 증명해 보이고 싶었어요."

"내가 한 말은 그것뿐이었소?"

"그래요."

"확실하오?"

"확실해요. 처음 며칠 동안은 한 번도 당신 곁에서 멀리 떨어진 적이 없었으니까요. 다른 말은 안 했어요. 당신은 입을 열 수도 없었어요. 하지만 한 번인가 두 번 사라는 이름을 말했어요."

오랜 옛적의 고통이 어디선가에서 되살아났다. 그러나 어디인지 정확히 알 수 없었다.

"사라!"

나는 미친 듯이 불러보았다.

캐들린은 계속 미소를 짓고 있었다. 그녀의 눈에 초조한 빛은 조금도 없었으나 팽팽한 입 언저리에는 금방이라도 그녀의 얼굴 전체에, 몸 전체에 번질 듯한 고뇌가 어려 있었다.

"그 여자, 누구죠?"

그녀가 다시 물었다.

"사라는 내 어머니 이름이오."

순간 그녀의 얼굴에서 미소가 사라졌다. 그와 함께 감출 수 없는 고뇌가 조금 전의 고뇌와 함께 섞이고 있었다. 캐들린은 거의 숨을 멈추고 이었다.

나는 어린 시절에 내가 죽은 후에 어머니의 이름을 잊어먹을까 봐 끊임없는 두려움에 싸여 있었다. 학교 선생님은 나에게 이렇게 말했었다.

"네가 죽은 3일 후에 천사가 너를 찾아가 무덤을 세 번 두드리며 너의 이름을 물을 것이다. 그러면 너는 대답할 것이다. '나는 사라의 아들 엘리제르입니다' 네가 그 이름을 잊는다면 그 얼마나 슬픈 일이냐! 아마 너는 죽은 영혼이 되어 영원히 무덤 속에 묻혀 있게 될 것이다. 너는 네가 천국에 있는지, 혹은 참회에 앞서 오랫동안 기다리고 있는 다른 사람들과 함께 지옥에 있는지의 여부를 알아보기 위해 심판석 앞에 나올 수도 없게 될 것이다. 너는 아무것도 존재하지 않는, 즉 벌도 없고 고통도 없으며, 정의도 없고 불의도 없으며, 과거도 없고 미래도 없으며, 희망도 없고 절망도 없는 혼돈의 창공을 헤매야 하는 형벌을 받게 될 것이다. 이처럼 네 어머니의 이름을 잊는다는 것은 아주 중대한 과실이다. 그것은 너 자신의 가문을 잊어버리는 것과 같다. 그러니 명심하여라.' 엘리제르, 사라의 아들, 사라의 아들, 사라, 사라, 사라, 사라……."

"사라는 내 어머니의 이름이었소. 나는 그 이름을 잊지 않았소."

캐들린의 몸이 어떤 보이지 않는 말뚝에라도 묶인 듯이 비비 꼬였다. 그녀는 자기의 고통스러움이 나에게 충분히 전달되지 않을까 봐 겁을 먹고 있었다. 그러나 그녀가 나와 똑같은 사정에 처할 필요는 조금도 없었으니까. 나는 그녀를 사랑했지만 한번도 그런 얘기를 하지 않았었다. 그녀를 험하게 대하는 것처럼 보이게 함으로써, 그녀가 알아차릴 수 없도록 나는 거칠고 딱딱하게 그녀를 사랑했었다. 그렇다. 그녀는 죽었다. 그녀는 할머니 옆의 하늘나라로 간 것이다.

"사라. 저는 그 이름이 좋아요. 성경에 나오는 이름처럼 들려요."

캐들린이 상심어린 어조로 말했다.

"어머니의 이름이 사라였소. 어머니는 돌아가셨소."

나는 다시 말했다. 캐들린의 얼굴이 고통으로 일그러졌다. 그 모습은 마치 너무 많은 가면 때문에 진짜 얼굴을 잃어버린 여자 마법사처럼 보였다. 그녀의 주위에 커다란 불이 일었다. 갑자기 그녀가 왈칵 울음을 터뜨리며 흐느끼기 시작했다. 나는 어머니가, 나의 어머니가 우는 모습을 한 번도 본 적이 없었다.

가장 이해할 수 없는 미소

사라.

이 이름은 내가 캐들린을 만나기 이전에 파리에서 만났던 파란 눈에 금발이었던 어느 소녀의 이름이기도 했다.

그날 나는 몽빠르나스 근처의 한 카페 앞에서 신문을 읽고 있었다. 그때 소녀는 나의 이웃 탁자에서 레모네이드를 마시고 있었다. 그녀는 나의 눈을 끌려고 무진 애를 쓰고 있었는데, 내가 그만 얼굴을 붉히고 만 것이다. 소녀는 그것을 눈치 채고 미소를 지었다.

나는 당황했다. 어떤 태도를 취해야 할지 어리둥절하기만 했다. 머리와 손을 어디에 숨겨야 할지, 낭패감을 어디에 감춰야 할지 곤혹스럽기만 했다. 결국 나는 어떻게 하지도 못하고 불쑥 그녀에게 말을 건넸다.

"나를 아십니까?"

"아뇨."

그녀를 고개를 저었다.

"그럼 내가 당신을 알고 있나요?"

"그렇지도 않아요."

그녀가 짓궂게 대답했다. 나는 급기야 말을 더듬거리기 시작했다.

"그럼……. 왜죠? 왜……. 아니……. 무엇 때문에 그렇게 바라보는 겁니까?"

그녀는 금방이라도 오들오들 떨 것 같기도 했고 웃음을 터뜨리거나 한숨을 내쉴 것 같기도 했다. 그리고 대답이라는 것이 이랬다.

"그냥 이렇게 바라보는 거예요."

나는 자신의 수줍음에 화를 내며 그 금발의 소녀를 잊어버리려고, 아니 그녀의 솔직하고 순진한 눈길과 슬픈 미소를 피하려고 신문으로 얼굴을 가려버렸다. 그러자 활자가 눈앞에서 춤을 추기 시작했다. 문장도 비틀배틀 꼬이며 무슨 내용인지 눈에 들어오지 않았다. 나는 웨이터를 불러 값을 치르고 자리를 뜨기로 했다. 그때 소녀가 야릇한 미소를 머금고 말을 걸어오는 것이었다.

"누굴 기다리고 계세요?"

"아니오."

"저도 그래요."

이렇게 말하면서 그녀는 레모네이드 잔을 들고 숫제 나의 탁자로 자리를 옮겨왔다.

"외로우세요?"

"아니오."

나는 다시 한 번 얼굴을 붉혔다.

"외롭지 않으시다구요?"

"조금도."

"정말이세요?"

그녀는 나의 말을 믿지 않는 모양이었다. 그녀의 미소는 그녀의 얼굴 어딘가에 제삼의 존재처럼 떠올라 있었다. 눈일까? 아니다. 그녀의 눈은 차갑고 불안에 떨고 있었다. 입술일까? 거기도 아니었다. 입술은 민감하고 무정하며 지친 모습이었다. 그럼 어디에서 저 미소는 흘러나오는 것일까? 알고 보니 이마와 턱 사이였다. 그러나 정확히 어디인지는 말할 수가 없었다.

"정말이세요, 외롭지 않다는 거?"

"정말이오."

"어떻게 하시겠어요?"

나는 체면이 말이 아니었다. 흐리멍덩하게 대꾸했을 뿐이다.

"모르겠소. 나도 모르겠어요. 신문도 많이 읽구……."

그녀는 레모네이드를 한 모금 빨고는 고개를 들었다. 그리고 터놓고 웃어댔다. 그러자 지금까지의 그녀의 참 웃음이 어디론지 사라져버리는 것을 알아챌 수 있었다. 어느새 꿀꺽 삼켜버렸는지도 모를 일이었다.

"연애 한번 하고 싶지 않으세요?"

그녀가 똑같은 어조로 이렇게 물었다. 나는 놀란 나머지 큰 소리를 질렀다.

"지금? 이 대낮에 말이오?"

내가 알기로는 남녀간의 사랑은 밤에 이루어지는 일이었다. 때문에 대낮에 사랑을 나눈다는 것은 발가벗은 채 길 한복판을 걷는 것과 다를 바 없다고 생각되었다.

"그럼요. 원하세요?"

"아니오."

"왜요?"

"난……. 돈이 없어요."

그녀는 조롱하는 눈길로 나를 잠깐 바라본 다음, 잘 알기 때문에 모든 것을 용서할 수 있다는 듯이 너그러운 표정을 지었다.

"그건 염려할 것 없어요. 나중에 주셔도 괜찮으니까요."

나는 부끄럽고 두려웠다. 나는 젊었으며 아직 어떤 경험도 없었다. 내가 두려웠던 것은 어떻게 할 줄 모르기 때문이기도 했지만, 정말 두려운 것은 나중 일이었다. 한번 실수하고 나면 앞으로 나는 두 번 다시 원래의 나로 돌아갈 수 없을 것이기 때문이었다.

"어때요, 원하세요?"

머리카락 몇 가닥이 그녀의 이마에 흘러내렸다. 그리고 예의 미소가 다시 나타났다. 이제는 그 미소가 처음의 미소인지, 대신 나타난 미소인지, 아니면 참 웃음인지, 거짓 웃음인지 알아볼 수도 없었다.
"좋아요, 하고 싶소."
마침내 나는 대답했다. 그러면서 나는 속으로 생각했다. 아직 잘은 모르지만 저 소녀는 내가 지금껏 보아온 미소 가운데서 가장 이해할 수 없는 미소를 지니고 있어. 그녀와 사랑을 나누는 동안 그 미소를 포착할 수 있을지도 몰라.
"웨이터를 부르세요."
그녀의 말에 나는 웨이터를 불렀다. 나는 나의 커피 값을, 그녀는 그녀의 레모네이드 값을 치렀다. 우리는 자리에서 일어나 함께 걷기 시작했다. 나는 어색하고 불안했다. 나보다 키가 작은 그녀는 나의 오른쪽에서 걸어갔다. 그녀의 머리가 겨우 나의 어깨 위에 조금 올라왔다. 어쨌든 나는 그녀를 똑바로 바라보지도 못했다.
그녀가 살고 있는 곳은 그렇게 멀지 않았다. 호텔의 안내원은 잠자고 있는 모양이었다. 소녀가 열쇠를 꺼내주며 자기 방은 3층에 있다고 했다. 나는 그녀의 뒤를 따라갔다. 뒤에서 보니 더욱 어려 보였다.
우리는 3층에 이르자 오른쪽으로 돌아 그녀의 방으로 들어갔다. 그녀가 나에게 문을 닫으라고 했다. 나는 조심스럽게 문을 닫았다. 나 역시 소음이 싫었다.
"닫지만 말고 잠그세요."
나는 그녀가 시키는 대로 자물쇠를 채웠다. 문을 잠그고 나니 새로운 두려움이 찾아왔다. 틀림없이 나의 음성이 떨려나올 것 같아서 말도 할 수 없었다. 여자와 단둘이 있다는 것, 여자와 단둘이 호텔 방에 있다는 것, 그 사실이 두렵기만 했다. 더욱이 그녀는 몸을 파는 창녀였다. 우리는 곧 육체적인 사랑을 하게 될 것이었다. 나는 그것을 확신하고 있었다. 그녀는 창녀였으니까. 그렇지 않았다면 그녀는 그렇게 처신하지 않았으리라.
 나는 산뜻하고 깨끗한 방에 그녀와 단둘이 있었다. 방안은 대부분이 회색으로 칠해져 있었다. 나의 첫 여자가 직접적인 창녀가 되려는 순간이었다. 이상한 웃음을 웃는 그 창녀의 웃음은 곧 성자의 웃음이었다.
 그녀는 차일을 내려 닫고 신발을 벗었다. 그리고 기다렸다. 침대 옆에 서서 나를 기다리고 있었다. 나는 무엇을 해야 할지 모른 채 멍청하게 서 있었다. 옷을 벗어야 할까? 나는 우선 그녀에게 키스를 해야 할 것이라고 생각했다. 영화에서 보면 남자들은 항상 여자와 사랑을 나누기에 앞서 여자에게 키스부터 하는 것이었다. 나는 그녀 앞으로 다가섰다. 그녀를 뚫어지게 바라보았다. 그리고 거칠게 그녀를 끌어안고서 그녀의 입술에 긴 키스를 했다. 그때 나는 본능적으로 눈을 꼭 감았다. 그리고 한참 후에 눈을 뜨고는 깜짝 놀랐다. 그녀의 눈에 뜻밖에도 동물적인 공포의 빛이 감돌고 있었기 때문이다. 나는 성큼 한 걸음 물러서며 물었다.
 "무슨 일이죠?"
 나는 심장이 마구 뛰었다. 그녀가 다른 세상에서 들려오는 듯한 음성으로 대꾸했다.
 "아무것도 아니에요. 아무것도. 어서 오세요. 사랑이나 해요."
 그녀가 갑자기 손을 입으로 가져갔다. 그리고 그녀의 얼굴이 마치 생기가 모두 빠져 나간 듯이 백지장처럼 하얘졌다.
 "대체 무슨 일이죠? 말해 봐요."
 그녀는 대답하지 않았다. 그녀는 여전히 입을 손에 댄 채 투명한 물체를 바라보듯 나를 뚫어지게 주시했다. 그녀의 두 눈은 눈먼 아이의 그것처럼 메말라 있었다.
 "내가 잘못한 일이라도 있어요?"
 그러나 그녀는 나의 말에 귀를 기울이지 않았다.
 "내가 나가 주었으면 좋겠어요?"

그녀는 어떤 낯선 사람도 허용하지 않는 피난처에 저만치 몸을 숨기고 있었다. 나는 다만 그 피난처의 밖에 머물러 있을 뿐이었다. 그녀에게 키스를 함으로써 나는 어떤 알 수 없는 심적 상태에 빠지고 만 것이었다.

"뭐라고 말 좀 해주시오."

나는 다시 간청했다. 그러나 이 말 역시 그녀에게는 들리지 않는 듯했다. 그녀는 무엇에 홀린 나머지 정신이 나간 사람처럼 보였다. 순간, 내가 지금껏 그녀와의 이 만남을 위해서 살아왔는지도 모른다는 생각이 들었다. 마치 광기의 절정기에 있는 미치광이가 제정신이 들 때까지 몰아경에 빠져 있듯이, 어떤 순수한 족적 속에 자신을 보호하고 있는 이 창녀와의 만남을 위해서 말이다.

이 상태는 얼마 동안 계속되었다. 이윽고 그녀가 깨어나는 듯했다. 얼굴에서 손을 내렸다. 그녀의 얼굴에 지치고 무한히 슬픈 미소가 피어났다. 그녀가 부드럽게 입을 열었다.

"저를 용서해 주셔야 해요. 제가 모든 걸 엉망으로 만들어 버렸군요. 미안해요. 제가 어리석었어요."

하나님의 웃음

그녀가 옷을 벗기 시작했다. 그러나 그녀와 사랑을 나누고 싶은 기분은 달아나고 없었다. 그 대신 그녀를 알고 싶은 생각뿐이었다.

"잠깐. 우리 얘기나 합시다."

"나와 사랑하는 게 싫어졌어요?"

"그건 나중에 하기로 하고, 먼저 얘기나 합시다."

"무슨 얘기를 듣고 싶으세요?"

"당신에 대해서."
"무얼 알고 싶으세요?"
그녀는 기계적으로 스커트의 혹을 끌렀다.
"당신은 누구요?"
"아가씨. 다른 여자들과 똑같은 아가씨에요."
"그렇지 않아요. 당신은 다른 아가씨들과 달라요."
그녀의 스커트가 마룻바닥에 흘러내렸다. 그녀는 블라우스를 벗고 있었다.
"그걸 어떻게 아시죠?"
"직감이죠."
나는 어색하게 대답했다. 이제 그녀는 까만 브라자와 팬티만 걸치고 있었다. 그녀는 천천히 침대 위에 누웠다. 나는 그녀의 곁에 앉으며 다시 물었다.
"당신은 누구요?"
"말했잖아요. 아가씨라구. 다른 사람과 똑같은."
무심결에 나는 그녀의 머리카락을 만지고 있었다.
"이름이 뭐죠?"
"알 것 없어요."
"이름?"
"사라."
순간 나는 어떤 친근한 비애감 같은 것을 느끼지 않을 수 없었다.
"사라……. 참 아름다운 이름이군요."
"난 그 이름을 좋아하지 않아요."
"왜요?"
"그 이름은 가끔 나를 무섭게 해요."
"나는 그 이름을 좋아해요. 그건 내 어머니의 이름이었어요."

"그분은 어디 계시나요?"

나는 계속 그녀의 머리카락을 만지고 있었다. 그녀의 물음에 마음이 무거워졌다. 그녀에게 말해야 될까? 그러나 '어머니는 돌아가셨어요'—이 간단한, 이 쉬운 말을 빨리 할 수가 없었다.

"어머니는 돌아가셨어요."

마침내 나는 말했다.

"저두요."

잠깐 침묵이 흘렀다. 나는 어머니를 생각하고 있었다. 만일 그분이 지금 나를 보고 있다면……이렇게 물었으리라.

이 아가씨는 누구냐?

제 아내예요.

이름은 뭐지?

어머니, 사라예요.

사라라고?

예. 어머니. 사라예요.

너 미쳤구나! 이 어미의 이름이 사라라는 걸 잊었단 말이냐?

아니에요, 어머니. 잊지 않았어요.

그렇다면, 제 어미의 이름과 똑같은 이름을 가진 아가씨와 결혼해서는 안 된다는 걸 너는 잊었단 말이냐? 그런 결혼은 화를 불러온다는 걸 잊었단 말이냐? 그 때문에 제 어미가 죽게 된다는 걸 잊었단 말이냐?

아니에요, 어머니. 잊지 않았어요. 하지만 어머니가 다시 돌아가시는 일은 없을 거예요. 어머니는 이미 돌아가셨으니까요.

그건 사실이다……. 나는 죽었다…….

"정말 저에 대해서 알고 싶으세요?"

사라의 말에 나는 현실로 돌아왔다. 그녀는 똑바로 앞쪽만을 바라보고 있었다. 마치 벽을 통해서, 세월을 통해서 그리고 기억을 통해서 하늘이 땅과 맞닿고 생명이 사랑을 부르는 곳, 그 근원에 이르고 싶다는 눈길이었다. 그녀는 자기야말로 혼자서 이 우주를 창조한 사람이라는 듯이 그렇게 물어왔던 것이다.
"제가 누군지 정말 알고 싶으세요?"
그녀의 음성은 딱딱하고 냉혹해져 있었다.
"물론이오."
나는 자신의 두려움을 숨기며 대답했다.
"정 그러시다면……"
나는 자신을 저주하지 않을 수 없었다. 애당초 그녀의 얘기를 듣지 말았어야 했다. 멀리 도망쳤어야 했다. 그런 분위기 속에서 그녀의 얘기를 듣는다는 것은 나 자신이 그 얘기 속에서 어떤 역할을 맡게 된다는 것을, 거기에 가담한다는 것을, '그렇다'거나 '아니다'라고 말해야 한다는 것을, 이쪽으로 가거나 저쪽으로 가야 한다는 것을 의미했기 때문이다. 그녀의 얘기를 듣고부터 '이전'이 있었고 '이후'가 있었다. 전후가 분명해진 것이다. 비열하게 수락하지 말았어야만 했다.
멀리 달아났어야 했다. 아니면 귀를 꼭 막거나 무엇인가 다른 일을 골똘히 생각했어야 했다. 아니면 고함을 질러대거나 노래를 불렀어야 했다. 아니면 그녀의 입에 키스를 했어야 했다. 그러면 그녀도 말을 중단했을 테니까. 아니면 그녀와 사랑을 나누었어야 했다. 그녀를 사랑한다고 말했어야 했다. 그 무엇이건, 그녀의 말을 중단시킬 수 있는 일이라면 무슨 짓이든 했어야 했다.
그런데도 나는 아무 일도 하지 않았다. 듣고만 있었다. 경청하고 있었다. 침대의 가장자리에 앉아, 반라의 그녀 곁에 앉아 그녀의 얘기를 듣고 있었다. 어느새 나는 부르쥔 손으로 자신의 목을 꽉 쥐고 있었다.
나는 그녀의 얘기를 듣고 그녀의 사정을 생각할 때마다 자신이 저주스러웠다. 그녀를 생각지 않는 사람들이 저주스러웠고 그녀의 파멸을 생각지 않는 사람들이 저주스러웠다. 그녀의 수수께끼 같은 얼굴은 병든 아이의 얼굴과 흡사했다. 그녀는 조금도 두려움도 없이 앞쪽만을 노려보고 있었다. 마치 천지창조 이전의 혼돈을 볼 수 있다는 듯 그녀는 그렇게 벽을 쏘아보고 있었다.

나는 그녀를 생각하며, 나 자신을 저주함과 아울러 오늘의 우리를 이렇게 만들어 놓은 저주의 근원인 역사를 저주했다. 죽어 마땅하고 파괴되어 마땅한 역사를 저주했다. 사라의 얘기를 들은 사람이라면 누구나 변모하지 않았으며, 그녀의 세계에 들어온 사람이라면 누구나 죽어 마땅하고 파괴되어 마땅한 새로운 신, 새로운 종교를 만들어 내지 않았다. 오히려 사라만이 선과 악을 결정지을 수 있는 권리를, 진실과 허위를 구별할 수 있는 권리를 지니고 있었다. 나는 반라의 그녀 곁에 앉아 그녀의 얘기에 귀를 기울이고 있었다. 그녀의 말 한 마디 한 마디가 바이스처럼 옥죄어 왔다. 나는 금방이라도 숨이 막혀 죽을 것만 같았다.

나는 그 자리를 떠났어야 했다. 되도록 빨리. 그녀가 입을 열었을 때, 그 첫 신호를 눈치 채자마자 그 자리에서 멀리 도망쳤어야 했다.

그러나 나는 머물렀다. 무엇인가 나를 눌러 앉게 하는 것이 있었기 때문이다. 나는 그녀와 고통을 함께 하고 싶었다. 그녀가 고통스럽게 걷고 있는 길을 함께 걷고 싶었다. 나 역시 그녀가 자신의 창피를 감수하고 있다는 것을 느낄 수 있기 때문이다. 아마 그 때문에 나는 그녀의 곁을 떠나지 못했으리라. 나는 그녀의 굴욕에 동참하고 싶었으며 그녀의 굴욕이 나를 눌러앉게 하기를 바라고 있었다.

그녀는 얘기를 계속했고 나는 말없이 들었다. 가끔 나는 짐승처럼 울부짖고 싶은 충동을 느꼈다.

사라는 감정의 기복도 없이 단조로운 어조로 말을 이어갔다. 너무 기가 막힌 나머지 말이 되어 나오지 않을 때만 간간이 말을 멈추었을 뿐이다. 그녀의 얘기는 나의 내부에 하나의 비밀스런 출구를 열어놓았다.
 독일군의 집단수용소에는 수많은 사라가 있었다. 나는 그녀들 가운데 누구와도 만난 적이 없었지만 그들에 대한 소식은 듣고 있었다. 나는 그들의 얼굴이 병든 아이들의 얼굴과 흡사했다는 사실은 몰랐었다. 그리고 내가 어느 날엔가 그들 중의 한 사람과 키스를 하게 되리라고는 상상도 못했었다.

 열두 살. 그녀가 양친과 헤어져 수용소 장교들의 향락을 위하여 특별 막사에 보내졌을 때 그녀의 나이는 열두 살이었다. 그녀는 그녀 또래의 어린 소녀들을 좋아하는 독일군 장교들 때문에 목숨이 붙어 있을 수 있었다. 그녀 또래의 어린 소녀를 좋아하는 남자들 때문에.
 그녀가 갑자기 어둡게 흐린 눈길을 나에게 돌렸다. 그 흐린 눈길 속에는 하나님이 아직도 있었다. 그것은 혼돈과 무기력의 하나님이었다. 열두 살 먹은 아이를 고문한 바로 그 하나님이었다.
 "당신도 열두 살 먹은 여자 아이와 자고 싶으세요?"
 그녀가 물었다. 그녀의 음성은 평온하고 침착하고 꾸밈이 없었다. 나는 꽥 비명이라도 지르고 싶었지만 간신히 참았다. 어떻게 자신을 변명할 수도 없었다. 그녀의 말에 마음이 헐거워졌으리라. 내가 아무 말도 하지 않자 그녀가 다짐하듯 말을 이었다.
 "당신도 그러고 싶죠, 그렇죠? 남자들은 다 그런걸 좋아하니까요."
 그녀의 눈길에 나의 눈은 활활 타고 있었다. 고함을 치는 것도 두려웠다. 뭐라고 변명할 수도 없었다. 그녀에게만은. 유달리 그녀에게만. 그녀는 그만한 자격이 있었다.
 그녀는 좀 더 부드러운 어조로 다시 말했다.
 "말해 주세요. 나와 사랑을 나누지 않는 것은 그 때문인가요? 내가 열두 살을 더 먹어서요?"

무기력한 하나님이 그녀의 눈을 불꽃으로 만들어 놓은 것이었다. 나의 눈 역시 그렇게 만들었던 것이다. 나는 곧 죽게 되리라고 생각했다. 하나님을 만난 사람은 누구나 죽어야 하니까. 성경에도 그렇게 씌어 있는 터였다. 나는 그 이유로 결코 이해할 수 없었다. 왜 하나님은 죽음과 동맹을 맺어야 한단 말인가? 왜 하나님은 당신을 만나기에 어렵게 성공한 사람을 죽이고 싶어 하는 것일까? 이제야 모든 것이 명백해졌다. 하나님은 부끄러웠던 것이다. 하나님은 열두 살 난 소녀들과 잠자기를 좋아했다. 그러나 우리가 그 사실을 아는 것을 원치 않았던 것이다. 그런 사실을 보거나 알아차린 사람은 누구나, 그 비밀이 누설되지 않기 위해서 죽어야만 했다. 죽음이란 단지 하나님을 지키는 호위병, 우리가 우주라고 부르는 거대한 매음굴을 지키는 문지기에 불과한 것이다. 나는 이제 죽게 되리라고 생각했다. 그리하여 나의 목을 조르고 있던 자신의 손가락이 더욱더 세찬 기세로 나의 의지에 대항하여 눌러왔다.

사라가 잠깐 내가 숨을 돌릴 수 있도록 결정권을 행사했다. 그녀가 다시 앞쪽으로 똑바로 응시하며 얘기를 계속했던 것이다. 그녀는 마치 나라는 존재는 안중에도 없다는 듯한, 나라는 존재는 언제고, 그리고 어디에 서고 홀로 있을 뿐이라는 듯한 태도였다.

"그는 술에 취해 있었어요. 한 마리의 술 취한 돼지였어요. 껄껄 웃고 있었어요. 그는 온갖 음담패설을 늘어놓았어요. 특히 그의 웃음에서는 악취가 났어요. 그는 말했어요. '오늘은 내 생일이야. 그래서 선물을 원했지. 특별한 선물을 말야.' 그는 나를 머리끝에서 발끝까지 훑어보았어요. 여전히 킬킬대면서 말예요. '너는 내 생일 선물이 되는 거야.' 나는 그 말의 뜻을 알지 못했어요. 나는 겨우 열두 살이었으니까요. 당신도 그 나이 때는 소녀들이 생일선물로 제공된다는 사실을 이해하지 못했을 거예요……. 막사 안에는 나 혼자만 있는 게 아니었어요. 주위에는 나 말고도 여자가 열두 명이나 있었어요. 베르타를 비롯한 모든 여자들이 하얗게 질려 있었어요. 하나같이 시체처럼 하얬어요. 하지만 그 주정꾼은 붉었어요. 그의 손 역시 도살자의 손처럼 붉었어요. 그가 얼굴이 찢어지게 웃었어요. '넌 오늘 내 생일 선물이 되는 거야, 너 말이야!' 베르타가 입술을 깨물었어요. 그 여자는 나의 편이었어요.

베르타는 아름다운 여자로 항상 슬픔에 찬 인상이었다. 그녀는 동양의 공주 같은 자세로 머리를 꼿꼿하게 들고 걸어 다녔다. 수용소에 도착하던 날 밤에 그녀는 사라의 나이 또래인 딸을 잃어버렸다.

베르타가 주정꾼 장교와 사라 사이를 중재하고 나섰다.

"선생님, 그 애는 너무 어려요. 겨우 어린아이에 불과하다구요."

그러나 주정꾼은 눈을 찡긋하며 대답하는 것이었다.

"여기에 들어온 이상 그 앤 벌써 어린아이가 아니야. 그렇지 않다면 그 애가 어떻게 되었을지는 너희들도 알고 있잖아. 저기에……."

그는 살찐 손가락으로 천장을 가리켰다.

"베르타는 나의 편이었어요. 그녀는 포기하지 않고 끝까지 싸웠어요. 나를 구하기 위해 대신 나서기로 했던 거죠. 다른 여자들도 모두 마찬가지였다구요."

사라가 말했다. 그러고는 옛날을 회상하듯 다시 침묵했다.

막사 안은 반쯤 어두웠다. 베르타는 사라에게 눈독을 들이고 있는 주정꾼의 관심을 딴 데로 돌리려고 무진 애를 썼다. 마침내 그녀는 말없이 옷을 벗기 시작했다. 다른 여자들도— 검은 머리의 여자, 금발의 여자, 빨간 머리의 여자 할 것 없이— 서로 의견을 묻거나 듣지도 않고 약속이나 한 듯이 모두들 옷을 벗었다. 눈 깜짝할 사이에 그녀들은 모두 말없이 움직이지 않는 석상처럼 발가벗고 있었다. 사라는 마치 악몽을 꾸고 있거나 자신이 미쳐버린 것이 아닌가 하고 생각했다. 막사 안에는 여자들의 얼굴에 나타난 긴장감과는 너무나 대조적으로 비인간적이고 냉혹한 침묵이 흘렀다. 밖에서는 태양이 움직이는 그림자들 위에 녹슨 핏빛을 떨어뜨리며 지평선 뒤로 지고 있었다. 그런 장면이 조금만 더 계속된다면 금방이라도 어떤 무서운 일이 벌어질 것 같은, 우주를 산산이 부숴버리고 시간의 진행을 바꾸고 인간 운명의 가면을 벗겨버릴 것만 같은, 어떤 일이 벌어질 것만 같았다. 그리하여 마침내 인간으로 하여금 진실의 저쪽에 있는 것, 죽음의 저쪽에 있는 것을 보도록 할 것만 같았다.

바로 그때 주정꾼이 팔로 어린 사라를 붙잡아 야수처럼 잔인하게 막사 밖으로 끌어냈다. 날은 벌써 어두웠다. 지평에서 피어오르던 빨간 빛이 진한 핏빛처럼 하늘을 가득 채우고 있었다.

"그 장교는 영리한 사람이었어요."

사라가 다시 말을 이었다.

"발가벗고 있는 막사 안의 모든 여자들 가운데서 그는 옷을 입고 있는 나를 골랐던 거예요. 그건 내가 열두 살이었기 때문이었어요. 남자들은 열두 살 먹은 여자애들과 사랑하기를 좋아하거든요."

그녀가 다시 고개를 나에게 돌렸다. 그와 함께 바이스가 더욱 새로워진 힘으로 나의 목을 죄어왔다. 그녀가 덧붙였다.

"당신도 마찬가지예요. 내가 만일 열두 살이었다면 당신은 나와 사랑을 나누었을 거예요."

나는 더 이상 그녀의 얘기를 들을 수가 없었다. 인내에도 한계가 있다. 그녀가 한 마디만 더 해도 나는 죽게 되리라고 생각했다. 나는 여기 이 침대 위에서, 남자들이 금발의 아가씨와 잠자기 위해서 오는 이 침대 위에서, 그리고 남자들 자신도 그들이 열두 살 난 어린 소녀와 관계를 맺고 있다는 사실을 모르는 이 침대 위에서 죽게 되리라.

그러자 퍼뜩, 그녀의 육체를 당장 소유해야겠다는 생각이 떠올랐다. 몸짓이나 쓸데없는 말을 늘어놓을 것도 없이 당장 소유해 버리자. 그리하여 인간이란 얼마든지 타락할 수 있다는 것을, 진흙탕은 어디에나 있으며 타락에는 끝도 없다는 것을 보여주자. 나는 천천히 일어나 그녀의 손을 잡고 부드럽게 입을 맞추었다. 나는 그녀가 그런 나를 보아주기를 바랐다. 내가 그녀를 원한다는 것을, 그녀를 갖고 싶다는 것을 알아주기 원했다. 또한 나 역시 육체의 욕망을 초월하지 못한다는 것도 알아주기 원했다. 나는 그녀의 차가운 손에 입술을 댔다.

"그게 전부에요? 그밖에는 더 원하는 게 없어요?"

그녀가 물었다. 그리고 웃었다. 그녀는 다른 어떤 사람처럼, 집단 수용소에서의 그 주정꾼처럼 웃으려고 애를 썼다. 그러나 그렇게 되지 않았다. 그녀는 술에 취해 있지도 않았으며 그녀의 손이나 음성은 음란스럽지도 않았다. 그녀는 극도로 순수했다.

"아니, 있어요."

나는 고개를 흔들었다. 나는 그녀 위로 허리를 구부리고 그녀의 입에 다시 키스를 했다. 그녀는 키스를 받기만 했다. 나는 입술로 그녀의 입술을 누르며 혀로 그녀의 혀를 찾았다. 그러나 그녀는 얼빠진 것처럼 수동적인 자세 그대로였다.

나는 몸을 똑바로 일으켰다. 그리고 잠깐 망설이며 천천히 말했다.

"당신이 어떤 사람인지 알겠군요."

그녀가 뭔가 말하려고 했지만 나는 기회를 주지 않았다.

"……. 당신은 성녀군요. 성녀, 그것이 당신이오."

그러나 번쩍하는 놀람의 빛이 그녀의 병들고 천진난만한 얼굴을 스쳤다. 눈동자가 한결 뚜렷하고 사나와졌다. 그녀가 난폭하게 소리쳤다.

"당신 미쳤군요! 정말 미쳤다구요!"

그리고 이내 화를 풀면서 다시 웃었다. 그녀는 누군가의 웃음을 흉내내고 있었다. 그러나 그녀의 눈은 웃지 않았으며 입도 웃지 않았다.

"내가 성녀라니! 당신, 정신 나갔군요. 내가 첫 남자를 만난 게 몇 살 때였다는 걸 말하지 않던가요? 대체 내가 직업전선에 뛰어든 게 몇 살

땐 줄이나 알아요?"

그녀는 '직업전선'이라는 말을 강조하며 자문자답하듯 도전적인 표정을 지었다.

"알지요. 열두 살 때였다고 당신이 말했으니까요. 열두 살 때."

그녀는 계속해서 웃어댔다. 나는 그것이 그 주정꾼의 웃음이라고 생각했다. 그 사내는 아직 그녀에게서 떠난 것이 아니었다.

"그럼, 당신의 의견으로는 열두 살에 직업전선에 뛰어든 여자는 성녀란 말인가요? 그래요?"

"그래요. 성녀지요."

나는 그녀가 큰소리를 치든 엉엉 울부짖든, 그리고 나를 모욕하던 내버려 두자고 생각했다. 그 어떤 것도— 누군가 다른 사람의 저 웃음, 영혼 없는 육체에서 나오는 저 웃음, 눈 없는 머리에서 나오는 저 웃음보다는 한결 나으리라. 저 여자를 미치광이로 만들어 놓은 저 낯설고 유해한 웃음보다 못한 것은 이 세상에 아무것도 없으리라.

사라는 애써 명랑하고 즐거운 척 음성을 가장하며 말했다.

"당신은 미쳤어요. 그 주정꾼은 첫 남자에 불과했어요. 그 남자 다음에는 다른 남자들이 왔어요. 모두가 다른 남자들이었어요. 나는 막사 안에서 '특별선물'이 되어 있었으니까요. 그들 모두가 원하는 '특별선물'이, 그들 모두에게 제공되었어요. 나는 함께 있던 다른 여자들보다 훨씬 인기가 좋았어요. 모든 남자들이 나를 사랑했어요. 행복한 남자와 불행한 남자, 선한 남자와 악한 남자, 늙은 남자와 젊은 남자, 경박한 남자와 과묵한 남자, 이 모든 남자들이 나를 사랑했어요. 그뿐인 줄 아세요? 겁 많은 남자와 비열한 남자, 여우같은 남자와 돼지 같은 남자, 지식 있는 남자와 도살꾼 남자, 이 모든 남자가 나를 사랑했어요. 내 말, 듣고 있어요? 모두가 나에게 왔어요. 그런데도 당신은 나를 성녀라고 생각하는 거예요. 당신은 정신이 나갔어요. 불쌍한 남자!"

그녀는 계속 웃었다. 그러나 그 웃음은 그녀에게 아무 도움이 되지 못했다. 그렇게 억지로 웃으면 웃을수록 그녀의 마음에는 이름도 알 수 없는 고통이 떠오를 뿐이었다. 그녀의 웃음은 메마르고 잔인했다. 그것은 그녀의 웃음이 아니라 하나님의 웃음, 아니면 그 주정꾼의 웃음이었다.

"불쌍한 남자! 당신이 가엾군요! 당신을 위해서 색다른 것을 해주고 싶어요. 말해 주세요, 생일이 언제죠? 당신에게 선물을 할게요. 특별한 선물을요……"

그녀의 웃음은 나에게 옮겨왔다. 어느 날, 나 역시 그녀처럼 발광하고 말리라. 검은 내의바람에 한쪽 다리를 약간 구부리고 있던 사라가 갑자기 웃음을 멈추었다. 나는 그녀의 마지막 발광이 폭발직전에 왔음을 직감했다. 나는 본능적으로 문 쪽으로 뒷걸음치기 시작했다. 아니나 다를까, 문께에 이르렀을 때 그녀의 고함 소리가 들려왔다.

"당신은 미쳤다구요!"

"조용히! 제발 조용히 해요!"

나도 맞고함을 질렀다. 나는 그녀가 무슨 말을 하려고 그러는지 알고 있었다. 그녀는 내가 여자의 육체에서 행복을 찾으려고 애쓸 때면 항상 들어왔던 뭔가 섬뜩하고 지긋지긋한 말을 내뱉으려 했던 것이다.

"제발, 조용히 해요."

그러나 나의 간청에도 불구하고 그녀는 미친 여자처럼 으르렁댔다.

"성녀라구요? 내가? 이걸 똑똑히 알고 기억해 주었으면 좋겠어요. 가끔 난 남자들과 함께 즐거움을 느꼈다는 사실을 말예요……. 나중에는 나 자신을 저주하고, 일을 치르는 동안에도 그랬지만, 가끔 나의 육체는 남자들을 사랑했단 말예요……. 나의 육체는 나에게……. 아니 그런데, 나보고 성녀라구? 당신은 내가 진짜 어떤 여자인지 알고나 하는 소리예요? 벌써 말했잖아요. 나는……"

나는 한계점에 이르렀다. 더 이상 그녀의 말을 들을 수가 없었다. 그녀에게 두 손을 들어야만 했다. 나는 재빨리 자물쇠를 풀고 문을 열었다. 그리고는 밖으로 달려 나갔다. 2층, 1층, 관리인, 거리, 나는 달리고 또 달렸다. 나는 나중에야, 달리는 동안에도 내 손가락이 아직도 스스로의 목을 조르고 있는 것을 알 수 있었다.

"사라는?"
내가 헐떡이며 입을 열기가 무섭게 캐들린이 가로막았다.
"알아요. 그 이름은 당신 어머니의 이름이에요."
"그건 한 성녀의 이름이오."
나는 몇 날 몇 주일 동안 사라를 찾아다녔다. 그녀를 만났던 카페에도 찾아갔으며, 근처에 있는 호텔도 모두 찾아보았다. 그러나 허사였다. 누구도 내 어머니의 이름을 가진 그 금발 소녀를 만나거나 아는 사람은 없는 것 같았다. 카페의 웨이터도 그녀를 기억하지 못했으며 호텔의 관리인들도 본 적이 없다고 말했다. 그러나 희망을 버릴 수가 없었다. 나는 가끔 아직도 그녀를 찾고 있노라고 생각한다. 단 한번만이라도 그녀를 만나보았으면 좋겠다. 그날 오후에 했어야만 했던 일— 그녀와의 사랑을 나누기 위해서.
"당신 어머니는 돌아가셨어요."
캐들린이 말했다.
그녀는 스스로 상처를 입고 싶어 했다. 드러내놓고 고통스러워했으며 나 역시 그런 모습을 보기 일쑤였다. 나는 또 그녀가 나와 더불어 괴로워하는 것을 알고 싶었기 때문에 우리 두 사람은 서로 고통으로 묶여 있었다. 그녀는 그녀 역시 불행하다는 사실을 나에게 보여줌으로써 나에게 상처를 입힐 수도 있었다.
"나도 어머니가 돌아가신 건 알 수 있소. 하지만 가끔 나는 그 사실을 받아들일 수가 없는 거요. 그건 세상의 어머니들이란 죽을 수가 없다고 생각하기 때문이오."

그것은 사실이었다. 나는 나의 어머니가 죽은 것을 믿을 수가 없었다. 그것은 물론 내 어머니의 주검을 보지 못했기 때문이었다. 어머니는 밤의 적막 속으로 삼켜졌던 수백 명의 사람들과 함께 걸어갔던 것이다. 만일 어머니가 나에게 '잘 있거라, 내 아들아. 나는 이제 죽으러 간다'고 말했던들 지금 나는 어머니의 죽음을 믿을 수 있었을 것이다.

아버지는 돌아가셨다. 나는 그 사실을 알고 있다. 나는 아버지가 이 세상을 떠나는 것을 보았었다. 그러기에 나는 거리에서 만나는 사람들 가운데서 아버지를 찾지는 않는다. 그러나 가끔 어머니는 찾는다. 어머니는 죽지 않은 것이다. 정말로 죽지 않았다. 지하철에서, 혹은 버스나 카페에서 몇몇 여자들을 볼라치면 나는 그들 가운데서 어머니의 어떤 모습을 보곤 한다. 그리고 나는 이들 여자들을 사랑함과 동시에 증오한다.

캐들린. 그녀의 눈에서 눈물이 흘러내리고 있었다. 나의 어머니는 울지 않았다. 적어도 다른 사람들의 앞에서는 그랬다. 어머니는 오직 하나님에게만 눈물을 바쳤었다.

캐들린은 나의 어머니와 닮은 데가 조금 있었다. 높은 이마와 턱 끝의 정숙한 선이 그랬다. 그러나 캐들린은 죽지 않았다. 그리고 그녀는 울고 있었다.

진정한 적은 서로를 저주하지만은 않는다

처음에는 그녀도 울지 않았었다. 우리는 같은 수준에 있었다. 우리는 동등한 자격으로 서로를 대했다. 우리는 자유로웠다. 나는 그녀로부터, 그녀는 나로부터 자유로웠다. 나는 약속을 지키고 싶지 않으면 지키지 않았다. 그녀 역시 마찬가지였다. 어느 쪽이든 화를 내지도 않았으며 상처도 입지 않았다. 내가 밤을 새워 이야기하지 않더라도 그녀가 그 이유를 설명하라고 따지는 일도 없었다. 연인끼리의 저 친밀한 질문, '당신 무얼 생각하고 계세요?'라는 말도 우리의 대화에는 끼이지 못했다. 우리의 종교는 견고해져 갔으며 우리가 살 수 있고 희망할 수 있다는 것, 그리고 절망할 수 있고 외로울 수도 있다는 것을 서로에게 확신시켜 주려고 애를 썼다. 키스는 할 때마다 그것으로 마지막일 수도 있었다. 신전은 어느 순간에나 무너질 수가 있었다. 미래는 그것이 무용한 것이기 때문에 존재하지 않았다. 밤이면 우리는 우리 자신이 증인인 것처럼 말없이 사랑을 나누었다. 거리에서 우리를 엿본 이방인이라면 쉽사리 우리가 서로 적으로 오해했을 것이다. 아마 그 판단이 옳았을 것이다. 진정한 적은 항상 서로를 저주하지만은 않기 때문이다.

나는 그녀를 뉴욕에서 다시 만나게 되리라는 말을 하지 말았어야 했다. 그리고 두 사람 사이의 괄호를 푸는 것이 우리에게 가치 있는 일이 아니라는 점을 그녀에게 말했어야 했다.

아무튼 그녀는 변해 있었다. 캐들린은 더 이상 자유롭지도 못했다. 그녀는 다만 다른 사람을 모방했던 것이다. 그녀의 결혼은 그녀의 내부를 파괴해 버렸다. 그녀는 인생에 대한 모든 관심을 잃어버리고 있었다. 하루하루가 지루하고 그날이 그날이었다. 사람들은 모두 똑같은 일만 말했다. 그들의 얘기를 듣느니 텔레비전을 보는 편이 나았다. 남편의 친구들과 동료들은 그녀를 따분하게 했다. 그리고 그들의 아내들은 그녀의 신경을 건드렸다. 그녀는 그녀 자신도 머지않아 그들 중의 하나가 될 처지에 놓여 있음을 직감하지 않을 수 없었다.

뉴욕에서 우리는 매일 만났다. 그녀가 나에게 오거나 내가 그녀에게 가거나 했다. 우리는 극장이며 연주회며 외출을 많이 했다. 우리는 문학에 대해서, 음악에 대해서, 시에 대해서 토론을 했다. 나는 좋게 보이려고 애를 썼다. 나는 끈기 있고 친절하고 이해심이 깊었다.

나는 그녀를 환자처럼 대했다. 싸움은 오래 전 옛날에 있었던 일이었다. 이제 나는 그녀가 기운을 회복할 수 있도록 힘껏 돕고 있었다.

우리는 어쩌다가 과거를 되살리는 경우도 있었지만, 그때마다 추억이 흐려지지 않도록 조심을 했다. 가끔 우리는 바하의 한 구절을 들으면서, 태양과 함께 노니는 구름의 모양을 눈여겨보면서 똑같은 감동에 휩싸이기도 했다. 그럴 때면 그녀가 살짝 나의 손등을 건드리며 묻고는 했다.

"당신, 기억나세요?"

그러면 나는 대답했다.

"물론이오, 캐들린. 기억하고말고."

전에는, 그녀가 기억했던 일을 나에게 입증시켜 보이고 싶어 한 적이 한 번도 없었다. 그 반면에 과거의 어떤 감정에 사로잡혀서는 둘이다 수치심을 느끼곤 했었다. 그럴 때 나는 고개를 돌려버리거나, 다른 얘기를 꺼내곤 했다. 그러나 이제 우리 두 사람은 더 이상 다투지도 않았다.

그러던 어느 날, 그녀가 고백하는 것이었다!

우리는 그녀의 방에서 커피를 마시고 있었다. 라디오에서는 아이작 스턴이 연주하는 베토벤의 바이올린 협주곡이 흘러나오고 있었다. 우리는 그 곡을 파리의 쁠레엘 홀에서 들은 적이 있었다. 나는 그때 내 손을 붙잡는 그녀의 손을 쌀쌀맞게 뿌리쳤던 기억이 떠올랐다. 그러면서, 나는 만일 지금 그녀가 나의 손을 붙잡는다면 뿌리치지는 않을 텐데, 하고 생각했다.

"저를 보세요."

캐들린이 말했다.

나는 그녀를 바라보았다. 그녀는 괴로운 미소를 지었다. 그리고 버림받은 여자의 얼굴은, 그런 사실을 자신도 알고 있는 여자의 얼굴을 하고 있었다. 그녀는 기다란 손가락으로 커피 잔을 가볍게 두드리며 음악에 장단을 맞추고 있었다.

"맞아요. 나도 기억하고 있소."

그녀는 커피 잔을 내려놓고 일어나더니 내 앞으로 와서 무릎을 꿇었다. 그러고는 고개를 숙이거나 얼굴을 붉히지도 않고 단호한 어조 ―전에도 늘 그랬던 것처럼― 로 말하는 것이었다.

"당신을 사랑한다는 생각이 들어요."

그녀는 말을 계속하려 했지만 내가 거칠게 가로막았다.

"조용히 해요!"

나는 그녀의 말을 듣고 싶지 않았다. 아마 이런 말이었으리라― 우리가 처음 만났을 때부터 전 당신을 사랑했어요.

나의 거친 말투에도 그녀의 얼굴 표정은 아무렇지도 않았다. 다만 그녀의 미소만이 약간 깊게, 약간 병적으로 변했을 뿐이다.

그녀가 변명을 했다.

"제 잘못이에요. 전 노력했어요. 싸웠어요."

베토벤, 쁠레엘 홀, 아이작 스턴, 그리고 사랑. 모든 것을 복잡하게 만드는 사랑. 그러나 증오는 모든 것을 단순화한다. 증오는 사물과 인간 위에 악센트를 찍고 사물과 인간이 분리되는 데에도 악센트를 찍는다. 그러나 사랑은 악센트를 지운다. 캐들린의 말을 듣는 순간, 나는 나의 존재에 구두점을 찍을 또 다른 시각이 왔는가 하고 생각했다.

"슬프세요?"

캐들린이 괴로운 표정으로 물었다.

"아니."

불쌍한 캐들린! 그녀는 이제 더 이상 그녀의 또 다른 자아를 모조할 노력도 할 수 없었다. 그녀의 얼굴은 고통으로 일그러졌다. 그녀의 눈은 기묘하게도 작아졌다.

"저에게서 떠나실 건가요?"

사랑과 절망. 그것들은 함께 간다. 한쪽이 다른 쪽의 흔적을 안은 채. 캐들린이 많은 고생을 했다는 생각이 들었다. 이번에는 내가 그녀의 입은 손해를 보상해 줄 차례였다. 나는 그녀를 환자처럼 잘 다루어야 한다. 그렇게 하기 위해서는 그녀의 다른 자아를 모욕해야 한다는 것을 나도 잘 안다. 그러나 그녀의 다른 자아는 더 이상 존재하지 않았다. 그것은 이미 부서지고 없었기 때문이다.

"난 당신을 떠나지 않을 거요."

나는 신의와 우정이 담긴 어조로 대답했다.

한 줄기 눈물이 그녀의 뺨에 흘러내렸다.

"저를 동정하시는군요."

"동정하는 게 아니오."

나는 진지하게 말했다.

그러나 나는 거짓말을 하고 있었다. 나는 거짓말을 하고 싶었다. 그것도 많이. 그녀는 병을 앓고 있었다. 병을 앓은 사람에게 거짓말을 하는 것은 아주 당연한 일이었다. 그러나 그녀의 다른 자아에게 거짓말을 하고 싶지는 않았다.

그 후 몇 주일, 몇 달 동안 캐들린은 허송세월을 보냈다.

아무것도 하는 일 없이—그녀는 일을 하고 싶지도 않았으며 일을 해야 할 필요성을 느끼지도 않았다—그녀는 방언이나 창가에서, 또는 거울 앞에서 외롭고 불행하게 그녀 자신의 고독과 불행을 되씹으며 세월을 보냈다.

우리는 전처럼 매일 서로 만나기 위해 내왕을 계속했다. 저녁식사도 같이 하고 쇼도 구경했으며 연주회에도 참석했다. 하루는 내가 그녀의 생활태도에 대하여 따지고 들었다. 나는 말했다. 당신이 자신을 불쌍하다고 생각하는 것은 나쁘다. 그런 생각은 당신에게나 나에게나 무가치한 일이다. 당신은 뭔가 일을 찾아야 한다. 어떤 일에든 몰두해야 하며 세월을 허송해서는 안 된다. 그러나 인생의 어떤 목적을 찾도록 하라.”
　그녀는 어깨를 으쓱해 보였다.
　"목적, 목적. 무슨 목적이요? 구세군에라도 들어갈까요? 배고픈 예술가들의 후원자라도 될까요? 아니면 나병환자들을 도우러 인도에라도 갈까요? 목적이라고요? 어디서 그걸 찾을 수 있죠?"
　나에게 그 생각이 떠오른 것은 바로 그때였다. 나는 그녀에게 나 역시 그녀를 사랑한다고 말했다. 그러나 그녀는 믿지 않는다고 했다. 증거를 대라고 말했다. 나는 증거를 댔다. 물론 과거에 일어났던 모든 사건들은 우리 사이에 사랑이 없었음을 보여준다. 그러나 지금은 뜻밖에도 그와 반대가 되어 있지 않은가고.
　"당신은 그 연주회 때 왜 제 손을 뿌리쳤죠?"
　"그건 나 자신을 속이고 싶지 않았기 때문이오."
　"그럼 왜 지금껏 절 사랑한다고 말하지 않았죠?"
　"당신을 사랑하기 때문이오."
　"당신은 왜 항상 저의 눈만 똑바로 바로 보시죠?"
　"당신의 눈에 비친 나의 사랑을 찾기 위해서였소."
　그녀는 몇 주일 동안 나를 지켜보았다. 나도 마찬가지였다. 나는 자신이 그녀의 간호사라는 생각도 들었다. 때로는 그녀 역시 나를 환자 취급하는 것이 아닌가 하는 생각이 들기도 했다. 어느 날 우리는 가면을 벗게 되리라. 그리고 우리들 중의 한 사람이 말할 것이다. '전 연극을 하고 있었어요.'라고. 그러면 다른 쪽도 대답할 것이다. '나 역시 마찬가지였소.' 라고. 그러고는 두 사람 다 쓴 입맛을 다시게 되리라. 그러나 두 사람이 단지 연극을 하고 있었다면 그것은 유감스러운 일이었다.
　그러나 그녀는 연극을 하고 있지 않았다. 연극을 하고 있다면 고통을 느끼지는 않는 법이다. 우리 두 사람을 감시하고 지켜본 두 사람 중의 한 쪽이 연극을 하였다면 고통을 느끼지 않았을 것이다. 캐들린은 고통을 느졌었다. 나의 증명에도 불구하고 그녀는 믿지 않았다. 캐들린은 내가 멀리 떨어져 있는 동안에 가끔 울었다. 그래서 우리가 다시 함께 있을 때는 그녀의 타고난 미덕도 너무나 부자연스럽기만 했다.

나는 이제 자유스럽지 못했다. 지금까지의 나의 자유는 캐들린에게 굴욕감을 안겨주었으리라. 그도 그럴 것이 그녀는 오랫동안 자유를 향유하지 못했기 때문이다. 그래서 나는 더 이상 벗어날 수 없는 그녀에 대한 예방책으로 하나의 태도를 급조했던 것이다.

만일 나의 이 태도가 좋은 결과를 가져올 수만 있다면! 만일 그것이 캐들린에게 도움을 줄 수만 있다면! 그러나 그녀는 여전히 불행했으며, 그녀의 웃음 역시 여전히 성실성을 결여하고 있었다.

캐들린의 상태는 점점 나빠졌다. 그녀는 술을 마시기 시작했다. 점점 자제력을 잃어가고 있었다.

나는 그 점에 대해서 그녀와 토론을 벌였다.

"당신에게는 그런 식으로 행동할 권리가 없어요."

"왜죠?"

그녀는 결백한 척 눈을 크게 뜨며 반문했다.

"내가 당신을 사랑하기 때문이오. 캐들린, 당신의 생명은 내게 중요해요."

"제발! 당신은 저를 사랑하지 않아요. 당신이 그렇게 말했잖아요. 저를 사랑하는 것이 진실이라면 당신은 그 말을 하지 않았을 거예요."

"그것이 진실이기 때문에 말하고 있는 것이오."

"당신은 동점심에서 그렇게 말하고 있는 거예요. 당신에게는 제가 필요 없어요. 저는 당신을 기분 좋게 하거나 행복하게 할 수가 없어요."

두 사람의 토론은 내가 바라던 어떤 결과도 얻지 못한 채 끝났다. 오히려 캐들린이 더욱더 자포자기에 빠지는 결과를 가져왔을 따름이다.

그러던 어느 날 저녁—교통사고의 전날이었다—마침내 그녀가 왜 내 사랑의 성실성을 믿지 못하는지 그 이유를 설명했다.

"당신은 저를 사랑한다고 주장하고 있지만 사실은 괴로워하고 있어요. 당신은 현재의 저를 사랑한다고 말하고 있지만 당신은 아직도 과거에 살고 있어요. 당신은 저를 사랑한다고 말하면서도 과거를 잊지 못하는 거예요. 당신은 밤마다 악몽을 꾸어왔어요. 종종 잠결에 신음하는 때도 있었어요. 확실한 사실은, 제가 당신에게는 아무것도 아니라는 점이에요. 저는 당신에게 중요하지도 않았어요. 당신에게 중요한 것은 과거였어요. 하지만 그 과거는 당신의 것이지 우리의 것이 아니에요. 저는 당신을 행복하게 하려고 애를 썼어요. 하지만 당신은 과거의 어떤 영상에 사로잡혀 있어요. 그 영상이 저보다 더 강한 거예요. 제가 그걸 모르는 줄 아세요? 당신이 침묵만 지키고 있으면 당신 마음속에 숨겨져 있는 비밀을 내가 모르리라고 생각했겠죠? 당신은 또 고통 속에서 살면서 어느 누구의 도움도 원치 않는 저와 같은 사람 곁에서 살기는 쉬운 일이라고 생각했겠죠?"

과거는 공동묘지 위에 떠 있는 구름

그녀는 울지 않았다. 그날 밤 그녀는 술도 마시지 않았었다. 우리는 침대에 누워 있었다. 그녀는 나의 팔을 베고 있었다. 열린 창문으로 훈훈한 바람이 불어왔다. 우리는 막 잠자리에 든 참이었다. 우리는 한 번도 잠자리에 들자마자 곧장 사랑을 나눈 적은 없었다. 그 전에 먼저 서로 얘기를 나누는 것이 우리가 하던 습관적인 의식의 하나였다.

나는 이겨내기 어려울 정도로 점점 마음이 무거워졌다. 그녀는 정확하게 알아맞혔던 것이다. 고통과 후회는 오래오래 숨길 수 없는 법이다. 언젠가는 드러나게 마련이다. 내가 과거 속에서 살고 있었던 것은 사실이다. 나는 머리에 검은 숄을 쓴 할머니의 영상에서 벗어날 수가 없었던 것이다.

"그건 내 잘못이 아니오."

나는 캐들린에게 나의 잘못이 아니라는 이유를 다음과 같이 설명했다.

자기가 사랑한다고 생각하는 여자에게 "나는 당신을 사랑하오. 그리고 그 사랑은 영원할 것이오. 만일 당신에 대한 나의 사랑이 멈춘다면 나는 죽을지도 모르오."라고 말한 사람은 그 말을 믿는다. 그러나 어느 날 그 사람은 자기의 심장에 귀를 기울여보고는 그것이 텅 비어 있는 것을 알게 된다. 그래도 그 사람은 살아 있을 수가 있다.

그러나 우리들 ―죽음의 시각을 알고 있는 우리들― 은 다르다. 죽음의 현장에서 우리들은 말했었다. 우리는 결코 잊을 수 없다고. 그것은 지금도 진실이다. 우리는 잊을 수가 없는 것이다. 죽음의 영상들이 우리의 눈앞에 있기 때문이다. 설혹 그 자리에 우리의 눈이 없다고 해도 그 영상들은 거기에 남아 있게 마련인 것이다. 그리고 만일 내가 그걸 잊어버린다면 나는 자신을 저주하게 될 것이다. 우리가 그 죽음의 현장에 머무는 동안 우리의 내부에는 여러 개의 시한폭탄이 장치되었거니와 그 폭탄은 이따금 하나씩 터지게 마련이다. 그럴 때 우리는 고통과 수치와 죄악 이외에는 아무것도 아닌 것이다. 우리는 살아 있는 데 대하여, 원하는 만큼의 빵을 먹는데 대하여, 좋은 옷을 입고 겨울에 따뜻한 양말을 신는데 대하여 수치심과 죄책감을 느끼게 되는 것이다. 캐들린이여, 그 시한폭탄 중의 하나가 틀림없이 광기를 일으킬 것이다. 그건 피할 수 없는 일이다. 죽음의 현장에 있던 누군가가 인간의 광기를 얼마쯤 되찾아오기 때문이다. 어느 날 그 광기가 표면에 나타나게 될 것이다.

그 날 저녁, 캐들린은 술에 취하지도 않았고 멀쩡한 상태였다. 그래서 그녀의 옛 자아가 다시 그녀에게 찾아온 듯했다. 그러나 나는 그 자아가 곧 떠나리라는 것을 알았다. 그 방문이 짧으리라는 것, 그리하여 옛 자아를 모방하려고 했던 자아만이 남게 되리라는 것을 나는 알았다. 그리고 어느 날인가, 옛 자아를 찾던 지금의 자아마저도 탐색을 그만두게 될 것이라는 점도, 결국 이혼이 그녀의 종착역이었던 것이다.

그 날 밤, 나는 머잖아 그녀를 떠나야 하리라는 사실을 알게 되었다. 그녀와 함께 머문다는 것은 의미 없는 일이었기 때문이다.

나는 다시 속으로 생각했다. 고통은 우리를 다른 사람에게서 멀리 떼어놓는다. 고통은 우리를 갈라놓기 위하여 절규와 경멸로 만들어진 벽을 쌓는다. 인간들은 순수한 고뇌가 무엇인지를 알고 있는 사람을 옆으로 밀쳐버린다. 그 사람에게서 하나의 신을 만들어 낼 수 없다는 이유 때문에. 그 사람은 인간들에게 말했던 것이다. 내가 고뇌하는 것은 내가 하나님이기 때문도 아니며 내가 하나님을 닮으려고 노력하는 성자이기 때문도 아니다. 내가 고뇌하는 것은 나 역시 당신들처럼 모반하고, 당신들처럼 어리석은 야심을 가진 하나의 인간이기 때문이라고. 인간들은 이 사람이 자기들에게 수치심을 안겨주기 때문에 무서워한다. 그래서 그들은 마치 죄인인 것처럼 그 사람을 멀리 끌고 간다. 마치 그가 하나님의 자리를 빼앗기라도 한 것처럼.

사정이 그렇게 될 수밖에 없는 것은 참으로 좋은 일이다. 다른 사람들보다도 더 많이 고뇌하는 사람은 별도로 떨어져서 혼자 살아야 한다. 어떤 조직화된 생활로부터도 떨어져 살아야 한다. 그는 공기에 독을 불어넣어서 사람들이 마시기에 부적당하게 만들기 때문이다. 그는 또 인간의 기쁨으로부터 그 자발성과 정당성을 가져가 버린다. 그는 삶에 대한 희망과 의지를 말살한다. 그는 오직 기억의 가혹한 율법만을 알고 있을 뿐이며, 현재와 미래를 부정하는 시간의 화신이다. 그는 고뇌하며 그의 전염되기 쉬운 고뇌는 그의 주위에 반향을 일으킨다.

언젠가는 캐들린을 떠나야겠다고 나는 마음의 결정을 내렸다. 그편이 그녀에게도 유익하리라 싶었기 때문이다. 내가 과거를 잊을 수 있다면야 그녀의 곁에 머물고 싶었다. 그러나 나는 그럴 수가 없었다. 인간에게는 괴로워할 권리가 없는 때가 있는 법이니까.

"한 가지 협정을 제안하겠어요. 제가 당신을 돕는 조건으로 당신이 저를 도와주시기로. 좋아요?"

캐들린이 말했다.

불쌍한 캐들린! 나는 생각에 잠겼다. 너무 늦은 것이다. 우리가 과거를 바꿔놓기에는 너무 늦어 있었다. 과거는 우리의 능력이 미치지 않는 곳에 있었다. 그 구조는 단단하고 변경할 수가 없다. 과거는 공동묘지 위에 떠 있는 구름만큼이나 검은 할머니의 숄인 것이다. 구름을 잊으라구? 검은 구름은 할머니이며 그녀의 아들이며 나의 어머니인 것이다. 우리는 얼마나 얼빠진 시대를 살고 있는 것인가? 모든 것이 뒤죽박죽이다. 묘지들이 촉촉한 땅속에 마련되는 대신에 하늘에 매달린 채 높이 떠 있는 것이다. 우리는 지금 발가벗은 몸을 서로 맞대고 침대에 누워 있다. 우리는 지금 검은 구름을, 둥둥 떠 있는 공동묘지를, 낄낄거리고 있는 죽음의 웃음소리를, 그리고 그대와 나의 똑같은 운명을 생각하고 있다. 캐들린이여, 너는 마치 행복이 가능한 것인 양 행복에 대해서 말하고 있다. 그러나 행복이란 꿈이 아니다. 행복 역시 죽은 것이다. 행복 역시 묘지처럼 하늘 높이 떠 있는 것이다. 모든 것이 저 높은 곳에 피난처를 마련하고 있다. 그러나 그 아래, 여기 지상은 얼마나 텅 비어 있는가! 참 생명은 거기, 저 위에 있다. 여기, 우리는 아무것도 가진 것이 없다. 캐들린이여, 아무것도. 여기, 우리에게는 하나의 무미건조한 사막이 있을 뿐이다. 신기루 하나 없는 사막이 있을 뿐이다. 어느 역의 플랫폼에 남겨진 아이가 기차에 실려 멀리 떠나고 있는 그의 부모를 본다. 그들이 서 있는 곳에는 오직 검은 연기가 자욱할 뿐. 그들 자체가 연기다. 행복이라고? 그 아이의 행복은 기차가 뒤로 돌아와 주는 것뿐이다. 그러나 그대도 기차가 어떻다는 것을 알 것이다. 기차는 언제나 앞으로 달려갈 뿐이다. 다만 연기만이 뒤로 움직이는 것이다 그렇다. 우리들이 서 있는 곳은 끔찍한 역이다. 캐들린이여, 나처럼 그 안에 있는 사람들은 거기서 외롭게 기다려야만 한다. 우리들 안에 있는 고통이 다른 사람들에게 접촉되게 하지 말라. 우리는 그들에게 우리가 입안에 가지고 있는 시큼한 맛, 연기구름 맛을 주어서는 안 된다. 캐들린이여, 우리는 그래서는 안 된다. 당신은 '사랑'을 말한다. 그러나 당신은 사랑 역시 곧장 천국으로 달리는 기차를 탔다는 사실을 모르고 있다. 지금 모든 것은 그곳에 옮겨가 있는 것이다. 사랑, 행복, 진실, 순결 그리고 행복한 미소를 짓는 아이들, 신비스러운 눈을 가진 여인들, 천천히 걷는 노인들, 고뇌에 찬 기도를 올리고 있는 어린 고아들. 그것이야말로 진정한 출발이다. 이 세상으로부터 저 세상으로의 출발. 고대인들은 한정된 상상력을 가지고 있었다. 그러나 우리의 죽은 사람들은 의복과 음식뿐만 아니라 자기 자손들의 미래까지도 내세로 가지고 간다. 이 지상에는 아무것도 남은 것이 없다. 캐들린이여, 그래도 당신은 사랑을 말하는가? 행복을 말하는가? 다른 사람들은 정의를 말하고 우주를 말한다. 그렇지 않으면 자유를 말하고 형제애를 말하고 전보를 말한다. 그들은 이 행성이 고갈되었다는 것을, 거대한 기차가 모든 것을 하늘로 실어가 버렸다는 것을 모르고 있는 것이다.

"어때요, 수락하겠어요?" 캐들린이 물었다.

"뭘?"

"제가 제의한 협약 말이에요."

"물론이오. 수락하겠소."

나는 멍한 채로 대답했다.

"제가 당신을 행복하게 만들어도 되는 거죠?"

"나를 행복하게 해도 좋소."

"그리고, 과거를 잊기로 약속하는 거죠?"

"과거를 잊자고 약속하겠소."
"오직 우리들의 사랑만을 생각할 거죠?"
"그렇소."
그녀는 질문사항을 모두 마쳤다. 그러고는 숨을 죽이며 지금까지와는 다른 말투로 묻는 것이었다.
"전에 어디 계셨어요?"
"역에 있었소."
"전 이해할 수 없어요."
"역이었소. 나는 역에 있었소. 아주 자그마한 곳이었소. 조그만 지방도시의 역이었소. 기차가 막 떠났어요. 나는 플랫폼에 홀로 남겨져 있었소. 부모님은 기차에 타고 계셨소. 그분들은 나를 잊어버린 것이었소."
캐들린은 아무 말도 안 했다.
"나는 처음에 분개했었소. 부모님이 자식을 플랫폼에 혼자 남겨두고 떠나다니 말이오. 하지만, 나는 조금 후에 뜻밖에도 아주 이상한 일을 목격했소. 기차가 궤도를 벗어나서는 연기에 덮인 잿빛 하늘을 향해 기어오르는 것이었소. 나는 대경실색한 나머지 부모님을 향해 고함을 지를 수도 없었소. 무얼 하고 계신가요? 돌아오세요! 그때 만일 내가 이렇게 고함만 질렀다면 그분들은 아마 돌아오셨을 거요."
나는 피로를 느끼기 시작했다. 온몸에 땀이 배었다. 침대는 따뜻했다. 창문 밑에서 승용차가 한 대 날카로운 소리를 내며 멈추었다.
"그 일에 대해서는 더 이상 생각지 않기로 약속했잖아요."
캐들린이 실망하는 투로 말했다.
"용서하오. 다시는 생각하지 않겠소. 아무튼 그 당시의 기차들은 유행에 뒤진 방식으로 운행됐었소. 세상은 참 많이 발전했지."
"정말이세요?"
"정말이오."

그녀가 나를 향해 몸을 밀착해 왔다.
"언제나 당신의 생각은 당신을 그 시골 역으로 데리고 가요. 말해 주세요, 우리 함께 그 생각과 싸울 거죠?"
"그럽시다."
"사랑해요."
교통사고는 그 다음날 일어났다.

죽음의 시각을 알고 있는 사람들

깁스붕대에 갇힌 채 10주간을 보내는 동안에 나는 아주 부자가 되어 있었다.

나는 병원에 입원해 있는 동안에, 인간이란 그가 수평선상에 있건 수직선상에 있건 각자의 위치에 따라 각양각색으로 산다는 것을 배울 수 있었다. 벽에 비치는 그림자들, 얼굴에 비치는 그림자들은 하나같이 그 모습이 달랐다.

날마다 세 사람이 문병을 왔다. 아침에는 폴 러셀이, 저녁에는 캐들린이, 그리고 오후에는 기울라가 찾아왔다. 기울라는 나의 친구로, 자기만의 추측으로 내가 병원에 입원해 있는 것을 알아냈던 것이다.

기울라는 헝가리 계의 화가였는데 외모 그대로 살아 움직이는 거대한 바위 같은 친구였다. 후리후리한 키며 건장한 체구, 제멋대로인 회색빛 머리칼이며 조롱하는 듯 부리부리 빛나는 눈 등, 어느 모로 보나 그는 거한이었다. 그는 주위의 모든 것들, 제단이며 사상이며 산 따위는 별 볼일 없다는 듯이 옆으로 밀어치웠다. 그의 필치 한 번에 그의 시선 한 번에 모든 것이 벌벌 떨고 뒤흔들렸다.

우리는 나이의 차이에도 불구하고 자주 만났다. 우리는 매주 이스트 사이드에 있는 헝가리 식당에서 만나 점심을 함께 했다. 우리는 누구와도 타협을 하지 않으며, 인생에 굴복을 하지 않으며, 안이한 승리를 거부하며 끝까지 버텨 나가자고 서로 격려하곤 했다. 우리의 대화는 항상 농담이나 야유처럼 들렸다. 우리는 감상적인 것을 싫어했다. 우리는 진지한 체하는 사람, 특히 다른 사람에게도 그렇게 하기를 강요하는 사람들을 경원했다. 우리는 둘이 서로 아꼈다. 이렇게 우리의 우정은 건전하고 꾸밈이 없었으며 신중했다.

그가 불현 듯 병실로 뛰어들었을 때만 해도 나는 거의 죽어가는 상태에 놓여 있었다. 그는 어깨로 간호원(그녀는 나에게 주사 놓을 준비를 하고 있었다)을 옆으로 밀쳐버리고는 나에게 상태가 어떠냐고 묻지도 않고 단호한 어조로 나의 초상화를 그리겠노라 큰 소리로 알리는 것이었다.

간호사는 주사 바늘을 손에 든 채 혼비백산한 눈길로 그를 노려보았다.

"여기서 뭘 하시는 거예요? 누가 들어오라고 했죠? 당장 나가세요!"

그러나 기울라는 간호사의 심정에는 아랑곳없이 연민의 눈길로 그녀를 바라보았다.

"당신, 아름답군요. 미칠 만큼!"

그는 관심을 가지고 간호사를 뜯어보았다. 그러면서 향수에 찬 어조로 덧붙였다.

"요새는 미녀라는 여자들도 미치게 할 만큼 아름답지는 못한데 말야. 하지만 당신은 달라요. 난 당신이 좋소."

가련한 간호원—어린 학생이었다—은 급기야 읍소 직전에 있었다. 그녀는 말을 더듬거렸다.

"주사……. 놔야 돼요……. 나가주세요……. 그렇지 않음……."

"나중에!"

기울라는 빽 고함을 지르고는 간호사의 팔을 붙잡고 문께로 데리고 갔다. 거기에서 간호사가 그에게 뭔가 귀엣말을 속삭였다.

"이보라구, 자네!"

기울라가 간호사를 내보내고 문을 닫은 다음에 말했다.

"간호사 말로는 자넨 아주 위독하다는군. 자네가 죽어가다니! 그래, 부끄럽지도 않단 말인가?"

"예. 부끄럽군요."

나는 기어드는 소리로 대답했다.

기울라는 실내의 경치며 벽이며 냄새를 익히려는 듯이 한동안 방안을 왔다 갔다 했다. 이윽고 침대 곁으로 와서 멈춰 서며 나에게 도전했다.

"내가 자네 초상화를 끝내기 전에는 죽지 말라구. 듣고 있나? 그 이후엔 자네가 죽거나 말거나 내겐 상관이 없다구! 하지만 그 전엔 죽어선 안 돼, 알겠나?"

"기울라, 당신은 괴물이군요."

"자넨 몰랐었나? 예술가들이란 가장 나쁜 괴물들이지. 그들은 다른 사람들의 생명과 죽음을 먹고 살거든."

나는 그가 교통사고의 전후 사정을 물어올 줄로 생각했다. 그는 한 마디도 묻지 않았다. 그러나 나는 그가 알기를 바랬다.

"사고에 대해서 내 설명을 듣고 싶나요?"

"듣고 싶지 않아. 내겐 자네의 설명이 필요 없으니까."

그는 거드름을 피우며 대꾸했다. 그의 눈언저리에 두터운 사랑의 빛이 감돌았다.

"난 당신이 알았으며 해서요."

"알게 되겠지."

"이건 비밀이라구요. 아무도 그걸 몰라요. 당신에게 얘기해 주고 싶은데."

"듣고 싶지 않아. 나는 모든 것을 혼자 힘으로 알아내길 좋아하니까."

"난 당신이 나의 비밀을 알게 될 기회를 잡기 전에 죽을지도 몰라요."
그러자 기울라가 불같이 화를 냈다.
"내가 자네의 초상화를 완성할 때까지는 안 된다고 말했지 않나? 그 후에는 언제 죽든 그건 자네 좋을 대로라구!"
나는 자랑스러웠다. 그가 자랑스럽고 나 자신이 자랑스러웠으며 우리들의 우정이 자랑스러웠다. 또한 우리가 우정을 위해 제정했던 불굴의 계율도 자랑스러웠다. 그 계율들은 약자의 성공과 확신으로부터 우리를 지켜주었다. 진정한 의견교환은 꾸밈없는 말이 큰 소리로 말해지는 곳, 영혼의 불멸에 대한 문제가 형편없이 이만큼 평범하고 케케묵은 문장으로 설명될 수 있는 곳에서 이루어지는 것이다.
기울라는 매일 오후 모습을 나타냈다. 간호사들도 그가 있는 동안에는 우리 두 사람을 방해할 수 없다는 것을 알게 되었다. 그녀들에게는 그가 한 마리의 동물처럼 느껴졌을 것이다. 하기야 헝가리에서라면 얼굴이 검은 여자라도 그의 모욕에 얼굴을 빨갛게 붉혔을 터이다.
기울라는 나를 스케치하는 동안 나에게 여러 가지 얘기를 들려주었다. 그는 뛰어난 이야기꾼이었다. 그의 생애는 무수한 모험과 환상적인 체험들로 점철되어 있었다. 파리에서 굶어 죽었는가 하면 헐리웃에서는 행운을 나누어주었으며 세계 도처에서 마술과 연금술을 가르치기도 했다. 그는 당대의 문학과 미술계의 모든 대가들에게 널리 알려져 있었다. 그는 그 예술가들의 나약성을 좋아했으며 그들의 성공을 관대히 봐주었다. 기울라 역시 하나의 강박관념에 사로잡혀 있었다. 그가 스스로 운명과 맞붙어 싸우며 억지로 운명을 헤치고 나아가는 것은, 운명의 잔인성에 인간적인 의미를 부여하기 위해서였다. 그러나 그는 자기의 그런 행위를 농담조로 말할 뿐이었다.
어느 날 오후가 시작될 무렵, 그는 평소와 같이 와서는 창가에 도구들을 설치하고 일을 시작했다. 그런데 웬일인지 그날은 침묵으로 일관했다.

심지어 그는 들어올 때 나에게 인사도 하지 않았다. 그는 스케치에만 열중하는 듯했다. 반시간이 가고 한 시간이 지났다. 그가 갑자기 동작을 멈추고는 우뚝 선 채 나의 두 눈을 뚫어지게 바라보았다. 마치 나의 눈동자를 덮고 있는 어떤 보이지 않는 베일을 가닥가닥 찢어내는 듯한 태도였다. 우리는 잠시 동안 상대방을 서로 응시했다. 그가 눈살을 찌푸렸다. 그러자 굵은 눈썹이 아치 모양을 이루었다. 마침내 그는 이해하기 시작했던 것이다.

"내 얘기를 듣고 싶으세요?"

나는 당황해 하고 있었다.

"아니야. 자네의 얘기는 내게 필요 없어!"

그는 차갑게 대꾸했다. 그는 다시 작업에 열중했다. 그는 자기가 그리고 있는 나의 초상화 속에서 모든 의문에 대한 해답을, 그리고 모든 해답에 대한 의문을 찾아냈던 것이다.

그로부터 일주일 후에, 그는 우리가 그 무렵에 토론을 벌이고 있던 주제에 대해서 더 이상 할 얘기가 없을 것 같다고 말했다. 우리는 현재의 국제정세를 비롯, 3차 대전의 위기와 멀지 않아 국제무대에 등장할 중국의 중요성 등에 대해서 토론을 벌여 왔었다. 기울라가 갑자기 토론의 주제를 바꾸었다.

"생각난 김에 하는 말인데, 내가 실패했던 익사사고에 대해서 자네에게 얘기한 적이 있었나?"

"없었어요. 그게 어디서였지요? 중국에서였나요?"

나는 농담조로 말을 받았다.

"논평은 삼가주게. 자넨 내 얘길 듣고만 있으면 돼."

사람 좋은 기울라! 그래, 자기가 사랑하던 여자에 대한 얘기라도 털어놓겠다는 것일까? 필시 그는 여자를 모욕했으리라. 여자가 자기류의 사랑의 대화를 이해하지 못했다는 것만으로 그는 여자와 헤어지고 말았으리라. 사람 좋은 기울라!

 어느 여름, 기울라는 피서를 겸해서 프랑스 령 리비에라로 휴가를 떠났다. 그는 가끔 해변으로 나갔다. 어느 날 아침, 그는 너무 멀리 헤엄쳐 나갔다. 그때 갑자기 쥐가 나며 전신이 마비되어 왔다. 그는 팔이나 다리를 쓸 여유도 없이 물속으로 가라앉았다.

 "난 바다의 짠물을 마시기 시작했지. 공포감 따위는 조금도 없었어. 내가 죽어가고 있다는 걸 알았지만 난 아주 침착했다구. 순간 별스럽게도 감미로운 평온감 같은 것이 전신을 감싸더군. 난 생각했어. 이제야 물에 빠져 죽는 사람들의 생각을 이해할 것 같구나, 하고 말야. 그것이 마지막이었어. 나는 이내 의식을 잃어버렸으니까."

 다행히 그는 구조되었다. 누군가가 그가 물에 빠지는 것을 보고 구출해 주었던 것이다.

 기울라는 캔버스 위에서 움직이고 있는 화필의 선에서 눈을 떼지 않은 채 특유의 감지할 수 없는 미소를 지으며 말을 이었다.

 "나는 정신을 차리고 주위를 돌아보았지. 일단의 호기심어린 군중에 둘러싸여 모래밭에 누워 있더군. 의사인 듯한 대머리의 한 노인이 나를 굽어보며 맥박을 짚어보고 있고. 그때 맨 앞줄에서 겁에 질린 한 젊은 여자가 나를 지켜보고 있었네. 그녀는 모호한 미소를 짓고 있었지만 아직도 공포감을 씻지 못한 표정이더군. 미소를 지으며 공포에 떨고 있는 여자, 이 얼마나 비참한 모습인가! 살아 있구나, 하고 나는 생각했네. 나는 죽음에서 벗어난 거야. 이번에도 죽음은 나를 어쩌지 못한 거야. 여기 그 증거가 있지 않은가. 나는 나를 바라보며 미소를 짓고 있는 그 여자를 쳐다보았지. 그녀의 얼굴에 떠오른 공포의 빛은 아직도 나의 바로 곁에 있는, 아직도 나의 바로 뒤에 있는 죽음에 대한 것이었어. 그리고 그 미소는 나를, 오직 나만을 위한 것이었어. 나는 지금과 사정이 다른 경우를 한번 생각해 보았네. 가령 내가 여기 똑같은 장소에 빈사상태로 누워 있을 때, 다른 어느 여자보다도 저토록 품위 있고 아름다운 여자가 나를 바라보는 것이 아니라, 웃지도 않는 어떤 무뚝뚝한 여자가 나를 바라보고 있었다면 내 마음이 어떠했을까 하고 말이야. 그런 경우를 상상해 보노라니 새삼스레 나 자신을 행복스럽게 느끼지 않을 수 없더군. 나는 살아 있는 것이다. 죽음을 압도한 승리가 나에게 행복을, 자유로울 수 있는 행복을 안겨다 준 것이다. 이제 나는 다시 마음껏 죽음을 골려 줄 수 있으며, 마음껏 자유를 향유하거나 거부할 수도 있을 것이다. 나는 이렇게 혼잣말을 했지. 마치 형 집행이 유예된 사형수와 같은 행복감을 맛보고 있었던 거야. 그러나 나는 그 행복감을 나의 것으로 지닐 수가 없었어. 나는 조심을 했거든. 즐거운 티를 나타내지 않으려고 말이야. 의사는 나를 면밀히 진찰하고 사람들은 마치 보시를 베풀 듯 말없이 동정심을 표시했네. 그리고 그 젊은 여자의 미소도 더욱 공개적이었네—그녀의 미소야말로 인생을 웃을 줄 아는 사람의 표본이었네. 그럼에도 불구하고 나는 행복하지 못했어. 오히려 견딜 수 없이 슬프고 실망스럽기만 했어. 훗날, 나는 이 익사 사고의 실패 때문에 노래깨나 부르고 춤깨나 추었지만 말야. 하지만 그때 거기 모래밭, 타는 듯이 새빨간 태양 아래에서, 특히 그 낯모르는 여인의 눈길 아래에서 나는 다시 살아난 데 대하여 절망감을 느꼈을 뿐이야."

기욜라는 이야기를 여기에서 끊고 오랫동안 말없이 작업만을 계속했다. 나는 그가 눈을 감고 그림을 그리고 있는 것이라고 생각했다. 나는 그가 그때 일로 아직도 절망하고 있는지, 그리고 훗날 그때의 그 젊은 여자를 그가 다시 만나게 되었는지 조금은 궁금했다. 그러나 나는 묻지 않았다. 의사 폴 러셀이 뇌리에서 떠올랐다. 나는 그의 인생관이 잘못되어 있다고 생각했다. 인생이란 반드시 사는 것만이 필요한 것은 아니다. 인생이란 죽음에 의해서만 진정으로 매혹적인 것이다. 죽음과 접촉할 때만 인생은 그 생명력을 감동적으로 발휘하는 것이다.

"그럼, 이번에는 내 얘기를 한번 들어 주실래요, 기욜라?"

나는 사뭇 간청했다. 그러자 내가 억지로 자기의 감긴 눈을 다시 뜨게 라도 했다는 듯이 펄쩍 뛰었다. 그의 입가에 비꼬는 듯한 웃음이 흘렀다.
"아니, 듣고 싶지 않아."
"하지만 당신도 좋아할 텐데요."
"뭘 알라는 거야?"
"모든 것을요."

산 사람들은 거짓말을 좋아한다

"뭘 알기 위해서라면 자네의 얘기는 내게 필요 없어."
사람 좋은 기울라! 그럼, 그 해변에서 만났다는 젊은 여자는 어떻게 되었지요? 그 여자에게 욕설이라도 퍼부었나요? 혹시, 이렇게 말입니다. '넌 형편없는 계집이야! 넌 더러운 년이라구!' 당신이 퍼부은 이 사랑의 언어를 그 여자는 이해하던가요?
"기울라, 그 낯선 여자는 어떻게 되었지요?"
급기야 나는 궁금증을 참지 못하고 물었다.
"낯선 여자라니?"
"해변에서 만난 여자요. 당신에게 미소를 지었다는 그 여자 말이에요."
기울라는 어처구니없다는 듯이 커다란 소리로 웃음을 터뜨렸다. 그러나 그 웃음 속에는 먼 옛날부터 그의 마음 한 구석에서 물결치고 있는 비단결처럼 부드러운 한 가닥 파도가 숨겨져 있었다.
"오, 그 여자? 형편없는 계집이었어. 더러운 년이었다구!"
나는 저절로 웃음이 나왔다.
"그 여자에게 직접 그렇게 말했나요?"

"물론이지. 그렇게 말했지!"

그는 이때 내가 웃는 이유를 알아차리고는 넌더리를 내며 고함을 빽 질렀다.

"요 괴물아! 내 일을 방해하지 마. 안 그러면 박살을 내고 말 테야!"

나의 퇴원이 예정된 전날, 기울라가 온갖 거만, 온갖 거드름을 피우며 의기양양하게 나타났다. 그는 창밖의 강과 나의 사이인 침대의 발치에 개선장군처럼 우뚝 서서는 큰 소리로 기다리던 소식을 전해주었다. 나의 초상화가 완성되었다는 것이었다.

"자, 이젠 자넨 죽어도 좋아."

기울라는 초상화를 의자에 올려놓았다. 그는 잠깐 망설이다가 나에게 등을 돌리고 몇 걸음 옆으로 비켜섰다. 나는 심장이 걷잡을 수 없이 마구 뛰는 것을 느꼈다. 내가 거기, 의자 위에서 나를 마주보고 있었다. 나의 모든 과거가 거기, 의자 위에서 나를 마주보고 있었다. 몇 개의 빨간 반점이 섞인 검정 일색의 그림이었다. 하늘은 짙은 검정색이고 태양은 암갈색을 띠고 있었다. 나의 눈은 두들겨 맞은 듯 수띠에처럼 붉은 빛을 띠고 있었다. 어디로 보나 하나님이 용서할 수 없는 죄악을 저지르는, 이유도 없이 살육을 자행하는 현장을 목격한 사람에게 어울리는 초상화의 분위기였다.

"이것 보라구. 아마 자넨 뭐가 뭔지 아직 모를 거야. 자넨 말야. 자넨 침묵을 지키고 있을 때만이 자네 자신의 모습을 드러내고 있어."

그는 자신의 감정을 숨기지 못하고 약간 떨면서 말했다. 그러고는 덧붙였다.

"따지려 들지 말라구. 저게 내가 자네에게 묻는 것이 전부니까."

그는 더 이상의 감정을 드러내고 싶지 않다는 듯이 창가로 걸어가서는 무한한 약속 날짜를 향하여 품위 있게 흘러가고 있는 이스트 강의 힘찬 물결에 눈길을 모으고 있었다.

역시, 그는 나를 꿰뚫어 보았던 것이다. 그 점은 나의 초상화를 바라보는 것만으로도 충분했다. 그날의 교통사고는 간단히 말해서 단순한 사고일 뿐이었다. 그때 나는 택시가 오고 있다는 것을 보았었다. 그것이 하나의 번쩍이는 불빛처럼 보였을 뿐이다. 그러나 보기는 보았던 것이다. 그리고 피할 수도 있었던 것이다.

이제 기울라와 나 사이에는 침묵의 대화가 이루어지고 있었다.

"알겠나? 아마 하나님은 죽었겠지. 하지만 인간은 살아 있어. 인간에게는 우정이 가능하다는 게 그 증거지."

"하지만 기울라, 다른 사람들은 어떻게 되죠? 죽은 사람들 말예요. 그들은 어떻게 되죠? 나를 제외하고는, 그들에게는 친구가 없어요."

"그들은 잊어버려야 해. 자넨 기억 속에서 그들을 쫓아내야 한다구. 필요하다면 채찍으로 갈겨서라도 말야."

"그들을 쫓아내라구요, 기울라? 아니, 채찍으로 말입니까? 내 아버지를 채찍으로 쫓아요? 그리고 할머니두요? 할머니까지 채찍으로 쫓으란 말인가요?"

"그럼, 그럼, 그래야지. 죽은 사람들이 이 땅에서 차지할 곳은 없어. 그들은 우리를 방해하지 말고 떠나야 해. 그들이 떠나기를 거부한다면 채찍을 사용해야지."

"그렇다면 기울라, 이 그림은 어떻게 된 거죠? 그림 속에는 그들이 있어요. 초상화의 눈동자 속에 그들이 있어요. 초상화의 눈동자 속에 그들이 있단 말예요. 그들을 채찍으로 쫓으라고 말하면서, 당신은 무엇 때문에 그들을 그림 속에 그려 넣었죠?"

"그들이 어디에 있는지 그 위치를 지정해 준 거야. 자네가 채찍으로 어느 곳을 갈겨야 할지를 알게 말야."

"기울라, 난 그럴 수 없어요. 그들을 쫓을 수는 없어요."

기울라가 몸을 돌렸다. 그때 나는 뜻밖에도 그가 훨씬 늙어 있는 모습을 보았다. 머리카락이 하얗게 변해 있었고 얼굴이 비쩍 야위고 볼이 움푹 패어 있었다. 그가 나를 똑바로 바라보며 말했다.

"고뇌란 산 사람에게 주어지는 것이지 죽은 사람에게 주어지는 것이 아냐. 그리고 인간의 의무는 고뇌를 그치게 하는 것이지 그것을 증가시키는 것이 아니야. 고뇌를 한 시간 덜 받는 것만으로도 이미 운명을 이기고 하나의 승리를 쟁취했다고 할 수 있는 거야."

그렇다. 그는 더 늙어 있었다. 지금 나에게, 왜 지구는 아직도 자전을 계속하고 있으며, 왜 인간은 아직도 내일을 바라보고 있는가 하는 영원불변의 지식을 얘기해 주고 가르쳐 주고 있는 사람은 한 노인이었다. 그는 숨을 멈추지도 않고, 나를 위해서 오랫동안 다음의 말들을 아껴두고 있었다는 듯이 말을 이었다.

"만일 자네의 고뇌가 다른 사람들, 자네 주위의 다른 사람들, 말하자면 자네가 사는 이유를 설명해 주는 사람들에게 튀겨서 옮겨간다면 자넨 그 고뇌를 없애고 목 졸라 죽여야 해. 만일 죽은 사람들이 그 고뇌의 근원이라면 그들을 다시 죽이고 혀를 잘라 버려야 해."

그의 말을 듣고 나서 나는 한없는 슬픔에 싸였다. 좋은 친구를 잃게 되는구나, 라는 인상을 받았다. 그는 나를 심판하고 있었던 것이다.

나는 낙심한 채 그에게 물었다.

"내가 그렇게 할 수 없다면 어떻게 되죠? 나는 무얼 해야 되죠? 거짓말을 할까요? 나는 오히려 순수한 정신이 좋아요."

그는 천천히 고개를 저었다.

"정신이란 운명의 승리지 인간의 승리는 아니야. 내부에 자유의 부정을 지니는 것이 자유의 역할이지. 인간이란 계속 움직이고 탐구하고 숙고하고 손을 내뻗어야 되는 거야. 자신을 바치며 자기 자신을 창조하며."

그의 얘기를 듣고 있노라니 불현듯 나의 스승이었던 율법학자 칼만이 뇌리에 떠올랐다. 그의 음성도 기울라의 음성과 같았고 설득력이 있었다.

그러나 칼만은 나의 스승이지 친구는 아니었다.
"자넨 이 점을 알아야 해."
기울라는 똑같은 어조로 눈도 깜빡이지 않으며 말을 이었다.
"죽은 사람들은 더 이상 자유롭지 못하기 때문에 더 이상 괴로워할 수도 없다는 사실을 말야. 고뇌란 오직 인간만이 할 수 있는 거야. 캐들린은 살아 있어. 나도 살아 있구. 자넨 살아 있는 우리를 생각해야 돼. 죽은 사람들은 그만 생각하고."

그는 파이프에 담배 넣기를 그만두었다. 아니면 아마 담배가 떨어졌으리라. 그는 할 말을 깡그리 다 털어놓았던 것이다. 운율학도, 화음학도, 나는 산 사람을 선택할 수 있었고 죽은 사람을 선택할 수도 있었다. 낮을 선택하든 밤을 택하든 그리고 기울라는 택하든 칼만을 택하든 그것은 나의 자의였다. 나는 초상화를 바라보았다. 나는 그 눈동자 속에서 검은 숄을 걸치고 있는 할머니를 보았다. 할머니는 여윈 얼굴에 평화로운 고통의 빛을 띠고 있었다. 할머니가 나에게 말했다.

"나는 네가 있는 곳이면 어디에나 있을 게다.
다시는 너를 정거장의 플랫폼에 혼자 남겨놓지 않으마.
객지의 구석진 길목에도 혼자 남겨놓지 않으마.
나와 함께 너를 데려가겠다.
하늘로 떠나는 기차에 함께 타고 말이야.
너는 더 이상 이 땅을 보고 싶지 않을 게다.
내가 너를 숨겨주마. 이 검은 숄 속에 말야."

"자넨 내일 퇴원할 예정인가?"
기울라가 다시 평소의 어조로 돌아와 물었다.
"네, 내일."

"캐들린이 자넬 돌보겠지?"
"네."
"그 여잔 자넬 사랑해."
"알고 있어요."
침묵이 흘렀다.
"자네, 걸을 수 있겠나?"
"지팡이를 짚어야죠. 붕대는 모두 풀렸지만 내 힘으로는 걸을 수가 없어요. 지팡이를 짚어야 해요."
"캐들린에게 기댈 수도 있을 거야. 자네가 그렇게 하면 그 여잔 행복해 할 거야. 받는다는 것은 최상의 관용이지. 그 여잘 행복하게 해주게. 작은 행복으로도 평생의 노고가 충당되는 법이야."

캐들린은 행복할 것이라고 나는 생각했다. 나는 거짓말을 잘할 것이고 그녀는 행복할 것이다. 얼마나 어리석은 짓인가, 거짓말이 진정한 행복을 가져오다니! 행복은 그것이 계속되는 동안 실제적인 것처럼 보일 것이다. 산 사람들은 거짓말을 좋아한다. 그들이 우정을 손에 넣기를 좋아하는 방식처럼. 그러나 죽은 사람들은 거짓말을 좋아하지 않는다. 할머니도 진실보다 덜한 말은 받아들이지 않을 것이다. 할머니, 약속할 게요. 다음번에는 주의하겠어요. 다시는 기차를 놓치지 않도록 주의하겠어요.

그때 기울라가 갑자기 이를 뿌드득 갈았으므로 나는 깜짝 놀라며 초상화에 눈길을 모았다. 기울라가 성난 얼굴로 성냥을 북 그어 캔버스에 갖다 대는 것이 아닌가!

나는 절망적인 어조로 외쳤다.

"안돼요! 그러지 말아요! 기울라, 그러지 말라구요! 할머니를 두 번씩이나 불태우지 말아요! 멈춰요, 기울라! 멈춰!"

그러나 기울라는 확고부동한 자세로 하등의 반응도 보이지 않았다. 그는 두 눈을 감은 채 얼굴을 뒤로 움츠리고 불타고 있는 캔버스를 손끝에

잡고 있었다. 그는 사방으로 그것을 돌리면서 점점 줄어들어 재가 될 때까지 기다리고 있었다. 나는 당장 달려가 기울라를 덮치고 싶었다. 그러나 침대에서 내려가기에는 너무 쇠약해 있었다. 나는 넘치는 눈물을 거둘 생각도 못했다. 기울라가 등 뒤로 문을 닫고 밖으로 나간 후에도 나는 오랫동안 울부짖었다.

  기울라는 타고 남은 재를 치우는 것을 잊고 있었다.*

홀로코스트

2015년 7월 25일 1판 1쇄 인쇄
2015년 7월 30일 1판 1쇄 발행

지 은 이 엘리 위젤
옮 긴 이 김 범 경
개역편집 편 집 부
펴 낸 이 심 혁 창
편집위원 원 응 순
디 자 인 홍 영 민
마 케 팅 정 기 영

펴낸곳 **도서출판 한글**
서울특별시 서대문구 신촌로 27길 4호
☎ 02) 363-0301 / FAX 02) 362-8635
E-mail : simsazang@hanmail.net
등록 1980. 2. 20 제312-1980-000009

GOD BLESS YOU

정가 **15,000원**

*
ISBN 97889-7073-500-9-13330